Sammlung Luchterhand 1003

*Über dieses Buch:* Die Anfänge sind eher harmlos. Ein lokales Erdbeben und einige Risse am Hügel über dem Keltengrab können niemanden einschüchtern. Auch als die Erdkurste weiter auseinanderbricht, vermag das die meisten Anwohner, die Politiker und auch die Fachmänner für Erdbeben nicht zu erschrecken. Routine und tägliches Einerlei haben alle Figuren fest im Griff. Die Fortschrittshörigen sind durch nichts zu erschüttern.
Franz Hohler umriß ein Gefühl, das ihn auch bei der Arbeit an diesem Roman, seinem ersten, begleitete: »Ich möchte ein Zeitgenosse sein, der dasselbe Augen- und Ohrenpaar zur Verfügung hat wie alle, die gerade leben, der aber vielleicht ausspricht, was andere nur denken. Einer, der auch Unbehagen artikuliert.«

*Über den Autor:* Franz Hohler wurde 1943 geboren und lebt als Kabarettist und Schriftsteller in Zürich. Er ist Autor von Einmannprogrammen, satirischen Sendungen für Fernsehen und Radio, er hat Schallplatten aufgenommen und Theaterstücke geschrieben, Bücher mit Gedichten und Erzählungen. 1988 erhielt er das Hans-Christian-Andersen-Diplom für seine Kinderbücher. Von Franz Hohler erschien zuletzt im Luchterhand Literaturverlag: *Der Mann auf der Insel.* Ein Lesebuch (1991).

# Franz Hohler

# Der neue Berg

*Roman*

Luchterhand
Literaturverlag

Samlung Luchterhand, Oktober 1991
Lektorat: Klaus Siblewski

Umschlagentwurf: Max Bartholl. Umschlagmotiv: Hans-Peter Zimmer, Landschaftsstudie. © VG Bild-Kunst, Bonn, 1980. Satz: Uhl+Massopust, Aalen. Druck und Bindung: Ebner Ulm. Printed in Germany.
ISBN 3-630-71003-4

1 2 3 4 5 6 96 95 94 93 92 91

*Für Ursula*

# 1

An einem schönen Frühlingsnachmittag rannte ein Mann im blauen Trainingsanzug mit leichten Schritten durch den Wald. Die Sonne schien durch das frische Laub, die Vögel zwitscherten geradezu unglaublich, und der Autobahnlärm weit im Hintergrund klang friedlich und gleichmäßig wie das Rauschen eines Wasserfalls.

Der Mann fühlte sich gut und locker. Es war Montag, er hatte einen freien Tag und genoß es, daß er nicht demselben Rhythmus unterworfen war wie die Mehrzahl der Leute. An Wochenenden beispielsweise war dieser Weg voll von Joggern, da lief er nicht so unbeschwert, sondern hatte immer das Gefühl, er müsse sich mit den andern messen, freute sich, wenn er jemanden überholen konnte, und ärgerte sich über alle, die ihn überholten, besonders über die Frauen.

Jetzt aber waren nur vereinzelt alte Leute unterwegs, zwei graue Spaziergängerinnen drehten sich erschrocken um, als sie seine Schritte hörten, doch sein Kostüm wies ihn als harmlos aus. Der Mann sah in Gedanken den Tag kommen, an dem man in seinem Alter den Wald nur noch im Trainingsanzug betreten durfte, um niemanden zu ängstigen. Er war dreiunddreißig, hatte kurze, schwarze Haare und einen Schnurrbart, und als er nun an den beiden Spaziergängerinnen vorbeizog, ihnen einen Gruß zuwarf, den sie manierlich erwiderten, dachte er, wie sie wohl reagiert hätten, wenn er in einem Sträflingsanzug dahergekommen wäre. In seinem Gesicht jedenfalls gab es keinen Zug, der nicht auch einem Kriminellen oder Entwichenen hätte gehören können, und jedesmal, wenn er für ein Ausweisfoto in einen dieser Automaten ging und nachher seine eingezogenen Schultern und die weit aufgerissenen Augen sah, kam es ihm vor, als habe er das Fahndungsbild eines Terroristen in der Hand.

Dabei hatte er einen Beruf, bei welchem Solidität und Zuverlässigkeit zu den ersten Anforderungen gehörten. Er war Techniker beim Fernsehen, Aufzeichnungstechniker, und wenn seine Maschine nicht lief, gab es kein Fernsehen. Der Beruf war zwar nicht schwierig, aber anspruchsvoll, so, daß er dringend einen Ausgleich brauchte, schwimmen etwa oder velofahren oder einfach durch den Wald rennen.

Der Weg machte nun eine Kurve, und dahinter mußte der Mann einem kleinen Kind ausweichen, das ihm auf seiner Seite entgegenwatschelte, indem es die Hände um eine unsichtbare Lenkstange klammerte und dazu unablässig Motorengebrumm ausstieß. Halb belustigt und halb verärgert machte er einen Bogen um den winzigen Motorradfahrer, welcher so versunken in seine Fahrt war, daß er ihn überhaupt nicht wahrnahm. Ärgerlich war für den Mann die Störung seines Lauftakts, aber als die Mutter des Kindes, die gleich danach mit ihrem leeren Buggy folgte, ein Wort der Entschuldigung sagte, winkte der Mann ab – böse sein war sowieso etwas, das er nicht konnte. Die Frau hatte er übrigens auch schon gesehen samt ihrem Kind, sie war blond, klein und etwas füllig, sehr jung noch und hatte ein Strahlen auf dem Gesicht, als ob es nichts Schöneres auf der Welt gäbe als Mutter zu sein und ein Kind durch den Wald zu treiben.

Der Mann war geschieden und hatte keine Kinder. Nach zwei Jahren Ehe, in denen nichts von dem eingetreten war, was er erhofft hatte, war er beim Gedanken, dies gehe nun bis zum Lebensende so weiter, von einem solchen Grauen befallen worden, daß er allen seinen Mut zusammengenommen hatte, um seiner Frau die Scheidung vorzuschlagen, was sie zu seiner Überraschung sogleich annahm. Sie trennten sich dann im Frieden, und seither – das war vor fünf Jahren – lebte er allein in einer Zweizimmerwohnung in einem der Vororte von Zürich, die zahlenmäßig schon längst Stadtgröße erreicht hatten, ohne jedoch den geringsten städtischen Geist zu atmen, und obgleich sie alle auf -kon oder -wil oder -dorf endeten, waren sie auch keine Dörfer mehr, sondern gehörten zu diesen Kunstklumpen aus Stadt und Land, für die nur noch ein Fremdwort übrigbleibt: Agglomeration.

Von weitem war nun einer mit einem Schäferhund zu sehen. Der Hund war offensichtlich nicht an der Leine, trotz der Tollwuttafeln an sämtlichen Waldrändern. Der Mann haßte Schäferhunde. Gewöhnlich wurden sie von den Schäferhundehaltern an der Leine geführt und schauten einen an wie ein unterdrücktes Volk, deprimiert, feindselig, zu allem fähig. Der da vorn ließ seinen Untertanen also laufen, was den Hund aber auch nicht gemütlicher machte, so daß sich der Läufer der Begegnung entzog, indem er auf einen kleinen Pfad abschwenkte, der seitlich abbog. Er kannte den Pfad, ohne genau zu wissen, wo er hinführte. Das gefiel ihm an dem Wald hier, die vielen Pfade, deren Verbindung er sich nie wirklich merken konnte, so erlebte er in einem bekannten Gelände immer wieder Überraschungen.

Er hatte nun auf Wurzeln aufzupassen, die über den Boden krochen, ab und zu mußte er sich auch bücken eines Astes wegen, einmal kratzte ihn ein spitzes Blatt an der Hand, und er drehte sich um, um zu schauen, ob es eine Stechpalme war, wie er im ersten Moment dachte, und so war es auch, dann wurde es steiler, der Pfad begann sich etwas zu verlieren im Jungholz, ein am Boden liegender Baumstamm, auf welchen er mit einem kleinen Sprung hüpfte, war alt, morsch und feucht und brach unter seinem Tritt ein, dann konnte er nicht mehr rennen und stieg keuchend zwischen den brusthohen Bäumchen hinan, in Erwartung des nächsten größeren Waldweges. Als er ein metallisches Klirren hörte, wußte der Mann wieder, wo er war. Da oben erwartete ihn die Station Nr. 10 des Vitaparcours, die mit den Ringen. Zwischen Holzpfählen hingen drei Paar Ringe in verschiedener Höhe, an die man sich, wie einem eine Turnerfigur auf einer hellblauen Tafel schematisch nahelegte, hängen sollte, um dann mit den Beinen zu kreisen oder mit den Hüften zu wackeln. Gerade war ein Fitneßsuchender abgesprungen, um weiterzulaufen, und die leeren Ringe, die vorher gegeneinandergeschlagen hatten, baumelten noch zwischen den Balken. Dem Mann waren diese organisierten Übungen zuwider. Der Ort mit den Ringen kam ihm vor wie ein Richtplatz, und er setzte sich wieder in Trab, aber nicht in der Richtung des Sportlers.

Er lief bis zur neunten Vitastation, an welcher man aufgefordert wurde, über einem Baumstamm hin- und herzuhopsen und wählte dann eine kaum sichtbare Spur, die sich linker Hand in ein Wäldchen mit jungen Tannen zog. Es war ein Wald im Wald, mit einer besonderen Stimmung, der Boden war federnd weich und schien die Geräusche aufzuschlukken, etwas dunkler war es auch, man sah die einfallenden Sonnenstrahlen einzeln und glaubte sie anfassen zu können. Zwei Rehe entfernten sich widerwillig, ohne besondere Eile, man merkte, daß sie sich hier zu Hause fühlten. Es ging nun noch einmal bergauf, der Mann strengte sich aber an, seinen Laufschritt beizubehalten. Dies gelang ihm nicht ganz, da er, als sich die Tännlein lichteten, über eine Wurzel stolperte und beinahe hinfiel. Damit war er aus dem Tritt und erstieg den kleinen Hügel, der vor ihm lag, im Gehen.

Oben setzte er sich tief atmend auf den großen Stein, der auf der Hügelkuppe lag, oder auf der Hügelfläche vielmehr, denn der Hügel war oben platt. Dies war einer seiner Lieblingsorte im Wald, hier waren Keltengräber gewesen, wie eine kleine, in den Stein eingeschraubte Tafel mitteilte, Gräber, die im letzten Jahrhundert von einem Postbeamten entdeckt wurden, der in seiner Freizeit als Archäologe tätig war, der hatte diesem Hügel offenbar angesehen, daß etwas Besonderes mit ihm verbunden war, und manchmal dachte der Mann, es sei ungerecht, daß der Hobbyarchäologe ein Jahrhundert Vorsprung auf ihn gehabt hatte, er wäre auch draufgekommen, daß dies kein gewöhnlicher Erdbuckel war. Jedenfalls saß er gerne hier und dachte nach oder dachte nichts und begnügte sich einfach damit, da zu sein und auf diesem Stein zu sitzen, unter dem vor ein paar tausend Jahren Menschen beerdigt worden waren.

Es wird nun Zeit, diesem Mann einen Namen zu geben, und ich möchte ihn Steinmann nennen, Roland Steinmann. Sie wissen genausogut wie ich, daß es eine Frechheit ist, eine erfundene Person mit einem Namen auszurüsten und damit so zu tun, als gäbe es sie wirklich, aber ich möchte Ihnen eine längere Geschichte erzählen, die sich zwischen Menschen abspielt, und da sehe ich einfach nicht, wie ich ohne Namen auskomme. Ich verspreche Ihnen dafür, daß, wer immer in dieser Geschichte auftaucht, seinen Namen mit einer Selbstverständlichkeit tragen wird, als sei er damit auf die Welt gekommen, und daß auch Sie sich allmählich in dieser erfundenen Welt bewegen werden, als gäbe es sie wirklich – vielleicht gibt es sie auch wirklich, ist denn nicht schon der Name einer bekannten Stadt gefallen? – und daß Sie am Schicksal unserer Hauptfigur, und das ist sie, vielmehr er, dem wir soeben durch den Wald gefolgt sind, daß Sie also am Schicksal dieser Figur Anteil nehmen werden und daß Sie sich, sollten wir diese einmal eine Weile aus den Augen verlieren, fragen werden, was macht wohl Roland Steinmann?

Jetzt gerade sitzt er immer noch auf dem Findling, schaut vor sich hin und ahnt weder, daß wir ihm zuschauen, noch daß er die Hauptfigur einer längeren Geschichte sein wird, er sieht lediglich am Fuß des Hügels einen feinen Riß, der längs des Hügels verläuft und denkt, daß die Regenfälle der letzten Woche, die mancherorts zu Überschwemmungen führten, sogar auf jahrtausendealte Grabhügel eine Wirkung gehabt haben, steht dann auf und geht, begleitet vom Gelächter eines Hähers aus den Baumwipfeln, langsam weiter, gegen den Waldausgang zu.

Als er ihn erreicht, weicht er vor einem Reiter zurück, der elegant und bedrohlich auf dem Waldrandweg galoppiert, dann blickt er in die Weite; vor dem blauen Horizont heben sich die graue Kehrichtverbrennungsanlage und das schwarze Einkaufszentrum ab, und darüber erhebt sich grollend, mit einem roten Schweizer Wappen auf der Heckflosse, ein startendes Passagierflugzeug, ungewöhnlich tief, wie ihm scheint.

# 2

In einem einfachen Zimmer eines Begegnungszentrums im Jura saß eine Frau und schrieb einen Brief. Sie kam schlecht vorwärts, schaute immer wieder zum Fenster hinaus auf die Weide, die unmittelbar vor dem Gebäude begann, auf das Bauernhaus weiter hinten, dessen Silo in der Abendsonne einen langen Schatten warf, und auf das kleine Stück Wald im Hintergrund. Manchmal stand sie auch auf und ging etwas hin und her, aber mehr als ein paar Schritte waren nicht möglich zwischen dem Tischchen am Fenster, dem Bett an der Wand und dem Kasten und dem Waschbecken an der anderen Wand. Der Raum hatte in seiner Kargheit etwas Klösterliches, und dabei handelte der Brief von etwas ganz und gar Unklösterlichem.

Die Frau hatte zum erstenmal in ihrer bald zwanzigjährigen Ehe eine Liebesaffäre mit einem andern Mann, und das schrieb sie nun nach Hause, dem Mann, mit dem sie verheiratet war.

Die Sache mit dem andern Mann hatte sich zwanglos ergeben. Er war einer der Leiter des zweiwöchigen Kurses, an dem sie teilnahm, eines Kurses, in welchem die Grundkenntnisse der Heilpädagogik aufgefrischt wurden und der sich vor allem an Menschen wandte, die bereits in der Heilpädagogik tätig gewesen waren und den Wiedereinstieg suchten, also fast ausschließlich Frauen. In diesem Kurs versuchte man das neueste Wissen über den Umgang mit behinderten Kindern zu vermitteln, wobei Doris, dies der Name der Frau, welche den Brief zu schreiben versuchte, gelegentlich erschrak über die Vielfalt möglicher Schädigungen, von Schwachsinn bis Autismus. Obwohl es die heilpädagogische Grundhaltung war, jeden behinderten Menschen so zu akzeptieren, wie er ist, war sie doch froh, zwei gesunde Kinder zu haben, eine sechzehnjährige Tochter und einen vierzehnjährigen Sohn. Es kam ihr auch oft der verspannte Gesichtsausdruck in den Sinn, den sie bei Eltern kannte, die ein debiles Kind in der Schule abholten oder es an einem Sonntag spazierenführen mußten, sei es auf einem Feldweg oder im Tram, und wie der Ausdruck um so härter wurde, je älter die Betreuten waren und je deutlicher die Eltern spürten, daß sie lebenslänglich mit einem Wesen verbunden waren, das sich nie von ihnen lösen würde außer durch den Tod.

Sie aber, Doris, hatte nichts Verspanntes, sie schaute sich gern an am Morgen im Spiegel, wenn sie ihr schwarzes Haar in den Nacken warf, um es zu einem lockeren Roßschwanz zu binden, sie war zweiundvierzig und immer noch neugierig auf das Leben.

Als der Kursleiter in einer Kaffeepause am Freitag der ersten Woche erwähnte, er werde übers Wochenende nicht nach Hause fahren, sondern mit dem Auto einen kleinen Ausflug nach Frankreich machen, ohne bestimmtes Ziel, hatte sie ihn spontan gefragt, ob sie mitkommen könne, und er hatte ebenso spontan gesagt, ja, das wäre schön. Dann meldete sich Doris zu Hause ab, sagte ihrer Tochter, welche das Telefon abnahm, sie verbringe das Wochenende mit Frauen, die sie kennengelernt habe, und fuhr dann mit Rolf, dem Kursleiter, durch den welschen Jura, und schon in Pontarlier, der ersten Stadt nach der französischen Grenze, bezogen sie ein ältliches Hotel, und sie waren sich beide einig, daß es ein Zweierzimmer sein sollte, Doris trank sich beim Nachtessen im Speiseraum mit den Kronleuchtern und den verblichenen Tapeten etwas Mut an, den sie aber eigentlich gar nicht brauchte, denn es wurde alles so selbstverständlich und fröhlich und unpeinlich, wie sie es nach den zwei, drei schlecht gelungenen Ansätzen zu Abenteuern in den letzten zwanzig Jahren kaum für möglich gehalten hätte, und sie freute sich von ganzem Herzen darüber.

Nun war es Montag, gegen Abend, und sie freute sich immer noch, nur hatte sie gemerkt, daß sie das ihrem Mann gegenüber nicht ebenso leichthin erwähnen konnte, wie es passiert war. Am Telefon über Mittag hatte sie ihn belogen, hatte sogar, ohne es vorher zu planen, zwei Kursteilnehmerinnen erfunden, welche zusammen wohnten und mit welchen sie das Wochenende verbracht habe, hatte diese auch in den Kanton Fribourg verlegt, möglichst weit weg, hinter die Sprachgrenze, in einen Weiler in der Nähe von Orbe, an dessen Namen sie sich nicht zu erinnern brauchte, hatte somit allen zufälligen oder absichtlichen Nachfragen vorgebeugt, und zwar so rasch und geschmeidig, daß sie sich über sich selbst wunderte.

Für sie war immer klar gewesen, daß, sollte sie einmal eine weitere Beziehung eingehen, daß dies dann ohne jede Heimlichtuerei zu geschehen hätte, so, wie es des Umgangs unter erwachsenen Menschen würdig war. Und nun war ihr das schon im ersten Anlauf mißglückt, mehr noch, sie hatte sich auf die allergewöhnlichste Art verhalten, so, wie sie sich vorstellte, daß sich reiche Frauen mit ruinierten Beziehungen auch verhalten würden. Das ärgerte sie, und es störte ihre Freude über die neue Begegnung, doch gleichzeitig merkte sie, daß es ihr schwerfiel, nochmals zu telefonieren und ihrem Mann zu gestehen, du, ich hab dir vorhin nicht die Wahrheit gesagt, und deshalb versuchte sie es nun mit einem Brief.

Aber auch das war schwieriger, als sie gedacht hatte. Obwohl ihr Mann häufig abwesend war, hatte sie ihm in all den Jahren wenig geschrieben, sie hatten meistens miteinander telefoniert, und schon die geschriebene Anrede »Lieber Heinz!« kam ihr irgendwie unwahr vor. Sie hatte sie wieder verworfen und war mittlerweile beim dritten Versuch angelangt, der mit »Hallo Lieber,« begann, und in dem sie ihm schrieb, es tue ihr leid, daß sie nicht imstande gewesen sei, ihm zu sagen, was wirklich geschehen sei am Wochenende, aber sie hätte sich eine Freiheit genommen, von der sie gelegentlich gesprochen hätten und die er sich ja schon öfters genommen habe.

Heinz, ihr Mann, war Filmkameramann beim Fernsehen, ein fähiger und heiterer Mensch, mit dem alle gern zusammenarbeiteten, er kam viel herum, und ein paarmal hatte er nach der Rückkehr von einer längeren Reise bekümmert den Kopf in Doris' Schoß gelegt und sie um Verzeihung gebeten, und das hatte sie immer so gerührt, daß sie ihm auch verzeihen konnte. Er hatte ihr sogar empfohlen, es eben auch einmal zu versuchen, die Begegnung mit einem fremden Menschen sei das einzige wirkliche Abenteuer, das er noch kenne, und wenn er Abenteuer sagte, dann war das für ihn, der schon in Wüsten, auf Vulkanen und in Bürgerkriegsgebieten gefilmt hatte, kein Papierwort. Zugleich liebte er sie, das wußte sie, und sie liebte ihn auch, aber es ging ihr nun auf, daß ohne weiteres noch jemand Platz hatte in dieser Liebe, er solle sich nicht beunruhigen, schrieb sie, »ich komme mir vor wie ein Haus mit einem Gästezimmer, und nun ist dieses Gästezimmer bewohnt«. Als sie diesen Satz nochmals durchlas, machte sie aus dem Punkt ein Komma und fügte bei, »vorübergehend«.

Kaum sah sie jedoch das Wort »vorübergehend« auf dem Papier, stutzte sie. Woher wußte sie, daß es vorübergehend war? Wußte sie denn, wie es weiterging? Ob es überhaupt weiterging? Seit sie am Sonntagabend wieder am Kursort eingetroffen waren, hatten sie nicht mehr allein miteinander gesprochen, es machte Doris auch überraschend wenig aus, sich wieder unter den andern zu bewegen gemeinsam mit dem Mann, der für eine Nacht ihr Geliebter geworden war, dieses Geheimnis bereitete ihr sogar ein gewisses Vergnügen. Nur noch einmal in dieser Woche ungestört mit ihm ein paar Worte zu wechseln, das wünschte sie sich, aber mehr nicht. Rolf war verheiratet, eigentlich glücklich, hatte er gesagt, und sie war es auch, ebenso eigentlich, und sie waren übereingekommen, den Moment zu genießen, ohne weitere Ansprüche aneinander zu stellen, ein Geschenk, hatte Doris gesagt, ein Geschenk, das wir uns machen, und an dem wir uns noch lange freuen können.

Wenn es aber ein einmaliges Geschenk war, wieso mußte sie sich dann überhaupt rechtfertigen? Wer klagte sie an? Sie war ziemlich sicher, daß ihr lieber Heinz, dem sie schrieb, ihr auch nicht alles erzählt hatte, einmal hatte er gesagt, er leide darunter, daß immer er es sei, der beichten müsse, und war er nicht manchmal etwas zu unbeschwert und zu lustig nach Hause gekommen – was also quälte sie sich da herum mit Formulierungen, die letztlich nichts daran änderten, daß sie einfach fremdgegangen war und daß sie Spaß daran gehabt hatte? Es gab keinen Grund zu irgendwelchen Schuldgefühlen. Doris atmete tief auf, dann zerriß sie auch den dritten Entwurf, zerknüllte die Papierfetzen und warf sie in den kleinen Abfallkorb neben dem Waschbecken. Dann lehnte sie sich an den Fensterrahmen und schaute zum Waldrand hinüber, den die Dämmerung nun schon etwas weiter weggerückt hatte.

Etwas ging trotzdem nicht ganz auf.

Die Lüge gefiel ihr nicht, diese blödsinnige Lüge, in die sie sich verstrickt hatte, dafür kam sie sich zu erwachsen vor, und das mußte sie wiedergutmachen, vielleicht eher sich selbst zuliebe als ihrem Mann gegenüber.

Sie ging also nochmals zum Tischchen, setzte sich und schrieb in einem Zug:

Lieber,
wenn ich nach Hause komme, möchte ich
mit Dir sprechen.

Kuß,
Doris.

Sie riß das Papier vom Schreibblock, steckte es in einen Umschlag der Begegnungsstätte, schrieb die Adresse und klebte die Fünfzigermarke drauf, die sie sich schon aus dem Automaten gekurbelt hatte.

Als sie aufstand, klopfte es.

»Ja?« sagte Doris und blieb stehen.

»Hallo«, sagte Rolf und schloß leise die Türe hinter sich zu, »ich möchte dich nur schnell küssen, nur schnell.«

»Ach, wie schön«, sagte Doris, ließ den Brief auf das Bett fallen und schlang ihre Arme um seinen Hals.

## 3

Im Wartzimmer eines erfolgreichen Hautarztes saß ein gut angezogener Mann und fühlte sich sehr unbehaglich. Er war Gemeindepräsident eines zürcherischen Agglomerationsortes und hatte es nicht gern, wenn er warten mußte. Eigentlich war er Stadtpräsident, und zwar hauptamtlich, denn der Ort hatte etwa 18 000 Einwohner, trotzdem wollte sich der Sprachgebrauch einfach nicht ändern. Während man in Zug, das nicht viel mehr Einwohner zählte, oder in Burgdorf, wo es sogar noch weniger waren, seit jeher vom Stadtpräsidenten sprach, hielt sich in allen Orten, die rasch vom Dorf zur Stadt geworden waren, der alte Ausdruck Gemeindepräsident mit einer Hartnäckigkeit, die einen ärgern konnte. Darüber hatten sie sich kürzlich bei einer schweizerischen Stadtpräsidententagung unterhalten, und es war ihm kein wirklicher Trost gewesen, daß alle Agglomerationskollegen der deutschen Schweiz das sprachliche Schicksal mit ihm teilten. Die Welschen hatten es besser, dort war man einfach »le maire«, ob man es in Genf war oder in Estavayer-le-Lac.

Nun wartete er also, und er fragte sich mit zunehmendem Unmut, weshalb dieser Arzt, bei dem er um 11 Uhr bestellt war, nicht pünktlich sein konnte. Bei ihm gab es das nicht, wenn er 11 Uhr sagte, dann war auch 11 Uhr gemeint, das wußten die Beamten, Architekten, Ingenieure und Kommissionsmitglieder, mit denen er Termine abmachen mußte. Gut, bei einem Arzt konnte ein Notfall dazwischenkommen, aber dieser hier war ein Spezialist, und was konnte es bei einem Hautspezialisten schon für Notfälle geben. Das war ein weiterer Grund seines Unbehagens, daß er ausgerechnet einen Hautspezialisten aufsuchen mußte, denn die Hautärzte hatten ja alle noch einen Zusatz auf ihrer

Tafel, Haut- und Geschlechtskrankheiten stand da, und der Gemeindepräsident war so schattenhaft wie möglich durch den Haupteingang hineingeglitten und hatte erst nachher gesehen, daß im selben Haus noch ein Zahnarzt und eine Holzimportfirma ihre Räumlichkeiten hatten, daß also für allfällige Beobachter von außen sein Ziel gar nicht zu identifizieren war, und im Lift war er allein gewesen.

Trotzdem hatte er keines der aufliegenden Hefte angerührt, wer konnte denn wissen, wie mancher Syphilitiker oder AIDS-Kranke sich vor dem Umblättern eines letztjährigen »Nebelspalters« schon die Finger abgeleckt hatte. Der Gemeindepräsident schaute auch mit schlecht verborgenem Mißtrauen auf die andern Wartenden, momentan zwei Männer und eine Frau, die ihm alle bedrückt, verklemmt und mit einem eklen Geheimnis behaftet schienen, wogegen er am liebsten ein Täfelchen hochgehalten hätte mit der Aufschrift »Komme nur wegen eines Ausschlags«.

Daß er überhaupt einen Arzt brauchte, war ihm lästig. Er war nie krank gewesen, seit er im Leben stand, und wenn er Anzeichen einer Erkältung oder einer Grippe spürte, schluckte er ein Aspirin und ging zur Arbeit, als ob nichts wäre, und das hatte sich bewährt. »Krankheit ist Faulheit«, pflegte er im Scherz zu sagen, und jedesmal, wenn seine Söhne krank gewesen waren, hatte es Streit mit der Frau gegeben, weil sie ihnen immer noch einen Tag Hausruhe zusätzlich geben wollte, während er der Ansicht war, sobald das Fieber weg sei, müsse man auch wieder zur Schule gehen. Nun waren sie beide erwachsen und studierten an der ETH, der ältere Elektroingenieur und der jüngere Geologie. Er selbst hatte nur das Technikum absolviert und hatte es sich allein verdienen müssen, aber seinen Söhnen bezahlte er das Studium und war stolz darauf, daß er sich das leisten konnte. Beide wohnten noch zu Hause, führten jedoch ein selbständiges Leben im obern Stock des Hauses und mußten sich bei der Mutter anmelden, wenn sie zum Mittag- oder Abendessen dasein wollten. Der ältere stand ein Jahr vor dem Abschluß, und im Militär war er Leutnant, der jüngere hatte noch nicht ganz die Hälfte des Studiums hinter sich. Ihm, dem Vater, schien zwar Geologie ein etwas abgelegenes Gebiet mit unsicheren Berufschancen, aber er sah, wie sich der jüngere ins Zeug legte und vertraute darauf, daß er seinen Weg schon machen würde.

Nach einem Blick auf die Armbanduhr, welche viertel nach 11 zeigte, dachte der Gemeindepräsident schon daran, sich zu erheben und die Praxis mit einer Bemerkung über Abmachungen und ihre Einhaltungen zu verlassen, als eine Schwester eintrat und mit etwas zu lauter Stimme: »Herr Niederer, bitte!« sagte. Herr Niederer, das war er, obwohl sich auf das Wort »Herr« die andern Männer ebenfalls zum Aufstehen anschickten. Beide waren schon vor ihm dagewesen, aber offenbar wußte man doch, was man ihm schuldig war. Ohne sich von den andern Wartenden zu verabschieden, folgte er der lauten Schwester, die ihn in das Sprechzimmer führte, oder in eines der Sprechzimmer, denn offenbar fand im Zimmer daneben noch die vorhergehende Konsultation statt, deren Wortlaut wohl zu verstehen gewesen wäre, wenn man das Ohr an die Tür gehalten hätte. »Nehmen Sie Platz, bitte, der Herr Doktor kommt gleich«, sagte die Schwester und ließ ihn dann allein.

Er setzte sich auf den Stuhl gegenüber vom Pult, den sie ihm zugewiesen hatte, und schaute sich um. Das Pult war das Vorwerk einer wahren Festung von Fachliteratur, aus welcher ihn von den dicksten Buchrücken die Titel »Das Melanom« und »Allergische Syndrome« wie Kriegserklärungen anstarrten und seinen Blick auf die Wand abdrängten, deren unteren Teil eine Glasvitrine mit rätselhaften medizinischen Gerätschaften besetzte, während der obere Teil fast ganz mit großen, schematischen Tafeln behängt war. Auf diesen Tafeln prangten die verschiedensten Ekzeme und Geschwüre mit einer derartigen Deutlichkeit, daß der Gemeindepräsident wieder aufstand und ans Fenster trat, schließlich war er gekommen, um einen Arzt zu sehen und nicht irgendwelche eitrigen Plakate. Er war auch sicher, daß sein Leiden nichts mit diesen Bildern zu tun hatte, es war einfach ein Ausschlag, der sich vorübergehend an Körperteilen verbreitete, welche der Kälte ausgesetzt waren. Gestern z. B., als er zum Montagsritt war, hatte er sein Halstuch vergessen, und kaum befand er sich an den schattigen Stellen des Waldrandes, bekam er einen richtigen Halskragen voll roter Pickel, die sich über den Nacken bis zu den Ohren hinauf zogen und ihn unerträglich juckten, so daß er vorzeitig wieder zum Stall zurückkehren mußte. Auch das kalte Duschen, mit dem er früher den Tag begonnen hatte, war ihm nicht mehr möglich, denn dabei überzog sich sein ganzer Körper mit einer Himbeerhaut, die ihm sogar Atemnot verursachte. Vor einiger Zeit hatte er im Rotary-Club mit dem Apotheker Odermatt darüber gesprochen, und der hatte ihm den Spezialisten empfohlen, den er nun, mit dem Rücken zum Behandlungsraum, erwartete.

»Herr Niederer, was führt Sie zu mir?«

Der Gemeindepräsident zuckte zusammen und drehte sich um. Er hatte auf die Tramhaltestelle hinuntergeschaut und das leise Öffnen der Tür überhört. Der Mann, der in einem offenen, weißen Kittel vor ihm stand, war etwas größer und etwas schlanker und etwas jünger als er und sprach schneidig und knapp, wie jemand, der gern zur Sache kam. Das gefiel dem Gemeindepräsidenten, und er reichte ihm die Hand, ohne jene Bemerkung über die Wartezeit, die er eigentlich bereit hatte, und sagte: »Ein Ausschlag.«

Dann erzählte er ihm im Stehen, welcher Art der Ausschlag war, wann er sich einstellte, und daß er wieder verschwand, wenn der betreffende Körperteil nicht mehr in der Kälte war, und daß ihm das ganze etwa Anfang des Jahres zum erstenmal aufgefallen sei, auch kenne er inzwischen die Wassertemperatur, die seine Haut gerade noch ertrage, die Grenze liege bei 21 Grad, fügte er abschließend hinzu, nicht ohne einen kleinen Stolz auf seine exakte Selbstbeobachtung, die dem Arzt sicher imponieren mußte.

Dieser schien aber unbeeindruckt, hieß ihn sich setzen, setzte sich seinerseits vor seine Büchermauer und stellte ihm dann Fragen allgemeiner Art über seine Gesundheit, frühere Krankheiten, die es bei ihm eben nicht gab, ähnliche Phänomene in der Verwandtschaft, die es seines Wissens ebenfalls nicht gab, er wollte sogar hören, wann er zuletzt in zahnärztlicher Behandlung gewesen war, und wollte dann auch seinen Oberkörper sehen, Niederer mußte sich auf den Schragen legen, welcher an der dritten Wand neben der Tür stand, und der Spezialist griff ihm wie ein Sklavenhändler nach seinen Muskeln, drückte ihm auch in den Achselhöhlen herum, was dem Präsidenten ein glucksendes Lachen entlockte, das ihm etwas unpassend vorkam, aber er war einfach kitzlig.

Als er sich dann wieder anziehen durfte und der Arzt zu seinem Pult ging, war die Bestandsaufnahme offensichtlich abgeschlossen, und der Gemeindepräsident war froh, daß keine Fragen über sein Intimleben gestellt worden waren, denn da gab es bei ihm gelegentliche Besuche, an die er natürlich beim Auftauchen des Ausschlages auch gedacht hatte, aber er hatte immer eine solche Vorsicht walten lassen, daß er wirklich nicht wußte, auf welche Weise er sich womit hätte infizieren können.

»Sie können sich nochmals setzen«, sagte der Arzt, der

bereits saß, und als nun der Gemeindepräsident seine Krawatte wieder anzog und sah, wie der Arzt den Blick auf das Pult senkte und mit seinem Kugelschreiber spielte, begann sein Herz etwas stärker zu schlagen, denn jetzt mußte die Diagnose kommen, und plötzlich fühlte er sich wie ein Angeklagter, der im nächsten Moment erfährt, ob er verurteilt oder freigesprochen wird. »Bitte«, sagte der Arzt und wies auf den Stuhl vor dem Pult, und nun *mußte* er sich setzen, weil ihm halb schlecht war vor unguter Erwartung, und er nahm sich vor, wenn er einen positiven Bescheid bekäme, die gelegentlichen Besuche einzustellen, was er sowieso schon lange vorgehabt hatte, und sollte der Bescheid negativ sein, blieb ihm wohl nichts anderes übrig.

»Sie haben«, sagte der Spezialist und hüstelte noch etwas, während sein Opfer innerlich aufstöhnte vor Ungeduld, den Schlag zu empfangen, »Sie haben eine Kälteallergie.«

Der Präsident war baff. Deshalb war er ja gekommen, weil er eine Kälteallergie hatte, das hatte ihm der Apotheker schon gesagt. Bevor er sich zur Frage aufraffen konnte, ob das etwas Gravierendes sei, holte der Spezialist zu seiner Erklärung aus, sagte ihm, daß seine Haut die Kälte nicht ertrage, und daß es nun, bevor man zu Maßnahmen dagegen schreite, darum gehe, abzuklären, was die möglichen Ursachen einer solchen Allergie seien, denn da er nicht damit auf die Welt gekommen sei, müsse es ja eine bestimmte Ursache haben. Schlimm sei das Ganze an sich nicht, sagte er, und hier richtete sich der Gemeindepräsident aufatmend auf, es sei nur, wie er ja selbst erfahren habe, unangenehm, und was die Ursache betreffe, so könne sie z. B. in einem schwelenden Infektionsherd liegen, der ihm vielleicht bis jetzt gar nicht aufgefallen sei, und hier knickte der Präsident wieder etwas ein, weshalb es zunächst wichtig sei, daß man eine möglichst umfassende Abklärung seines Gesamtstatus vornehme, und dann erst könne er ihm die therapeutischen Maßnahmen darlegen. Er solle sich also von der Schwester baldmöglichst einen Labortermin geben lassen und morgens nüchtern hier antreten zur Blutentnahme, Hämoglobin- und Kryoglobulinwerte müßten erfaßt werden, er solle den Urin mitbringen, und auch sein Stuhl müsse analysiert werden, des weiteren würden sie Röntgenaufnahmen seiner Lungen und seiner Zähne machen, aber alles hier im Hause, worauf er dann wieder, auch diesen Termin solle er sich bereits geben lassen, in Kürze zu einer Konsultation kommen könne.

Jetzt kam der Gemeindepräsident erstmals wieder dazu, eine Frage zu stellen, nämlich die, ob man denn etwas dagegen tun könne. Doch, das könne man, sagte der Arzt, aber es habe keinen Wert, daß er ihm zuviel davon sage, bevor er wisse, ob eine Infektion als Ursache vorliege oder nicht. Im Falle einer Infektion müsse man natürlich medikamentös vorgehen, aber auch da käme es sehr darauf an, ob es eine bakterielle Infektion sei oder ein Virus.

»Und was ist die Ursache, wenn es keine Infektion ist?« fragte der Präsident, der jetzt wieder etwas Boden unter den Füßen spürte.

Das sei dann, sagte der Arzt und hob dazu die Schultern, das sei dann jeweils, wie eben bei vielen allergischen Erscheinungen, sehr schwer zu sagen, aber machen könne man auch da etwas, wenngleich er, das müsse er ihm offen sagen, ein wirkliches Versprechen auf Heilung nicht geben könne, höchstens eine Art Wahrscheinlichkeitsprognose.

»Und wie groß ist die Wahrscheinlichkeit?« fragte der Gemeindepräsident, in der Hoffnung, er komme in das ihm vertrautere Gebiet von Ziffern und Prozenten, und siehe da, der Spezialist enttäuschte ihn nicht.

»Was soll ich Ihnen sagen, Herr Niederer, damit Sie mich nicht festnageln?« sagte er lächelnd, »fifty-fifty«.

Daran dachte der Präsident, als er im Lift ins Parterre fuhr und in seiner Mappe die Röhrchen und Gläschen für Urin und Stuhlgang trug, mit denen er übermorgen hier wieder erscheinen sollte, um am nächsten Montag auf Grund der Diagramme seiner Säfte und Ausscheidungen und der Bilder seines Innern zu erfahren, ob er einen Infektionsherd mit sich herumschleppte, oder ob man schlicht nicht sagen konnte, woher das kam, daß er die Kälte nicht mehr ertrug, und auf welche Weise man das seinem Körper austreiben konnte, mit einer Wahrscheinlichkeit von 50%. Er fragte sich auch, ob diese ganzen Untersuchungen nicht einfach dazu dienten, die Einrichtungen dieses Erfolgsarztes zu amortisieren, welcher mit wehendem Mantel von einem Sprechzimmer ins andere eilte, um Prognosen auszuteilen, welche eigentlich nichtssagend waren. Trotzdem hatte er sich entschieden, dieses Testprogramm über sich ergehen zu lassen, er war 51, und schaden konnte es nichts, sich einmal gründlich untersuchen zu lassen, aber zugleich war er entschlossen, als er seine Mappe unter den Arm klemmte und mit erhobenem Kinn den Weg zur Tiefgarage einschlug, sich keinesfalls vom Präsidenten zum Patienten degradieren zu lassen, gleichgültig, ob etwas in ihm schwelte oder nicht.

# 4

Wenn Roland Steinmann mit dem Velo vom Fernsehen zu sich nach Hause fuhr, streifte er mit den Augen einen begradigten Bach, eine Kläranlage, eine Barackensiedlung für Jugoslawen und Türken, ein Baufirmengelände mit Zementsilo und Förderband, eine Holzbrücke, einen begradigten Fluß (so verschmutzt, daß man ein Fotonegativ darin entwickeln konnte, wie kürzlich in einer Aktualitätensendung gezeigt), das Trümmerdorf des Zivilschutzzentrums, das blasse Räuchlein des Kehrichtverbrennungskamins, die Wendeschlaufe einer Buslinie, eine eiserne Eisenbahnbrücke, ordentliche Schrebergärten, Volièren von Kleintierhaltern mit Fasanen und Mandarinenten, eine Bretterwand mit dem dauerhaften Menetekel »5 × Tschernobyl in der Schweiz«, das Fernheizwerk, überlebensgroß, Autobahnlärmschutzwände, die in der Landschaft standen, als hätte jemand gefährliches Gelände schraffiert, im Unterbau der Autobahn ein Restaurant mit Kaffeetrinkenden hinter den großen Scheiben, in der Autobahnunterführung eine Drechslerei und eine Fahrzeugwerkstatt, aus der manchmal ein vorwurfsvoller Blick fiel, weil Radfahren in der Passage verboten war, eine Einbahnrampe, die er ebenfalls widerrechtlich hinunterfuhr, Industriegebäude für Beschläge und Autos sowie Firmen, die irgendwelche Abkürzungen verwalteten, eine heruntergekommene Schokoladenfabrik, meist von einem verheißungsvollen Duft umgeben, direkt an der Durchgangsstraße ein älteres Haus mit dem Namen »Zum stillen Heim«, den Neontitel »Boutique Manuela« über einer verblaßten Aufschrift »Landwirtschaftl. Genossenschaft«, Wohnblöcke, leere Klettergerüste und knappe Sandhaufen, Abfallcontainer, durch Holzpalisaden kaschiert, gekreuzte Gartenzäune, Grillungetüme und Holzbacköfen auf sauberen Rasenflächen, und endlich, groß und gelb vor dem Abendhimmel, das Hochhaus, in dem er wohnte.

Er rollte die Rampe hinunter zur Tiefgarage, griff in seine Jackentasche und drückte auf die Taste des Fernbedienungsgerätchens, worauf sich das Garagentor mit einem leisen Jammern hob und ihn einließ, um sich gleich darauf mit einem Seufzer wieder zu schließen. Er fuhr zu seinem Parkabteil, stieg erst dort vom Velo und schob es neben das Rennrad in den Ständer, den er sich eigens für seine beiden Fahrräder gekauft hatte. Da die Wohnung nur mit Parkplatz vermietet wurde, hatte er beschlossen, die Parkfläche auf diese Art zu benutzen.

Das Auto hatte er bei der Scheidung seiner Frau gegeben und sich seither keines mehr gekauft. Zuerst war er einfach zu träg gewesen dazu, aber nach einer Weile hatte er gemerkt, daß es ihm gar nicht fehlte, ja daß er sich überraschend wohl fühlte dabei, und so war er Nichtautomobilist geworden, was in einer Zeit, da auf jeden zweiten Einwohner ein Auto kam, ein auffälliges Merkmal war, auffälliger als beispielsweise das Nichtrauchen. Warum man nicht rauchte, verstanden alle, warum man nicht Auto fuhr, verstand eigentlich niemand, im Gegenteil, die Leute fühlten sich fast angegriffen dadurch. Manchmal gab es eine Feindseligkeit ihm gegenüber, als würde er eine Pflicht verweigern, jedenfalls hatte es wegen seiner zwei Fahrräder auf der Parkfläche sogar eine Einsprache beim Hauswart gegeben, die Benützer der Nachbarflächen fürchteten angeblich, ein Fahrrad könne umstürzen und ihr Auto dabei zerkratzen, etwas, das noch nie geschehen war und auch nie geschehen würde, die einzigen Kratzer, die es gab, entstanden durch das Öffnen der Autotüren, welche in den viel zu engen Markierungen leicht an das nächste Auto anstießen. Die

Leute stiegen hier unten nicht einfach aus, sondern sie wanden sich aus ihren Sitzen. Da fühlte er sich angenehm frei und unbelastet, statt eines Autos hatte er sich ein schönes Rennvelo gekauft, eins mit achtzehn Gängen, mit dem er gern zu seinen Waldläufen fuhr, und zur Arbeit begab er sich mit seinem guten alten Fünfgänger, von dessen Gepäckträger er nun seine Mappe nahm und zur Tür ging, die ins Treppenhaus führte.

Er wohnte in der dritten Etage des zehnstöckigen Hochhauses und hatte sich angewöhnt, immer zu Fuß zu gehen. Treppensteigen, hatte ein Zehnkämpfer in einem Interview einmal gesagt, sei eines der besten Fitneßtrainings, es belebe nicht nur die Beinmuskulatur, sondern aktiviere die Atmung und durchblute den ganzen Körper, und er könne dies eigentlich allen Menschen empfehlen, nicht bloß den Sportlern, sondern vor allem auch denjenigen, die einen sitzenden Beruf ausübten. Dieses Interview war über seine Aufzeichnungsmaschine gelaufen, vor ein paar Jahren, es war für ihn die letzte Arbeit eines ganzen Tages gewesen, und das Wort »sitzender Beruf« aus dem Munde dieses beweglichen, kerngesunden Mannes hatte ihn wie ein kalter Wasserstrahl getroffen. Es war ihm sofort klar, daß er gemeint war damit, er übte einen sitzenden Beruf aus, und wenn er nicht wollte, daß sein Fett allmählich über die Stuhllehnen hinunterhing, mußte er etwas tun. Von diesem Tag an benutzte er den Lift nur noch, wenn er halbtot war oder Lasten zu schleppen hatte, es war dieselbe Zeit, in der er begann, mit dem Velo zur Arbeit zu fahren, kurz nach der Scheidung. Auch das fällt auf, am Arbeitsplatz wie am Wohnort, wenn einer nicht Lift fährt, und auch das ist eine kleine Herausforderung. Wie oft hielt jemand, der schon im Lift war und ihn kommen sah, noch die Lifttür offen oder rückte eine Tasche zur Seite, die am Boden stand, um ihm zu zeigen, daß er gut noch Platz hatte, und dann brauchte es etwas Überwindung, abzulehnen und zu rufen, man gehe zu Fuß, und als letztes das Unverständnis auf den Gesichtern der Liftfahrer zu sehen, bevor sich die Tür zischend schloß und man durch das Milchglasfenster ihre Füße nach oben entschweben sah.

Er kam in den Eingangsraum und ging zum Briefkasten. Die Tageszeitung war da, die Konsumentenschutzzeitschrift »prüf mit« und eine Ansichtskarte seines Arbeitskollegen Gregy, der mit seiner Freundin eine halbjährige Weltreise machte. Die Karte kam aus Hawaii, und Steinmann las sie noch im Stehen, sie seien jetzt auf der andern Seite der Erde angekommen, es sei gewaltig, hier scheine immer die Sonne, und herzliche Grüße, abgebildet war ein Vulkan, der gerade eine Ladung glühender Lava ausspie.

»Haben Sie Post?« fragte eine Stimme sehr nahe und schnell.

Steinmann drehte sich um. »Monika, grüß dich, wie gehts?«

»Gut, und Ihnen?« fragte Monika sofort.

»Auch, danke«, sagte Steinmann, »ich habe gerade eine Karte aus Hawaii bekommen. Weißt du, wo das ist?«

Monika überlegte einen Moment. »Hawaii? Eine Insel, glaub ich.«

»Ja«, sagte Steinmann, »westlich von Amerika. Dort scheint immer die Sonne. Schreibt mein Kollege.«

»Oh«, sagte Monika.

»Und Vulkane gibt es auch, schau mal.« Er hielt dem Mädchen die Karte hin. Monika nahm sie in die Hand und schaute sie an.

»Lässig«, sagte sie und gab sie ihm zurück.

»Gefällts dir eigentlich in der Lehre?« fragte Steinmann.

»Mhm«, sagte Monika.

»Hast du viel zu tun?«

»Sie müssen halt einmal in den Laden kommen«, sagte Monika.

»Ja«, sagte Steinmann, »ich kaufe leider wenig Blumen.«

»Warum?« fragte Monika. »Blumen sind schön. Kaufen Sie bei mir einen Strauß und zeigen Sie ihn im Fernsehen.«

Steinmann lachte. »In der Tagesschau?«

»Ja«, sagte Monika, »stellen Sie ihn auf den Tisch, wo die immer dran sitzen. Ade, Herr Steinmann!«

Da ging sie, mit dem Rollbrett unter dem Arm, durch die gläserne Eingangstür auf die Straße. Sie war sechzehn oder siebzehn und war etwa gleich groß wie Steinmann mit seinem Meter sechsundsiebzig, eine dünne Person in Jeans und mit kurzgeschnittenen Haaren, knabenhaft in Gestalt und Benehmen, er sah sonst keine Mädchen, die Rollbrett fuhren, sie hatte mit viel Glück eine Stelle als Floristin im Blumengeschäft des großen Einkaufszentrums bekommen, eine Lehrstelle, vielleicht bloß eine Anlehre, aber sie mußte froh sein, überhaupt untergekommen zu sein, er vermutete bei ihr irgendeine Schädigung, eine zerebrale Störung vielleicht, die Eltern sprachen nicht darüber, waren auch nicht gebildet und schienen sich keine großen Gedanken zu machen. Sie wohnten im selben Stock ihm gegenüber, und bei Monika hatte er ein großes Prestige, weil er beim Fernsehen arbeitete. Sie stellte sich vor, daß er jeden Tag mit Stars zu tun hätte. Einmal hatte er der Oberstufenklasse, in der sie bis diesen Frühling zur Schule ging, eine Besichtigung des Fernsehens vermittelt, und damals hatte sie auch gesehen, daß er in den Aufzeichnungsräumen arbeitete, aber das änderte wenig an ihrer Vorstellung, daß er in den höchsten Kreisen verkehrte und ohne weiteres einen Blumenstrauß auf den Tagesschautisch stellen könnte. Sie zeigte ihm gegenüber eine Anhänglichkeit, von der er gar nicht wußte, womit er sich die verdient hatte. Ein paarmal hatte er mit ihr Federball gespielt, wenn sie an einem Samstagnachmittag allein mit ihren Rackets unter dem Arm auf dem Vorplätzchen gestanden hatte, und er wechselte immer ein paar Worte mit ihr, wenn sie sich im Treppenhaus begegneten.

Im Hinaufgehen dachte Steinmann, daß sie eigentlich einer der wenigen Menschen in diesem Haus und im Quartier war, die er wirklich mochte. Er war nach seiner Scheidung hierher gezogen und hatte nicht viele Kontakte, erwartete auch gar nicht, Kontakte zu haben, betrachtete alles als vorläufig und war einfach froh, daß er günstig untergekommen war, der Gedanke aber, hier zum Beispiel verwurzelt zu sein, wovon in der Begrüßungsbroschüre der Gemeinde die Rede war, erschien ihm absurd und unvorstellbar, er war genau jener Neuzuzüger, an den sich die Broschüre richtete, und er wollte ein Neuzuzüger bleiben. Die zahlreichen Vereine freuten sich, stand da weiter, und er wußte noch gut, wie er gedacht hatte, auf mich freuen sie sich vergebens. Sport und Bewegung ja, aber nicht im Turnverein, Bergsteigen gern, aber nicht im Alpenklub.

Mit der Zeit allerdings hatte er festgestellt, daß er es schätzte, wenn er jemandem zunicken konnte, den er kannte, und wenn auch zurückgenickt wurde, wenn man ihn also ebenfalls kannte, und zwar ganz gleich, wie oberflächlich und belanglos. Er spürte auch ein kleines Wohlbefinden, wenn man ihn in der Bäckerei mit seinem Namen ansprach, seit er einmal eine Torte bestellt hatte. Wäre man eine Familie mit Kindern, dann wäre alles ganz anders, das war ihm bald klargeworden. Im Sommer gab es hier in einem kleinen Wäldchen beim Sportplatz zweimal im Monat einen Familientreff, man versammelte sich abends um eine Feuerstelle, wo man Würste oder etwas Besseres briet, die Kinder, die sich kannten, spielten miteinander, die

Erwachsenen saßen an den fest installierten Picknicktischen oder auf den Steinen ums Feuer herum, tranken etwas und unterhielten sich, alles ganz anspruchslos, und doch ging Steinmann ab und zu hin, wenn es einer seiner freien Abende war. Monika hatte ihn dahin gebracht mit ihrer Hartnäckigkeit. Einmal hatte sie ihn gefragt, ob er auch zum Wäldlifest komme, und als er nicht wollte, sagte sie, Sie müssen aber unbedingt kommen. Er war dann erstaunt über die ungezwungene Art, mit welcher er dort aufgenommen wurde, lernte in diesem Kreis ein paar Menschen kennen, die ihm gefielen, etwa Stebler, den Bastler, der aus seiner Garage eine Werkstatt gemacht hatte, die unter dem Namen »Dubeligarage« bekannt war, mit seiner Frau Helen und den drei Buben Fabian, Christian und Sämi, und viele von den andern sah er zwar nicht ungern, aber wenn sie gemütlicher wurden an einem dieser Sommerabende und vielleicht sogar zu singen begannen, zog er es vor, zu gehen, in sein Hochhaus, wo er bestimmt die Hälfte der Bewohner nicht kannte, und das ihm manchmal vorkam wie ein riesiger Korallenbau auf dem Meeresgrund, mit Höhlen, Nischen und Nestern für die verschiedensten Lebewesen, die geschäftig ein- und ausschwammen, und vor einem dieser Höhleneingänge stand er jetzt, und das Schildchen unter der Türklingel bestätigte ihm, daß er hier wohnte, er, Roland Steinmann, der Einsiedlerkrebs.

Als er mit dem Schlüssel die Tür öffnen wollte, widerfuhr ihm etwas Eigenartiges. Die Türe schnellte vor seinen Augen um eine Fingerbreite nach links und wurde sofort wieder zurückgeschoben. Zugleich war ihm, als hätte er einen Schlag gespürt, oder gehört, der gegen das Haus ausgeführt wurde. Er erschrak, und einen Moment lang wurde ihm so schwindlig, daß er sich an der Falle festhielt und mit dem Kopf gegen die Tür lehnen mußte. Was hatte sich da bewegt? Das Haus oder sein Kopf? War sein Kreislauf am Versagen? Dann aber atmete er tief ein, führte den Schlüssel vorsichtig ins Schloß, das wieder an seinem verläßlichen Ort war, öffnete die Tür und trat ein.

# 5

»Komm, Herr Jesu, sei unser Gast
und segne, was du uns bescheret hast. Amen«,
murmelten Vater, Mutter und Sohn mit gefalteten Händen und gesenkten Augen, dann sagten sie fast gleichzeitig »E Guete mitenand!« und die Mutter begann die Suppe aus der Porzellanschüssel in die Porzellanteller zu schöpfen.

Dem Gemeindepräsidenten war das Tischgebet zuwider, aber seine Frau bestand darauf, und da er einer christlichen Partei angehörte, schickte er sich darein, und wenn Besuch da war und seine Frau eigentlich auf das Tischgebet verzichtet hätte, bestand er seinerseits darauf, denn soviel wenigstens wollte er von dieser Sitte haben, daß man wußte, sie wurde in seinem Hause hochgehalten, in einer Zeit, in der alle herkömmlichen Werte am Zerbröckeln waren, und er weidete sich auch jedesmal an der Verlegenheit der Gäste, wenn man sie etwa beim Griff zum Brot mit dem Gebet überrumpelte. Der Sohn wußte einfach, daß er, wenn er mitessen wollte, auch mitbeten mußte und hatte seinen Widerstand ebenfalls aufgegeben, ja, mit dem Älterwerden bekam das kleine Ritual für ihn bereits etwas Nostalgisches und erinnerte ihn an die Kindheit, von der er allerdings noch gar nicht richtig losgekommen war, solange er immer noch bei den Eltern lebte. Er schaute sich schon länger nach einer eigenen Wohnmöglichkeit um, ohne das den Eltern zu sagen, denn irgend etwas stimmte nicht an diesem Zustand, daß er da oben wohnte, in den Räumen seiner Kinderzeit, und daran war, jemand anderer zu werden als seine Eltern. Nur, es war unglaublich schwierig, in Zürich etwas zu finden, das zugleich geeignet und bezahlbar war, er dachte manchmal, der wirkliche geologische Unterbau dieser Stadt sei weder Kalk noch Mergel noch Molasse, sondern Geld.

Seine Mutter, die Frau des Gemeindepräsidenten, hatte ein schönes, etwas scharf geschnittenes Gesicht und immer noch schwarze Haare ohne einen einzigen Silberfaden, die sie meistens zu einem Chignon zusammengebunden hatte. Dies gab ihr eine gewisse Strenge, an der auch der weiße Pullover und die Hosen, die sie heute trug, nichts änderten, und sie übte diese Strenge gerne aus, zum Beispiel eben in der Durchsetzung des Tischgebets, welches für sie, ursprünglich zur Stütze des Religionsunterrichts der Buben eingeführt, zum täglichen Triumph über ihren Mann geworden war und mit Andacht wenig zu tun hatte. Sie hatte auf vieles verzichtet im Leben, damit sich ihr Mann und ihre Söhne entfalten konnten, und sie wollte sich mindestens einmal am Tag mit einem unüberhörbaren Anspruch bemerkbar machen, und wenn es nur eine Anrufung Gottes war.

»Was ist das?« herrschte sie ihren Hund an, einen braunweißen Collie, der sie mit der Nasenspitze in die Seite stieß, und zwar betonte sie, wie das im Gespräch mit Hunden üblich ist, das erste Wort des Satzes so stark, daß man das ganze für ein einziges Wortgebilde hätte halten können, Wasistas?

»Arco, gib Ruhe!« schnauzte der Gemeindepräsident, auch das eine erprobte Worteinheit, aber der Hund stupste unbeirrt weiter und wimmerte dazu, so daß sich die Frau schließlich vom Tisch erhob und die Türe zum Korridor öffnete, durch die er sogleich hinausschlüpfte.

»Ich weiß nicht, was er hat«, sagte sie, »seit mindestens zwei Stunden weiß er nicht, was er will.«

Dann setzte sie sich und begann ebenfalls zu essen. Es war eine Selleriecrèmesuppe, in welche sie einige frische Brennesselblätter fein gehackt hatte; sie las gerade ein Buch eines Fernsehkochs über die Verwendung von Kräutern und war gespannt auf die Reaktion der zwei Männer.

»Bist du vorwärtsgekommen heute?« fragte der Gemeindepräsident seinen suppelöffelnden Sohn.

»Nicht schlecht«, sagte der, »wenn es so weitergeht, bin ich in einer Woche fertig.«

Er hatte den ganzen Tag zu Hause hinter einer Seminararbeit verbracht, die er eigentlich in den Semesterferien hatte abschließen wollen.

»Und kommt etwas Rechtes heraus dabei?« fragte der Vater.

»Ich hoffs«, sagte der Sohn. »Allerdings nicht das, was sich der Professor gewünscht hat.«

Der Vater runzelte die Stirn. »Warum nicht?«

Im Korridor bellte der Hund.

»Weil es einfach nicht so ist, wie er vermutet hat.«

»Und du bist sicher, daß du recht hast?« fragte der Vater. Aus der Politik wußte er, daß es günstiger wäre, sein Sohn würde das herausfinden, was der Professor vermutet hatte.

»Ja«, sagte der Sohn, »ziemlich.«

»Hoffentlich nimmt er die Arbeit überhaupt an«, sagte der Vater.

»Muß er«, sagte der Sohn, »sonst wäre er kein Wissenschafter.«

Das Bellen des Hundes war jetzt in ein Heulen übergegangen, welches er beharrlich direkt vor der Stubentür ausstieß.

»Michèle, laß ihn herein«, sagte der Gemeindepräsident, worauf seine Frau ungehalten aufstand und die Tür mit einem zweiten Wasistas wieder öffnete. Der Hund schlich mit gesenktem Kopf an der Bücherwand entlang zur Polstergruppe und kroch unter den Glastisch.

»Ich weiß wirklich nicht, was er hat«, sagte Michèle, während ihr Mann zu seinem Sohn sagte: »Es kommt nicht nur auf die Wissenschaft an«, und diesen Ausspruch mit einem Blick betonte, den er von seinem über den Löffel gebeugten Kopf absandte, ein Schuß von unten sozusagen.

»In der Politik vielleicht, aber in der Wissenschaft schon«, entgegnete sein Sohn und schaute spöttisch über die Ränder seiner Nickelbrille zurück.

»Wissenschaft ist auch Politik«, sagte der Vater und hoffte, mit dieser Pauschale die Auseinandersetzungen zu Ende zu bringen.

»Was ist jetzt das wieder für ein Gemeinplatz?« fragte der Sohn und schüttelte den Kopf.

»Das ist eine Lebenserfahrung«, sagte der Vater, »warte nur, bis du älter bist.«

»Will noch jemand Suppe?« fragte die Mutter, die seit Jahren darauf spezialisiert war, drohende Konflikte mit Nahrungsangeboten zu ersticken.

»Danke, erst wenn ich älter bin«, sagte der Sohn mit einem Blick auf den Vater.

»Ist sie etwa nicht gut?« fragte die Mutter rasch.

»Ach wo, exzellent wie immer«, sagte der Sohn.

»Wie immer?«

»Sicher, ich hab nur keinen Riesenhunger.« Er aß dauernd Schokoperlen, während er arbeitete.

»Aber ich«, sagte der Gemeindepräsident, indem er mit einem Brotstück dem Tellerboden nachfuhr, »schließlich hab ich heute morgen gefastet.«

»Wie wars überhaupt, bist du nicht umgekippt bei der Blutabzapferei?« fragte der Sohn.

»Aber Thomas«, warf die Mutter ein.

»Erzähl ich später«, sagte der Gemeindepräsident, der nicht viel Medizinisches zum Kulinarischen ertrug.

Der Sohn kicherte, der Hund jaulte unter dem Glastisch hervor, der Gemeindepräsident hob seinen Teller, seine Frau füllte den Schöpflöffel und schüttete ihn mit einem

Ruck ihrem Mann über die Hände, während die Schüssel vom Rechaud kippte und die ganze Selleriecrèmesuppe samt den unerkannt gebliebenen Brennesselblättern aufs Tischtuch floß und auch über dasselbe hinabtropfte, dem Sohn auf die Jeans.

Einen Moment lang saßen die drei entgeistert da, und auch der Hund war verstummt.

»Michèle, was ist das?« fragte der Gemeindepräsident, aufgebracht und fassungslos.

»Entschuldigung, Manfred... es war... ich weiß nicht ... wie ein Schlag.«

Der Sohn lachte. »Ein Erdbeben! Endlich erlebe ich einmal ein Erdbeben!« Er war begeistert.

»Du meinst...?« fragte der Gemeindepräsident und stand auf.

»Was denn sonst?« sagte der Sohn und zeigte auf die Deckenlampe, die noch leicht hin- und herschwang.

»Kommt, helft mir«, sagte die Frau, »ich muß das Tischtuch auswechseln.«

Alle begannen nun, das Geschirr in die Durchreiche zu stellen, damit man das Tischtuch wegnehmen konnte. Plötzlich blieb der Gemeindepräsident mit der Weinflasche und dem Mineralwasser in der Hand stehen und fragte seinen Sohn: »Glaubst du, das wars? Oder kommt noch etwas nach?«

»Das kann man nicht wissen«, sagte der Sohn, knüllte das suppendurchtränkte Tischtuch zusammen und trug es in die Küche, indem er auf dem Parkettboden eine Tropfspur hinterließ.

»Halt!« rief die Mutter, »man hätte etwas darunterhalten sollen, eine Zeitung oder ein Wachstuch!«

»Zu spät«, sagte Thomas, »wohin damit?«

»Komm gib«, sagte die Mutter, die sich eine Schürze

angezogen hatte, und Thomas übergab ihr erleichtert die feuchte Bescherung. Für Haushaltkatastrophen jeglicher Art fühlte er sich absolut nicht zuständig, es war ihm ein Rätsel, wie man zum Beispiel einen Spannteppich mit Hundekotze überhaupt wieder saubermachen konnte.

»Thomas!« rief der Vater aus der Stube.

Gern und schnell entfernte er sich aus der Küche.

Der Vater stand neben dem Telefon und hatte bereits den Hörer in der Hand. »Denkst du, daß der Stoß stark genug war für Schäden – Leitungsbrüche und so?«

»Das hängt von den Leitungen ab«, sagte Thomas und lachte. Sein Vater ärgerte sich. »Ich frag dich das nicht zum Scherz. Ich als Gemeindepräsident frage dich als Geologen, das erstemal, daß dein Studium zu etwas nützlich wäre – hallo? Herr von Arx? Niederer am Apparat, scheint ein Erdbeben gewesen zu sein, haben Sie Schadenmeldungen? Nicht? ... Ausgeleerter Kaffee, so so, ha ha, bei uns wars die Suppe. Also gut, falls es etwas gibt, ich bin zu Hause, bitte informieren Sie mich. Danke. Schönen Abend.«

Er legte auf. »Also, das war der Feuerwehrkommandant. Scheint nichts Ernstes gewesen zu sein.«

»Kann ich mal?« fragte Thomas und zeigte auf das Telefon.

»Wohin?«

»Ins Institut – vielleicht wissen sie dort mehr.«

»Gut, aber nicht zu lang, ich möchte erreichbar bleiben.«

Thomas wählte die Nummer, die er auswendig kannte.

»Hallo – Sandra? Was, *du* bist noch da? Thomas hier, sag mal, hast du das Beben gespürt vorhin? Nicht? Wirklich? Dann vergiß mal deinen zirkumpazifischen Gürtel und geh zum Seismographen. Ich? Zu Hause. Uns hats die Suppe umgeschmissen. Also. Ich warte.«

Der Vater stand daneben und schaute ihn fragend an.

»Das gibts ja nicht«, sagte Thomas, »die hat nichts bemerkt. In Zürich wird man richtig unempfindlich gegen Erschütterungen durch die S-Bahn-Bauerei – ein Dauererdbeben. So, komm schon«, sagte er und trommelte mit den Fingern auf das Telefontischchen. Dann fügte er hinzu: »Nicht daß der Alarmservice zusammenbricht.«

Sein Vater überhörte die Ironie und blieb neben dem Telefon stehen, aber es dauerte zwei, drei Minuten, bis Thomas' Kollegin wieder am Apparat war.

Nun folgte offenbar eine längere Erklärung, welche Thomas nicht ganz zu verstehen schien. »Und vom Erdbebendienst ist niemand da? Typisch. Ein Erdbeben ist selber schuld, wenn es nach Büroschluß kommt. Dann warten wir halt ab, was der Bollag sagt, morgen. Tschau, Sandra, merci.« Er legte den Hörer auf.

»Und?« fragte der Vater.

»Da war ein Ausschlag auf dem Zürcher Seismographen, aber sie sagt, sie sehe auf dem Sammelseismographen, wo alle Daten aus der ganzen Schweiz zusammenlaufen, keine weiteren Ausschläge, außer einem Hauch Innerschweiz, dann wäre das so etwas wie ein Ortsbeben in der Gegend von Zürich, hausgemacht sozusagen, aber das ist wohl eher selten, deshalb ist sie nicht ganz sicher, ob die Geräte stimmen oder ob sie die Ausschläge richtig interpretiert. Wir fragen dann morgen den Professor.«

»Und vom Erdbebendienst ist niemand da? Ich denke, das ist eine Rund-um-die-Uhr-Stelle«, sagte der Vater, verwundert und verärgert zugleich.

»Da denkst du edel, hilfreich und gut«, sagte Thomas, »aber weit an der Realität vorbei. Der Erdbebendienst arbeitet von 8–12 und von 2–6, dafür arbeiten die Seismographen durchgehend, und wenn heute niemand von denen vom Stuhl gefallen ist deswegen, schauen sie sich die Streifen erst morgen an. Geologen denken eben in weiteren Zeiträumen.«

»Eine große Hilfe seid ihr nicht gerade«, sagte der Vater und ging wieder zum Stubentisch, wo seine Frau unterdessen frisch gedeckt hatte; eine Platte mit geschnetzeltem Kalbfleisch und Frühkartoffeln stand auf dem Rechaud.

»Warte eben bis morgen«, sagte Thomas.

»War es nun ein Erdbeben oder war es keins?« fragte die Mutter.

»Es war eins«, sagte Thomas, »die Frage ist bloß, was für eins. Vielleicht war es wirklich ein Ortsbeben, das sich nur auf die Agglomeration hier beschränkte.«

»Und was würde das Besonderes bedeuten?« fragte der Vater, sich setzend.

Thomas spießte stehend mit der Gabel eine Kartoffel auf und hob sie dicht vor sein Gesicht.

»Das würde bedeuten«, sagte Thomas, »wir sind gemeint. Wir persönlich.«

## 6

Roland Steinmann saß am Tisch seiner Wohnküche und putzte mit einer Brotrinde den Rest seiner Spiegeleier aus dem Teller. An einem Tag mit normaler Arbeitszeit aß er in der Fernsehkantine zu Mittag und machte sich dann am Abend noch eine Kleinigkeit selbst; dazu richtete er sich den Tisch so her, daß er sich gern daran setzte, er legte ein farbiges Set hin, zweiteilig, eins für den Teller und eins für die Tasse oder das Glas, die Butter schnitt er sich nie bloß aus dem Papier heraus ab, sondern immer von einem Butteruntersätzchen des Heimatwerks, das Brot lag immer auf einem Brotbrett, alles, was zusätzlich auf den Tisch kam, stellte er auf irgendwelche Unterlagen, dazu ließ er eine Kerze brennen, auch bei Tageslicht, und meistens stellte er sein Taschenradio neben die Kerze und ließ es laufen, manchmal legte er eine Kassette mit Gitarrenmusik oder Folklore ein, häufig aber hörte er einfach das, was gerade gesendet wurde, von den Lokalradios oder von einer der drei staatlichen Ketten. Nicht selten konnte ihm die Musik und das Programm gar nicht simpel genug sein. Das waren die Tage, an denen er sich so verloren und verlassen vorkam, daß er sogar die zwanghafte Fröhlichkeit der Lokalradiosprecher brauchen konnte. Handkehrum erschrak er wieder, wenn er sich über einen dümmlichen Witz eines Frühaufstehermoderators lachen hörte und merkte, daß er auf dessen gute Laune hereingefallen war. Kürzlich war es ihm passiert, daß er bei den Gratulationen an die alten Leute seinen Nachnamen hörte, irgend jemand namens Steinmann hatte offenbar die Grenze vom Alter zum Greisentum überschritten, und da sah er sich einen Moment lang als 97-jährigen allein an diesem Tisch sitzen, ohne Söhne, Töchter, Enkel und Freunde, allein mit einer Kerze neben dem leergegessenen Teller, und das Radio spielte ihm als Geburtstagslied »Der liebe Gott geht durch den Wald«.

Heute abend fühlte er sich unruhig und unzufrieden.

Während im Lokalradio für Benzin und Sprünglipralinés geworben wurde und die »Migros« ihr umfassendes Angebot anpries, als ob sie nicht schon an jeder Ecke stünde, schaute er die Filminserate durch, es war kurz vor acht, das würde also für einen 9-Uhr-Film noch reichen. Einige waren darunter, die ihn interessiert hätten, »Der Sizilianer« etwa, weil er den Blick des Hauptdarstellers mochte, den »Letzten Kaiser von China« kannte er auch noch nicht, obwohl ihn alle rühmten, oder »Die Hexen von Eastwick«, da war Jack Nicholson dabei, den er verehrte – sieh da, »I've heard the mermaids singing« lief immer noch, da war er drin gewesen, der letzte, den er gesehen hatte, eine junge Frau, die allein lebte und in einer Galerie arbeitete, dazu in der Freizeit fotografierte und irgendwie alles, was sie anpackte, leicht falsch machte, und dann verfiel sie in eine Art Liebe zu dieser Galeristin und schüttete ihr zuletzt versehentlich ein Glas mit heißem Tee ins Gesicht, und das war schon fast die ganze Geschichte, aber die Frau hatte ihm gefallen, sie war etwa gleich alt wie er, und sie tat ihm leid, wie sie allein lebte und nachts aufstand, und das einzige, was sie im Kühlschrank fand, war eine Büchse Erbsen, und dann machte sie sich diese Erbsen heiß und aß sie aus der Pfanne, da hätte er sie umarmen mögen oder ihr etwas Gutes kochen wollen, sie tat ihm derart leid, wie sie alleine lebte, dabei war sie so munter und hübsch und spritzig und verschmitzt, und warum, dachte er damals, als er nach Hause kam und seinen Kühlschrank öffnete, aus dem ihm Joghurt, Butter, Milch, Bier, Konfitüre, Margarine, Schinken, Oliven, Cornichons, Mettwurst, Schmelzkäse und Eier entgegenblickten, warum lebe ich eigentlich allein.

Er ließ die Zeitung sinken und dachte nochmals über diese Frage nach. Er hatte ja, wie man sagte, eine gescheiterte Beziehung hinter sich, wobei er diesen Ausdruck zu hart und zu abwertend fand, abgebrochen würde genügen, eine Wanderung konnte man ja auch abbrechen, wenn das Wetter schlecht war, und das Wetter war nie richtig gut gewesen in den zwei Jahren seiner Ehe mit Erika. Eigentlich war es eine Jugendliebe gewesen, und sie hatten sich erst als Erwachsene wieder getroffen, zufällig, in Zürich, wo sie als Sekretärin arbeitete, und nach einem Strohfeuer des Wiedererkennens hatten sie viel zu überstürzt beschlossen zu heiraten, ohne vorher zusammengewohnt zu haben, und das war wohl ein Fehler gewesen. Es begann ihn nämlich rasch zu stören, daß er einfach alles mit einer zweiten Person teilen mußte, die Küche, das Wohnzimmer, den Garderobenständer, die Zahnpasta, aber auch die Zeit, seine Pläne für freie Tage und Ferien, immer mußte man da noch jemanden beiziehen. Ihre Interessen gingen viel weiter auseinander, als er sich das vorgestellt hatte, zwei, drei Bergausflüge hatte sie mitgemacht, säuerlich und heikel, sie war am liebsten im Strandbad gelegen bei schönem Wetter und hatte nichts gemacht, als sich nach einer Stunde vom Bauch auf den Rücken gedreht, und nach zwei Stunden wieder vom Rücken auf den Bauch, und im Sex hatte sie eine Art von Passivität, als ließe sie sich frisieren oder die Nägel lackieren. Es war ihnen auch nicht gelungen, gemeinsame Freunde zu finden, die Leute, mit denen sie verkehrte, waren alle aus der Surfer-, Squash- und Saunaszene, die ihm zuwider war, bei entsprechenden Einladungen war Erika immer sehr förmlich geworden, mit Tischtüchern und verschiedenen Gläsern und Messerbänklein, die sie geerbt hatte, es kam ihm dann jeweils so vor, als spielten sie ein Ehepaar, das ein anderes Ehepaar zum Essen einlud.

Ja, und dann war es zur Scheidung gekommen, glücklicherweise, er war heute noch froh darüber, und er war sehr erleichtert gewesen, als er sein kleines Umfeld wieder für sich hatte und es im Badezimmer nur nach seinem Aftershave roch und nicht nach einer süßlichen Malvencrème, die ihn nichts anging. In letzter Zeit allerdings hatte er ein paarmal das Gefühl gehabt, so auch nach jenem Film, er sollte doch wieder versuchen, sich mit einer Frau zusammenzutun. Auch wenn er an einige seiner Arbeitskollegen mit Familie dachte oder an seine Quartierbekannten, schien ihm plötzlich, ein Leben zu zweit oder mit Kindern sei auf die Dauer schöner als ein Leben allein. Denn häufig ging es ihm so wie eben gerade, daß er mit seiner Freiheit gar nicht recht wußte, was machen, daß er im Umgang mit sich selbst eine gewisse Lustlosigkeit feststellte.

Bloß, wie ging man in einem solchen Fall vor? Mußte man Frauen, die einem gefielen, einfach ansprechen? Mußte man möglichst viele Veranstaltungen besuchen, Konzerte, Kinos, Theater, Vernissagen? Einer hatte ihm einmal gesagt, seine besten Bekanntschaften hätte er bei Kunstausstellungen gemacht. Müßte er also in Ausstellungen herumschlendern und so tun, als betrachte er die Bilder, dabei wäre er nur hinter Frauen her, die er ansprechen könnte? Der Gedanke kam ihm absurd vor, sicher würde man ihm das sofort ansehen, schon beim Lösen der Eintrittskarte würde er erröten. Müßte er zu einer Ehevermittlung? Peinlich wäre das, legalisierter Menschenhandel, ausgeschlossen. Oder einmal inserieren? Beim Gedanken, daß er als Hobby z. B. Wandern schreiben müßte, erkannte er schon die Unmöglichkeit. In diesen Inseraten wanderten alle, und er hatte sich schon oft gefragt, warum er nie eine dieser einsamen Frauen antraf, wenn er in den Bergen unterwegs war. Ginge es nach den Inseraten, müßte unter jeder zweiten

Föhre eine picknicken, aber immer traten sie paarweise auf und strahlten ingrimmige Zufriedenheit aus mit roten Backen und roten Socken, das waren wohl die, die endlich einen Partner gefunden hatten und nun den Beweis antreten mußten, daß sie wirklich gerne wanderten.

Oder war unter denen, die er schon kannte, eine mögliche Kandidatin?

Er dachte an Evelyn. Das war eine Cutterin, zu der er eine ziemlich skurrile Beziehung unterhielt. Sie war eine jener Frauen, die sich zum Alleinleben entschlossen hatten, ohne deswegen zu den Männerfeindinnen oder den Lesbierinnen überzulaufen. Von Zeit zu Zeit verbrachten sie eine Nacht zusammen, entweder bei ihr oder bei ihm, und es war einzig und allein körperliche Begierde, die sie zusammenführte. Sie hatte dafür einmal den Ausdruck »IG sexuelle Befriedigung« geprägt, und das traf zu; er war jedesmal froh, wenn sie nach einer Nacht bei ihm am Morgen wieder ging, und er wußte, daß es für sie ebenso war. Er hatte kein Bedürfnis, diese Interessengemeinschaft über ihren jetzigen Zweck auszuweiten, und war sicher, daß sie das auch nicht wünschte.

Der Arbeitsplatz, das las man in jeder Illustrierten, der Arbeitsplatz sei der beste Heiratsmarkt, und wenn ihm im Moment auch niemand in seiner Nähe in den Sinn kam, nahm er sich doch vor, sich besser umzuschauen, in der Kantine, beim Gang dorthin, und besser hinzuhören im Gespräch mit Kollegen, wenn es um Kolleginnen ging, vielleicht war es doch nicht so, daß alle anziehenden und interessanten Frauen schon verheiratet waren oder einen festen Freund hatten, vielleicht war es nur eine Frage, ob man die richtige Haltung einnahm und dadurch irgendeine Bereitwilligkeit anzöge, in der Natur erkannten sich schließlich die balzbereiten Tiere auch durch sehr feine

Signale, wieso sollte sich ein solches Naturgesetz nicht einmal in einem Fernsehstudio abspielen können?

»Die Agglomeration Zürich ist heute abend kurz vor 19 Uhr von einem Erdbebenstoß erschüttert worden.«

Ohne daß er es bemerkt hatte, waren die Werbespots in Nachrichten übergegangen, und erst bei diesem Satz horchte Steinmann auf und hörte interessiert zu. Vor allem im nordöstlichen Teil der Stadt und in der angrenzenden Region sei der Stoß wahrgenommen worden, hieß es weiter, Schäden keine bekannt, Epizentrum vermutlich Innerschweiz.

Das war also die verschobene Wohnungstür gewesen, ein Erdbeben, oder eigentlich nicht ein Beben, sondern ein vereinzelter Stoß, ein gezielter Faustschlag aus den Tiefen der Innerschweiz. Ziel des Schlags: die Agglomeration Zürich-Nord. Irgendwie schien ihm das typisch. Es gab in vielen Teilen der Schweiz einen Haß auf Zürich, weil es zu groß und zu reich und zu verwahrlost war, kürzlich waren in Luzern Kleber aufgetaucht mit der Inschrift »Juhui, ich bi ke Zürcher!« Jetzt versuchten sie es also schon mit Erdbeben.

Aber er war erleichtert, daß er keiner Sinnestäuschung aufgesessen war. Es passierte ihm gelegentlich, vor allem an strengen Arbeitstagen mit pausenlosem Starren auf den Monitor, daß es ihm leicht schwindlig wurde, wenn er sich nach dem Bücken wieder aufrichtete, oder daß er ein Flimmern vor den Augen hatte, das jedoch rasch wieder verschwand, und diesen Phänomenen hatte er auch das wegrückende Türschloß zugeordnet, als ob ich betrunken wäre, hatte er sich gesagt, aber es hatte ihn beunruhigt, und er hatte sich gleich nach dem Eintreten probeweise gebückt, um festzustellen, ob auch der Schwindel da sei, doch er war nicht da. Das mußte zu seiner unguten Stimmung beigetragen haben, denn nun, nach dieser Nachricht, fühlte er sich befreit und unternehmungslustig und wußte auch sofort, was er noch tun wollte.

Er zog seinen Trainingsanzug an, rannte in die Garage hinunter und schwang sich auf sein Rennrad. Man hatte Sommerzeit, die Abende waren schon lang, also blieb ihm noch genügend Zeit für einen Waldlauf.

# 7

»Schach«, sagte eine Bubenstimme, und die Befriedigung darin war nicht zu überhören.

Heinz fuhr ein bißchen zusammen und schaute auf das Brett. Zwar hatte er, wie er jetzt merkte, die ganze Zeit auf das Brett geschaut, aber mit seinen Gedanken war er so weit weg gewesen, daß er wohl eher durch das Brett hindurch geschaut haben mußte, sonst wäre er nicht in diese Falle hineingelaufen, über die sich Reto, sein Sohn, nun freute, indem er sich zurücklehnte und »Sooo?« sagte.

»Oha«, sagte Heinz, der sofort erfaßte, was passiert war. Ein Abzugsschach. Reto hatte den Springer gezogen und dadurch seine weiße Läuferlinie freigemacht, die sich seinem König sozusagen ins offene Fleisch bohrte, aber das Schlimme daran war, daß der Springer gleichzeitig seine Dame angriff. Heinz suchte das Feld vergeblich nach rettenden Sofortmaßnahmen ab, nach Gegenzügen, tückischen Arten vielleicht, den König zu decken, er fand nicht die geringste Verzögerung des Unheils, es blieb ihm einzig die banale Flucht aus dem Schach, und er konnte sich nicht einmal am Springer rächen, mit dem ihm sein Sohn nun die Dame schlug, denn sie war nicht geschützt, und er ärgerte sich, daß er sie so weit ins Feld hinaus geschickt hatte.

Impulsiv griff er mit dem Turm den Springer an, um ihn wenigstens wieder wegzuscheuchen, und übersah dabei, daß er in die Linie des schwarzen Läufers hineingeriet, welcher fast das ganze Spiel über unauffällig im Schatten eines Bauern gestanden hatte.

»Aber Papi«, sagte Reto halb mitleidig, halb triumphierend, als er ihm den Turm abnahm, und Heinz rief scherzhaft »Aua!« aber es machte ihm Mühe, scherzhaft zu sein. Früher hatte er sich gefreut, wenn sein Sohn gegen ihn gewann, doch je stärker dieser zu spielen begann, desto mehr war ihm daran gelegen, die Oberhand zu behalten, etwas, worüber er sich gelegentlich wunderte, denn er hielt sich für einen guten Verlierer.

Jetzt, nach dem Abgang des zweiten Turmes, hätte er gegen einen ebenbürtigen Gegner aufgeben müssen, und er spielte nur noch weiter in der Hoffnung, Reto könnte einen Kapitalfehler machen oder er ließe sich vielleicht in ein Patt manövrieren. Der fuhr aber sehr umsichtig fort und gab nichts mehr preis von seinen Vorteilen, so daß er schon nach wenigen Minuten das Wort sagen konnte, das den endgültigen Punkt hinter das Spiel setzte, »matt«.

Heinz blieb einen Moment reglos sitzen, nickte dann und sagte: »Doch, gut hast du gespielt.«

Reto war zufrieden und fragte ihn, ob er eine Revanche wolle.

»Halb neun«, sagte sein Vater mit einem Blick auf die Armbanduhr, »das wird zu spät.«

Dann standen beide auf, Reto ließ sich ein Bad einlaufen, Heinz wechselte auf die Polstergruppe und griff nach der Zeitung, die er heute noch nicht gesehen hatte.

Er blätterte sie durch, ohne mit den Augen irgendeinen Anhaltspunkt zu finden. Das übliche Tagesgemisch aus Milchpreis und Palästina, das Wetter blieb gut, und den Wirtschaftsteil las er ohnehin nie. Beim Sport stockte er, als er das Foto einer Leichtathletin sah, welche vom internationalen Verband eine Sperre bekommen hatte wegen Dopings. Diese Frau hatte er heute gefilmt, bei ihr zu Hause waren sie gewesen für ein Kurzporträt der Sportredaktion, und sie hatte genauso zu Boden geschaut wie auf dem Zeitungsbild, er hatte große Mühe gehabt, einen wirklichen Blick von ihr einzufangen. Beim zweiten Teil des Interviews hatte er sogar auf das Stativ verzichtet und war auf die Knie gegangen, um durch die Perspektive von unten etwas mehr Gesicht von ihr zu bekommen. Sie war ihm unglücklich und unzufrieden erschienen, und sie tat ihm leid, wie ein kleines Mädchen, das Schokolade genascht hatte und es nicht zugeben konnte.

Er las den Artikel durch, sie sagte etwa dasselbe, was sie dem Sportredaktor heute nachmittag auch gesagt hatte, Beteuerungen, Verdächtigungen, Verteidigungen. Plötzlich fiel ein Wassertropfen auf die Zeitung, und gleich danach ein zweiter. Heinz erschrak. Diese Tropfen waren Tränen, und die Tränen kamen von ihm. Er hatte also geweint. Und es war nicht das erste Mal heute. Schon am Nachmittag, nach dem zweiten Interviewteil im Knien, als er da wieder aufgestanden war, hatte er sich die Augen wischen müssen, aber dort war es nicht aufgefallen, auch ihm selbst wurde erst jetzt deutlich, daß dies nichts mit seiner angestrengten Stellung zu tun gehabt hatte, sondern daß es Tränen gewesen sein mußten.

Tränen? Er? Wie denn, was denn? Er war verwirrt. Ja, er hatte sich sehr schlecht gefühlt den ganzen Tag, schon lang nicht mehr war er so ungern Kameramann gewesen. Als sie heute in die kleine Wohnung der kleinen Sportlerin eindrangen und sofort begannen, Ständerlampen zu verschieben und Pokale zurechtzurücken, als wären sie hier zu Hause, und dann mit der gewohnten Routine ihre Kabelrollen zogen und die Scheinwerfer aufstellten, war es ihm auf einmal vorgekommen, als seien sie ein Schwarm Schädlinge, der über eine blühende Wiese herfiel. Diese Frau fühlte sich nach dem Fernsehgespräch bestimmt nicht besser, sondern schlechter, abgenutzter, ja wirklich, als ob man an ihr gefressen hätte, so stellte er sich das vor. Sie war im Leid, das merkte man ihr an, und sie machten dieses Leid allgemein zugänglich. Waren sie erst einmal da, auf der Wiese, dann durfte nachher jeder darin herumtrampeln. Die Leute konnten sich nun an ihrem Kummer gütlich tun, statt daß sie sich mit ihrem eigenen Kummer beschäftigten. Wie mancher hatte wohl einen Brief erhalten wie er, einen Brief, den er nur einmal angeschaut hatte, dessen einziger Satz sich aber augenblicklich in ihm festgesetzt hatte, wenn ich nach Hause komme, muß ich mit Dir sprechen.

Er wußte, worüber sie mit ihm sprechen wollte, oder mußte, es konnte nur eines sein, das, worauf er schon lange gewartet hatte und wovor er sich schon ebenso lange fürchtete. Jetzt war er da, der andere, und eigentlich hatte er es schon am Telefon gespürt, als sie ihm von diesem Wochenende erzählte, daß da etwas zuviel Hektik und Heiterkeit drin war, und als gestern der Brief kam, wußte er, daß er sich nicht getäuscht hatte. Zuerst hatte er es gelassen genommen, er war sogar fast ein bißchen erleichtert. Endlich mußte *sie* ihm etwas gestehen, und nicht immer nur er. Er hatte seine Frau sehr gern, sie war ihm im Lauf der Jahre eigentlich immer lieber geworden, auch die körperliche Beziehung zwischen ihnen war reich und hatte sich verfeinert, doch das Erlebnis, mit einem fremden Menschen in Ekstase zu geraten, war so stark, daß er Begegnungen mit anderen Frauen nicht aus dem Weg gegangen war, wenn sie sich ergaben. Und für einen Berufsreisenden wie ihn ergaben sie sich ab und zu, und einiges davon hatte er Doris erzählt, weil er gerne mit ihr reinen Tisch gehabt hätte, aber nicht alles, wie er sich jetzt eingestehen mußte, er ertrug es einfach immer schlechter, daß er der Unanständige war und sie die Anständige.

So war es gestern gewesen. Heute jedoch dachte er nur noch an die Unterschiede. Er war fremden Leidenschaften immer ausgewichen, wenn sie sich in der Nähe seiner Haustüre ankündigten, das wollte er auf keinen Fall, jemanden

z. B., der in derselben Stadt wohnte, am besten war es immer im Ausland gegangen. Doris aber war keine Reisende, sie wohnte hier, und wenn aus dem, worüber sie mit ihm sprechen mußte, etwas wurde, dann war der andere hier irgendwo, er würde anrufen, wenn Heinz nicht im Hause war, Doris würde sich treffen wollen mit ihm, wenn nicht in Zürich, dann in Baden oder Olten oder Bern, jedenfalls kam ihm das alles entsetzlich nahe vor, die ganze Schweiz wie ein kleines Hotel mit Halbpension, in dem man sich unweigerlich begegnete. Und Doris, davon war er überzeugt, Doris würde sich in diese Sache stürzen, wenn es etwas war, das sie brauchte, und sie würde es mit großer Offenheit ihm gegenüber tun. Er kam sich plötzlich schäbig vor wie ein Geschäftsmann, der in Hamburg noch schnell ins Bordell geht. Nie hatte er sich mit einer Hure eingelassen, doch die Art, wie er manchmal nach Hause gekommen war, der fröhliche Heinz und der gute Papi, hallo, da bin ich wieder, au, war das ein Krampf, und kein Wort weiter, das war um nichts besser als die Geschäftstypen mit ihren Huren. Doris war ein anderer Mensch, sie war, ja, wer war sie eigentlich, jetzt war sie für einen andern die fremde Frau, die neue Begegnung, die faszinierende Dunkle, die einfach von irgendwoher an einen Kurs kam, aber hier lagen ihre Kleider im Schrank, und hier hing noch ihr Wintermantel und standen die Stiefel und die Sommersandalen, und die Kinder, die Mami zu ihr sagten, gingen ein und aus und wuschen mit ihm zusammen das Geschirr ab am Abend, mit ihm, ihrem Mann, über den sie sicher auch etwas Nettes gesagt hatte zu diesem anderen, auch Heinz hatte nie schlecht gesprochen zu anderen Frauen über Doris, denn er liebte sie, ach ja, er liebte sie, und mit einem unglaublich tiefen Atemzug mußte er aufstehen und ans Fenster treten, und während er seinen Sohn im Bad einen Song von Madonna krächzen hörte, nahm er sein Taschentuch heraus und rieb sich die Augen damit, denn sie waren feucht, und er schüttelte den Kopf dazu, denn er verstand das alles nicht, seine ganze Betroffenheit über etwas, das er seiner Frau sogar empfohlen hatte zu tun, und jetzt, wo sie es tat, wußte er nicht, wie ihm geschah.

Er hörte die Wohnungstüre gehen, fuhr sich rasch nochmals über die Augen und steckte dann sein Taschentuch weg. Anna kam zurück, die sechzehnjährige Tochter, die bei einer Freundin gewesen war, wegen der Mathematikaufgaben.

»Papi!« rief sie, »hast du gewußt, daß heute ein Erdbeben war?«

»Was?« sagte Heinz, »wann denn? Bei uns?«

»Ja, kurz vor sieben, bei Stuckis ist das Aquarium gesprungen, und jetzt haben sie alle Fische in der Badewanne.«

»Kein Witz?« fragte Heinz, »ich habe nichts gemerkt, ich war wohl grad noch im Auto.«

»Ich auch nicht«, sagte Anna, »aber jetzt weiß ich, warum Mamis Sommerhut am Boden liegt.«

Sie bückte sich und legte ihn auf den Garderobenständer, neben die Manchestermütze von Heinz.

Dann prallte sie auf die geschlossene Badezimmertüre und rief: »So, Reto, Schluß mit Baden, bei Stuckis könntest du jetzt überhaupt nicht in der Badewanne hocken!«

»Ich bin nicht bei Stuckis!« rief Reto.

»Aufmachen!« rief Anna und schlug ein paarmal mit der Faust an die Türe.

»So, Kinder«, sagte Heinz, »aufhören, es gibt Wichtigeres als Badezimmer.«

»So, und was?« fragte Anna.

»Schlafzimmer«, sagte Heinz und ging seufzend in die Küche, um sich ein Bier zu holen.

# 8

»Roland!«

Der Ruf war aus der offenstehenden Garage gekommen, an der Steinmann absichtlich vorbeigefahren war, weil er möglichst rasch im Wald sein wollte. Jetzt aber bremste er und fuhr zum Tor.

Max Stebler stand da, in Latzhosen, inmitten von Schraubenziehern, Zangen und Bohrern, die um seine Füße herumlagen.

»Hallo«, sagte Steinmann und stellte einen Fuß auf den Boden.

»Sieh mal, das ist alles runtergefallen vom Erdbeben«, sagte Max und zeigte auf den Boden.

»Du wirst froh sein um eine Ausrede«, sagte Roland und lachte.

»Was ist eigentlich genau ein Epizentrum?« fragte Max, »Helen und ich haben grad gemerkt, daß wir es gar nicht wissen.«

»Ich glaube, der Herd. Dort, wos losgeht.«

»Wieso dann nicht Zentrum?«

Roland stutzte einen Moment. Dann kam ihm etwas in den Sinn. »Ein Erdbeben ist eine Art epileptischer Anfall der Erde, und das Zentrum des Anfalls ist eben das Epizentrum.« Er freute sich über seinen Witz.

»Dir fällt immer etwas ein«, sagte Max, »Phantasie müßte man haben.«

»Schau, was ich gezeichnet habe!« Christian stand da, der mittlere der drei Stebler-Buben, und hielt ihm ein Blatt hin.

»Oh«, sagte Roland, als er die Zeichnung in die Hand nahm. Ein Haus, erkennbar als der zweistöckige Wohnblock, in dem die Steblers lebten, recht klein gezeichnet, in roter Farbe, daneben, das Haus bei weitem überragend, ein schwarzer Mann mit einem schwarzen Hut, der sein Bein anhob, als wollte er das Haus zertreten.

»Ein Riese, der dem Haus einen Tritt gibt«, sagte Christian und hüpfte dazu etwas auf und ab. »Willst du ihn haben?«

»Gern«, sagte Roland, »sehr gern, wenn ich darf«.

»Du darfst«, sagte Christian, »ich habe schon zwei gezeichnet.« Er rannte zur hinteren Garagentür. »Ich zeichne noch einen!« rief er und verschwand.

»Der zeichnet einen Riesen nach dem andern«, sagte Max.

»Schön«, sagte Roland, »vielleicht sollten wir auch Riesen zeichnen.«

»Zuerst wird aufgeräumt«, sagte Max.

»Und bei mir wird zuerst gerannt«, sagte Roland. Er faltete seinen geschenkten Riesen sorgsam zusammen und steckte ihn in die Tasche seines Trainingsanzugs. Dann verabschiedeten sie sich, und im Wegfahren grüßte er auch noch Helen, die Frau von Max, die gerade auf den Balkon trat. Sie war eine mädchenhafte Erscheinung, klein und zierlich, niemals würde man ihr drei Buben zutrauen. Als er in die Pedalen trat, merkte er, daß er Max um diese Frau beneidete. Jemand wie sie mußte es schon sein, und dann müßten sie auch Kinder haben, die Riesen zeichneten.

Max hingegen merkte, als er Roland auf seinem Rennrad davonfahren sah, daß er ihn ein bißchen beneidete, den Junggesellen, der frei über sich selbst und seine Zeit verfügen konnte. Eigentlich hätte ihn niemand daran gehindert, sich auch auf sein Velo zu setzen und in den Wald zu fahren, aber irgendwie kostete es ihn zuviel Energie, sich aus dem Gravitationsfeld seiner Familie davonzumachen. Es war eine Wärme hier, in der er sich wohl fühlte, er stand gern in der Garage und hob einen Schraubenzieher vom Boden auf, um ihn Spitze nach unten in den Halter zu stecken, den er selbst gesägt hatte, und er trat gern zwei Schritte aus der Garage heraus, als ihm seine Frau vom Balkon aus zurief, ob er mit Fabian und Sämi noch ein »Eile mit Weile« spielen komme, und er rief gerne zurück, ja, in fünf Minuten, und ordnete seine Werkzeuge schnell in die entsprechenden Halter ein und ging dann nach oben, weil er sich freute, daß seine Buben gern ein Würfelspiel machten, obwohl ringsum schon alle Kinder mit Computern spielten. Sich aus dieser Atmosphäre zu lösen, brauchte für ihn den Schub einer Rakete, und den hatte er am Abend kaum noch. Er war Kaufmann, angestellt bei einer kleinen Werkzeugmaschinenfirma, die auf Stanzen spezialisiert war; er kannte seinen Markt sehr gut und war erfolgreich, manchmal fast zu erfolgreich, es gab dann Probleme mit seinem Chef, dem Besitzer der Firma, dem die Selbständigkeit seines Angestellten gelegentlich zu weit ging, obwohl er davon profitierte. Im Grunde genommen hätte er Teilhaber werden müssen, und es war auch schon die Rede davon gewesen, es hätte ihm sogar gefallen, wenn die Firma nicht mehr »Stiefel« geheißen hätte, sondern »Stiefel & Stebler«, aber gleichzeitig fragte er sich, inwiefern Stanzmaschinen einen wirklichen Lebensinhalt darstellten. Es gab Dinge, die ihn mehr interessierten, alles, was auf dem Gebiet der Energiegewinnung lief, der Alternativtechniken, des Sparens. Er hatte auch schon die Fühler nach einem ökologischen Institut im Jura ausgestreckt, aber dann den Mut für den endgültigen Sprung doch nicht aufgebracht. Morgen, dachte er sich, morgen abend geh ich auch einen Waldlauf machen, ganz allein. Dann bückte er sich, um den großen Spindelbohrer aufzulesen, der als letzter vorwurfsvoll am Boden lag.

Roland Steinmann, am Waldrand angekommen, lehnte sein Rennrad gegen eine Holzbeige und sicherte es mit dem

Schließring. Die Holzbeige stand da wie immer, kein einziges Scheit lag daneben, und er wunderte sich bei dieser Gelegenheit, wem sie wohl gehörte, denn soweit er sich zurückerinnerte, hatte er sein Velo immer an diese Beige gestellt. Oder wurde sie von Zeit zu Zeit erneuert? Er wußte es nicht, und eigentlich war es ihm auch nicht wichtig. Mit großer Freude begann er in den abendlichen Wald hineinzulaufen, begleitet vom Gesang einer Amsel von irgendeinem Waldrandwipfel her, den er langsam hinter sich zurückließ.

Es gab hier keine Spuren des Erdbebenstoßes, er sah weder einen umgestürzten Stamm noch einen frisch heruntergefallenen Ast, offenbar war die Natur stabiler als Max Steblers Werkzeugwand, und die Bäume hielten sich trotz ihrer Krankheit tapfer. Roland kannte die Symptome des Waldsterbens, oft genug waren sie über seinen Monitor gegangen, begleitet von den besorgten Gesichtern der Oberförster, die bei ihren Erläuterungen stirnrunzelnd nach oben blickten, er kannte auch die Prozentzahlen, sie hatten gesamtschweizerisch die 50 überschritten, und trotzdem hatte er große Mühe, wenn er selbst im Wald war, die sterbenden Bäume wirklich zu sehen, wahrscheinlich fehlte ihm der richtige Bildausschnitt. Immer, wenn er stirnrunzelnd nach oben blickte, schien es ihm, die Kronen sähen so übel nicht aus, oder wenn sie etwas gelichtet waren, dachte er, das könnte gut auch sein, weil sie so nah beieinanderstanden, sich also gegenseitig das Licht streitig machten. Hätte man ihn vor die Aufgabe gestellt, zu den kranken Bäumen hinzugehen und mit einem Pinsel ein rotes Kreuz darauf zu malen, er wäre ratlos dagestanden mit seinem Farbkübel. Trotzdem war er überzeugt, daß die Zahlen stimmten, und wenn in Fernsehdiskussionen die Vertreter der Automobilklubs und der Garagistenlobby das Gegenteil behaupteten und das Problem herunterspielten oder verleugneten, hätte er sie ohrfeigen mögen.

Er erschrak, als er sich plötzlich von zwei jungen Frauen eingerahmt sah, die unhörbar von hinten zu ihm aufgelaufen waren und ihn nun leichtfüßig überholten. Als sie sich weiter vorn quer auf geschälte Baumstämme legten und sich mit dem Oberkörper nach hinten beugten, merkte er, daß er sich auf der Fitneßroute befand und bog sofort nach links ab, an einem Bächlein entlang. Nachher fragte er sich zwar, warum er nicht auch zu den geschälten Baumstämmen gelaufen war, vielleicht hätte er mit den beiden ins Gespräch kommen können. Bei der Vorstellung, wie er ächzend mit dem Oberkörper nach hinten wippen und gleichzeitig eine lockere Bemerkung hinwerfen sollte, war er aber fast sicher, daß er sich blamiert hätte, und war froh, daß er allein hügelaufwärts rannte, oder ging, denn der Pfad war etwas steiler geworden, und Steinmann war bereits außer Atem.

Jetzt kam er zur Quelle des Bächleins und blieb einen Augenblick stehen. Die Vertiefung, die sich das Bächlein weiter unten gebildet hatte, hörte hier auf, sie ging in einen kleinen Steilhang über, aus dem das Wurzelwerk einer riesigen Buche drang, und an verschiedenen Stellen der Wurzeln tropfte das Wasser herunter, oder es quoll unter den Wurzelteilen hervor und sammelte sich zu einem winzigen Rinnsal, welches das hellbraune Laub am Boden dort, wo es durchfloß, dunkel färbte. Steinmann war erstaunt über diesen Anblick. Wasser kam zum Hahnen heraus, oder aus der Dusche, aber aus dem Boden hatte er es schon lang nicht mehr quellen sehen. Was war das für eine Zahl gewesen letzthin in einer Jugendsendung über die Wasserversorgung? 500 Liter pro Haushalt und Tag, oder war es pro Kopf und Tag? So oder so waren es unglaubliche Mengen im Vergleich zur bescheidenen Anstrengung dieses Quellchens, die ihn irgendwie rührte. Ein paar niedrige, gelbe Dotterblumen, welche aus dem feuchten Boden sprossen, trugen zur Kindlichkeit dieses Ortes bei.

Tief aufatmend machte er ein paar Schritte den Hang hinauf und stand auf einem leicht ansteigenden Plateau, das, wie er nun erkannte, weiter hinten in den Hügel mit den Keltengräbern auslief. Er erinnerte sich nicht, schon einmal von dieser Seite her gekommen zu sein, und setzte wieder zu einem Laufschritt an. Beim Hügel angelangt, lief er einmal rundum, die Ehrenrunde, wie er sich sagte, und ging dann den Fußpfad hinan, um sich oben auf den Stein zu setzen. Bevor er sich aber setzte, war ihm, irgendetwas habe sich verändert, und er blieb stehen und dachte eine Weile nach, was es sein könnte, schaute sich auch um dazu, doch es schien ihm alles gleich wie sonst. Dann ging er langsam den Hügel wieder herunter und sah nun, was ihm vorher schon aufgefallen war, ohne daß er es aber wirklich registriert hatte.

Zuunterst am Hügel, dort, wo er ins Plateau überging, verlief wie ein Höhenmeridian ein Riß im Boden. Es kam ihm in den Sinn, daß er, als er das letzte Mal hier saß, auch einen Riß wahrgenommen hatte, viel feiner allerdings war er gewesen, ein Strich, verglichen mit dem hier, er bückte sich und steckte seine Hand hinein, die mühelos Platz hatte, und wenn er sie querstellte, gingen zwei Finger in den Spalt. Zwei Finger breit, sagte sich Steinmann, ein archaisches Maß, wie daumesdick oder ellenlang. Dann ging er dem Riß nach, der sich nach ein paar Schritten verlor. Er drehte sich um und folgte ihm in die andere Richtung, wo er bis in den Tännchenwald hinein zu sehen war, den Roland umgehen mußte, weil die Bäume so dicht beieinander standen, aber dahinter, wo die Tännchen ins Unterholz übergingen, war der Riß immer noch zu erkennen und endete erst zwischen den ausgewachsenen Stämmen. Er umschloß also gut die Hälfte des Hügels.

Steinmann ging wieder den Hügel hinauf und setzte sich nun auf den Stein. Eigentlich freute er sich, daß er doch noch eine Wirkung des Erdbebens im Wald festgestellt hatte. Ein Stoß, der seine Wohnungstüre verschieben konnte, mußte doch auch in der Natur irgendeine Spur hinterlassen. Er nahm die Kinderzeichnung aus seiner Tasche und schaute sie an. Der Riese, der gegen die Häuser getreten hatte, hatte offenbar auch gegen diesen Hügel getreten. Gräberschändung, ging es ihm durch den Kopf, keltische Gräberschändung. Dann dachte er jedoch daran, daß all diese Gräber schon längst im Landesmuseum waren, wo bestimmt jeder Skelettknochen und jede verrostete Armspange numeriert waren und täglich in irgendeiner Vitrine von Neonlicht angestrahlt wurden, und auf einmal hatte er das Gefühl, das sei die eigentliche Gräberschändung, daß man die toten Kelten zur Auferstehung gezwungen hatte. Auferstehung ginge ja noch an, aber eine Auferstehung im schweizerischen Landesmuseum, das mußte für einen alten Kelten ein furchtbarer Schlag sein.

Wieso trat dann der Riese gegen den Grabhügel? Die Abenddämmerung war nun sehr schnell fortgeschritten, und der schwarze Mann mit seinem schwarzen Hut war noch etwas schwärzer geworden. Plötzlich mußte Roland Steinmann aufstehen. Etwas wie Angst hatte ihn befallen. Er schaute rings um sich, aber es war niemand da. Noch nie hatte er Angst gehabt im Wald, auch abends nicht, er hätte nicht gewußt, weshalb. Er wußte auch jetzt nicht, weshalb, und trotzdem hatte er Angst.

Er faltete die Zeichnung zusammen und spürte auf einmal, was es war. Der schwarze Mann war ihm unheimlich. Der schwarze Mann, der gegen Häuser und keltische Grabhügel trat. Was wollte er? Weshalb war er so schwarz? Vielleicht brachte er die Pest oder die Lepra. Vielleicht war es der Tod. Vielleicht wollte er zu ihm.

Als er den Hügel hinunterging und langsam davonzurennen begann, ließ seine Furcht wieder nach. Der kommt nicht zu mir, dachte er, der kommt nicht zu mir. Im Rennen dachte er nichts anderes als diesen Satz, und als er sich am Waldausgang auf sein Fahrrad setzte, war er ihm zur Gewißheit geworden.

Zu Hause in seiner Wohnung befestigte er die Zeichnung mit durchsichtigen Klebstreifen an der Schrankwand seiner Küchenkombination, und da fiel ihm ein anderer Satz ein.

Wenn er kommt, dachte er, dann kommt er zu den Lebenden und den Toten.

Im Hinausgehen aus der Küche drehte er sich auf der Schwelle um und schaute die Zeichnung nochmals an, bevor er das Licht löschte, und dachte, wenn er kommt, dann kommt er zu allen.

## 9

Er könne also, sagte der erfolgreiche Hautarzt zum Gemeindepräsidenten, welcher zwar Gelassenheit markierte, aber doch nur auf dem vorderen Rand des Besucherstuhls saß, er könne also insofern beruhigt sein, und hier nahm er einige Formulare aus dem zusammengefalteten Patientenmäppchen Manfred Niederer und überflog sie, bevor er weiterfuhr, nochmals kurz einzeln – diese Pause nützte der Gemeindepräsident zu einem kleinen Hüsteln, das er mit einem herausfordernden Blick abschloß – er könne also insofern beruhigt sein, als bei ihm offenbar kein verborgener Infektionsherd vorliege, die Untersuchungen hätten samt und sonders völlig normale Befunde ergeben, oder eben eigentlich keine Befunde, und er hielt wie zum Beweis noch einmal die Röntgenbilder von Niederers Thorax gegen das Tageslicht und nickte lächelnd dazu. Der Gemeindepräsident rückte bei diesen Worten auf seinem Stuhl etwas nach hinten, verschränkte die Arme und schlug die Beine übereinander. Er hatte gewußt, daß er gesund war.

Aber, sagte der Hautarzt und legte die Röntgenbilder weg wie Lose, die nichts gewonnen hatten, aber er habe nun diese Kälteallergie, eine veritable Urticaria, und die gelte es schon ernst zu nehmen, sie könne, wie er gewiß festgestellt habe, zu asthmatischen Beschwerden führen, die wiederum auf die Herztätigkeit zurückwirken könnten, und er sei ja doch schon im Infarktalter, abgesehen davon sei es, das müsse er ihm sicher nicht sagen, etwas sehr Unangenehmes, kurz ein Therapieversuch sei unbedingt angezeigt.

Der Gemeindepräsident entflocht Arme und Beine und beugte sich, abermals hüstelnd, etwas vor. Er haßte diesen Menschen mit seinem wissenden Getue. Wieso konnte er nicht gleich zur Sache kommen? Asthmatische Beschwerden, Infarktalter? Sollten das Drohungen sein? Er wünschte sich, der Arzt wohnte in seiner Gemeinde und müßte bei ihm ein Baugesuch einreichen für einen Verandaumbau oder eine Dachterrasse, dem würde er zeigen, was der Dienstweg ist.

»Wieso Versuch?« fragte er, einfach um auch etwas zu sagen.

»Weil ich Ihnen, Herr Niederer, den Erfolg nicht hundertprozentig garantieren kann.« Und dann schilderte er ihm, woraus die Therapie bestand, nämlich aus Penicillin, und zwar aus einer Art Penicillinkur, die sich über zwei Monate hinziehen sollte. Während dieser zwei Monate bekäme er jede Woche zweimal eine Penicillinspritze, und damit könne man diese Allergie wegbringen, jedenfalls sei dies das einzige, womit man wirkliche Erfolge in dieser Sache gehabt habe, und wenn er einverstanden sei, werde er ihm gleich die erste Spritze setzen, oder ob er in der nächsten Zeit länger abwesend sei.

Nein, das nicht, sagte der Gemeindepräsident, in die Sommerferien gingen sie erst im August, aber ob das nun die Methode sei, von der er das letzte Mal gesagt habe, die Chancen seien etwa fifty-fifty?

Ach, sagte der Hautarzt, und läutete der Praxishilfe, haben wir schon so genau darüber gesprochen, ja, das sei die Methode, und er würde ihm also vorschlagen, sich auf den Schragen zu legen und hinten freizumachen, er werde ihm gleich die erste Dosis injizieren.

Ob denn Penicillin, fragte der Gemeindepräsident, indem er seine Jacke auszog und auf den Patientenstuhl legte, nicht eher bei Verletzungen und Infektionen angebracht sei.

Penicillin sei eben ein sehr umfassendes Heilmittel, sagte der Hautarzt, bitte eine Million Penicillin, Schwester Susann, ich setze sie selbst, sehr umfassend, wie gesagt, und natürlich finde es vor allem Verwendung in der Infektionsbekämpfung und -prophylaxe, aber daneben sei es eben auch bei solchen Fällen wirksam, obwohl er ihm offen gestehen müsse, daß man nicht genau wisse, wie die Wirksamkeit auf die Kältesensibilität eigentlich funktioniere, man wisse nur, und damit machte er dem Gemeindepräsidenten eine einladende Geste zum Schragen hin, *daß* sie funktioniere.

»Bei fünfzig Prozent der Fälle«, sagte dieser und vergewisserte sich, daß die Schwester den Raum verließ. Dann legte er sich bäuchlings auf den Schragen und begann an seinem Gürtel zu nesteln.

»Mindestens, Herr Niederer, mindestens«, sagte der Hautarzt aufmunternd und fügte bei, »es geht fast besser, wenn Sie sich seitwärts legen.«

Ja, das ging besser, der Gemeindepräsident drehte dem Erfolgreichen den Rücken zu, streifte Hose und Unterhose soweit herunter, daß sein Hinterteil unbedeckt war und erhielt nach einem kleinen »Achtung!« den ersten Millionenstich.

»Ganz locker«, sagte der Arzt, als sich die Hinterbacke seines Patienten zusammenzog, und fügte fröhlich hinzu, Schnupfen und Halsweh werde er während der Kur übrigens auch nicht kriegen, das sei sozusagen ein kleines Zusatzgeschenk. Dann kam das »Sso!« das den Abschluß der Aktion bezeichnete und das Abtupfen mit feuchter Watte, Pflästerchen brauchen wir keins, sieht ja wunderbar aus, und machen Sie bitte die Termine mit Schwester Susann aus, sie wird Ihnen ab jetzt die Spritzen geben, und Sie sehen, es ist eine Sache von 5 Minuten, mit mir machen Sie zirka in einem Monat einen Termin aus, bitte, für den ersten Zwischenstand, ich danke Ihnen, auf Wiedersehen, Herr Niederer.

Und er segelte mit offenem Mantel ins zweite Behandlungszimmer, während Herr Niederer immer noch versuchte, das richtige Loch seines Gürtels zu finden. Dann zog er die Jacke an, fühlte den Einstich in seinem Hintern und überlegte sich, ob es ihm etwa schlecht war. Er beschloß dann, es sei ihm nicht schlecht, straffte seine Krawatte, warf sein Kinn in die Höhe und trat in den Gang hinaus, zum Empfangspult.

Als er mit dem Lift hinunterfuhr, hatte er in seiner Agenda 16 Daten eingetragen, an denen er hier erscheinen sollte. Er würde also zu einer Art Stammgast werden in diesem tristen Neubau in Zürich-Oerlikon. Auf diese Erkenntnis hin brauchte er einen Kaffee, das einzige Lokal, das er sah, war ein »Snacky«, eine jener unsäglichen Selbstbedienungsgaststätten, wo alles aus Styropor war, vielleicht sogar das Essen, aber er wollte sofort einen Kaffee, und er war bereit, diesen auch aus einem Kunststoffbecher zu trinken.

Nachdem ihm ein sehr junges Mädchen mit einem Papierhütchen, auf welchem gelb auf rot »Snacky« stand, aus einem Dauerblubberkrug den Kaffee eingegossen hatte, setzte er sich nach Passieren der Kasse – wenigstens waren die Styroporgetränke merklich billiger – an ein Tischchen am Fenster. Er trank einen Schluck und schaute dann geradeaus vor sich hin. Einen Tisch weiter saß eine alte Frau mit ungepflegten, grauen Haaren in einem abgetragenen Wintermantel und beugte sich zum Rand ihres Kaffeebechers, in den sie ein Gipfeli tunkte, das sie nachher halb schlürfend, halb schmatzend verzehrte. Schaudernd sah er, daß neben ihrem Becher noch drei weitere Gipfeli lagen und drehte seinen Blick ab, zum Fenster hinaus. Leider konnte er sein Ohr nicht ebenfalls abwenden, und den Platz wechseln mochte er auch nicht. Er nahm einen zweiten Schluck und fühlte sich nicht so belebt dadurch, wie er das erwartet hatte. Lag es an diesem Kunststoff, den er stärker an seinen Lippen fühlte als die heiße Flüssigkeit? Oder war es ihm wirklich nicht gut? Vertrug er am Ende das Penicillin nicht? Nie hatte er Penicillin gebraucht, soweit er sich erinnern konnte, er hatte sich auch nie Gedanken gemacht über seine Gesundheit und seinen Körper, der hatte einfach zu funktionieren, und nun war ihm plötzlich nicht wohl in seiner Haut, und Gedanken und Gefühle kreisten in ihm herum, die er noch nie gehabt hatte, er spürte ein Kribbeln im Innern seines Körpers, das sich langsam über Schultern und Ellenbogen zu den Fingerspitzen vorarbeitete, das mußte das Penicillin sein, das sich den Weg durch seine Adern suchte, eine ganze Million davon war im Vormarsch, was war überhaupt Penicillin, da mußte er den Apotheker Odermatt fragen beim nächsten Rotary-Lunch, zur Rede stellen mußte er ihn, er hatte ihn schließlich hierhergeschickt und hatte somit seinen Anteil an diesem Kribbeln, das jetzt von den Fingerspitzen zurückflutete und ihm über die Schultern in den Brustkorb fuhr, er wollte tief aufatmen und merkte, daß er das nicht konnte, es war ihm, als hätte er einen eisernen Ring um die Rippen, und gleichzeitig bekam er seinen Ausschlag am Hals, dabei war es gar nicht kalt hier, oder doch, warum trug die alte Frau einen Wintermantel im Frühling, und der Kaffee rann ihr über das Kinn, und Gipfelreste klebten an ihren Mundwinkeln, und er kriegte immer noch keine Luft, er stand auf, warf seinen vollen Styroporbecher in den riesigen Abfallsack neben dem Ausgang und ging zur Türe hinaus, an die frische Luft, aber die war auch aus Styropor, zu dick jedenfalls für seine Atemröhre, jetzt wurde es ihm tatsächlich schwindlig, und er ging so rasch er konnte auf den Hautzahnarztholzimportneubau zu, fuhr mit dem Lift in den ersten Stock, betrat wieder die Arztpraxis, machte der erstaunten Schwester ein Zeichen, daß ihm die Luft wegbleibe, sank dann neben dem Empfangspult auf die Knie und wurde ein Notfall.

Beim Erwachen lag er auf demselben Schragen, auf dem er sein Penicillin bekommen hatte, und er merkte befriedigt, daß er wieder mühelos atmete. Neben ihm stand Schwester Susann und lächelte ihn an. »Aber Herr Niederer, was machen Sie uns für Sachen«, sagte sie scherzend und tadelnd zugleich, und fügte die erprobte Frage bei »Gehts wieder?«

»Sehr gut«, sagte der Gemeindepräsident, aber die Antwort blieb unter einer Maske stecken, die man ihm über Mund und Nase gestülpt hatte, Sauerstoff offenbar, und so nickte er einfach deutlich und versuchte sich zu erheben.

»Wir bleiben noch einen Augenblick liegen«, sagte Schwester Susann und drückte ihn sanft, aber entschieden auf den Schragen, »der Herr Doktor will Sie zuerst sehen.«

Niederer nickte und blieb liegen, während die Schwester zur Gegensprechanlage am Pult ging und sagte, Herr Doktor, er ist jetzt wieder da. Gleich danach öffnete sich die Tür, und der Hautarzt erschien und beugte sich mit bedeutungsvollem Blick über ihn, indem er mit einer Hand den Puls maß. Nun war das Nicken an ihm, er fragte ihn, ob er sich besser fühle, das Nicken wechselte zu Niederer, und als der Arzt sagte, dann könne man den Sauerstoff absetzen, war das Nicken bei der Schwester.

Er bitte um Entschuldigung, sagte Niederer, sich aufrichtend, daß er diese Umstände mache, aber was denn das gewesen sei. Er habe ihn ja vor asthmatischen Beschwerden gewarnt, sagte der Hautarzt, und genau das sei es gewesen, was nur zeige, wie richtig es sei, daß man etwas dagegen unternehme, und er habe ihm nebst der Sauerstoffapplikation auch noch ein Antihistaminicum injiziert, das er ihm hier zur Sicherheit in Tablettenform mitgebe. Wenn sich

Beschwerden ankündigen, eine Tablette schlucken, das sei meistens genügend, vorläufig die Höhe meiden, also keine Bergtouren oder Paßfahrten, und im übrigen brauche er sich keine Sorgen zu machen, man habe bei der Untersuchung wirklich gesehen, ihm fehle grundsätzlich nichts, er sei kerngesund, und diese Kälteallergie könne man auch nicht als Krankheit bezeichnen, sondern eher als ein, sagen wir mal, Phänomen.

Ob er, warf Niederer eingeschüchtert ein, möglicherweise das Penicillin nicht vertrage? Er habe das Gefühl gehabt, er spüre es in seinen Adern wie eine fremde Substanz.

Der Arzt sandte einen Blick ab, der den Gemeindepräsidenten traf wie ein Suchscheinwerfer. Dann fragte er ihn, ob er auch schon unter Depressionen gelitten habe.

Er? Depressionen? Da müsse er nun wirklich lachen, sagte Niederer, nein nein, so etwas gebe es bei ihm nicht, worauf der Arzt fast entschuldigend abwinkte und sagte, eine Penicillinallergie hätte andere Symptome, und er könne ihm ganz klar sagen, daß es asthmatische Beschwerden im Zusammenhang mit seiner Hautallergie gewesen seien, und wie gesagt, bei Anzeichen die Tablette, und in einem solchen Fall nicht aufstehen und herumgehen, sondern leicht vorgebeugt sitzen bleiben sei das beste, und keine Angst haben, ein Mann wie er sei doch nicht der Typ, der sich einrede, ihm fehle etwas.

Nein, dieser Typ war er wirklich nicht, dachte Gemeindepräsident Manfred Niederer beim Heimfahren, aber eigentlich war es gerade das, was ihn am Ganzen beunruhigte. Wenn er sich nichts einredete, dann hatte er tatsächlich etwas. Es war ja gar nicht kalt gewesen heute morgen, woher war denn das Nesselfieber gekommen, das dann zu den asthmatischen Beschwerden geführt hatte? Dumm, daß ihm das erst jetzt einfiel, diese Frage hätte er ihm stellen sollen, dem Erfolgsdoktor.

Aber jetzt, im Auto, fühlte er sich wohl. Es war späterer Vormittag, die meisten Ampeln standen auf grün, die Fahrt war flüssig und ausgesprochen sanft. Sein Citroën fing ohnehin die meisten Erschütterungen ab mit dem hydraulischen Federkissen, doch heute hatte er das Gefühl, er werde fast mehr getragen, als daß er fahre. Manchmal, nach einem sehr langen und anstrengenden Ritt, hatte er auch ein solches Gefühl, er kam sich überhaupt vor, als hätte er eine besondere Leistung hinter sich.

Als ihn die Verkehrsströmung zur Stadt hinausgespült hatte und er das Zürcher Unterland vor sich sah mit den Glarner Alpen im Hintergrund, hatte er einen Augenblick lang Lust, einfach weiter zu fahren, irgendwohin, südwärts vielleicht, aber dann dachte er an die Sitzung der Baukommission heute nachmittag, und daß er die Akten dazu noch gar nicht richtig angeschaut hatte, und um 16 Uhr kamen die Leute vom kantonalen Straßenbauamt, um die Trottoirgeschichte beim Ortseingang zu besprechen, und überhaupt, wer war er denn, seinen Pflichten einfach davonzufahren, er war ja auch nicht der Typ, und da mußte er dem Hautarzt rechtgeben, der sich einredete, ihm fehle etwas, sondern er war – wer war er denn?

Er mußte scharf abbremsen, weil er das Rotlicht fast übersehen hätte beim Fußgängerstreifen, und ein älteres Ehepaar ging vor ihm über die Straße und schaute ihn geradezu rechthaberisch an. Er war erschrocken. Einen Moment lang war er gar nicht dagewesen, und er dachte mit Unbehagen an seine Ohnmacht vor einer Stunde. Das Bewußtsein hatte er verloren, er hatte sich aus sich selbst davongemacht. Ob das die Art war, wie man stirbt? Ferien vom Ich, kam ihm in den Sinn, als die Ampel wieder auf

Grün stand, war das aus dem Reiseprospekt der Kanarischen oder aus der Schweizer Illustrierten? So oder so, es stand nicht zur Diskussion, Ferien gabs im August, und jetzt war Mai, und um zwei war die Sitzung. Er parkierte seinen Wagen in der Tiefgarage des Gemeindezentrums und fuhr mit dem Lift in den ersten Stock.

Er grüßte Fräulein Gautschi, die Sekretärin, und fragte sie, ob irgend etwas gewesen sei, und sie sagte nein, nichts Besonderes, außer einem Herrn Steinmann, der angerufen habe und ihn persönlich habe sprechen wollen. Er rufe aber später nochmals an.

Er sei, sagte der Gemeindepräsident, bis zum Mittag im Büro und studiere die Akten für die Baukommission und die Trottoirgeschichte mit dem Tiefbauamt. Dann ging er hinein und überlegte sich, ob ihm der Name Steinmann etwas sagte, aber es kam ihm niemand in den Sinn.

## 10

Roland Steinmann stand im Hauptraum des »Netzwerks« und hatte soeben den Einsatzplan des heutigen Tages gelesen. Am Vormittag Überspielen eines 16-mm-Films auf Magnetband, kurz MAZ genannt, dazu vorne und hinten das Signet der Jugendsendung dranhängen, am Nachmittag Visionieren eines ungarischen Krimis, dann Kassettenkopie eines Schwarzweißfilms für die Teletextuntertitelung, »Don Camillo und Peppone«, und als Dessert einen »Fahnder« kopieren.

Das wurde ein ruhiger Tag, kein Sport heute zum Zusammenschneiden, kein Fernsehspiel mit genialen und unschlüssigen Regisseuren, richtig angenehm. Auf jeden Fall blieb ihm bestimmt einmal Zeit für den Telefonanruf, den er heute vorhatte. Es war halb zehn, seine Arbeitszeit dauerte bis halb sieben, mit einer Stunde Mittagspause.

Katy und Yves, die beiden andern, die Tagesdienst hatten, waren schon da, und er fragte sie, ob der Jugendredaktor schon aufgetaucht sei mit dem Film, aber sie hatten ihn nicht gesehen, auch der Film lag nirgends bereit, am wenigsten dort, wo er hingehörte, auf dem Eingangsregal, auch vom Signetband keine Spur, also mußte man einfach warten, bis der Redaktor kam.

Eigentlich könnte ich es jetzt gleich tun, dachte Steinmann und ging zum Telefon des Regieraums, wo sich niemand befand, weil er für die Arbeit reserviert war, mit der er noch nicht beginnen konnte. Er zog die Tür hinter sich zu und nahm die Nummer hervor, die er sich auf einen Kassenbon im Portemonnaie geschrieben hatte. Als sich eine weibliche Stimme mit »Gemeindehaus Gautschi« meldete, fragte er, ob er mit dem Gemeindepräsidenten sprechen könne. Der sei zur Zeit nicht im Büro, sagte die

Stimme Gautschi, ob sie etwas ausrichten könne. Steinmann sagte nein, er müsse ihn persönlich sprechen wegen eines Problems im Gemeindegebiet, und dann wurde ihm von der Stimme die Zeit zwischen 11 und 12 Uhr nahegelegt.

Kaum hatte er aufgelegt, erschien schwungvoll und leicht gerötet die Sekretärin der Jugendredaktion und entschuldigte sich, der Redaktor sei heute krank. Das wunderte Roland gar nicht, der Jugendredaktor war ein schmächtiger, bleicher Mann, der immer hüstelte und leicht vornübergebeugt daherkam und eine permanente Bekümmerung ausstrahlte. Sie nannten ihn im Netzwerk den »Kinderzombie«, und Roland freute sich, daß er mit Claudia, der Sekretärin arbeiten konnte. Sie war immer gut aufgelegt und wußte ausgezeichnet Bescheid. Jetzt hielt sie ihm fröhlich seufzend die Filmrolle und das Signetband hin und sagte, offenbar sei der Film am Anfang etwas zerkratzt.

Roland warf einen Blick auf den Begleitzettel, der denselben Befund vermerkte und sagte dann, ebenfalls fröhlich seufzend, dann schauen wir uns die Bescherung einmal an. Er ging zur 16-mm-Maschine, die sich außerhalb des Regieraums in einer separaten Koje befand, legte Bild- und Tonspule des Films ein und schaute sich den Anfang auf dem Monitor an, zusammen mit Claudia, die ihm gefolgt war. Es war ein alter Film über den Skiflieger Walter Steiner, der damit begann, daß Steiner in Zeitlupe am Schanzenrand auftauchte und dann langsam in eine Art Gewitter mit zukkenden Blitzen hineinflog. Nach dem Gewitter landete er und stürzte, und beim Sturz war das Wetter wieder schön. Das Gewitter waren die Kratzer auf dem Anfang der Kopie.

»Woher habt ihr denn den Film?« fragte Roland.

»Vom Sport«, sagte Claudia, »die haben nur diese Kopie, und am Samstag ist Sendung.«

Roland ließ ihn noch etwas weiterlaufen, es folgte ein zweiter Schanzensprung, und als keine Kratzer mehr kamen, hielt er die Maschine an, Steiner blieb mitten in der Luft stehen.

»Schön ist es nicht«, sagte Roland, »aber wenn das die Kopie ist, dann ist das die Kopie, und dann überspielen wir die.«

»Sieht wenigstens dokumentarisch aus, nicht?« bemerkte Claudia.

»Also dann«, sagte Roland und spulte den Film zurück. Dann ging er mit dem Signetband zur MAZ-Wiedergabemaschine, die sich wieder in einer andern Koje befand und spannte die Spule ein, legte dann ein leeres Band in die Aufzeichnungsmaschine, die daneben stand, ging darauf in den Regieraum, wo Claudia schon telefonierte, um die Zeit auszunützen, und steckte die Buchsen so, daß die Maschinen zusammengeschaltet waren, fuhr dann mit den Fingern über den Bildschirm des Schnittcomputers, bis darauf das richtige Programm für diese Arbeit erschien. Das war etwas, das ihm gefiel, daß der Computerbildschirm auf Berührung mit den Fingern reagierte, es war eine zärtliche Zauberei, eine ganz feine Verbindung mit der Maschine, ein Knopfdruck war dagegen der reinste Hammerschlag. Das Menü für den Kopiervorgang war also da – auch daß man ein Programm Menü nannte, hatte etwas Feinschmeckerisches, das zu dieser Leichtigkeit paßte – und nun wäre alles bereit gewesen, aber es stellte sich heraus, daß man noch eine Adresse in das Schlußsignet einblenden mußte, wegen eines Wettbewerbs, den die Präsentatorin bekanntgeben würde. Claudia setzte sich an den Schreibcomputer, wählte einen der größeren Schriftgrade und tippte die Adresse ein.

»Wieso funktioniert der Unterstreichungscode nicht?« fragte sie.

Roland kam zum Gerät, ließ sich von ihr zeigen, was sie gemacht hatte, damit Zürich unterstrichen würde, und ließ sich auch zeigen, daß es nicht ging. Er tat, was die meisten Männer in einem solchen Fall tun, nämlich er setzte sich selbst nochmals an das Gerät und machte genau dasselbe wie die Frau zuvor, und es funktionierte ebenfalls nicht.

Claudia lachte. Ob er gemeint habe, ihm folge er besser? Ja, sagte Roland und lachte auch, tatsächlich, das habe er gemeint. Er schlug vor, die Unterstreichung einfach wegzulassen, denn bis der Techniker da war und den Fehler behoben hatte, verging im besten Fall eine halbe Stunde, und das war zuviel Zeit.

»Warum unterstreichen wir dann nicht einfach altmodisch?« fragte Claudia, setzte sich ans Gerät, wählte statt des Unterstreichungscodes eine neue Zeile mit halbem Abstand und setzte dort die Unterstreichung aus einzeln gedrückten Gedankenstrichen zusammen.

»Voilà«, sagte sie zufrieden, »siehst du, auf so etwas kommt man nur, wenn man von Technik nichts versteht.«

»Eindrücklich«, sagte Roland und machte sich eine Notiz, damit er nicht vergaß, einen Störrapport auszufüllen, »dann könnten wir?«

Claudia bat ihn noch, das Signet nicht hart an den Film zu schneiden, sondern in den Anfang zu überblenden, eine Selbstverständlichkeit fast, und dann startete Roland die Maschinen, die Überblendung gelang ihm gleich beim erstenmal ohne Makel, nachher ging er in die Koje zum Filmmonitor, um bei Bedarf die Helligkeit etwas zu korrigieren für die Überspielung, was man ärgerlicherweise nicht vom Regieraum aus machen konnte. Claudia kam mit und schaute sich den ganzen Film an, damit sie wußte, was überhaupt darin vorkam, falls es deswegen Telefonate oder Zuschriften gab.

Die technische Qualität war teilweise erstaunlich schlecht, obwohl der Film, wie Roland zu seiner Überraschung feststellte, von Werner Herzog war, der inzwischen diese Millionenschinken in Urwaldgebieten drehte, in denen ganze Schiffe von Eingeborenen über Hügel geschleppt werden mußten, oder wo Klaus Kinski vor Hunderten von nackten Afrikanerinnen seine Ausbrüche feierte, ebenso ausgefallen wie geschmacklos. Pathetisch schon dieser kleine Porträtfilm – »der größte lebende Skiflieger und wohl auch der größte Skiflieger aller Zeiten«, hauchte Herzog selbst mit ergriffener Stimme ins Mikrophon, nachdem man Steiners 169-m-Sprung gesehen hatte. Von wegen »aller Zeiten« – vor ein paar Wochen hatte Roland einen Sportbericht geschnitten, wo einer auf derselben Schanze 191 m weit gekommen war. Wenn die Kamera jeweils den fliegenden Steiner verfolgte, gab es schnell wechselnde Helligkeitswerte – das Oszilloskop neben dem Monitor protestierte mit seinen Ausschlägen – und Roland versuchte sie, so gut es ging, auszugleichen, aber eigentlich ging es nur um Nuancen, die man noch beeinflussen konnte. Es war eine Arbeit, die gut noch etwas Unterhaltung vertrug. Einmal nahm er das Telefon ab, das er mit der linken Hand erreichen konnte, während er die rechte Hand gleichzeitig am Regler hatte. Eine Frau Märki wurde gesucht, Roland wußte nichts von ihr und wiederholte den Namen laut, da nahm ihm Claudia den Hörer aus der Hand, denn der Anruf war für sie.

»Seit wann heißt du Märki?« fragte Roland, als sie das Gespräch beendet hatte.

»Seit zwei Wochen«, sagte Claudia, »ich bin jetzt geschieden.«

Und während Steiner in weißem Dreß vor schwarzen Wäldern durch die Luft segelte, erzählte sie ihm von den

Umständen ihrer Scheidung, und Roland versuchte dazu, Dunkles heller und Helles dunkler zu machen. Plötzlich drehte er den Kopf und schaute ihr voll ins Gesicht, dann tastete er mit den Augen ihren Körper ab, bis zu den Füßen hinunter.

»Was ist?« fragte Claudia leicht amüsiert.

»Eh... nichts...«, murmelte Roland und schaute zurück zu Steiner, der wieder einmal beim Landen stürzte. Gerade war ihm in den Sinn gekommen, daß er ja eine Frau suchen wollte, und er hatte Claudia als mögliche Kandidatin gemustert, worüber er jetzt erschrak, er wurde sogar rot. Er mußte nun ohnehin aufstehen, weil der Film zu Ende ging und er das Schlußsignet und die Adreßeinblendung vom Regieraum aus machen mußte. Das ging ohne Probleme; als die Adresse im Bild erschien, machte Claudia eine Bemerkung über das schön unterstrichene Zürich. Sie wollte noch die Gesamtzeit wissen und die Anfangszeit des Films auf dem Band, und dann verabschiedete sie sich, der Rest war Rolands Aufgabe. Roland fragte sie beim Abschied, ob sie wisse, daß er auch geschieden sei, und sie hatte es nicht gewußt. Er wünschte ihr ausdrücklich alles Gute, und sie freute sich darüber.

Er mußte nun den Film wieder zurückspulen, verpacken und zum Abholen fürs Archiv bereitlegen und sich dann die ganze Aufzeichnung nochmals anschauen. Was er am Monitor gesehen hatte, war nur die Wiedergabe des 16-mm-Films, nicht aber das, was nun auf dem Magnetband aufgezeichnet war und am Samstag in die Sendung ging. Umständlich das alles, vor allem weil es schon längst Maschinen gab, die es erlaubten, gleichzeitig auf einem zweiten Monitor zu kontrollieren, wie die Aufzeichnung war, aber das schien beim Schweizer Fernsehen noch nicht bekannt zu sein.

Arbeitsbeschaffung, dachte Roland, als er das Band startete. Er schaute sich das Ganze in der Koje der Aufzeichnungsmaschine an, so konnte er sich mit den Kollegen unterhalten und gleichzeitig ein Auge auf seinen Monitor haben. Aus der offenen Koje von Yves drangen animalische Schreie, ein Godzillafilm mußte visioniert werden, Yves hielt die Beine auf einem Stuhl vor sich in die Höhe und schüttelte lachend den Kopf, als ihn Rolands Blick streifte, der Film schien ziemlich schlecht zu sein. Katy mußte in der Koje nebenan auf die Aufzeichnung einer Sendung aus Bern warten, die sich »Café Fédéral« nannte, und in welcher jeweils profilierungssüchtige Politiker auf billigen Wienerstühlen kurze Voten abgaben, in einer Atmosphäre, welche Gemütlichkeit vortäuschte. Momentan sah man noch den Moderator, wie er murmelnd seine Sätze wiederholte, damit sie nachher spontan wirkten. Sogar Bundesräte waren sich nicht zu schade, in diesem verlogenen Dekor zu sitzen.

Da kam Roland der Gemeindepräsident in den Sinn. Er ging zum Haupttelefon des Raumes, merkte dann, daß es zu laut war, der Gemeindepräsident konnte ja nicht wissen, daß das Geheul im Hintergrund von einem japanischen Monster kam, das gerade unheilvoll auf eine Hafenstadt zuwackelte. Er stoppte das Band und ging wieder in den Regieraum, wählte dort dieselbe Nummer wie am Morgen und bekam zu hören, daß der Gemeindepräsident eigentlich da sein sollte, es aber nicht sei, und entweder etwas später oder dann zwischen halb zwei und zwei, und ausrichten, ach ja, er wolle ja selbst, tut mir leid, danke.

Er ging zur Maschine zurück und ließ Steiner wieder durch die Luft sausen, und während neben ihm die Politikersendung angelaufen war und der Moderator fragte, ob man unsere Energiepolitik als Katastrophe bezeichnen könne und Godzilla in der andern Koje mit schrillem

Triumphgebrüll eine Hochspannungsleitung packte und in seinen Klauen schüttelte, daß es nur so funkte und zischte, dachte Roland an die Keltengräber, zu denen er gestern abend wieder gerannt war und an die Risse dort, in die er die Hand nun quer stecken konnte, vier Finger breit, und er wollte wissen, ob das sonst jemandem aufgefallen war, denn der Erdbebenstoß war schon ein paar Tage her, und geregnet hatte es auch nicht mehr, es gab also eigentlich keinen Grund dafür, daß die Risse breiter würden. Irgendetwas daran beunruhigte ihn.

Er schaute das Band zu Ende an und schrieb dazu noch einen Störrapport wegen des Funktionsausfalls des Unterstreichungscodes. Das Band war selbstverständlich in Ordnung, eigentlich waren die Bänder immer in Ordnung, und diese Anschauerei – reine Routine. Er füllte die MAZ-Bandkarte aus, bei »Bemerkungen« wies er ebenfalls auf den schlechten Anfang hin, der vom zerkratzten Original stamme, und dann legte er das Band mit der Karte aufs Abholregal und ging in die Kantine zum Essen.

Als er um halb zwei Uhr wieder auf die Gemeinde anrief, sagte die Stimme Gautschi, jetzt bereite sich der Präsident auf die Sitzung um zwei Uhr vor. Beim Visionieren des ungarischen Krimis stellte Roland derart viele Flackerstellen fest, daß er das Band auf einer andern Maschine laufen ließ. Die Maschine 5 war auf seltsame Art empfindlich gegen Fremdbänder, das war ihm früher schon aufgefallen, und er hatte auch einen Störrapport gemacht, die Technik hatte die Maschine überprüft und nichts gefunden. Auf der andern Maschine war das Band flackerfrei, also mußte die Technik eben nochmals kommen. Roland war daran gewöhnt, daß man eine Maschine überprüfen konnte und doch nichts fand, er glaubte je länger je mehr daran, daß auch Maschinen Charaktere waren, und die hier liebte nun einmal einheimische Kost und haßte ausländische Bänder, den Urschweizer hatte er sie schon genannt deswegen.

Das nächste Mal telefonierte er, als der Ungarokrimi durchvisioniert und die Kassettenkopie des Don-Camillo-Films angelaufen war, auch das eine Arbeit, die sich, wenn man einmal den Anfang gemacht hatte, praktisch von selbst erledigte. Da war die Sitzung des Gemeindepräsidenten noch im Gange, und Roland fing sich nun an zu ärgern und fragte sich, ob er überhaupt nochmals anrufen solle, es war alles so entmutigend und abweisend, und er kannte ja den Präsidenten gar nicht, und dieser kannte ihn seinerseits nicht, und einfach ausrichten lassen wollte er es auch nicht, es gehe, sagte er der Stimme Gautschi, als sie nochmals nachfragte, es gehe um eine Erdbewegung in der Gemeinde, von der er nicht wisse, ob sie sonst schon jemand festgestellt habe, und natürlich hatte die Stimme noch nichts davon gehört. Das war mindestens ein Grund, es doch nochmals zu versuchen. Während die Kopie sich selbst herstellte, plauderte er mit Fritz, dem Techniker, der die Maschine 5 öffnete und Laufbolzen und Abspielkopf überprüfte und erst mal reinigte; wenn ihnen nichts einfiel, reinigten sie immer einmal, was übrigens erstaunlich häufig schon wirkte, Dreck und Staub, ein Grundproblem des Menschen, dachte Roland, und dann, als die Kopie fertig war und ihm noch der »Fahnder« bevorstand, versuchte er es erneut, und jetzt, endlich, war der Gemeindepräsident für ihn zu sprechen, wenn auch nur kurz, wie die Stimme Gautschi beschwörend mitteilte, da die nächste Sitzung sozusagen unmittelbar vor der Tür stand.

Roland sagte, wie er hieß und wo er wohnte, und teilte der schneidigen Stimme des Gemeindepräsidenten etwas zögernd mit, daß er bei den Keltengräbern im Loowald Risse im Boden gesehen habe, welche sich vergrößerten, und ob das wohl jemandem aufgefallen sei. Auf die Frage des Präsidenten, wie groß denn diese Risse seien, gab er sein Handmaß an, erzählte auch von der Feststellung am Abend des Erdbebenstoßes und von seiner Beobachtung des feinen Risses schon vor dem Erdbebenstoß. Der Gemeindepräsident sagte, er werde den Förster darauf ansprechen und es auch dem Chef der Tiefbaukommission sagen, er glaube aber nicht, daß irgendein Grund zur Beunruhigung bestünde. Er danke ihm für den Hinweis und müsse nun zu einer Sitzung, vielen Dank, auf Wiederhören.

Roland hängte auf und mußte einen Augenblick innehalten und überlegen. Das war unheimlich schnell gegangen, dieses Gespräch. Er fragte sich, ob man dem Präsidenten wohl trauen könne, ob er es wirklich dem Förster und dem Tiefbaumenschen weitersagen würde. Nun, jedenfalls hatte er seine Beobachtung mitgeteilt, und das erleichterte ihn tatsächlich, er hatte das Gefühl, etwas getan zu haben, das getan werden mußte, und damit hatte er sich auch einen deutschen Krimi verdient.

Er spannte das Band mit dem »Fahnder« ein, startete es, lehnte sich dann im Regieraum zurück und lagerte die Beine auf das Schaltpult, und dann begann die Geschichte einer Erpressung.

## 11

Doris stand in der Waschküche und schaute auf ihre »Bauknecht«, in der gerade eine Ladung Buntes geschwungen wurde. Die ganze Wäsche war zu einem einzigen regenbogenfarbigen Ring geworden, der sich im Innern des Schauglases rasend um sich selbst drehte. Doris erwartete das Ende des Programms, das jede Minute eintreten konnte. Dann würden sich aus diesem phantastischen, energiegeladenen Saturnring ganz gewöhnliche T-Shirts, Socken und Unterhosen lösen und würden, aus dem Zauber der Zentrifugalkraft entlassen, zerknittert und haltlos auf den Boden der Wäschetrommel fallen.

Nachher kamen die Leintücher und Bettüberzüge der ganzen Familie dran, und etwas Frottierware, die sie bereits auf dem Waschküchentisch zu einem manierlichen Turm aufgeschichtet hatte. Ein bißchen lehnte sie sich an diesen Turm, während sie dem Vibrieren der Maschine zuschaute. Eigentlich hätte die Bettwäsche letzte Woche schon gewechselt werden müssen, aber Heinz und die Kinder hatten in ihrer Abwesenheit nur das Nötigste gewaschen. Sonst hatten sie es nicht schlecht gemacht, jedenfalls war die Küche blitzblank, als sie nach Hause kam, eingekauft war auch genügend, geputzt sowieso, weil jede Woche eine portugiesische Putzfrau kam, Doris hatte, als sie den Zustand des Haushalts sah, spontan ausgerufen, es geht ja auch ohne mich! Ihre Tochter hatte dann ebenso spontan gesagt, aber nicht so gut, und das hatte sie gefreut, und Heinz hatte scherzhaft und gequält zugleich gerufen, nein, ohne sie gehe es gar nicht, während Reto stumm von einem zum andern geschaut hatte.

Seltsam war es gewesen, das Heimkommen, sehr seltsam, und noch jetzt fiel es ihr schwer, den Alltag wieder zu finden. Eigentlich hatte sie sich vorgenommen, sofort nach ihrer Rückkehr systematisch eine Stelle zu suchen. Sie hatte vorher während mehrerer Jahre jede Woche einige Turnstunden mit geistig behinderten Kindern abgehalten, in der Schule der Nachbargemeinde, weil der Lehrer dazu nicht mehr in der Lage war, irgendeiner Hüftgeschichte wegen. Nun war er aber diesen Frühling pensioniert worden, und seine Nachfolgerin, eine junge Frau, konnte das ganze Pensum übernehmen. Deshalb hatte sich Doris für diesen Kurs entschlossen, um sich nachher für etwas Anspruchsvolleres und auch Definitiveres umzusehen. Gestern hatte sie sich hingesetzt, um sich auf einem Notizblatt diejenigen Gebiete aufzuschreiben, die sie am meisten interessierten. Allerdings war sie dabei zu keinem Resultat gekommen. Sie hatte das Kursprogramm mit den einzelnen Vorträgen nochmals durchgesehen und war dabei mit ihren Gedanken immer wieder an Rolf hängengeblieben und an dem, was ihr Abenteuer zu Hause ausgelöst hatte.

Noch am Samstagabend, als sie nach Hause gekommen war, hatte sie mit Heinz einen langen Spaziergang durch die Nacht gemacht, dem Wald entlang, auf dem sie ihm erzählt hatte, wo sie am Wochenende zuvor wirklich gewesen war und mit wem, und über das Schöne und Lustige und Wichtige daran, und über den Ärger, den sie mit ihrer Lüge ihm gegenüber gehabt hatte, an dem ihr auch klar geworden war, daß es doch nicht so leicht sei, wie es ihr im Moment vorgekommen war, und sie gebrauchte den Vergleich mit dem Gästezimmer, vergaß auch das Wort »vorübergehend« nicht, und als Heinz sie fragte, ob es denn jetzt gerade noch bewohnt sei, dieses Gästezimmer, sagte Doris, ein bißchen warm sei es schon noch dort drin, und dann war Heinz stehengeblieben am Waldrand, hatte sie in die Arme genommen und hatte geweint, und das hatte sie sehr berührt, weil sie ihn außer beim Tod seiner Mutter nie hatte weinen sehen, und als er ihr sagte, er liebe sie geradezu ungeheuerlich, kamen ihr beinahe die Tränen, und sie streichelte seinen Krauskopf und sagte ihm, sie liebe ihn auch, und das war auch wahr, aber trotzdem wartete sie den ganzen Montag auf irgendein Zeichen von Rolf.

Als dieser dann am Nachmittag angerufen hatte, aus einer Telefonkabine, und ihr sagte, er habe Mühe, an etwas anderes zu denken als an sie, sagte sie ihm, auch ihr ginge es ähnlich, und dann fragte sie ihn, ob er es erzählt habe seiner Frau. Nein, sagte er, nein, irgendwie habe er es nicht fertiggebracht, und wenn sie sich gelegentlich telefonieren würden, sei es für ihn besser, er versuche sie anzurufen. Doris empfahl ihm, sich mit seiner Frau auszusprechen, sagte aber auch, wann sie am günstigsten zu erreichen sei, und natürlich war es auch für sie besser, wenn Heinz nicht zu Hause war. Abgemacht hatten sie nichts, aber Rolf hatte gesagt, er möchte sie gerne wieder hören, und dann hatten sie aufgehängt. Gestern abend hatte sie Heinz nichts von diesem Anruf gesagt.

Jetzt hörte das Motorengeräusch der Maschine auf, und die Trommel drehte sich noch eine Weile im Leerlauf weiter. Doris schaute dem Zerfall des Schwungs zu und fühlte sich plötzlich unheimlich gut. Sie war schön, interessant und begehrenswert. Sie hatte zwei Männer, die es ohne sie nicht aushielten. Der eine war frisch verliebt, der andere war daran, seine Liebe zu ihr wieder zu entdecken. Sie begann zu singen. »I'd like to be – under the sea – in an octopussy's garden under the shade« – dann wußte sie nicht mehr weiter und sang die Melodie nochmals, und dann »I beg your pardon – I never promised you a rose-garden«, und dann, von weit her, »Que sera sera, whatever will be, will be«, und dann hatte die Trommel endgültig ausgeschwungen. Sie legte die Wäschestücke in ihren Korb und füllte die Leintücher und Bettüberzüge ein, vom Frottierzeug mußte sie das meiste liegen lassen. Sie ließ das Kochwaschmittel in die Fächer für Waschen und Vorwaschen rieseln, drehte den Temperaturknopf auf 95° und den Programmwählknopf auf Kochwäsche mit Vorwaschen, dann zog sie den Knopf heraus, und das Wasser begann in die Maschine einzulaufen.

Den Korb mit dem Gewaschenen trug sie zum Trockner, der in der andern Ecke der Waschküche stand, füllte alles ein und drückte den Schalter, der das Ganze in Gang setzte. Zum Aufhängen gab es nur die Wäschespinne vor dem Haus, und die wollte sie für die Leintücher brauchen. Früher war ein Raum zum Trocknen dagewesen, neben der Waschküche, aber der Hausbesitzer war daraufgekommen, daß er mehr daran verdiente, wenn er ihn als Garagenplatz vermietete, und deshalb hatte er die Mauer zur Garage durchbrechen lassen und so drei zusätzliche Plätze gewonnen, die auch sofort besetzt waren von Leuten aus der Nachbarschaft mit Zweitwagen. Die Stromrechnung für den Wäschetrockner wurde gleichmäßig auf die Mieter verteilt.

Doris und ihre Familie bewohnten das oberste Geschoß eines dreistöckigen Wohnblocks, welcher einem Malermeister gehörte, der ihn als Kapitalanlage betrachtete. Ohne diesen Umstand wären sie gern hier gewesen, die Wohnung war zwar, obwohl mit großzügigen Grundrissen gebaut, gerade ein bißchen zu klein, hatte aber einen Aufbau mit Dachschräge und einem schönen Dachbalkon, den sie in der warmen Jahreszeit ausgiebig benutzten, die Kinder waren unter vielen andern Kindern in der Nachbarschaft aufgewachsen, der Weg zum Arbeitsplatz für Heinz war kurz, und die Preise für Einfamilienhäuser, auch die scheibchenartigen in einer Reihe, entwickelten sich immer weiter weg von den Möglichkeiten eines mittelgut Verdienenden in der Agglomeration Zürich, und so waren sie hier eigentlich hängengeblieben, nachdem sie die Wohnung jahrelang als Provisiorium betrachtet hatten.

Doris warf noch einmal einen kontrollierenden Blick auf die Maschinen, die beide schon an der Arbeit waren. Plötzlich war sie gerührt beim Anblick dieser zwei weißen Gehäuse, die in ihrem Dienste vor sich herrüttelten. »Schafft schön brav, in einer Stunde komm ich wieder«, sagte sie laut und verließ die Waschküche.

Im Kellerraum traf sie auf Frau Elsener, die mit ihrem Mann, einem pensionierten Bankbeamten, im Parterre wohnte. Sie hatte eine Flasche Essig in der Hand und fragte ängstlich: »Ist noch jemand in der Waschküche?«

»Nein«, sagte Doris, »ich spreche nur manchmal mit den Maschinen«, und als sie den verständnislosen Gesichtsausdruck von Frau Elsener bemerkte, fügte sie bei, »die beiden brauchen auch ein bißchen Zuwendung von Zeit zu Zeit.«

Während sie fröhlich nach oben huschte, blieb Frau Elsener mit ihrer Essigflasche im Keller stehen, und als sie einen vorsichtigen Blick in die Waschküche riskiert hatte und sich mit den zwei arbeitenden Maschinen allein sah, schlug ihre Verständnislosigkeit in Verstörtheit um, und sie beeilte sich, wieder nach oben zu kommen, um ihrem Mann das Neuste von Frau Fischli mitzuteilen: die sprach mit den Waschmaschinen.

Doris aber ging die Treppen hoch und amüsierte sich. Früher hätte sie sich furchtbar geschämt, und sie hätte nach allen möglichen Ausflüchten gesucht, doch jetzt war es ihr von Herzen egal, was Frau Elsener über sie dachte. Sie überlegte sich sogar, ob sie vielleicht die Blockflöte nach unten nehmen sollte, um den beiden Maschinen etwas vorzuspielen.

Aber in der nächsten Stunde wollte sie sich mit der Stellensuche beschäftigen, sie hatte sich ein paar Zeitschriften und Bulletins aus dem Bereich der Heilpädagogik und des Heim- und Anstaltswesens besorgt, und die wollte sie, zusammen mit der Lehrerzeitung des Kantons, nach Stelleninseraten durchsuchen. Vielleicht kam ihr, da sie sich selbst nicht von einem ganz bestimmten Bereich angezogen fühlte, hier etwas Passendes entgegen. Sie goß sich einen zweiten Kaffee ein, zu dem sie sich noch etwas Milch wärmen mußte, und legte die Zeitschriften auf den Küchentisch, mit einem Notizblock und einem Kugelschreiber daneben. Kaum hatte sie die »Pro-Infirmis«-Mitteilungen aufgeschlagen, ging das Telefon. Sie hatte Herzklopfen, als sie den Hörer abnahm, und es war Rolf, der sie aus einer Pause anrief, um ihre Stimme zu hören, wie er sagte.

Doris erzählte ihm die Begegnung in der Waschküche, und Rolf lachte und sagte, das passe zu ihr. Dann fragte er sie unvermittelt, ob er sie sehen könne. Doris erschrak. Er schlug Olten als Treffpunkt vor, übermorgen, zum Nachtessen, vielleicht sei es dann das letzte Mal, doch dann könnten sie in Ruhe darüber reden, ob sie sich wieder sehen wollten oder lieber nicht, aber das eine Mal noch. Doris konnte sich nicht entscheiden, und sie machten ab, daß er sie morgen um dieselbe Zeit wieder anrufen würde und sie ihm dann sagen würde, ob sie käme.

Dann hängte sie ein und setzte sich an den Küchentisch. Sie rührte in der Kaffeetasse und mußte darüber nachdenken, ob sie ihren – ja, was war er denn, ihren Freund, doch, ihren Freund, ob sie den treffen wollte oder nicht, und beim Gedanken an ein Rendezvous in einer andern Stadt, zu dem sie eigens hinfahren würde, bei diesem Gedanken spürte sie wieder ihr Herz klopfen. Sie merkte, daß es ihr gefallen würde. Wenn es mir gefällt, dachte sie, warum geh ich dann nicht einfach? Ich bin ein freier Mensch, ich kann mit einer Waschmaschine sprechen, wenn es mir Spaß macht, und wenn es mir Spaß macht, kann ich nach Olten fahren und einen Freund treffen.

Das Problem war, und das wußte sie sehr gut, das Problem war, daß sie nicht allein lebte und daß sie Angst davor hatte, ihrem Mann zu sagen, sie fahre nach Olten, um einen Freund zu treffen, sie wußte nicht, wie er darauf reagieren würde, er war aufgewühlt und verletzlich, seine Tränen hatten sie beeindruckt, und sie hatte sie auch nicht als Erpressung empfunden.

Aber hatte sie nicht oft genug auf ihn Rücksicht genommen in all den Jahren? Und hätte sie nicht Grund genug gehabt, in Tränen auszubrechen? Sie hatte auch geweint, doch, das kam ihr jetzt in den Sinn, aus Müdigkeit und Erschöpfung und Enttäuschung, als die Kinder klein waren, und es während Wochen keine ungestörte Nacht gab, und als Heinz lange fort war für Dreharbeiten irgendwo in der Welt, auf Inseln womöglich, und dann sonnengebräunt nach Hause kam, mit einem Geständnis oder auch ohne ein Geständnis, dafür mit einem Erlebnis, doch, da hatte sie auch geweint, aber allein.

Irgendwie hatte sie eine Furcht davor, daß jetzt etwas passierte, daß wirklich etwas passierte, was das ganze kleine Gefüge, in dem sie lebten und in dem sie es schön hatten, gefährden konnte. Die Beiläufigkeit früherer Jahre war ihr abhanden gekommen. Was sie jetzt tat, tat sie bewußter, und es bedeutete etwas, es bedeutete einen Sprung aus dem Bisherigen, eine Absage an das Gewohnte. Je länger sie darüber nachdachte, desto mehr wußte sie, was sie eigentlich von Anfang an gewußt hatte, daß sie gehen würde.

Als sie nach einer Stunde in die Waschküche ging, hatte sie keines der Inserate gelesen.

## 12

Heute fuhr Roland Steinmann mit seinem Zweitfahrrad zum Waldrand, oder eigentlich war es sein Erstfahrrad, der Fünfgänger mit Gepäckträger, und auf den Gepäckträger hatte er ein paar Fähnlein geklemmt mit den Wappen von Schweizer Kantonen, wie man sie am 1. August brauchte, um das Gründungsdatum der Eidgenossenschaft zu schmücken. Hinter ihm fuhr Max Stebler, auch er mit einem Bündel Fähnlein auf seinem Gepäckträger. Roland hatte sie bei ihm geholt, die Steblers waren eine Familie, bei der man auch im Herbst problemlos ein Osternest haben konnte, sie hatten sämtliche Requisiten für jahreszeitlich bedingte Feste säuberlich und erreichbar auf dem Estrich gelagert, und als Roland die Idee mit den Fähnlein gekommen war, wußte er auch sofort, wo er diese bekäme.

Er hatte Max und Helen von seiner Beobachtung bei den Keltengräbern erzählt und vom Telefongespräch mit dem Gemeindepräsidenten vor zwei Tagen. Gestern war er wieder beim Hügel gewesen, und an einigen Stellen konnte er die ganze Hand bis zum Gelenk in den Spalt stecken. Was sie eigentlich vom Gemeindepräsidenten hielten, hatte Roland die beiden gefragt, die schon länger im Ort wohnten als er. Max kannte ihn nicht persönlich, die Gemeindeversammlung war schon lang durch ein 30köpfiges Gemeindeparlament ersetzt, das alle vier Jahre gewählt wurde, aber Helen war bei einer Gruppe von Müttern, die sich einmal an den Gemeindepräsidenten gewandt hatten, als es um Räumlichkeiten für eine Spielgruppe ging. Ein gewerblicher Anbau war zu verkaufen gewesen, und die Mütter wünschten sich, daß die Gemeinde ihn kaufe und daraus einen Raum für eine Spielgruppe machte, deren Betrieb von ihnen organisiert würde.

Das kam dann nicht zustande, Schulpräsident und Gemeindepräsident waren dagegen, der Schulpräsident wies auf den schon bestehenden Hort hin, der ja betreuende Aufgaben berufstätiger Mütter abdecke, sowie auf die zusätzliche Belastung des Schulgutes, die sich daraus ergäbe, und der Gemeindepräsident konnte, wie er sagte, das Angebot einer Kunststoffirma nicht überbieten, es fand sich damals auch außer ein paar Sozialdemokraten niemand im Gemeindeparlament, der für das Anliegen zu interessieren gewesen wäre, und so ließen die Mütter das Projekt wieder fallen. Jetzt wurden in diesem Anbau, soviel man von außen erkennen konnte, Schalensitze gelagert, und die Spielgruppe fand zweimal in der Woche im Luftschutzkeller einer Siedlung statt, wo sie eher geduldet als geliebt war. Auch ein leerstehendes Schulzimmer im etwas zu groß gebauten Schulhaus kam für diesen Zweck nicht in Frage, um keinen Präzedenzfall zu schaffen, wie es der Schulpräsident formulierte.

Das waren die Steblerschen Erfahrungen mit der Gemeindebehörde, und Roland wunderte sich nicht darüber. Phantasievoll und beweglich klang sie jedenfalls nicht, die Stimme des Präsidenten, die er heute mittag wieder gehört hatte. Roland hatte nochmals telefoniert, um nachzufragen, was der Förster und der Chef der Tiefbaukommission gefunden hätten. Der Förster sei gestern schnell dortgewesen, habe aber die Risse nicht außergewöhnlich gefunden, das gäbe es viel im Wald, und der Tiefbaukommissionschef sei diese Woche nicht abkömmlich und werde vielleicht nächste Woche einmal hingehen. Auf Steinmanns Bemerkung, die Risse seien an einigen Stellen etwas breiter geworden, antwortete der Gemeindepräsident, die Risse seien, wie gesagt, nichts Außergewöhnliches, das gäbe es viel im Wald. Das war das Gespräch von heute mittag gewesen.

Und jetzt war er also wieder unterwegs zu den Keltengräbern. Er wollte sehen, ob die Risse sich erneut verändert hatten, und er wollte sie markieren. Max hatte zuerst etwas gezögert, mitzukommen, weil er, korrekt, wie er war, in der Markierungsaktion etwas Unbotmäßiges witterte, aber als Helen über seine Bedenken lachte, gab er seiner Neugier nach und fuhr mit. Ob er sich denn etwas Bestimmtes vorstelle, was es mit dieser Bodenbewegung auf sich habe, fragte er Roland, aber Roland wußte nichts Bestimmtes. Das sei es ja, was ihn interessiere, sagte er, daß er nicht wisse, was es sei. Sie sollen aufpassen, daß die Erde sie nicht verschlucke, hatte ihnen Helen noch nachgerufen, als sie losfuhren.

Es war schön, jetzt zwischen den Häusern durchzufahren. Der Frühling war die einzige Jahreszeit, welche Roland mit den Gärten versöhnte. Ein blühender Busch hatte etwas Unwiderlegbares, aber sonst waren ihm all diese Miniaturgrünanlagen zu gepflegt, sie kamen ihm vor wie unbetretbare Blumenarrangements, die mit Dünger und Rasenkantenscheren künstlich am Leben erhalten wurden, vor kurzem hatte er in einer der wenigen kritischen Fernsehsendungen gehört, daß für die Zierrasen unseres Landes jedes Jahr ebensoviel Stickstoff gebraucht werde wie für den gesamten Winterweizen, und das entsprach auch seinen Beobachtungen. Hinter jedem zweiten Gartenhag ragte der Hintern eines tiefgebeugten Menschen hervor, der sich mit irgendeiner Nichtigkeit am Boden auseinandersetzte, Plastikkörbe standen oft daneben und füllten sich mit Pflänzlein, die mit heftigen, fast strafenden Bewegungen hineingeworfen wurden, Pflänzlein, die an diesem Ort nicht blühen durften, weil sie unter die Kategorie Unkraut fielen. Immer, wenn er solche Ausrottungsaktionen sah, erwog er, ein Kistchen auf seinen Balkon zu stellen, in dem er ausschließlich Unkraut ziehen wollte, aber dann war er doch zu träge dazu. Schon der Gedanke, beispielsweise im Einkaufszentrum einen Sack Erde kaufen zu müssen, war ihm so unerträglich, daß er das Vorhaben nie ernsthaft angepackt hatte.

»Einbahn!« rief Max von hinten, als er jetzt nach rechts abbog. »Egal!« rief Roland und wunderte sich über seinen strammen Begleiter. Seit er nur noch Velo fuhr, war ihm das Befahren von Einbahnstraßen in der Gegenrichtung zur Selbstverständlichkeit geworden, er schaute nicht jedesmal hin, ob es durch ein entsprechendes Schild abgesegnet war, sondern hielt im Gegenteil das Fehlen eines solchen Schildes für eine Frechheit, der man nur dadurch würdig begegnen konnte, daß man die Durchfahrt für sich in Anspruch nahm. Als er jedoch wenig später die letzte große Straße vor dem Waldrand bei Rot überqueren wollte, hielt ihn Max zurück. Vielleicht schaue irgendwo ein Kind zu, sagte er, und Roland bequemte sich zu warten und machte einen Witz über besorgte Familienväter.

Dann stellten sie ihre Räder am Waldrand ab, bei der Scheiterbeige, nahmen die Fähnchen unter den Arm und gingen zu Fuß weiter. Schon nach kurzer Zeit blieb Max stehen.

»Hörst du das?« fragte er.

Roland blieb ebenfalls stehen und horchte. Ein seltsam schönes Gezwitscher ertönte.

»Meinst du den Vogel?« fragte er.

Max nickte. »Eine Drossel«, sagte er, »eine Singdrossel, hört man nicht mehr viel.«

Er hätte den Vogel gern gesehen und machte ein paar Schritte vom Weg weg, indem er den Baumwipfel auszumachen versuchte, von dem der Gesang herkam. »Ich glaube, sie sitzt auf der Eiche«, sagte er dann und beschrieb Roland, der ihm gefolgt war, den Standort des Flecks, den er für die singende Drossel hielt. Kaum hatte ihm Roland bestätigt, daß er diesen Fleck auch sehe, der wahrscheinlich die Drossel war, verstummte der Gesang, und der Fleck flog davon.

»Suchen Sie den letzten Vogel vom Loowald?« sagte ein Mann, der mit seiner Frau und einem großen, schwarzen Hund daherkam.

»Haben Sie ihn gekannt?« fragte Max, »es war eine Drossel.«

Der Mann kannte keine Vögel, aber in den sechsundzwanzig Jahren, seit denen sie in der Straße am Waldrand wohnten, seien die Vögel unheimlich zurückgegangen, sagte er, und die Frau fügte hinzu, morgens um vier hätten sie jeweils die Fenster schließen müssen im Sommer, wegen des Vogelkonzerts, heute höre man nur noch ab und zu eine Amsel.

»Die Vögel ertragen es nicht, wie wir leben«, sagte Roland, und die Frau nickte und sagte, wir manchmal auch nicht, aber der Mann sagte, gerade hätte er einen Artikel gelesen über das Abschießen von Vögeln in Malta, das sei ja ein richtiger Sport dort, die knallen die Zugvögel einfach ab auf der Durchreise, und die Lobby sei so stark, da können die Vogelschützer auch nichts machen.

Damit war das Böse ins Ausland verwiesen, und man konnte den Frühlingsabend genießen.

Roland suchte mit Max den kürzesten Weg zu den Keltengräbern, es war derjenige, der von der Baumstammhopsstation der Lebensversicherungsertüchtigungsanlage linker Hand abbog, kaum sichtbar, durch das Tannenwäldchen.

»Du kennst dich aus hier«, sagte Max, »ich glaube, allein hätt ich es nicht auf Anhieb gefunden.«

Er müsse halt mehr rennen und weniger basteln, sagte Roland, und kündigte an, gleich seien sie da. Max bat ihn, einen Moment stehenzubleiben, weil es so ungewöhnlich ruhig war. Sie blieben stehen, und sie hörten nichts als ihr eigenes Atmen und, weit entfernt, eine Amsel.

»Schön«, sagte Max; Roland stimmte zu, und als sie sich wieder in Bewegung setzten, kamen ihm ihre Schritte laut vor und das Knacken unter den Füßen wie kleine Detonationen.

Nun waren sie unten am Hügel angekommen, aber auf der Seite, wo kein Riß verlief. Die Laute, die sie jetzt hörten, verstanden sie nicht, es war, als ob jemand ächzte. Erst als sie den Hügel erstiegen, sahen sie einen Mann auf dem Stein sitzen, der weinte. Er hatte ihnen den Rücken zugewandt und bemerkte sie nicht, er war nur mit sich selbst beschäftigt. Im ersten Augenblick wußten sie nicht, was tun, sondern blieben einfach stehen, während der Sitzende von seinem Weinen richtig geschüttelt wurde. Max war es dann, der auf den Mann zuging, ihm die Hand auf die Schulter legte und ihn fragte, ob man ihm helfen könne. Der Mann erschrak und schüttelte gleichzeitig den Kopf, und als er sich nach den beiden umdrehte, merkte Roland zu seiner Überraschung, daß er ihn kannte: Fischli, der Kameramann, mit dem er schon öfters am Tisch in der Kantine gesessen hatte.

»Heinz«, sagte Roland und ging auf ihn zu, »hallo, was ist denn mit dir?« Dann zeigte er auf Max, sagte, daß es ein Freund von ihm sei, und zu Max sagte er, dies sei ein Kollege von ihm, der auch beim Fernsehen arbeite.

Heinz stand auf, nahm sein Taschentuch hervor, wischte sich die Augen und schneuzte lange. »Liebeskummer«, sagte er dann, schüttelte den Kopf und sagte nochmals, tief aufatmend diesmal: »Liebeskummer.« Dann fügte er bei: »Ich hätts nicht für möglich gehalten.«

Alle schwiegen und schauten verlegen vor sich hin, keiner

war solche Situationen gewohnt, es war auch derart privat, daß es den zweien peinlich war, diesen Menschen in seinem Leid gestört zu haben. Beide kamen sich ziemlich blöd vor mit ihren Fähnchen unter dem Arm.

»Ist es schlimm?« fragte Roland schließlich.

»Es ist zum Heulen«, sagte Heinz und versuchte zu lachen. »Ich mußte heulen, und daheim kann ich das nicht, da sind die Kinder. Meine Frau trifft sich mit einem Freund heute, jetzt, und ich ertrage es nicht. Ich ertrage es nicht. Ich habe mich immer wieder mit Freundinnen getroffen, ich, und jetzt, wo sies macht, ertrag ich es nicht. Ist das nicht absurd?« Und schon wieder kamen ihm die Tränen.

»Will sie sich denn trennen von dir?« fragte Roland.

»Nein«, sagte Heinz, »nein, bis jetzt nicht, das ist alles ganz neu, aber sie will einfach diesen Typ sehen – sind Sie verheiratet?« fragte er Max unvermittelt.

»Ja«, sagte Max, »bin ich.«

»Können Sie sich vorstellen, daß sich Ihre Frau mit einem Freund trifft?«

Max erschrak. Was waren das für Gespräche.

»Schwer«, murmelte er dann.

»Und Sie, treffen Sie sich mit Freundinnen?« fragte Heinz weiter.

»Nein«, sagte Max rasch, »wir sind uns treu.«

»Schön«, sagte Heinz und fuhr sich wieder mit dem Taschentuch übers Gesicht, »schön, da habt ihr Glück. Und du bist geschieden, nicht?« fragte er Roland, und Roland bejahte, mußte aber tief einatmen dabei.

Heinz schaute ihn an und versuchte wieder zu lachen. »Das ist einmal ein anderes Zusammentreffen als am Kantinentisch – hättest du nicht gedacht, oder?«

»Nein«, sagte Roland, »das war schon... eine Überraschung.«

»Nennen wirs mal so«, sagte Heinz. »Übrigens«, fuhr er fort, zu Max gewandt, »ich heiße Heinz.«

»Ich heiße Max«, sagte dieser, und sie gaben sich die Hand.

»Es ist gar nicht schlecht, daß ihr gekommen seid«, sagte Heinz, »langsam fühl ich mich erleichtert. Ich habe jahrelang nicht mehr geweint. Und ihr?«

»Schon lang nicht mehr«, sagte Roland, und Max nickte dazu.

»Männer weinen nicht«, sagte Heinz, und zu Max gewandt, »das ist sicher das erste Mal, daß du jemanden beim Weinen kennenlernst.«

»Nicht ganz«, sagte Max.

»So?« sagte Heinz, »und wer war der andere?«

»Meine Frau«, sagte Max und erzählte die Geschichte, wie er als erster zu einer Skifahrerin herbeikam, die das Bein gebrochen hatte, und wie aus dieser Begegnung eine Liebe wurde. Roland hatte die Geschichte auch nicht gekannt, er hatte überhaupt kaum je tiefergehende Gespräche mit Max und Helen geführt.

»Seht ihr«, sagte Heinz, »Tränen verbinden, oder wie soll man das sagen. Was macht ihr eigentlich hier? Einen Orientierungslauf?« Er deutete auf die Fähnchen, die sie immer noch unter dem Arm trugen.

»Ist dir nichts aufgefallen am Hügel?« fragte Roland.

»Nein«, sagte Heinz, »was sollte mir denn aufgefallen sein?«

»Also gut«, sagte Roland, »dann komm mit. Ich werde dir etwas zeigen.«

## 13

Stark aufatmend trat der Gemeindepräsident aus dem Zahnarzt-Hautarzt-Holzimport-Haus auf das Trottoir, blieb einen Augenblick stehen, wandte sich dann nach links und ging am »Snacky« vorbei auf das große Hotelhochhaus zu, in dessen Erdgeschoß sich ein Restaurant befand. Er brauchte einen Kaffee, und heute wollte er ihn nicht aus einem Styroporbecher trinken. Diesmal war er vorsichtshalber noch eine Viertelstunde liegengeblieben nach der Spritze, und es hatte sich nichts von dem eingestellt, was ihm das letzte Mal passiert war. Er fühlte sich bei Kräften, Ausschlag war keiner gekommen, und auch Atembeschwerden hatte er nicht gehabt. Es war ihm sogar besonders leicht zumute, er betrat das Restaurant mit Schwung, setzte sich auf eine ledergepolsterte Eckbank und schaute sich das Frühstücks- und Kaffeeangebot auf der Karte an, die in einen Plastikhalter mit der Aufschrift »Sinalco« geklemmt war.

Bei einer dunkelhäutigen Kellnerin bestellte er zu seiner eigenen Überraschung einen Café Mélange; geschwungener Rahm am Vormittag, so etwas mied er sonst, er war in einem Alter, wo sich derlei auf die Dauer an der Figur bemerkbar machte, aber er war so erleichtert, daß er sich diese Freude gönnen wollte. Er hoffte nun auch, das Ganze werde zu einer Routinesache, etwas, das zwischen dem Penicillin und seinen Ausschlägen ausgetragen würde und um das er sich nicht mehr groß zu kümmern brauchte. Er hatte das Problem sozusagen delegiert.

Als ihm die Kellnerin den Kaffee brachte, sich über den Tisch beugte und er unter der weißen Bluse ihre schwarze Unterwäsche sah und die leichte Bewegung der Brüste, merkte er plötzlich, daß er von einer unglaublichen Schärfe erfüllt war. Während er mit dem Löffel den Rahmberg etwas zur Seite drückte, um den Zucker aus dem Papiersäcklein in den Kaffee zu schütten, überlegte er sich, wie sein Morgen aussah. Die Besprechungen hatte er auf den Nachmittag gelegt, darauf vorbereiten mußte er sich nicht mehr, er konnte also gut erst gegen Mittag ins Büro zurückkommen. Wenn man beim Arzt war, konnte es immer etwas länger gehen, das war das Praktische an solchen Terminen. Er stach sich mit dem Löffel eine Portion Rahm ab, nahm sie in den Mund und trank einen Schluck Kaffee dazu. Dann wischte er sich die Lippen mit der Serviette ab und schaute auf das aufgerissene Zuckersäcklein, auf dem eine aussterbende Tierart abgebildet war, ein Kiebitz. Er nahm noch zwei Rahmschlücke, stand dann auf und ging dem Zeichen für Toiletten und Telefon nach. Zu seinem Mißbehagen war die mittlere der drei Plexiglasmuscheln besetzt, aber als er näherkam, hörte er, daß der Mann italienisch sprach. Er stellte sich unter die Muschel rechts vom Telefonierenden, zog sein Portemonnaie hervor, griff in das Notenfach und nahm ein Papierchen heraus, auf dem eine Telefonnummer stand, und die stellte er ein.

Als er wieder an seinen Platz kam und den Kaffee auszutrinken begann, in welchem der Rahm nun schon halb zerflossen war, war er doch etwas unzufrieden mit sich. Der Italiener in der Nebenmuschel hatte plötzlich auf schweizerdeutsch gewechselt, und das lag ja alles so offen nebeneinander, daß man genau hörte, was am Nachbarapparat gesprochen wurde, es schien ihm auch, der Italoschweizer hätte ihm einen arrogant-fröhlichen Blick nachgeworfen, als er nach seinem ganz kurzen Gespräch wegging. Der Besuch war abgemacht, sie war in ihrem Appartement und erwartete ihn.

Er nahm die ausgedruckte Rechnung, die neben der Kaffeetasse lag und ging damit zur Kasse, wo sie ein fernöstlicher, junger Bursche entgegennahm und in die Maschine einschob. Auf einer Münzrutschbahn stürzten automatisch ein Einfränkler und zwei Zwanziger in eine Schale, sein Wechselgeld. Nachher fuhr er mit dem Lift in die Parkgarage des Hotelhochhauses hinunter, ging zu seinem Wagen, öffnete ihn und nahm sein Aktenköfferchen vom Hintersitz. Er verschloß die Türe wieder, fuhr mit dem Lift hinauf und ging zur Tramhaltestelle. Sein Auto wollte er nicht in der Nähe des Hauses abstellen, zu dem er sich begab, von diesen Besuchen durfte niemand etwas wissen. Den Tip hatte er von einem Reitkollegen bekommen, an einem Herrenabend, zu später Stunde, aber er hatte diesem nie gesagt, daß er ihm nachgegangen war. Mit dem Aktenkoffer konnte er im Falle einer unerwünschten Begegnung jederzeit eine Besprechung vorschützen.

Als er in der Straßenbahn saß, kam ihm wieder in den Sinn, daß er eigentlich Schluß machen wollte. Der Ausschlag hatte ihn erschreckt, vielleicht war da doch ein Risiko. Aber der Arzt hatte kein Wort von dieser Möglichkeit gesagt. Es war die Kälte, es war eindeutig die Kälte, auf die er reagierte, und sonst nichts. Trotzdem nahm er sich vor, dies sei das letzte Mal. Bei diesem Gedanken unterlief ihm ein heftiger Atemzug. Er hatte sich schon ein paarmal vorgenommen, dies sei das letztemal, und immer hatte es noch ein nächstes Mal gegeben. Es ist ein Laster, dachte er, es ist mein Laster, wieso soll ich kein Laster haben, dafür rauche ich nicht, das wäre genauso teuer.

Er stieg aus und ging eine Straße hoch, versuchte dabei zielbewußt und geschäftlich zu wirken, aber er zitterte vor Erregung. Die Vorfreude auf die Minuten des Sichgehenlassens mischte sich auf eigenartige Weise mit der Freude darüber, etwas Verpöntes zu tun. Irgendwie brauchte er das einfach, er mußte sonst immer korrekt sein und förmlich und christlich.

Er bog in eine Querstraße ein, öffnete ein Gartentor und stand vor dem mittleren Gebäude einer Gruppe von drei älteren, aneinandergebauten Mehrfamilienhäusern. Als er den Klingelknopf von »Kosmetik Alice« drücken wollte, rief eine vertraute Stimme von der Straße her: »Hallo, Papi!« Dem Gemeindepräsidenten blieb das Blut in den Adern stehen. War denn sowas möglich? Langsam drehte er sich um und sah, daß es keine Täuschung war: Am Gartentor stand sein Sohn Thomas, zusammen mit einem Mädchen. Jetzt hieß es handeln. Fahl vor Schrecken faßte Manfred Niederer den Griff seines Aktenköfferchens etwas fester und ging auf die beiden zu, die nun durch das Gartentor hereinkamen.

»Das ist Sandra Bischof, wir studieren zusammen, und das ist mein Vater«, sagte Thomas.

»Freut mich«, sagte Niederer und schüttelte Sandras Hand, die ihm warm vorkam, sie sagte, es freue sie auch, und nun kam die unvermeidliche Frage seines Sohnes, was er denn hier mache. Niederer versuchte die Frage so scherzhaft wie möglich umzukehren, indem er sagte, das frage ich *dich*, und beifügte, so ein Zufall. Zum Entsetzen Niederers sagte Thomas, Sandra bewohne hier eine Mansarde, und jetzt kämen sie gerade aus der Vorlesung, und er sei zu einem Kaffee eingeladen. Sandra sagte fröhlich, die Einladung gelte natürlich auch für ihn, aber Niederer, der nun wieder Boden unter den Füßen spürte, sagte, er glaube kaum, daß ihm noch Zeit bleibe dafür, er habe nur eine kurze Besprechung im 1. Stock und müsse nachher gleich weiter.

Was es denn im 1. Stock zu besprechen gebe, fragte Thomas unverblümt.

Niederer hatte sich den Namen schon ein Dutzend Mal gemerkt, wendete aber doch den Kopf zur Messingtafel neben der Türe, um sicher zu sein, bevor er sagte: »Overseas Investments.«

Aha, sagte Thomas, und Sandra fügte hinzu, dann hätten sie wenigstens denselben Weg bis zum 1. Stock. Mühsam lächelnd pflichtete Niederer bei und dachte schaudernd an die Türe im Parterre rechts, an der sie auf jeden Fall vorbeikämen. Er hoffte einfach, Alice würde nicht öffnen, und versuchte sich den Geleitschutz eines Gesprächs zu verschaffen, indem er die beiden fragte, ob sie denn wenigstens etwas gelernt hätten heute morgen.

Und ob, sagte Thomas, während Sandra die Haustüre mit ihrem Schlüssel öffnete, sie hätten das Erdbeben von letzter Woche besprochen und am praktischen Beispiel gesehen, was ein Ortsbeben sei, und daß man Lokalradios keine Auskunft geben sollte. Wieso denn das, fragte Niederer so locker wie möglich. Weil, fuhr Sandra fort, kurz nach dem Anruf von Thomas an jenem Abend ein Lokalradio angerufen habe, worauf sie auch wieder den vermeintlichen Innerschweizer Ausschlag erwähnt habe, und prompt sei in den Nachrichten gesagt worden, Epizentrum Innerschweiz, dabei sei das Epizentrum viel näher gelegen, direkt vor der Haustür. Aha, sagte Niederer erleichtert, denn sie waren bereits auf dem mittleren Treppenabsatz zum 1. Stock, also blinder Alarm sozusagen. So könne man es nicht nennen, sagte Thomas, für die Agglomeration sei es alles andere als ein blinder Alarm gewesen.

Sein Vater war nicht fähig, zuzuhören, da auf die Erleichterung über das unbehelligte Passieren der heiklen Türe die unausweichliche Frage folgte, was er vor der zweiten Türe tun sollte, und die Frage mußte sofort beantwortet werden, denn schon standen sie da, und während Thomas noch etwas über die relative Häufigkeit von Ortsbeben sagte, blieb ihm eine winzige Entscheidungsfrist, in welcher er verzweifelt seine Möglichkeiten durchzudenken versuchte.

Aber er konnte nicht übersichtlich denken. Das einzige, was ihm klar schien, war, daß er in der Falle steckte. »Besprechung« hatte er gesagt, und »1. Stock« und »Overseas Investments«, also blieb ihm nichts anderes übrig, als da hineinzugehen, wenn er sein Gesicht retten wollte. Wie es drinnen weitergehen sollte, hatte er keine Ahnung, aber entschlossen verabschiedete er sich von Sandra und Thomas, fragte diesen noch leichthin, ob er zum Nachtessen da sei, was er verneinte, und während die beiden die Treppe hochgingen, drückte er auf die Klingel und warf seinen Kopf etwas in den Nacken.

Insgeheim hoffte er, es sei gar niemand da, aber diese Hoffnung wurde sogleich durch eine gut geschminkte Dame in einer Rüschenbluse zerschlagen, welche ihm die Tür öffnete und ihn fragte, was er wünsche. Da sein Sohn mit seiner Begleiterin – ach, wie er ihn beneidete, daß er einfach mit einer jungen Frau diese Treppe hochgehen konnte – da die zwei also noch in Hörweite waren, sagte er: »Ich bin angemeldet« und trat ein, nicht ohne ein leichtes Erstaunen der Bürodame, die ihn bat, ins Vorzimmer einzutreten und ihn dann nach dem Namen fragte.

Niederer war zu wenig schnell, um einen Namen zu erfinden, sagte also seinen eigenen, hängte gleich auch seine wirkliche Funktion an mit dem Nachsatz, sein Sekretariat hätte den Termin für ihn abgemacht. Er war stolz auf diese kleine Wendung und gewann an Sicherheit. Nachdem die Rüschenblusenfrau vergeblich ihren Kalender nach einem Termin für Herrn Niederer, Gemeindepräsidenten, abgesucht hatte, ging sie ins gegenüberliegende Zimmer, kam dann wieder zurück und sagte lächelnd, da müsse irgendwo ein Irrtum passiert sein, auch Herr Hauenstein habe nichts vorgemerkt, aber das sei unwichtig, er sei da und werde ihn gern empfangen. Niederer sagte seufzend, da müsse wieder einmal etwas gewaltig schiefgelaufen sein, er habe eine neue Bürokraft, die manchmal nicht wisse, wann etwas ein Auftrag sei und wann eine Abmachung, und offenbar müsse man alles selber machen.

Mit einer Entschuldigung trat er ins Büro von Herrn Hauenstein, der schon hinter seinem Schreibtisch aufgestanden war, um ihn zu begrüßen. Er war ein schlanker Mann mit kurzen, leicht ergrauten Haaren und einer markanten schwarzen Hornbrille, die er sich zur Begrüßung von der Nase nahm. Dann bat er ihn in einen der Ledersessel, die um ein niederes Tischchen gruppiert waren, fragte ihn, ob er eine Zigarette rauchen oder etwas trinken wolle, was Niederer dankend ablehnte. Er sagte, er hätte heute zwei, drei Stadttermine und habe gedacht, er wolle sich einmal kurz nach Investitionsmöglichkeiten in Übersee erkundigen, Bedingungen, nähere Umstände, Größe der Beträge, des Zinses und natürlich auch des Risikos.

Herr Hauenstein fragte ihn als erstes, ob er in seiner Eigenschaft als Gemeindepräsident hier sei oder als Privatperson. Als beides, sagte Niederer rasch, er sei einerseits auf der Suche nach besseren Vermögenserträgen für die Gemeinde, die ja, wie er wohl wisse, ziemlich langweiligen Anlagebedingungen unterworfen sei, gleichzeitig interessiere es ihn auch privat. Er staunte selbst, wie leicht es ihm fiel, seine Rolle zu spielen und wußte auch sofort eine Antwort auf die Frage, wer ihm die Adresse empfohlen hätte, nämlich jemand aus Rotarierkreisen, dessen Namen er aber aus Diskretionsgründen nicht nennen wolle.

Ja, die Diskretion sei ihre Spezialität, eröffnete dann Herr Hauenstein seinen geschäftlichen Tour d'horizon, der ihn durch südamerikanische Zucker-, Kakao- und Kaffeeplantagen zu Grundstückskäufen führte, welche Urwälder in Viehweiden verwandeln sollten, um den europäischen Fleischbedarf zu decken, er wisse vielleicht, daß schon mehr als die Hälfte des Schweizer Bündnerfleisches aus Argentinien und Brasilien stamme, und die Tendenz halte an, und sie nutzten einfach diese Tendenz aus, und da es mit der Stabilität in Südamerika so eine Sache sei, sei man auf hohe Zinsen für ausländisches Kapital angewiesen, dessen seien sich sämtliche Partner bewußt, und das habe Zinsen bis zu 20 % zur Folge, und natürlich seien sie nur an höheren Beträgen interessiert, ab 100 000 Franken, und wenn er nun denke, das käme für eine Gemeinde nicht in Frage, so habe er zwar, was die hiesige Gesetzgebung betreffe, recht, aber man könne auch die Gesetze einhalten und trotzdem profitieren, das Stichwort Diskretion sei schon gefallen, und er könnte ihm eine durchaus respektable, gemeindewürdige Bank angeben, auf welcher er ein Treuhandkonto zu 6 % eröffnen könne für seine Gemeinde, abgesegnet und mündelsicher und rechnungsprüfungskommissionsresistent – ein Wort, bei dem er lächelte – und das Geld komme dann zu Overseas, die ihrerseits ein Konto bei dieser Bank habe, und er gehe damit ins 20 %-Geschäft, und die Rechnung sehe dann so aus, 6 % für die Gemeinde, was ja beträchtlich über dem heutigen Kassaobligationenzinssatz liege und ihm den Ruf eines guten Gemeindevermögensverwalters eintragen würde, 10 % für die Overseas, und, das sei nun das Interessante, weil er ja offenbar auch an seinem privaten Geld interessiert sei, 4 % für ihn, Herrn Niederer, auf ein diskretes Konto, und zwar für Geld, das gar nicht ihm selbst gehöre, und das könne er dann als Vermittlerprovision betrachten, bei 100 000 angelegten Franken 4000 jährlich, bei einer halben Million z. B. 20 000 jährlich, und er könne ihm im Vertrauen sagen, daß dies ein gängiges Muster sei, das oft und gerne von Vermögensverwaltern benutzt werde, die sich ihrer Verantwortung, Geld gut anzulegen, bewußt seien und sich diese Verantwortung auch entsprechend honorieren ließen. Er gebe ihm gerne einen Prospekt über ihre Tätigkeit mit; was er ihm allerdings eben gesagt habe, stünde nicht im Prospekt, sei aber das, was ihn vielleicht interessieren könnte, selbstverständlich könne er auch mit seinem privaten Vermögen direkt zu ihnen kommen, da würden sie dann die Einkünfte teilen, 11 % für Overseas und 9 % für den Kunden, was auch kein schlechter Zinssatz sei, vor allem, wenn er ihn mit dem Zins addiere für Geld, das er gar nicht hinterlegen müsse, dann käme er, so gerechnet, auf 13 % und das sei doch in unserer teuerungsgeplagten Zeit bald die einzige Möglichkeit, die Kaufkraft des risikotragenden Kapitals einigermaßen zu erhalten.

Niederer wunderte sich über diese Perspektiven. Apropos Risiko, wagte er doch zu fragen, wo es denn genau stecke, worauf ihm Herr Hauenstein versicherte, das Risiko sei sehr breit abgedeckt, das sei ja das Wesentliche an ihrem Geschäft, sonst gäbe es sie schon lang nicht mehr, und es müsse der Ordnung halber ein Codebuchstaben zur Nummer des Treuhandkontos beigefügt werden, der das Einverständnis mit der Weiterverwendung des Geldes signalisiere, aber das sei nur bankintern und auch dort nur wenigen bekannt, doch so funktioniere es, und es funktioniere gut.

Niederer fragte nicht weiter, denn er dachte ohnehin nicht daran, sich auf so etwas einzulassen, aber als ihn Hauenstein um seine Karte bat, gab er sie ihm, sagte, er werde auch die Unterlagen, die ihm die Bürodame hereinbrachte, studieren und über das Ganze nachdenken, und dann werde er sich gelegentlich wieder melden.

In sehr guter Stimmung verabschiedete er sich, entschuldigte sich nochmals für den Terminirrtum seines Sekretariats und ging beschwingt und innerlich lachend die Treppe hinunter. Als er kurz vor dem Ausgang war, öffnete sich die Kosmetiktüre, und Alice, die sich im roten Hausdreß an den Türrahmen lehnte, sagte vorwurfsvoll, er komme zu spät. Niederer legte erschrocken den Finger an seine Lippen, schüttelte den Kopf, griff dann nach seinem Portemonnaie, riß eine Hunderternote heraus, die er ihr in die Hand drückte, eilte darauf, indem er sichernde Blicke treppauf und treppab sandte, zur Haustür und ging mit raschen und gezielten Schritten die kleine Treppe zum Gartentor hinab, »trittsicher« hätte man bei einem Pferd gesagt.

## 14

Christoph Portner kniete pfeifend auf dem Boden seines Zimmers und überlegte sich, wohin er die kleine Schrift der »Gesellschaft für bedrohte Völker« legen sollte. Er war daran, seine Problembibliothek neu zu ordnen, oder überhaupt einmal zu ordnen, denn bisher hatte er einfach zwei, drei Regale seines Büchergestells mit den Publikationen über aktuelle Fragen gefüllt, hatte auch Sichtmappen mit Zeitungsartikeln zu bestimmten Themen dort hineingequetscht, Ordner, die er anzulegen begonnen hatte über dies und jenes, und als er kürzlich einen Artikel über die Entwicklungspolitik und die Tatsache, daß die Schweiz daran profitierte, nicht mehr fand, hatte er beschlossen, mehr System in seine kleine Dokumentationsbücherei zu bringen, und das tat er jetzt.

Der ganze Boden seines Zimmers war bedeckt mit Büchern, Broschüren, Sichtmappen, Zeitungsteilen, Ordnern und Klemmheften, die sich in Halbkreisen vom Büchergestell wegbewegten, und er kauerte abwechselnd vor seinem Gestell oder balancierte mit spitzen Schritten zu einem entfernteren Halbkreis, um dort ein Taschenbuch zu plazieren, ohne dabei auf eines der andern Häufchen zu treten.

Er war Lehrer, 23jährig, stellenlos, und verdiente sich sein Leben mit Vikariaten. Er lebte bescheiden, in einer jener Altbauten, die schon lange für den Abbruch bestimmt sind, die aber auf Zusehen hin noch vermietet werden, weil das Neubauprojekt noch nicht weit genug fortgeschritten ist, oder weil Einsprachen hängig sind, oder weil sich Erben um Prozente streiten. Es war ein seltsames Haus. Zuunterst wohnten zwei Männer, in der Mitte wohnten zwei Frauen, und zuoberst wohnte er, allein.

Seit zwei Jahren war er im Gemeindeparlament. Als er

volljährig geworden war, hatte der Gemeindepräsident bei der Jungbürgerfeier die neuen Stimmberechtigten dazu aufgefordert, sich doch aktiv am politischen Leben zu beteiligen, und der Vertreter einer Partei hatte ihnen erzählt, wie es in einer Partei so zu- und hergehe, und das alles war ihm so schulterklopfend, schwerfällig und unaufrichtig vorgekommen, daß er sich mit einigen Gleichaltrigen einen Aprilscherz ausgedacht hatte.

Sie vervielfältigten ein Flugblatt mit der Ankündigung, eine Gruppe mit dem Namen »Frischer Wind« werde sich an den nächsten Gemeinderatswahlen beteiligen und werde die muffige Luft, die in diesem Parlament herrsche, durcheinanderbringen. »Unsere Gemeindepolitik ist eine Katastrophe – helfen Sie uns, frischen Wind hineinzubringen!« hieß der letzte Satz, und dann sah man die Fotos von vier fröhlichen, jungen Menschen, von ihm, einem Kollegen und zwei Kolleginnen.

Das Echo auf dieses Flugblatt war überraschend. Sie wurden von vielen Leuten auf der Straße angesprochen, die ihnen sagten, sie hätten recht, es sei gut, daß die Jungen wieder einmal zu Wort kommen wollten, und sie würden auf alle Fälle für sie stimmen bei der Wahl. Niemand schien bemerkt zu haben, daß es sich um einen Scherz handelte. Der Gemeindepräsident selbst meldete sich telefonisch bei Christoph Portner und fragte ihn, was denn so katastrophal sei an der Gemeindepolitik, der Präsident der sozialdemokratischen Ortspartei sprach bei ihm vor und fragte besorgt, ob sie nicht in ihre Partei eintreten möchten, er befürchte, daß diejenigen Stimmen, die der »Frische Wind« bekäme, seiner Partei verlorengingen, wobei er den Namen »Frischer Wind« so aussprach, als sagte er »Landesring« oder »Rotes Kreuz« oder sonst einen Namen, der seit Jahren im Gebrauch war. Da sie alle hier aufgewachsen waren und bei den Pfadfindern oder bei kirchlichen Jugendgruppen mitgemacht hatten, kannte man sie am Ort, und es zeigte sich, daß man mit ihnen rechnete. Als ihnen das klar wurde, beschlossen sie, sich an der Wahl zu beteiligen.

Sie taten das ohne ein einziges Inserat oder Plakat, sondern machten nur mit kleinen Aktionen auf sich aufmerksam. Einmal schenkten sie auf dem Bahnhofplatz Tee aus einem Kocher aus, der mit einem Solarpanel erhitzt wurde, und verlangten von der Gemeinde mehr Pionierleistungen auf dem Gebiet der Sonnenenergie, ein anderes Mal radelten sie alle mit Veloanhängern, auf welche sie ganze Pagoden von Windrädlein montiert hatten, durch die Straßen, und diskutierten mit den Leuten über einen besseren Ausbau der Radwege, oder sie fuhren einen Nachmittag lang mit einem VW-Bus herum, fragten alle Passanten, wo sie hinwollten und brachten sie dorthin, um die Idee eines Gratisbusdienstes innerhalb der Gemeinde ins Gespräch zu bringen, und am Morgen des Wahlwochenendes zogen sie mit einem Transparent durch die Straßen, auf welchem bloß stand »Chömed cho stimme!«

Alle vier wurden gewählt. Die Niederlage teilten sich die andern Parteien fast einmütig. Freisinn und Volkspartei verloren einen Sitz, der Landesring ebenfalls, und der nicht wiederbestätigte Sozialdemokrat war der Vater eines Mädchens, das für den »Frischen Wind« gewählt wurde.

Seither wuchs die Problembücherei von Christoph Portner stetig an, und er verbrachte einen Teil seiner Zeit damit, sich über die Krankheiten der Gegenwart zu informieren und alle Entscheide daraufhin anzusehen, ob sie im Dienste dieser Krankheiten standen. Immer mehr hatte er das Gefühl, der ganze Normalbetrieb sei nichts anderes als eine gut getarnte Krankheit, und wo immer es ging, versuchte er mit seiner Gruppe dagegen zu steuern, aber es ging fast nie.

Wenn eine Straße verbreitert werden mußte, dann mußte sie eben verbreitert werden, wenn ein Altersheim renoviert wurde, dann war es ein Altersheim und nicht eine Energiegewinnungsanlage, und leere Baubaracken waren leere Baubaracken und keine Flüchtlingsprovisorien. Trotzdem fand er die Arbeit im Gemeindeparlament interessant, und öfters wandten sich Leute an ihn oder jemanden vom »Frischen Wind«, weil sie zu den Parteienvertretern kein Vertrauen hatten.

Und jetzt kniete er also da und entschloß sich, die Schrift der »Gesellschaft für bedrohte Völker« nicht zu den Büchern über die dritte Welt zu legen, sondern zum Buch über die Verfolgung der Zigeuner in der Schweiz, das kürzlich erschienen war und das er seinerseits zum Erlebnisbericht einer jenischen Frau gelegt hatte, welche als Kind ein Opfer ebendieser während Jahrzehnten praktizierten Verfolgung geworden war. Mit dem Ziel der Normalisierung hatte das Hilfswerk »Pro Juventute« – jedem Briefmarkensammler bekannt durch seine gepflegten Zuschlagmarken mit Blumen- oder Trachten- oder Tiermotiven – Kinder aus Zigeunerfamilien geholt und sie auf eine Umlaufbahn durch die schweizerischen Erziehungsheime und Anstalten geschickt, ohne ihnen jemals wieder zu sagen, wer ihre wirklichen Eltern waren. Jetzt erst hatte die Institution eine halbherzige Entschuldigung hervorgewürgt, aber die Akten blieben nach wie vor versiegelt. Der »Frische Wind« hatte übrigens vorgeschlagen, den Verkauf von »Pro Juventute«-Marken durch Schulkinder deswegen zu unterbinden und statt dessen Besuche von Zigeunerfamilien zu organisieren, aber die Mehrheit des Parlaments fand, diese Geschichte gehöre der Vergangenheit an. Für Christoph Portner war es klar, daß in einer verwalteten Zeit die letzten Nomaden bei uns ein bedrohtes Volk waren, und er legte die Schrift zu den beiden Büchern über die Zigeuner.

Damit hatte er alles eingeteilt, und er konnte dazu übergehen, die Schriften wieder einzureihen. Er hielt aber einen Augenblick inne und schaute sich das Ganze an. Vor ihm auf dem Boden lagen die Probleme seiner Zeit ausgebreitet und schauten ihn an.

Entwicklungshilfe, Drogen, Flüchtlinge, Waldsterben, Atomkraft, Freilaufeier, Erziehung, Wohngifte, Fluchtgelder, Chemie, Behinderte, Rüstung, Ozon, Welthunger, Selbstverwaltung, Alternativenergien, Dienstverweigerung, Fremdarbeiter, Luftbelastung, Zivilschutz, neue Armut, chemische Landwirtschaft, Autoverkehr, Machtkonzentration, Tourismus, Raumplanung, Weltbevölkerung, Sondermüll, Antarktis, Computerisierung, AIDS, Südafrika und die Schweizer Banken, Gewissensgefangene, Walfischfang, bedrohte Tiere, bedrohte Völker.

Bedrohte Völker... Christoph Portner schüttelte den Kopf. Er brauchte nicht an Amazonas-Indianer mit Blasrohren zu denken oder an Eskimos an kanadischen Küsten, wo die NATO Tiefflüge übte. Heute waren alle Völker bedroht, alle, und zwar durch sich selbst. Lauschend hielt er den Kopf in die Höhe. Er vermißte etwas, einen Ton, und es dauerte ein Weilchen, bis er merkte, was es war. Sein eigenes Pfeifen. Er hatte aufgehört zu pfeifen. Der Anblick der Probleme hatte ihn erschreckt. In was für eine Zeit war er hineingeraten? Und wieso las er diese Bücher? Warum machte er es nicht so wie viele seiner gleichaltrigen Kollegen, die eine gutbezahlte Stelle auf einer Bank oder einer Versicherung hatten und dazu ein Auto und ein Hobby, Surfen oder Drachenfliegen. Ein früherer Pfadfinderfreund stürzte sich jeden Sonntag mit dem Fallschirm über steile Felswände hinaus und segelte ins Tal hinunter und versicherte ihm, das sei ein ungeheures Gefühl. Am nächsten Morgen saß er wieder freundlich und fleißig hinter einem kugelsicheren Kreditanstaltschalter. Als er ihn einmal auf den südafrikanischen Goldhandel angesprochen hatte, hatte er nur mit den Schultern gezuckt und gesagt, er nehme die Welt eben so, wie sie sei, sonst würde er verrückt.

Ja, und er wollte die Welt nicht einfach so nehmen, wie sie war, aber er wollte auch nicht verrückt werden dabei. Er war ein fröhlicher Mensch. Das Foto auf dem 1.-April-Flugblatt war nicht gelogen. Er lachte gern und viel, und er wollte sich sein Lachen nicht von der Welt vermiesen lassen. Vielleicht bekam er ja einmal eine ganze Stelle als Lehrer und konnte dann versuchen, mit den jungen Menschen zusammen an der Verbesserung der Zustände zu arbeiten, ihnen vielleicht auch irgendwie ein Vorbild zu sein.

An der Wand seines Zimmers hing ein Zettel mit dem Spruch »Aus einem verklemmten Arsch kommt kein fröhlicher Furz«. Martin Luther, stand darunter, er wußte zwar nicht, wo und in welchem Zusammenhang Martin Luther das gesagt hatte oder gesagt haben sollte, er hatte das einmal zitiert gelesen in irgendeinem Manifest und war darauf abgefahren, wie man in seiner Generation sagte.

Er war mit sich selbst so verblieben, daß er ja nicht im Alleingang sämtliche Weltprobleme lösen müsse, daß er sie aber im Auge behalten wollte, um an dem Platz etwas zu ihrer Lösung beizutragen, an dem er selbst gerade stand. Er begann wieder zu pfeifen und überlegte sich, wie er wohl seine Bibliothek am besten ordnen sollte. Eigentlich hatte er sich eine thematische Gliederung vorgestellt, in der Art von Ökologie, Ökonomie, Biologie, Soziologie, Energie usw., aber jetzt, wo er das alles vor sich sah, schien ihm alles voller Übergänge zu sein – gehörte Tourismus zu Ökonomie oder Ökologie, war der Welthunger ein landwirtschaftliches oder soziologisches oder politisches Problem, wohin gehörten die Pinguine der Antarktis? Er hatte bereits einige

Kartontafeln vorbereitet, auf welche er mit Filzstift die entsprechenden Titel geschrieben hatte, aber jetzt entschied er sich anders. Das Alphabet, dachte er, ist immer noch eines der besten Ordnungsprinzipien, und er beschloß, alles alphabetisch aneinanderzureihen.

Sorgfältig begann er die Bücher und Mappen herauszusuchen und hatte bald ein erstes Regal, in welchem AIDS, Alternativenergien, Antarktis, neue Armut, Atomkraft und Autoverkehr nebeneinanderstanden. Die Pinguine hatten also ihren Platz schon gefunden, zwischen Alternativen und Armut, was ihm ein passender Platz schien, und auch daß die Armut sozusagen im Schatten der Atomkraftwerke stand und die Atomkraftwerke und der Autoverkehr zusammengehörten, hatte etwas Logisches.

Und hinter AIDS vermutete er sowieso ein viel umfassenderes Phänomen, etwas, das eigentlich das ganze Leben betraf, nicht nur dasjenige der Homosexuellen und Fixer. Ein Bündner Pater hatte einmal in einer Fernsehsendung über die Greina-Hochebene gesagt, wenn wir unsere Landschaften eine nach der andern der Technik opferten, dann bauten wir unsere Immunsysteme ab, und es sei kein Zufall, daß diese neue Krankheit ein Zusammenbruch der Immunsysteme sei. Das hatte ihn damals so berührt, daß er es nicht vergessen hatte, und deshalb kam ihm AIDS als würdiger Anfang der Weltproblemreihe vor.

Ein Schulkamerad kam ihm in den Sinn, aus der Sekundarschulzeit, Pascal, sein Vater hatte eine große Elektroinstallationsfirma am Ort, den hatte er kürzlich gesehen, als er in Zürich vom Landesmuseum zum Drahtschmidli ging, um einen Augenschein von der gegenwärtigen Drogenszene zu nehmen, und er hatte an ihre gemeinsame Schulzeit und an die phantasielosen Lehrer gedacht, die sie gehabt hatten. Wäre es anders gekommen, wenn sie einen wirklich kreativen, lebendigen Unterricht hätten besuchen können, der sie bei ihrer Gestaltungsfreude und ihrer Ausdrucksfähigkeit gepackt hätte? Wenn sie Schultheater gemacht hätten? Das war das einzige, was ihm zur Verhinderung der Drogensucht in den Sinn kam, die Stärkung der eigenen Phantasie, damit man sie sich nicht injizieren mußte. Das würde er auch als seine Aufgabe betrachten, wenn er eine Schulklasse übernehmen könnte.

Während er fortfuhr, seine Bücher und Ordner in sein Gestell einzureihen, fühlte er sich immer besser. Dadurch, daß die Probleme übersichtlich und auffindbar nebeneinanderstanden, waren sie schon halb gelöst, obwohl er sich auch schon eingestanden hatte, daß die wesentlichen Probleme wohl unlösbar waren. Vielleicht fühlte sich ein Arzt etwa so, wenn er seine Unterlagen ordnete, bevor er seine Praxis eröffnete. Gerüstet für alle Krankheiten, jedenfalls von allen schon mal etwas gehört. Wissen, wo man weitersuchen mußte. Anhaltspunkte haben. Das war doch schon etwas.

Als letztes Häufchen lagen die Zigeuner und die bedrohten Völker am Boden, und gerade als er sie aufheben wollte, läutete es. Er machte die Wohnungstür auf, und draußen stand ein Mann, etwa so groß wie er, aber älter, mit kurzen schwarzen Haaren und einem Schnurrbart, stellte sich als Roland Steinmann vor und fragte ihn, ob er die Keltengräber kenne.

Ja, natürlich kenne er sie, sagte Christoph Portner, worum es denn gehe.

Er habe das Gefühl, sagte der andere, es gebe da ein Problem.

# 15

Doris stand in der Küche am Spülbecken und wusch einen Kopfsalat. Heinz stand vor dem offenen Küchenschrank und suchte die Zitronenpresse.

»Weißt du, wo die Zitronenpresse ist?« fragte er nach einer Weile.

»Hier«, sagte Doris und reichte sie ihm vom Abtropfbrett herüber.

Heinz sagte, das sei der Plastikgreuel, aber sie hätten doch noch eine aus Glas, und ob sie nicht wisse, wo die sei. Doris wußte es nicht, und Heinz begann seine Zitrone mit einem Seufzer auf dem häßlichen Plastikding auszudrükken.

Reto tauchte in der Küchentür auf.

»Ich will ins Badezimmer, und Anna ist drin«, sagte er.

»Dann wart, bis sie fertig ist«, sagte Doris und hob die nassen Blätter in die Salatschleuder.

»Das geht ewig«, sagte Reto.

Was er denn im Badezimmer machen müsse, fragte ihn Doris, er habe doch eben erst ein Bad genommen. Es stellte sich heraus, daß Reto im Bad ein Mickymausheft gelesen hatte, das er jetzt fertig lesen wollte. Anna solle es ihm doch rasch herausgeben, sagte Heinz, aber Reto sagte, das wolle sie eben nicht, sie wasche sich gerade die Haare, behaupte sie. Heinz sagte, beim Föhnen gebe sie es ihm bestimmt schnell heraus, aber Reto sagte, das Heft liege noch direkt neben dem Badewannenrand, und wenn sich Anna die Haare wasche, werde es sicher naß.

Dann müsse er eben besser auf seine Sachen aufpassen und sie nicht überall liegen lassen wie das Huhn den Dreck, sagte Doris, indem sie das Wasser mit soviel Schwung aus dem Waschbecken in den Ausguß leerte, daß eine kleine

Welle überschwappte und zwischen ihren Füßen einige Pfützen bildete. Auch ihre Jeans waren bespritzt, die Küchenschürze hatte Heinz an.

»Es ist aber ein Donaldalbum«, sagte Reto, »ich habe es von meinem Taschengeld gekauft.«

Sein Tonfall war eine Mischung aus Beleidigung, Trotz und Sturheit, die Doris sehr vertraut war.

»Das ist mir wirklich schnurzpiepegal«, sagte sie und freute sich über dieses Wort, das sie soeben benutzt hatte, um ihre Verachtung dieses Problems auszudrücken. Dann fing sie an, den Kopfsalat zu trocknen, indem sie an der Schnur der Salatschleuder zog. Dadurch wurde das Sieb im Innern des Behälters herumgedreht, schnellte wieder zurück und zog die Schnur nach innen, worauf man erneut daran ziehen mußte. Das Wasser, das auf diese Weise vom Salat wegspritzte, floß durch ein kleines Loch unten zum Behälter heraus. Da Doris den Behälter auf das Brett neben dem Spültrog gestellt hatte und das Loch gegen sie schaute, vergrößerten sich die Pfützen am Boden zu einer einzigen Lache. Heinz konnte das nicht mitansehen. Wenn er den Salat schleuderte, achtete er immer darauf, daß das Loch gegen den Ausguß schaute, und es war ihm unbegreiflich, daß Doris denselben Fehler immer wieder machte.

Er bückte sich und öffnete direkt neben ihr das Kästchen, in dem sich die Bodenlappen befanden, nahm einen heraus und versuchte, ihn zwischen ihre Füße zu praktizieren.

»Was machst du?« fragte Doris.

»Für die Überschwemmung«, sagte Heinz und fügte bei, als er Doris' Unmut bemerkte, »nicht daß deine zarten Füße ertrinken.«

Doris versuchte ein Lächeln.

»Aber daß mein Donaldalbum naß wird, ist dir gleich«,

sagte Reto, und sein Tonfall hatte sich überhaupt nicht geändert.

Aus dem Bad hörte man das Laufen der Dusche und Anna, die irgendetwas sang. Heinz verließ die Küche und klopfte an die Badezimmertüre.

»Was ist?« rief Anna.

»Bist du so gut und gibst Reto sein Mickymausheft heraus?« sagte Heinz, aber eigentlich war die Frage keine Frage, sondern eine Aufforderung.

Von drinnen hörte man einen Laut des Unmuts, doch die Dusche wurde abgestellt, und dann wurde die Tür entriegelt, und eine nasse Hand mit Badeschaum an den Fingern reichte das Donaldalbum heraus. Der Titel hieß »Die Ducks auf Abwegen.«

»Zufrieden?« fragte Anna.

Danke, sie sei ein Schatz, sagte Heinz und meinte zu Reto, er könne sich mindestens auch bedanken. Der hingegen wies nur darauf hin, wie naß das Heft geworden sei und wie recht er gehabt hätte, er habe haargenau gewußt, daß es naß würde.

Heinz sagte, er solle verschwinden, sonst halte er ihm das Heft noch extra unter den Wasserhahn, und in fünf Minuten könne man essen – das gelte auch für die duschenden Töchter, rief er ins Badezimmer. Dann ging er zurück in die Küche und arbeitete schweigend an seiner Salatsauce, Olivenöl, Zitronensaft, Halbrahmmayonnaise aus der Tube, Senf aus dem Glas, Pfeffer, Aromat, gehackter Schnittlauch, während Doris ebenfalls schweigend die Kopfsalatblätter zerkleinerte. Im Backofen schmorte ein Rindsbraten, und auf dem Herd war der Reis in der Pfanne schon fertig.

»Voilà la sauce«, sagte Heinz und begann die Ingredienzien wieder zu versorgen. »Trinken wir einen Wein?«

»Nur einen Schluck«, sagte Doris.

Heinz ging in die Stube hinüber und holte einen Merlot aus dem kleinen Flaschengestell, in welchem immer zwei, drei Rotweine lagen und ihre Hälse wie kleine Kanonen auf die Türe gerichtet hatten.

»Kinder, Tisch decken, essen!« rief er laut, als er wieder in die Küche zurückging. Das Tischdecken war die Aufgabe von Anna und Reto. Anna rief aus dem Badezimmer, sie müsse noch die Haare föhnen, und Reto rief aus seinem Zimmer, er müsse noch die Geschichte zu Ende lesen.

Heinz fiel nichts anderes ein als »Aber rasch!« zu rufen, dann ging er in die Küche, schnitt mit dem Rüstmesser den Zinkschutz der Flasche auf, bohrte dann den Zapfenzieher in den Korken und zog ihn langsam heraus, bis er mit einem satten, kleinen Knall die Flaschenöffnung freigab. Heinz liebte dieses Geräusch. Es kündigte Muße und Entspannung an – während der Arbeit trank er nie. Er goß sich und Doris einen Schluck in zwei Burgundergläser ein, gab ihr das eine Glas in die Hand, nahm das andere selbst und stieß mit ihr an.

»Auf die Liebe meines Lebens«, sagte er leise und streichelte ihr ganz leicht das Haar dazu.

»Oh«, sagte Doris, trank einen kleinen Schluck und gab ihm einen Kuß auf die Wange. Dann fragte sie ihn, ob er den Braten schneiden wolle.

Das wollte er. Er war froh um alles, was er tun konnte, er brauchte dann nicht zu sprechen. Er befand sich in einem Zustand andauernder Verwirrung und Erschütterung, manchmal kam es ihm vor, als stünde er außerhalb seines Körpers und nehme sich selbst auf, für einen Dokumentarfilm über Beziehungskrisen vielleicht. Er konnte sich selbst nicht verstehen, er hätte sich nie vorgestellt, daß die Rolle des Geprellten, in die er Doris schon sooft versetzt hatte, so schmerzhaft war, er fühlte sich von seinem Verstand verlassen, er spürte, daß er all die Jahre eine Rechnung gemacht hatte, die nun nicht aufging.

Er zog sich die Küchenhandschuhe an, welche die Form und die Zeichnung von Krokodilen hatten, kippte die Tür des Backofens herunter und griff sich die feuerfeste Schüssel mit dem Braten, um den herum eine Sauce nicht nur blubberte, sondern geradezu brodelte. Doris hatte den Salat in die Schüssel gelegt und saß nun einfach am Tisch vor ihrem Glas Wein und schaute ihm zu.

Heinz hatte alles schon vor der Salatsauce vorbereitet, er schob die Bratenschaufel unter den Braten, stach mit der großen, zweizinkigen Gabel hinein und hob ihn dann auf das ovale Bratenbrett, um welches sich wie ein Burggraben eine Vertiefung zum Auffangen des ablaufenden Saftes zog. Dann vertauschte er die Schaufel mit einem teuflisch schneidenden Messer, das unter der Ankündigung »Ein Leben lang scharf« angeboten worden war und dem Heinz nicht hatte widerstehen können, als er es einmal in einem Schaufenster gesehen hatte. Der erste Schnitt legte das Innere des Bratens bloß, und der kleine rosa Fleck in der Mitte zeigte, daß das Timing für das Fleisch genau richtig war. Heinz fuhr fort, den Braten in dünne Scheiben zu schneiden.

»Was ist mit dem Tischdecken?« rief er dazu etwas heftiger als vorhin durch die Wohnung.

Langsam schlurfte nun Reto heran, in der linken Hand noch das Donaldheft, in das er unablässig stierte, und gleich danach wirbelte Anna im Morgenrock herein. Beide gingen zum Küchenschrank, Anna sagte, sie nehme die Teller und die Gläser, und Reto blieb stehen und las weiter seine Donaldgeschichte, ohne das Gesicht zu verziehen.

»Können wir sofort essen?« fragte Anna, »in einer halben Stunde werde ich abgeholt.«

»Was? Von wem?« fragte Heinz ziemlich ungehalten.

Anna schwebte trällernd mit den Tellern in die Stube, und Reto sagte: »Von Patrick.«

Anna kam zurück und zischte ihren Bruder an, er sei nicht gefragt worden, der gab zurück, ob es etwa nicht Patrick sei, sie sagte, das gehe ihn nichts an, Heinz fragte, wohin sie denn gingen, Doris sagte, Patrick werde wohl auch ein bißchen warten können, und sonst könne er ja das Dessert mitessen. Heinz sagte, sie hätten aber nur vier Portionen, Anna sagte, sie gingen ins Kino, da könne man nicht warten, Doris sagte, Patrick könne ja trotzdem schnell raufkommen, Heinz fragte, was für ein Film, Anna sagte, »Fatal attraction«, und lieber verzichte sie auf das Dessert, als daß sie Patrick warten lasse, und die Alten wüßten eben nicht, wie das sei, wenn man verliebt sei, worauf Doris sagte, das wisse sie sehr gut, sie sei zum Beispiel gerade verliebt. Anna nahm die Gläser aus dem Schrank und sagte lachend, das sei ja schön für Papi, da sagte Doris, für Papi sei es wohl weniger schön, denn sie sei in einen andern Mann verliebt.

Reto ließ sein Mickymausheft sinken, Anna stellte die Gläser auf den Tisch und starrte ihre Mutter an, während sich Heinz tief über seinen Braten beugte.

Ja, sagte Doris, so sei es, sie sei nicht nur eine Mutter, sondern eine Frau, und sie sei am Donnerstag nicht in Olten gewesen wegen einer Stelle, wie sie gesagt habe, sondern um den Mann zu treffen, in den sie verliebt sei, und das werde in nächster Zeit sicher noch ein paarmal vorkommen, und es sei ihr wohler, wenn die Kinder das auch wüßten.

Die Kinder sahen allerdings nicht aus, als ob es ihnen wohler wäre. Anna, die sonst immer mit einem schnellen Wort zur Stelle war, hatte ihre Sprache noch nicht wieder gefunden, derart überrascht war sie von dieser Mitteilung.

Sie hatte ihre Eltern tatsächlich als Einheit empfunden, und daß diese Einheit gefährdet sein könnte, war ihr nie in den Sinn gekommen. Liebesgeschichten unter 40jährigen kannte sie nur aus dem Kino, aber daß sich so etwas bei ihrer Mutter und bei ihrem Vater abspielen würde, war für sie so unwahrscheinlich wie eine Hungersnot oder ein Hurrikan.

Ob sie das nicht gemein finde Papi gegenüber, fragte sie schließlich ihre Mutter in die Stille hinein.

Das müsse sie ihn selbst fragen, sagte Doris, vielleicht habe er auch etwas dazu zu sagen.

Heinz richtete sich mit gerötetem Gesicht auf, zog seine Küchenschürze aus und legte sie über einen Stuhl. Es war jetzt endgültig klar, daß ihm der Braten keinen Schutz mehr gewährte.

Also, sagte er, gemein könne man das auf keinen Fall nennen, sondern das sei etwas, das eben einfach passiere, und er könne das um so besser sagen, als ihm das auch schon passiert sei, und zwar mehr als einmal in der Zeit, seit sie verheiratet seien, deshalb mache er auch keine Vorwürfe, aber jetzt, wo das Mami passiere, sei er eifersüchtig, wirklich grauenhaft, und er sei nun seinerseits so verliebt in sie wie nie mehr, seit sie sich kennengelernt hätten.

Er atmete tief ein und setzte sich. Solche Gespräche waren entsetzlich, und einen Moment lang haßte er Doris dafür, daß sie damit angefangen hatte.

Was das denn für ein Mann sei, der ihr so gefalle, fragte Anna etwas spitz. Sie war dabei, ihre Fassung wieder zu erlangen.

Ein Lehrer, sagte Doris, ein Lehrer aus dem Kurs, den sie besucht habe, etwas jünger als Heinz, und auch verheiratet.

Anna hielt beide Hände vor den Mund. Ein Lehrer, ausgerechnet ein Lehrer, und sie stellte sich ihre Lehrer vor, einen nach dem andern, und daß einer von ihnen hinter einer Frau her wäre und sie heimlich auswärts treffen würde, und das alles kam ihr undenkbar und verrückt vor.

»Aber nicht daß ihr euch scheiden laßt«, sagte sie plötzlich.

»Keine Angst«, sagte Doris, »vorläufig nicht.«

Heinz zuckte zusammen und fragte, was das heißen solle, vorläufig, und Doris sagte, das heiße, was es heiße, vorläufig, und sie denke wirklich nicht daran, aber sie wisse ja nicht, wie das alles weitergehe, und vielleicht liebe Rolf sie so sehr, daß er mit ihr weiterleben möchte, und dann müßten sie dann halt schauen, was sie daraus machten, das könne sie jetzt einfach nicht sagen, sie könne jetzt nur sagen, was sie soeben gesagt habe.

Anna war empört und sagte, wenn sie ihnen davonlaufen würde, das fände sie dann aber sackgemein, worauf Doris entgegnete, Papi sei ihr oft davongelaufen, und in ein paar Jahren würden auch sie und Reto ihr davonlaufen, wenn sie erwachsen seien, und wieso das so schlimm sei, wenn sie selbst auch einmal daran denke, wohin sie vielleicht laufen könne.

Anna sagte, wenn sie erwachsen sei, möchte sie sie mit Papi zusammen zu Hause besuchen, und nicht in einer fremden Wohnung mit irgendeinem blöden Lehrertypen, der sie nichts angehe. Doris sagte, sie solle nicht über Menschen urteilen, die sie nicht kenne, und ob nicht sie ihr schon vorgeworfen habe, sie sei so bürgerlich und normal, und das finde sie nun ihrerseits oberbürgerlich und normal, wenn sie ihre Eltern genau so haben wolle, wie sie immer gewesen seien, und da rief Anna laut und verzweifelt: »Aber wir gehören doch zusammen!«

Doris schaute zu ihren beiden Kindern und sah, daß Anna Tränen in den Augen hatte und Reto, der Nichtssager, ebenfalls, und Heinz blickte bei diesem Satz unglücklich vor sich hin, und sie war schon fast am Kippen, als sie merkte, daß es ihr auch möglich war, nicht zu weinen, obwohl sie sehr gerührt war. Sie stand auf, ging zu ihren Kindern, legte die Arme um ihre Schultern und sagte, es freue sie sehr, daß sie ihre Mutter gern hätten, auch sie hätte sie sehr gern und laufe ihnen schon nicht so bald davon. Dann ging sie zu Heinz, stellte sich hinter ihn, streichelte ihm den Kopf und sagte, und dir auch nicht.

Und wieder fühlte sie sich gut und stark und eigenartig wohl, sie hatte nicht nur zwei Männer, die sie liebten, sondern auch zwei Kinder, die merkten, was sie an ihr hatten, und als nun die Türglocke klingelte und Patrick zum Entsetzen Annas schon drunten stand, stellte sich heraus, daß nicht bloß Anna, die sich rasch anzog, keinen Hunger hatte, sondern daß niemand etwas essen wollte. Sie kamen überein, das Mittagsmahl auf den Abend zu verschieben, Heinz schickte sich an, den aufgeschnittenen Braten wieder in den Backofen zu stellen, Reto zog sich mit seinem Mikkymausheft in sein Zimmer zurück, und Doris sagte, sie gehe schnell einen Brief schreiben.

Als auch sie draußen war, schloß Heinz die Küchentür, lehnte sich an den Kühlschrank, und hätte in diesem Moment ein Nachbar in die Küche gespäht, hätte er einen erwachsenen Mann in einer bunten Schürze gesehen, der seinen Kopf in zwei krokodilförmige Küchenhandschuhe barg und tief und haltlos schluchzte.

## 16

Bald seien sie beim ersten Riß, sagte Roland Steinmann, sie würden ihn schon von weitem sehen, denn er habe alles mit Fähnchen markiert das letzte Mal.

Was denn das für Fähnchen seien, fragte Christoph Portner, und Roland sagte, Schweizerfähnchen mit sämtlichen Kantonen. Thomas, der mit Sandra zusammen hinter den beiden herging, fragte, ob der Kanton Jura auch dabei sei, und Roland mußte zugeben, daß er nicht sicher war, aber die Urkantone seien auf alle Fälle darunter, sagte er, er hätte sogar mit dem Uristier angefangen beim Riß im Tannenwäldchen.

Es war Sonntagnachmittag, er hatte gestern mit Christoph Portner vom »Frischen Wind« abgemacht, daß sie heute zusammen zu den Keltengräbern gehen würden, und Christoph, der ihn sofort geduzt hatte, hatte vorgeschlagen, einen Geologiestudenten mitzunehmen, den er kenne, womit Roland sehr einverstanden war. Christoph Portner und Thomas Niederer waren zusammen in die Primarschule gegangen. Thomas seinerseits hatte Sandra mitgenommen, und nun gingen sie also zu viert im Loowald das letzte Stück des normalen Wanderwegs auf den keltischen Grabhügel zu.

Sie waren gerade dem Waldweg mit dem Vitaparcours entronnen, auf dem sie sich als gewöhnliche Fußgänger in der Minderheit gefühlt hatten. Es war unglaublich, wie viele Menschen am Sonntag offenbar leiden wollten und sich in Sporthöschen oder Trainingsanzügen am äußersten Rand ihrer Möglichkeiten durch den Wald quälten. Wenn sie, vereinzelt oder grüppchenweise, in einer Schweißaura daherkamen, warfen sie den Nichtläufern Blicke voller Stolz und Pein zu, die jeden sofort ausschlossen, der keine Turnschuhe trug.

Als sich vor ihnen deutlich der Hügel erhob, verließ Roland mit seinen Begleitern den Weg und ging nach links, der Stelle zu, wo der Buchenwald in das Tannenwäldchen überging. Dann blieb er stehen und schaute sich um.

»Die Fähnchen sind weg«, sagte er.

»Und der Riß auch?« fragte Christoph.

»Ich glaube, da ist er«, sagte Sandra und ging drei Schritte nach rechts. Und da war er, zunächst ein feiner Spalt, in den man kaum den Finger stecken konnte, doch dann erweiterte er sich langsam bis zu einer Breite, die Platz für eine ganze Hand ließ. An einer Stelle verlief er genau durch den Standort eines Tannenbäumchens, das dadurch leicht schräg dastand.

Sie gingen nun dem Riß nach, wobei sie sich öfters bükken mußten, weil die Tännchen zum Teil sehr eng beieinanderstanden. Dort, wo das Wäldchen wieder vom Buchenwald abgelöst wurde, schloß sich die Öffnung.

»War er das?« fragte Thomas.

»Das war der erste«, sagte Roland und machte einige Schritte nach links, »und hier hatte ich ein Schaffhauser Fähnchen eingesteckt.«

Es begann der zweite Riß, ähnlich schmal wie der erste, der dann ebenfalls bis zu Handbreite anwuchs und sich, immer auf derselben Höhe bleibend, ein Stück weit um den Hügel herumzog, bevor er sich wieder schloß.

Der dritte Riß war der längste. Er begann kurz nach dem Ende des zweiten, klaffte fast sofort handbreit auseinander und verlor sich erst in der Nähe des Wanderwegleins, wo er in einer Gruppe von Haselsträuchern endete.

»Und hier war das Zürcher Fähnchen«, sagte Roland, als sie stehenblieben.

Thomas fragte ihn, ob er in weiterer Entfernung vom Hügel keine Risse gesehen habe, und Roland sagte, nein, auch am Hügel oben habe er keine bemerkt, es sei einfach dieser Ring, der sich fast um die ganzen Keltengräber ziehe, der sei ihm aufgefallen und komme ihm ungewöhnlich vor.

Sie könnten sich ja oben einen Moment hinsetzen, schlug Christoph vor, und dann erstiegen sie alle den Hügel über den Wanderweg. Auf den Steinen saßen aber zwei ältere, picknickende Paare, die ihre Thermosflaschen neben sich gestellt hatten und am Boden Pergamentpapiere mit Wurstbroten und Käse und Gurken ausgelegt hatten, so daß sie nach einem kurzen Gruß auf der Rückseite des Hügels wieder hinunterstiegen, unter tadelnden Blicken der Wanderpaare, denn hinten war kein Weg.

Sie setzten sich zwischen dem zweiten und dem dritten Riß auf den Boden, und Thomas bot allen ein paar Schokoperlen an. Christoph fragte ihn und Sandra, was sie von diesen Spalten hielten.

Thomas sagte, er sei überzeugt, daß die Risse die Folgen des Erdbebens vor zehn Tagen seien, dessen Epizentrum ja hier in der Agglomeration gelegen habe, und es sei gut möglich, daß sie hier fast direkt über dem Hypozentrum säßen.

»Über dem was?« fragte Roland.

»Über dem Herd des Bebens unter der Erdoberfläche«, sagte Thomas, und Sandra fügte bei, sie sei begeistert von den Rissen, und soviel sie sich erinnere, läge der ganze Wald hier im Bereich des Epizentrums, das ihnen Prof. Bollag in der letzten Stunde aufgezeichnet habe.

Ob man denn auch an andern Stellen der Agglomeration solche Risse festgestellt habe nach dem Erdbeben, fragte Christoph.

Ihm sei nichts bekannt, sagte Thomas, aber er werde auf jeden Fall ihrem Professor von den Spalten erzählen, das interessiere ihn bestimmt, gerade wenn es die einzigen seien.

Ja, sagte Sandra, und er habe ja auch auf eine Eigenheit dieses Bebens hingewiesen, die aus dem Rahmen falle, nämlich daß das Hypozentrum ungewöhnlich tief sei für ein Ortsbeben.

»Und was hieße das?« fragte Christoph.

»Nichts, außer daß man wieder einmal etwas nicht erklären kann«, sagte Sandra.

Ob es denn auch Folgeerescheinungen gebe, die nicht unmittelbar durch den Stoß erzeugt würden, sondern die etwas länger bräuchten, um sich zu entwickeln, wollte Roland wissen.

Thomas und Sandra schauten sich fragend an, und Sandra sagte, nein, soviel sie wisse, erzeuge jeweils der Stoß ganz direkt die Verschiebung des Bodens, im selben Moment, in dem er auftrete, es sei denn, er bringe ein Gelände in Bewegung, das nachher weiter abrutschen könne, aber das scheine ja hier nicht der Fall zu sein.

Ob denn Verschiebungen des Bodens vielleicht ankündigen könnten, daß ein Erdbeben bevorstünde, fragte Roland weiter, und er erinnerte daran, daß der Spalt am Tag des Bebens nur knapp halb so breit gewesen sei wie jetzt, und daß er sich seither merklich ausgedehnt habe, ohne ein weiteres Erdbeben.

»Wenigstens keins, das wir bemerkt haben«, sagte Thomas und sprach von der Möglichkeit kleinerer Stöße, die zur Erweiterung geführt haben könnten.

Sandra glaubte zwar, die wären von den Seismographen nicht unbemerkt geblieben, zumindest vom nächstgelegenen.

Im übrigen habe er ja den Riß schon vor dem Erdbeben wahrgenommen, ergänzte Roland, allerdings nur als feine

Linie, aber doch deutlich genug, daß er ihm aufgefallen sei.

»Hat sich denn der Riß verändert, seit du das letzte Mal hier warst?« fragte Sandra.

»Nein«, sagte Roland, »seither nicht mehr. Nur die Fähnchen sind weg.«

»Eigenartig«, sagte Christoph.

»Die Risse, nicht?« fragte Roland.

»Nein, daß die Fähnchen weg sind.«

Das seien vielleicht spielende Kinder gewesen, vermutete Sandra.

Oder die Pfadfinder, fügte Thomas hinzu, gestern sei doch Samstag gewesen.

Christoph schüttelte den Kopf. Kinder hätten normalerweise Respekt vor so etwas, und für die Pfadfinder gelte das erst recht.

Roland erwähnte auch, daß er hier noch nie Kinder gesehen habe, daß er überhaupt das Gefühl habe, der ganze Wald werde von den Kindern heute als Spielort gemieden.

Er glaube, fuhr Christoph fort, jemand von der Gemeinde habe das weggenommen, und was ihm denn der Gemeindepräsident genau gesagt habe am Telefon.

»Ach, du hast ihn angerufen?« fragte Thomas und lachte neugierig.

Roland erzählte von seinen zwei Anrufen, und daß der Förster hier gewesen sein müsse, bevor er die Risse ausgesteckt habe, weil der Tiefbauvorstand erst nächste Woche wieder da sei.

»Vielleicht ist der Herr Gemeindepräsident selbst einmal hingegangen«, sagte Sandra kichernd.

Ach der, das sei ja wohl ein ziemlicher Büffel, sagte Roland, ein Traktandenlistentyp, erstens, zweitens, drittens, delegieren und erledigen, das traue er ihm nicht zu.

Thomas und Sandra hatten einen wahren Heiterkeitsanfall bei dieser Schilderung, und Roland fragte, ob sie ihn kennten.

»Ein bißchen«, sagte Thomas, »er ist mein Vater.«

Oh, sagte Roland, es täte ihm leid, er habe ihn nicht verletzen wollen.

Thomas winkte ab. »So kommt man zu wirklichen Eindrücken.« Schon Christoph Portner habe sich verändert, seit er im Gemeinderat sei.

Was denn, wie denn, wollte dieser wissen.

Er spreche, fand Thomas, über gewisse Leute etwas gemäßigter, seit er mit ihnen zu tun habe, und manchmal spüre man bei ihm sogar einen Hauch von Verständnis für die größten Arschlöcher, nur weil er dauernd mit ihnen zusammen an Sitzungen teilnehme.

Dann bitte er ihn aber, sprechen und handeln genau zu unterscheiden, sagte Christoph, und wichtig finde er, wofür er sich einsetze und wie er stimme, und nicht, ob er seine Stimme etwas freundlicher abgebe, und wenn man zu einem Arschloch Arschloch sage, höre der sowieso nicht mehr hin, das sei dann auch eine Frage, ob man den andern überhaupt noch zu überzeugen versuche, und zu einem Überzeugungsversuch gehöre ein Minimum an Respekt vor dem Gegner.

Schon recht, sagte Thomas, es sei ja auch kein Vorwurf gewesen, aber was denn das bedeuten würde, wenn jemand von der Gemeinde die Fähnchen weggenommen habe.

Das würde bedeuten, sagte Christoph, daß man dort so wenig Aufsehen wie möglich haben möchte um diese Risse.

Abgesehen davon, daß sie geologisch interessant seien, sagte Thomas, wisse er ja auch nicht, ob diesen Rissen wirklich eine größere Bedeutung zukomme. Oder was ihn denn, fuhr er, zu Roland gewendet, weiter, was ihn denn daran so beunruhige, daß er den Gemeindepräsidenten anrufe und einen Gemeinderat aufsuche deswegen. Eigentlich erstaune ihn das ein bißchen.

Tja, sagte Roland, er könne es ihm auch nicht genau sagen, wahrscheinlich sei dies ja alles nicht so wichtig, und es gebe heutzutage genügend Gefahren, die man ernster nehmen müsse als ein paar Risse im Waldboden, aber irgendwie bekäme er das Gefühl nicht los, diese Risse gingen ihn etwas an, und nicht nur ihn allein. Oder ob sie ihm nun eine wirkliche Erklärung dafür geben könnten?

Er schaute zu Thomas, der sich etwas nach hinten lehnte und seine Hände am Boden abstützte. Er trug Jeans und hohe Turnschuhe und ein T-Shirt, auf dem stand »Indiana University«. Die Haare hatte er sehr kurz geschnitten, aggressiv fast, aber die Nickelbrille gab seinem Gesicht etwas Drolliges. Roland wußte nicht recht, ob er ihm sympathisch war oder nicht. Er fragte sich auch, ob Sandra seine Freundin war oder bloß eine gute Kollegin.

Sie kauerte neben Thomas und hatte die Hände um die Knie geschlungen, so daß sie mit dem Hintern den Boden nicht berührte. Ihre Hosen waren ihr wohl etwas zu schade dazu, es waren hellbeige Jeans, und dazu trug sie eine weiße Bluse und einen grauen Herrenkittel, eigentlich unmöglich, aber sie hatte ein hübsches Gesicht, das zur Rundlichkeit neigte, und war eine Frau, der wahrscheinlich alles stand, was sie anzog. Ihre Haare waren dunkelrot, hinten waren sie locker zusammengebunden, vielleicht waren sie gefärbt, eigentlich erschienen sie Roland fast zu dunkelrot. Die würde sich ohne weiteres auch einen Herrenhut aufsetzen, dachte er, und sie würde sogar noch gut aussehen damit. Er erschrak fast, als sie jetzt zu sprechen begann, und merkte, daß er einen Augenblick lang geträumt hatte.

»Ich fasse einmal zusammen, was ich weiß«, sagte sie, indem sie leicht auf ihren Fußsohlen vor- und zurückwippte. »Roland hat hier ein paar Tage vor dem Erdbeben feine Risse im Boden bemerkt. Als er kurz nach dem Erdbeben hier war, waren die Risse so groß, daß er zwei Finger hineinstecken konnte. Im Verlauf der nächsten Tage haben sich die Risse bis zu der Größe erweitert, wie wir sie jetzt sehen, sind aber in den letzten paar Tagen stationär geblieben. Stimmt das so?«

Roland nickte. »Genau.«

»Ab jetzt«, fuhr Sandra lächelnd fort, »ab jetzt wirds zur Spekulation.«

»Geologie *ist* Spekulation«, warf Thomas ein, und alle lachten.

»Zu 90 %«, ergänzte Sandra, »also: Ich nehme an, daß die Spalten durch das Erdbeben entstanden sind. Das wissen wir deshalb nicht genau, weil Roland unmittelbar vor dem Erdbeben nicht da war, theoretisch wäre auch möglich, daß du deine zwei Finger schon vor dem Beben hättest hineinstecken können, wahrscheinlicher ist für mich jedoch das andere. Wenn aber die Spalten seither mehr als doppelt so breit geworden sind, dann ist das eine wirkliche Erdbewegung, und woher die kommt, weiß ich auch nicht. Ich habe geschlossen.«

»Und du glaubst nicht, daß hier noch etwas bevorsteht?« fragte Christoph.

»Könnt ich mir schon vorstellen, doch«, sagte Sandra.

»Und was?«

»Noch ein Erdbeben«, sagte Sandra, und fügte, plötzlich auflachend, hinzu: »Oder ein Vulkanausbruch. Da gibts die Risse schon vorher im Boden.«

Alle amüsierten sich über diese Vorstellung, und dann sagte Thomas, um zurück zur wissenschaftlichen Betrachtung zu kommen, so glaube er, diese Spalten seien durch Beben entstanden, und zwar alle, also schon der erste feine Riß, den Roland gesehen habe, nur seien die andern Beben eben nicht wahrgenommen worden, weil man ja hier in einer durchindustrialisierten Gegend mit Dauererschütterungen lebe, man brauche nur an den S-Bahn-Bau zu denken, und wenn einmal ein Riß entstanden sei, dann brauche es auch nicht mehr soviel, damit er sich noch etwas erweitere.

»Was mich interessiert«, sagte Christoph, »und ich glaube, das interessiert auch Roland, sonst wäre er weder an deinen Vater noch an mich gelangt, das ist doch: Gibt es eine Gefahr weiterer Erdbeben? Und stärkerer womöglich?«

Roland nickte zu dieser Fragestellung. Die Antworten der beiden Fachpersonen fielen unterschiedlich aus.

»Ehrlich gesagt, ich weiß es nicht«, sagte Thomas, »ich glaube aber eher nicht, oder sagen wir so, ich glaube nicht, daß man aus den bisherigen Beben schließen kann, daß es notwendigerweise zu weiteren Beben kommen wird.«

Sandra dagegen sagte, von Wissen könne zwar auch bei ihr keine Rede sein, sie glaube aber eher ja.

Das sei ja wie im Leben, fand Christoph, der eine Experte sagt ja, der andere nein, richtig ermutigend, und was sie denn jetzt tun sollten.

Sandra sagte, sie werde die Risse genau ausmessen und werde am Montag den Professor fragen.

Thomas meinte, was er seltsam finde, sei das Isolierte dieser Erscheinung. Wenn man hier im Gebiet des Epizentrums sei, dann müßte es eigentlich noch mehr solcher Spaltenbildungen geben. Im übrigen entsprächen diese Risse auch einem höheren Grad auf der Mercalliskala, als man diesem Beben zugeordnet habe, er glaube, das wäre dann nicht 3–4, sondern 5–6, und das wäre nochmals seltsam, weil Zürich und Umgebung auf der seismischen Risikokarte der Schweiz praktisch in einem Nullgebiet liege, und was er jetzt machen möchte, sei, die nähere Umgebung des Hügels abzuschreiten und nach weiteren Spalten abzusuchen, und ob Sandra überhaupt etwas zum Messen bei sich habe.

Zum Erstaunen ihrer drei Begleiter, die alle nicht an so etwas gedacht hatten, zog Sandra ein Meßband aus ihrer Kitteltasche und bat Christoph, ihr beim Messen zu helfen, während sich Roland mit Thomas zusammen auf die Spaltensuche begab.

Als sie sich eine Stunde später wieder trafen, hatte Sandra mit Christoph 350 m Spaltenlänge gemessen, Thomas und Roland hingegen hatten nichts Neues gefunden, weder im kleinen Plateau, auf welchem der Hügel stand, noch an den Abhängen des Hügels selbst. Da die Hügelkuppe inzwischen von einem Grüppchen Jugendlicher mit einem unheimlich lauten Radiorecorder besetzt war, gingen sie gleich auf den Waldausgang zu. Thomas und Sandra versprachen, morgen mit ihrem Professor darüber zu sprechen und mit Christoph und Roland Kontakt aufzunehmen, sobald sie mehr wüßten.

Christoph war, nachdem er mit dem Meßband den Spalten entlanggekrochen war, beeindruckt von ihrer Länge und Größe. Er fand, man sollte sie wieder markieren und sagte auch, er werde das selbst tun.

Und wie er das machen wolle, damit die Fähnchen nicht nochmal entfernt würden, fragte Thomas.

Er wisse schon wie, sagte Christoph lächelnd, es gebe schließlich noch ein paar Fähnchen, die mehr Respekt einflößten als die mit den Schweizer Kantonswappen.

Als Roland fragte, was er denn für Fähnchen meine, sagte Christoph, er solle sich eben überraschen lassen.

## 17

Die große Fenstertüre zum Garten war weit offen, und auf dem Rasen davor saßen auf weißen Gartenstühlen um einen weißen Gartentisch unter einem roten Sonnenschirm der Gemeindepräsident, seine Frau und ihr älterer Sohn Robert. Vor den Rhododendronbüschen, die das Terrain zum Nachbargarten abdeckten, stand eine Hollywoodschaukel, und darunter lag Arco, der Hund, im Schatten, den Kopf auf die Vorderpfoten gelegt, und blinzelte zum Gartentisch hinüber. Vor den drei Menschen, die eine Stimmung von Sonntagsmuße und leichter Langeweile ausströmten, standen dunkelbraune Getränke in hohen Gläsern, mit Eiswürfeln und Zitronenschnitzchen und langen Glasstäben, mit denen man darin rühren und stochern konnte.

Der Gemeindepräsident hielt den »Sonntagsblick« vor sich in den Händen, den er jeweils nach dem Mittagessen mit dem Auto am Bahnhofkiosk holte, seine Frau legte ein Patiencespiel, mit dem sie gelegentlich in gefährliche Nähe der Gläser kam, und Robert löste das Preiskreuzworträtsel der Gratiszeitschrift »PRO«, bei dem man eine Reise nach Salzburg für 2 Personen gewinnen konnte. Er war in Uniform und mußte in einer knappen Stunde wieder zur Bahn, um die letzte Woche seines Wiederholungskurses zu absolvieren, hatte aber alles bereit. Seine Mutter hatte gestern die schmutzige Wäsche in Empfang genommen und ihm heute morgen wieder frische hingelegt, wie das von Müttern oder Ehefrauen schweizerischer Wehrmänner erwartet wird. Wie alleinstehende Soldaten zu frischer Wäsche kommen, bleibt eines der Rätsel unserer Milizarmee.

Ob jemand einen Nebenfluß des Ussuri kenne, fragte Robert ohne große Hoffnung. Er war braungebrannt und glattrasiert und hatte seine kurzen Haare in einer Art Pagenschnitt nach vorn gekämmt. Natürlich kannte niemand einen Nebenfluß des Ussuri, auch als Robert sagte, er fange mit einem B an und habe als dritten Buchstaben ein K. Das sei ja schon allerhand, sagte sein Vater, diese Stadtratsgeschichte in Zürich, da fange doch tatsächlich ein Parteikollege von ihm mit dieser linken Stadträtin eine Geschichte an, das finde er geschmacklos, richtig geschmacklos, wenn schon, dann sollen sies doch wenigstens so machen, daß mans nicht merkt. Und woher man denn wisse, daß es wahr sei, fragte Michèle und blickte von ihrer Patiencereihe auf. Solche Geschichten seien meistens wahr, sagte ihr Mann, und hier zum Beispiel werde der Oberförster zitiert, der bei einem Waldrundgang mit den Stadträten gesehen habe, wie sein Parteikollege der linken Stadträtin den Arm auf die Schulter gehalten habe, und sie sei ledig und er verheiratet, und das sei wieder typisch links, die machen sich ja schamlos an Verheiratete heran.

Ob sie ihm den Arm auf die Schulter gelegt habe oder er ihr, fragte seine Frau. Er ihr, sagte Niederer, aber er müsse ja gewußt haben, warum. Und was man denn sonst Konkretes wisse, fragte Michèle weiter. In diesen Dingen gebe es immer nur Vermutungen, nichts Konkretes, denn die wären ja nicht so dumm zu sagen, sie hätten miteinander geschlafen, aber die Vermutungen seien eben sehr stark. Michèle schüttelte den Kopf und sagte, ob das nicht ein bißchen wenig sei, und sie finde es eher geschmacklos vom »Sonntagsblick«, aus bloßen Gerüchten und einer Hand auf der Schulter eine solche Geschichte zu machen. Sie frage sich auch, was das eigentlich den Oberförster angehe. Das sei ein aufrechter Mann, der sich Sorgen mache, er kenne ihn, sagte Niederer. Wenn er sich um nichts anderes Sorgen mache, sei er ein Waschweib, sagte Michèle, und wenn sie sich recht erinnere, habe Manfred doch beim letzten Gemeinderatsausflug auch mit der Trachsel getanzt von den Sozialdemokraten. Michèle, ich bitte dich, sagte Niederer, Tanzen ist nun wirklich etwas anderes, jedenfalls würde ich nie der Trachsel bei einem Waldrundgang den Arm auf die Schulter legen, soviel steht fest.

Der Nebenfluß des Ussuri habe als letzten Buchstaben ein N, gab Robert bekannt, ob immer noch niemand draufkomme. Das Interesse seiner Eltern an asiatischen Flüssen war gering, die Mutter wandte sich wieder ihrer Patience zu, und der Vater blätterte weiter zum Sportteil, um sich über die Leistungen der Schweizer im Giro d'Italia zu orientieren. Er fand, als Politiker müsse man den »Sonntagsblick« lesen, eine Meinung, die seine Frau nicht teilte, sie verachtete diese Zeitung.

Alle zuckten zusammen, als Arco plötzlich heftig bellend unter seiner Schaukel hervorschoß und um das Haus herum zum Gartentor rannte, das sich offenbar bewegt hatte. Gleich darauf standen Thomas und Sandra vor dem Gartentisch. Thomas stellte ihr seine Familie vor und fügte beim Vater hinzu, ihn habe sie ja schon kurz gesehen.

Seine Mutter fragte, was sie trinken möchten, Wermut oder Eistee oder Eistee mit Wermut oder etwas anderes. Sandra mochte gerne einen Eistee, und Thomas fragte, ob es noch Orangensaft habe, worauf die Mutter in die Küche ging und die beiden auf dem Gartenbalkon zwei Stühle holten und sich an den Tisch setzten.

Ob sie in der Geologie auch mit geographischen Fragen konfrontiert würden, fragte Robert, und als Thomas zurückfragte, was er damit meine, zeigte er auf sein Kreuzworträtsel und sagte, er suche einen Nebenfluß des Ussuri, 5 Buchstaben, B . K . N, damit er nach Salzburg fliegen könne oder mindestens einen Einkaufsgutschein von Möbel Pfister gewinne, denn einer der fehlenden Buchstaben gehöre zum

Lösungswort. Sandra lachte und sagte, sie wisse nicht einmal, wo der Ussuri genau liege, und ob es nicht vielleicht Bikini heiße, aber das war ein Buchstabe zuviel, und Thomas sagte, er gebe ihm einen heißen Tip, nämlich Goldmanns Atlas. Ach ja, sagte Robert, wenn dieser heiße Tip nur nicht im oberen Stock wäre. Thomas machte einen Witz über die Schlagkraft der Armee, Robert winkte ab, er gehöre erst ab heute abend wieder dazu, und als die Mutter mit den beiden Gläsern zurückkam, fragte der Vater, ob sie einen schönen Spaziergang gehabt hätten.

Bevor sie antworten konnten, warf Robert ein, falls Thomas dabei die Hand auf Sandras Schulter gelegt habe, müsse er aufpassen, daß nicht ein Oberförster hinter einer Tanne gestanden und es dem »Sonntagsblick« gemeldet habe. Die beiden verstanden den Witz nicht, Robert erzählte ihm die Zürcher Stadtratsgeschichte, dann hob Sandra ihr Glas zum Mund, worauf alle andern auch ihr Glas hoben und sich zunickten und der Vater seine Frage nach dem Spaziergang wiederholte.

Danke, sagte Sandra, es sei eigentlich ein beruflicher Spaziergang gewesen. Inwiefern denn beruflich, und am Sonntag, fragte Niederer, und Sandra antwortete, Thomas hätte sie gebeten mitzukommen, um sich die frisch entstandenen Risse bei den Keltengräbern anzuschauen. Woher er denn von diesen Rissen gehört habe, fragte Niederer erstaunt. Von Christoph Portner, entgegnete sein Sohn, und er wußte, daß es der Vater nicht gerne hören würde. Er frage sich genauso, woher es Christoph Portner wisse, worauf ihm Thomas sagte, der wisse es von Roland Steinmann, der deswegen auch bei der Gemeinde angerufen habe.

Ach so, sagte Niederer, aber er habe den Förster vorbeigeschickt, und der Tiefbauvorstand sei eben erst nächste

Woche wieder da, und er habe diesem Steinmann auch den Bescheid des Förster weitergesagt, das scheine ja eine normale Bagatelle zu sein.

Sie seien sich zwar nicht ganz einig, worum es sich genau handle, wandte Thomas ein, aber um eine Bagatelle wohl kaum, jedenfalls hätte Sandra die Risse ausgemessen und sei auf 350 Meter Länge gekommen, und das fänden sie eigentlich recht viel. Das Bemerkenswerte daran sei, daß die Risse zwar sehr wahrscheinlich vom Beben stammten, sich aber seither noch verbreitert hätten.

Und was das bedeuten würde, fragte Niederer.

Das würde bedeuten, daß weitere kleine Beben stattgefunden hätten, sagte Thomas.

»Oder daß noch ein paar dazukommen werden«, ergänzte Sandra.

Robert pfiff durch die Zähne. »Zum Glück fahre ich nach Bière«, sagte er.

Sie würden jedenfalls morgen ihren Professor für Seismologie nach der Vorlesung darauf ansprechen, sagte Thomas, und vielleicht komme er dann selbst einmal vorbei.

»Aber wir sind doch hier absolut kein Erdbebengebiet«, sagte Niederer fast etwas gereizt.

Das irritiere ihn auch, sagte Thomas, aber immerhin habe es sich herausgestellt, daß das Epizentrum des Bebens vor zehn Tagen im Gebiet der Gemeinde gelegen habe, warum sollte der Herd also nicht unter den Keltengräbern zu suchen sein.

»Aber nicht, daß du Papi in eine blöde Lage bringst als Gemeindepräsident«, sagte die Mutter.

Ach woher, entgegnete Thomas, er glaube, Papi würde dümmer dastehen, wenn er den Hinweis nicht ernst nähme, und dann würde wirklich etwas passieren. Eigentlich könne er sogar froh sein, daß diese Nachforschungen mehr oder weniger privat angegangen würden, damit gebe es das kleinstmögliche Aufsehen.

Wenn der Portner vom »Frischen Wind« die Finger drin habe, sei es schon nicht mehr privat, sagte sein Vater, die benutzten ja jede Gelegenheit, um ihm irgend etwas vorzuwerfen. Er werde ihn jedenfalls heute noch anrufen und von ihm Diskretion verlangen, bis die Sache abgeklärt sei.

»Wer weiß, was dein Oberförster schon ausgeplaudert hat«, sagte Robert, »lies besser den ›Sonntagsblick‹ nochmal gut durch.«

Genau genommen, sagte Sandra, sei ein Erdbeben natürlich auch nichts Privates, sondern sozusagen eine öffentliche Veranstaltung, deshalb gebe es auch keinen Grund, irgendetwas im Zusammenhang damit als nichtöffentlich zu betrachten, und sie glaube nicht, daß bisher etwas versäumt worden sei.

»Aber Sie finden es trotzdem wichtig genug für Ihren Erdbebenprofessor?« fragte Niederer, sichtlich ungehalten.

»Unbedingt«, sagte Sandra und ließ keinen Zweifel daran, daß sie morgen darüber sprechen würde.

»Es ist sicher besser«, sagte Thomas.

Trotzdem war es Niederer unbehaglich. Er wurde das Gefühl nicht los, diese Sache werde sich, wie immer sie sich entwickeln würde, zu seinem Nachteil entwickeln. Seine Frau versuchte die Stimmung etwas zu glätten, indem sie bemerkte, es könne doch niemand etwas dafür, wenn in seiner Gemeinde ein Erdbeben stattfinde. Da würden ihr sicher auch die Geologen beipflichten.

Thomas nickte, und Sandra sagte, ja, außer wenn Bohrungen gemacht worden seien.

Das Stichwort löste eine gewisse Verblüffung aus, und Sandra erinnerte an die Erdbeben im Zusammenhang mit Staudämmen oder an die Einstellung der Probebohrungen für den Rawil-Tunnel wegen festgestellter Risse in der nächstgelegenen Walliser Staumauer.

Bis zum nächsten Staudamm sei es ja wohl eine ganze Strecke, meinte Niederer.

Gewiß, entgegnete Sandra, aber tiefe Bohrlöcher gebe es heute überall, wo gebaut werde, das Einkaufszentrum beispielsweise sehe nicht aus, als ob es 30 cm unter der Erde schon aufhöre, untertunnelt werde doch in der Nähe auch für die S-Bahn, und wie weit entfernt eigentlich das Sondierloch der NAGRA für die radioaktiven Abfälle sei.

Thomas spürte, wie sich die Risse im Sonntagsfrieden verbreiterten und schlug vor, da dies jetzt alles ins Gebiet der Spekulation falle, sei es wohl besser, sie legten dieses Gesprächsthema beiseite und redeten erst wieder darüber, wenn sie den Fall ihrem Professor unterbreitet hätten.

Niederer murmelte, so wie er die Professoren kenne, fingen dann die Spekulationen erst an, und das Schlimme sei, daß sie ihre Spekulationen für wissenschaftliche Tatsachen ausgäben, aber man werde ja sehen, was aus den Hallen der Weisheit in die Agglomeration dringe.

Dann war es einen Moment still, weil niemand wußte, worüber man sonst sprechen könnte, Robert schaute auf die Uhr und sah, daß es noch zu früh war zum Aufbruch, Niederer versuchte es wieder mit dem »Sonntagsblick« und trommelte dazu mit den Fingern der rechten Hand auf die Armlehne, während sich seine Frau zuerst über ihre Patiencekarten beugen wollte, dann aber merkte, daß dies angesichts eines Besuchs, der noch nie da war, etwas unschicklich war und daß man, wie immer die Beziehung ihres Sohnes zu dieser jungen Frau sein mochte, nicht so tun durfte, als gehöre sie bereits zur Familie und werde in die kollektive Langeweile einbezogen.

Nachdem sie einen Moment nach einem möglichen Thema gesucht hatte, kam ihr eine gute Frage in den Sinn.

»Bei welcher Gelegenheit hast du Frl. Bischof schon gesehen?« fragte sie ihren Mann.

»Wie meinst du?« fragte dieser und blickte zerstreut von der Zeitung auf.

»Thomas hat doch vorhin gesagt, du hättest Frl. Bischof schon einmal kurz gesehen.«

Ach ja, sagte Niederer und stieß ein kleines Lachen aus, das sei ja ein Zufall gewesen, als er das letzte Mal in der Stadt gewesen sei, beim Arzt, habe er nachher noch eine Besprechung gehabt, und habe auf dem Weg zu dieser Besprechung Thomas in der Begleitung von Sandra angetroffen.

Auf dem Weg ginge ja noch, sagte Thomas, aber der Zufall sei der gewesen, daß die Besprechung im selben Haus stattgefunden habe, in dem Sandra wohnte.

Sandra fügte bei, daß er sogar mit Thomas zusammen zum Nescafé bei ihr eingeladen gewesen sei, was er aber leider nicht angenommen habe, doch vielleicht könne er es das nächste Mal so einrichten?

Michèle sagte, das letzte Mal beim Arzt sei ja erst vorgestern gewesen, und weshalb ihr denn Manfred nichts davon erzählt habe, und dieser sagte, er wisse es eigentlich auch nicht, er habe es einfach vergessen, es sei soviel Verschiedenes gelaufen an diesem Tag, und er habe auch das Gefühl, diese Spritzen machen ihn etwas müde.

Ja, ja, sagte seine Frau, über seinen Geschäften vergesse er wieder einmal seine Familie.

Was denn das überhaupt für Geschäfte gewesen seien, fragte Robert, ohne den Blick von seinem Kreuzworträtsel zu heben.

Eine Finanzangelegenheit der Gemeinde, sagte sein Vater möglichst leichthin.

»Aber sag mal, ihr investiert doch hoffentlich nicht in Übersee?« fragte Thomas und sagte, das habe er sich im nachhinein auch noch überlegt.

Wie er darauf komme, fragte Niederer.

Na, wie wohl, wenn er ein Büro mit dem Titel »Overseas Investments« betrete, liege der Schluß doch nahe.

Sie stünden als Gemeinde genauso vor dem Problem des Zinszerfalls wie jeder private Anleger, sagte Niederer, im Moment würden massenhaft Obligationen vorzeitig zurückbezahlt, und da halte er Ausschau nach geeigneten Anlagemöglichkeiten und habe verschiedene Adressen aufgesucht, die ihm von verschiedenen Leuten empfohlen worden seien, um sich über das Angebot zu orientieren, und häufig seien das, Name hin oder her, seriöse Angebote, eine Firma, die Overseas im Titel führe, handle deswegen nicht ausschließlich mit Übersee, wobei er im übrigen nicht glaube, daß diese Firma für sie in Frage käme, aber dies abzuklären sei ja eben das Ziel seines Besuchs gewesen.

Dann könne man nicht mit weiteren Besuchen seinerseits rechnen, fragte Sandra.

Es sehe nicht so aus, sagte Niederer, oder mit einem allenfalls, wenn es mit Overseas doch noch etwas zu reden gäbe.

Sollte dies der Fall sein, sagte Sandra, würde sie die Nescaféeinladung gern wiederholen, er solle doch einfach schauen, ob sie da sei, im obersten Stock rechts, Sandra Bischof, ihr Name stehe an der Tür.

Niederer lächelte und sagte, das wäre ja direkt ein Grund, hinzugehen, aber er möchte sie bitten, Christoph Portner gegenüber, den sie, Sandra, ja nun auch kenne, nichts von dem zu erwähnen, was er soeben gesagt habe, das seien Vorabklärungen, die er auf eigene Faust treffe, um allenfalls einen Vorschlag machen zu können, aber es gäbe nur unnötige Aufregung, wenn das Gemeindeparlament Wind davon bekomme, bevor überhaupt etwas Konkretes geschehen sei, und um diese Diskretion bitte er selbstverständlich auch Thomas, denn wie sie vielleicht wisse, fuhr er zu Sandra gewendet fort, seien Thomas und Portner zusammen in die Schule gegangen, und er selbst habe natürlich nichts gegen den jungen Mann, er schieße nur manchmal ein bißchen übers Ziel hinaus.

Zwar freute sich Manfred Niederer innerlich darüber, wie souverän er die Situation gemeistert hatte, aber er war doch erleichtert, als Robert jetzt aufstand und sagte, er müsse gehen, und den Nebenfluß des Ussuri lasse er bis nächste Woche liegen, der Einsendetermin sei erst im Juli, und ob ihn jemand mit dem Auto zur Bahn bringe. Die Mutter sagte, sie mache das gern, und Niederer stand auf, zog sein Portemonnaie hervor und nahm aus dem Notenfach 50 Franken, die er seinem Sohn mit der Bemerkung zusteckte, er solle damit einmal eine Runde springen lassen, das werde immer gern gesehen. Er hatte nicht bemerkt, daß ihm dabei ein kleines Zettelchen zu Boden geflattert war, wohl aber seine Frau, die es aufhob und ihm wieder geben wollte, doch als sie darauf einen Buchstaben mit einer Telefonnummer sah, steckte sie das Papierchen in die Tasche ihres Hosenanzugs, und während sich Robert von seinem Bruder und von Sandra verabschiedete, die ebenfalls aufgestanden waren, sagte sie, sie sei nachher bald wieder zurück und hole schon das Auto aus der Garage.

## 18

Roland Steinmann näherte sich auf seinem Fahrrad dem Einkaufszentrum. Es war Montagnachmittag, er hatte frei, weil er das nächste Wochenende Dienst haben würde. Am Morgen hatte er ausgeschlafen, war dann in die Bäckerei gefahren, um frische Gipfel zu holen, hatte in Ruhe gefrühstückt und dazu die Zeitung gelesen, welche aber so voll von Unerfreulichem gewesen war, daß er sie wieder weglegen mußte. Er ertrug keine Bilder von verendenden Seehunden zum Kaffee, obwohl er sie auch schon aus der Tagesschau kannte. Die Nordsee war plötzlich von giftigen Algen besetzt, welche die Fische umbrachten, Hauptgrund schien die landwirtschaftliche Überdüngung zu sein, welche durch die großen Regenfälle auch aus der Schweiz in starkem Maße ins Meer weitergegeben wurde, Meeresbiologen vermuteten, daß dies erst der Anfang sei, wahrscheinlich würden nun Algenstämme gebildet, welche noch schlimmere Auswirkungen auf die anderen Meereslebewesen haben würden.

Er hatte dann einen Lokalsender eingeschaltet, dort lief belanglose amerikanische Musik, dann plauderte ein Denkmalpfleger über Zürichs Bäder im letzten Jahrhundert, und danach wurden Kleinanzeigen verlesen, Zierholzfässer wurden zum Verkauf angeboten und Riesenballongläser, die geeignet waren zum Einstellen von Kerbel, Schilfrohr und Kanonenputzer, wie der Sprecher aufmunternd ergänzte, alte Kachelöfen auch, es war offenbar der Sender, der sich an das wohlhabende Publikum richtete, dann versuchte noch jemand ein Videogerät aus einem Tombolagewinn loszuwerden, Roland amüsierte sich über die verführerischen technischen Einzelheiten, von denen er sicher war, daß sie von 99 % der Zuhörer nicht verstanden wurden, wer wußte schon wirklich, was ein Digitalscanner war oder ein Echtzeitanzeiger, oder eine Wortblase wie doppeldigitale Feinzeitlupenwiedergabe, und plötzlich ertrug er auch das nicht mehr, und all diese Worte kamen ihm vor wie ein giftiger Algenteppich, den man den Menschen zum Fraß vorlegte, und an dem sie nach und nach ersticken würden. Er überlegte sich auch, was das für Tombolas sein mochten, bei denen man Geräte im Wert von zweieinhalbtausend Franken gewinnen konnte, und aus welchen überdüngten Edelgärtnereien sich die Frauen ihre hybriden Kerbel, Schilfrohre und Kanonenputzer kommen ließen, um sie in Ballongläser einzustellen, die sie womöglich auf ein sinnloses Zierfäßchen plazierten. Er hatte dann das Radio mit einem kleinen Schlag auf die Taste zum Verstummen gebracht, war in die Waschküche gegangen, weil er heute an der Reihe war, und hatte seine Wäsche in die Maschine geschmissen und biologisch abbaubares Waschmittel eingefüllt, obwohl dies laut Rundschreiben der Hausverwaltung verboten war, da wollte man doch tatsächlich vorschreiben, welche Waschmittel man benutzen sollte, und behauptete, andere, wie seines, schadeten der Maschine. Welche Waschmittel dem Wasser schadeten, stand nicht zur Diskussion, das war der Pensionskasse der nationalen Luftfahrtgesellschaft, welcher dieses Hochhaus gehörte, vollständig egal. Jedenfalls war der Vormittag mit Waschen und Tumblern vorbeigegangen, und am frühen Nachmittag hatte er plötzlich beschlossen, ins Einkaufszentrum zu fahren und bei Monika einen Blumenstrauß zu kaufen.

Und nun war er auf einer der gedärmartig sich verschlingenden Zufahrten in der Nähe des Einkaufszentrums, das unmittelbar neben der Autobahn stand, und mit einer Art Instinkt für Orte, wo er nicht hingehörte, war er in eine Auffahrt mit Veloverbot geraten. Nach derlei Zeichen richtete er sich allerdings schon lang nicht mehr, und die Straße führte ihn in die Höhe zu einer Parkfläche, reserviert für die Firmen des Bürohochhauses, welches sich über dem Einkaufszentrum erhob. Er erinnerte sich, daß irgendwo ein Abstellplatz für Motorräder und Fahrräder sein mußte, fand aber nicht den geringsten Hinweis darauf und stellte sein Velo zwischen zwei quadratische Betonschalen, die mit irgendwelchen resistenten Büschen bepflanzt waren, schloß es ab und betrat das Einkaufszentrum durch einen Nebeneingang, der in die oberste Verkaufsfläche mündete.

Er ließ sich zunächst einfach treiben in der Annahme, er werde von selbst beim Blumenladen vorbeikommen, in dem Monika arbeitete. Das Zentrum des Zentrums war ein großer Innenhof, um welchen sich auf drei Etagen die Verkaufsflächen anordneten, man hatte also, wenn man hineinkam, das Gefühl, man trete in einen Innenraum und ins Freie, und die ganze Gestaltung der Läden war darauf angelegt, die Stimmung Flanieren im Freien zu erwecken, überall gab es kleine Cafés und Bistros, welche Tische und Stühle vor ihrem Eingang aufgestellt hatten, die sogar mit sonnenschirmartigen Stoffgebilden überdacht waren. Natürlich schützten sie gegen keine Sonne und keinen Regen, sondern sollten einen Boulevard vorgaukeln, und diese Rechnung schien aufzugehen, viele Menschen saßen an diesen Tischchen und schauten auf die andern Menschen, die mit vollen Taschen oder gefüllten Einkaufswägelchen umhergingen. Aus mehreren Geschäften drang Musik und vereinigte sich im Innenhof mit der Musik, welche von einer Bühne aus in die Höhe stieg. Auf dieser Bühne stand gerade eine handharmonikaspielende Frau in einem Trachtenkleid, die von einem schwarzen Pianisten auf einer elektronischen Orgel begleitet wurde. Es war eine Handharmonikaausstellung der größten handharmonikaherstellenden Firma im Gange, überall waren Puppen in Trachten aufgestellt und wiesen auf

Vitrinen hin, wo man die größte und die kleinste Handorgel der Welt sehen konnte, aber auch ältere und neuere Modelle von Stradellas und Schwyzerörgeli. Überhaupt schien auf Heimatliches, Ursprüngliches größter Wert gelegt zu werden, so gehörte das erste Schaufenster, an dem er vorbeikam, zum schweizerischen Heimatwerk, und es schauten ihn Holzspielzeugkühe, Holzbauernhäuser, Holzpuppen in Schweizer Trachten an, aber auch Kupferpfannen und Kupferkessel, und an der Decke über dem Eingang waren schwere, dumpf glänzende Kuhtreicheln an dicken Lederbändern aufgehängt, das erste Restaurant nannte sich anheimelnd »Dörflibeiz«, beim Hineinblicken sah er hölzerne Heugabeln an den Wänden hängen und Pferdejoche und Feuerwehreimer, ein Laden hieß »Gwürzhüsli«, und auf einer kleinen Turmkonstruktion bewegte sich eine riesige Maus, die in ihren Pfoten eine Tafel mit der Aufschrift »Müsliburg« hielt und offenbar die Kinder ansprechen sollte, lauter Heimat und Verkleinerung, in einer Vitrine war ein Modell des Dachstocks der Tenne, welche heute als Ortsmuseum diente, aufgestellt, wohl als Zeuge lebendigen Handwerks, und in der Innenhofmitte spielte unablässig die Harmonikavirtuosin, die sich in den Ansagen dazwischen als Österreicherin entpuppte, und schaute bei den schwierigen Stellen mit herausforderndem Lächeln und bleckenden Zähnen abwechselnd auf ihren schwarzen Begleiter und die paar älteren Leute, die sich auf den Stühlen vor der Bühne niedergelassen hatten, um ihr zuzuhören, oder vielleicht auch nur, um etwas auszuruhen, denn Sitzgelegenheiten, auf welchen man nicht von einem Kellner oder einer Serviertochter nach einem Wunsch gefragt wurde, waren äußerst selten in diesem Verbrauchergelände.

Erschöpfte Mütter fielen Steinmann auch auf, welche ihr Kind für zwei Minuten auf eine Lokomotive oder einen

Traktor oder eine Biene Maja setzten, die sich nach Einwurf von 50 Rappen zu bewegen begannen, rüttelnd, schüttelnd und schwankend, oder sie standen neben einem Bildschirm, vor welchem ihr Kleines, auf einem Schalensitzchen knapp über Bodenhöhe hockend, einen Tom-und-Jerry-Film anschauen durfte. Junge Leute in Jeansjacken saßen an Computerspieltischen und versuchten ihr Männchen mit Knopfdruck durch möglichst viele Gefahren zu steuern, ein Vertreter lehnte sich, ausgelaugt wie ihm schien, in den dünnen Wienerstuhl einer Cafeteria zurück und tippte auf seinem Taschenrechner Kalkulationen, und eine alte Frau schleppte ihren buckligen Mann an der Hand hinter sich her, wahrscheinlich der Harmonikamusik entgegen.

Steinmann war schon lange nicht mehr hier drin gewesen, jedenfalls war es ihm das letzte Mal nicht so fremd vorgekommen. Er fragte sich, ob irgend etwas passiert war mit ihm in der Zwischenzeit und fing an, nach dem Blumenladen zu suchen, um nicht länger hier bleiben zu müssen als unbedingt nötig.

Er ging zu einer Informationstafel zurück, die er im Vorübergehen gesehen hatte, kam dabei an einem Reisebüro vorbei, welches für Schweizer Ferienorte warb, die an einer großen Wand nacheinander rot aufleuchteten und stieß fast mit einem Polizisten zusammen, der mit einem Walkie-talkie in der Hand vor einem zweiten Polizisten herging; der zweite schob einen Stahlkoffer auf einem kleinen Schubkarren, und aus dem Stahlkoffer ragte ebenfalls eine Walkie-talkie-Antenne. Die beiden bogen in einen schräg abfallenden Seitenkanal ab, der offenbar zu einer Parkfläche führte. Gleich danach kam er an der Filiale einer Großbank vorbei, und dann war er bei der Übersichtstafel.

Es gab nur ein Blumengeschäft hier, im mittleren Geschoß, das mußte er übersehen haben, denn er war schon unten, und so ließ er sich von einer Rolltreppe wieder hochfahren, die ihn fast direkt einem Vertreter auslieferte, der sein Tischchen mit der »Schweizer Illustrierten« und der »Glückspost« am oberen Ende postiert hatte. Nein, er wollte nicht Abonnent werden, er ging schnell vorbei und wurde weiter hinten vom großen Schaufenster eines Modegeschäfts angezogen, in welchem zwei Dekorateurinnen nackte weibliche Puppen mit Seifenschaum abwuschen. Gerne hätte er einen Augenblick zugeschaut, wie sie ihnen mit den Schwämmen über die Brüste und zwischen die Beine fuhren, aber er wollte kein Voyeur sein und strebte nun auf den Blumenladen zu, den er am Ende eines Innenhofseitenarmes erblickte.

»Monika, grüß dich«, sagte er zu dem Mädchen, das ihm den Rücken zukehrte und daran war, den Raum zu fegen.

Fast erschrocken drehte sich Monika um und grüßte ihn, überrascht und erfreut.

»Haben Sie ein bißchen frei?« fragte sie ihn.

Steinmann nickte und sagte, er wolle gern einen Blumenstrauß kaufen. Eilfertig stellte Monika die Fegbürste und den Kessel hinter den Ladentisch und zeigte auf einen Strauß, der schon fertig gebunden dastand, mit hellroten Rosen und weißen Lilien.

Nein, sagte Steinmann, er hätte gern selbst einen zusammengestellt oder sich von ihr zusammenstellen lassen.

»Wir haben schöne Rosen«, sagte Monika und zeigte auf langstielige, purpurrote Riesendinger, die ihm nicht gefielen. Er wolle lieber etwas Fröhlicheres, wie z. B. diese gelben Margeriten, sagte er.

»Sie meinen Chrysanthemen«, korrigierte ihn Monika, »ja, die sind fröhlich, sehr fröhlich.« Sie nahm drei davon aus der Vase und hielt sie ihm hin.

»Kann ich Ihnen helfen?« fragte eine Dame, die von

hinten den Laden betreten hatte und die offensichtlich die Chefin war.

»Danke«, sagte Steinmann, »aber ich werde schon bedient.«

»Sie ist eben die Lehrtochter«, sagte die Chefin mit einem um Entschuldigung bittenden Blick.

»Sie bedient mich sehr gut«, sagte Steinmann und sah, wie Monika rot wurde vor Freude.

»Rittersporn sind auch fröhlich«, sagte sie und ging zu einer anderen Vase, »sehen Sie?« Sie zog ebenfalls drei davon heraus und hielt sie zu den drei Chrysanthemen. »Wollen Sie die?«

Ja, sagte Steinmann, die hätte er gern, und jetzt vielleicht noch etwas Weißes dazu.

Monika rupfte ihm ein paar exotische Liliengewächse aus einer anderen Vase, und als Steinmann sie fragte, was er jetzt vielleicht noch dazunehmen solle, damit es ein fröhlicher Strauß werde, sagte Monika ohne zu zögern, Rosen. Sehr behende holte sie drei ziegelrote Rosen aus der Rosenvase und gliederte sie dem Strauß an, hielt ihm das Bouquet unter die Nase und fragte, ob er noch Schleierkraut wolle und Farn vielleicht. Steinmann nickte, und nun griff die Chefin ein, die sich die ganze Zeit am Ladentisch zu schaffen gemacht hatte, und sagte, sie hätte aber dem Herrn gar nicht gesagt, was die Blumen kosten, vielleicht wolle er gar keinen so teuren Strauß.

Oh, doch, sagte Steinmann, er hätte ihr am Anfang gesagt, es dürfe schon etwas kosten.

»Der hat genug Geld«, sagte Monika, »er ist beim Fernsehen«, und begann auf einem Notizblöcklein zusammenzurechnen, was die Blumen kosteten.

»Ach, Sie kennen sich?« fragte die Ladenführerin, eher zu Steinmann als zu Monika gewandt.

Ja, sagte Steinmann, sie wohnten im selben Haus und seien sozusagen Nachbarn, und Monika rief von ihrem Notizzettel herauf, Herr Steinmann spiele manchmal Federball mit ihr.

Das war Steinmann ein bißchen unangenehm, ohne daß er wußte warum, aber Monika erlöste ihn gleich wieder, indem sie fast triumphierend rief: »42 Franken!«

»Sehr gut«, sagte Steinmann und erschrak. Niemals hatte er sich einen derart hohen Preis vorgestellt.

Die Chefin sagte, es stimme, sie habe nachgerechnet, und schickte Monika nach hinten, um den Strauß schön zu binden und die Stiele schräg anzuschneiden.

Dann, als Monika hinten war, sagte sie zu Steinmann, eigentlich dürfe eine Lehrtochter noch nicht allein bedienen im ersten Jahr, wenigstens nicht ohne Aufsicht, und Steinmann betonte, sie habe ihn gut bedient, kenne sich aus mit den Blumen und habe auch sogleich verstanden, was er gewollt habe. Er mußte sich zwar gestehen, daß ihm das Mädchen etwas eigenartig vorgekommen wäre, hätte er es nicht schon gekannt, aber davon sagte er der Chefin nichts.

Doch doch, sagte sie, sie sei nicht unzufrieden mit ihr, und sie sei e liebi, nur manchmal etwas hastig. Dann wandte sie sich einer Kundin zu, die den Laden betrat und sich nach den Preisen der Zimmerspringbrunnen erkundigte. Erst jetzt fiel Roland auf, daß die Hälfte der Ladenfläche mit Zimmerspringbrunnen verstellt war. Dies waren Schalen mit kleinen Felslandschaften von außerordentlicher Häßlichkeit, und ihm fehlte jedes Verständnis dafür, daß man sich so etwas in die Wohnung stellen konnte, vor allem, als er von der Chefin hörte, daß sie zum Teil über 1000 Franken kosteten. Aber anscheinend wurden diese Dinger gekauft, sonst stünden nicht so viele davon herum.

Als Monika nach vorn kam, war der Strauß sauber eingewickelt, und oben hatte sie mit Bostitch ein Giftsäcklein angeheftet. Das Kassieren übernahm die Chefin, und Roland zog seine letzte Fünfzigernote mit einer Beiläufigkeit aus dem Notenfach seines Portemonnaies, als steckten noch ein paar Hunderter daneben.

»Kommt der Strauß jetzt im Fernsehen?« fragte Monika mit einer wirklichen Hoffnung.

»Nein«, sagte Steinmann, »diesmal noch nicht. Der ist für eine Dame.«

Dieser Zweck war ihm selbst neu, aber er wollte bei der Chefin nicht den Anschein erwecken, er hätte bloß Monika zuliebe ein paar Blumen gekauft. Und einfach für sich würde ein Mann niemals einen solchen Strauß kaufen, wenigstens kannte er keinen, der das tun würde.

Dann verabschiedete er sich von Monika, indem er ihr die Hand gab und sagte, tschau, machs gut, und Monika sagte schnell, ade Herr Steinmann, und schönen Tag noch, und Steinmann nickte der Chefin zu, die ihm ganz leicht befremdet nachschaute, wie er zu spüren glaubte.

Er kam gleich darauf beim Blumenkiosk der Migros vorbei, wo sehr viel fröhlichere kleine Frühlingsblumensträuße für 4.50 pro Bund angeboten wurden, eilte an den Kuhglocken des Heimatwerkes vorbei hinaus, brauchte eine ganze Weile, bis er wußte, wie er den äußerst großen Strauß auf den Gepäckträger brachte, nämlich indem er ihn der Länge nach zwischen den Bügel und die Trägerfläche klemmte, so daß er hinten hinausragte wie ein Schwanz, dann stieg er vorsichtig auf sein Fahrrad, um den Ritterspornschweif nicht zu verletzen, fragte sich, welche der Darmwindungen er wählen sollte, um wieder nach Hause zu finden, fuhr dann um das ganze Zentrum herum, über eine elende Kreuzung, an der ein Bauernhaus so unbelebt übriggeblieben war, als wäre es von einer Neutronenbombe lahmgelegt worden, und Steinmann floh, floh über eine große Brücke, unter der die Autobahn durchdonnerte und gleich danach ein dreckiges Flüßchen dahinblubberte, und wurde nachher unter einem Viaduktneubau durchgetrieben, der sich unwiderleglich über ein Getreidefeld spannte und an dessen einem Ende sich Erdberge auftürmten, die man wohl aus dem Tunnel herausgebuddelt hatte, aus dem das Viadukt entsprang, das Viadukt für die neue S-Bahn, wie Roland wußte, und als er jetzt neben zwei Industriegebäuden die Tenne eines Bauernhauses sah, vor dem zwei Männer in blauen Übergewändern eine Kuh in ein Gestell eingespannt hatten und ihr mit einer Schleifmaschine die Klauen abschliffen, hatte er einen Moment lang das Gefühl, er erliege einer Halluzination.

## 19

Helen Stebler wartete im Korridor eines älteren Hauses darauf, daß die Stunde zu Ende ging, für die sie Fabian bei einem Spieltherapeuten angemeldet hatte. Der Therapeut hatte seine Praxis im obersten Stock eines Backsteinhauses. Auch die andern Räume der ehemaligen Wohnung wurden als Praxisräume von verschiedenen Psychologen und Psychologinnen genutzt, und der Korridor, den man betrat, wenn man zur Haupttüre hereinkam, war als eine Art gemeinsamer Warteraum hergerichtet worden. Aus einer der Türen hörte Helen ein großes Gelächter zweier Frauen, und sie wunderte sich, worüber die beiden wohl lachen mochten. Mit Psychotherapie verband sie bedeutend ernsthaftere Vorstellungen; nach dem, was sie davon wußte, ging es darum, die eigene Person und die eigene Vergangenheit auszuleuchten und Dinge zu besprechen, über die man sonst nicht sprach. Dies schien aber durchaus auch seine heiteren Seiten zu haben, und als diese Türe jetzt aufging und sich eine jüngere Frau mit kurzen Haaren und einer großen Brille mit einem Kuß von der Therapeutin verabschiedete, welche etwas älter war, aber zierlich und lebendig aussah, in gesteppten Hosen und einer lockeren Bluse, dachte sie einen Moment lang, wieso stehe ich nicht auf und gehe als nächste ins Zimmer dieser fröhlichen Frau, um über mich und meine Probleme zu lachen.

Und Probleme hatte sie genügend, wobei sie es eher so empfand, daß sie von Problemen umgeben war. Fabian, ihr neunjähriger Sohn, hatte seit einiger Zeit Schreckvorstellungen. Er wachte nachts auf und sah alles um sich herum ganz klein, und zugleich hatte er das Gefühl, seine Hände wüchsen und wüchsen und wollten explodieren. Er kam dann schluchzend ins Schlafzimmer gerannt, und sie brauchte immer eine ganze Weile, bis sie ihn beruhigt hatte, meistens schlief er nachher auch in ihrem Bett weiter. Als ihm das kürzlich tagsüber in der Schule passiert war, während des Turnunterrichts, und er bleich vor Entsetzen zum Waschbecken gerannt war, um seine Hände unters kalte Wasser zu halten, hatte sich Helen entschlossen, ihn bei diesem Spieltherapeuten in der Stadt anzumelden. Er war ihr von einer anderen Mutter empfohlen worden, deren Tochter eine manische Angst vor offenen Türen entwickelt hatte und damit die Familie terrorisierte.

Dieser Mensch, den sie vor einer knappen Stunde kennengelernt hatte, paßte eher in ihr Bild eines psychologischen Therapeuten, er war hager, hatte ein dunkles Bärtchen und einen tiefen Blick, war irgendwo zwischen vierzig und fünfzig und besaß eine wohlklingende Stimme, die offenbar auch bei den Kindern gut ankam, war aber im ganzen eine etwas düstere Erscheinung. In der Mitte seines Praxisraumes stand ein sehr niedriger Tisch mit einem großen Sandhaufen, voller Spielzeugmännchen und -tiere, sowie kleinen Häusern, Bäumen, Brücken, Autos und Schatzkisten, von denen Fabian sofort fasziniert gewesen war. Der Therapeut hatte zuerst ein bißchen mit ihr und Fabian gemeinsam gesprochen und sie dann gebeten, in einer Stunde wiederzukommen. Etwas ratlos war sie daraufhin in dem Quartier herumspaziert, hatte ein Café gefunden, einen Schwarztee getrunken und war nun ein bißchen zu früh wiedergekommen.

Sie fragte sich, was der Therapeut wohl machte mit ihrem Buben, und sie fragte sich auch, was wohl in ihren Buben gefahren sein mochte, daß er sich mit solchen Vorstellungen ängstigte. Die Furcht, seine Hände würden explodieren, war bei ihm so real, daß sie jedesmal genau hinschaute, ob sie tatsächlich anschwollen, aber von außen war nichts zu bemerken. Ob er gern in die Schule gehe, hatte der Therapeut am Anfang gefragt, und Fabian hatte genickt, nicht begeistert, doch er ging nicht ungern, er war, soweit seine Mutter das sah, bei den anderen Kindern beliebt, hatte keine Schwierigkeiten mit dem Stoff, und Linkshänder zu sein, war heutzutage schon längst kein Problem mehr, seine Lehrerin mochte er und sie ihn auch – was zum Kuckuck waren denn das für Explosionen in seinen Händen?

Helen seufzte. Bei Christian, ihrem mittleren Sohn, hätte sie es eher begriffen, der war der empfindlichste von den dreien. Er hatte eine Getreideallergie, was ebenso selten wie mühsam war, konnte also kein normales Brot essen, aber auch keine normalen Teigwaren, und bei jedem Birchermüesli mußte sie darauf achten, daß sie keine Haferflocken hineinmischte. Häufig bereitete sie ihm ein eigenes Essen zu, es gab keine Selbstverständlichkeit in der Ernährung, Brot aus dem Mehl, das er vertrug, konnte sie sich nur von einer Spezialbäckerei in der Ostschweiz kommen lassen, oder sie mußte es selbst backen. Meistens verliere sich diese Allergie in der Pubertät, hatte die Kinderärztin gesagt, aber bis dahin dauerte es noch mindestens sieben Jahre. Zudem bekam er von Zeit zu Zeit entsetzliche Migräneanfälle, bei denen er stundenlang auf dem Bett lag und vor sich hinjammerte.

Sämi, der kleinste, war eigentlich der problemloseste von allen, obwohl er der einzige war, der Pseudokruppanfälle hatte. Diese Anfälle waren erschreckend, und jedesmal, wenn sie dann mit ihm im Badezimmer saß und ihm half, sich über die Wanne mit den heißen Dämpfen zu beugen, und spürte, wie der kleine Körper geschüttelt wurde, und Sämi auch noch weinen wollte vor Angst und nicht konnte, weil er keuchen und röcheln mußte, hoffte sie, das sei der letzte Anfall, denn auch das sollte sich mit dem Älterwerden verlieren, es war ja ein ausgesprochenes Kleinkinderleiden, aber sie sah, daß es sich bis jetzt nicht verloren hatte und ging deshalb abends nie aus ohne einen zuverlässigen Babysitter daheim, der alle Verhaltensregeln in einem solchen Fall kennen mußte. Am liebsten ging sie aber überhaupt nicht weg am Abend, sondern wollte da sein, für alle Fälle.

Die Betreuung dieser drei Kinder und die Tätigkeit im Haushalt, die sie gern, gewissenhaft und zuverlässig machte, brauchten soviel Zeit und Kraft, daß Helen gar nicht daran denken konnte, sonst noch einer Arbeit nachzugehen. Mit einer Mischung aus Bewunderung und Verständnislosigkeit betrachtete sie diejenigen Frauen, die neben dem Haushalt noch einen Beruf ausübten und wußte einfach nicht, wie die das machten. Hätte sie denn jetzt mit Fabian zu diesem Therapeuten gehen können, wenn sie halbtags arbeiten würde? Sie hatte eine kaufmännische Lehre gemacht in der Gemeindeverwaltung des aargauischen Städtchens, in dem sie aufgewachsen war, aber das war eher eine Verlegenheitslösung gewesen. Sie hatte gar keine Lust mehr, diese Art von Arbeit wieder aufzunehmen, oder wenn, dann mußte es einen Sinn haben, für eine gemeinnützige Organisation vielleicht, oder wenn sich Max selbständig machen würde.

Max, ihr viertes Kind sozusagen, der Aufsteiger wider Willen mit dem Bastlerherzen, der eine glückliche Hand hatte in allem, was er anpackte. Helen war überzeugt, daß er früher oder später anfangen würde, selbständig zu arbeiten. Wann immer er darauf zu sprechen kam, unterstützte sie diesen Gedanken. Sie fand, es wäre schöner für ihn, das tun zu können, was er wirklich wollte, und sie glaubte auch, daß er das konnte. Er war stark und zupackend und optimistisch. Im Moment war er zwar etwas geschlagen, weil er seit drei Tagen mit einer eigenartigen Erscheinung kämpfte.

Er hatte den Schluckauf. Gewöhnlich dauerte ein Schluckauf ein paar Minuten, und wenn man etwas Wasser trank oder gähnte oder einfach nicht mehr daran dachte, ging er wieder weg. Aber Max hatte einen Schluckauf, der nicht mehr wegging. Dies war derart hinderlich, daß er gestern, am Sonntag, beim Notfallarzt gewesen war deswegen, der es mit einer krampflösenden Spritze versucht hatte. Dies hatte eine Stunde oder zwei gewirkt, doch gleich darauf war der Schluckauf wieder da. Die Nächte hatte Max nur mit Valium überstanden, und weil er das nicht gewohnt war, erwachte er am Morgen mit schwerem Kopf – und mit Schluckauf. Heute wollte er nochmals zum Hausarzt am späten Nachmittag, denn morgen war eine wichtige Besprechung, bei der es um einen Dauerauftrag aus dem Ausland ging, und da konnte er unmöglich mit einem Schluckauf antreten, man mache sich ja lächerlich, hatte er gesagt, wenn man nach jedem dritten Satz einen dieser Gluckser loslasse, oder wenn sie einen mitten im Satz überraschten.

Am Anfang hatte Helen gelacht darüber, doch jetzt wurde es beunruhigend, und sie hoffte, das verliere sich bald, wie sie auch hoffte, der Pseudokrupp und die Getreideallergie und die explodierenden Hände verlören sich bald. Ihr größter Wunsch war es, ein normales, glückliches Familienleben zu führen. Wenn sie sich aber die ausgefallenen Leiden ihrer Kinder und neuestens auch die ihres Mannes vor Augen hielt, mußte sie sich sagen, daß sie davon weit entfernt war. Normal waren eigentlich heute nur noch die Fremdarbeiterfamilien, z. B. die Cestonatos, die hatten keine Allergien und aßen nicht, was verträglich, bekömmlich und gesund war, sondern was gut war, die sah sie am Sonntag auf dem Balkon gegenüber vor Bergen von Spaghetti und Weißbrot sitzen, und auf dem Grill daneben bräunten sie gewaltige Steaks, und werktags arbeitete die

Mutter, und Fabio und Benedetta gingen in den Hort über den Mittag und nach der Schule, und wenn es Streit gab, wurden Schläge ausgeteilt, und man hörte die Kinder heulen, aber dann war es vorbei, und alle waren wieder zufrieden, und sie kauften nur die besten Kleider für die Kinder, sie hatten blitzend weiße Zähne, obwohl sie dauernd mit Schleckzeug herumliefen, und ödes Plastikspielzeug hatten sie auch, während Max und sie immer darauf achteten, daß die Kinder pädagogisch sinnvolle Gegenstände in die Hand bekamen, aber offenbar hatten sie ihnen damit auch eine Empfindlichkeit mitgegeben, die nun die seltsamsten Formen annahm, jedenfalls konnte sie sich nicht vorstellen, daß an ihrer Stelle Frau Cestonato säße, während drinnen der düstere Therapeut im Spiel mit Fabio herauszufinden versuchen würde, weshalb er Angst hatte, seine Hände explodierten. Wahrscheinlich würde Frau Cestonato ihrem Sohn eins auf die Finger hauen, wenn er ihr mit so etwas käme, damit er merken würde, woher der Schmerz kam, den er für eine Explosion hielt.

Und sie selbst, wovon würde sie sprechen, wenn sie zu dieser fröhlichen Psychologin ins Zimmer träte? Sie hatte Migräneanfälle von Zeit zu Zeit, aber das hatten viele Frauen, die sie kannte, und Heuschnupfen hatte sie auch, jetzt gerade, wo der Frühling kam, und das hatte sie nicht immer gehabt, sondern erst nach der Geburt von Sämi, aber auch darüber klagten viele Frauen, das war sicher kein wirkliches Problem. Ja, dachte sie, ihr Hauptproblem wäre zur Zeit tatsächlich, daß ihr Mann und ihre Kinder alle solche Probleme hatten und daß es so mühsam war, ein gut funktionierendes Glück aufrechtzuerhalten in der Familie.

Plötzlich erinnerte sie sich an ihren Traum von heute nacht. Max war nackt auf dem Balkon gelegen, und sie hatte sich zu ihm hingelegt, um ein Liebesspiel mit ihm anzufangen, da hatte er sich aufgerichtet und gesagt, er müsse unbedingt zuerst auf die Toilette, und im Aufstehen hatte er ihr über das Gesicht geschissen. Sie war dann auf die Straße gegangen, um sich zu waschen, obwohl dort kein Brunnen war, und hatte draußen eine Alarmsirene gehört, auf welche eine Durchsage der Post folgte, wer wolle, daß er ein Paket ausgehändigt bekomme, müsse seine Identitätskarte mitbringen. Und sie stand immer noch da, mit ungewaschenem Gesicht.

Das war alles, woran sie sich erinnerte, und sie erschrak furchtbar darüber. Niemals, dachte sie, würde sie diesen Traum einem fremden Menschen erzählen, das war ein Traum, den sie nicht einmal Max erzählen würde, ihm schon gar nicht, ganz und gar nicht. So etwas mußte man für sich behalten. Sie hatte schon Träume gehabt, in denen Max überfahren worden war, oder in denen eines ihrer Kinder eine Felswand hinuntergestürzt war, das fand sie weniger schlimm, diese Ängste hatte sie auch am Tag. Aber so etwas Unappetitliches und Widerliches wie diesen Traum konnte sie nirgends einordnen, und sie nahm sich in diesem Moment vor, ihn so rasch wie möglich zu vergessen. Sie liebte Max und war sehr glücklich gewesen, auf einen Mann zu stoßen, dem eine Familie ebenso wichtig war wie ihr, und sie freute sich darüber, daß sie mit ihm zusammen ihre drei empfindlichen Kinder großziehen konnte.

Während sie diesen Gedanken nachhing, war Fabian dabei, eine gewaltige Schlacht zu vollenden. Als ihm aufgefallen war, daß sich unter dem Sand eine blaue Fläche befand, hatte er eine Insel gemacht, hatte sie mit Palmen bepflanzt und ein Schloß auf den Abhang gesetzt mit einem König und einer Königin, die vor einer offenen Schatztruhe standen, aus welcher Perlen und Edelsteine quollen. Oben hätte er den Inselberg gern spitz gehabt, aber die Spitze brach immer wieder ab. Auf dem Festland gegenüber waren Krieger mit Kanonen aufgezogen, mit welchen sie auf die Insel hinüberschossen, und ein Piratenschiff wurde gerade flottgemacht, um zur Insel zu fahren, es wurde von einigen grimmigen Seeräubern mit Krummsäbeln und schwarzen Klappen über einem Auge bestiegen. Am Ufer standen Dinosaurier und reckten ihre Hälse drohend zur Insel hinüber, und auf einer Straße, die zum Strand führte, brausten mehrere Teufel auf Motorrädern heran.

Der König und die Königin wurden von einer Reihe von Polizisten verteidigt, die wie eine Mauer vor dem Schloß standen. Einer davon blies Trompete, zwei lagen bereits von einer Kanonenkugel dahingestreckt am Boden. Ob die wohl ausreichten zur Verteidigung der Insel, fragte ihn Herr Kellerhals, der am Anfang gesagt hatte, er könne auch einfach Schorsch zu ihm sagen, wenn er wolle, aber Fabian wollte nicht. Er konnte zu einem Erwachsenen, den er nicht kannte, nicht einfach Schorsch sagen, das war eine typische Erwachsenenidee. Am liebsten wollte er überhaupt so wenig wie möglich sagen zu diesem Herrn Kellerhals, aber der Sandhaufen gefiel ihm. Er schaute das Regal nach zusätzlichen Figuren durch, die er zur Verteidigung der Insel hätte aufbieten können. Zwei Zoowärter stellte er noch neben den Schatz und gab jedem eine Schaufel in die Hand, die halfen dem Königspaar, aber die interessanten Gestalten hatte er für den Angriff gebraucht. Jetzt sei es fertig, sagte er zu Herrn Kellerhals, indem er sich aufrichtete und das Ganze nochmals anschaute.

»Und weiß man schon, wer gewinnt?« fragte Herr Kellerhals.

Fabian hatte etwas entdeckt. »Darf ich etwas ausschneiden?« fragte er und zeigte auf das Kartonpapier und die Schere, die auf einem kleinen Tischchen lagen.

Herr Kellerhals sagte, klar dürfe er das, und nun schnitt Fabian große rote Zacken aus und begann sie auf die stumpfe Kegelspitze der Insel zu pflanzen.

»So«, sagte er nach einer Weile, »jetzt ist es fertig.«

Und als Herr Kellerhals die Frage nochmals stellte, wer wohl gewinne, sagte Fabian: »Niemand.«

Die Insel sei ein Vulkan, der gerade ausbreche und der alle begrabe, den König und seine Armee, und auch die Feinde. Ob denn niemand davonkomme, fragte Herr Kellerhals. Doch, sagte Fabian, der letzte Teufel, der habe es gerade noch gemerkt, und er drehte sein Motorrad in die andere Richtung.

Draußen aber im Korridor schaute seine Mutter auf die Uhr, und als die ältere Psychologin aus der Toilette trat und wieder auf ihre Zimmertür zuging, schaute Helen mit solcher Neugier dem beschwingten Gang der Frau zu, daß diese bei ihr stehen blieb und fragte, sie wolle aber nicht etwa zu ihr.

Helen verneinte heftig und sagte, sie sei mit ihrem Buben bei Herrn Kellerhals, und die Psychologin sagte dann, sie erwarte gerade eine neue Klientin, und ihrer Vorstellung nach hätte sie es sein können, exgüsi, und dazu lachte sie wieder, wenn auch weniger laut als vorhin mit der andern Frau.

Dann öffnete sich die Spieltherapeutentüre, und Fabian kam mit Herrn Kellerhals heraus. Fabian sah zufrieden aus, und Herr Kellerhals ebenso unergründlich wie zu Beginn. Er würde gerne nochmals einen Termin abmachen, sagte er, und sie einigten sich auf nächste Woche um dieselbe Zeit, und wenn sie wolle, könne sie ihn morgen vormittag einmal anrufen.

»Also, Fabian«, sagte er und drückte ihm seine etwas feuchte Hand, »dann freu ich mich, wenn du wiederkommst.«

Fabian zog seine Hand rasch wieder zurück und war froh, als er mit seiner Mutter die Treppe hinuntergehen konnte. Helen war etwas konsterniert über die rasche Verabschiedung, sie hatte noch etwas erwartet wie eine Diagnose oder einen Bescheid, woher denn nun das käme und was das überhaupt sei mit diesen explodierenden Händen, aber vielleicht wollte er ihr das morgen am Telefon sagen, wenn Fabian nicht dabei war. Ja, so wird es sein, dachte sie, etwas wird er ja wohl herausgefunden haben.

Herr Kellerhals stand unterdessen vor dem Sandbild und dachte über die Kräfte nach, die hier am Werk waren. Dann holte er seine Kamera, wartete, bis die Funktionsanzeige für das Blitzlicht aufleuchtete und fotografierte dann die Szene.

Als Helen mit Fabian im Tram saß und zum Bahnhof Oerlikon fuhr, kam ihr immer wieder die lachende Psychologin in den Sinn, die gemeint hatte, sie wolle zu ihr, und sie dachte, wie es wohl gewesen wäre, wenn sie dieser Frau ihren Traum erzählt hätte, und auf einmal dachte sie, vielleicht hätte sie das tun sollen.

Fabian aber war äußerst zufrieden mit sich. Er hielt die linke Hand in seiner Hosentasche und umklammerte etwas Kleines, das sich mit verschiedenen Spitzen gegen die Umklammerung wehrte. Als sich Herr Kellerhals am Schluß zur Tür umgedreht hatte, hatte er schnell den vorletzten Teufel samt dem Motorrad gepackt und in seiner Hosentasche verschwinden lassen. Den konnte er gut brauchen in seiner Playmobilsammlung, und schließlich mußte seine Mutter ja etwas bezahlen für die Stunde, und dieser Schorsch hatte sicher genug Teufel.

## 20

Hier vor dem Tannenwäldchen sei es am besten, sagte Prof. Bollag, und Thomas stellte die Metallkiste erleichtert ab. Er hatte sie von der Waldstraße, wo das Auto parkiert war, bis zum Keltenhügel getragen, und sie hatte ein heimtückisches Gewicht. Sandra legte die zusammengeschnürten Zeltplachen auf den Boden und Prof. Bollag seine Dozentenmappe. Es war Dienstag morgen, im Wald war es noch kühl, aber die Sonne schien zwischen den Baumstämmen durch, ihre Strahlen wurden vom erfrischenden Grün der Buchen vielfach gebrochen, und Thomas freute sich, daß er den heutigen Vormittag nicht in einem künstlich belüfteten und beleuchteten Untergeschoßhörsaal der Hochschule zubringen mußte, sondern daß er hier draußen sein konnte und daß dies erst noch etwas mit seinem Studium zu tun hatte. Für einen Mathematiker etwa hätte es wohl keinen beruflichen Grund gegeben, an einem Frühlingsmorgen einfach in den Wald zu gehen.

Gestern war er mit Sandra nach der Vorlesung noch bei Prof. Bollag geblieben, und sie hatten ihm von den Rissen im Loowald erzählt. Prof. Bollag war Dozent für Geophysik, sein Spezialgebiet war die Seismologie, und die wenigen Studenten, die seine Vorlesungen besuchten, mochten ihn im allgemeinen wegen seiner offensichtlichen Begeisterung für sein Fach. Ob er über die San-Andreas-Bruchzone sprach oder die nordanatolische Verwerfung, immer spürte man den gewaltigen Druck zweier gegeneinanderdrängenden Kontinentalplatten auch aus der Haltung seines eher untersetzten Körpers. Wenn er in diesem Zusammenhang das Wort Erdkruste aussprach, war es jeweils mit einem Grollen und Knirschen der beiden r verbunden, als käme es im nächsten Moment zu einer Eruption aus seinem Munde.

Trotz seiner umfangreichen Kenntnisse machte er aber bei seinen Studenten nicht den Eindruck, er hätte einen uneinholbaren Wissensvorsprung, sondern man fühlte sich bei ihm eingeladen, mitzuforschen, und er freute sich, wenn man ihm beispielsweise nach einer Vorlesung noch eine vertiefende Frage stellte.

Als Sandra und Thomas gestern bei ihm geblieben waren und ihm über die Risse berichtet hatten, über ihre Unsicherheit auch, ob ihnen wirklich eine Bedeutung zukomme, war er sehr aufmerksam gewesen und hatte sich sofort für den Abend mit ihnen zu einer Besichtigung verabredet. Hätte er nicht anschließend die Lehrplansitzung der Dozenten, sagte er, würde er jetzt gleich mitkommen, denn derartige Erscheinungen müsse man prinzipiell ernst nehmen, auch wenn sie häufig harmlos und irrelevant seien. So wie sie es ihm schilderten, sei es ja eher kein Rutsch, da sich die Rißstellen im flachen Gebiet unterhalb des Hügels befänden, andererseits handle es sich bei einem keltischen Grabhügel wohl um eine künstliche Aufschüttung, die sich vielleicht einmal etwas senken könne, also kurz, man sollte sich das genauer ansehen.

Die erste Überraschung beim Hügel waren die Fähnchen der Schweizerischen Kreditanstalt gewesen, mit denen die Risse ausgesteckt waren. Sandra und Thomas hatte dieser Anblick sehr erheitert, und sie erzählten Prof. Bollag die Vorgeschichte. Jetzt sah das Ganze tatsächlich nach einer offiziellen Veranstaltung aus, es hätte durchaus das Ziel eines Orientierungslaufes sein können.

Als sie dann die Risse abschritten, war Prof. Bollag doch erstaunt gewesen über die Länge und auch über die Lage der Spalten, die nicht auf einen Rutsch hindeuteten. Er werde jedenfalls, sagte er, das Seismogramm des letzten Erdbebenstoßes nochmals genau ansehen, der Hügel hier liege, grob gesehen, ohnehin epizentral, und er sei so oder so der Meinung, man sollte einen mobilen Seismographen installieren.

Das taten sie nun; zuerst setzten sie die Metallkiste auf eine ebene Stelle, dann öffnete sie Prof. Bollag wie eine Schatztruhe und entnahm ihr das Seismometer, ein kleineres Metallkästchen mit einem Henkel, das er neben die Kiste hinstellte, nachdem er Sandra gebeten hatte, das Laub etwas zur Seite zu wischen. Dann schloß er das Kabel an die Metallkiste an, und damit stand die Anlage schon da.

Die Kiste enthielt ein Aufzeichnungsgerät, und das Seismometer nahm die Bodenschwingungen auf und gab sie ans Aufzeichnungsgerät weiter. Das Seismometer war in der Lage, allergeringste Schwingungen des Bodens wahrzunehmen, und das Gerät zeichnete sie als akustische Signale auf, die man mit dem Rechner des geophysikalischen Instituts in graphische Darstellungen umsetzen konnte.

Prof. Bollag ließ Thomas die Tonbandspule einsetzen, denn dieser hatte sich bereit erklärt, sie jeweils auszuwechseln. Es war eine normale 18-cm-Spule, und Thomas hatte sie mit wenigen Handgriffen eingesetzt und den Bandanfang an der Leerspule befestigt.

»Die Triggerschwelle«, sagte Prof. Bollag, »stellen wir einmal so empfindlich wie möglich ein« und drehte den Schalter auf der Dezibelskala nach oben. Das hieß, daß schon sehr schwache Erschütterungen aufgenommen wurden. »Wenn wir bei der ersten Auswertung sehen, daß wir zuviel Nebengeräusche registrieren, können wir immer noch tiefer gehen. Und jetzt, was fehlt noch?«

Er blickte von Thomas zu Sandra, aber weder sie noch er wußten, was noch fehlte.

»Einschalten«, schlug Sandra vor.

»Noch nicht ganz«, sagte Prof. Bollag und stellte den

Schalter von »Rec.« auf »Autom.« Damit war der sogenannte Event Detector eingeschaltet, der bewirkte, daß das Gerät nur dann aufzeichnete, wenn es wirklich etwas aufzuzeichnen gab. So reichte eine Spule für 2 bis 3 Wochen, ohne daß man sie auszuwechseln brauchte. Sie hatten aber ausgemacht, daß Thomas etwa alle 3 bis 4 Tage das Band wechseln würde, damit man die Aufzeichnungen fortlaufend auswerten konnte.

»Und jetzt dürfen Sie einschalten«, sagte Prof. Bollag. Sandra drückte den kleinen Hauptschalter von OFF auf ON, und sogleich leuchtete das rote Lämpchen auf, welches die Betriebsbereitschaft des Apparates signalisierte.

»In Ordnung«, sagte Prof. Bollag und schaltete wieder aus, »und jetzt noch das Zelt.« Die ganze Installation mußte mit einem kleinen Zelt geschützt werden, wie es auch auf Baustellen benutzt wird, um Gräben zu bedecken, und Sandra und Thomas, beide campingerfahren, hatten keine Mühe, es aufzustellen. Sie steckten noch die kleine Warntafel in den Boden, die darin eingewickelt gewesen war und auf welcher man lesen konnte, daß dies ein wissenschaftliches Gerät der ETH sei, das mittels Aufnahme von Körperschallwellen die Erschütterung des Bodens messe, und man bitte deshalb, starke Tritte und laute Rufe zu vermeiden und die Apparate nicht zu berühren. Prof. Bollag schlug die Zeltplache zurück, stellte den Seismographen wieder ein, zog die kleine Antenne für den ständigen Empfang des Zeitzeichens aus und sagte, die Gemeinde müsse dann auch noch verständigt werden. Das könne er ihm abnehmen, sagte Thomas. Danke, aber manchmal sei es besser, man könne sich mit einem Titel und einer Funktion melden, antwortete Prof. Bollag. Als Thomas sagte, sein Vater sei hier Gemeindepräsident, fand der Professor, dann sei es erst recht besser, er mache es selber, sonst habe sein Vater das Gefühl, es handle sich um ein privates Entgegenkommen, und Sandra erinnerte Thomas daran, wie wenig ernst er am Sonntag das Problem genommen habe.

Es bestätige sich übrigens, was ihm schon gestern abend aufgefallen sei, sagte Prof. Bollag, die alltäglichen Erschütterungen hier am Ort seien ziemlich stark, die Summe von Autobahn, Eisenbahn, Flugzeugpisten, Baustellen und Industrie in der näheren Umgebung des Meßortes sei immer ein ärgerliches Hindernis in dichtbesiedelten Gegenden. »Unsere Zivilisation ist im Normalbetrieb eine permanente Erdbebenkatastrophe. Da muß sich unser Hügel nachhaltig bemerkbar machen, wenn er sie übertönen will.«

Er möchte gerne noch etwas warten, sagte er dann, um sicher zu sein, daß das Gerät gut funktioniere. Sie setzten sich auf den Keltenhügel zum großen Stein, und Thomas fragte ihn, ob er die Seismogramme des letzten Stoßes nochmals studiert habe.

Ja, sagte Prof. Bollag, und es sei ganz klar, daß der Hügel hier im Epizentrum liege, er habe das fragliche Gebiet auf der Karte nochmals mit dem Zirkel umkreist, und der ganze Wald gehöre dazu, er könne sich vorstellen, daß sie hier geradezu auf dem Zentrum des Epizentrums säßen, mit anderen Worten, daß direkt unter ihnen das Hypozentrum liege, und sagen Sie mir schnell, Fräulein Bischof, damit wir auch noch etwas lernen, was ist der Unterschied zwischen dem Epizentrum und dem Hypozentrum?

»Das Epizentrum ist der Ort, wo das Beben zuerst an die Erdoberfläche kommt, und das Hypozentrum liegt senkrecht unter dem Epizentrum und ist der Ort, wo das Beben entsteht«, sagte Sandra und war mit ihrer Formulierung zufrieden.

»Und können Sie, Herr Niederer«, fuhr Bollag fort, jetzt ganz in der Rolle des Dozenten, »können Sie mir wiederholen, was wir das letzte Mal für eine Faustregel für die Tiefe des Hypozentrums festgehalten haben?«

»Ich hoffe es«, sagte Thomas, »wir haben gesagt, daß bei einem Beben, dessen Intensität mit zunehmender Entfernung abnimmt, das Hypozentrum nahe der Erdoberfläche liegt, aber wenn die Intensität des Bebens langsamer abnimmt, dann liegt das Hypozentrum gewöhnlich tief.«

»Sehr gut«, sagte Prof. Bollag, »gewöhnlich. Und das hier ist ungewöhnlich. Ich habe es Ihnen schon in der Vorlesung gesagt und ich sage es Ihnen nochmals, auch nach der zweiten Analyse der Seismogramme. Wir hatten hier ein lokales Beben, dessen Intensität rasch abnahm, das Hypozentrum müßte also vielleicht bei 10 km Tiefe liegen, wie in den süddeutschen Erdbebenserien Ende der siebziger Jahre, und ich muß Ihnen gestehen, daß ich für die 80 km, welche aus der Analyse der Wellen eindeutig hervorgehen, keine Erklärung habe. Im ersten Moment habe ich sogar an einen Gerätedefekt geglaubt oder einen Computerfehler, aber das ist natürlich dummes Zeug. *Wir* machen die Fehler, wenn wir glauben, daß unsere Faustregeln immer stimmen müssen. In Spanien, wo die Herde nie tiefer liegen als 300 km, gab es 1954 ein Erdbeben, dessen Hypozentrum in einer Tiefe von 603 km lag.«

»Und was hat das dann bedeutet?« fragte Sandra fasziniert.

»Nichts weiter, als daß wir nie behaupten können, wir wissen über alles Bescheid, was da unten abläuft«, sagte Prof. Bollag lächelnd. »Wissen Sie, auch die Risse hier sind merkwürdig. Das Beben hatte etwa Grad 3 auf der Mercalli-Skala, und das ist eigentlich zu schwach für eine solche Spaltenbildung.«

Ob er es demnach auch nicht für möglich halte, fragte

Sandra, daß der Stoß einen Zusammenhang habe mit den Bohrungen der NAGRA hier in der Nähe?

Prof. Bollag lächelte. Er gehörte der geologischen Beratungsgruppe der »Nationalen Gesellschaft zur Lagerung radioaktiver Abfälle« an, und er vertrat dort eine Minderheitenmeinung, die von seinen Kollegen als radikal und kontraproduktiv angesehen wurde. Er war nämlich der Ansicht, daß der schweizerische Teil der Erdkruste viel zu unruhig sei, als daß man ihm, wie die NAGRA dies wünschte, Abfälle zur Aufbewahrung überlassen dürfe, welche für mehrere 100 000 Jahre von der Biosphäre ferngehalten werden mußten. Hier irgendeine Garantie abzugeben, sei in höchstem Maße unwissenschaftlich, und die einzige Lösung bestehe in der sofortigen Stillegung der Atomkraftwerke. Ein Export der Abfälle beispielsweise in die geologisch ruhigere Wüste Gobi komme, abgesehen vom Risiko des langen Transportweges, auch moralisch nicht in Frage, zu suchen seien vielmehr unterirdische Lager in kristallinem Gestein, welche man aber niemals abschließen und zugießen dürfe, wie das die NAGRA gern hätte, sondern dauernd offenhalten und kontrollieren sollte.

Derartige Empfehlungen waren natürlich weit von dem entfernt, was NAGRA-Ingenieure und Politiker hören wollten, und da die Beratergruppe schon so zusammengestellt war, daß das herauskam, was Ingenieure und Politiker hören wollten, blieb Bollag mit seiner Meinung allein, war aber für die andern Mitglieder eine ständige Herausforderung. Seine Kritik empfanden sie als Sabotage einer konstruktiven Arbeit und suchten unverdrossen nach wasserdichten Gipsschichten in großer Tiefe. Daß er überhaupt in diese beratende Kommission eingesetzt worden war, ging noch auf den verstorbenen Energieminister zurück, der ein Freund von Gegenmeinungen war, ihre Träger aber immer so einsetzte, daß sie zwar gehört wurden, aber keinen Schaden anrichten konnten.

Auf diese Gegebenheiten bezog sich Prof. Bollags Lächeln, als er sagte, das Hypozentrum liege leider zu tief für einen ursächlichen Zusammenhang.

Wie denn das bei den Probebohrungen für den Rawil-Tunnel gewesen sei, wollte Sandra wissen, die seien doch auch recht weit vom Staudamm entfernt gewesen, der zu beben begonnen habe, und diese Bohrungen seien doch deshalb eingestellt worden, wenn sie sich nicht irre.

Dort sei eben, sagte Prof. Bollag, eine riesige unterirdische Wasserkaverne angebohrt und entleert worden, was zur Veränderung der Gesteinsdruckverhältnisse geführt habe, und eben, wie schon gesagt, kein tiefes Hypozentrum, darum hier auch kaum ein Zusammenhang mit irgendwelchen Bauten, seien das S-Bahn-Tunnels oder Tiefgaragen.

Nach einer Weile begaben sie sich wieder zum Seismographen, dessen rotes Lämpchen zuverlässig weiterleuchtete. Man sah auch, daß die Spule sich bewegte, wenn sie zu dritt umhergingen, das Gerät zeichnete also auf.

»Alles bestens«, sagte Prof. Bollag, klappte den Deckel zu, schloß ihn ab und übergab Thomas den Schlüssel. Dann bat er sie, gemeinsam mit ihm die Hügelumgebung nach radial verlaufenden Rissen abzusuchen. Gäbe es nur diese konzentrischen Risse, wäre das der dritte Punkt, den er erstaunlich fände. Sie teilten das Gelände in drei Abschnitte auf und machten sich auf die Suche. Als sie sich nach einer Viertelstunde beim Seismographen wieder trafen, hatten sie alle einen Blick wie Pilzsammler, die fündig geworden waren. Sie hatten verschiedene Linien entdeckt, welche als Vorstufe von Rissen gedeutet werden konnten; diese Linien verliefen etwa rechtwinklig zu den Spalten, begannen außerhalb derselben, und hätte man sie rückwärts verlängert, wären sie auf der Hügelkuppe beim großen Stein aufeinandergetroffen.

Sandra und Thomas waren beeindruckt. Prof. Bollag konnte einen gewissen Expertenstolz nicht verbergen. Sie schritten die radialen Linien nochmals ab und markierten sie, da keine weiteren Kreditanstaltfähnchen zu sehen waren, mit Haselruten.

»Halten Sie es denn für möglich«, fragte Thomas, als sie die letzte Linie ausgesteckt hatten, »daß es hier zu weiteren Erdbeben kommen wird?«

Prof. Bollags Antwort war kurz und eindeutig.

»Ja«, sagte er.

## 21

Roland Steinmann schwang sich sehr vorsichtig auf sein Velo, mit dem rechten Bein so weit ausholend, als müßte er eine Hochsprunglatte überqueren. In einem gewissen Sinn stimmte das auch, denn von seinem Gepäckträger stand der Blumenstrauß wie eine Verlängerung des Fahrgestells nach hinten ab, und er achtete darauf, ihn beim Aufsteigen nicht zu berühren. Er fuhr um das Fernsehgebäude herum, und am Ausgang öffnete sich die Barriere mit einem leichten Summen für ihn allein, er winkte dem Pförtner, einem stets gut gelaunten Mann mit gekräuseltem Bärtchen, der ihm seinerseits mit der Hand ein Zeichen machte. Das Zeichen war scherzhaft bewundernd, es bezog sich auf seinen unübersehbaren Blumenstrauß und hieß etwa, doch, doch, Sie haben ja große Dinge im Sinn heute abend.

Leider wußte Steinmann überhaupt nicht, was er heute abend im Sinn hatte. Er war nur entschlossen, den Strauß der Bestimmung zuzuführen, die er ihm gestern spontan zugedacht hatte, als er beim Kauf zu Monika sagte, er sei für eine Dame. Heute mittag hatte er versucht, Claudia, die frisch geschiedene Sekretärin der Jugendabteilung, zum Nachtessen einzuladen, aber sie war schon verabredet, oder sie hatte vorgegeben, verabredet zu sein, jedenfalls wagte er nicht, ihr ein anderes Datum vorzuschlagen, er hatte es als ganz momentane Idee von sich dargestellt und war eigentlich zufrieden mit der Leichtigkeit seines Tonfalls. Unzufrieden war er bloß, daß er nun nichts abgemacht hatte, und das wäre für ihn eigentlich die Hauptsache gewesen. Jetzt, wo er auf dem Fahrrad saß, wurde ihm auch klar, daß das der Versuch des heutigen Tages gewesen war und daß es keinen zweiten Versuch geben würde. Er konnte nicht wie ein Hund wild in der Gegend herumschnüffeln, bis er auf die Spur eines Weibchens stieß. Wenn es länger halten soll, dachte Roland, dann muß ich auch länger suchen, das geht nicht von einem Tag auf den andern.

Gleichzeitig ärgerte es ihn, daß es nicht von einem Tag auf den andern ging. Er wollte, daß jetzt etwas passierte, jetzt, und nicht in zwei, drei Jahren. Das müßte doch möglich sein, schließlich hatte er sich früher auch nicht gezielt verliebt, sondern von einem Augenblick auf den andern. Aber das war früher gewesen, da war man unter lauter Gleichaltrigen, die ebenso gespannt waren auf den Zustand des Verliebtseins, und inzwischen war man älter, über dreißig, und ringsum wimmelte es nur so von Menschen mit festen Bindungen, das Leben kam ihm manchmal vor wie ein Tanzanlaß, zu dem alle schon paarweise erschienen, nur er war allein gekommen. Da müßte man direkt jemandem seine Frau ausspannen. Roland schloß das übrigens nicht aus. Feste Bindungen mußten, weil sie fest waren, nicht notwendigerweise auch glücklich sein, das wußte er gut genug, und er hätte sich durchaus in der Lage gefühlt, eine nichtglückliche Beziehung zu knacken. Das Dumme war bloß, daß er keine solche Beziehung in seiner Nähe kannte, wenigstens keine, bei der ihm die Frau zusagte. Helen hätte ihm gefallen, die Frau von Max, eigentlich war er sogar ein bißchen verliebt in sie, aber die zwei hatten es sehr schön zusammen mit ihren drei Kindern, und Max mochte er auch, so daß er sich jeden Gedanken an einen Annäherungsversuch versagte.

Plötzlich merkte Steinmann, daß er einen andern Weg fuhr als gewöhnlich. Er war links abgebogen bei der Holzbrücke statt rechts. Einen Augenblick überlegte er, ob er bremsen und umkehren wollte, aber eigentlich gab es nichts, was ihn nach Hause zog, er war dort schlicht nicht vonnöten. Oder würden ihn seine Möbel vermissen? Wenn er jetzt von einem Lastwagen überfahren würde, dann müßten sich seine Schwester oder sein Vater um seine Wohnung kümmern, aber sein Bett, sein Tisch, seine Stühle, sein Bettzeug, sein Geschirr, seine Kleider, seine Bücher, sie alle würden sich nicht wundern, wenn er nicht mehr käme und jemand anders sie in die Hand nähme, sie würden sich widerstandslos und ohne Klage wegtransportieren lassen in fremde Haushalte, in Brockenhäuser oder Secondhandläden, sein hellblauer Bademantel würde nicht um ihn weinen, sondern genau so schlaff an der Badezimmertür hängen wie immer.

Ob ihn seine Kollegen vermissen würden? An seinem Arbeitsplatz war er ersetzbar, das wußte er, es gab genügend Interesse an diesen Stellen, der Abteilungsleiter konnte auswählen unter den Neuen, die sich darum bewarben. Aber als Menschen würden sie ihn vermissen, da war er eigentlich sicher. Er war bei seinen Mitarbeiterinnen und Mitarbeitern nicht unbeliebt, er konnte oft noch einen Witz machen, wenn andere schon die Nerven verloren. Er galt als gemütlich, sein Berner Dialekt hatte eine beruhigende Wirkung in der Hektik der technischen Umgebung. Er dachte an Hermi, den Operateur aus der Newsabteilung, der vor einem Jahr tödlich verunglückt war. Als er plötzlich nicht mehr kam, waren alle erschrocken und glaubten es kaum, daß das schmale Gesicht mit der Glatze nicht mehr erschien, doch nach einer Weile gewöhnten sie sich daran, der Nachfolger war ein umgänglicher Mensch, der seine Sache gut machte, und nach und nach ging Hermi vergessen. So wäre es auch bei ihm, nachhaltig vermissen würde ihn auf die Dauer niemand, wahrscheinlich nicht einmal seine Schwester und sein Vater.

Seine Schwester war in Genf mit einem Lehrer verheiratet und tauchte immer seltener in der deutschen Schweiz auf, wobei er zugeben mußte, daß er auch nicht nach Genf fuhr; seine Mutter war vor vier Jahren an Krebs gestorben, ein schlimmer Tod, der ihm heute noch wehtat, und dann hatte sein Vater ziemlich bald wieder geheiratet. Seither sahen sie sich nicht mehr oft, denn Roland hatte ihm diese Heirat übelgenommen, obwohl er kein Recht dazu hatte. Wieso sollte sein Vater allein leben, jetzt, wo er bald pensioniert war, und was sprach dagegen, daß er sich mit dieser Krankenschwester zusammentat, die seine Mutter gepflegt hatte? Sein Vater arbeitete bei den Bundesbahnen in Bern als Buchhalter im Gütertransport, cin Beamter also, und vielleicht hatte seine rasche Heirat ihn auch deshalb so erstaunt, weil er sie ihm gar nicht zugetraut hätte. Das Problem war einfach, daß Roland die neue Frau nicht wirklich mochte und daß er es fast nicht ertrug, wenn sie dieselben Teller deckte, die seine Mutter gedeckt hatte, und sie dann mit einer Selbstverständlichkeit in die Geschirrspülmaschine steckte, als wären diese Teller nicht jahrelang durch die Hände seiner Mutter gegangen, ihm schien, diese Frau habe kein Anrecht auf die Teller seiner Mutter, und auch das Schlafzimmer war kaum verändert worden, die legte sich einfach ins selbe Bett, in welches er als kleines Kind gekrochen war, wenn er Angst gehabt hatte nachts, und in dem er jeweils auch liegen durfte, wenn er krank war. Eigentlich fand er, wenn sein Vater schon nochmals heiratete, hätte er umziehen und sein zweites Leben in einer andern Wohnung mit andern Gegenständen anfangen müssen. Die Weiterführung seines Lebens mit einer Ersatzschauspielerin im selben Dekor kam ihm geschmacklos vor, und deshalb sah man ihn kaum mehr bei seinem Vater.

Inzwischen fuhr er immer weiter in den schönen Maiabend hinein und immer unwiderruflicher in eine Richtung, in der er nicht wohnte, und als er schon den zweiten oder dritten neben einem Gemeindezentrum zurechtgemachten Dorfbrunnen passiert hatte, fragte er sich, ob er denn jemanden kenne hier in der Nähe oder ob er einfach in den Sonnenuntergang nach Westen radle. Und plötzlich wußte er, wen er besuchen wollte. Seine Großmutter. Sie wohnte in einem dieser Orte zwischen Zürich und Baden in einem Altersheim, die Mutter seiner Mutter. Er hatte sie schon lange nicht mehr gesehen, zu den Weihnachtsfeiern in Bern kam sie nicht mehr, seit sein Vater wieder geheiratet hatte.

Es war das übernächste Dorf, falls der Ausdruck Dorf überhaupt anwendbar war auf diese Häuseransammlung. Er fuhr zum Gemeindezentrum, das leicht zu finden war, ein neues Gebäude im Rustikalstil, mit einem gepflästerten Vorplatz, auf dem ein paar kürzlich gepflanzte Bäume standen. Auf einem Bänklein saß ein älterer Mann mit einem Hund und hatte immer noch seine Sonnenbrille auf, obwohl die Sonne soeben untergegangen war.

Anhand der Orientierungstafel, auf der sich auch das örtliche Gewerbe empfahl, stellte Steinmann fest, daß er sich ganz in der Nähe des Altersheims »Dorflinde« befinden mußte. Er fuhr die Hauptstraße entlang weiter und kam zu einer großen, gelben Steinlandschaft aus Coop, Velomotos und Elektroshop, vor welcher ein Pfeil auf die Tiefgarage des Zentrums »Dorflinde« wies und ein anderer, den er erst nach längerer Umschau erblickte, auf einen Fußgängerweg zur Alterssiedlung, die offenbar in dieses Zentrum integriert war. Steinmann stieg ab, stieß das Fahrrad vor sich her, einer Mauer entlang, und war überrascht, als die Mauer plötzlich einem kleinen Plätzchen wich, auf dem eine außerordentlich große und weit ausladende Linde stand mit einem alten Brunnentrog davor, in den sich ein Wasserstrahl ergoß, und mit zwei Bänken, die in rechtem Winkel zueinander standen, ohne daß jemand darauf saß. Der Boden um die Linde herum war mit Efeu bedeckt, es wuchsen auch einige Büsche, und der Pfeil zur Alterssiedlung wies rechts an der Linde vorbei ins Hochhaus. Roland Steinmann bemerkte keinerlei Abstellplätze für Fahrräder, stellte folglich sein Velo direkt neben den Haupteingang, der offen stand, nahm vorsichtig den Blumenstrauß vom Gepäckträger und betrat das Gebäude.

Er musterte die Briefkastenwand und suchte sie nach dem Namen seiner Großmutter ab, Elsa Bhend, erschrak einen Moment, als er ihn nicht fand, bis er ihn schließlich in der obersten Reihe links entdeckte. Erst jetzt kam ihm in den Sinn, daß die Klingeln außerhalb des Hauses waren, deshalb ging er wieder hinaus und schaute zuerst kurz nach oben, um eine Vorstellung zu haben, wo sie wohnte.

Die Wohnungen waren so angeordnet, daß man auf einen offenen Korridor ins Freie trat, wenn man zur Tür hinauskam. Dieser Freiluftkorridor führte zum Treppenhaus und zum Lift, und er erinnerte sich nun, daß sich seine Großmutter schon beklagt hatte, man müsse sich in der kalten Jahreszeit jedesmal, wenn man zum Essen hinuntergehe, so anziehen, als verlasse man das Haus, und oft müßte man sehr lange warten, bis der Lift komme, weil alle zur selben Zeit hinunterwollten, und dann stehe man da oben im kalten Durchzug. Steinmann wünschte dem Architekten, daß er einmal alt und klapprig und hustend dort oben im Wind stehen müsse, dann hatte er den Klingelknopf gefunden, drückte ihn recht lang und schaute nach oben, ob der Kopf seiner Großmutter über der Brüstung der Korridorterrasse auftauche. Nichts regte sich im obersten Stock. Er drückte ein zweites Mal, noch etwas länger diesmal, und als auch das ohne Wirkung blieb, dachte er, sie sei vielleicht im Gemeinschaftsraum und machte sich auf, diesen zu suchen. Er ging wieder in den Briefkastenvorraum, stieß dann eine große, mit einem Hundeverbotskleber geschmückte Glastür auf und befand sich an einer Art Rezeption, die nicht besetzt war. Im Hintergrund links war aber ein Aufenthaltsraum zu erkennen, welchem gerade zwei Frauen zustrebten, die sich gegenseitig am Arm hielten. Er folgte den beiden, und als er unter die Tür trat, saßen zwanzig bis dreißig greise Menschen da und schauten am Fernsehen »Der Alte«.

Sofort erkannte er seine Großmutter und winkte ihr zu, aber sie ließ sich nicht vom Film ablenken, im Gegensatz zu den andern, die fast alle den Kopf nach ihm drehten. Es blieb ihm also nichts anderes übrig, als mit seinem Bouquet, dessen Papier bei jeder Bewegung laut knisterte, zwischen den Sesseln durchzugehen, bis er bei ihr war. Er faßte sie am Arm, als auf dem Bildschirm ein Wohnwagen gesprengt wurde, und sagte, salü Grosi.

Seine Großmutter blickte ihn erstaunt an und sagte, jesses, der Roland, isch öppis passiert?

Roland versicherte ihr, es sei nichts passiert, und er wolle ihr nur schnell einen kleinen Besuch machen und ein paar Blumen bringen.

Oooh, sagten alle, die um die Großmutter herumsaßen, so ein Strauß, obwohl sie die Blumen selbst gar nicht sahen, und seine Großmutter sagte, als sie aufstand und mit ihm zur Tür ging, eigentlich hani wölle luege. Sie warf noch einen letzten Blick auf den Alten, der jetzt aus seinem Auto stieg und sich den rauchenden Trümmern des Wohnwagens näherte, dann sagte sie vernehmlich, adie mitnand und ging mit Roland auf die Rezeption zu.

Er bleibe nicht lang, sagte Roland, und seine Großmutter antwortete, dann könnten sie sich ja hier ein bißchen setzen, das Hinaufgehen sei so mühsam. Roland sagte, da wisse er ein schöneres Plätzchen und nahm die alte Frau, die sich bei ihm einhängte, zum Brunnen unter der Linde mit. Was für ein geringes Gewicht war das, das er an seinem Arm spürte! Sie war sehr klein und mager und lief leicht nach vorn gebeugt, obwohl sie sich Mühe gab, ihr Gesicht hochzutragen und geradeaus zu schauen. Vielleicht war deshalb ihre Stirn so runzlig, eine einzige Faltenlinie. Aber ihr Blick hatte auch etwas Waches dadurch.

So, sagte Roland, als sie bei den Bänklein angelangt waren, hier ist es doch schön, oder?

Ja, sagte die Großmutter, als sie sich setzten, hier sei sie nie.

Wo sie denn sonst sei, fragte Roland.

Im Aufenthaltsraum oder im Fernsehraum, wenn sie nicht im Zimmer sei, sagte die Großmutter.

Aber hier wäre es doch schöner, meinte Roland.

Ja, sagte die Großmutter, sicher, aber hier sei sie nie, die andern auch nicht, und wo er das Auto abgestellt habe.

Roland sagte, er habe kein Auto mehr, er sei mit dem Velo gekommen, und den Blumenstrauß habe er hinten auf dem Gepäckträger gehabt. Er schlug nun das Papier etwas zurück, so daß Monikas Chrysanthemen und Rittersporne zu sehen waren.

Der ist schön, sagte die Großmutter, hoffentlich haben sie eine Vase dafür.

Roland sagte, sie könne ihn ja in das Waschbecken legen über die Nacht und am nächsten Morgen eine Vase verlangen.

Ja, ja, sagte die Großmutter, das werde sie, und wie es dem Kleinen gehe.

Seine Schwester habe Kinder, sagte Roland, er nicht.

Richtig, sagte die Großmutter, aber seiner Frau gehe es gut.

Er sei, sagte Roland, geschieden, schon seit 5 Jahren, leider.

Aber dir gehts gut, sagte die Großmutter.

Sicher, sagte Roland, ihm gehe es gut, außer daß er gern wieder eine Frau hätte.

Ja, sagte die Großmutter, zu zweit sei es schöner. – Aber gsund bisch?

Klar sei er gesund, sonst könnte er nicht mit dem Velo bis zu ihr fahren.

Wie lang er denn da gebraucht habe von Bern.

Roland lachte. Er wohne schon lang nicht mehr in Bern, er arbeite doch in Zürich beim Fernsehen.

Natürlich, sagte die Großmutter, sie schaue viel Fernsehen, das sei ein Zeitvertreib.

Ob sie nette Kolleginnen und Kollegen habe, fragte Roland.

Nein, sagte die Großmutter, die Leute hier interessierten sie nicht. Als Frau Erni noch gelebt habe, sei es anders gewesen, aber eben.

»Hast du denn auch etwas, das dich interessiert?« fragte Roland.

»Nein, nichts«, sagte die Großmutter, »mich interessiert nichts mehr besonders.«

Roland brauchte eine Weile, bis ihm die nächste Frage in den Sinn kam. Er versuchte, sich vorzustellen, was seine Großmutter machte, wenn sie nicht im Fernsehraum saß.

»Was machst du denn den Tag über?«

»Manchmal gehe ich zum Grab«, sagte die Großmutter, »aber sonst sitze ich die meiste Zeit im Lehnstuhl und warte auf den Tod.«

Darauf wußte Roland nichts mehr zu sagen. Er schwieg, seine Großmutter schwieg auch, irgendwo in der Lindenkrone sang eine Amsel, weiter weg sang eine zweite, die Spatzen tschilpten in den Gebüschen, der Wasserstrahl plätscherte gleichmäßig und unaufhörlich in den Brunnentrog, von der Hauptstraße her hörte man, wie ein Motorrad aufheulte und sich dann entfernte.

Roland schaute auf die Hände seiner Großmutter, die sie im Schoß gefaltet hatte und sah, daß sie beide Eheringe am Finger trug. Er dachte an seinen Großvater, der bei der Post gearbeitet hatte und bald nach der Pensionierung starb, wahrscheinlich war das etwa zwanzig Jahre her. Roland ging damals noch zur Schule und hatte sich wie für eine Mutprobe überwinden müssen, mit seinen Eltern den Raum im Krematorium zu betreten, in dem die Leiche seines Großvaters aufgebahrt lag. Aber er war hineingegangen und hatte beim Anblick des Toten nichts empfunden, weder Trauer noch Schrecken noch irgendetwas, einfach nichts. Bei den meisten Toten war es ihm später ähnlich ergangen, außer bei seiner Mutter, da konnte er es nicht fassen, daß sie sich nicht mehr bewegte.

Und zur Erinnerung an diese Jugenderinnerung von ihm trug die Großmutter immer noch die beiden Ringe. Roland schüttelte den Kopf. Die Zeit war etwas Unbegreifliches.

Auf dem Fußweg zur Linde tauchte nun der ältere Mann mit der Sonnenbrille und seinem Pudel auf, den er an der Leine führte, und ging langsam und grußlos an ihnen vorbei.

Sie hätten lange einen Hund gehabt, sagte die Großmutter, und Roland, der sich gut an diesen Hund erinnerte, erzählte, wie ihm einmal als Kind während eines Essens bei ihnen ein Kotelett vom Teller auf den Boden gerutscht war und wie es Flecki sofort geschnappt hatte.

Die Großmutter lächelte und sagte dann: »Schade, daß wir ihn einschläfern mußten.«

Dann sagte sie, es werde ihr kühl, und Roland half ihr aufstehen, worauf sie langsam wieder zum Haus zurückgingen. Vor der Rezeption sagte die Großmutter, sie gehe jetzt noch ein bißchen in den Fernsehraum, dankte Roland für den Besuch, nahm den Blumenstrauß in die linke Hand und ging langsam auf die halboffene Tür zu, aus welcher die Schlußmelodie des »Alten« erönte. Als sie sich im Türrahmen nochmals umdrehte und ihm mit der rechten Hand zuwinkte, kamen schon die ersten Insassen zum Raum heraus, und Roland winkte zurück und ging dann schnell zum Haupteingang.

Er öffnete den Schließring seines Velos, stieg auf, fuhr zur Hauptstraße und trat dann mit einem Tempo die Heimfahrt an, als sei er auf der Flucht vor einer Katastrophe.

## 22

Als Frau Michèle Niederer vormittags um zehn vor der Wohnungstür des älteren Miethauses stand, neben der das Messingschildchen »Kosmetik Alice« befestigt war, wunderte sie sich, daß sie hiehergekommen war. Sie hatte sich von der Telefonauskunft die Adresse geben lassen, die zur Nummer auf dem Zettelchen gehörte, war dann in die Stadt gefahren und hatte ein Taxi genommen. Als sie nun die Tafel »Overseas Investments« erblickte und dann bei den Briefkästen auch noch den Namen von Sandra Bischof, war sie einen Moment lang perplex. Hier war ihr Mann gesehen worden letzte Woche von Thomas und Sandra, als er diese Firma besuchte, aber hier war auch die Nummer zu Hause, welche er im Notenfach seines Portemonnaies aufbewahrte, und die Nummer wohnte hinter der Tür mit dem Schild »Kosmetik Alice«.

Zuerst dachte sie daran, wieder umzukehren oder nach oben zu Sandra Bischof zu gehen, aber falls Sandra da war, was sollte sie ihr sagen, weshalb sie gekommen war? Nein, dachte sie, nein, jetzt bin ich bis hieher gekommen, jetzt will ich es auch wissen, und sie drückte auf die Klingel. Eine vollschlanke Frau um die dreißig in einem blauen Hausdreß öffnete die Tür und schaute sie leicht erstaunt an. »Bitte?« fragte sie. Sie fragte es so langsam, daß ein ganzer Satz in diesem Wort Platz gefunden hätte.

Michèle Niederer sagte, sie möchte gern zu einer kosmetischen Behandlung kommen. Als sie von der Frau im Hausdreß gebeten wurde, einzutreten, fühlte sie sich wieder unsicher. Doch dann ging sie hinter der Frau her durch einen Korridor an zwei geschlossenen Türen vorbei ins hinterste Zimmer, das offen stand und das als Kosmetikzimmer eingerichtet war. Alice bat sie, Platz zu nehmen und fragte, wie sie auf sie gekommen sei, und Michèle Niederer sagte etwas hastig, durch eine Bekannte, die im selben Haus wohne, Fräulein Bischof. Seltsam, sagte Alice, die sei gar nie bei ihr gewesen, aber was sie denn für eine Behandlung wünsche. Frau Niederer merkte, daß es kein Zurück mehr gab und sagte, sie hätte gern etwas Erfrischendes für die Haut, etwas allgemein Erfrischendes. Das Alter mache sich eben langsam bemerkbar.

»Sie haben eine schöne Haut«, sagte Alice mit einer Anerkennung, die Frau Niederer rührte, »aber etwas Erfrischung tut natürlich immer gut.« Bei ihr komme erst um elf Uhr wieder jemand, wenn sie also wolle, könnten sie jetzt mit einer Sitzung beginnen, sie schlage ihr eine halbe Stunde Gesichtsmaske vor, und dann würde sie ihr eine Packung machen mit einer tiefwirkenden Crème, wenn sie einverstanden sei, und die Stunde koste 75 Franken.

Frau Niederer maß mit den Augen die Figur von Alice und fand sie erstaunlich fett, sie streifte mit ihrem Blick das Gestell über dem Waschbecken, auf dem tatsächlich einige Kosmetikdosen und Crèmetöpfe standen, sah dann in das rundliche Gesicht dieser Frau vor ihr mit dem blonden Haar, das sie mit einer Spange aufgesteckt hatte, und plötzlich verwandelte sich ihr Lächeln in ein Grinsen, die Mundwinkel wurden über die Ohren hinausgezerrt, die Augen fielen in die Zähne, und dann wurde die ganze Figur mitsamt ihren Fläschchen und Tuben dahinter in einen grauen Strudel gesogen, der auch Frau Niederer mit sich in die Tiefe riß.

Als sie wieder erwachte, lag sie auf dem Kosmetikstuhl, der sich in eine Art Liegestuhl verwandelt hatte, und Alice wusch ihr Gesicht mit einem nassen Waschlappen.

»Gehts besser, Frau – wie heißen Sie überhaupt?«

Sie atmete tief ein und stöhnend wieder aus. »Niederer«,

sagte sie leise, griff sich mit der einen Hand an den Kopf und wollte wieder aufstehen.

»Liegenbleiben«, sagte Alice und drückte ihr mit einer Hand die Schulter nieder, »es ist besser, Sie liegen noch einen Moment, Frau Niederer.« Als sie den Namen aussprach, blickte sie nicht sehr freundlich.

»Entschuldigen Sie«, murmelte Frau Niederer, »entschuldigen Sie, ich weiß nicht, was das war.«

»Aber ich«, sagte Alice und verließ das Zimmer.

Michèle Niederer hatte keine Kraft, sich aufzurichten. Sie spürte, daß ihr Tränen übers Gesicht liefen. Als sie nach einem Taschentuch suchte, um sie abzuwischen, kam die Kosmetikerin wieder herein. Auf einem Tablett trug sie eine Cognacflasche und zwei Schwenkgläser. Sie stellte das Tablett auf den Waschtisch und schenkte so ein, daß die Bodenrundung der Gläser gefüllt war. Dann verstellte sie den Stuhl, auf dem ihre schwachnervige Klientin lag, durch einen Knopfdruck so, daß sich die Rückenlehne aufrichtete. Mit ihr wurde auch Frau Niederer aufgerichtet. Alice hielt ihr ein Kleenextuch hin, mit dem sie sich ihre Augen trocknete, und dann reichte sie ihr ein Cognacglas.

»Danke«, sagte sie, »vielen Dank«, und nahm einen kleinen Schluck. Zu ihrem Erstaunen hatte er eine belebende Wirkung auf sie.

»Sie kommen also nicht wegen der Kosmetik«, sagte Alice, die auch einen Schluck genommen hatte und sich auf die Fläche neben dem Waschtisch gesetzt hatte.

»Nein«, sagte Frau Niederer zögernd, »nein, es ist so ... Mein Mann besucht Sie doch, oder?«

»Sie wissen es ja«, sagte Alice. »Und?«

»Ich ... ich wollte einfach sicher sein, daß es wahr ist, und ich wollte wissen, wo er hingeht und zu wem.« Sie nahm noch einen Schluck.

»Also«, sagte Alice, »jetzt wissen Sie es. Und?«

»Nichts. Eigentlich gibt es nichts zu sagen. Es tut mir leid für die Belästigung.«

»Das nächste Mal können Sie gleich sagen, was Sie wollen«, sagte Alice und trank ihr Glas leer.

»Wenn das so einfach wäre«, sagte Frau Niederer, indem sie aufstand und sich die Bluse, die herausgerutscht war, wieder in den Rock schob. Bei dieser Bewegung sah sie sich im Spiegel, und sie freute sich über ihre gute Figur und verglich sie mit der fetten Schlampe, die da vor ihr saß. Zugleich dachte sie aber, daß ihr Mann sich offenbar von ebendieser fetten Schlampe angezogen fühlte, und zwar so sehr, daß er beträchtliche Risiken einging, um sie zu sehen. Schließlich hatte er nicht nur ein Amt, sondern war auch noch Mitglied einer christlichen Partei und einer Kirche, für welche auf Ehebruch die Höllenstrafe stand.

»Rauchen Sie?«

Frau Niederer war von der Frage überrascht. Sie nickte und zog eine Zigarette aus dem Päckchen, das ihr Alice hinhielt. Lange, dünne, braune Stengel waren es, Dunhill. Sie hatte die Zigarette noch nicht im Mund, da brannte auch schon das Feuerzeug.

»Danke«, sagte Frau Niederer, schaute Alice kurz an dazu und bekam plötzlich Mut zu einer Frage, die sie sich nicht zugetraut hätte.

»Was machen Sie eigentlich mit ihm?«

Alice lachte kurz.

»Das möchten sie gern wissen, die Ehefrauen, was wir mit ihren Männern machen, daß sie immer wieder kommen. Fragen Sie ihn selbst. Fragen Sie ihn, was er sich wirklich wünscht. Sind Sie gut im Bett?«

Das war eine Frage, die Frau Niederers Sprachfähigkeit überstieg. Sie war in einem katholischen Mädcheninternat in der Innerschweiz zur Schule gegangen und hatte dies bis heute noch nicht überwunden. Nicht nur das Sexuelle, sogar das Organische war dort in einem Maße tabuisiert gewesen, daß man z. B. von den Ordensschwestern keinerlei Hinweise bekam, was mit den gebrauchten Binden zu geschehen habe, es gab nicht einmal entsprechende Behälter auf den Toiletten, was zur Folge hatte, daß die meisten Mädchen ihre Binden hinunterspülten, und das hatte wiederum zur Folge, daß fast jedes Jahr einmal die Kanalisation verstopft war, ohne daß über den wirklichen Grund je gesprochen wurde. Etwas von dieser Scheu hatte sie nie ablegen können. Das Zusammensein mit ihrem Mann – ihrem ersten und einzigen – hatte sie anfänglich erregt und fasziniert, aber nach der Geburt ihrer beiden Söhne hatte etwas von der alten katholischen Scham wieder Platz genommen, eine Scham, die sie schon nein sagen ließ, wenn ihr Mann im Schlafzimmer eine Kerze anzünden wollte. Und nun sollte sie einer Prostituierten die Frage beantworten, ob sie gut im Bett sei. Vor Schreck war ihr Mund ganz ausgestrocknet, aber dann kam ihr doch eine Antwort in den Sinn, und zwar war es eine Frage.

»Wann ist man gut im Bett?« fragte sie und hatte das Gefühl, sie erröte bis zum Hals.

»Wenn man scharf ist«, sagte Alice.

»Und wenn man –«

»Wenn man nicht scharf ist, lügt man«, fuhr Alice sehr bestimmt fort. »Alle sind scharf. Die meisten sind schärfer, als sie zugeben würden. Sie auch, mit Ihrer guten Figur. Ich habe übrigens fast nur verheiratete Männer.«

»Und wissen es die Frauen?«

»Das ist mir wirklich schnurz, ob es die Frauen wissen oder nicht, das ist ihr Bier«, sagte Alice. Sie lachte kurz auf. »Aber gewöhnlich tun die Männer alles, damit es die

Frauen nicht merken. Dabei ist es gar nicht so schlimm, wenn sie sich ein bißchen austoben. Haben Sie keinen Freund?«

Einen Moment lang dachte Michèle Niederer, sie sei dieser Frau keine Rechenschaft schuldig. Trotzdem schüttelte sie den Kopf.

»Suchen Sie sich einen Freund!« rief Alice, »einen jüngeren, und Sie werden sehen, wie Ihr Alter anzukriechen kommt.«

»Und wenn ich keinen will?« fragte Michèle fast etwas trotzig.

»Dann sind Sie selbst schuld«, sagte Alice und zuckte die Achseln.

Michèles Zigarette war zu Ende, und sie drückte sie in den Aschenbecher, der auf dem Rand des Waschbeckens stand. Eigentlich wollte sie jetzt gehen, aber dann stellte sie die Frage doch noch.

»Sind Sie sicher, daß Sie gesund sind?«

»Oh ja«, sagte Alice, »was glauben Sie denn. Die meisten Verheirateten finden es schon geil, wenn man ihnen einen Pariser überstreift. Oder sonst mach ich's von Hand, aber ungeschützt gibts bei mir nicht, ich bin ja nicht lebensmüd, heute, wo es AIDS gibt und den ganzen Mist.«

Michèle atmete auf. Als sie sich zum Gehen wandte und an der ersten Türe vorbeikam, fragte sie: »Und hier drin empfangen Sie Ihre Kunden?«

»Die, die nicht für die Kosmetik kommen, ja«, sagte Alice, »ich bin nämlich gelernte Kosmetikerin, aber Sex rentiert sich besser. Wollten Sie hineinschauen?«

Ohne die Antwort abzuwarten, machte sie die Türe auf, und Michèle schaute mit Herzklopfen in den halbdunklen Raum. Er duftete stark nach Parfum, an den Wänden hingen Posters von Sexparties, und im Zentrum stand ein Bett mit vergoldetem Gestell. Michèle drehte sich rasch wieder um. Die Vorstellung, daß hier jeden Tag ein paar Männer röchelten, weil sie in ihrer Ehe keine Befriedigung fanden, widerte sie an, und daß der Mann, den sie geheiratet hatte, auch dazugehörte, konnte sie fast nicht glauben.

Ihr Ekel wich sogleich wieder einer Unsicherheit, als sie sich fragte, ob sie dieser Frau wohl etwas bezahlen müsse. Alice merkte, woran sie dachte.

»Die erste Sitzung ist gratis«, sagte sie, »ab dann kostets. Den Kostmetiktarif kennen Sie, Sex würde mindestens das Dreifache kosten, zum Anfangen.«

Michèle erschrak. »Sie machen das auch mit Frauen?« fragte sie leise.

»Bis jetzt nicht«, sagte Alice heiter, »aber meine Nummer haben Sie ja. Auf Wiedersehen, Frau Niederer.«

»Auf Wiedersehen, Frau – Alice. Danke. Auf Wiedersehen.«

Sie stand draußen und ging so schnell wie möglich aus dem Haus die paar Treppenstufen hinunter. Dann wandte sie sich nach links, wo die nächste Querstraße in Sicht war, die zu einer Tramhaltestelle hinunterführte.

Ein Tram kam, und sie stieg ein. Sie kämpfte mit einem Schwindelgefühl. Ich hätte keinen Cognac trinken sollen, dachte sie, am Morgen, und dann noch die Zigarette. Etwas wie ein feiner Nebel lag vor ihren Augen, oder eher hinter ihren Augen, im Kopf, eine Trübung, die sie nicht wegbrachte. Sie ließ sich auf einen Einzelsitz nieder und nahm den Kopf in beide Hände, massierte sich auch die Stirnhaut ein bißchen mit den Fingerspitzen. Ich hätte nicht hingehen sollen, dachte sie, warum bin ich da hingegangen. Es wäre besser, ich hätte nichts gewußt. Ich bin verrückt, daß ich da hingegangen bin.

Sie dachte an Alice. Es war das erste Mal, daß sie mit einer Prosituierten gesprochen hatte. Ein derart intimes Gespräch hatte sie noch mit keiner Freundin geführt, und das begann sie nun zu ärgern. Eigentlich hatte sie die andere zur Rede stellen wollen, und nun war es die andere gewesen, die das Gespräch diktiert hatte.

Plötzlich sah sie durch den inneren Nebel hindurch mit entsetzlicher Klarheit, daß sie über ihren Mann und diese Hure mit sämtlichen andern Männern verbunden war, die sich von Alice befriedigen ließen, und woher wußte sie denn, ob wirklich alle Präservative benutzten, vielleicht war ihr Mann schon angesteckt und sie auch, sie preßte ihre Beine zusammen, was war das für eine üble Kette, da gehörte sie doch nicht hinein, sie bewohnte ein Einfamilienhaus mit sauberem Rasen und Gartenmöbeln und trug weiße Hosenanzüge, mit diesem geifernden, schamlosen Volk hatte sie nichts zu tun.

Als sie die Hand vor den Mund hielt und aufstand, war es zu spät. Sie erbrach sich mit einer Heftigkeit, die keinen Aufschub zuließ, und obwohl sie sich noch abzuwenden versuchte, traf ein Teil des Erbrochenen doch das Hosenbein eines Passagiers, während sich der große Rest als säuerlich stinkende Pfütze auf dem Waggonboden verbreitete.

Der Mann, der das »Tagblatt der Stadt Zürich« gelesen hatte, sprang auf und rief: »Ja, was ist jetzt das?«, ließ seine Zeitung liegen, nahm sein Attachéköfferchen und folgte, indem er die Pfütze mit einem langen Schritt überstieg, Frau Niederer, die bei der mittleren Türe angelangt war und den Aussteigeknopf drückte.

»Sie haben mich vollgemacht«, sagte er empört und zeigte auf sein hellbeiges Hosenbein, in welches sich die lila Flekken einzufressen begannen. Im selben Moment ging die Türe auf, und Frau Niederer, die immer noch die Hand vor den Mund hielt, stieg hastig aus, gefolgt vom verspritzten

Mitfahrer, und setzte sich keuchend auf den Schaufenstersims eines Elektronikgeschäftes.

»Entschuldigen Sie«, sagte sie, »entschuldigen Sie bitte, ich weiß nicht, was das ist.«

Mit ihrer unverschmierten Hand öffnete sie ihre Tasche und versuchte, ein Papiernastuch zu finden. Sie fand nur ein Feuchtwaschtüchlein in einer Plastikverpackung, die sie zuerst mit beiden Händen aufreißen mußte. Das Eau de Cologne roch fast noch ordinärer als das Erbrochene, und das Tüchlein reichte bei weitem nicht, um Mund und Hände zu reinigen.

Der Mann, eine gepflegte Erscheinung Mitte dreißig, versuchte seinerseits, den Schaden an seinen Bügelfaltenhosen mit Papiertaschentüchern in Grenzen zu halten, aber die Flecken verbreiteten sich nur noch stärker und stanken abscheulich.

»Das ist ja wirklich das Größte«, sagte er, »ich muß an eine Sitzung.«

»Es tut mir leid«, sagte Frau Niederer leise stöhnend, »ich bezahle Ihnen die Reinigung, oder eine neue Hose.« Inzwischen hatte sie auch ihre Papiernastücher gefunden und versuchte, ihre Bluse damit abzutupfen. Als sie kurz aufblickte, sah sie, wie sie die Leute aus dem abfahrenden Tram anstarrten.

»Ich muß an eine Sitzung«, sagte der Mann, »so ein Scheißdreck«, und warf ein lila getränktes Papiernastüchlein auf den Boden.

»Ich gebe Ihnen meine Adresse«, sagte Frau Niederer heiser und suchte ihre Visitenkarte, die sie aber nicht fand.

»Dort drüben ist ein Abfallkorb«, sagte der Filialleiter des Elektronikgeschäftes, der nun unter der Türe stand, indem er mit unerbittlichem Gesichtsausdruck auf die herumliegenden Taschentücher deutete.

Der geschädigte Trampassagier sagte gereizt, die Dame hier hätte ihn vollgekotzt, der Filialleiter gab zurück, das gehe ihn nichts an, vor seinem Laden müsse es sauber sein, der Passagier fragte, ob sie sich vielleicht bei ihm drin waschen könnten, was der Filialleiter vehement ablehnte, nicht ohne weiter auf die Abfälle vor seinem Laden hinzuweisen, Frau Niederer bückte sich schließlich nach den drei, vier Papiertüchern, die inzwischen auf dem Asphalt lagen, und trug sie mit spitzen Fingern zum Abfallkorb, versuchte dann mit einem Kugelschreiber, ihre Adresse auf ein Stück Papier zu bringen, das sie aus ihrem Notizbüchlein herausgerissen hatte, merkte, daß die Mine ausgelaufen war, fragte den Mann, ob er etwas zum Schreiben bei sich habe, worauf er ihr seinerseits mit spitzen Fingern seinen Kugelschreiber reichte, mit dem sie nun ihre Adresse niederschrieb, die wegen der holprigen Oberfläche ihres Krokodiltäschchens, das sie als Unterlage benutzte, jämmerlich und unglaubwürdig aussah, jedenfalls begriff sie sofort, daß sie der Mann nach einem Ausweis fragte, sie zeigte ihm ihre Identitätskarte, die sie glücklicherweise bei sich hatte und versicherte ihm, mit den Tränen kämpfend, sie werde ihm eine neue Hose bezahlen. Aber als er ihr zum drittenmal sagte, er müsse an eine Sitzung, und hinzufügte, er wisse nicht, was er jetzt machen solle, sagte sie ihm mit plötzlich wiedererlangter Fassung scharf und kalt, dann solle er eben nach Hause gehen und sich umziehen und zu spät zur Sitzung kommen oder auch gar nicht und durchtelefonieren, was ihm passiert sei, nämlich daß ihn eine unbekannte Dame vollgekotzt habe, die würden sich sicher alle zu Tode amüsieren über diese Geschichte, und damit hielt sie ein Taxi an, das gerade die Straße hochkam, setzte sich in den Fond, kurbelte sofort das Fenster hinunter und ließ sich bis vors Gemeindehaus der Agglomeration fahren, trat dort durch die Glastür, stieg die Treppe hoch in den ersten Stock, ging am Empfangspult vorbei direkt auf das Büro ihres Mannes zu, überhörte den Zuruf von Fräulein Gautschi, ihr Mann habe eine Sitzung, stieß ohne zu klopfen die Tür auf und ließ sie hinter sich offen, ging auf ihren Mann zu, der zwischen zwei Herren mit Krawatten über einen Bauplan gebeugt dastand, und als er erstaunt den Kopf hob, holte sie kurz aus und schlug ihm mit aller Kraft ihre Hand ins Gesicht, zuerst von links, und dann gleich nochmals von rechts, und weder der Gemeindepräsident noch die beiden Krawattenmänner noch Fräulein Gautschi brachten ein Wort hervor, als sie Büro und Empfangsraum wieder verließ und mit entschiedenen Schritten die Treppe hinunterging, dem Ausgang zu.

## 23

Rolf Schwarz stand am Ufer der Aare und schaute auf die Oltner Altstadt hinüber. Hinter ihm plätscherte ein mehrstrahliger Springbrunnen, der das Ende der Fußgängerunterführung beim Bahnhof markierte, und vor ihm floß träge und bräunlich derselbe Fluß dahin, der in Thun, seinem Wohnort, grün und unverbraucht den See verließ und gurgelnd über alte Wehranlagen stürzte, die ihn ein Stück weit sogar zweiteilten, in eine innere und eine äußere Aare. Hier war der Fluß nicht mehr so jugendlich, roch auch nicht so gut wie in Thun und wirkte mehr durch die Masse als durch die Bewegung.

Aber die Holzbrücke sah schön aus. Sie führte zu einer kleinen Altstadt hinüber, aus der sich ein spitzer Turm erhob, für das Kalenderbild fehlten nur noch ein paar Schwäne im Vordergrund. Rolf Schwarz drehte sich wieder um, lehnte sich mit dem Gesäß an das Metallgeländer und schaute zum Brunnen und in die Unterführung hinein Richtung Bahnhof. Er war hier, um Doris abzuholen, und war noch etwas zu früh. Es war Mittwoch abend kurz vor sechs Uhr, sie hatten abgemacht, daß er sie am Zug erwarten würde, der viertel nach sechs ankam. Er war mit dem Auto hierher gefahren und hatte seiner Frau gesagt, er habe eine Sitzung. Als Leiter einer heilpädagogischen Schule war er auch in der schweizerischen Heilpädagogenszene aktiv, so daß es ihm leichtfiel, eine fiktive Sitzung zu organisieren. Da konnten Vorbereitungsgespräche für neue Lehrmittel stattfinden, Reorganisationsbestrebungen im Kurswesen besprochen werden, Koordinationsgruppen konnten sich konstituieren und wieder auflösen, Stiftungen mußten kontaktiert oder Invalidenverbände besucht werden – er hatte darin eine gewisse Übung, denn er hatte sich schon oft mit andern Frauen irgendwo getroffen. Frauen waren seine Leidenschaft, und zu seinem Pech war ihm das erst richtig klar geworden, als er schon verheiratet war und drei Kinder hatte. Er hatte sehr jung geheiratet, und seine Frau gehörte zu denen, die große Freude an der Führung eines guten Haushaltes und eines schönen Gartens hatten, was ihm einerseits angenehm war, da im Hause kaum etwas von ihm verlangt wurde und immer frisch gebügelte Hemden und selbstgemachte Konfitüre zur Verfügung standen und er sicher sein konnte, daß seine Kinder die Aufgaben machten und ihre Musikinstrumente übten, andererseits sah er, wie seine Frau dabei in die Breite ging und eine Behaglichkeit ausstrahlte, die ihn eher ärgerte als erfreute. Manchmal hatte er das Gefühl, es vermöge sie nichts mehr zu beglükken, als wenn sie riesige Portionen von Ratatouille aus dem eigenen Garten in die Tiefkühltruhe versenken konnte, ein Selbstversorgerdenken, das eigentlich immer unnötiger wurde, je mehr man von Lebensmittelketten umstellt war. Hätte sie wenigstens biologisch gegärtnert, hätte er dieser Einmacherei noch etwas abgewinnen können, aber sie streute Schneckenkörner und spritzte Unkrautvertilger, als gälte es, einen Großverteiler zu beliefern, und erklärte mit gesundem Lachen, bei den Schnecken höre bei ihr der Spaß auf. Eine Scheidung aber konnte er sich nicht leisten, weder finanziell noch gesellschaftlich, und so hatte er eine heimliche Karriere als Frauenheld angefangen.

Er war fähig, sich heftig zu verlieben und die Liebschaft nach einer Weile wieder zum Scheitern zu bringen, denn was er wollte, waren nicht lebenslange Freundschaften, die sich neben seinem Normalleben hinzogen, sondern Seitensprünge. Hinter solchen Seitensprüngen war er mit einer gewissen Sammlerleidenschaft her, er wußte immer, wo er stand, so war Doris seine 13. Frau, und für sein ganzes

Leben rechnete er etwa mit 20. Er war 39 und hatte sich immer vorgestellt, mit 40 komme eine Art Grenze, doch je näher er an die 40 herankam, desto weniger spürte er etwas davon, also hatte er diese Grenze für sich auf 50 hinausgeschoben. Er war mittelgroß und wäre gern ein paar Zentimeter größer gewesen, aber er war schlank und sah gut aus, er strahlte Verantwortungsbewußtsein und Kompetenz aus, und es mußte für eine Frau reizvoll sein, wenn diese Eigenschaften in eine Schwäche übergingen.

Doris, die gerade den Bahnhof Däniken durchfahren hatte und wieder einmal über den gewaltig dampfenden Atomkühlturm von Gösgen erschrocken war, der sich soeben ins Fenster geschoben hatte, Doris wußte nichts von ihren 12 Vorgängerinnen und spürte ihr Herz klopfen bei dem Gedanken, daß sie in den nächsten Minuten von Rolf abgeholt würde. Sie trug einen beigen Hosenanzug aus Wildleder, in dem sie sich jugendlich fühlte, ohne ihr Alter zu verleugnen, und die Haare hatte sie kunstvoll nach hinten gebunden. Sie überlegte sich, wie Rolf wohl angezogen war, und stellte sich ihn in der dunkelblauen Jacke vor, die er als Kursleiter getragen hatte und die gut zu seinen dichten, braunen Haaren paßte. Sie freute sich auf ihn, sie freute sich geradezu unbändig, und eigentlich galt die Freude nicht nur ihm allein, sondern auch der Reise an sich, dem Abend, der ihr selbst gehörte und der sonst niemanden etwas anging. Sie hatte zu Hause nicht angekündigt, daß sie ging, sondern einen Zettel auf den Küchentisch gelegt, auf dem stand »Bin spätestens morgen vormittag wieder da, Doris.« Zuerst wollte sie mit »Mami« unterschreiben, entschied sich dann aber für ihren Vornamen. Es war Doris, die verreiste, nicht Mami.

Vor einer Woche, bei ihrem gemeinsamen Abendessen, hatten sie abgemacht, daß sie sich heute wieder treffen wollten. Sie sei verliebt, hatte sie ihm damals gesagt, und sie genieße es, daß sie verliebt sei, und er hatte gesagt, ihm gehe es genauso, und so war die heutige Verabredung zustande gekommen. Doris beschloß dann, diese Liebe einfach zu packen und sich nichts zu versagen, was sie gern täte, im Vertrauen darauf, daß schon das Richtige dabei herauskäme.

Das gab ihr auch wieder den Mut, sich ernsthaft nach einer Stelle umzusehen. Übers Wochenende hatte sie drei Bewerbungen geschrieben, und bereits war ein Anruf gekommen, heute morgen, von einer Schule für autistische Kinder in der Nähe von Aarau, wo nun nächsten Montag ein Gespräch vereinbart war. Dort suchten sie jemanden an vier Nachmittagen in der Woche, eigentlich ideal für sie, und die Reise, hatte sie vorhin gedacht, die Reise ist gar nicht so lang. Sie saß sowieso gern im Zug. Aarau lag auf dem Weg in den Jura, auf dem Weg nach Olten, auf dem Weg zu Rolf, auf dem Weg in die Freiheit.

Durch den Lautsprecher wurde nun von einer biederen Stimme mitgeteilt, daß man in Olten ankomme und nach Biel, Luzern und Basel umsteigen müsse. Doris stand auf und ging nach vorn zur Abteiltür, wo schon eine ältere Frau mit einem großen Hund stand, der vor Ungeduld so stark mit dem Schwanz wedelte, daß er ein kleines Kind im Gesicht traf, welches auf dem Platz neben dem Ausgang saß. Das Kind fing an zu weinen, die Mutter war empört, die ältere Frau sagte zum Kind, der Wauwau freue sich nur, daß er nach Hause komme, worauf die Mutter zurückgab, der Wauwau könne sich auch draußen freuen und nicht im Abteilgang, doch die Frau sagte, draußen stünden Leute mit Koffern, und Doris sah, daß es die zwei Jugoslawen waren, welche in Zürich eingestiegen waren und die ganze Fahrt im Vorraum mitgemacht hatten, aus Angst, das Umsteigen in

Olten zu verpassen, und als der Zug hielt, drängte sich der Hund mit seiner Halterin ungestüm an den beiden Fremden vorbei, die sich ihre verschnürten Koffer und Schachteln herauszureichen begannen, während Doris wartete, bis sie alles draußen hatten, zum Mißfallen eines Stumpenrauchers, der hinter ihr stand und sagte, von Gepäck aufgeben haben die noch nie etwas gehört.

Rolf, der unterdessen vom Mehrfachspringbrunnen durch die Bahnhofunterführung zum Perron geschlendert war, ging langsam an den Wagen entlang nach hinten und stand direkt neben der Tür mit dem kroatischen Gepäckhaufen, als Doris heraustrat und den beiden Jugoslawen »Gute Reise!« zurief, was den Stumpenraucher zum Zusatz provozierte, jawohl, gute Heimreise.

Doris und Rolf umarmten sich auf der Stelle, so daß der Stumpenraucher nicht mehr neben den Koffern durchgehen konnte, sondern über die Gepäckstücke hinübersteigen mußte und dabei zu den beiden sagte, schmusen könnten sie dann daheim.

Doris mußte lachen und flüsterte Rolf ins Ohr, ja, wenn das so einfach wäre, dann hängte sie sich bei ihm ein, und sie gingen zusammen in die Unterführung hinunter und an Kiosk, Hot-dog-Stand, Schaufenstern, Reisebüros und Countrymusikspielern vorbei zum Brunnen und zur Aare, wo sie sich einen Moment neben einer möwenfütternden grauen Frau ans Geländer stellten und in den Fluß hinunterblickten.

So, sagte Rolf, und wies mit einer großen Geste auf die Altstadt, da wären wir wieder, in der schönsten Stadt der Schweiz.

Ja, sagte Doris, und ob das nicht die Partnerstadt von Pontarlier sei, und Rolf ergänzte, als Konferenzstadt sei Olten ja bekannt – der heimliche Treffpunkt der Schweiz, fügte Doris bei, und Rolf sagte, mit ihr zusammen sei Olten wirklich die schönste Stadt der Schweiz.

Doris fragte ihn, ob es denn für ihn ginge mit der Nacht, und Rolf sagte, ja, er habe einen Weg gefunden und habe auch schon ein Hotelzimmer reserviert, aber er müsse morgen sehr früh wegfahren, um halb sechs oder so, und er werde einfach am Abend einmal telefonieren.

»Du hast also nicht mit deiner Frau gesprochen?« fragte Doris.

Nein, sagte Rolf, nein, es sei ihm nicht möglich gewesen, und als ihm Doris von ihrem Gespräch am Sonntag erzählte, sagte Rolf, er bewundere sie für ihre Offenheit, er wollte, er könnte das auch.

Doris, die außer einer größeren Handtasche kein Gepäck dabeihatte, wünschte sich noch einen Spaziergang, und Rolf schlug ihr vor, aareabwärts zu gehen, da gebe es einen Fußweg, direkt dem Ufer nach. Er legte seinen Arm um ihre Schulter, und sie legte ihren Arm um seine Hüfte, und als sie den Weg einschlugen, der vom Brunnen unter der Bahnhofbrücke durchführte, bemerkte Doris lächelnd, er sei ja richtig ortskundig in der schönsten Stadt der Schweiz, worauf Rolf entgegnete, als Mann sei man eben in der halben Schweiz schon einmal im Militär gewesen. Das stimmte allerdings nicht ganz, denn er kannte den Weg von einem früheren Rendezvous her, was er aber für besser fand zu verschweigen.

Während sie nun gemächlich unter großen Bäumen dahingingen, deren Äste sich zum Teil bis ins Wasser senkten, und von Zeit zu Zeit stehenblieben, um sich zu küssen, trat Anna zu Hause in die Küche, um sich eine Milch aus dem Eisschrank zu holen, und sah den Zettel ihrer Mutter auf dem Tisch liegen. Sie las den Satz, stieß ein spitzes Lachen aus und schüttelte den Kopf. Dann nahm sie sich ein hohes

Glas aus dem Küchenschrank, öffnete den Sibir, sah, daß keine offene Milch mehr da war, griff nach einer Milchdrinkpackung, preßte sie mit der rechten Hand oben etwas zusammen, drückte mit der linken Hand das schwarze Dreiecklein in die Höhe und riß es ab, etwas zu rabiat, denn es schwappte ein dicker Spritzer über den Tisch, dessen Ausläufer auch das Papier mit der Nachricht erreichte und beim Wort »spätestens« mit einem feuchten Fleck auf die Tischplatte pappte. Anna schenkte sich zuerst das Glas voll, wobei nochmals einige Tropfen über den Rand hinausblubberten, trank ein paar Schlücke und holte sich dann einen Lumpen vom Spülbecken. Als sie beim Aufputzen den Zettel in die Höhe hob, um darunter sauberzumachen, las sie nochmals den Satz mit dem Milchfleck, »Bin spätestens morgen vormittag wieder da, Doris.« Sie stellte sich vor, wie ihr Vater diesen Satz lesen würde, denn der Unterschrift nach war er für ihren Vater bestimmt, und plötzlich fand sie, diesen Satz könne man Papi nicht zumuten, zerknüllte den Zettel und warf ihn in den Abfallkübel, der bereitwillig danach schnappte.

Sie schaute auf die Uhr, es war halb sieben, normalerweise wurde bei ihnen um sieben gegessen, Papi mußte jeden Moment heimkommen, Reto war schon zu Hause, wenigstens lief sein Radio. Da band sich Anna die Küchenschürze ihrer Mutter um, ließ eine Pfanne mit Wasser volllaufen und stellte sie auf den Herd, goß etwas Öl in eine Pfanne, griff sich eine Büchse mit Tomaten und eine Büchse mit Sugo aus dem Vorratsschrank, brach eine Zwiebel vom Kranz, der über dem Eisschrank hing, und begann sie zu schnetzeln, stand dann sogleich wieder auf und ging nochmals zum Vorratsschrank und war sehr erleichtert, als sie sah, daß noch genügend Spaghetti da waren.

Und als sich eine Stunde später Doris und Rolf im Restaurant des Hotels »Olten« Lasagne und einen gemischten Salat bestellten, saßen Heinz, Reto und Anna vor dampfenden Spaghettitellern. Anna hatte ihrem Vater, der etwas später gekommen war, so leichthin wie möglich mitgeteilt, Mami habe gesagt, sie sei heute abend weg und käme möglicherweise erst morgen wieder, und Heinz war ebenso gerührt über die Spaghetti wie erschrocken über den Wein, den ihm Anna bereits geöffnet hatte, es war ein Château Léoville-Poyferré von 1970, der eigentlich, wie er sagte, für eine besondere Gelegenheit reserviert gewesen wäre, woraufhin Anna meinte, das sei doch wohl eine besondere Gelegenheit, wenn sie Spaghetti mache, und er brauche etwas Gutes, wenn sich seine Frau so blöd aufführe, währenddem sich der vaterlose Rest der Familie Schwarz in Thun über Porridge mit aufgetautem Apfelmus aus dem eigenen Garten beugte, ein Essen, das Lilly Schwarz nur aufzutischen wagte, wenn ihr Mann nicht da war, doch solche Menüs waren in nächster Zeit dringend nötig, denn der Boden der Apfelmusvorräte war in der Tiefkühltruhe noch nicht zu sehen, und schon drohte der nächste Sommer.

Später am Abend, als Rolf im dritten Stock des Hotels »Olten« Doris' schönen, schwarzen Büstenhalter aufknöpfte, schauten die beiden Schwarz-Buben Toni und René sowie Reto und Heinz auf der zweiten Senderkette dem Fußballänderspiel Schweiz – Jugoslawien zu, Rolfs Frau sang im gemischten Chor »Die Himmel rühmen«, Anna murmelte in ihrem Zimmer die Daten der französischen Revolution vor sich her, die sie morgen in der Geschichtsprüfung wissen mußte, während Sibyl Schwarz (6) in ihrem Bettchen lag und mit einem Seehund in den Armen schlief. Gegen Ende des Länderspiels, als ein hochgewachsener Stürmer mit einem unaussprechlichen Namen schon das 2:0 für Jugoslawien geschossen hatte, nach einem Freistoßwirrwarr vor dem Strafraum, läutete bei Schwarz das Telefon, welches Toni, der ältere, abnehmen ging, und zu seinem Erstaunen war es sein Vater, der ihm sagte, es sei so gemütlich gewesen, sie hätten noch einen Geburtstag gefeiert nach der Sitzung und dabei habe er etwas zuviel getrunken, nun wolle er nicht mehr nach Hause fahren und übernachte in Olten, fahre dann morgen auch von hier direkt in die Schule, und einen Gruß an Mami und schönen Abend noch, René schrie aus dem Wohnzimmer, chumm cho luege, denn gerade war der Schweizer Goalie zuweit hinausgelaufen und mußte nun dem Jugoslawen hinterherrennen, auf sein eigenes Tor zu und konnte sich ihm im letzten Moment neben die Füße werfen und den Ball an sich bringen, sonst wäre das 3:0 perfekt gewesen, und Reto sagte zu Heinz, wenn der Ball hineingegangen wäre, hätte der Kommentator sicher auch wieder unhaltbar gesagt, dabei wäre das 2:0 nicht unhaltbar gewesen, wenn sich der Goalie nur ein paar Zentimeter weiter gestreckt hätte, und was das eigentlich für ein Löffel sei, der Kommentator, ob er den kenne, und sein Vater nickte und sagte, er kenne ihn, er könne dafür sehr gut jassen, und Reto lachte und sagte, jetzt sei das Spiel endgültig verloren.

Noch später, als Lilly Schwarz schon lange die Nachricht von ihrem verantwortungsvollen Gemahl bekommen hatte und ihren beiden Buben als vorbildlich gerühmt hatte und sich nun behaglich im Doppelbett ausstreckte, das sie gern für sich allein benutzte, und nach ihrem Roman griff, um noch das Kapitel anzufangen, wo sich die Frau des Chirurgen zum erstenmal mit dem Architekten ihrer Villa traf, war Reto schlafen gegangen, etwa gleichzeitig mit den Schwarz-Buben, Anna hatte das Licht gelöscht und dachte im Dunkeln an Patrick und wie schön es gewesen war, als sie sich nach dem Kino geküßt hatten auf der Seepromenade, und wie sie es wohl anstellen müßte, mit ihm zu schlafen, und der Gedanke war voll Sehnsucht und Unbehagen zugleich, und sie nahm sich auch vor, nie etwas so Gemeines zu tun wie ihre Mutter, und da ihr schon der Gedanke, daß ihre Eltern miteinander schliefen, peinlich war, war ihr der Gedanke, daß nun ihre Mutter irgendwo ohne Kleider in einem Bett lag und mit gespreizten Beinen den Penis eines fremden Lehrers in sich eindringen ließ, wie das im Aufklärungsbuch abgebildet war, das sie bei ihrer ersten Menstruation bekommen hatte, dieser Gedanke war ihr überaus und unglaublich peinlich, und wohl deshalb mußte sie ihn immer wieder denken, und auch Heinz, der zur selben Zeit mit dem zweiten Bier vor dem Fernsehapparat saß, und mit dem Fernbedienungsgerät zwischen Didi Hallervorden, Marcel Pagnol und einem Mord im 13. Stockwerk hin- und herhüpfte, ohne bei etwas wirklich verweilen zu können, auch er konnte an nichts anderes denken, als daß seine Frau jetzt mit einem andern zusammen war, und auch er mußte es sich zu seinem Unglück genau vorstellen, und ob James Stewart auf einen jungen Mordverdächtigen einredete oder der alte César seinen Sohn Marius mit Vorwürfen bedrängte oder Didi als Putzfrau eine Treppe hinunterstürzte, er sah nichts anderes als Doris, wie sie sich nackt über einem Fremden aufbäumte und sich dabei von ihm an die Brüste greifen ließ, und er wußte, daß dieses Bild wahr war, und er wußte, daß er es auf die Dauer nicht ertragen würde.

## 24

Roland Steinmann stand in der Warteschlange der Fernsehkantine und rückte langsam vor. Auf seinem Tablett, das er auf dem Sims der Theke vor sich herschob, stand schon ein Glas und ein Fläschchen Lemonsoda, auch Messer, Gabel und Suppenlöffel lagen bereit, ebenso eine Papierserviette, die Griffe in die entsprechenden Behälter waren ihm mindestens so vertraut wie diejenigen beim Einlegen einer Spule. Nur was er essen wollte, wußte er noch nicht. Dabei hatte er gleich zu Beginn die Menüauswahl gelesen, die an einem dunkel glänzenden Wandelement hing, dann konnte man sie noch einmal lesen auf der großen Tafel zu Häupten der Ausgabeköche, wo sie weithin sichtbar mit Kreide angeschrieben war, und vom Moment an, wo man bei den Getränken vorbei war, sah man auch auf die Speisen selbst, welche auf die Teller geschöpft wurden, und trotzdem ging es ihm häufig so, daß er bis zum letzten Augenblick nicht wußte, wofür er sich nun entscheiden sollte. Heute dachte er, er könnte eigentlich das Diätmenü nehmen, einen Gemüseteller, aber als ihn der Koch mit einem »Bitte?« anschaute, sagte er schnell: »Menü 2.« Menü 2 war Lammcarrée mit Reis und Bohnen. Dafür verzichtete er auf die Suppe und nahm einen Orangensaft. Etwas überrascht über sich selbst umging er die Leute, die am Kaffeeautomaten für sich und andere ganze Tabletts mit Espressotäßchen füllten, bezahlte an der Kasse und wandte sich dann nach rechts, zu den Equipentischen.

Auf dem Weg dorthin sah er Heinz Fischli, den Kameramann, allein an einem Vierertisch sitzen, außerhalb des Technikerviertels. Roland fragte ihn, ob er auf jemanden warte, und Heinz sagte, ja, aber er solle sich ruhig zu ihm setzen, wenn er wolle, er warte auf »DRS aktuell«, und da wisse man nie, wie lang man warte. Das war wohl mit ein Grund dafür, daß sich bei der Revieraufteilung der Kantine die Redaktions- und Regieleute den mittleren, eher ungemütlichen Teil ausgesucht hatten, in dem man neben dem ganzen Betrieb der Essensausgabe war, sie warteten immer auf jemanden, waren dauernd verabredet oder wollten einfach wissen, wer sonst noch da war, sie lagen permanent auf der Lauer nach andern Menschen, mit denen es Projekte zu besprechen gab, oder sie hatten ihre Blicke wie Feldstecher auf weiter entfernte Tische gerichtet, um im Bilde zu sein, wer von den andern mit welchen andern andere Projekte besprach, jedenfalls waren sie existentiell darauf angewiesen, andere Menschen zu sehen, während die Techniker niemanden treffen mußten, ihr Leben ging um halb zwei wie vorgesehen weiter, was immer die Redaktoren ausheckten, und deshalb konnten sie sich in aller Ruhe an die schönen Tische bei der Fensterfront setzen, mit Aussicht auf den Helikopterlandeplatz, das Altmetalllager und die Skyline von Seebach, Oerlikon und Schwamendingen.

Heinz aß den Gemüseteller, und Roland erzählte ihm, wie er das auch vorgehabt hatte, aber im entscheidenden Moment schwach geworden sei und gratulierte ihm zu seiner Selbstbeherrschung.

Heinz antwortete, wenn man keinen Hunger habe, müsse man sich nicht groß beherrschen, und er fühle sich so schlecht, daß er kaum wisse, was er esse.

»Du bist aber nicht krank?« fragte Roland, dem erst jetzt auffiel, wie bleich der andere war.

»Doch«, sagte Heinz, »liebeskrank.«

»Ach«, sagte Roland etwas betreten, »die Geschichte mit deiner Frau.«

»Ja«, sagte Heinz, »ich verrecke fast dabei.« Unlustig

stieß er seine Gabel in einen Fenchelknollen und fügte hinzu: »Ich Idiot.«

»Na, na«, sagte Roland, »sei froh, daß du etwas spürst. Wenns brennt, so heilts, hat meine Mutter gesagt, wenn mir eine Wunde wehgetan hat.«

»Schön wärs«, sagte Heinz, »aber vorläufig brennts nur.«

»Bei mir brennt gar nichts«, sagte Roland, »das ist vielleicht schlimmer. Weißt du keine Frau für mich?«

»Du möchtest es wieder versuchen?« fragte Heinz.

»Ja«, sagte Roland, »tatsächlich. Irgendwie ist mir die Singlerei verleidet.«

»Schön«, sagte Heinz, »wie wärs mit unserer Madlaina? Die könntest du jetzt gleich fragen.«

Er sprach von Madlaina Padrutt, einer neuen Redaktorin und Moderatorin der Sendung »DRS aktuell«. Roland zog die Augenbrauen hoch. Eine junge Frau, blond, schön, gewandt, gescheit, gepflegt und unbekümmert zugleich. An jemanden wie sie wagte er nicht zu denken. Die war zuweit oben für ihn, zu beliebt und zu öffentlich, sie kam schon in den Klatschspalten der Zeitungen vor, wenn sie an einem Anlaß teilnahm.

»Vielen Dank«, sagte Roland, »aber ich glaube fast, die ist eine Nummer zu groß für mich.«

»Das weiß man nie im voraus, mein Lieber«, sagte Heinz und fügte etwas melancholisch bei: »Glaub das einem alten Schürzenjäger.«

Roland fragte ihn, ob er auf sie warte, und Heinz bejahte und bot ihm an, den Antrag gleich zu stellen, worauf Roland einen Themenwechsel vorschlug, sonst werde er rot, wenn sie komme, und was er denn mit ihr vorhabe.

Heinz sagte, er hätte heute eigentlich frei gehabt und sei eingesprungen für Röbi, der krank geworden sie, er glaube, es gehe um den Verkehrsstrom aus der Innerschweiz nach

Zürich, heute stehe ja wieder einmal Christi Himmelfahrt auf dem Kalender, und das sei jedesmal eine halbe Naturkatastrophe, und dann müsse man noch eine unterbelichtete Kiesgrube im Kanton Zug nachdrehen, und apropos, was eigentlich aus den Rissen auf dem Keltenhügel geworden sei.

Roland war gestern mit Christoph Portner zusammen im Loowald gewesen. Als er die Mischung aus Kreditanstalt und ETH gesehen hatte, hatte er sich zuerst fast um die Privatheit seiner Wahrnehmung betrogen gefühlt, doch dann war ihm klar geworden, daß es ja genau das war, was er wollte, wieso wäre er sonst an den Gemeindepräsidenten und an einen Gemeinderat herangetreten; er fürchtete jetzt höchstens, er habe zuviel Aufhebens davon gemacht, und die Sache sei doch nicht wichtig genug für einen offiziellen Seismographen.

Doch dann erzählte ihm Christoph Portner, der sich tags zuvor mit Thomas und Sandra getroffen hatte, von Prof. Bollag, und als Roland hörte, wie dieser, ein Mann der Wissenschaft und Realität, durchaus in Betracht zog, daß der Ausgangspunkt des Stoßes in der Tiefe unter dem Grabhügel gewesen sein könnte und daß weitere Beben nicht ausgeschlossen seien, war er auch wieder ein bißchen stolz auf seine Entdeckung und auf seine Hartnäckigkeit im Bekanntmachen dieser Entdeckung.

Die Begegnung des Erdbebenprofessors mit dem Gemeindepräsidenten mußte übrigens sehr skurril verlaufen sein. Bollag hatte, wie Sandra von ihm selbst und Thomas von seinem Vater und Christoph darauf von den beiden erfahren hatte, Bollag hatte also unmittelbar nach der Installation der Apparaturen bei Niederer vorgesprochen, um ihn über die Maßnahme zu informieren, was bei Niederer zuerst einen Wutausbruch zur Folge gehabt haben mußte, der in der Forderung gipfelte, den Seismographen sofort wieder zu demontieren, da dies Gemeindegebiet sei und er ohne Einholen einer Bewilligung gehandelt habe. Bollag konnte aber auf die Kompetenz des Bundes in diesen Belangen hinweisen, nannte ihm auch einige Präzedenzfälle und wies auf die absolute Dringlichkeit hin, welche drohende Naturkatastrophen mit sich brächten. Darauf Niederer offenbar, er weigere sich anzuerkennen, daß seine Gemeinde von einer Naturkatastrophe bedroht sei, das sei dummes Zeug und ob er ihm das schlüssig beweisen könne. Bollag mußte ihm dann mit großer Sanftmut versichert haben, daß es ja gerade darum gehe, abzuklären, ob dies der Fall sei, ob zum Beispiel weitere Stöße erfolgen würden, die dann vielleicht mit einer Verbreiterung der Risse und dem Auftauchen neuer Risse in der Region verbunden wären, und er solle sich einmal vorstellen, wie er als Gemeindepräsident dastünde, wenn nächste Woche ein großes Erdbeben über die Agglomeration hereinbreche und man erfahre, daß er das Aufstellen eines Seismographen verhindert habe.

Niederer sagte dann, das Üble an diesen Dingen sei, daß sofort die wildesten Spekulationen und Gerüchte entstünden, und er wolle auf keinen Fall, daß der Name seiner Gemeinde einen schlechten Ruf bekomme, sozusagen zum Katastrophengebiet deklariert werde, nur wegen ein paar lausiger Rißlein, die nichts Ungewöhnliches seien, wie ihm auch der Gemeindeförster gesagt habe. Bollag beharrte aber darauf, daß die Risse ungewöhnlich waren, und erzählte Niederer auch von den Rißspuren, die sie am selben Morgen entdeckt hatten, und als Niederer einzulenken begann und ihn fragte, was man denn seiner Meinung nach unternehmen müsse, war er erleichtert, als Bollag sagte, nichts. Ein stärkeres Erdbeben, vor dem die Bevölkerung gewarnt werden müsse, würde sich nach seiner Meinung vorher durch kleinere Stöße hier und andernorts ankündigen, er empfehle ihm aber, die Informationskanäle innerhalb seiner Gemeinde zu überprüfen, übergab ihm auch das Merkblatt für das Verhalten der Bevölkerung bei Erdbeben und sagte, er seinerseits sei nicht zu einer Nachricht an die Öffentlichkeit über die Aufstellung des Geräts verpflichtet, aber er fände es gut und richtig, wenn Niederer im Lokalanzeiger der Gemeinde einen Hinweis darauf machen würde, es sei auch zum Schutz des Gerätes besser, wenn die Leute wüßten, warum es dastehe, und im übrigen wäre eine wirkliche Bedrohung ohnehin nicht auf seine Gemeinde beschränkt, sondern würde die ganze Region betreffen, was bedeute, daß eventuelle Schutzmaßnahmen in Absprache mit der Kantonsregierung und den Krisenstäben der als bedroht betrachteten Gemeinden getroffen werden müßten.

Wieso er denn ausgerechnet auf dem Gebiet seiner Gemeinde Messungen mache, wenn es doch die ganze Region betreffe, hatte Niederer in einem letzten Aufbäumungsversuch gefragt, und Bollag hatte ihm entgegnet, es seien von nirgendwo sonst Meldungen über Risse im Boden eingegangen, deshalb. Er hatte ihm dann seine Telefonnummer im Institut und zu Hause dagelassen, hatte auch ihn noch um seine Privatnummer gebeten, für alle Fälle, wie er sagte, und hatte versprochen, bei einer Veränderung der Lage Kontakt mit ihm aufzunehmen und ihn selbstverständlich auch zu benachrichtigen, falls sie die Messungen wieder abbrächen. Niederer hatte ihn abschließend offenbar um äußerste Zurückhaltung im Umgang mit Zeitungen gebeten, er schien geradezu panische Angst zu haben, seine Gemeinde könnte durch ein paar Ausschläge auf einem Millimeterpapier ihre Unschuld verlieren.

Zu Hause sei es nochmals zu schweren Vorwürfen von Niederer gekommen, was Thomas überhaupt nicht begriffen habe. Immer sage man den Behörden, was sie zu tun hätten, ob ein Chemielager in Schweizerhalle brenne oder die Altstadt von Lissabon, immer hätten die Behörden versagt, und Thomas hatte ihm vergeblich klarzumachen versucht, daß er nur dann versagen würde, wenn er derartige Warnungen nicht ernst nehme, und als ihm sein Vater sagte, er nehme es hinten und vorne nicht ernst, sondern halte es für pure Panikmache, sagte ihm Thomas, dann sei er jetzt im Begriff zu versagen.

»So wenig braucht es bei uns«, sagte Roland abschließend, »um einem Behördenmitglied das Gruseln beizubringen.«

Ob er denn nun beruhigt sei, fragte ihn Heinz.

»Wer, der Gemeindepräsident?«

»Nein, du.«

»Ich?« Roland stutzte. War er denn beruhigt? War jetzt alles in Ordnung? Hatte man das Ganze im Griff? Er erinnerte sich, wie er einmal wegen unglaublicher Kopfschmerzen zum Arzt gegangen war, mit der Angst, er habe einen Hirntumor, und als ihm der Arzt gesagt hatte, es seien neuralgische Schmerzen, war er zunächst beruhigt gewesen, aber als sie nicht weggingen, war dieselbe Angst wieder da, und sie verschwand erst, als auch die Schmerzen verschwunden waren. Die Risse standen jetzt sozusagen unter ärztlicher Aufsicht, aber weg waren sie deshalb nicht, und was weiter mit ihnen geschehen würde, wußte niemand.

»Ich bin beruhigt, daß man es weiß«, sagte Roland.

»Wer ist man?« fragte Heinz, »ein Geologieprofessor, ein paar Studenten und ein Gemeindepräsident – da müßte ein Fernsehbericht kommen, dann wüßte man es.«

»Worüber müßte ein Fernsehbericht kommen?« fragte Madlaina, die sich in diesem Moment mit einem Joghurt und einem Milchkaffee auf ihrem Tablett dazusetzte.

Heinz stellte ihr Roland vor, der zu seinem großen Ärger leicht errötete dabei, und erzählte ihr von dessen Entdekkung der Risse und dem, was sich daraufhin abgespielt hatte.

»Und da ist noch nichts gemacht worden darüber?« fragte Madlaina.

»Nein«, sagte Roland, »das ist alles noch ganz neu.«

»Eigentlich sind wir für das zuständig, was ganz neu ist«, sagte Madlaina lachend.

Ob denn ein Hinweis der Gemeinde erschienen sei im Lokalanzeiger, fragte Heinz, und Roland sagte, der Anzeiger komme erst morgen.

Madlaina fragte Roland, ob er ihr morgen diesen Anzeiger mitbringen könne, falls etwas drin stünde.

Natürlich, sagte Roland, wo er sie denn finde und ab wann. Ab neun im fünften Stock des Neubaus, Zimmer 507, sagte Madlaina, und um zehn sei die erste Redaktionssitzung, wenn sie die Zeitung also vorher habe, könnten sie vielleicht schon morgen etwas machen darüber, und ob Roland immer so bescheiden zugreife beim Essen.

Tatsächlich hatte Roland noch überhaupt nichts gegessen, und während er nun sein Lammfleisch zu zerschneiden begann, löffelte Madlaina ihr Joghurt und schilderte Heinz kurz, worum es am Nachmittag gehen würde, und daß es auch ein Interview in einem Büro gebe, worauf Heinz sich erhob und sagte, in diesem Fall müsse er noch einen Kunstlichtfilm mitnehmen, den habe er nicht bereitgemacht, weil man am Telefon nur von Außenaufnahmen gesprochen habe. Er verabredete sich mit Madlaina in einer Viertelstunde an der Pforte, und nun saß Roland allein mit dieser Frau am Tisch, die er bewunderte, und aß Lammfleisch mit Reis und Bohnen, und sie trank in kleinen Schlücken ihren Milchkaffee.

Sie sagte, das Netzwerk sei eine Abteilung des Fernsehens, in der sie noch nie gewesen sei, sie habe nur mit der MAZ-Bearbeitung der Newsabteilung zu tun, und Roland sagte, bei ihm auf dem Pult sei sie aber schon gewesen, er habe sie erst kürzlich kopiert für eine Übernahme von Südwest 3, und es sei ihm eine Freude gewesen.

Oh, danke, sagte Madlaina, da erfahre man ja wieder Dinge, von denen man gar nichts wisse.

Man sei eben in manchem Stübli zu Hause, wenn man am Fernsehen auftrete, sagte Roland, sogar im MAZ-Stübli.

Das werde ein schönes Stübli sein, sagte Madlaina und lachte, und Roland sagte, wenn es sie interessiere, würde er ihr das Netzwerk schon einmal zeigen, und sie sagte, ja, es interessiere sie, sie finde, man sollte alles kennen, wenn man hier arbeite, schon das Wort Netzwerk klinge so verheißungsvoll, und sie könne ja morgen den Lokalanzeiger bei ihm abholen, statt daß er ihn zu ihr bringe.

Sie ließ sich von ihm schildern, wie sie zu seinem Arbeitsplatz kam und sagte, sie werde ihn morgen zwischen neun und zehn Uhr heimsuchen. Dann stand sie auf und verabschiedete sich, und Roland konnte es sich nicht verkneifen, ihrer schönen Figur mit seinem Blick zu folgen.

Beim Gedanken, daß ihn diese Frau morgen an seinem Arbeitsplatz besuchen würde, bekam er großen Appetit und holte sich, nachdem er sein Menü 2 fertig gegessen hatte, noch einen Kaffee mit einem Apfelkuchen. Dann ging er beschwingt in die Aufzeichnung zurück und spannte einen Filmbericht aus Japan ein, den er für die »Rundschau« auf MAZ überspielen mußte. Es ging darum, daß man dort in nächster Zeit ein großes Erdbeben erwartete, und wie man sich darauf vorbereitete. So sah man im Film ganzseitige Inserate in japanischen Tageszeitungen, in denen den Menschen mitgeteilt wurde, wie sie sich im Falle eines schweren Erdbebens zu verhalten hätten. Danach kamen Kurzinterviews mit zwei Wissenschaftern, der eine war überzeugt, daß man voraussagen könne, wann genau das Erdbeben eintreffen werde, und der andere lehnte dies vehement ab, und dann sah man wieder die ganzseitigen Inserate.

»Katy, schau mal!« rief Roland seiner Kollegin zu, die gerade mit einer Rolle unter dem Arm vorbeiging, »in Japan machen sie ganzseitige Inserate in den Zeitungen, um die Leute auf ein Erdbeben vorzubereiten.«

Katy warf nur einen kurzen Blick auf den Monitor und sagte: »Ist doch gut, oder?«

»Natürlich ist das gut«, sagte Roland und zog den Regler zum Ausblenden herunter, »sehr gut sogar.«

## 25

Manfred Niederer saß im »Snacky« und trank mit kleinen Schlücken Kaffee aus einem Kunststoffbecher. Er hatte soeben seine Penicillinspritze bekommen und fühlte sich schlaff, angeschlagen, unverstanden, elend und in höchstem Maße erholungsbedürftig. Heute morgen hatte er seit langem wieder einen Versuch gemacht, kalt zu duschen, und war sogleich von einem grauenhaften Ausschlag zurechtgewiesen worden. Das nütze alles nichts, hatte er sich verärgert gesagt, er könne die Behandlung ebensogut bleiben lassen, aber dann war er doch wieder in die Arztpraxis gefahren, weil er sich gesagt hatte, nach drei Spritzen sei es möglicherweise noch zu früh, ein endgültiges Resultat zu erwarten. Geduld war nicht seine Stärke, er war ein Mensch, der gern Dinge abhakte und Akten in Ordner zurücklegte, der Geschäfte nicht tätigte, sondern erledigte.

Und im Moment war bei ihm nichts erledigt, nichts. Seine Kälteempfindlichkeit wäre das wenigste gewesen. Viel schlimmer fand er das, was mit seiner Frau passiert war. Nach ihrem Auftritt in seinem Büro hatte er zu den beiden Ingenieuren gesagt, die wegen der Zivilschutzanlage unter der geplanten Mehrzweckhalle bei ihm waren, es sei ihm peinlich, aber seine Frau sei psychisch etwas labil in letzter Zeit, vielleicht die Wechseljahre, sie sei auch in Behandlung deswegen, und ab und zu komme es zu einer Explosion, er bitte sie einfach inständig, über diesen bedauerlichen Zwischenfall zu niemandem etwas zu sagen, was ihm die zwei eifrig nickend versprachen. Dem einen der beiden glaubte er das auch, der war ein trockener Bursche, der beim Kanton arbeitete, aber der andere lebte hier und führte die Firma, welche den Auftrag bekommen hatte, und die Firma hatte den Auftrag nicht ohne Niederers Dazutun bekommen, und Niederer hoffte sehr, daß der andere das nicht vergessen würde. Gleichzeitig war ihm klar, daß man auch eine solche Szene nicht vergessen würde und daß die Versuchung, sie irgendwann in einer lockeren Stunde weiterzuerzählen, groß war.

Was seine Sekretärin, Frl. Gautschi, betraf, die durch die offene Türe ebenfalls zur Augenzeugin geworden war, so schätzte er sie als verschwiegen und loyal ein, sie war ihm in einem fast altmodischen Sinn ergeben, und sie hatte beide Hände vor den Mund gehalten, als seine Frau an ihr vorbeirauschte, denn Frl. Gautschi kannte sie ja auch und wußte ebenso wie er selbst, daß sie weder psychisch labil noch depressiv war, geschweige denn in Behandlung, sondern daß eine solche Tat bei ihr derart aus dem Rahmen fiel, daß es sich um die allerhöchste Alarmstufe handeln mußte. Gleich danach hatte er die beiden Ingenieure einen Moment allein gelassen, hatte die Tür hinter sich geschlossen und seine Sekretärin mit leiser Stimme ermahnt, den Vorfall für sich zu behalten, was Frl. Gautschi ebenso leise als selbstverständlich bezeichnet hatte. Auf ihre Frage, ob er nach Hause wolle, hatte er aber geantwortet, er werde zuerst die Sitzung zu Ende führen, was nur noch eine Viertelstunde dauern würde, und werde erst dann gehen, vielleicht sei bis dahin der Zorn seiner Frau verraucht, von dessen Ursache er im übrigen nicht die geringste Ahnung habe. Denselben Bescheid hatte er auch seinen Gesprächspartnern gegeben, die schon im Begriff gewesen waren, ihre Pläne wieder einzurollen, in der Meinung, er könne unter diesen Umständen die Sache nicht zu Ende besprechen, doch da hatten sie sich in ihm getäuscht, er war noch immer in der Lage, Privatleben und Beruf sauber zu trennen.

Allerdings, in dieser Lage fühlte er sich momentan immer weniger. Als er dann nach dem Abschluß der Sitzung nach

Hause gekommen war, hatte ihn Michèle düster und drohend erwartet, und als er sie gefragt hatte, was eigentlich los sei, hatte sie ihn angeschrien, das getraue er sie zu fragen, er wisse ganz genau, was los sei, und dann stand er in ihren Vorwürfen wie in einem Berggewitter, aus dem es kein Entrinnen gibt. Wie Blitze schlugen die Worte »Alice« und »Hure« und »Sauhund« ein, und vergeblich versuchte er in Formulierungen Schutz zu finden wie, sie solle das nicht so tragisch nehmen, oder das passiere den meisten Männern irgendeinmal, und das habe mit ihrer Ehe eigentlich gar nichts zu tun, alles, was er sagte, war falsch und dumm und nutzlos, er mußte warten, bis sich die Wut und Verbitterung seiner Frau entladen hatte, und das dauerte eine ganze Weile.

Als er sie nachher etwas kleinlaut fragte, ob sie ihm denn das verzeihen könne – was für ein Wort, verzeihen, für ihn, den Vorwärtsmenschen – hatte sie gesagt, nein, nicht so rasch. Sie werde heute nachmittag nach München reisen, zu ihrer Freundin Marianne, sie habe schon angerufen, und er sehe ja dann, wann sie wieder zurückkomme, doch eines sei sicher, ein Weiterleben wie bisher werde es nicht geben, etwas müsse sich ändern, und als letztes Wetterleuchten ließ sie das Wort Ehetherapie steigen. Als er fragte, was denn mit der Einladung der Agglomerationspräsidenten beim Zürcher Stadtpräsidenten am nächsten Sonntag sei, antwortete sie, er könne ja Alice mitnehmen, oder er solle bekanntgeben, seine Frau lasse sich entschuldigen, weil sie es nicht ertrage, daß er eine Prostituierte besuche, und auch Thomas solle er ruhig sagen, warum sie verreist sei, oder ob er ihm lieber erzählen wolle, sie habe Geschäfte mit »Overseas Investments« zu besprechen. Er hatte ihr dann wenigstens die Übereinkunft abgerungen, den Söhnen gegenüber nichts über den Anlaß ihrer Reise zu sagen, sondern damit zu warten, bis sie wieder zurück sei.

An diesem Punkt hatte er seine alte Michèle wieder gespürt, die sonst immer bemüht gewesen war, Konflikte nicht an die große Glocke zu hängen, sondern womöglich schon am Ausbrechen zu hindern. Deshalb war er jetzt so schockiert: Ein Wort oder einen Satz konnte man nachher noch umdeuten, aber eine Ohrfeige nicht. Er hatte sich früher schon vorzustellen versucht, was passieren würde, falls sie einmal etwas von seinen Besuchen erführe, aber nie hätte er gedacht, daß sie so vehement und unerbittlich reagieren könnte. Er hatte sich eigentlich darauf verlassen, daß sie das tun würde, was sie beide ein Leben lang geübt hatten, nämlich das Gesicht zu wahren, nach außen hin dichtzuhalten, den guten Ruf zu schützen. Und nun war genau das Gegenteil geschehen. Was war nur in sie gefahren, daß sie etwas getan hatte, das doch nicht nur ihn, sondern auch sie selbst bloßstellte?

Beim Wort Ehetherapie hatte er geglaubt, sich verhört zu haben. Er hatte als selbstverständlich angenommen, daß Michèle dasselbe von Psychologen und Therapeuten hielt wie er, nämlich nichts. Jedenfalls konnte er sich nicht erinnern, daß sie im Gespräch je anders als abfällig und spöttisch von diesem Beruf gesprochen hatte, und für ihn war es klar, daß derjenige, der sich einem solchen Menschen anvertraute, ein Schwächling und Weichling war, nicht Manns genug, um mit seinen Problemen selber fertig zu werden. Aber wahrscheinlich hatte sie zuviel Frauenzeitschriften gelesen, dort wurden ja diese Fragen in einer Art hochgespielt, als gäbe es nichts anderes, und von jeder zweiten Seite blickte einem ein Lebensberater oder eine Psychotante entgegen, alles Leute, die bestimmt selbst dreimal geschieden waren und einen nun darüber belehren wollten, wie mans machen müsse. Das einzige, was er in dieser Art las, war Martha im »Blick«, die gab unverfroren Sexauskünfte, an denen man sich aufgeilen konnte, und sie sagte eigentlich das, was er sich auch sagte, nämlich daß man im Sex eben tun müsse, was einem Spaß machte, und ihm hatte es nun einmal Spaß gemacht, sich von Alice bedienen zu lassen.

Allerdings wurde ihm immer klarer, daß es die eigene Frau etwas anging, wenn er das tat, was ihm im Sex Spaß machte, ohne daß sie dabei war. Sie hatte also recht, wenn sie ihm Vorwürfe machte, und er war im Unrecht, und er haßte es, im Unrecht zu sein, er wollte der sein, der recht hatte, immer. Er seufzte und trank einen Schluck aus dem Kaffeebecher. Er sah unausweichlich auf sich zukommen, daß er sich Michèle stellen mußte, wenn er vernünftig mit ihr weiterleben wollte. Er hielt sie für imstande, sich von ihm scheiden zu lassen, und das konnte er sich auf keinen Fall leisten. Wie stünde er da in der Gemeinde, wenn seine Frau die Scheidung eingäbe wegen Ehebruch? Aber auch ganz privat wäre es ein übler Schlag für ihn, er merkte schon nur in den zwei Tagen, seit sie nicht mehr da war, wie sehr er sich an sie gewöhnt hatte und wie sehr er auf sie angewiesen war. Er hätte nie gedacht, daß es so trübselig war, allein am Frühstückstisch zu sitzen, ganz zu schweigen vom Zubereiten, Auf- und Abräumen, das man auch alles selber machen mußte.

Manfred Niederer trank seinen Kaffee aus, der lauwarm geworden war, ließ den Becher mit dem Löffel stehen und trat ins Freie. Unschlüssig schaute er vor sich hin. Im Tram, das an der Endstation auf die Abfahrt wartete, saß niemand außer einer Frau, die sich unaufhörlich schneuzte. Durch die Scheibe sah er den Chauffeur auf der anderen Seite des Waggons an den Unterstand lehnen und eine Zigarette rauchen. Die Sonne schien. Die Uhr des Bahnhofs Oerlikon zeigte kurz vor zehn. Ein Taxifahrer saß bei geöffneter Tür in seinem Wagen und las eine Zeitung, eine ausländische, der Größe nach. Manfred Niederer wußte nicht, was er tun sollte. Dort drüben waren Telefonkabinen, jede Menge, auf der Innenseite des Bahnhofs, das wußte er, und er hatte seine Taxcard in der Brieftasche, das wußte er auch, und dennoch kam es ihm vor, als läge der Bahnhof unendlich weit weg, in einem anderen Land fast.

Ich kann hier nicht ewig stehenbleiben, dachte er schließlich, gab sich einen Ruck und ging mit erhobenem Kopf auf das andere Ufer der Straße, am Taxifahrer und am geschlossenen Blumenstand und am Fotoautomaten und am Kiosk vorbei zu den Telefonkabinen, wählte diejenige aus, die am weitesten vom Kiosk entfernt war, ging hinein, nahm seine Brieftasche hervor, legte den Zettel mit Michèles Münchner Nummer auf die Telefonbücher und steckte seine Taxcard in den Schlitz. Er wartete, bis sich die aufblinkende Digitalzahl 0.00 in den Betrag verwandelt haben würde, der noch auf seiner Karte war. Als die Zahl erschien, war er überrascht und verärgert. Sie lautete 88.88. Kaputt also, defekt, unbrauchbar. Er wollte die Kabine verlassen, doch sein Ordnungssinn ließ es nicht zu, dies nicht sofort zu melden. Er warf 40 Rappen ein, drückte die Nummer des Störungsdienstes, 113, und sagte, in welchem Automat er war, und daß die Taxcardanlage defekt sei. Das machte er prinzipiell so, wenn er auf einen Telefonautomaten stieß, der nicht richtig funktionierte, und es gab ihm immer eine kleine Befriedigung. Diesmal war es anders. Das Fräulein vom Störungsdienst sagte ihm nämlich, auf dem Bahnhof Oerlikon seien sämtliche Taxcardautomaten außer Betrieb, und er solle, wenn er nicht genügend Kleingeld habe, auf die Post gehen, die in der Nähe sei, danke, auf Wiederhören. Bevor Niederer fragen konnte, seit wann denn die Automaten defekt seien, hatte sie wieder eingehängt. Genützt hätte es ihm zwar auch nichts, wenn er das gewußt hätte, es war mehr eine Frage, um seinen Ärger loszuwerden.

Er überprüfte sein Portemonnaie und überlegte sich, ob er mit den zwei Fünffrankenstücken ein Auslandgespräch riskieren sollte. Der Automat gab nichts heraus, wenn er also die beiden Fünfliber einwerfen würde, und Michèle würde beim Stand von 5.60 aufhängen, hätte er 4.40 verloren, deshalb entschloß er sich, auf die Post zu gehen, er wußte, wo sie war. Er ging ein Stück der Tramlinie nach, dort mußte er sich allerdings zwischen den Straßenrandbäumen und einer Plakatwand durchquetschen; als ihm ein Mann mit einem Koffer entgegenkam, blieb ihm nichts anderes übrig, als stillzustehen und auf den äußersten Trottoirrand auszuweichen, um ihn durchzulassen, und als er bei den Ampeln des Hotels International auf die andere Straßenseite wollte, merkte er, daß er als Fußgänger hier nicht vorgesehen war, denn die Ampeln gaben nur den Autos rot und grün zum Abbiegen und Geradeausfahren, und zwar auf eine so undurchsichtige Art, daß sich Niederer schließlich trotzig auf die Straße begab und ein herannahendes Tram zu einem nervösen Klingeln veranlaßte. Ärgerlich winkte er ab, umging vor dem Hoteleingang ein Samsonitegebirge, das eben neben einem Bus voller Japaner aufgebaut wurde, wollte auf die Seite des Einkaufszentrums wechseln, was ihm aber durch eine Kette in der Mitte der Straße verwehrt wurde. Erbost überstieg er die Kette, zwang einen heranfahrenden Kleinbus zum Halten und überstieg vor dem Einkaufszentrum nochmals eine Kette, worauf ihm der Beifahrer des Kleinwagens, ein schnauzbärtiger junger Mann mit nackten Armen zurief: »Chasch ja grad na uf d Straß ligge!« was Niederer einfach nicht beachtete und am Einkaufszentrum vorbeiging, einem kleinen Platz zu, hinter dem sich dann gleich die Post befand. Unglaublich, was die mit den Fußgängern machen hier, dachte er und war aufgebracht, bis ihm in den Sinn kam, was ihm von den

Leuten vom »Frischen Wind« vorgeworfen wurde, nämlich es sei unglaublich, was man mit den Fußgängern mache. Doch das hier war Zürich, und in seiner Gemeinde war es ganz anders. Ausgerechnet die Umgebung des Einkaufszentrums war auch bei ihnen kritisiert worden – ob er da einmal zu Fuß durchgehen sollte? Aber wer ging schon zu Fuß ins Einkaufszentrum? Und wenn sie etwa recht hätten? Dann wäre er schon wieder im Unrecht. Er nahm sich vor, auf keinen Fall auf die Vorwürfe einzutreten, und eilte an einem Spielsalon und einem Elektronikdiscounter vorbei die ansteigende Straße hoch, dic zur Post führte, bog nach rechts und erschrak, als er sich selbst in einem ausgestellten Fernsehapparat sah, wie er in die Straße mit der Post einbog, blieb einen Moment stehen und schaute auf den Bildschirm, und auf dem Bildschirm blieb er ebenfalls stehen und schaute auf sich selbst zurück. Daneben stand der Preis des Videogeräts, mit dem er soeben gefilmt wurde, 965.–, es sah so aus, als sei er selbst für diesen Preis zum Verkauf ausgeschrieben.

Dann ging er weiter, stieß beinahe mit einer jüngeren Frau zusammen, welcher gerade vom Postomat mit piepsenden Geräuschen eine Hunderternote ausgehändigt wurde, und betrat dann die Telefon- und Telegrammabteilung der Post. Dort kam er in eine Ruhe, die ihm gefiel. Es waren fast keine Leute da, ein dunkler Fremdländer saß resigniert auf der Polsterbank in der Mitte des Raumes und drehte ein Zettelchen in seinen Fingern, zwei, drei Menschen waren in den gläsernen Kabinen am Sprechen, zuhinterst ein gutangezogener Mann, der heftig in den Hörer hineinredete, laut genug auch, daß etwas nach außen drang, aber Niederer merkte nur, daß er seine Sprache nicht verstand.

Er suchte sich eine Kabine auf der anderen Seite dieses

Geschäftsmannes, ging hinein, setzte sich auf das Stühlchen, zog wieder Michèles Nummer hervor und stellte sie ein.

Michèles Gastgeberin nahm ab, er begrüßte sie und fragte, ob er wohl mit seiner Frau sprechen könne. Sie wolle sie fragen gehen, sagte sie, und dann geschah lange nichts. Zum Glück bin ich nicht im Automaten, dachte Niederer, und dann war die weibliche Stimme da, nicht Michèle, sondern nur wieder die Freundin, welche sagte, es tue ihr leid, aber Michèle fühle sich im Moment nicht in der Lage, mit ihm zu sprechen, und sie werde ihn anrufen, wenn sie soweit sei, aber es gehe ihr gut, er müsse sich keine Sorgen machen um sie. Niederer war so perplex, daß ihm fast die Sprache wegblieb. Stotternd stieß er Wörter wie aha und soso hervor und fügte bei, er lasse sie grüßen, in dem Fall.

Nach dem Einhängen blieb er ein paar Sekunden sitzen und schaute zu Boden. Dann richtete er sich auf, nahm sein Portemonnaie hervor und suchte nach einem Zettelchen. Ach so war das, dachte er, als er es nicht mehr fand. Er verließ die Kabine, schlug bei den Telefonbüchern dasjenige von Zürich auf, schrieb sich direkt unter Michèles Münchner Nummer eine andere Nummer auf, ging wieder in die Kabine und wählte sie.

»Ja, bitte?« sagte eine vertraute Stimme am anderen Ende.

Manfred sagte, er sei es, und ob er kommen könne.

## 26

Als Roland Steinmann am Freitagmorgen um 9 Uhr mit dem Lokalanzeiger in der Jackentasche das Netzwerk betrat, stand Madlaina bereits bei den Materialschränken neben dem Eingang und musterte die Landschaftsposter, die dort aufgehängt waren.

»Lauter Bergtäler und Alpweiden«, sagte sie, »man könnte meinen, es gefalle euch nicht bei der Arbeit.«

Ob er denn sonst so pünktlich wäre, fragte Roland.

Sie sei auch pünktlich, antwortete Madlaina, überpünktlich sogar, es sei wegen der Erdbebenrisse, ob er den Anzeiger dabei habe.

Roland zog ihn aus der Tasche und zeigte ihr die Notiz, auf Seite 3 unten, wo neben den Konkurseröffnungen unter dem Titel »Achtung, Messungen!« zu lesen stand, daß bei den Keltengräbern im Loowald ein Seismograph der ETH aufgestellt worden sei, um geologische Messungen von Erderschütterungen zu machen, und daß man die Bevölkerung bitte, die Geräte nicht zu berühren.

»Das ist alles?« fragte Madlaina leicht amüsiert.

»Tja«, sagte Roland, »es besteht ja, wie wir wissen, keine Gefahr.« Er lachte.

»Kein Wort von den Rissen?« fragte Madlaina.

»Die sieht man früh genug, wenn man dort ist.«

Madlaina sagte ihm, daß sie gestern schon in der Redaktion davon erzählt habe und daß man am Thema interessiert sei, und fragte ihn, ob er ihr genau schildern könne, wie sie da hinkomme, sie möchte den Drehort sehen und möchte zur zweiten Sitzung um 11 Uhr wieder zurück sein.

»Du willst also jetzt gleich gehen?« fragte Roland. Im Fernsehen duzte man sich sehr rasch, wenn der Alters- und Hierarchieunterschied nicht allzu groß war.

»Ja«, sagte Madlaina, »jetzt gleich.«

»Dann ist es am einfachsten, wenn ich mitkomme«, sagte Roland.

»Kannst du denn einfach weg?« fragte Madlaina.

»Heute schon«, sagte Roland fröhlich, »heute hab ich frei.«

»Was?« entgegnete Madlaina, »wieso bist du denn gekommen?«

»Wegen dir«, sagte Roland und fügte rasch hinzu, »du wolltest doch diesen Anzeiger haben.«

Madlaina war gerührt und erfreut, und Roland war gerührt und erfreut, daß sie gerührt und erfreut war, und dann fuhren sie mit Madlainas Auto zum Waldrand und gingen zu Fuß in den Wald hinein. Roland, der in den Turnschuhen hier war, sah, daß Madlaina ebenfalls Turnschuhe trug, und fragte sie, ob sie ein bißchen rennen möge. Das tat sie sehr gern, und als sie nun einen leichten Laufschritt anschlugen und zusammen durch den morgendlichen Wald liefen, von dem eine große Frische ausging, war es Roland unglaublich wohl. Nie hätte er gestern um diese Zeit gedacht, daß er heute mit einer schönen jungen Frau durch lauter Grün und Sonnenstrahlen zu den Keltengräbern joggen würde.

Als Madlaina das Ausmaß der Risse sah, war sie beeindruckt. Sie stammte aus dem Kanton Graubünden und sagte, so kündigten sich in den Bergen Erdrutsche an. Es war ihr aber auch klar, daß die Erde hier nirgends hinrutschen konnte, weil das anschließende Gelände flach war. Während sie miteinaner redeten, ermahnte Roland sie, leise zu sprechen, um das Geophon nicht durch ihre eigenen akustischen Signale zu verwirren, und dadurch kam etwas Verschworenes in ihr Gespräch, das Roland angenehm erregte.

Fast andächtig standen sie vor der Kiste mit dem Aufzeichnungsgerät, doch als Madlaina fragte, ob es schon Resultate gäbe, wußte es Roland nicht, wies aber auf Prof. Bollag hin, der bestimmt leicht zu erreichen sei. Madlaina fand nun endgültig, die Risse wären einen Bericht wert, und beim Zurückrennen lief sie etwas schneller als auf dem Hinweg.

Zusammen fuhren sie wieder zum Fernsehen, und erst als sie vom Parkplatz über die Brücke zur Pforte gingen, kam Roland in den Sinn, daß er hier gar nichts zu tun hatte, es war ja sein freier Tag. Als er dies Madlaina sagte und ihr die Hand zum Abschied hinhielt, fragte sie ihn, ob er nicht am Nachmittag nochmals mitkommen könne, sie habe sich ehrlich gesagt gar nicht richtig gemerkt, wo der Hügel gewesen sei, und eigentlich könnte sie auch ein kleines Statement von ihm aufnehmen, er sei ja der Entdecker dieser Risse.

Roland sagte gerne zu, was das Mitkommen betraf, zierte sich aber wegen des Statements, das müsse er sich noch überlegen, sie solle lieber den Professor fragen und den Gemeindepräsidenten. Er versorgte sie auch mit den Adressen von Christoph Portner und von Thomas für weitere Auskünfte und erkundigte sich dann nach dem Team von heute nachmittag. Es sei dasselbe wie gestern, antwortete Madlaina, mit Heinz als Kamermann. Roland freute sich darüber, und sie verabredeten sich um 14 Uhr an der Pforte.

Als sie um halb drei langsam auf dem Waldfahrweg in die Nähe des Keltenhügels kamen, stand bei der Abzweigung des Fußpfades schon ein roter Subaru. Sie stellten ihren weißen VW-Bus mit dem Fernsehsignet hinter den anderen Wagen und stiegen aus, Madlaina, Roland, Heinz und Ernst, der Tontechniker. Da das Wetter nicht mehr so sonnig war wie am Morgen, fragte Heinz, ob Roland einen Akku und eine Handlampe zum Hügel tragen könne, was er gerne tat, er kam sich dann nicht einfach als Zuschauer vor. Madlaina trug eine zweite Handlampe, Heinz seine Kamera und Ernst seine Tonausrüstung, und so gingen sie zum Hügel hinüber.

Bei den Rissen trafen sie auf den Besitzer des roten Autos, einen älteren Mann in Stiefeln und Lederhut und Ledermantel, der gerade den Seismographen musterte. Er sei hier der Gemeindeförster, sagte er und fragte sie, was sie im Sinn hätten.

Sie nähmen für »DRS aktuell« die Risse und den Seismographen auf, weil sie etwas darüber machen wollten, sagte Madlaina. Ob sie mit dem Gemeindepräsidenten gesprochen hätten, fragte der Förster. Er werde erst im Lauf des Nachmittags zurückerwartet, sagte Madlaina, und dann werde sie ihn auch noch interviewen.

»Weiß er, daß Sie hier filmen wollen, oder weiß er es nicht?« fragte der Förster.

Madlaina sagte, er wisse es nicht, aber darauf käme es ja auch nicht an.

So, so, darauf käme es nicht an, sagte der Förster, das sei wieder typisch Fernsehen, einfach ohne zu fragen im Gemeindegebiet herumtrampeln und irgendein Rißlein aufnehmen, damit man es zu einer Sensation aufbauschen könne.

Jetzt mischte sich Heinz ein und sagte, wenn er damit meine, es sei verboten, hier Fernsehaufnahmen zu machen, dann täusche er sich, sie seien hier ja wohl nicht im Osten, und dies sei öffentlicher Grund und Boden.

Ob sie ihn denn, fragte Madlaina mit dem gewinnendsten Lächeln, bevor der Förster etwas entgegnen konnte, ob sie ihn denn fragen dürfe, was er von diesen Rissen halte.

Gar nichts halte er von diesen Rissen, sagte der Förster, sie seien bedeutunglos und überhaupt nicht abnormal.

Ob es denn an anderen Orten des Waldes auch solche Risse gebe, fragte Madlaina weiter.

Nicht auf dem Gemeindegebiet, aber das sei nicht ungewöhnlich, daß Risse aufträten nach ausgiebigen Regenfällen oder nach einem solchen Erdbebenstoß.

Die Risse hätten sich doch vergrößert seit dem Erdbebenstoß, und da sei kein Regen mehr gewesen und auch kein Erdbeben mehr.

Er wisse auch nicht, warum genau die Risse hier seien, das wisse wohl kein Mensch, aber deswegen brauche man kein solches Theater darum zu machen, sagte der Förster geradezu grimmig.

Das sei interessant, was er sage, fand Madlaina, und ob er ihr das rasch vor der Kamera wiederholen würde, sie seien gleich soweit; Heinz hatte gerade den Stecker der Handlampe in den Akku gedrückt, und ein kaltes, blendendes Licht fiel auf das Gesicht des Försters. Das habe gerade noch gefehlt, daß er so etwas vor der Kamera sage, rief dieser, damit wolle er nichts zu tun haben.

Roland, der die ganze Zeit versucht hatte, etwas dazwischen zu sagen, wies sie nun darauf hin, daß das Aufzeichnungsgerät gestört wurde, wenn sie in dieser Lautstärke miteinander sprachen, was den Förster wieder zu einer verächtlichen Bemerkung über die Wissenschafter veranlaßte, welche Geräte hinpflanzten, die nicht einmal ein Gespräch von einem Fußtritt unterscheiden könnten, die würden sicher jeden Spaziergänger mit einem Erdbeben verwechseln.

Madlaina sagte, sie fände es schade, wenn sie keine Aussage von ihm hätten, und ob er irgendetwas befürchte.

Was er befürchte, sagte der Förster, sei, daß das alles an die große Glocke gehängt werde und bald der ganze Wald von den Gaffern zertrampelt werde für nichts und wieder nichts, das befürchte er, jawohl, und deshalb sage er nichts, und sie sollen machen, was sie wollen, adie mitenand.

Mit entschiedenen Schritten schlug er die Richtung zu seinem Auto ein, und Madlaina war etwas verdutzt über soviel Ablehnung, für die sie eigentlich keinen Grund erkannte.

»Da siehst du, wie beliebt das Fernsehen ist«, sagte Heinz zu ihr, der solche Szenen schon oft erlebt hatte.

Madlaina schüttelte den Kopf und brauchte einen Moment, bis sie weiterfahren konnte.

»Also«, sagte sie dann, »ich habe gedacht, wir zeigen zuerst ein Stück Riß, kommen dann zum Seismographen und enden auf der ETH-Tafel.«

Was danach käme, fragte Heinz, und Madlaina meinte, danach käme entweder ein Interview mit Roland, oder sie sage etwas im Off dazu, und dann käme gleich das Interview mit dem Gemeindepräsidenten oder mit Prof. Bollag.

Heinz neigte den Kopf etwas zur Seite, runzelte die Stirn und sagte nach einer Weile, ob sie nicht besser gleich nach seiner Kamerafahrt neben der Tafel stünde, mit ein paar Sätzen die Lage zusammenfasse und dann mit Roland spräche, alles in einem und ohne Schnitt. Er glaube, das wirke lebendiger. Er könne nachher immer noch ein paar Einzelaufnahmen von Rißstellen machen, wo er näher rangehe, und die könne sie zur Überbrückung von Schnitten benutzen, wenn sie wolle. Ernst, der bereits die Kopfhörer über seine Ohren gestülpt hatte und mit seinem Mikrophon die Waldatmosphäre aushorchte, nickte dazu, und Madlaina hatte das Gefühl, soviel freundliches Mitdenken zweier erfahrener Veteranen, denn das waren die beiden für sie, dürfe sie nicht in den Wind schlagen und sagte, dann würde sie also einen Versuch machen, und wo sie sich mit Roland am besten hinstellen solle.

Roland wandte zwar ein, er habe noch gar nicht zugesagt für ein Interview, stellte sich aber doch neben Madlaina, darauf mußte noch die Handlampe auf ein Stativ geschraubt werden, und nach einer kurzen Tonprobe waren alle bereit für die erste Aufnahme.

Der Beitrag begann mit einem stummen Schwenk vom Riß zum Seismographen, und während die Kamera die Hinweistafel erfaßte, fing Madlaina an zu sprechen, sagte, daß sich in einem Wald der Agglomeration Zürich seit drei Tagen eine geophysikalische Meßstation der ETH befinde und daß diese nicht zufällig hier sei, sondern daß sie hier sei, weil einem Waldläufer vor kurzem eine Veränderung des Geländes aufgefallen sei, und dann wandte sie sich an Roland, der neben ihr stand, fragte ihn, wann ihm was aufgefallen sei, und Roland erzählte kurz von den Rissen, ihrem Auftauchen nach dem Erdbebenstoß, aber auch ihren Vorboten vor dem Beben.

»Sehr gut«, sagte Christoph Portner und nickte Roland zu. Er saß zusammen mit ihm und mit Thomas und Sandra auf dem Boden seines Zimmers und schaute sich die Sendung an, »du wirkst solid, zuverlässig, glaubwürdig.«

»Pst!« rief Sandra, die nichts verpassen wollte, denn nun sah man Prof. Bollag neben dem Rechner des Geophysikalischen Instituts stehen mit einem Ausdruck der Ausschläge der ersten zwei Tage in der Hand. Er erläuterte an Hand dieses Ausdrucks, daß keine weiteren örtlichen Erschütterungen aufgetreten seien, und sagte auf Madlainas Frage, weshalb denn überhaupt diese Messungen, daß die Risse mit dem einen Erdbebenstoß allein nicht erklärbar seien und daß sie eben darum diese Meßstation aufgestellt hätten, um eine Erklärung dafür zu finden. Ob denn weitere Erdbeben zu befürchten seien, war die nächste Frage, und Prof. Bollag sagte, ausgeschlossen sei es nicht, und sie hofften, im Falle eines stärkeren Bebens dank dieser Station zu einer Vorwarnung imstande zu sein.

»Das klingt ja richtig ernst«, sagte Sandra, und jetzt war es Thomas, der Ruhe verlangte, denn nun war sein Vater an der Reihe, der ziemlich verkrampft hinter dem Pult seines Büros saß und auf Madlainas Frage, ob die Information für die Bevölkerung genügend sei – dieser Frage war ein Bild des Hinweises im Lokalanzeiger vorangegangen, dessen Kleinheit Heinz durch einen suchenden Zoom hervorgehoben hatte – der auf diese Frage also so schneidig wie möglich sagte, diese Information sei im gegenwärtigen Zeitpunkt durchaus genügend, es gehe ja hier nicht um eine Bedrohung, sondern um eine Abklärung, und es wäre völlig verfehlt, die Bevölkerung deswegen in Panik zu versetzen. Sollten Messungen ergeben, daß mit der Gefahr eines größeren Erdbebens gerechnet werden müsse, fragte Madlaina weiter, ob man denn darauf vorbereitet wäre. Selbstverständlich, sagte Niederer, da gäbe es entsprechende Merkblätter des Schweizerischen Erdbebendienstes, die rechtzeitig verteilt würden, und es wäre ohnehin nicht Sache einer einzelnen Gemeinde, sondern der Region und des Kantons, koordinierte Maßnahmen in die Wege zu leiten. Ob denn Kontakte in dieser Frage schon stattgefunden hätten, zum Beispiel mit der Kantonsregierung, wollte Madlaina wissen, worauf Niederer sichtlich verärgert mit nein antwortete und dieses Nein damit begründete, daß ja zur Zeit überhaupt kein Anlaß bestünde dazu, und daß diese Kontakte jederzeit aufgenommen würden, sobald es die Situation erfordere. Sie seien auf alle möglichen Katastrophen vorbereitet, z. B. wüßten sie auch, was zu tun sei, wenn einmal ein Flugzeug auf die Gemeinde abstürzen sollte, aber deshalb stünden sie nicht den ganzen Tag da und warteten darauf, daß endlich eins abstürze.

»Ächz, würg!« sagte Thomas, und Sandra sagte, er solle seinem Vater doch diesen Satz gönnen, während Madlaina im Studio zusammenfaßte, sie hofften, daß weder ein Flugzeugabsturz noch ein Erdbeben die Agglomeration heimsuche, und im übrigen sollte man neben den besonderen Katastrophen die alltäglichen nicht vergessen, und damit leitete sie über zu einem Bericht über ein Altersheim, das direkt neben den Abluftkamin eines Straßentunnels gebaut worden war.

Als in Christoph Portners Zimmer darüber diskutiert wurde, ob der Bericht klar genug gewesen sei und ob es noch irgend etwas gebe, das man unternehmen müsse, klingelte im Haus des Gemeindepräsidenten das Telefon. Manfred Niederer, der allein vor seinem Fernsehapparat saß, etwas Brot und Käse und ein angefangenes Bier neben sich, erhob sich seufzend. Es war das erste Mal, daß er im Fernsehen gekommen war, und er wußte nicht, was er davon halten sollte, er hätte gern gehört, was seine Frau zu dieser Sendung und zu seinem Auftritt gesagt hätte. Aber nicht nur war sie nicht da, sondern sie wollte nicht einmal mit ihm reden.

Am Telefon war eine Frau, die an der Püntstraße am Waldrand wohnte und sagte, sie finde es unerhört, daß man sie im Anzeiger mit zwei nichtssagenden Sätzen über eine Messung informiere und daß sie dann erst durchs Fernsehen vernehme, worum es hier eigentlich gehe, und sie habe Angst, denn sie seien sehr nahe bei den Keltengräbern, und wie man denn benachrichtigt würde, wenn etwas passierte. Niederer versicherte ihr, daß für eine umfassende Benachrichtigung gesorgt wäre, wenn es wirklich notwendig sein sollte, und als die Frau insistierte und fragte, auf welche Weise man denn benachrichtigt würde, sagte er, schlimmstenfalls mit Lautsprecherwagen und übers Radio, nach

Sirenenalarm, und die Frau sagte, das ist ja grauenhaft und hängte ein.

Niederer hatte keine Ahnung, ob sie überhaupt über genügend Lautsprecherwagen verfügten, aber das Wort war ihm als erstes in den Sinn gekommen, es tönte vertrauenerweckend, und er nahm sich vor, diese Frage am nächsten Tag abzuklären, ärgerte sich gleichzeitig, daß er durch diesen Waldläufer in Zugzwang versetzt worden war in einer Angelegenheit, die bedeutungslos war und ihn und seine Gemeinde in ein schiefes Licht rückte.

Er wollte sich wieder setzen, da klingelte es erneut, und diesmal war es der Chef des Koordinationsstabes für Katastrophen des kantonalen Polizeidepartements, der ihm sagte, er wäre froh, wenn er solche Dinge von der Gemeinde direkt erführe und nicht erst übers Fernsehen. Niederer stotterte, er habe geglaubt, Prof. Bollag habe dies getan, worauf der andere bissig entgegnete, Glaube macht selig, und er werde ihn morgen vormittag um 8 Uhr im Büro aufsuchen, und dann solle er ihn zu der Stelle führen, auf Wiederhören.

Niederer war einen Augenblick lang sprachlos und hielt den Hörer immer noch in der Hand. Sicher stand in irgendeinem seiner Organigramme, daß es im kantonalen Polizeidepartement einen Katastrophenkoordinationschef gab, aber er hatte noch nie mit ihm zu tun gehabt und hatte nicht daran gedacht, daß es diesen Posten geben könnte, geschweige denn, daß es seine Pflicht gewesen wäre, ihn zu kontaktieren. Das war nun genau die Wirkung einer derart blödsinnigen Reportage. Wegen nichts, wegen gar nichts wurde man in die Öffentlichkeit getrieben und dort als Trottel dargestellt, der seine Pflicht vernachlässigte. Hätte er die Lage wirklich als ernst eingeschätzt, hätte er diesen kantonalen Katastrophenmenschen innerhalb von 5 Minuten gefunden und informiert, da war doch gar kein Zweifel, aber wegen einem Fliegenschiß setzte er keine Alarmsysteme in Bewegung.

»Sonen huere Seich!« sagte er laut, als er wieder auf seinen Sessel zuging, und er fühlte eine große Wut über den Jogger in sich aufsteigen, der ihm das alles eingebrockt hatte. Den dritten Anruf hätte er fast nicht abgenommen, aber dann siegte sein Pflichtgefühl. Es war der Apotheker Odermatt, der ihm zu seinem Auftritt gratulierte und sagte, vor allem beim Beispiel mit dem Flugzeugabsturz habe er es ihnen gezeigt, und es sei ihm grad in den Sinn gekommen, wie es eigentlich mit seiner Allergie gehe, seit er vom Hautarzt behandelt werde. Nicht besser, sagte Niederer, keineswegs besser gehe es ihm, und er habe seine Zweifel, ob dies das richtige sei.

Odermatt war etwas bekümmert und fragte dann: »Aber sonst geht es Ihnen gut?«

»Ja«, sagte Niederer, »sonst geht es mir sehr gut.«

Als er nachher zum Fernsehapparat ging, um den OFF-Knopf zu drücken, fragte er sich, warum er dies gesagt hatte, denn eigentlich, dachte er, während ein Schaumbadmädchen zu einem grauen Punkt zerfiel und der Ausdruck »für zarte Frische« in der letzten Silbe erstarb, eigentlich ist es mir noch nie so schlecht gegangen wie jetzt.

# 27

Helen und Max Stebler saßen zusammen am Küchentisch und hatten ein Glas Wein vor sich. Es war Freitag abend nach zehn Uhr, und sie hatten beschlossen, noch eine kleine Flasche Rioja zu öffnen, um den Abschluß dieses Tages zu feiern, und da der Wohnzimmertisch mit einer angefangenen Legoburg verstellt war und auf dem kleinen Tisch noch sämtliche Spiele lagen, welche Helen heute begonnen hatte, neu zu ordnen, damit sie im großen Kasten ein Fach mehr für die Bettwäsche gewinnen konnte, waren sie in die Küche geflohen, wo es ohnehin meist am gemütlichsten war.

Max war heute wieder zur Arbeit gegangen, nachdem er drei Tage zu Hause geblieben war und versucht hatte, seinen Schluckauf zum Verschwinden zu bringen. Sein Hausarzt hatte es ebenfalls mit krampflösenden Spritzen versucht, wie am Sonntag schon der Notfallarzt, hatte die Zusammensetzung der Injektion immer etwas verändert, aber ohne Erfolg. Als Max am Mittwochabend am Ende seiner Kräfte war, meldete ihn Helen bei einem Heiler in Luzern an, auf Empfehlung ihrer Schwester, die dort wohnte, und Max, der sonst allem mißtraute, was außerhalb der normalen Medizin angesiedelt war, kapitulierte. Gestern war er dann hingefahren, mit dem Zug, darauf hatte Helen bestanden wegen seines valiumbenebelten Kopfes, er hatte sich nicht in ein Abteil hineingetraut, sondern hatte die Fahrt auf der kleinen Bank neben dem Toiletteneingang hinter sich gebracht und hatte sich in Luzern von einem Taxi zur Praxis des Heilers führen lassen, einer Praxis, welche einfach ein Teil seiner Wohnung zu sein schien, was Maxens Vertrauen nicht steigerte. Auch daß außen kein Schild an der Türe hing mit einer Praxisbezeichnung, hatte ihm nicht gefallen. Zudem machte ihm der Heiler, der natürlich auch keine Praxishilfe in einer weißen Schürze beschäftigte, sondern selbst an die Tür kam und ihn mit etwas wässrigen Augen anlächelte, keinen sehr kompetenten Eindruck, er hatte sich einen solchen Menschen souveräner und autoritärer vorgestellt, und der hier schien ihm eher schwächlich zu sein, zu jung auch für das, was er offenbar vorgab zu sein.

Er hatte sich dann mit unvermindertem Unbehagen auf den Korbstuhl gesetzt, der den Patienten zugedacht war, während der Heiler ihm gegenüber neben einem Tischchen Platz genommen hatte – wo war der Schreibtisch mit dem Rezeptblock und dem Telefon und der Gegensprechanlage? – einem Tischchen, auf dem mehrere Kerzen in löchrigen Tongebilden brannten, und hatte ihn gefragt, ob es ihm gut gehe. Er hatte dann geantwortet, wenn es ihm gut ginge, käme er nicht hierher und hatte, immer wieder von Hicksern unterbrochen, von seinem Schluckauf und dessen bisheriger Behandlung erzählt, und der andere wollte dann wissen, wie es ihm bei der Arbeit gehe und in Familie und Beziehung, hatte wohl erwartet, er würde nun über Streß und Überarbeitung und ein gestörtes Liebesleben klagen, aber Max ließ einen vollen Harmoniehammer auf den Ahnungslosen niedersausen, damit er gleich sah, daß da mit psychosomatisch nichts zu holen war, rein organisch war das, eine rein organische Sauerei.

Es schien ihm auch, als bemerke er beim Heiler ein arrogantes Lächeln, und als dieser ihn bat, sich bis auf die Unterhosen auszuziehen, fragte er ihn doch, was er denn mit ihm vorhabe, und der andere sagte, er wolle ihm »über die Meridiane fahren«. Er erzählte ihm von der östlichen Medizin, welche zahlreiche Meridiane kenne, die Energien durch den Körper transportierten oder eben dies verhinderten, und Max überlegte sich beim Ausziehen, wieso denn das hier nicht bekannter war, wenn es wirklich so wäre, er kannte Adern, Nerven, Muskeln, Sehnen als Energieübermittler, und nun sollte er von einer Minute auf die andere an chinesische Meridiane glauben. Glucksend legte er sich auf den Schragen – wenigstens dieses Möbel erinnerte an eine normale medizinische Behandlung – und ließ sich mit einem Metallstäbchen an verschiedenen Stellen der Länge nach über seinen Körper streichen, was kaum zwei Minuten dauerte, und dann knetete ihm der wässrige Jüngling die Fußsohlen, bis Max aufjaulte, weil dieser den Punkt getroffen hatte, von dem aus ihm ein Schmerzstrahl durch den ganzen Körper fuhr, worauf eine Massage von Kopf und Nacken folgte, die dazu führte, daß er einschlief. Als ihn der Heiler wieder weckte, war eine Stunde vergangen, und der Schluckauf war weg.

Max war ebenso verdutzt wie erleichtert gewesen. Es machte ihm Mühe zu glauben, daß er durch das bißchen Kneten und Zauberstab von seinem Schluckauf befreit sein sollte, aber offensichtlich war es so. Ob er meine, das sei nun endgültig weg, hatte er den Heiler gefragt, und der hatte mit einem unergründlichen Lächeln geantwortet, vorläufig schon, und wenn es wiederkomme, würde er halt einen zweiten Anlauf nehmen. Woher er denn glaube, daß so etwas komme, hatte ihn Max weiter gefragt, worauf der Heiler entgegnet hatte, er halte es nicht für ausgeschlossen, daß in seinen Lebensumständen etwas sei, das nach einer Änderung verlange, ein grundsätzliches Unbehagen in irgendeinem Punkt, das auf diese Weise auf sich aufmerksam mache. Vielleicht genüge es schon, wenn er in der nächsten Zeit ernsthaft über sein ganzes Leben nachdächte.

Max hatte sich darauf mit zwiespältigen Gefühlen vom Heiler verabschiedet. Einerseits war er voller Widerstand gegen Lebensratschläge eines Menschen, der ihn überhaupt nicht kannte, andererseits war er ihm außerordentlich dankbar dafür, daß er ihn von diesem lästigen Glucksen befreit hatte, das ihm je länger desto gefährlicher erschienen war. Sein Hausarzt hatte bereits von einer Spitaleinweisung gesprochen, falls er in ein, zwei Tagen nicht weiterkomme, und seine Mutter hatte ihn am Telefon zur Vorsicht ermahnt und eine Geschichte aus ihrer Jugend zum besten gegeben, wo der Vater einer Schulkameradin an einem Schluckauf gestorben sei, weil es ihm, glaubte sie sich zu erinnern, das Zwerchfell zerrissen habe. Fabian hatte ihn allerdings mit dem Guinnessbuch der Rekorde beruhigt, in welchem von einem Mann in England berichtet wurde, der seit 80 Jahren den Schluckauf hatte. Es war also möglich, wenn diese Nachricht stimmte, mit so etwas auch zu leben, nur konnte sich Max nicht vorstellen, wie. Aber das war ja nun auch nicht nötig, und als sich der Schluckauf nach der Rückkehr aus Luzern nicht mehr einstellte, rief er am Nachmittag seinen Hausarzt an und erzählte ihm von der Heilung, wobei er eine kleine Schadenfreude nicht verbergen konnte. Der Arzt lachte zwar, sagte aber, man werde ja sehen, ob das von Dauer sei, und im Fall es wiederkomme, dann solle er sich halt wieder melden.

Ja, hatte Max beim Auflegen gedacht, dann meld ich mich wieder, aber nicht bei Ihnen, sondern in Luzern. Er hatte das Gefühl, der Arzt habe sich ein bißchen geärgert, und eigentlich wäre es ihm auch lieber gewesen, die konventionelle Medizin hätte gesiegt; er fragte sich, ob er nun wohl zu den Homöopathen und Akupunkteuren überlaufen müsse, vor denen ihm insgeheim graute. Er hielt 90% von ihnen für Scharlatane, und er hatte jetzt einfach Glück gehabt, daß er einen aus dem 10%-Sektor erwischt hatte. Wie immer, heute war er wieder zur Arbeit gegangen, ohne daß er ein einziges Mal hicksen mußte, und nun saß er mit Helen in der

Küche und genoß den Abschluß dieser Woche mit dem ersten Glas Rotwein seit längerer Zeit.

In einer Woche war Pfingsten, und sie sprachen darüber, ob sie dann verreisen wollten. Helen hatte den Prospekt eines familienfreundlichen Hotels im Vorarlberg vor sich, es war eine ehemalige Probstei des Klosters Einsiedeln, oder war es immer noch, im Kleinen Walsertal, und Bekannte von ihnen, die Anthroposophen waren, hatten begeistert von den gewürfelten Bettdecken und dem Frühstücksbuffet erzählt, und dem großen Auslauf und den Ponies und dem fröhlichen Pater, der das Ganze leitete, und alles sei ganz weltlich und nichts erinnere an die Kirche. Trotzdem war Max skeptisch. Er las, es liege etwa 1000 Meter über Meer und fragte sich, ob es schon genügend warm sei, wenn das Wetter nicht strahlend würde, sah auch, daß man mit dem Auto hinfahren mußte und fürchtete den Pfingststau. Zudem waren ihm solche Kurzreisen immer etwas zuwider, man mußte so vieles packen und war dann sofort wieder daheim. Er fragte Helen, was sie davon hielte, wenn sie einfach zu Hause bleiben würden, schön ausschlafen könnten und bei gutem Wetter eine kleine Wanderung machen würden, auf den Bachtel, oder auf das Hörnli, oder ins obere Tösstal, oder entlang der Thur, von Andelfingen an den Rhein, und picknicken und Würste braten, oder auch etwas Besseres, wenn er den Faltgrill mitnähme und ein paar Holzkohlen.

Dafür wiederum konnte sich Helen nicht erwärmen, sie kannte die Wanderlust ihrer Buben, und bis jeder seinen Regenschutz und seine Wanderschuhe und sein Rucksäcklein bereit hatte, gab es ein Theater, das sich mit jeder Kofferpackerei messen konnte. Man wußte auch nie im voraus, ob man einen geeigneten Picknickplatz fände, entweder war es zu sonnig oder zu schattig, oder das Holz war zu feucht, und man mußte sich, hustend in Rauchschwaden gehüllt, eine Wurst zu braten versuchen, die dann zu kalt war oder so verkohlt, daß man sich die Lippen daran verbrannte, und man mußte sie stehend verzehren, weil der Boden zu naß war, und keine 100 Meter später, nach dem Aufbruch natürlich, stieß man dann auf eine schöne Feuerstelle mit Bänken, von der man nichts gewußt hatte, und wenn die Buben zu einem Platz kamen, wo es ihnen gefiel, weil sie vielleicht ein Bächlein stauen konnten, gab es meistens kein langes Verweilen, weil man auf irgendein Postauto hasten mußte, das nur alle drei Stunden fuhr, kurz, Helen hatte noch kaum einen wirklich gelungenen Sonntagsausflug erlebt, obwohl Max diese Ausflüge und alles, was damit verbunden war, mit einem gewissen Pathos zelebrierte, eine Wanderkarte etwa konnte er zur Hand nehmen wie ein Pfarrer die Bibel. Deshalb hätte ihr die Aussicht auf drei sorglose Tage in einem familienfreundlichen Probsteihotel gefallen, wo sie die Buben in der Umgebung hätten laufen lassen können und sich auch um keine Verpflegung kümmern mußten, außer, wie immer, um Christians Allergikernahrung.

Sie merkte aber, daß Max bockte, und hatte plötzlich eine andere Idee. Ob sie nicht, schlug sie vor, Sonja anrufen solle. Sonja war eine langjährige Freundin von ihr, und sie besaß ein Haus in einem Dorf irgendwo im Maggiatal, wo ihre Großeltern herkamen. Immer, wenn sie miteinander telefonierten, lud sie Helen ein, sie doch einmal mit der ganzen Familie dort zu besuchen, Platz gebe es genügend, wenn sie die Schlafsäcke mitnähmen.

»Willst du unbedingt weg über Pfingsten?« fragte Max.

»Ja«, sagte Helen ohne zu zögern.

»Und warum eigentlich?« fragte Max weiter.

Helen sagte, sie wisse es auch nicht genau, aber sie habe das starke Gefühl, es täte ihnen allen gut, wenn sie aus dem normalen Trott hier etwas herauskämen, und sein Schluckauf sei doch auch ein Hinweis in dieser Richtung.

Max antwortete, jetzt rede sie fast wie der Heiler, und als Helen fragte, was er denn ähnliches gesagt habe, erzählte ihr Max von dessen Aufforderung, sein Leben zu überprüfen, nicht ohne beizufügen, daß er das ein starkes Stück finde von einem Menschen, der ihn überhaupt nicht kenne.

»Aber hat er nicht recht?« fragte Helen lebhaft.

Max sagte, ob er nun recht habe oder nicht, es sei eine Einmischung, und wenn er sich vorstelle, sein Hausarzt hätte ihm so etwas gesagt, während er ihm die Spritze gegeben habe, dann – also das könne er sich überhaupt nicht vorstellen.

»Der Hausarzt hat dich auch nicht geheilt«, sagte Helen, »und du könntest ruhig auf den hören, der dich geheilt hat, der hat nämlich gemerkt, daß du unglücklich bist in deinem Beruf.«

»Unglücklich?« Max wand sich. »Unglücklich kann man nicht sagen, höchstens ...«

»Höchstens was?« fragte Helen.

»Höchstens manchmal etwas unzufrieden.«

»Und was unternimmst du dagegen?« fragte seine Frau.

Er versuche seine Arbeit so selbständig wie möglich zu gestalten, gab Max zur Antwort, worauf Helen sagte, sie habe den Eindruck, er sollte diese Arbeit überhaupt nicht mehr gestalten, sondern sich nach einer anderen umschauen, und ob er das in letzter Zeit versucht habe.

Max schüttelte den Kopf und sagte, es habe sich auch nicht aufgedrängt. Sein Besuch im Zentrum für angepaßte Technologie im Jura lag ein halbes Jahr zurück, das war auch eher ein Liebäugeln gewesen als ein wirklicher Versuch, und es hätte bedeutet, daß sie von hier hätten wegziehen müssen, und weniger Lohn hätte es auch bedeutet, und überhaupt war ihm das alles zu kompliziert und zu mühsam erschienen.

Helen fragte ihn, ob er nicht einfach kündigen wolle und sich etwas Neues suchen.

Max erschrak. Was war nur in seine Frau gefahren? »Kündigen?« fragte er ungläubig. »Kündigen? Wieso sollte ich kündigen, bevor ich etwas Neues habe? Und überhaupt, so schlecht ist die Stelle nicht, die ich habe. Das müßte ich mir gut überlegen, bevor ich sie aufgäbe, und du auch. Vorläufig ist es doch ganz gut so.«

»Das ist das, was mich anscheißt«, sagte Helen und stellte ihr Glas hart auf den Küchentisch.

Max ließ sein Glas sinken und starrte Helen an. Diese Töne kannte er überhaupt nicht von seiner zarten, mädchenhaften und hausmütterlichen Lebensgefährtin. Das war so weit weg von der weinenden Skifahrerin vor Jahren, daß er glaubte, er habe nicht recht gehört.

»Anscheißt? Helen, was scheißt dich an?«

»Du scheißt mich an«, sagte Helen und stand auf, fassungslos über das, was sie soeben gesagt hatte. Doch sie mußte sofort weitersprechen. »Du scheißt mich an, wenn du genau weißt, daß etwas nicht stimmt und nichts dagegen tust, sondern einfach weiter picknicken willst und hier im warmen Nest hocken bei mir und den Buben und basteln in der Garage!«

Max war auch aufgestanden. Er ging um den Tisch herum und legte den Arm auf ihre Schulter. In seiner Hilflosigkeit suchte er Zuflucht bei ihrem Kosenamen. »Müüsli«, sagte er bekümmert, »ist das dein Ernst? Und warum bist du auf einmal so hart?«

»Es *ist* ernst, und du merkst es nicht!« rief Helen mit Tränen in den Augen, entzog sich seiner Hand und setzte sich wieder an den Tisch. »Ich habe einen furchtbaren

Traum gehabt«, sagte sie, »und ich habe mich nicht getraut, ihn dir zu erzählen. Willst du ihn hören?«

Max war froh, daß das Gespräch wieder ruhiger wurde, setzte sich ebenfalls und vernahm nun den Traum seiner Frau, der ihn erschreckte. Wenn also alle Lampen gelöscht waren und die Kontrolle ausgeschaltet war, dann fühlte sie sich von ihm angeschissen, vollgeschissen, zusammengeschissen, das war es doch, was dieser Traum sagen wollte, wenn ihm irgendeine Bedeutung zukam, und offenbar kam ihm eine Bedeutung zu, sonst nähme ihn Helen nicht so ernst. Plötzlich dachte er an den weinenden Heinz auf dem Keltenhügel und fragte Helen, ob sie einen Freund habe.

Helen lachte überrascht. Nein, sagte sie, wie er darauf komme, ob er denn eine Freundin habe. Nein, sagte Max, und begann ihre Hand zu streicheln, die auf der Tischplatte lag, nein, Gott sei Dank, ich hab dich viel zu gern.

»Ich hab dich auch gern«, sagte Helen und bat ihn, ihre Härte zu entschuldigen, aber sie sei unglaublich froh und erleichtert, daß sie ihm das gesagt habe und er nun ihren Traum kenne, über den sie so beunruhigt gewesen sei, und sie erzählte ihm auch von ihren Gedanken im Warteraum des Spieltherapeuten und von ihrer plötzlichen Lust, mit der fröhlichen Psychologin über ihr Leben zu sprechen.

Zu seiner eigenen Verwunderung ermunterte Max sie, das zu tun, wenn ihr danach zumute sei, gestand ihr auch, daß er schon oft gedacht habe, sie alle machten es ihr nicht leicht, und daß er ihr dankbar sei, daß sie es aushalte mit ihm und den empfindlichen Buben.

Helen sagte, sie halte es gerne aus mit ihm und mußte sich die Augen wischen.

Max hatte noch nie ein derartiges Gespräch geführt mit seiner Frau, es war für ihn an der äußersten Grenze dessen, was man sich sagen konnte, deshalb wollte er es irgendwie abschließen. Er versprach ihr, über das Wochenende eine Liste zu machen mit den Gebieten, auf denen er gern tätig wäre, um sich dann ernsthaft nach etwas Neuem umzusehen, und er sei froh, daß sie ihn in seinem Unbehagen unterstütze. Dann erhoben sie die Gläser und stießen miteinander an.

Fast im selben Moment wurde die Tür aufgestoßen, und Fabian stand mit erhobenen Händen da, rot vor Schrecken und unfähig zu schreien. Sofort war sein Vater bei ihm.

»Sind es die Hände?« fragte er, und während Fabian schluchzend nickte und »explodieren« stammelte, legte ihm Max den Arm um die Schulter, führte ihn zum Wasserhahn, den Helen schon aufgedreht hatte und sagte, er müsse keine Angst haben, es werde gleich besser. Dann hielt er ihm die linke Hand unters Wasser und Helen die rechte, und Max sagte: »Die explodieren schon nicht.«

Bei diesem Satz schaute ihn Helen erschrocken an, und Max schaute erschrocken zurück, denn das Wort »explodieren« war erschüttert worden durch einen deutlichen, unüberhörbaren Schluckauf.

## 28

Roland Steinmann rannte in seinem blauen Trainingsanzug über den breitesten Fahrweg im Loowald. Es war Samstag morgen, und da sein Dienst erst am Nachmittag begann, hatte er mit Christoph Portner, der hinter ihm herlief, abgemacht, daß sie zusammen einen Morgenwaldlauf zu den Keltengräbern unternehmen würden, mit anschließendem Frühstück bei ihm zu Hause. Um halb acht Uhr war er bereits in der Bäckerei gewesen, um frische Brötchen und Gipfeli zu kaufen, und die Bäckersfrau hatte ihn auf die gestrige Sendung angesprochen und gesagt, da vernehme man ja schöne Sachen, und es könnte einem fast Angst werden dabei. Roland hatte ihr geantwortet, die Wissenschaft sei jetzt den Rissen auf der Spur, und die würden uns schon sagen, wenn es Grund zur Angst gäbe. Im übrigen hatte er das deutliche Gefühl gehabt, die Bäckersfrau behandle ihn mit mehr Respekt, weil er gestern am Fernsehen aufgetreten war.

Als er mit den Brötchen zu seiner Wohnung zurückkehrte, traf er vor dem Lift auf Monika, die begeistert auf ihn zutrat und ihm sagte, es sei lässig gewesen, wie er gestern am Fernsehen gekommen sei, und sie habe ja gewußt, daß er einmal am Fernsehen komme, es sei nur schade, daß er den Blumenstrauß nicht dabei gehabt habe. Roland mußte lachen, den Blumenstrauß habe er schon lange verschenkt, und als Monika fragte, wem denn, sagte er, einer Frau.

»Hat sie sich gefreut?« fragte Monika.

»Ich glaube schon«, sagte Roland.

»Dann ist ja gut. Aber gell, Sie sagen mir, wenn es ein Erdbeben gibt – ade, Herr Steinmann!« und sie stieg in den Lift, der jetzt auf ihrem Stock angelangt war und fuhr nach unten.

Roland war etwas verwirrt von der Wirkung seines Fernsehauftritts. Auch als er mit dem Velo zu Christoph Portner unterwegs war, hatte sich ein älteres Ehepaar nach ihm umgedreht, nachdem die Frau ihrem Mann mit dem Ellbogen einen Schubs gegeben und mit dem Kopf auf ihn gedeutet hatte. Zwar arbeitete er nun seit Jahren für dieses Medium und kopierte mit großer Routine Menschen, die in Politik, Sport, Musik, Kunst, Wirtschaft, Militär oder sonstwie öffentlich tätig waren, und er wußte auch um die Popularität von Fernsehansagerinnen oder Nachrichtensprechern, deren eigene Leistung sich auf das anständige Hinhalten des Kopfes beschränkte – dennoch erstaunte es ihn, diese Reaktionen zu spüren, und er hätte nie gedacht, daß einem wegen ein paar Sätzen am Bildschirm eine solche Beachtung entgegenkäme. Er hatte es auch seltsam gefunden, sich selbst als Bestandteil einer Sendung zu sehen.

»Deinem Weltruhm steht nichts mehr im Wege!« rief ihm Christoph Portner von hinten zu, als ihn zwei Vitaparcoursläuferinnen mit allen Zeichen des Wiedererkennens grüßten.

»Das geht vorbei!« rief Roland zurück, »übermorgen ist das alles vergessen.«

»Meinst du?« fragte Christoph.

Roland ging vom Lauf zum Schritt über, blieb schließlich ganz stehen und stützte ein Bein auf einen Baumstrunk auf. Dann erzählte er Christoph, was ihm einmal ein Metzger gesagt hatte, als er mit ihm über Kalbfleisch aus Ammenhaltung diskutieren wollte. Das werde zuwenig verlangt, hatte der Metzger gesagt, das sei einmal eine Modewelle gewesen, weil man am Fernsehen etwas darüber gebracht habe, aber das sähen sie auch jetzt wieder: Wenn über etwas im Fernsehen berichtet wird, z.B. über Hormon im Kalbfleisch, dann merkten sie das am Tag darauf, da werde weniger Kalbfleisch verlangt. Am zweiten Tag merkten sie es auch noch ein bißchen, aber vom dritten Tag an sei alles wieder wie vorher. »Soviel zur Wirkung des Mediums«, sagte Roland.

»Deshalb sprachst du von übermorgen«, sagte Christoph.

»Ja, wahrscheinlich«, antwortete Roland.

»Eigentlich deprimierend«, sagte Christoph, »eigentlich grauenhaft deprimierend, was soll man da noch machen?«

»Man muß eben selber etwas machen, dort, wo man ist, so wie du und deine Freunde, ihr macht doch das sehr gut.«

Das könne schon sein, daß sie es gut machten, sagte Christoph, aber im Gemeindeparlament habe er oft das Gefühl, gegen ein Fernsehpublikum anzutreten, das auch nach drei Tagen alles vergesse. Und übrigens, warum er nicht bei ihnen mit dabei sei, wenn er schon finde, sie machten es gut.

Roland war überrascht, sagte ihm dann, er hätte sie tatsächlich gewählt, aber er habe einfach Mühe, irgendwo Mitglied zu sein, fürchte sich auch fast davor, hier seßhaft zu werden, er möchte lieber nirgends hingehören.

Genau für solche Menschen sei der »frische Wind« gedacht, sagte Christoph, oder ob er glaube, er wolle hier Wurzeln schlagen und versauern? Aber etwas tun wolle er, das schon, eben dort, wo er gerade sei, wie er doch soeben von ihm gehört habe, und bei ihnen gäbe es nicht einmal einen Mitgliederbeitrag, sondern wer Lust habe, könne einfach kommen, wenn sie sich träfen, und dann sei man dabei, und von ihm aus könne auch der Gemeindepräsident zu ihren Treffen kommen, wenn er wolle.

Der Gemeindepräsident aber hatte zur Zeit andere Probleme, als an das nächste Treffen mit dem »frischen Wind« zu denken. Er stand zusammen mit dem Chef des Koordinationsstabes für Katastrophen des kantonalen Polizeidepartements, einem Herrn Heutschi, dem Gemeindeförster, den er, da der Chef der Tiefbaukommission immer noch im Ausland war, zu seinem Schutz aufgeboten hatte, und dieser unseligen Geologiekapazität Bollag vor dem eidgenössischen technischen Hochschulseismographen und war in ein unergiebiges Gespräch darüber verwickelt, wer hier richtig gehandelt habe und wer nicht. Vom Hügel herunter stierten zusätzlich einige Samstagmorgengaffer, die sich den Schauplatz der gestrigen Sendung anschauen wollten und nun sozusagen in den Genuß einer zweiten Sendung kamen, einer Art kontradiktorischen Gesprächsrunde.

Die Teilnehmer dieser Gesprächsrunde hatten soeben die Risse abgeschritten, welche offenbar seit Tagen unverändert waren, und den ersten Rüffel hatte Niederer bereits wegen der Markierungsfähnchen einstecken müssen, man habe ja das Gefühl, hier grabe die Kreditanstalt nach Gold, hatte Heutschi gesagt, worauf Prof. Bollag in großes Gelächter ausgebrochen war und von den Kantonsfähnchen erzählt hatte, die verschwunden waren – im Gegensatz zu den Bankfähnchen, welche den uneingeschränkten Respekt von Picknickenden und Vandalen genössen.

Er sei es gewesen, der die Kantonsfähnchen entfernt habe, hatte sich der Gemeindeförster gemeldet, denn da habe das Ganze nach einer unaufgeräumten Pfadfinderveranstaltung ausgesehen, und wegen solcher Risse hätte er nicht dieses Theater erwartet, das wäre ihm noch nie passiert, so etwas Normales wie das.

Wo es denn im Gemeindegebiet noch weitere Risse gebe, hatte Heutschi mit protokollarischer Stimme gefragt, und der Gemeindeförster sagte, im Moment seien ihm keine bekannt.

»Also ist es nicht normal«, hatte Heutschi mit einem Tonfall zusammengefaßt, der keinen Widerspruch duldete.

Nun waren sie beim Seismographen angelangt, Prof. Bollag hatte ihnen das Funktionieren der Apparatur erklärt und das Aufzeichnungsgerät für die Dauer ihres Gesprächs abgestellt, weil sonst nur unnötig Band verbraucht werde. Auf Heutschis Frage, was er von den Messungen erwarte, antwortete er, die Risse, auf die ihn zwei seiner Studenten aufmerksam gemacht hätten, kämen ihm ungewöhnlich vor, und er halte es für denkbar, daß hier irgendwo tief unter ihnen eine tektonische Spannung vorhanden sei, die sich in weiteren Stößen ausdrücken könnte.

»In Stößen von welcher Stärke?« fragte Heutschi.

Das vorauszusagen sei außerordentlich schwierig, sagte Prof. Bollag, man könne schon unmöglich voraussagen, ob überhaupt weitere Stöße stattfinden würden, aber falls sie stattfänden, wisse man nicht vorher, in welcher Stärke.

»Mit andern Worten: zu 99 % Hypothesen und Spekulationen«, fügte Niederer hinzu, der noch ein paar Pluspunkte gegenüber dem Katastrophenchef brauchte.

»Wenn Sie so wollen, ja«, sagte Prof. Bollag ohne Anzeichen von Scham oder Zerschmetterung durch diesen Einwurf. »Es ist hier einfach etwas im Gang, das ich nicht verstehe, und ich möchte es gern verstehen, deshalb habe ich auch den Seismographen aufgestellt.« Im übrigen habe er die Fernsehsendung nicht veranlaßt, aber wenn er vom Fernsehen um eine Stellungnahme gebeten werde zu einer Sache, die nicht nur öffentlich stattfinde, sondern auch von öffentlichem Interesse sei, sehe er nicht ein, wieso er sich in Schweigen hüllen müsse, das würde ja die Spekulationen und Gerüchte nur verstärken.

Die Frage der Information werde dann noch zwischen ihm und dem Gemeindepräsidenten behandelt und sei gegenwärtig zweitrangig, sagte Heutschi und fuhr, zu Prof. Bollag gewandt, fort, ob er diese Risse irgendeinmal wissenschaftlich erklären könne, sei ihm völlig gleichgültig, ihn interessiere nur, ob von ihnen eine Gefahr ausgehe, gegen die man die Bevölkerung schützen müsse.

Prof. Bollag, dem nun der Kommandoton des Katastrophenmenschen langsam auf die Nerven ging, gab zurück, das sei mit ein Grund, weshalb dieser Seismograph dastehe, damit man nämlich von einem größeren Erdbeben nicht überrascht werde. Häufig gingen größeren Erdbeben kleinere Stöße voran, als Vorwarnung gewissermaßen, und wenn sich hier z. B. kleinere lokale Erschütterungen zeigen würden, verbunden allenfalls mit einer Erweiterung der Risse, dann müßte man sich vorbeugende Maßnahmen überlegen, aber im Moment gebe es noch keine Hinweise auf derartige Erschütterungen, und niemand, der hier stehe, müsse sich einen Vorwurf machen, irgend etwas versäumt zu haben.

Das zu beurteilen, sei dann auch noch seine Sache, fügte Heutschi mit einem Seitenblick auf den Gemeindepräsidenten bei, aber er wolle von ihm noch hören, ob er ein größeres Erdbeben in der Gegend für wahrscheinlich halte. Prof. Bollag beschloß, den herrischen Ton des andern zu ignorieren und sagte, nach den bisherigen Kenntnissen der Wissenschaft liege die Region Zürich in einem Gebiet mit äußerst geringem Risiko, was ein stärkeres Beben betreffe, aber man müsse einfach daran denken, daß die Geschichte der Erdbewegungen niemals abgeschlossen sei, und daß man bestimmt weder in Basel 1356 noch in Lissabon 1753 mit einem so verheerenden Stoß gerechnet habe, der sich nachher jahrhundertelang nicht zu wiederholen brauche.

»Und ausgerechnet die Keltengräber im Loowald sollten der Herd unseres nächsten großen Erdbebens sein?« fragte der Gemeindepräsident nochmals etwas herablassend, von einem trockenen Lachen seines Försters sekundiert.

»Ich hoffe es nicht«, sagte Prof. Bollag, »aber falls er es sein sollte, hätten wir jedenfalls vorher einen kleinen Tip bekommen.«

»Besteht zum jetzigen Zeitpunkt die Notwendigkeit einer Erdbebenwarnung an die Bevölkerung?« fragte Heutschi kategorisch.

»Nein«, sagte Prof. Bollag ebenso kategorisch und fügte hinzu, er sei mit dem Gemeindepräsidenten so verblieben, daß er ihn beim geringsten Hinweis unverzüglich benachrichtigen würde, und natürlich seien ihm durch den Erdbebendienst auch die anderen Verbindungen bekannt, also z. B. zum Amt für Zivilschutz und auch zu seinem Departement.

Heutschi sagte, dann seien sie ja wohl klar, und gab Prof. Bollag sein Kärtchen, auf welches er von Hand noch seine persönliche Telefonnummer schrieb.

Prof. Bollag wollte sich schon verabschieden, als zwei Waldläufer um den Hügel herumkamen, einer in einem blauen und einer in einem roten Trainingsanzug.

»Oha«, rief Christoph Portner, »da kommen wir gerade recht zur Katastrophensitzung!«

»Von wegen«, sagte der Gemeindepräsident mißmutig, als die beiden auf ihr Grüppchen zukamen, »diese Sitzung hier an einem Samstagmorgen habe ich Ihnen zu verdanken, und von Katastrophe kann keine Rede sein, das möchten nur gewisse Leute so haben, die an ihrer Gemeinde keinen guten Faden lassen können, und gewisse Medien, die aus Mücken Elefanten machen müssen, damit überhaupt noch jemand zuschaut, oder ist dies nicht unser V-Mann zum Fernsehen, Herr Steinmann? Niederer ist mein Name, Gemeindepräsident«, und er hielt Roland offensiv die Hand hin, welche dieser ergriff.

»Steinmann«, sagte er, »wir haben miteinander telefoniert.«

»Darf ich fragen, wer die Herren sind?« fragte Heutschi dazwischen.

Niederer stellte Steinmann als den Waldläufer vor, dem die Risse zuerst aufgefallen seien und dem es nicht genügt habe, ihn deswegen anzurufen, sondern der auch Herrn Portner, der im Gemeinderat eine Splittergruppe vertrete, darüber verständigt habe, welcher dann seinerseits über zwei Geologiestudenten die ETH hiehergelotst habe. Herrn Steinmann sei es zuzuschreiben, daß die »DRS aktuell«-Leute überhaupt bei den Keltengräbern aufgetaucht seien, jedenfalls habe ihm dies Fräulein Padrutt gestern so gesagt, nachdem sie ihn interviewt habe, denn wem falle sonst schon eine kleine Bekanntmachung in einem Lokalanzeiger auf.

»Eben«, sagte Christoph Portner, »wem fällt das schon auf, das ist eine Winzigkeit und eine Plazierung, die schon fast nach Absicht aussieht.«

»Natürlich ist es Absicht!« schrie nun Niederer aufgebracht, »soeben höre ich von einem Geologieprofessor höchstpersönlich, daß keine Gefahr besteht, also trifft das zu, was der Förster und ich von Anfang an gesagt haben, warum wollen Sie denn ums Verrecken, daß in der Gemeinde Panik verbreitet wird? Hier steht der kantonale Katastrophenchef, und auch er sieht keinen Grund zur Verkündung des Weltuntergangs! Was zum Teufel wollen Sie eigentlich?«

Christoph Portner sagte, er verstehe nicht, weshalb er sich so aufrege, und er verstehe auch nicht, was Information mit Panik zu tun habe, Panik entstehe eher dort, wo nicht informiert werde, das sei doch die Lehre aus Tschernobyl und Sandoz gewesen, und im übrigen habe Prof. Bollag gestern im Fernsehen kein Wort von Weltuntergang gesagt, sondern nur, daß er die Vorgänge hier verfolge, und das finde er persönlich eher beruhigend als beunruhigend.

Er habe zudem, hakte Prof. Bollag nach, nicht einfach gesagt, es bestünde keine Gefahr, sondern es bestünde vorläufig keine Gefahr, und Steinmann sagte, er erinnere sich an etliche Fernsehsendungen, welche die Gefahr eines drohenden Felssturzes oder Bergrutsches gezeigt hätten, und das sei doch besser, als hinterher zu kommen, wenn alles schon passiert sei.

»Das ist es ja!« rief Niederer, dessen Ausbruch noch nicht zu Ende war, »Sie tun hier alle so, als würde etwas passieren, dabei ist nichts unwahrscheinlicher als das! Wo ist denn hier ein Felssturz? Wohin soll die Erde rutschen? Ins Flache hinüber oder wohin? Hier wird auf Grund der allervagsten Vermutungen der Teufel an die Wand gemalt, und es wird eine ganze Gemeinde, ja eine Agglomeration zum Katastrophengebiet deklariert, ohne daß etwas Handfestes vorliegt!«

Alle, sogar der schneidige Herr Heutschi, waren überrascht von der Heftigkeit von Niederers Ausbruch, nur der Förster nickte zustimmend, und Christoph Portner, der den Tonfall des Präsidenten schon aus dem Gemeinderat kannte, sagte spitz: »Etwas Handfestes vielleicht nicht, aber etwas Handbreites.«

Niemand lachte über diesen Witz, und Herr Heutschi, der sich für die Zusammenkunft hier verantwortlich fühlte, faßte zusammen, was er vorhin schon zusammengefaßt hatte, nämlich sie seien sich also einig, daß keine besonderen Maßnahmen notwendig seien, sie würden aber über Herrn Prof. Bollag und den Erdbebendienst sofort erfahren, wenn sich die Lage in dem Sinn verändern sollte, daß man etwas unternehmen müßte, und damit könnten sie diesen Ort verlassen, und er selbst würde gern noch schnell mit Herrn Niederer allein einen Kaffee trinken gehen.

Er streckte Prof. Bollag die Hand hin, und als der sie

drücken wollte, griff er daneben, denn ein Stoß hatte diese Hand um ein paar Zentimeter verschoben, ein Stoß, der von einem Grollen begleitet war, als würde in der Ferne Artillerie abgefeuert. Ein plötzliches Aufrauschen der Baumkronen folgte, und dann war es still ringsum.

Alle waren erschrocken, am meisten Prof. Bollag, der sich entsetzt mit beiden Händen an die Stirn griff.

»Was ist los, Herr Professor?« fragte Christoph Portner verängstigt.

Der Professor stöhnte. »Es ist nicht zu fassen«, sagte er, »ausgerechnet jetzt war der Seismograph abgestellt.«

## 29

Heute hatte er wieder einmal Sonntagsdienst. Er dauerte von mittags 12 bis abends 20 Uhr und stand ausschließlich im Dienste des Sports. Je länger Roland mit Sport zu tun hatte, desto gleichgültiger wurde er ihm, es war eigentlich eine unglaubliche Monotonie in diesen immer gleichen Vorgängen, Abläufen und Zeitlupen. Fußball mochte er am liebsten, weil da in jedem Match unvorhersehbare Situationen entstanden, aber er fand, daß man nur ein ganzes Spiel anschauen sollte, und war überzeugt, daß bei den Zusammenfassungen, wo bloß die Tore oder die Beinahtore gezeigt wurden, das Wesentlichste wegfiel, nämlich die Spannung, ob nun wieder etwas passieren würde. Nach drei oder vier Zusammenfassungen waren bestimmt die wenigsten Zuschauer in der Lage, die gefallenen Tore noch auseinanderzuhalten.

Was ihm aber am Sonntagsdienst gefiel, war die Stimmung im Netzwerk. Technisch war die Arbeit anspruchslos, ja uninteressant, es ging gewöhnlich um ganz einfache Schnitte, die wenig Gespür erforderten, aber dafür war es lustig, nie wurden die Aufzeichnungstechniker so dringend gebraucht wie am Sonntag. Für die Sportsendungen, auch für die vom Samstagabend, wurde jeweils eigens ein technischer Disponent eingesetzt, der zwischen Redaktion und Netzwerk hin- und herzirkulierte und die Ansprüche der Redaktion mit der Auslastung der Techniker und der Geräte koordinieren mußte. Das war ein Aushilfsjob, und die Leute, die ihn machten, waren meistens Menschen, die Betrieb und Rummel schätzten. Heute war Klaus dran, der im Hauptberuf eigentlich Turnlehrer war, aber damit nur auf ein halbes Pensum kam.

Soeben hatte er Roland ein MAZ-Band zurückgebracht,

das er vor zehn Minuten überspielt hatte, und ihn gebeten, den letzten Beitrag darauf, den Bericht über ein Motocrossrennen, auf eine Betakassette zu überspielen, da er nun doch unmittelbar auf den vorletzten Beitrag mit dem Seitenwagen-Grandprix folgen sollte, mit nur einem Satz des Moderators dazwischen, und da reichte für den Einspieloperateur die Zeit nicht aus, auf den Anfang des nächsten Beitrags zu fahren. Die Kassette hingegen konnte er vorher schon auf der andern Maschine einlegen und auf Startposition bringen. Als Roland sagte, ob sich das die Herren von der Redaktion nicht ein Viertelstündchen früher hätten überlegen können, kniete Klaus vor ihm nieder und sagte: »Mein Herr, vergib ihnen, denn sie wissen nicht, was sie tun.« Roland erteilte ihm die Absolution, und Yves, der vorbeiging, fragte, ob sie am Wort zum Sonntag seien.

Roland nahm das Band, holte sich eine Kassette und ging damit zur Maschine, mit der man MAZ auf Kassette überspielen konnte, aber sie war gerade besetzt, durch This, der das Zeitfahren des Giro d'Italia kopierte. Noch etwa 4 Minuten brauche er, bekam er als Auskunft, als ihn Herbert, der Sportredaktor, am Arm faßte und ihn fragte, ob sie jetzt den Beitrag übers Dressurreiten machen könnten. Das war eine etwas längere Sache, und er hatte Herbert zu Beginn des Nachmittags versprochen, das mit ihm zu machen, denn er wußte, daß dieser gern mit ihm arbeitete, und das freute ihn. Er bat This, die Motocrossüberspielung für ihn zu übernehmen, sagte dies auch Klaus, der gerade wieder am Davonrennen war, und suchte sich mit Herbert eine freie Koje zum Schneiden.

Es war wie so oft, plötzlich wollten alle miteinander fertig sein. Wenn jeweils bis vier Uhr noch nichts Vernünftiges hereingekommen war, hatte man Grund zum Mißtrauen, dann war spätestens ab halb fünf Uhr der Teufel los, und so war es jetzt. Zu Beginn des Nachmittags hatte er zwei Stunden nichts anderes gemacht, als Kassetten gelöscht, die neuen Stahlbänder, die man SP nannte und auf die alle ganz wild waren, weil sie eine noch bessere Bildauflösung brachten. Da aber die eine Firma, die das Monopol darauf hatte, nicht genügend liefern konnte, mußten sie dauernd Kassetten mit nicht mehr gebrauchtem Material löschen, ohne daß jedoch das dafür erforderliche Gerät zur Verfügung stand, das kostete zwischen 40 000 und 50 000 Franken und war im Budget des laufenden Jahres offenbar nicht vorgesehen. Deshalb konnten die Kassetten nur gelöscht werden, indem man sie auf schwarz überspielte, was aber im Originaltempo geschehen mußte, eine richtige Sonntagsbeschäftigung, zu der er in aller Ruhe die beiden Sonntagszeitungen lesen konnte.

Es hatte ihn interessiert, ob der neuerliche Erdbebenstoß von gestern eine Zeitungsmeldung wert war, denn er war, wie er gegen Abend über seine Ringleitung erfahren hatte (Ringleitung nannte er für sich die Verbindung Bollag – Thomas/Sandra – Christoph – Steinmann), er war in einem geradezu erstaunlichen Maß lokal gewesen und von den nächstliegenden Meßstationen kaum wahrgenommen worden. Da im entscheidenden Moment der Seismograph außer Betrieb gewesen war, konnte Prof. Bollag nichts Genaues über den Stoß sagen, er hütete sich auch, eine Depeschenagenturmeldung zu machen, und Nachfragen beim Erdbebendienst hatte es keine gegeben, somit war der zweite Stoß für die Öffentlichkeit so gut wie nicht geschehen.

Plötzlich wurde ihm klar, daß er selbst für die Verbreitung dieser Nachricht eine wichtige Rolle gespielt hatte, auch wenn er in die Rolle mehr gerutscht war, als daß er sie gesucht hatte, er war einfach zufällig am richtigen Tisch in der Kantine gesessen, aber von sich aus hätte er die »DRS aktuell«-Redaktion nicht aufgesucht, geschweige denn die Tagesschau. Es genügte nicht, daß etwas geschah, man mußte auch darum besorgt sein, daß darüber berichtet wurde. Es erstaunte ihn, daß er erst jetzt merkte, wofür er seit 10 Jahren arbeitete. Die Grenze zwischen öffentlich und nichtöffentlich verlief nicht irgendwo draußen in der Stadt oder im Wald, sondern hier quer durchs Haus, über die Redaktionspulte und die Monitoren der Schneideräume, und er arbeitete bei den Grenzbeamten. Mit einem Mal kamen ihm Sequenzen in den Sinn, die er hatte weglassen müssen, bei Demonstrationsberichten, bei Hinrichtungen, bei Interviews mit Bundesräten oder Wirtschaftsbossen. Wirklich war nicht, was passiert war, sondern worüber berichtet wurde, und bei dieser Nullpublizität würde es dem Gemeindepräsidenten und dem Förster nicht schwerfallen zu behaupten, der zweite Stoß sei gar nicht passiert.

Mercalli 3 bis 4, hatte Prof. Bollag noch am Ort gesagt gestern, das war eine Art Wahrnehmungsskala, welche sich an den beobachteten Wirkungen orientiert, also eine weniger wissenschaftliche Bewertung, und 3 bis 4 war offenbar nicht viel, die Risse hatten sich nur minimal vergrößert danach, was sowohl dem Gemeindepräsidenten wie dem Förster nach dem ersten Schrecken wieder Auftrieb in ihrer Vermutung gegeben hatte, es handle sich hier um nichts Außergewöhnliches. Der Katastrophenchef allerdings war nicht ganz so sicher. Nachdem er Prof. Bollag gehörig abgekanzelt hatte wegen seines verhängnisvollen Griffs zum OFF-Schalter, verlangte er von ihm bis zum Abend einen detaillierten Bericht, und dieser Bericht war dann offenbar der, daß die Sache lokal und schwach gewesen sei. Aber sie war gewesen.

Steinmann hatte versucht, Madlaina anzurufen, um ihr das Neuste von den Keltengräbern zu erzählen. Beim Fernsehen erreichte er sie nicht – Samstag abend, wie auch? – und fand niemanden, der ihre Privatnummer kannte oder sie herausrücken wollte, entdeckte sie nicht im Zürcher Telefonbuch, schaute dann noch in seiner eigenen Gemeinde nach, wo sie natürlich auch nicht wohnte und verzichtete dann darauf, den Gang durch die Agglomeration anzutreten, in der Hoffnung, er sähe sie vielleicht morgen.

Aber jetzt war morgen, und er hatte sie nicht gesehen, und jetzt, um fünf Uhr, war Ende der Ruhe, und nicht erst jetzt, sondern schon fast seit einer Stunde. Ein ganz kleines bißchen hatte er, wie ihm im Lauf des Nachmittags bewußt wurde, darauf gehofft, daß Madlaina ihn heute besuchen würde, denn als sie am Freitag zusammen in den Loowald gefahren waren, hatte sie ihm gesagt, nun habe er ihr das Netzwerk gar nicht zeigen können, worauf er erwähnte, am Sonntag habe er Dienst, und zu Beginn des Nachmittags sei es meistens ruhig. Ihre Antwort war gewesen: »Ja, am Sonntag hätte ich eigentlich frei.« Aber »hätte« und »eigentlich« waren einfach andere Wörter für »nein« oder »lieber nicht«, das hätte er eigentlich gleich wissen können.

Nun mußte er sich also den schweizerischen Dressurreitern widmen, die heute eine Goldmedaille bei den Europameisterschaften geholt hatten, eine Goldmedaille, die man eher den Bundesdeutschen zugetraut hätte, und deshalb sollten vier Kurzporträts in den Wettkampfbericht eingeflochten werden, zwei davon waren Archivmaterial auf Kassetten, er ging also gleich nochmals zu This und fragte ihn, ob er ihm die beiden auch noch überspielen könne, legte dann das Band mit dem Wettkampfbericht und das Band mit den Porträts in zwei Maschinen ein und ging mit Herbert in den Regieraum. Herbert wollte mit der Siegerehrung beginnen, gab ihm die Zeit auf dem Band an,

Roland fuhr zu der Stelle, gab dann das Überspielungsmenü in den Schnittcomputer ein und startete.

Während auf dem Einspielmonitor die drei schwarzbefrackten Herren und die blonde Reiterin lächelnd auf das Podest traten und ihre Hüte schwenkten, wenigstens die Herren, blieb der Monitor mit dem überspielten Bild grau.

Roland brach ab und fuhr nochmals auf Anfang, überprüfte das eingegebene Programm und startete ein zweites Mal, ohne daß sich etwas änderte. Offenbar wurde nicht aufgezeichnet. Er ging zur Koje 5 und überprüfte die Schaltungen auf dem Pult, doch es war alles so, wie es sein sollte, also versuchte er es ein drittes Mal, aber das Gerät blieb bei seiner Weigerung.

»Einen Moment«, sagte er zu Herbert, der unruhig wurde, »ich muß die Technik benachrichtigen.« In der Technik nahm zunächst niemand ab, erst nach längerem Läuten meldete sich Fritz und sagte, er sei in der Tagesschau, und es dauere mindestens eine halbe Stunde, bis er kommen könne, weil eine der beiden Haupt-MAZen ausgestiegen sei.

Roland mußte einen andern Redaktor aus der Koje 4 vertreiben, der dort in geradezu andächtiger Haltung vor dem Monitor stand, welcher sehr hoch oben angebracht war. Ein Bericht von einem Kunstturnerländerkampf lief ab, und der Redaktor sprach dazu halblaut den Text, den er nachher live im Studio hersagen würde. Es tönte wie eine Liturgie in der Nebenkapelle eines Doms, und der Name der Verheißung hieß Sepp Zellweger, und die Frage, was im Kunstturnen nach ihm kommen würde, hing geheimnisvoll und unbeantwortet im Raum. Der Sportpriester erschrak richtig, als ihm Roland die Hand auf die Schulter legte und ihn fragte, ob es ihm etwas ausmachen würde, das Band in Koje 5 anzuschauen. Eigentlich machte es ihm etwas aus, aber gegen den technischen Sachzwang hatte er keine Chance, das wußte Roland und hatte schon angefangen, das Band zurückzuspulen. Nachdem er es in die Maschine 5 eingelegt hatte, welche eine Wiedergabe gerade noch schaffte, und das Dressurreiterband in die Maschine 4 spannte, erzählte er Herbert von der Empfindlichkeit der Maschine 5 auf Fremdbänder und fand, daß er ausgerechnet bei einer schweizerischen Medaillenehrung versage, sei neu und eine Gemeinheit von diesem Apparat.

Dann aber konnten sie endlich anfangen, und während Herbert im Flüsterton die Länge seines Textes zu den laufenden Bildern ausprobierte, schaltete Roland von der Siegerehrung auf die Wettbewerbshöhepunkte, ließ Galopptraversalen und Piaffen in grünleuchtende Totalen von den Landsitzen der Dressurreiter übergehen, die alle Millionäre sein mußten, sich lächelnd an einen Paddock lehnten und versicherten, Dressur sei harte Arbeit. Einer wurde von seiner Mutter trainiert, die ihm von außerhalb der Umzäunung ein paar spitze Worte zurief, und alle betonten, der Teamgeist sei hervorragend, weil allgemein bekannt war, daß es keinen Teamgeist gab. Nachdem der dritte Reiter mit seinem Pferd über die Bahn getänzelt war, mußte Roland unterbrechen, um sich die Archivporträts zu holen, und als er sah, daß This gerade daran war, das zweite fertig zu machen, versuchte er schnell, Christoph Portner anzurufen, aber der meldete sich nicht. Roland war der Meinung, am Montag sollte eine Zeitung etwas über den Erdbebenstoß schreiben, und hatte gehofft, Christoph könnte diesen Kontakt herstellen.

»Der Zellweger isch gschtorbe!« rief ihm der andere Redaktor aus Koje 5 zu, und Roland, der mit seinen Gedanken bei den Keltengräbern gewesen war, erschrak, dann ging er zum Urschweizer, aber der Redaktor hatte das Band schon selbst zurückgespult, und Roland legte sein Porträtband in die Maschine 4, nahm das gebrauchte Band heraus und brachte es Herbert zurück, dann schnitten sie den zweiten Teil zusammen, nochmals nervös tänzelnde Pferdebeine, entspannte Reiter vor großen Gehegen, die beim Lächeln Gebisse entblößten, welche an diejenigen ihrer Pferde erinnerten, und zum Schluß kam noch ein zeitraubender Gag, den sich der Redaktor ausgedacht hatte, nämlich vier Großaufnahmen der vier Siegerpferde, denen er jedem ein Zitat in den Mund legen wollte, das erste hieß: »Wer ist hier eigentlich der Sieger, die Reiterin oder das Pferd?« Diese Großaufnahmen mußte er sich aus einem längeren Rohmaterialband heraussuchen, und nachher sollte er noch einen Waffenlauf schneiden, und soeben hatte Klaus verkündet, daß eventuell Fußballspiele von gestern abend noch gekürzt werden mußten, weil zuviel Material da war, und auf der Suche nach dem zweiten Pferd, welchem Herbert den Satz »Wo ist der Hafer, Herr Hofer?« unterlegen wollte, weil der Reiter Hofer hieß, überlegte sich Roland, wem er das mit der Zeitung noch stecken könnte, da legte sich eine leichte Hand auf seinen Oberarm, und Madlaina fragte ihn: »Hast du zu tun?«

Oh, sagte Roland, was für eine angenehme Überraschung, und spürte zu seinem Ärger sein Gesicht rot anlaufen, dann gewann er aber die Fassung wieder und sagte, er sei am Roßschneiden, wie sie sehe, und Herbert rief, halt, das ist es!, und dann hängte er Herrn Hofers Goldpferd an das Stückelbergsche, und während er Herbert die nächste Nahaufnahme suchen ließ, erzählte er Madlaina in Stichworten das gestrige Zufallstreffen bei den Keltengräbern und die verpaßte Aufzeichnung des Stoßes, und daß es ihn eigentlich gestört habe, daß der Stoß in den beiden Sonntagszeitungen nicht erwähnt worden sei, und ob sie nicht auch finde, man sollte eine Zeitung verständigen, damit wenigstens morgen, Moment, das nächste Pferdegebiß wieherte vom Monitor, es gehörte den Ramseiers, deshalb hatte sich Herbert in Anlehnung an das bekannte schweizerische Volkslied den Kommentar ausgedacht »Und jetz gang ich mit s Ramseiers go grase«, Roland suchte sich den Beginn des Wieherns, startete das Sendungsband und drückte die Taste einen Moment zu spät, das erste Mal an diesem Tag, er mußte nochmals zurückfahren, und im zweiten Anlauf ging es, du verwirrst mich, sagte er zu Madlaina, und während er für Herbert das Band zur Suche nach dem letzten Pferd laufen ließ, fragte er, was sie finde wegen der Zeitung, und Madlaina fand, sie würde natürlich lieber morgen im »DRS aktuell« nochmals darauf zurückkommen, und für sie sei es immer gut, wenn sie etwas hätten, das die Zeitungen nicht hätten, und Roland fragte sie, ob sie meine, daß sie damit durchkomme in der Redaktion, worauf Madlaina sagte, daß sie das schon meine, und dann warf das vierte Pferd schnaubend seinen Kopf von links nach rechts, sein Reiter hieß Schatzmann, und Herbert wollte dazu sagen »Was heißt hier Schatzmann? Schatz-pferd«! Damit war der Dressurbericht zu Ende, und während ihn Roland zurückspulte, zusammen mit den Materialbändern, sagte er zu Madlaina, falls sie zum Zuschauen gekommen sei, könne sie ihm nur zuschauen, wie er zu tun habe bis um halb sieben oder sieben, und dann könne er ihr erst das Netzwerk zeigen, und die Antwort, die er von Madlaina erhielt, ließ ihm das Herz höher schlagen, denn sie sagte, sie schaue ihm jetzt einfach zu, und wenn es ruhiger werde, könne er ihr das Netzwerk erklären, und dann – und dieser Nachsatz kam Roland vor wie ein Umschnitt aus der Realität in einen Spielfilm, »und dann können wir ja zusammen Nachtessen gehen.«

# 30

»Was aber kommt nach Sepp Zellweger? Diese Frage wird im schweizerischen Kunstturnen wohl noch einige Zeit im Raum stehen«, sagte der Präsentator von »Sport am Wochenende« und blickte besorgt von der Bildscheibe auf Manfred Niederer, der ebenso besorgt von seinem Sessel zurückschaute, während sein Sohn Robert auf dem Sofa im »Sonntagsblick« blätterte.

»Interessiert euch das im Ernst, was nach Sepp Zellweger kommt?« fragte Thomas halb belustigt, halb verärgert. Er stand mit einer umgebundenen Küchenschürze im Türrahmen. »Ich habe gesagt, ich koche, wenn ihr mir helft dabei.«

»Ich will noch das Dressurreiten sehen, dann komm ich«, sagte sein Vater, und Robert blickte auf und sagte: »Dressurreiten? O Gott!« erhob sich und ging mit seinem Bruder in die Küche. Arco, der mit dem Kopf auf den Pfoten unter dem Glastisch gelegen hatte, den Blick auf den Fernsehapparat gerichtet, als betreffe ihn das schweizerische Kunstturnen ganz direkt, erhob sich beim Auftauchen der ersten Pferdebeine ebenfalls und verließ mit Robert das Wohnzimmer. Man wußte nie, wann sich ein Gang in die Küche lohnte. Jedenfalls hatte die Abwesenheit seiner Meisterin für ihn reichlichere Mahlzeiten zur Folge, weil die Männer immer Angst hatten, er kriege zuwenig. Arco tat nichts, um diesem Eindruck entgegenzuwirken, im Gegenteil, wenn er sich wie jetzt mit leidvoll nach oben blickenden Augen neben die Balkontür der Küche setzte, sah er aus, als habe man ihn seit Tagen fasten lassen.

»Sag mal, hat Arco heute schon zu fressen gehabt?« fragte Robert.

»Aber sicher«, sagte Thomas, und als der Blick des Hundes im Schwingungsbereich Elend und Hungertod verharrte, sagte er, er solle nicht so scheinheilig tun und warf ihm den Fettstreifen eines Schweineschnitzels zu, nach dem Arco zielsicher schnappte.

Es sah ziemlich chaotisch aus in der Küche. Die Abwaschmaschine stand halb offen, unausgeräumt, wer Geschirr brauchte, holte es sich direkt aus der Maschine, was zur Folge hatte, daß das gebrauchte Geschirr sich auf dem Abtropfbrett stapelte – mit Konfitürekrusten und Fettflekken, die sich von Tag zu Tag stärker in die Teller einfraßen. Auf dem Tisch lagen aufgerissene Tiefkühlpackungen mit Schweinsschnitzeln und ein Karton Spinat, der langsam auftaute und von dem sich eine grüne Spur ihren Weg zu den Schnitzeln bahnte. Eine Schachtel »Uncle Ben's«-Reis stand mit eingedrückter Öffnung neben einer offenen Senftube, Thomas rieb gerade die Fleischstücke mit Senf ein und hatte die Finger voll davon.

»Und was dachtest du, was wir dir vielleicht helfen könnten?« fragte Robert maliziös.

Thomas zeigte ihm hilflos seine gelben Hände und sagte, er könne mal mit der Pfeffermühle über das Fleisch gehen und ob er wisse, wie man Risotto mache, auf dieser Idiotenschachtel stehe nur ein Trockenreisrezept.

Wo die Pfeffermühle sei, fragte sein Bruder zurück, und Thomas sagte, wo wohl, im Schrank, aber im Schrank war sie nicht, und auch nicht im Auszug bei den Öl- und Essigflaschen, dann nehmen wir halt, sagte Robert, dann nehmen wir halt etwas aus dem Gewürzhalter, und er entschied sich für McCormicks Cayennepfeffer, aber nicht zuviel, warnte Thomas, während sich schon eine rötliche Staublawine über die Schnitzel ergoß. »Gahts na?« rief Thomas und versuchte, die Pfefferschicht von den am meisten betroffenen Schnitzeln mit einem Küchenmesser wegzukratzen, was aber nicht ging, ohne daß der Senf mitkam. Was nun mit dem Risotto sei, fragte er Robert. Er würde es im Salzwasser kochen, wie Spaghetti, meinte dieser. Dann gebe es Trockenreis, sagte Thomas, das stehe doch auf der »Uncle Ben«-Schachtel, und woher denn die Zwiebeln kämen, und Weißwein brauche man doch auch. Die Zwiebeln würde er einfach hineinschnetzeln, fand Robert, und den Wein schütte man, glaube er, dazu, wenn das Ganze aufgequollen sei und am Austrocknen, dann müsse damit gelöscht werden.

»Also dann los«, sagte Thomas, »und ich übernehme das Fleisch und den Spinat.«

Während sie sich nun beide am Herd zu schaffen machten und ihre jeweiligen Pfannen in Position brachten, fragte Robert seinen Bruder, ob er eigentlich wisse, wann ihre Mutter wieder komme, aber der wußte es nicht, und auch die Frage, warum sie eigentlich nach München verreist sei, konnte er nicht beantworten, es habe anscheinend eine Auseinandersetzung gegeben zwischen den Eltern, aber es sei kein Communiqué herausgekommen, worüber. Die paar Male, die er den Vater gesehen habe in dieser Woche, sei er aber ziemlich am Boden gewesen, er glaube, es mache ihm echt etwas aus, und dann komme diese Penicillinkur dazu wegen seiner Allergie, was er persönlich für einen Schwachsinn halte, Penicillin gegen Kälte, das sei ja das Letzte, ach und dann natürlich die Geschichte mit den Rissen bei den Keltengräbern im Loowald und die Fernsehsendung darüber, und Rüffel habe es gegeben von kantonalen Katastrophenstellen, kurz, *eine* Sauerei.

Robert hatte die Pfanne zur Hälfte mit Wasser gefüllt, Thomas fragte ihn, ob das nicht zuviel sei, Trockenreis werde mit 1 zu 2 angegeben, 1 Tasse Reis, 2 Tassen Wasser, aber Robert sagte, das sei dann auch entsprechend trocken, Risotto müsse doch feucht sein, und Reis sauge ja ungeheuer.

Thomas sagte, er frage trotzdem noch schnell den Vater

und ging ins Wohnzimmer, dessen Tür er nur mit dem Ellbogen öffnen konnte, weil seine Hände immer noch voll Senf waren.

Im Wohnzimmer liefen gerade die Witze mit Herrn Hofers Hafer und Ramseiers Gras ab, Thomas sagte, schau mal, die sind richtig mutig geworden, Witze im Sport, und Niederer sagte griesgrämig, da müsse ja ein Roß lachen, und ob sie nicht allein zurechtkämen in der Küche, es stehe noch der Giro d'Italia bevor. Nein, Risotto habe er nie selbst gemacht, man könne nicht alles im Leben, und so wie Mami brächte er es ohnehin nicht zustande, ihr Vorsprung sei uneinholbar, aber Weißwein gehöre dazu und Zwiebeln, und die Reihenfolge stehe bestimmt in irgendeinem Kochbuch.

Als Thomas in die Küche zurückkam und ihn sein Bruder fragend anschaute, sagte er ihm, er habe kürzlich gehört, daß sich das gesamte Wissen der Menschheit etwa alle fünf Jahre verdopple, doch am Gebiet der Risottozubereitung sei diese Entwicklung wohl vorbeigegangen, der Vater wisse noch weniger als sie, dafür schaue er jetzt den Giro d'Italia, das sei auch etwas Italienisches.

»Also, dann frisch gesalzen«, sagte Robert und ließ zwei Teelöffel Salz ins Wasser rieseln. Das sei eindeutig zu wenig für diese Wassermenge, fand Thomas, aber Robert entgegnete, er habe jetzt drei Wochen lang einen versalzenen Fraß gehabt, und wer wolle, könne sich das Risotto auf dem Teller noch nachwürzen, und ob er die Fernsehsendung mit Papi auch gesehen habe.

Sicher, sagte Thomas, indem er Öl in die Bratpfanne goß, sicher habe er sie gesehen, und Papi habe sich zwar tapfer geschlagen, habe sogar in die Vergleichskiste gegriffen mit einem Flugzeugabsturz, aber die Wissenschaft habe überzeugender gewirkt. Dann erzählte er ihm auch, was er von der gestrigen Tatortbesichtigung gehört hatte und vom neuerlichen Beben und vom Pech des Professors, der in diesem Moment den Seismographen ausgeschaltet hatte. Schwach und lokal müsse der Stoß gewesen sein, er selbst sei jedenfalls nicht erwacht deswegen, denn er habe gestern bis gegen Mittag ausgeschlafen, weil er nachts die Seminararbeit zu Ende geschrieben habe, den Entwurf wenigstens.

Robert schüttete drei Tassen Reis in das Wasser, das noch nicht heiß war, und als Thomas bemerkte, das sei eher zuviel, sagte er, sie hätten sich doch entschieden, daß er das Risotto mache, und Arco fresse liebend gern Reis. Bei der Nennung seines Namens erhob sich der Hund und wedelte mit dem Schwanz, aber Thomas sagte, das restliche Fett bleibe an den Schweinsschnitzeln. Aus der Bratpfanne begann es nun zu rauchen, und als Thomas die ersten vier Fleischstücke hineinwarf, zischte das Öl nach allen Seiten, und Robert schrie auf, weil ihn ein heißer Tropfen an der Hand getroffen hatte. Die Suche nach einem Spritzdeckel blieb ohne Resultat, das Organigramm der Küche war im Detail nur ihrer Mutter bekannt, wie ihnen jetzt klar wurde, und so legte Thomas einen Holzlöffel über die Pfanne, auf welchen er dann einen Pfannendeckel praktizierte, der allerdings etwas zu klein war und stellte die Platte auf halbe Kraft. Robert empfahl ihm, sie ganz abzustellen, die Nachwärme reiche noch lange bei dieser Hitze, aber Thomas fragte zurück, wie das nun sei, wer das Risotto mache und wer das Fleisch.

Er sei auch viel zu früh dran mit seinen Schnitzeln, sagte Robert, bei ihm sei noch kaum das Wasser heiß, worauf Thomas den Backofen einschaltete und sich eine feuerfeste Schale suchte, in welcher er die Schnitzel nachher in die Wärme stellen konnte. Dann mußte er nach einer kurzen Warnung an seinen Bruder, der daraufhin die Gefahrenzone verließ, das Fleisch wenden, und die nicht angebratenen

Seiten zischten nochmals ebenso heftig bei der Berührung mit dem heißen Öl.

»Zimmi ist eingebrochen«, sagte der Vater, der nun im Türrahmen erschien, »achtzehnter im Bergzeitfahren, stellt euch das vor, ein Formtief hat der, ein richtiges Formtief.«

»Fast wie du«, sagte Thomas.

Was er damit meine, fragte sein Vater zurück.

Na, sagte Thomas, er wolle doch nicht behaupten, daß er in Form sei. Jemand, der am Mittag ein Bankett mit dem Stadtpräsidenten von Zürich wegen Unpäßlichkeit absage, sei doch am Abend nicht schon wieder in Form.

»*Was* hast du abgesagt?« fragte Robert erstaunt.

Das Agglomerationspräsidententreffen mit dem Zentrumsguru, sagte Thomas, das habe er abgesagt.

Und wieso das, wollte Robert wissen.

Aus verschiedenen Gründen, sagte Niederer, einmal fühle er sich wirklich nicht mehr richtig gut, seit er diese Spritzen bekomme, dann habe er das Gefühl, er sei ins Gerede gekommen wegen diesem Spaltentheater, und dann wäre er lieber mit der Mutter gegangen als allein, und plötzlich habe er das Gefühl gehabt, er brauche im Grunde genommen gar nicht hinzugehen.

Thomas schüttelte den Kopf und sagte, eben das sei sonst nicht seine Art, drum das Formtief.

»Worüber habt ihr euch eigentlich gestritten, Mami und du?« fragte Robert und rührte in seiner Reispfanne, aus der nun langsam ein Räuchlein aufstieg.

Niederer mußte tief einatmen. »Über etwas Privates. Etwas zwischen uns«, sagte er dann knapp.

Thomas ließ den tiefgefrorenen Spinatbarren in die zweite Pfanne gleiten, legte die Packung mit der Gebrauchsaufschrift auf den Tisch und sagte, dann müsse es aber Mami ganz schön den Gong gegeben haben, daß sie einfach abhaue nach München, und Robert fügte bei, daß sie *ihn* hocken lasse, könne er noch verstehen, aber den Hund...

»Wann kommt sie zurück?« fragte Thomas.

Das wisse er nicht, sagte Niederer mutlos, es sei so, daß sie noch gar nicht mit ihm sprechen wolle.

»Aber du weißt, wo sie ist?« fragte Robert.

Ja natürlich wisse er das, bei ihrer Freundin Marianne, er habe auch die Nummer, aber sie komme nicht ans Telefon, wenn er anrufe.

»Soll ich einmal telefonieren?« fragte Thomas, »mit mir liegt sie ja nicht im Clinch.«

Ja, vielleicht wäre das gut, sagte Niederer, lange könne er diesen Haushalt nicht allein durchziehen, oder sonst müßten sie zwei ganz anders mithelfen.

»Wir helfen ja«, sagte Thomas und balancierte mit der Bratenschaufel die Schnitzel in die feuerfeste Schale, klappte die Ofentür herunter und stellte die Schale hinein. Darauf goß er etwas Öl in die Pfanne nach, das sich augenblicklich in Rauch verwandelte, schmiß die andern vier Fleischstücke hinein und bedeckte sie wieder mit seiner Konstruktion aus Holzlöffel und Pfannendeckel, unter der die Öltropfen seitlich herausschossen. Dann fragte er seinen Vater nach der Telefonnummer. Dieser holte sie aus seiner Jacke, die im Korridor hing, und gab sie Thomas.

»Also«, sagte der, »drück doch unterdessen langsam den gefrorenen Spinat in die Pfanne«, gab ihm den Schöpflöffel in die Hand und ging mit dem Zettel zur Tür hinaus.

Niederer starrte auf den grünen Eisblock, der am untern Rand zu schmelzen begann und benutzte den Löffel nur, um den Block vom oberen Pfannenrand fernzuhalten, damit nichts außen herunterlief.

»Und was ist denn nun mit den Rissen im Wald?« fragte Robert, der unangenehm nahe neben seinem Vater stand.

Dort bebe aus irgendeinem Grund, den ihm niemand nennen könne, die Erde, sagte Niederer. Gestern, mitten in der Besprechung mit dem kantonalen Katastrophenobmann, dem Förster, dem Geologieprofessor von Thomas und ihm, habe der Boden einen Moment gezittert, das sei deutlich zu spüren gewesen, aber weil dieses Genie von Professor ausgerechnet in dem Moment den Seismographen ausgeschaltet habe, habe er wieder nichts Genaueres sagen können als über den letzten Stoß auch, habe ihn dann gestern abend noch angerufen, um ihm zu sagen, daß der Stoß schwächer gewesen sei als der erste, daß aber der Herd des Bebens wieder etwa am selben Ort liege wie das erste Mal, also in der Gegend des Keltenhügels. Die Risse seien, das hätten sie noch am Ort gesehen, etwas größer geworden, um 1 bis 2 cm, habe der Professor gesagt.

Der Spinatblock begann nun seinen Aggregatszustand immer schneller zu verändern, seine obere Spitze war bereits unter den Pfannenrand gesunken.

»Aber droht irgendeine Gefahr?« fragte Robert.

Ach woher, sagte sein Vater, was solle vom Keltenhügel im Loowald schon für eine Gefahr drohen, und dieser Bollag könne ihm ja auch nicht mehr sagen, als daß es gelegentlich zu einer Reihe von örtlichen kleinen Erdbeben kommen könne, die nachher ebenso plötzlich wieder aussetzten, wie sie eingesetzt hätten. »Aber wenn einmal das Fernsehen dagewesen ist, gibts keine Ruhe mehr.« Dann verstummte er, weil er aus dem Korridor Thomas' Stimme hörte, dem offenbar die Verbindung geglückt war.

Auch Robert versuchte zu verstehen, was Thomas sagte, aber dieser hatte die Küchentüre geschlossen, und das gegenwärtige Grundgeräusch der Küche war beträchtlich, eine Art 4-Komponenten-Gewebe aus dem Zischen der Bratpfanne, dem Brodeln des Reistopfes, dem Schmelzen des Spinatgletschers und dem Brummen des Dampfabzuges. Zudem roch es auf einmal verbrannt, was fast so störend wirkte wie ein zusätzliches Geräusch.

Robert bedeutete seinem Vater mit den Händen, er solle die Schnitzel drehen, und der stellte seinen Schöpfer in die Spinatpfanne, hob den Deckel vom Holzlöffel auf, ließ ihn aber sogleich zu Boden fallen, weil er glühend heiß geworden war, ergriff die Bratenschaufel auf dem Herd und wendete ein Schnitzel nach dem andern. Die Fleischstücke hörten jedoch nicht auf zu rauchen, auch als sie auf der unangebratenen Seite lagen.

»Wie wärs mit etwas Öl?« sagte Robert und hielt dem Vater die Kunststoffflasche mit dem Olivenöl hin.

Nun öffnete Thomas die Türe und sagte seinem Vater, Mami sei am Apparat und würde gern mit ihm sprechen.

Niederer hob seinen Kopf in die Höhe und schritt entschlossen durch den Küchendunst in den Korridor hinaus.

»Ich glaube, es war höchste Zeit«, sagte Thomas, schüttete Olivenöl nach, das sogleich die Form einer Dampffahne annahm, dann drehte er alles auf Null, denn auch der Spinat war geschmolzen und blubberte nun heftig, indem er kleine grüne Spritzer über den Pfannenrand hinausschleuderte.

Robert fragte, ob er keinen Deckel auf seinen Vulkan legen könne, Thomas sagte, er arbeite am Problem, hob den Deckel, den sein Vater fallen gelassen hatte, vom Boden auf und plazierte ihn auf die Spinatpfanne. Gleichzeitig fragte er Robert, ob er nicht noch etwas von einer Zwiebel gesagt habe, und ob schon ein Fläschchen Weißwein bereit sei. Robert sagte, die Zwiebel könne vielleicht er, Thomas, kleinschneiden, und das Wasser sei nicht weniger geworden, man sehe den Reis noch nicht unter der Oberfläche, vielleicht bräuchte es gar keine zusätzliche Flüssigkeit mehr.

»Ich hab dich ja gewarnt, du nähmst zuviel Wasser«, sagte Thomas und brach sich vom Zwiebelkranz, der neben dem Fenster an der Wand hing, eine Zwiebel ab, stellte ein Brettchen auf den Tisch und suchte dann ein Küchenmesser. Robert sagte, die Schnitzel brennen an, Thomas schaufelte sie von der Bratpfanne in die Schale im Backofen, nun begann auch der Spinat verbrannt zu riechen, Thomas schüttete den nicht angeklebten Teil davon in dieselbe Schale wie das Fleisch und schloß hierauf die Backofentüre, indem er Robert fragte, ob wohl 250° zuviel sei, was dieser nicht fand.

Dann ging die Türe wieder auf, und ihr Vater kam herein, deutlich weniger bekümmert, als er hinausgegangen war.

»Und?« fragten Robert und Thomas fast gleichzeitig.

»Übermorgen kommt sie zurück«, sagte Niederer.

»Na also«, sagte Robert.

»Siehst du«, sagte Thomas, »dann kannst du jetzt eine Zwiebel schneiden.«

Und während Robert und Thomas im Pfannenrauch und im Dröhnen des Dampfabzugs darüber diskutierten, ob es wohl angezeigt sei, das überflüssige Wasser aus der Reispfanne abzuschütten, und wenn ja, wie, begann ihr Vater mit einem Messer des Silberbestecks die Zwiebel zu schneiden und fuhr sich wenig später mit dem Ärmel seines Hemdes über die Augen.

# 31

Doris Fischli saß im Bahnhofbuffet Aarau und hievte ein Säcklein Hagebuttentee aus ihrem Glas in das Tellerchen mit dem Zitronenschnitz. Die Tropfspuren, die dabei entstanden, putzte sie mit der Papierserviette auf, welche unter das Teeglas geklemmt war, und fragte sich im selben Moment, warum sie das tat. Ein Hausfrauenreflex, dachte sie, ein schlichter Hausfrauenreflex mit drei Jahrzehnten Tradition, anerzogener und ausgeübter, oder war es mehr, ein Frauenreflex, durch jahrhundertelange Tradition zum Instinkt geworden, vielleicht bereits in ihren Genen verankert, so daß ihm auch ihre Tochter Anna nicht würde entrinnen können? Wie zum Trotz legte sie den Löffel, nachdem sie den Zucker umgerührt hatte, ohne Vorsicht zwischen Glas und Zitronentellerchen und freute sich über die kleine Lache, die sich darunter bildete. Dann versuchte sie einen ersten Schluck, aber das Getränk war noch teuflisch heiß.

Sie war unzufrieden. Es war Montag nachmittag, etwas nach vier Uhr, und sie war unzufrieden. Sie hatte sich heute in einer Schule für autistische Kinder vorgestellt, die etwas oberhalb der Stadt am Abhang des Jura lag, und mit dem Verlauf dieser Vorstellung konnte sie zufrieden sein. Kurz vor Mittag war sie im Büro der Schulleiterin zu einem Gespräch erschienen, hatte dann mit dem Team und den Kindern Mittag gegessen und war anschließend bei einer Nachmittagslektion dabeigewesen, welche die Frau gestaltet hatte, deren mögliche Nachfolgerin sie war.

Die Atmosphäre dort hatte ihr gefallen, der Umgangston war kollegial, sie meinte auch zu spüren, daß sie auf das Team und die Schulleiterin einen guten Eindruck machte, zudem hatte sie das Gefühl, was ihre Vorgängerin könne,

könne sie auch, obschon sie Mühe gehabt hätte zu erklären, was Autismus war.

Frau Schuhmacher, die Lehrerin, die sie ablösen sollte, hatte mit den sieben Kindern, aus denen ihre Klasse bestand, gemalt, und zwar hatte sie gesagt, sie sollten ihr Lieblingstier malen. Gemalt wurde am Boden, auf großen Blättern, es standen Fingerfarben zur Verfügung, aber auch Farbstifte und Filzstifte. Ein Mädchen hatte eine Katze gemalt, riesig und schwarz und blattfüllend auf zwei Beinen stehend, während ein Knabe mit braunem Filzstift sein Meerschweinchen zeichnete, insektenklein, in der rechten unteren Ecke des Blattes, das dadurch zu einer unendlichen Fläche anwuchs. Einen Tiger gab es auch noch, fast nur aus Streifen bestehend, der eher wie eine Raupe aussah, und gleich zwei Kinder nahmen einen Elefanten in Angriff und bekamen Streit miteinander, sobald sie merkten, daß das andere auch einen Elefanten zeichnete. Jedes behauptete, das andere zeichne von ihm ab. Frau Schuhmacher war dann einen großen Teil der Stunde damit beschäftigt, die beiden Streitenden daran zu hindern, daß sie sich gegenseitig zusammenschlugen oder ihre Blätter vernichteten. Sie versuchte sie weit auseinanderzusetzen, was sich aber die zwei nicht bieten ließen, sondern nun unbedingt nebeneinandersitzen wollten, damit sie genau sahen, was das andere machte. Frau Schuhmacher willigte schließlich ein, sagte jedoch, dann wolle sie auch bei ihnen sitzen und setzte sich zwischen die beiden, was auch wieder nicht ging, und zuletzt setzten sie sich einander gegenüber, und die Lehrerin saß wie ein Buddha im Schneidersitz seitlich in der Mitte und sollte gleichzeitig die Tiere der andern bewundern, die im Entstehen waren. Das Meerschweinchen, das ihr Konstantin zeigte, bedauerte sie ein bißchen, weil es so klein und allein war, worauf sich Konstantin wieder entfernte und sagte, jetzt wisse er was. Attacken der Elefantenzeichner auf die Rüssel des Gegners mußten abgewehrt werden, und Doris ging schließlich etwas im Zimmer herum. Ein kraushaariger, blonder Bub, der stets den Mund offen hatte, zeichnete mit Farbstiften lauter blasse, kleine Striche auf sein Blatt. Doris fragte ihn, was das sei, und der Bub sagte ohne aufzublicken, Würmer. Ein Mädchen mit langen, schwarzen Haaren stand am Fenster und zeichnete nichts. Doris stellte sich daneben und schaute auch zum Fenster hinaus. Man sah zuerst auf eine kleine Wiese mit Obstbäumen, die kurz vor dem Blühen waren, und dahinter kam eine Reihe von Wohnblöcken. Nach einer Weile fragte Doris das Mädchen, ob es ein Tier sehe, aber es sagte nichts. Doris sagte dann, sie sähe ein Tier, eine Amsel, und zeigte auf den Vogel, der gerade von einem Obstbaum zum nächsten flatterte, doch das Mädchen sagte nichts. Doris hatte auch gefragt, ob sie, Doris, ihr ein Tier zeichnen dürfe, doch das Mädchen sagte nur: »Ich schaue zum Fenster hinaus.« Später hatte sie gesehen, wie Konstantin mit Fingerfarben einen großen blauen Käfig um sein winziges Meerschweinchen gemalt hatte und wie den Elefanten trotz der Kämpfe gewaltige Rüssel und Ohren gewachsen waren. Das Mädchen aber hatte am Ende der Zeichnungslektion nichts anderes gemacht als zum Fenster hinausgeschaut, und auch die kleinsten Annäherungsversuche von Doris waren mißglückt.

Doch es war nicht das, was Doris' schlechte Stimmung ausmachte, es war ja nur darum gegangen, die Atmosphäre hier kennenzulernen. Es war das Gespräch in der Mittagspause gewesen, beim Kaffee, als sie einem Lehrer gegenüber erwähnte, daß sie den vierzehntägigen Auffrischungskurs gemacht habe, und als er sie nach dem Kursleiter gefragt hatte. Rolf Schwarz, hatte sie gesagt, so gewichtslos wie möglich, und darauf hatten zwei der Lehrerinnen gelacht und gesagt, aaah, der scharfe Rolf. Als Doris erstaunt reagierte, sagten die beiden, sie hätten ihn auch schon als Kursleiter gehabt, und der sei doch viel mehr an Frauen interessiert als am Stoff, und jede der beiden sagte, in ihrem Kurs hätte er sich eine geangelt, und wie es denn in diesem Kurs gewesen sei. Doris hatte daraufhin gesagt, sie hätte ihn nicht schlecht gefunden, und eigentlich habe er sich ... habe er sich sozial unauffällig verhalten. In diesen Witz hatte sie sich geflüchtet wie in einen schützenden Hauseingang, und als sie merkte, daß er ihr gelungen war, fühlte sie sich gerettet. Die andern lachten, eine der Lehrerinnen sagte, vielleicht habe er eine Entziehungskur gemacht, der Lehrer ergänzte, bei seiner Frau, worauf ihm die Lehrerinnen Frauenfeindlichkeit vorwarfen, und damit war das Thema vom Tisch.

Doris trank ihren Tee und überlegte, ob das wohl stimmte, was sie von Rolf gesagt hatten, aber eigentlich mußte sie sich nichts überlegen, denn sie hatte sofort gewußt, daß es stimmte. Was sie sich überlegen mußte, war vielmehr, ob ihr das etwas ausmachte, und auch das mußte sie sich eigentlich nicht überlegen, denn sie fühlte es deutlich, ja, es machte ihr etwas aus. Sie kam sich fast ein bißchen vor, als sei sie einem Heiratsschwindler aufgesessen. Dabei hatte er ihr nichts versprochen, und sie ihm auch nichts, sie waren sich doch bei ihrem spontanen Ausflug nach Frankreich einig gewesen, daß es eine Gelegenheit sei, die sie einfach packen wollten, ein Geschenk, das Geschenk einer schönen Begegnung. Und sie war schön gewesen, ebenso wie die Nacht in Olten, und daß Rolf verheiratet war, wußte sie ja, sie war es schließlich auch, was also machte es aus, ob er solche Begegnungen schon früher gehabt hatte. War es nicht gerade das Wesen eines Abenteuers, daß man sich von den Exklusivitätsansprüchen befreite, und war sie nun nicht gerade im Begriff, genau diese Ansprüche wieder zu stellen?

Sie merkte, daß sie darüber nicht vernünftig nachdenken konnte. Der Mann, mit dem sie verheiratet war, hatte Frauengeschichten gehabt, und der Mann, in den sie verliebt war, hatte auch Frauengeschichten, und das störte sie einfach. Es minderte ihren Glauben an seine Liebe, sie sah rückblickend vielleicht sogar Berechnung in seinem Verhalten, und es minderte auch ihre Liebe zu ihm, sie phantasierte sich einen Mann zurecht, der genau wie sie nach fast zwanzigjähriger Ehe von der Erleuchtung einer neuen Liebe getroffen würde. So war es aber nicht, und das wußte sie seit heute mittag, und deshalb war sie unzufrieden.

Sie hatten zusammen abgemacht, daß sie sich am Mittwoch nach Pfingsten wieder treffen wollten, das wäre in zehn Tagen, und Doris fragte sich, ob sie ihn überhaupt nochmals treffen wollte. Sie könnte ihn einfach anrufen und ihm sagen, sie wolle ihn nicht mehr sehen. Aber wollte sie ihn wirklich nicht mehr sehen? Sie könnte auch warten, bis sie sich das nächste Mal trafen und dann mit ihm darüber sprechen. Oder sollte sie ihn zu Hause anrufen, als Provokation? Und wenn seine Frau ans Telefon käme, würde sie sagen, ob Rolf zu Hause sei, sie sei eine seiner Freundinnen. Aber was sollte das? Was ging sie Rolfs Frau an? An *ihm* war sie interessiert, nicht an seiner Frau. Und warum, um Himmels willen, dachte sie zuletzt, warum treffe ich mich nicht einfach wieder mit ihm und genieße es? Wieso soll ich mir meine Freude von zwei kichernden Lehrerinnen vermiesen lassen, die wohl nur neidisch waren auf alle, die mehr riskierten als sie? Was geht es mich an, wen er vorher alles gekannt hat? Wenn er ein Frauenheld war, wie Heinz, dann war sie vielleicht eine Nymphomanin und wußte es bloß noch nicht. Etwas an ihrem Abenteuer hatte ihr unglaublich gefallen – sich von einem fremden Mann in Ekstase treiben zu lassen und ihn seinerseits in Ekstase zu treiben, möglicherweise war das unabhängiger von Rolfs Person, als sie jetzt dachte, vielleicht gab es Erfahrungen zu machen, die ihr noch nicht bekannt waren.

Dann dachte sie daran, daß sie zweiundvierzig Jahre alt war und Mutter zweier Teenager, und daß das eigentlich Teenagerphantasien waren, die ihr da im Kopf herumgingen, irgendwie unwürdige Phantasien, Phantasien jedenfalls, für die sie eigentlich zu alt war. Kaum hatte sie das gedacht, wehrte sie sich auch schon gegen diesen Gedanken. Hatte sie nicht einen Teil ihrer Jugendzeit an diese Teenager verloren, und hatte sie diese Zeit nicht noch zu gut? Und was war unwürdig an gutem Sex, wie sie ihn mit Rolf gehabt hatte und wie sie ihn mit Heinz auch hatte? Der Sex mit Heinz war sogar immer besser geworden, und vielleicht hing das damit zusammen, daß Heinz auch andere Frauen gehabt hatte, und was war falsch daran, wenn sie auch ein paar andere Männer ausprobierte? Gleichzeitig merkte sie, daß sie sich im Moment keine weiteren Männer vorstellen konnte außer Rolf, daß sie also doch auch von ihm selbst angezogen wurde und nicht nur von seinem Sex, und schon war sie wieder an der Stelle, wo sie fühlte, daß sie sich trotz allem betrogen vorkam.

Mit einem großen Seufzer legte sie die zwei Franken zwanzig auf den Kassenbon neben dem Tellerchen, stand auf und trat auf das Perron hinaus, wo der Lautsprecher gerade die bevorstehende Einfahrt des Schnellzugs nach Bruggbadenzürich ankündigte. Sie ging rasch zum Kiosk und kaufte sich eine »Schweizer Illustrierte«, um damit ihre Gedanken zu betäuben. Der Zug war erstaunlich voll, sie fragte sich, woher all diese Leute kamen und was sie wohl in

Zürich wollten, setzte sich dann einer etwa gleichaltrigen Frau gegenüber und fing an, die Illustrierte durchzublättern.

Auf dem Titelblatt war eine junge Filmschauspielerin, die einen über ihren provokanten Ausschnitt hinweg ganz direkt anblickte; die Kioskfrau hatte ihr mit Bleistift »3.50« auf die Stirne geschrieben, was Doris als Haß auf die Jugend und Schönheit der Schauspielerin empfand. Ihren Namen hatte sie noch nie gehört, und sie las im Artikel, daß sie erst 20 war und mit 17 schon die Freundin von Polanski gewesen sei. Sie sah unverschämt gut aus, und Doris beneidete sie ein bißchen. Einen Artikel über die Asylanten mochte sie nicht lesen, in einer Innerschweizer Gemeinde sollten 500 türkische Asylbewerber in ein Militärbarackenlager einquartiert werden, und die ganze Gemeinde lief Sturm dagegen, ein Foto einer Straßenaufschrift schockierte Doris, »Nur ein toter Asylant ist ein guter Asylant« war auf den Asphalt gemalt. Unsere Urschweizer, dachte sie, so etwas, unsere Urschweizer, dort war doch der Rütlischwur. Einen Artikel über Papst Johannes Paul I. las sie auch nicht wirklich, man vermutete heute, er sei vergiftet worden nach einer Amtszeit von nur einem Monat, der Papst des Lächelns, wie man ihn genannt hatte, weiter hinten lächelte unter dem Titel »Der Flaschenpapst« ein Parfumflaschenhersteller quer über eine Doppelseite, diesen Artikel wollte Doris eigentlich lesen, sie überflog ein paar Meinungen von ein paar Leuten zu bestimmten Parfums, die sie sofort wieder vergaß, und als sie einen Bericht über eine behinderte Frau sah, die nur in einem komplizierten Korsett im Rollstuhl leben konnte, bis sie von einem Neurochirurgen durch eine Operation von der Behinderung erlöst wurde und jetzt wieder ganz normal gehen konnte, kam ihr die Schule in den Sinn, und sie fragte sich, ob sie wohl die Stelle bekommen würde. Sie hatte sich noch in einer Schule für Schwerstbehinderte in Schaffhausen gemeldet, wo man mit ihr ebenfalls ein Gespräch vereinbart hatte, erst nächste Woche allerdings. Den Bescheid der Aarauer Schule sollte sie noch diese Woche bekommen, und sie war entschlossen, die Stelle anzunehmen, wenn man sie hier haben wollte, auch wenn sie dann nicht mit Schaffhausen vergleichen konnte.

Etwas an den autistischen Kindern hatte sie sehr berührt, war ihr eigentlich sympathisch gewesen. War es vielleicht das, daß sie sich gar nichts sagen lassen wollten? Daß sie die Einmischung in ihre eigenen Angelegenheiten ablehnten? War nicht auch etwas von diesem Trotz im Blick der 20-jährigen Schauspielerin zu sehen, die nun auf dem Fenstertischchen neben ihr lag und sie herausfordernd anschaute? Mit 14 sei sie aus der Schule davongelaufen, sie hatte wohl auch auf niemanden Rücksicht genommen als auf sich selbst, und es schien ihr nicht schlecht bekommen zu sein, jedenfalls war sie nicht nur die Freundin bedeutender Männer gewesen, sondern war offenbar selbst zu einer bedeutenden Person geworden.

Doris erschrak, als sie ein gepflegter, älterer Mann fragte, ob hier noch frei sei. Sie hatte nicht bemerkt, daß die Frau gegenüber ausgestiegen und der Mann zugestiegen war, es war ihr nicht einmal aufgefallen, daß der Zug bereits einmal gehalten hatte.

Ja, sagte sie leise und nickte dazu mit dem Kopf, und dann schaute sie einfach zum Fenster hinaus, wie Vorstadtsiedlungen an ihr vorbeizogen, Böschungen mit blühenden Gebüschen, Wälder mit neuem Grün, und als dann gleich neben der Eisenbahnbrücke die beiden großen Ströme ineinanderflossen und man im einen Strom die Insel sah mit den hohen Bäumen, deren Kronen der Sonnenschein erhellte, mußte Doris auf einmal mit den Tränen kämpfen, und der Herr gegenüber versuchte eine Bemerkung über den schönen Frühlingstag, und als der Zug bei den ersten Hochhäusern der nächsten Ortschaft langsamer fuhr und schließlich vor einem Signal stehenbleiben mußte, sprach er von den immer häufiger werdenden Verspätungen der SBB, und als der Zug wieder anfuhr und man den einen Fluß wieder sah, oder war es schon ein anderer, und das Wasser floß schäumend über ein Wehr hinunter, als da die dritte Bemerkung des älteren Herrn kam, die nicht mehr eine Bemerkung war, sondern eine Erzählung über einen verpaßten Anschlußzug in Zürich, und ob ihr das nicht auch schon passiert sei, weil ja die Regionalzüge im Halbstundentakt nicht mehr auf die Schnellzüge warteten, legte Doris die Hand auf den schönen Busen der Schauspielerin und sagte, ohne ihren Blick vom Fluß abzuwenden: »Ich schaue zum Fenster hinaus.«

## 32

Max Stebler kam in sein Büro zurück, schloß die Tür hinter sich, ging zu seinem Pult und ließ sich tief aufatmend auf seinen Drehstuhl sinken. Es war Montag nachmittag, halb drei, und soeben hatte er seinem Chef gesagt, daß er seine Stelle kündige. Dieser war buchstäblich mit offenem Munde dagesessen, unfähig zunächst, so etwas überhaupt zu glauben, hatte ihn dann gefragt, ob es ihm ernst sei, was er natürlich bestätigte, hatte ihm auch mehr Lohn angeboten, beträchtlich sogar, und als Max erwiderte hatte, es sei nicht wegen des Gehalts, fragte er ihn, weshalb es denn sei, und er hatte eine allgemeine Unzufriedenheit angegeben, ein Bedürfnis nach Veränderung, nach mehr Verantwortung auch, nach einer andern Art von Arbeit. Ob ihm denn gedient wäre, wenn sie z. B. eine gemeinsame Firma gründen würden, hatte ihn Herr Stiefel gefragt, aber Max war hartnäckig geblieben und hatte gesagt, nein, es liege wirklich daran, daß er das Gefühl habe, er müsse etwas grundsätzlich anderes tun, solange noch Zeit dazu sei, und das gehe überhaupt nicht gegen ihn und die Arbeit hier, sondern sei eher sein persönliches Problem, und er sei überzeugt, daß er das tun müsse und werde dabei bleiben, werde ihm die Kündigung auch noch schriftlich nachreichen, damit alles seine Richtigkeit habe, drei Monate seien ausgemacht, und es bleibe Herrn Stiefel somit genügend Zeit, um einen Nachfolger zu finden, was ihm bestimmt gelingen werde, er werde auch alles tun, damit dieser sich gut einarbeiten könne und die Geschäfte so vorfinde, daß er mühelos dort weiterfahren könne, wo er aufhören werde, und vielen Dank und nichts für ungut, und dann war er hinausgegangen.

Das Herzklopfen kam erst jetzt, nachdem er sich gesetzt hatte. Was aber nicht kam, waren Zweifel, ob er das Richtige getan habe. Im Gegenteil, er spürte eine so mächtige Freude in sich hochsteigen, daß er sogleich wieder aufstehen mußte und im Zimmer auf- und abzugehen begann.

Er war, nachdem am Freitagabend sein Schluckauf wieder eingesetzt hatte, am Samstag nochmals zum Heiler nach Luzern gefahren, der ihn zuerst danach gefragt hatte, ob er über seine Lebensumstände nachgedacht habe. Max hatte, etwas unwillig zwar, gesagt, ja, er habe ausführlich mit seiner Frau gesprochen und habe im Zug hieher bereits angefangen, sich eine Liste zusammenzustellen mit Gebieten, die ihn anzogen und auf denen ihn die Arbeit stärker herausfordern würde. Den Heiler schien das aber nicht sonderlich zu überzeugen. Das sei gut, hatte er mit seinem etwas fernen Blick gesagt, aber möglicherweise genüge es noch nicht. Er werde versuchen, ein zweites Mal an seinem Schluckauf zu arbeiten, doch der nächste Schritt müsse dann von ihm selbst kommen.

Max hatte sich wieder geärgert über die Selbstsicherheit, mit welcher ihm dieser Mensch Anweisungen für sein Leben erteilte, über die Mischung aus Sanftmut und Schlaffheit auch, die er ausstrahlte und die überhaupt nicht zum dezidierten, ja autoritären Inhalt seiner Aussagen paßte. Dann war ihm jedoch dasselbe passiert wie zwei Tage zuvor, er war abermals eingeschlafen und ohne Schluckauf wieder erwacht. Und während er das ganze Wochenende hinter seiner Liste saß und sich konkrete Anhaltspunkte notierte, Bekannte etwa, die er befragen konnte, Adressen von Firmen oder Organisationen, die ihn interessierten, schien ihm immer mehr, da müsse es irgendwo einen Platz geben für ihn und seine Fähigkeiten, und seine Bereitschaft, etwas zu verändern, schlug in Ungeduld um.

Der Montagmorgen mit der Unerbittlichkeit der Alltagsgeschäfte hatte ihm dann klargemacht, daß ihn die Probleme seiner Kunden eigentlich nichts angingen, daß es ihm persönlich egal war, ob sie zu einer schon bestehenden Stanzform noch eine liefern sollten, deren Radius 2 mm größer war, es machte ihm auch keine Freude, daß dies ein gutes Geschäft mit einem stets gut zahlenden Besteller war, kurz, er hatte bis zum Mittag das Gefühl, er müsse hier so schnell wie möglich weg, wenn er nicht zugrunde gehen wollte. Damit zuzuwarten, bis er sicher etwas Neues hatte, wovon er noch bis gestern ganz selbstverständlich ausgegangen war, kam ihm auf einmal kleinkariert und engherzig vor, er telefonierte nicht einmal mit seiner Frau, um sie zu fragen, ob er es wirklich tun solle, denn er wußte genau, daß sie dies begrüßen würde, er freute sich sogar schon, ihr dies am Abend mitzuteilen. Das war einmal eine wirkliche Neuigkeit, wie es im Leben nur wenige gab, es kamen ihm nur die Momente in den Sinn, als er bekanntgeben konnte, daß ein Bub auf die Welt gekommen sei, oder als ihm Helen gesagt hatte, daß sie schwanger war.

Plötzlich ging er zum Fenster, riß es auf und stieß einen Jauchzer aus, worauf sich zwei Herren mit Attaché-Cases, die gerade aus dem Geschäftshaus traten, in dem sich sein Büro befand, erstaunt umdrehten und zum zweiten Stock hinaufschauten, von wo ihnen Max freundlich zuwinkte, bevor er sein Fenster wieder schloß.

Zur gleichen Zeit öffnete sich im obersten Stock eines Backsteinhauses im Zürcher Rigiblickquartier ein Fenster, und ein neunjähriger Knabe blies auf einem Kazootrompetchen einen lang anhaltenden Feueralarm. Sein Herr Schorsch hatte ihm gesagt, das dürfe er, es sei sogar wichtig, wenn alle ringsum wüßten, daß es hier bei ihnen brenne, und das hatte sich Fabian nicht zweimal sagen lassen, denn daheim dürfte er das niemals, und wenn er schon zu diesem seltsamen Mann gehen mußte, dann wollte er auch etwas davon haben. Er hatte sich heute für einen Großbrand entschieden, denn er hatte zwei unheimlich schöne Feuerwehrautos gesehen, die ihm das letzte Mal nicht aufgefallen waren, riesige Dinger mit richtigen kleinen Schlauchrollen und Leitern, die man fast bis in die halbe Zimmerhöhe ausfahren konnte, und so hatte er zuerst ein hölzernes Bauernhaus in Brand gesteckt, indem er ihm eine rote Kartonflamme aufklebte, hatte dann weitere Feuerzacken ausgeschnitten, die er mit Klebband an den verschiedensten Stellen des Zimmers befestigte, auch am Büchergestell und am Schreibtisch und am Telefon, und Herr Schorsch mußte nun überall, wo es brannte, Playmobilmännchen hinsetzen, die um Hilfe schrien, was er zu Fabians Verwunderung mit großem Eifer tat, er mußte ihn nur einmal zurechtweisen, als er eine Kuh auf den Telefonhörer stellte und dazu laut muhte, das war wieder typisch erwachsen, ob er spinne, sagte Fabian trocken, eine Kuh auf dem Telefon, worauf Herr Schorsch seinen Irrtum sofort einsah und die Kuh vor den Bauernhof stellte, wo sie auch hingehörte.

Nun konnte man mit den Löscharbeiten beginnen, und er fuhr mit dem ersten Feuerwehrauto zum Schreibtisch, wo die Hölle los war, aber als Herr Schorsch hinter dem Bauernhaus um Hilfe blökte, grunzte und muhte, rief Fabian laut: »Keine Angst, die Rettung kommt!«, fuhr mit dem zweiten Auto vor das Bauernhaus und begann, den Schlauch zu entrollen. Er gab ihn zwei kühnen Playmobilfeuerwehrmännchen in die Hand und fing dann an, die Tiere zu evakuieren, indem er abwechselnd das Zischen des Wasserstrahls imitierte und beruhigend auf die Geretteten einsprach. Schon schrie Herr Schorsch vom Schreibtisch her um Hilfe, und Fabian eilte, die Leiter bis zu ihrer vollen Länge auszufahren und an die Schreibtischkante zu lehnen. Er fand es zwar sonderbar, wie dieser Mensch, mit dem er ja nicht verwandt war, so lässig mit ihm spielte, aber wenn er das schon tat, dann konnte man mit ihm rechnen. Mami hatte ihm gesagt, vielleicht gehe es dann mit seinen Händen besser, doch Fabian konnte sich nicht vorstellen, wie das gehen sollte. Er hatte eine furchtbare Angst vor den Momenten, wo seine Hände so groß wurden, daß alles andere klein wurde, und er fragte sich immer wieder, ob es keine Pille dagegen gebe. Er verstand nicht, daß es in der Apotheke Odermatt, wo die Wände vollstanden mit Tabletten und Tropfen und Salben, kein einziges Mittel gegen geschwollene Hände gab, das wäre doch wirklich einfacher, als daß er nach Zürich fahren mußte, um Inseln zu bauen und Brände zu löschen.

Im hintersten Zimmer des gleichen Stockwerks saß unterdessen Fabians Mutter Helen und erzählte der fröhlichen Psychotherapeutin ihr Leben, und es war ihr, als hätte sie irgendwo eine Schleuse aufgemacht, aus der nun machtvoll und unaufhaltsam alles herausfloß, was jahrelang ruhig gelegen hatte, und nichts war ihr peinlich, sie hatte ihr fast als erstes den Traum erzählt, in dem ihr Max ins Gesicht geschissen hatte, und wie schockiert sie beim Gedanken gewesen war, ihn jemandem erzählen zu müssen, und wie sie ihn dann ihrem Mann erzählt hatte, und wie gut das eigentlich gewesen sei, und wie gut sie zusammenlebten, und über die Empfindlichkeiten ihrer Kinder, und über ihre eigenen Empfindlichkeiten, und den plötzlichen Schluckauf von Max, und wie er wieder verschwunden war, und daß sie letzte Woche mit einem Mal gedacht habe, vielleicht sei sie wirklich die neue Person, die sie erwarte, und es sei auch nicht so, daß sie todunglücklich sei, wie sie ja wohl merke, sondern irgendwie komme sie sich zufrieden vor, aber das Bedürfnis, über ihr Leben zu sprechen, das habe sie, ja, das habe sie, oder was sie denn jetzt machen wolle mit ihr.

Die Psychotherapeutin fragte sie nochmals genauer nach dem zweiten Teil ihres Traums, wo die Alarmsirenen ertönten und die Durchsage der Post zu hören war, wer ein Paket abholen wolle, müsse seine Identitätskarte mitbringen. Als Helen das nochmals erzählt hatte, fragte die Therapeutin, was sie denn zu ihrer Identitätskarte für eine Beziehung habe. Eine schlechte, sagte Helen, sie wolle sie schon lange erneuern, weil ihr das Foto nicht mehr passe, sie sei viel zu mädchenhaft darauf, fast nicht mehr zu erkennen, und die Therapeutin schlug ihr ein kleines Spiel vor, sie war die Beamtin auf der Einwohnergemeinde, und Helen mußte zu ihr kommen und ihr die Identitätskarte zur Erneuerung vorlegen. Helen war etwas erstaunt über diesen Vorschlag, machte aber mit und sagte, was sie in einem solchen Fall gesagt hätte. Die Therapeutin schaute das Papier, das sie zur Identitätskarte erklärte hatte, an und sagte, das Foto sei doch sehr gut, man erkenne sie ganz genau. Helen widersprach, doch die Beamtin blieb stur, sagte, das sei zweifellos sie, oder worin sie sich denn von diesem Bild zu unterscheiden glaube, und Helen betonte, wie sie sich verändert habe, äußerlich, aber auch innerlich, wie sie nicht mehr das Mädchen in den Zwanzigern sei, aber die Beamtin behauptete, das merke man ihr nicht an, und Helen wurde immer aufgebrachter, beteuerte ihre Veränderung, holte zu neuen Beweisen aus, die von der Beamtin als nichtig erklärt wurden, Kinder zu haben, sagte sie etwa, heiße noch lange nicht, erwachsen zu sein, und von Veränderung sei bei ihr nichts zu spüren.

Während Helen mit der Beamtin im Streit um ihre Identität lag, wurden weiter vorne die Ambulanzen zu den Brandstätten gefahren, Ärzte, Krankenschwestern und Bahrenträger kümmerten sich um stöhnende Verletzte, von Herrn Schorsch hervorragend dargestellt, Tierärzte eilten den

Schweinen, Kühen und Schafen zu Hilfe und verbanden ihnen Beine, Hörner und Euter, gleichzeitig waren die Zoogehege abgebrannt, und Löwen und Tiger durchstreiften zähnefletschend und gierig die Stadt, als ob ihr der Brand nicht schon genügend zugesetzt hätte, und als Herr Kellerhals verstohlen auf die Uhr blickte, merkte er, daß er noch eine Viertelstunde lang ächzen, brummen, knurren und um Hilfe schreien mußte und dachte für sich, neunzig Franken seien wirklich nicht zuviel verlangt für diese Arbeit.

Max aber war zu dieser Zeit bereits wieder mit einer Leichtigkeit in den Normalbetrieb zurückgekehrt, die ihn selbst verwunderte, und hatte in einer halben Stunde zwei wichtige Telefonate geführt, die wahrscheinlich größere Aufträge zur Folge haben würden. Als er seinen Chef davon unterrichtete, saß dieser immer noch grübelnd an seinem Schreibtisch und fragte ihn, ob er sich das mit der Kündigung nicht noch einmal überlegen wolle. Max jedoch gab ihm heiter, aber mit großer Bestimmtheit zu verstehen, daß sein Entschluß nicht aus einer zufälligen Laune heraus gefallen sei und daß er dabei zu bleiben gedenke, und eilte innerlich lachend wieder an sein Telefon, um Anstehendes so rasch wie möglich zu erledigen. Die Aussicht, hier an ein Ende zu kommen, ließ ihn fast schweben.

Helen hingegen hatte am Ende ihrer ersten Therapiestunde das Gefühl, erst am Anfang zu sein. Am Schluß der Szene auf dem Einwohneramt hatte die Beamtin gefragt, wozu sie überhaupt die Identitätskarte brauche, und Helen hatte geantwortet, auf der Post liege ein Paket für sie bereit. Ob sie denn wisse, was in dem Paket sei, fragte die Therapeutin, und Helen sagte ohne zu zögern, eine tote Katze, und erschrak sogleich furchtbar darüber.

Sie glaube, hatte die Therapeutin abschließend gesagt, wenn sie in der kommenden Zeit all das pflege, was zu ihrer neuen und erwachsenen Identität gehöre, und was sie ja, wie sie selbst gesehen habe, alles benennen könne, dann brauche sie die tote Katze gar nicht mehr abzuholen, und Helen war sehr erleichtert über diese Aussicht. Es war ihr, als kenne sie diese Frau schon lange, und sie wollte unbedingt wieder in eine Stunde kommen, sagte zuerst, sie müsse schauen, wann sie mit Herrn Kellerhals etwas für Fabian abmachen könne, doch dann stutzte sie und sagte, nein, sie wolle jetzt gleich einen Termin abmachen, ohne Rücksicht auf Fabian, das sei schließlich ihre Stunde und nicht seine.

Indessen hatte Fabian seine Katastrophen ebenfalls zu einem Ende gebracht und trat mit Herrn Kellerhals, der etwas erschöpft aussah, aus dem Spielzimmer in den Vorraum. Auch zwischen ihnen wurde nun ein neuer Termin abgemacht, es ging nicht zur selben Zeit wie Helens Stunde, aber sie war entschlossen, Fabian das nächste Mal die Fahrt allein machen zu lassen. Ob sie ihn nochmals anrufen solle morgen, fragte Helen, aber der ernsthafte Herr Kellerhals sagte, im Prinzip gelte immer noch das, was er ihr das letzte Mal gesagt habe. Das letzte Mal hatte er gesagt, am besten sollte man Fabian einfach ein paarmal seine Ängste gestalten lassen, und dann könne man hoffen, daß sie nicht mehr in dieser Form erscheinen müßten. Wenn man die beiden allerdings jetzt nebeneinander sah, die roten Backen Fabians und das etwas ausgemergelte Gesicht von Herrn Kellerhals, hätte man die Ängste eher beim letzteren vermutet. Sie verabschiedeten sich, und während Helen mit Fabian zur Tramhaltestelle hinunterging, begann Herr Kellerhals, sein Therapiezimmer wieder von den Spuren des Infernos zu reinigen, und dachte über Fabians letzte Antwort nach. Er hatte ihn nämlich gefragt, woher denn der Brand überhaupt gekommen sei, und da hatte Fabian geantwortet: »Die Erde hat sich aufgetan.«

Diesen Satz schrieb er sich jetzt auf das Blatt, das er über Fabian zu führen begonnen hatte, schaute dann eine Weile ins Leere und notierte schließlich dahinter: »Tiefsitzende Ängste«, nickte zufrieden und setzte nach einer weiteren Weile noch ein Ausrufszeichen dazu.

## 33

Kurz nach fünf Uhr eröffnete Gemeindepräsident Manfred Niederer im Konferenzzimmer des Gemeindehauses eine Sitzung, zu der er den Chef des Polizeipostens, den Feuerwehrkommandanten und den Ortschef des Zivilschutzes aufgeboten hatte.

Ein solches Treffen war ihm am Samstag vom kantonalen Katastrophenkoordinator Heutschi nahegelegt worden. Er solle, hatte ihm der gesagt, überprüfen, wer wofür zuständig sei, damit er im Ernstfall keine Zeit verliere, und so hatte er also, weniger aus Überzeugung, als um seiner Pflicht Genüge zu tun, diese Sitzung einberufen, die er nun mit einer Begrüßung eröffnete, obwohl er jeden schon einzeln begrüßt hatte. Die Tische im Konferenzraum waren hufeisenförmig angeordnet, er selbst saß in der Mitte am querstehenden Tisch, am Präsidialort, auf den er auch bei kleinsten Formationen nicht verzichtete. Links von ihm saß der Polizeichef Raeber, schlank, drahtig und dreißigjährig, rechts von ihm der Zivilschutzchef Weidmann, ein ausgemusterter Offizier mit weißen, gewellten Haaren und leicht untersetztem Körper, im normalen Leben Personalchef einer Elektronikfirma am Ort, und gegenüber von Weidmann, in der Innenecke des Hufeisens, hatte der Feuerwehrkommandant von Arx Platz genommen, auch er ein älterer Herr, Schreinereiinhaber, mit massigem Körperbau und beachtlichem Bauch, den man sich eher neben einer Motorpumpe als auf einer Leiter vorstellen konnte. Die Nachmittagssonne fiel auf die Fensterfront, deshalb hatte Niederer an den beiden vorderen Fenstern die Lamellen heruntergelassen, welche nun ihre Zebramuster gleichmäßig auf Möbel und Menschen warfen. Der Polizist wirkte gutgelaunt, von den andern beiden ging eine Mischung von Trägheit und

Mißmut aus, die einen Sitzungsleiter in die Offensive treiben mußte.

Er könne sich vorstellen, fing Niederer nach der Begrüßung an, daß sie alle auch anderes zu tun hätten, und das treffe für ihn genauso zu, es sei ja nicht eine Sitzung, die er von sich aus angeordnet hätte, sondern auf kantonale Weisung, und er glaube, es gebe gar nicht soviel zu besprechen, aber sie sollten sie schon allein deswegen durchführen, daß ihnen niemand vorwerfen könne, sie hätten etwas versäumt.

Sie wüßten alle, daß es bei ihnen vor zweieinhalb Wochen einen Erdbebenstoß gegeben habe, und wer letzten Samstag, ca. 9 Uhr vormittags, nicht bemerkt habe, daß ein weiterer Stoß erfolgt sei, habe es heute in der größten Tageszeitung von Zürich und Umgebung lesen können, wobei er sich frage, wie diese Information dorthin gekommen sei, denn sein geologischer Gewährsmann habe ihm am Samstagabend telefonisch versichert, der Stoß sei äußerst lokal gewesen und unterhalb der Meldepflicht an die Agenturen, insgesamt schwächer als derjenige vor zweieinhalb Wochen, oder ob ihn jemand von den Herren selbst verspürt habe.

Zivilschutzchef und Feuerwehrkommandant schüttelten apathisch den Kopf, während Raeber, der Polizist, sagte, seine Frau hätte den Stoß bemerkt, zu Hause, aber er sei zu der Zeit im Auto unterwegs gewesen und hätte nichts gespürt.

Wie sie weiter wüßten, fuhr Niederer fort, habe ja die ETH, d. h. im wesentlichen ein Professor für Geologie namens Bollag, dessen Abteilung dem schweizerischen Erdbebendienst angegliedert sei, einen Seismographen auf ihrem Gemeindegebiet aufgestellt, und zwar vermuteten sie den Herd des Bebens in der Umgebung der Keltengräber im Loowald. Bei diesem Hügel sei es nach dem ersten Beben zu Rissen im Boden gekommen, die sich seither etwas verbreitert hätten und die beim Stoß vom Samstag noch einmal um 1 bis 2 cm gewachsen seien.

Es wäre nun im unwahrscheinlichsten Fall möglich, daß von dort in nächster Zeit ein größeres Erdbeben ausginge, obwohl im Moment keine derartige Prognose vorliege, so wissenschaftlich sei die Wissenschaft auch wieder nicht, und er erzählte in möglichst anekdotischer Form den Lapsus mit dem Ausschalten des Seismographen im Augenblick des Bebens. Polizeichef Raeber ließ sich durch die Schilderung pflichtgemäß erheitern, während sie von Arx und Weidmann nur zu einem kleinen, eher verächtlichen »Hm« bewegte.

Für den Fall, daß er nun von Prof. Bollag bzw. vom Erdbebendienst die Meldung erhielte, man erachte ein stärkeres Beben als wahrscheinlich, wolle er einfach mit ihnen besprechen, in welcher Weise die Alarmbereitschaft in ihrer Gemeinde erstellt werden könne. Er habe sie zu dieser Besprechung eingeladen, weil jeder von ihnen einer Organisation vorstünde, die mit Katastrophen zu tun habe, und seine erste Frage sei, über was für Instruktionen sie im Falle eines Erdbebens verfügten.

Auf diese Frage ging die Apathie der Herren Weidmann und von Arx in Betretenheit über, während Polizeichef Raeber eine angestrengte Miene aufsetzte, die erkennen lassen sollte, daß er nachdachte.

Herr von Arx, sagte Niederer zum Feuerwehrkommandanten, wir haben ja kurz telefoniert miteinander nach dem ersten Erdbebenstoß.

Herr von Arx, der bisher beide Hände über seinem Bauch verschränkt hatte, kratzte sich nun mit der einen Hand am Hinterkopf und sagte, spezielle Erdbebeninstruktionen hätten sie bei der Feuerwehr keine, und auch in der Ausbildung sei nie davon die Rede gewesen. Er würde aber aus dem Handgelenk sagen, daß die Aufgaben der Feuerwehr dieselben wären. Da werde es wahrscheinlich Brände geben durch geborstene Gasleitungen oder Überschwemmungen durch beschädigte Wasserleitungen, also würden sie löschen und pumpen wie gewöhnlich und Verstärkung anfordern bei den Nachbargemeinden, wenn ihre Leute nicht ausreichten, auch das wie gewöhnlich.

Als er keine Anstalten machte, etwas hinzuzufügen, fragte der Gemeindepräsident, wie es denn beim Zivilschutz aussehe.

Also, sagte Weidmann, indem er sich mit einem Räuspern etwas aufrichtete, der Zivilschutz sei zwar für den Einsatz bei militärischen *und* zivilen Katastrophen gedacht, aber ehrlich gesagt gehe es dabei doch in erster Linie um den Kriegsfall, das werde zwar wegen der vielen Kritik in der letzten Zeit nicht offen gesagt, sei aber so. Oder was sie im Ernst machen sollten bei einem Chemieunfall wie in Schweizerhalle? Da fehle ja auch die übliche Vorwarnungszeit, denn damit die Leute die Schutzräume überhaupt bezugsbereit machen könnten, brauche man eine politisch gespannte Lage und z. B. eine Mobilmachung, und dann könnte erst der Bezug der Schutzräume angeordnet werden, die ja in den meisten Fällen in Friedenszeiten anders genutzt würden, als Weinkeller oder Abstellräume, und ein Erdbeben in Friedenszeiten sei bei ihnen nicht vorgesehen. Was er sich allerdings vorstellen könne, sei, daß man Zivilschutzeinheiten zu Räumungs- und Rettungsarbeiten beiziehe nach dem Einsturz von Häusern, da hätten sie ihre Pionierabteilung, aber da müsse er gleich darauf aufmerksam machen, daß er diese Leute nicht einfach abrufen könne wie der Feuerwehrkommandant, sondern daß die Unterlagen dafür beim Sektionschef seien, und wie er vielleicht wisse, hapere es immer noch mit der EDV-Erfassung, er müßte dann also die ganze Kartei daraufhin durchsehen, wer wo eingeteilt sei.

Wie lang er denn bräuchte, um seine Pioniere aufzubieten, fragte Niederer.

Bis er eine einsatzfähige Truppe samt Ausrüstung am Katastrophenort stehen hätte, einen halben bis einen ganzen Tag, wenn die Vorwarnung fehle, sagte Weidmann, indem er sich wieder zurücklehnte, und fügte noch hinzu, im besten Fall.

Niederer runzelte die Stirne. Das klang alles unheimlich schwerfällig. »Herr Raeber, was wissen Sie?«

Raeber, offensichtlich erleichtert durch die geringen Kenntnisse seiner älteren Kollegen in dieser Frage, gab zu, daß auch bei ihnen, wenigstens soweit er informiert sei, nichts Bestimmtes über Erdbeben vorliege, er nehme aber an, daß sie, ähnlich wie Herr von Arx, in einem solchen Fall ihre üblichen Dienste zu leisten hätten, also z. B. Absperrungen von Straßen, an denen vielleicht Gebäude eingestürzt seien, Umleitungen des Verkehrs, und auch er würde im Bedarfsfall Verstärkung anfordern bei der Kantonspolizei. Und Unfallrettung natürlich auch, ergänzte er, Anfordern von Ambulanz oder Rettungsflugwacht, das läuft auch über uns.

Niederer seufzte und sagte, das höre sich ja nicht gerade großartig an, und was ihn stärker interessiere, das wären die Vorsorgemaßnahmen, die Warnung der Einwohnerschaft, ob denn niemand von ihnen diese Broschüre habe, und er hielt eine gelbe Schrift mit dem Titel »Merkblatt über das Verhalten der Bevölkerung bei Erdbeben« in die Höhe.

Keiner von den dreien hatte dieses Blatt schon gesehen, und dementsprechend schüttelten sie auch, Ausflüchte murmelnd, die Köpfe.

Also, sagte Niederer, fast habe er das erwartet, deshalb

habe er die Schrift fotokopiert und bitte sie jetzt alle, sie auf der Stelle zu lesen, und auch für ihn sei dies das einzige, was er schwarz auf weiß zuhanden der Gemeinde zur Verfügung habe, und er werde unterdessen nachsehen gehen, ob der Sektionschef noch da sei wegen der Pionierabteilungsfrage.

Während sich die drei wie Schulbuben hüstelnd und stühlerückend über ihre Blätter beugten, die dunkel und unattraktiv kopiert waren, ging Niederer zu Fräulein Gautschi, die noch da war, und bat sie, rasch den Sektionschef anzurufen. Der sei heute nachmittag in Zürich wegen der Militärpflichtersatzneuerungen, sagte Fräulein Gautschi, das habe sie ihm doch schon am Vormittag gesagt. Richtig, ja, der Gemeindepräsident erinnerte sich. Er hatte heute große Mühe, sich zu konzentrieren. Dauernd mußte er daran denken, daß seine Frau morgen heimkommen würde und daß er dann wohl um ein grundsätzliches Gespräch nicht herumkäme, und zwar ein Gespräch auf einem Gebiet, wo er sich nicht zu Hause fühlte. Wenn es um Probleme ging, die sich mit Maßen, Zahlen und Gewichten benennen ließen, dann konnte er mitreden, Artikel 4, Traktandum 5, eine Breite von 2,8 m oder von 3,5 m, über solche Dinge konnte man sich sachlich und kompetent streiten und kam irgendeinmal auch zu einer Einigung, im letzteren Fall würde sie wohl bei 3,1 m liegen, aber über Gefühle, dafür fehlten ihm die Instruktionen fast wie die über ein Erdbeben.

»Sie haben mir nicht eine Zigarette?« fragte er Fräulein Gautschi, von der er wußte, daß sie rauchte.

»Aber sicher«, sagte diese, überrascht von seiner Frage. Das hatte er noch nie verlangt von ihr.

Aus ihrem Handtäschchen, das rechts am Fuß ihres Pultes lehnte, holte sie ein Päckchen Muratti und hielt es ihm geöffnet hin.

»Danke«, sagte der Gemeindepräsident und nahm sich eine heraus.

»Feuer habe ich auch«, sagte Fräulein Gautschi, reichte ihm ihr Feuerzeug und nahm sich selbst ebenfalls eine Zigarette heraus. Niederer zündete seine Zigarette an und darauf die ihre und gab ihr das Feuerzeug wieder zurück.

»Vielen Dank«, sagte er, während Fräulein Gautschi einen Aschenbecher aus der untersten Schublade ihres Schreibtisches holte, »ich bin etwas nervös heute.«

Fräulein Gautschi lächelte. »Die Gemeinderatssitzung ist doch erst übermorgen«, sagte sie.

»Ja«, sagte Niederer, »aber morgen kommt meine Frau nach Hause.«

»Oh, das ist sicher gut«, meinte Fräulein Gautschi.

»Ja«, antwortete Niederer und versuchte nun seinerseits einen Scherz, »sonst hätte ich bald Sie bitten müssen, ob Sie mir die Wäsche machen kommen.«

Fräulein Gautschi nahm den Scherz auf und sagte fröhlich, das wäre vielleicht einmal eine Abwechslung gewesen, aber dann wußten sie beide nicht mehr weiter und rauchten schweigend die Zigarette zu Ende.

Niederer dachte daran, daß Fräulein Gautschi mindestens vierzig war und bei ihrer Mutter lebte, zusammen mit ihrer Schwester, die ebenfalls unverheiratet war, und Fräulein Gautschi dachte, es brauche eigentlich nicht viel, um einen Menschen in einer leitenden Position aus der Fassung zu bringen.

»So«, sagte Niederer, nachdem er den Stummel im Aschenbecher zerquetscht hatte, straffte seine kurze Figur und warf den Kopf kampfbereit in den Nacken, »das hat gutgetan. Falls ich Sie nicht mehr sehe, bis morgen und danke nochmals.«

»Nichts zu danken«, sagte Fräulein Gautschi und drückte

ihren Zigarettenrest ebenfalls aus, »und schönen Abend noch.«

Mit einem »merci« steuerte Niederer auf das Sitzungszimmer zu, in welchem bereits eine Diskussion im Gange war.

»Schon gelesen?« fragte Niederer. Das war allerdings keine Kunst, denn die Broschüre bestand nur aus zwei Doppelseiten, die reichlich mit Illustrationen durchsetzt waren: schematisch gezeichnete Menschen, schwarz, mit spitz auslaufenden Händen und Füßen, also eigentlich mit gar keinen Händen und gar keinen Füßen, rannten von einem Häuserblock weg, oder sie standen in einem Türrahmen, was als positiv dargestellt wurde. Ein Mensch, der aus dem Türrahmen flüchtete, war mit einem gepünktelten Kreuz durchgestrichen, erledigt also, daneben stand deutlich »nicht zu den Ausgängen stürzen«. Weiter hinten saß ein anderer schwarzer Mensch zusammengekrümmt und gespensterhaft vor einem Radiomodell der fünfziger Jahre, aus dem einige Strahlen drangen, womit angedeutet war, daß das Gerät in Betrieb war und dem zusammengekrümmten Menschen Empfehlungen durchgab. Niederer hielt das alles für mehr oder weniger nutzlos und dumm, auch die Figur, die mit ausgebreiteten Armen vor einem Klemmbüchergestell stand, neben der Aufforderung, gefährdete Einrichtungsgegenstände zu überprüfen. Wer würde schon alle seine Bücher auf den Boden stellen, wenn es hieß, vielleicht gäbe es ein Erdbeben?

Ja, sie hätten es gelesen, sagte Zivilschutzchef Weidmann, und er habe zu seiner Beruhigung gesehen, daß von den Schutzräumen nicht die Rede sei, obwohl von Arx meine, man sollte die großen Schutzräume, also unter dem Gemeindehaus und den drei Schulhäusern, offenhalten für Leute, die in weniger stabilen Liegenschaften wohnen, aber das sei eine Maßnahme, die man nicht isoliert durchführen könne, sondern dann müsse es nach Zivilschutzreglement verlaufen, nämlich so, daß alle Schutzräume bezugsbereit gemacht werden müßten, und das werde doch wohl nicht nötig sein, es stehe hier ja ausdrücklich, die Wahrscheinlichkeit, daß in der Schweiz ein zerstörendes Beben auftrete, sei gering.

Er sei ganz seiner Meinung, sagte Niederer und wiederholte, er betrachte das Ganze mehr oder weniger als Alibiübung, aber was ihn von Herrn Raeber noch interessieren würde: ob er in der Lage wäre, mit seiner Mannschaft die Bevölkerung mit Lautsprecherwagen zu informieren, einmal angenommen, morgen rufe ihn der Erdbebendienst an und sage, es sei im Verlauf des Tages mit einem stärkeren Erdbeben zu rechnen, wenn ich Sie anrufe und Ihnen das sage, was tun Sie dann?

Er würde zuerst Radio DRS anrufen, damit die Warnung einmal über den Sender gehe.

Ob er die Nummer habe, fragte Niederer.

Sicher, die sei bei ihnen in der Kartei.

Heute höre doch alles Lokalradio, warf Weidmann ein, die müßte man dann auch benachrichtigen.

Ob er die Nummern der Lokalradios auch in der Kartei habe, fragte Niederer. Da sei er weniger sicher, gab Raeber zurück, aber ob das nicht Sache der Alarmzentrale der meteorologischen Zentralanstalt sei, diese Warnungen weiterzugeben.

Das habe doch mit dem Wetter nichts zu tun, sagte Niederer ärgerlich, ein Erdbeben sei kein Gewitter.

Ja, aber das sei alles reorganisiert worden nach Tschernobyl, sagte Raeber, und er glaube, es sei so, daß die Alarmzentrale die gefährdeten Gebiete informiere und die Meldung auch an die Medien weitergebe.

Sie sollten auf alle Fälle in einem solchen Fall einen Krisenstab bilden, sagte Weidmann, und von Arx nickte gedankenschwer und wiederholte das Wort Krisenstab, er jedenfalls, fuhr Weidmann fort, würde sofort ins Gemeindehaus kommen und von da das Weitere veranlassen in Absprache mit dem Gemeindepräsidenten, z. B. ob man den allgemeinen Sirenenalarm auslösen solle.

Ja, sagte Niederer, das stelle er sich auch so vor, aber um nochmals auf die Information zurückzukommen, wie das nun sei mit den Lautsprecherwagen, es hörten schließlich nicht alle Radio, obwohl er Raeber bitte, auch die Nummern der Lokalradios in seine Kartei aufzunehmen.

Sie hätten, sagte Raeber, 5 Autos, davon seien zwar alle mit Lautsprechern ausgerüstet, aber es seien zur Zeit nur 3 Mikrophone vorhanden, da ja die Wagen nie alle gleichzeitig benützt würden.

»Also«, sagte Niederer, »dann machen Sie bitte folgendes: Kaufen Sie 2 Mikrophone und machen Sie für sich einen Plan, wer wo mit welchem Wagen durchfährt, um die Bevölkerung zu informieren, falls es etwas zu informieren gibt.«

Er glaube zwar, sagte Raeber, der Materialkredit ertrage nicht mehr viel.

Egal, sagte Niederer, die paar Franken werde er schon irgendwo unterbringen in der Gemeinderechnung, und dann würden sie also so verbleiben: »Wenn hier die Meldung eintrifft, Erdbebengefahr, dann rufe ich sofort Sie an, Herr Raeber, Sie geben die Meldung weiter an die Radios, DRS und die lokalen, organisieren unverzüglich die Lautsprecherinformation, je nachdem lassen wir die Sirenen los, ich rufe Sie, Herr Weidmann, und Sie, Herr von Arx, an, Sie kommen hierher, Sie, Herr Raeber, auch, oder Sie delegieren einen Stellvertreter, und dann bilden wir hier einen Krisenstab, permanent, und warten alles Weitere ab.« Niederer kam richtig in Fahrt bei dieser Schilderung. Etwa so sollte er auch die Aussprache mit seiner Frau organisieren können, dann wäre alles viel leichter.

Als er sagte, ihm würde das für den Moment reichen, meldete sich Raeber und sagte, eine Frage hätte er noch, nämlich was man denn der Bevölkerung genau sagen solle in einem solchen Fall.

Niederer war perplex. Das wußte er eigentlich auch nicht. Von den Gemeinderatssitzungen her war er aber gewohnt, Nichtwissen in Kompetenz umzuwandeln und sagte, dann müsse man eben das weitergeben, was hier unter Art. 2, Vorsorgemaßnahmen, aufgelistet sei.

»Sie meinen«, sagte Weidmann, »daß die Leute dann noch Zeit haben«, und nun zitierte er, »Gebäude und Wohnungen auf lockere Kamine, Ofenrohre, Dachziegel, Verputzteile an Wänden und Decken zu überprüfen und diese Mängel und Schäden zu beheben oder beheben zu lassen?«

Ein gewisser Sarkasmus in seinem Tonfall war nicht zu überhören, seine Rache für diese sinnlose Sitzung offenbar. Als Raeber sah, daß von Arx und Weidmann lachten, schmunzelte auch er; Niederer hatte keine andere Wahl, als mitzulachen, faßte sich aber bald wieder und sagte, er habe natürlich Art. 3 gemeint, zweckmäßiges Verhalten während eines starken Erdbebens, im Innern von Gebäuden rasch einen sicheren Platz aufsuchen wie im Türrahmen oder unter einem soliden Tisch, Pult oder Bett, nicht zu den Ausgängen stürzen und im Freien weg von den Außenwänden und offene Flächen aufsuchen.

Weidmann sagte, das müsse ja ein gewaltiger Anblick sein, wenn die ganze Bevölkerung unter ihre Tische und Betten krieche, und er halte diese Anordnungen für zwecklos. Er fände es am besten, wenn diese Broschüre an jeden Haushalt verteilt würde, zusammen mit dem Hinweis, daß wir zwei Erdbebenstöße gehabt haben und eine minime Möglichkeit bestehe, daß irgendwann ein größerer Stoß folge.

Da müßte er zuerst abklären, ob er ein paar tausend Exemplare davon bekäme, sagte Niederer, und von Arx warf ein, warum man nicht einfach ein ganzseitiges Inserat im Anzeiger erscheinen lasse, dann hätten es die Leute auch gesehen, er habe kürzlich, wo jetzt schon wieder, in der »Rundschau« wahrscheinlich, gesehen, daß die Japaner solche Inserate in ihren Tageszeitungen gemacht hätten mit Erdbebenwarnungen.

»Sind wir denn in Japan?« rief Niederer, aufbrausend fast, »das ist doch alles Panikmache, die niemandem etwas bringt! Können wir das Ganze nicht so vorbereiten, daß die Leute nicht das Gefühl haben, morgen beginne der Weltuntergang?«

Weidmann brummte, er habe schließlich die Sitzung nicht einberufen, und daß es in der Gemeinde Risse gebe, sei spätestens seit dem letzten Freitag landesweit bekannt, und er fände das mit dem Verteilen der Broschüre die beste Lösung, das sei z. B. auch bei der letzten Notvorratskampagne so gehandhabt worden und man habe gute Erfahrungen gemacht damit. Er persönlich glaube nicht an ein größeres Erdbeben, das sei ja in dieser Gegend überhaupt noch nie vorgekommen, aber er müsse einräumen, daß sie auch im Zivilschutz mit Eventualitäten rechneten, die im günstigsten Fall nie einträfen, und deshalb könnte man ruhig diese Broschüren verteilen, vielleicht existierten sie sogar in fremden Sprachen, mindestens in italienisch, und die Türken müßten halt dann selber schauen.

Die kriechen von selbst unters Nest, wenns rumpelt, sagte von Arx und lachte, sekundiert von Weidmann und Raeber.

»Also, meine Herren«, sagte Niederer, »Spaß beiseite!« und klopfte mit dem Kugelschreiber auf den Tisch, aber eigentlich hatte er gern, wenn gelacht wurde, sogar auf seine Kosten, denn nach seiner Erfahrung liefen die Sitzungen besser, wenn man sich nicht in die Materie verbiß, in einer heiteren Stimmung akzeptierten die Teilnehmer meistens das, was er wollte. Und so war es auch jetzt.

Als der Gemeindepräsident zusammenfassend sagte, er werde sich erkundigen, ob man diese Broschüren in genügend großer Anzahl bekäme, wenn ja, werde er deren Verteilung organisieren und einen begleitenden Text dazu verfassen, den man in die Broschüre einlegen würde, im weitern solle Raeber für die Ausrüstung seiner Wagen mit Mikrophonen besorgt sein und einen Einsatzplan für Informationsfahrten erstellen, und er werde seinerseits mit dem Erdbebendienst Rücksprache nehmen, um zu fragen, in welcher Art man die Bevölkerung vor einem unmittelbar bevorstehenden Stoß warnen solle, und wenn er genaue Instruktionen habe, werde er sie an Raeber weitergeben, und damit wäre dann wohl das Nötige getan, denn er persönlich sei überzeugt, daß sie nichts von alldem wirklich bräuchten, und damit wünsche er ihnen einen schönen und ruhigen Abend – als er dies sagte, widersprach niemand, sondern alle waren froh, daß die Sitzung nicht länger gedauert hatte, drückten sich gegenseitig die Hand und verließen das Gemeindezentrum, und obwohl keiner von den dreien gern gekommen war, ging doch jeder mit einer Befriedigung nach Hause, wie sie Menschen erfüllt, die an einem alten Volksbrauch teilgenommen haben, und da sie in der Schweiz lebten, ließ sich dieser Volksbrauch sogar benennen: Es war die Vorbereitung des Ernstfalls.

## 34

Roland Steinmann lehnte sein Velo an die große Holzbeige am Eingang des Loowaldes, steckte den Schließring zwischen die Speichen des Hinterrads und klickte ihn ein, und dann begann er zu laufen. Es war sechs Uhr früh, und er hatte sich zu einem morgendlichen Waldlauf entschlossen, nachdem er vor einer Stunde aufgewacht war und nicht mehr einschlafen konnte.

Er erinnerte sich nicht, wann er das letzte Mal so zeitig im Wald gewesen war. Schon am letzten Samstag war es ihm früh erschienen, doch da war der Normalbetrieb ringsum schon im Gang gewesen, heute aber hatte er, obwohl es bereits hell war, das Gefühl, er sei vor Tagesanbruch unterwegs. Auf der Straße war noch kaum jemand zu sehen gewesen, außer einer Frau, die im Morgenrock zwei Abfallsäcke an den Straßenrand stellte für die Dienstagsabfuhr, und einem Mann in einer Lederjacke, welcher seinen Fiat öffnete und dazu gähnte; später kam ihm ein anderer Mann auf einem Moped entgegen, der eine schwarze Mappe auf den Gepäckträger geklemmt hatte. Dafür sangen schon verschiedene Amseln auf verschiedenen Laternenmasten und Fernsehantennen den Tag ein.

Roland hatte sonst einen guten Schlaf und war am Morgen zeitweise gar nicht so leicht wachzukriegen. Wenn er nicht sicher war, daß sein Digitalpiepser genügte, bestellte er manchmal zusätzlich einen telefonischen Weckruf. Heute aber war er von einem Traum erwacht, der so stark war, daß er wachgeblieben war. In diesem Traum war Monika in seine Küche getreten, wo er gerade eine Musikkassette in seinen Radiorecorder einlegen wollte und forderte ihn auf, zum Fenster hinauszuschauen. Er trat ans Fenster und sah aus der Richtung des Loowalds einen gewaltigen Feuerschein und dichte, schwarze Rauchwolken. Als er sich zu Monika umdrehte, rief sie ihm zu: »Schöni Pfingste!« und ging zur Türe hinaus, ohne sie zu schließen.

Darauf war er erwacht und hatte einen Moment gebraucht, um zu realisieren, daß das ein Traum gewesen war und daß er jetzt wach in seinem Bett lag. Er war dann sofort aufgestanden, ans Fenster getreten und hatte zum Loowald hinübergblickt, der noch im Halbdunkel der verblassenden Nacht dalag, und natürlich war dort weder Feuer noch Rauch zu sehen. Nach einem Gang auf die Toilette hatte er sich wieder hingelegt, doch es war ihm nicht gelungen, sich einfach umzudrehen und weiterzuschlafen, und so hatte er sich eine halbe Stunde später in seinem blauen Trainingsanzug auf das Rennrad geschwungen und war zum Waldrand gefahren.

Auch jetzt, da er in einem lockeren Laufschritt durch den hellen Frühlingswald streifte, ging ihm immer noch der Traum durch den Kopf. So intensiv war das Bild gewesen und so real, daß er sich fragte, ob es mit der Wirklichkeit hier zu tun hatte. Roland war sonst kein starker Träumer und achtete auch nicht besonders auf das, was er träumte. Neulich allerdings, als er einen Film über den alten C. G. Jung kopiert hatte, war er so fasziniert gewesen, daß er keinen Schritt aus seiner Koje gemacht hatte. Jung hatte dort, an einer erloschenen Pfeife saugend, von den Archetypen gesprochen, welche in den Traumbildern auftauchten, und davon, daß man die Bedeutung der Bilder eher bei sich selbst finde als in der äußeren Wirklichkeit. Demnach wäre dieser Brand, den er heute nacht gesehen hatte, nicht ein Ereignis, das in nächster Zeit zu befürchten war, sondern ein Bild für seinen eigenen seelischen Zustand.

Roland brauchte nicht lange darüber nachzudenken, wo es bei ihm brannte. Er war in Madlaina verliebt, da war kein

Zweifel mehr möglich. Im Laufen dachte er noch einmal an den vergangenen Sonntagabend. Nach der Sportsendung hatte er ihr zuerst die Maschinen und die Arbeitsvorgänge im Netzwerk erklärt, und dann waren sie zusammen essen gegangen, in eines der durchschnittlich gepflegten italienischen Restaurants in Zürich-Oerlikon, in denen es angenehm nach Holzkohlenfeuer und Origano riecht, hatten große gemischte Salate und Pizzas bestellt, Roland ai funghi und Madlaina Quattro Stagioni, hatten dazu Chianti getrunken und über ihr Leben gesprochen. Madlaina hatte ihn gefragt, wie lang er schon beim Fernsehen arbeite, und Roland hatte nachgerechnet und war auf 11 Jahre gekommen, erzählte ihr dann, daß er sich eigentlich als Kameramann beworben habe, aber nicht angenommen worden war, weil er keinerlei fotografische Ausbildung vorweisen konnte, daß man damals aber dringend neue Aufzeichnungsoperateure gesucht hatte und ihn sofort anlernte, obwohl er auch dafür keine entsprechende Ausbildung mitbrachte, als Elektroniker etwa oder mindestens als Elektromonteur. Heute, hatte er ihr gesagt, hätte man als abgestürzter Mittelschüler keine Chance, und auf Madlainas Rückfrage hatte er erzählt, wie er die letzte Klasse des Gymnasiums habe repetieren müssen, wie er dann nach einem Streit mit seinen Eltern zu Hause ausgezogen sei, gejobbt habe, gereist sei, die Rekrutenschule hinter sich gebracht habe, bis er sich schließlich auf dieses Provisorium eingelassen habe, das heute noch andauere.

Madlaina hatte gesagt, dann sei er ja fast so zufällig hineingerutscht wie sie, und sie werde sich in diesem Fall hüten müssen, daß sie nicht auch so lang hängenbleibe. Bei ihr sei es eine Wette mit Studienkolleginnen gewesen, daß sie sich an einem Präsentatorinnenwettbewerb an der »fera«, der großen Radio- und Fernsehmesse, beteiligen werde. Das hatte sie getan und war daraufhin als eine der wenigen Begabungen eingeladen worden, wirklich beim Fernsehen einzusteigen, und so war sie zu »DRS aktuell« gekommen, zunächst als Sprecherin, und nun hatte sie seit kurzem eine Zweidrittelstelle und konnte auch eigene Beiträge gestalten, wobei sie aber hoffte, im verbleibenden Drittel ihre Lizenziatsarbeit schreiben zu können. Sie habe, sagte sie, Geschichte studiert, wie viele Bündner, aber eigentlich ohne große Begeisterung, vielleicht sei es sogar ein Fehler gewesen, jedenfalls habe sie das Gefühl, was sie in den zwei Fernsehdritteln ihrer Arbeitszeit tue, sei bedeutend realer, als wenn sie im Lesesaal der Zentralbibliothek sitze und sich zum x-ten mal Dinge herausschreibe über die Bündner Kinder, die im letzten und anfangs dieses Jahrhunderts als landwirtschaftliche Arbeitskräfte nach Süddeutschland gezogen seien, das sei zwar ein interessantes Thema, aber darüber müsse man nicht eine Arbeit schreiben, die außer dem Professor kein Mensch lese – und nicht einmal beim Professor sei es sicher, ob er sie tatsächlich lese – sondern eher einen Dokumentarfilm machen, den es im übrigen bereits gebe und den sie sehr gut finde, und damit komme man auch an die Leute heran, und das gefalle ihr einfach beim Fernsehen.

Sie war erkannt worden an dem Abend im Restaurant, eine etwas aufdringliche Frau am Nebentisch bat sie sogar um ein Autogramm, das ihr Madlaina schließlich, um sie loszuwerden, auch gab, worauf sie aber darauf bestand, sie und ihren Begleiter zu einem Kaffee einzuladen, doch wenigstens tat sie das vom Nebentisch aus, ohne sich zu ihnen zu setzen. Nachdem sie dem Kellner zugeflüstert hatte, daß die Dame, der sie den Kaffee offeriere, vom Fernsehen sei, stieg die Aufmerksamkeit spürbar, welche die Bedienung ihrem Tisch zuwandte, der Chef de Service kam noch einmal selbst vorbei und fragte ausdrücklich, ob es recht gewesen sei, und er schaute dazu vor allem Madlaina an.

Sie nahm das alles mit einer Gelassenheit auf, die Roland gefiel, er hatte den Eindruck, Erika, seine Ex-Frau, sei bedeutend eitler gewesen als Madlaina. Bezahlt hatten sie getrennt, und da sie ein Auto besaß und er keins, brachte sie ihn anschließend nach Hause, schlug aber eine Einladung zu einem letzten Kaffee aus, und Roland, der sich äußerste Behutsamkeit vorgenommen hatte, insistierte nicht, sondern verabschiedete sich mit einem freundschaftlichen Kuß, den sie ebenso freundschaftlich zurückgab, und sagte ihr, er habe sich gefreut, daß sie gekommen sei, und es sei lustiger gewesen mit ihr als allein.

Roland keuchte, weil es bergauf ging, und dachte daran, daß sie auf dieses Abschiedswort von ihm mit »gleichfalls« geantwortet hatte, und dieses »gleichfalls« hatte ihn den ganzen gestrigen Tag hindurch wie eine Verheißung begleitet. Gesehen hatte er sie nicht mehr, sie rief ihn bloß einmal kurz an, um ihm mitzuteilen, daß die Risse bei den Keltengräbern vorläufig gestorben seien, in der Redaktion sei es als zu wenig wichtig angesehen worden, daran habe auch der verpaßte Erdbebenstoß vom Samstag nichts geändert. Statt dessen mache man heute einen Bericht über sich häufende Krebsfälle in der Nähe einer aargauischen Sondermülldeponie, und wer eigentlich dem »Tages Anzeiger« die Nachricht gesteckt habe.

Zu diesem Zeitpunkt kannte Roland den Zeitungsbericht noch gar nicht, rief aber, sobald er ihn gelesen hatte, Christoph Portner an, der ihm bestätigte, daß er selbst in der Redaktion gewesen sei gestern nachmittag, und Roland sagte ihm, wie er denselben Gedanken gehabt habe und erfolglos versucht hatte, ihn zu erreichen. Christoph hatte auch erwähnt, daß am Mittwoch Gemeinderatssitzung sei und er einige dringliche Fragen einreichen werde bezüglich der Keltenrisse, wie er sich ausdrückte, was Roland sehr in Ordnung fand und ihm versprach, vorher noch einmal hinzugehen.

Und jetzt ging er also hin, vielmehr er rannte hin, und zu seinem Erstaunen hatte er festgestellt, daß er nicht der einzige war, der den Wald um diese Zeit als erweiterte Turnhalle benützte. Vor allem, als er ein kleines Stück den Vitaparcours entlang lief, sah er in der Verlängerung des Weges mehrere Trainingsanzüge aufleuchten, und zu seiner Seite erhob sich plötzlich schwer atmend der Brustkorb eines leitenden Kadermenschen vom Boden, um sich gleich danach wieder nach hinten zu senken, während seine Füße durch einen Baumstamm niedergeklemmt wurden. Lauter Verantwortungsträger, dachte Roland, die sich für die Schlacht in ihren Büros stählen, und als ihm einer entgegenkam, von dessen Stirn bereits der Schweiß wegspritzte, schien es ihm, als versuchten all diese Männer, Dinge loszuwerden, die sie in ihren Sitzungen und Terminen und an ihren Computern nicht brauchen konnten, und die frische Waldluft kam ihm mit einem Mal verseucht vor, auch das eine Deponie, eine für seelischen Sondermüll, mit jedem Fußtritt einer gut gefederten Joggingsohle wurde ein Alptraum in den Waldboden gestampft oder ein Ehestreit flachgedrückt oder der Vorwurf eines Kindes niedergetrampelt. Streng genommen gingen all diese Menschen schon morgens um sechs Uhr ihren Geschäften nach, hier im Wald.

Bei diesem Gedanken verminderte Roland sein Tempo und bog bei der nächsten Gelegenheit vom Fitneßkanal ab. Als es im Unterholz wieder bergan ging, wechselte er zu einem normalen Spaziergängerschritt, er brauchte sich ja nicht zu quälen, auch wollte er in keiner Weise seine

Träume loswerden, weder den Alptraum noch die Träumereien um Madlaina. Er wußte nicht, was sie ihm gegenüber empfand, bisher hatte sie sich wie eine unkomplizierte Arbeitskollegin verhalten, obwohl der Vorschlag zum Nachtessen für ihn schon an eine Grenze ging. Und da war noch ein anderes Wort vorgekommen, das ihm in den Ohren nachklang, ein Gegenwort zum »gleichfalls«, und dieses Wort, das irgendeinmal während des Essens gefallen war, hieß »Freund«, und es hatte noch einen Begleiter gehabt, einen ekelhaften, klebrigen Wortzwerg, der hatte »mein« geheißen, und Roland erinnerte sich gut, wie ihm das Blut einen Augenblick weggeblieben war, wie er sich aber gleich danach wieder gefaßt hatte, als er vernahm, daß dieser mein Freund zur Zeit für ein halbes Jahr in Amerika war, vielleicht war er also an diesem Abend nicht viel mehr als ein Spieler von der Ersatzbank gewesen, aber er war entschlossen, aus dieser Rolle alles herauszuholen, was drinlag.

Roland erschrak. Die Kreditanstaltfähnchen markierten unverdrossen den Spaltenverlauf, das Seismographenzelt stand mit seiner Warntafel da, als gehöre es schon jahrelang hierher, aber an der Stelle, wo Roland nun stand, war ein Stück Erde vom oberen Rand abgebrochen und in die Spalte hineingefallen, die sie jetzt fast ausfüllte.

Dort, wo kein Abbruch war, steckte Roland seine Hand hinein, quer zum Riß, er konnte den Daumen noch ausstrecken, so breit war er geworden. Langsam ging er den Spalten nach; an zwei weiteren Stellen im Tannenwäldchen fand er abgebrochene Erdstücke, und er hatte nicht das Gefühl, daß sie mutwillig hineingetreten worden waren, sonst hätte man bestimmt Fußspuren gesehen, geknickte Baumsprosse oder Ähnliches.

Roland hatte seinen Rundgang um den Hügel beendet und stand wieder vor der ersten abgebrochenen Stelle.

»Es ist breiter geworden, nicht?« sagte eine Stimme hinter ihm.

Roland drehte sich um und sah, daß es Christoph Portner war. Dann nickte er und sagte: »Ja, deutlich.«

## 35

Manfred Niederer stand auf dem Zürcher Hauptbahnhof und wartete auf die Ankunft des Zuges aus München. Es war kurz nach vier Uhr nachmittags, und aus Sorge, zu spät zu kommen, war er zu früh. Er war nicht allein, sondern er hatte Arco, den Collie, mitgenommen, um den er noch selten so froh gewesen war wie in diesem Moment, er würde bestimmt viel Zuwendung verlangen, würde wedeln, bellen, hochspringen und eine Freude zeigen, die ihm, Niederer, fehlte. Was er zur Zeit empfand, war nicht Freude, sondern Angst, und das irritierte ihn.

Ein Leben lang hatte er sich nie wirklich gefürchtet, vor nichts, und nun auf einmal war ihm die Angst auf den Fersen und holte ihn fast jeden Tag irgendwo ein, es hatte angefangen mit den Arztbesuchen, die ihm immer unheimlicher wurden, um so mehr als von einer tatsächlichen Wirkung keine Rede sein konnte, auch die vorsichtigsten Versuche, die Dusche von warm auf kalt zu stellen, trieben seine Haut in rosarote Empörung. Dann hatte er die Geschichte mit den Keltengräbern auf eine Art nicht im Griff, die ihn verunsicherte, gerade weil sie so lächerlich war, aber es war ihm klargeworden, daß er diesen kantonalen Katastrophenobmann fürchtete, daß er fürchtete, das Falsche zu tun, oder wie kam es sonst, daß er sich für das Treffen am Sonntag hatte entschuldigen müssen, und da kam er seiner ganz großen Furcht näher, und das war die, das Gesicht zu verlieren, und wenn ihm jemand diesen Verlust zufügen konnte, dann die Person, die er jetzt erwartete, seine Frau.

16.21 h sollte der Zug ankommen, wie er sich auch nochmals auf dem weißen Ankunftsplakat vergewissert hatte, und er lehnte an der Kante des Stehimbisses und rührte mit einem Plastikstäbchen den Zucker in seinem Kartonkaffeebecher um, der mit einem roten Gittermuster bedruckt war, während Arco seinen Befehl »Schön Fuß!« so verstanden hatte, daß er sich genau parallel zum Stehtisch auf den Boden legte, wodurch er mindestens zwei Plätze versperrte. Niederer ließ ihn aber gewähren, er fürchtete, sein Hund könne ihm allenfalls nicht gehorchen und ihn vor den zwei, drei Nachmittagssäufern blamieren, die hier aus durchsichtigen Plastikbechern den billigsten Wein der Stadt tranken.

Es war ohnehin nicht viel Betrieb im Moment, denn gerade waren die Züge abgefahren, die zur vollen Stunde oder knapp danach in die ganze Schweiz ausschwärmten. Niederer, der die Bahn nur im ärgsten Notfall benützte, war erstaunt gewesen über das Ausmaß der Veränderungen im Hauptbahnhof. Kioske, Schließfächer, Telefonkabinen standen hier in einer Weise durcheinander, die so provisorisch schien, als könnten sie bereits morgen wieder woanders stehen, nur die Glaskabinen für die Gepäcklifte wirkten definitiv; er hatte sie noch nie gesehen, sie befanden sich am Ende der Perrons, und von Zeit zu Zeit versanken stählerne Container lautlos im Boden oder tauchten ebenso lautlos wieder von unten auf. Niederer hielt zwar den Umbau hier für überrissen, aber er bewunderte große Baustellen, weil er aus der Zeit, da er noch für ein Bauunternehmen tätig gewesen war, wußte, wie schwierig so etwas zu planen war, speziell wenn es darum ging, ein Objekt umzubauen, bei dem während der ganzen Bauzeit der Betrieb aufrechterhalten werden mußte.

Nun meldete sich über die Lautsprecher eine Stimme mit welschem Akzent, die freundlich mitteilte, daß der Zug aus St. Gallen – München, fahrplanmäßige Ankunft 16.21 h, ca. 10 bis 15 Minuten Verspätung hatte. Typisch, dachte Niederer, typisch SBB, und seine Bewunderung für das Bauwerk kühlte sich sofort etwas ab. Gleichzeitig fiel sein Blick auf eine kleine Konsole vor dem Ankunftsplakat, auf welcher stapelweise das »Bahnhofblatt« lag, das man gratis mitnehmen konnte. Der Leitartikel trug den Titel »Verspätungen – wo sitzt der Wurm?« Niederer brauchte das Blatt nicht zu lesen, er wußte auch selbst, wo der Wurm saß, nämlich in diesem viel zu großen Umbau. Wäre es nach ihm gegangen, hätte man für dasselbe Geld lieber leistungsfähigere Straßen gebaut, aber diese Meinung war heute politisch so inopportun, daß er sie für sich behielt und immer für den öffentlichen Verkehr eintrat, gerade wenn es um allgemeine Äußerungen und Absichtserklärungen ging, die keinerlei konkrete Konsequenzen forderten.

Er trank seinen Kaffee mit drei großen Schlücken aus, schob den Becher zu der Sammlung von leeren Biergläsern, die am Ende des Tischchens standen und verließ mit einem »Komm, Arco!« das Snackbuffet. Er machte ein paar Schritte zum Zentrum der Halle hin, blieb dann stehen und schaute zur großen Anzeigetafel hinauf, wo er aber zu seinem Ärger den Zug aus München nicht fand, bloß so dümmliche Eigenwerbung wie den Hinweis auf das rollende Büro mit 16 Arbeitsplätzen im Schnellzug Romanshorn – Zürich – Genf. Als er einen Beamten mit einer gelben Informationsbinde am Arm, der untätig am Ende eines Perrons herumstand, deswegen zur Rede stellte, machte ihn dieser darauf aufmerksam, daß die Tafel nur die abfahrenden Züge anzeige, nicht aber die ankommenden, und daß der Zug aus München auf Gleis 15 einfahren werde, mit 10 bis 15 Minuten Verspätung allerdings.

Niederer fühlte sich einmal mehr bloßgestellt. Jedes Kind sah, daß dies eine Abfahrtstafel war, die da groß und schwarz über den Köpfen der Menschen schwebte, und er, hauptberuflicher Stadtpräsident eines bedeutenden Agglomerationsortes, wußte nichts besseres, als sich bei einem

Beamten zu beschweren, weil keine Ankunftszeiten drauf waren. Solche Fehlhandlungen unterliefen ihm öfters in letzter Zeit, und sie kamen aus einem Mangel an Konzentration, er hatte immer wieder Momente, in denen er gar nicht richtig da war. Es war auch nicht so, daß er in diesen Momenten an etwas ganz anderes dachte, sondern Tatsache war, daß er nachher überhaupt nicht wußte, woran er gedacht hatte.

Jetzt stand er vor dem Kiosk und überlegte sich, ob er irgendeine Zeitung kaufen sollte, den »Blick« vielleicht, zur Erholung, aber auf dem gelben Schlagzeilenblatt war bloß zu lesen »Wirbel um Importkäse«, und das war ihm nicht vielversprechend genug. Auf dem »Tages Anzeiger«-Plakätchen stand »Immer weniger wollen Polizist werden«, und er nickte und dachte an den strebsamen und ideenlosen Raeber, und ob er wohl seine Mikrophone besorge. Er selbst hatte heute Fräulein Gautschi beauftragt, 8000 Merkblätter zu bestellen, bei dieser Erdbebenwarte oder was immer es war, und sie hatte ihm nach dem Mittag gesagt, es gehe in Ordnung. Den Text für das Einlageblatt würde er schreiben, wenn sie einträfen, das war ja dann rasch gemacht, und er fühlte sich nicht zu besonderer Eile verpflichtet, auch die Verteilung wollte er erst in die Wege leiten, wenn er die Merkblätter in Händen hielt, schließlich hatte ihm sein Erdbebenbollag gesagt, solange keine weiteren Erschütterungen erfolgten, müsse man das Bisherige nicht als Vorbeben von etwas Größerem betrachten.

Niederers Nicken ging in ein Kopfschütteln über, als er nun am Kiosk vorbeiging. Ein größeres Erdbeben, dachte er, ist völlig ausgeschlossen, das kann sich z. B. eine Baustelle wie diese gar nicht leisten. Da würden ja Krane umstürzen und Kavernen einbrechen und Tunnels verschüttet, Geleise würden sich verbiegen, Stromkabel würden reißen, ein Gebilde wie der Hauptbahnhof Zürich würde von einer Sekunde auf die andere lahmgelegt – undenkbar. Dieser Typus von Ereignissen war für andere Regionen bestimmt, für Armenien oder China oder Japan, und dorthin konnten wir dann unsere Katastrophenhunde entsenden oder unsere Einzahlungen, aber für diese Gegend kam so etwas einfach nicht in Frage.

Schon nach ein paar Schritten blieb er stehen und traute seinen Augen kaum. Er stand in der Bahnhofvorhalle, die ihm unendlich viel größer schien als der Perronvorplatz. Waren hier nicht verschiedene Gebäude gestanden? Er glaubte sich an Billettschalter und Gepäckabfertigungen zu erinnern, und jetzt war diese Halle vollkommen leer. Einzig in der Mitte erhoben sich, durch einen Bauverschlag und eine kleine Baracke geschützt, zwei Zementsilos.

Er war richtig erschrocken, und auch das gefiel ihm nicht. Er wußte doch, daß Bauen verändern hieß; nun waren sie also daran, den ganzen Hauptbahnhof gründlich zu verändern, das war doch kein Grund zum Schrecken, er war eben einfach ein sehr seltener Bahnfahrer, deshalb hatte er die Dimensionen nicht richtig mitbekommen.

Er starrte auf die Zementsilos. Sie sahen aus wie zwei riesige Ampullen. Betoninjektionen, dachte er auf einmal und griff sich ans Gesäß, wo er heute morgen seine Penicillinspritze appliziert bekommen hatte, und er fühlte ein unangenehmes Kräuseln in seinen Adern. Vielleicht sollte er mit diesen Injektionen aufhören, die nichts nützten, vielleicht wurden ihm da fremde Stoffe eingespritzt, die härter waren als Beton und sich gar nicht richtig auflösen konnten in seinen Blutbahnen.

Rasch setzte er sich wieder in Bewegung, um diese Stimmung loszuwerden. Er haßte solche Gedanken, und er wußte nicht, woher sie kamen. Daß ihn der Anblick eines

Zementsilos an eine Spritze erinnerte und nicht einfach an einen Zementsilo, beunruhigte ihn, und es war bezeichnend für die letzte Zeit. Er atmete tief durch und strebte zielbewußt zur großen Ladenunterführung mit dem Namen »Shopville«, obwohl er auch dort nichts zu tun hatte. Er hatte gar nichts zu tun, außer seine Frau abzuholen, und das fiel ihm schwer genug. Sie hatte ihm nur ganz kurz am Telefon mitgeteilt, wann sie ankam, und er hatte gemurmelt, daß er sich freue, aber sie hatte nichts Entsprechendes geantwortet. Ein Gespräch würde wohl unumgänglich sein. Ein Gespräch, so etwas Grauenhaftes. Dieses Gespräch, darüber mochte er nachdenken, soviel er wollte, konnte nicht anders ausgehen, als daß er der Schuft war und sie der Unschuldsengel, und deshalb war es wohl am besten, es so rasch wie möglich hinter sich zu bringen.

Plötzlich knurrte Arco und wurde fast magnetisch zu einem Schäferhund gezogen, der seinerseits auf Arco zustrebte. Beide Besitzer waren vom Zug auf ihren Leinen überrascht und mußten ihm im ersten Moment nachgeben, bevor sie sich faßten und die Hunde davon abhalten konnten, sich gegenseitig zu zerfleischen. »Fuß, Arco!« war Niederers Kommando, und »Rocco, blib da!« rief der andere, während die Hundepfoten auf dem glatten Boden verzweifelt Halt zu finden suchten und immer wieder ausrutschten. Niederer war im Weitergehen froh, daß es nicht zur Konfrontation mit dem andern gekommen war, einem Typ in abgenützter Lederkleidung mit langen Haaren, der seinen Hund an einem Seil mit sich führte. Bestimmt gehörte er zur Drogenszene, die sich gleich hinter dem Bahnhof ausbreitete, ein Händler wahrscheinlich.

Es war unglaublich, dachte Niederer, mit welcher Schamlosigkeit sich diese Leute dort herumtrieben. Beim Heraustreten aus dem Parkhaus hatte er deutlich gesehen, wie in einem Grüppchen auf der andern Straßenseite gehandelt wurde, die Hunderternoten, die von einer Hand in die andere gingen, waren klar zu erkennen gewesen. Man konnte ja nicht einmal auf das sihlseitige Trottoir hinüber, weil man sonst Spießruten laufen mußte vor all den tatenlosen und apathischen Menschen, die sich an die Geländer und die Bäume lehnten. Und am andern Ufer der Sihl, hinter dem Landesmuseum, scharten sich bunte Haufen um den Musikpavillon, Rauchsäulen von Feuern stiegen in die Höhe, als sei dort ein Indianerreservat, ein Gelände jedenfalls, in dem normale Bürger nichts verloren hatten.

Niederer verstand nicht, warum die Zürcher Polizei nicht eingriff. Andererseits war er nicht unglücklich darüber, daß dieser Platz auch die Süchtigen der Agglomeration anzog, wie man immer wieder hörte, so daß es z. B. in seiner Gemeinde keine sichtbare Drogenszene gab. In allerschärfster Form hatte er den Vorschlag des »Frischen Windes« bekämpft, einen alten Pachthof der Gemeinde in ein Drogenrehabilitationsheim umzuwandeln, das hätte ihnen gerade noch gefehlt, diese Gestalten zwischen ihren sauberen Häusern. Man dürfe die Last des Problems nicht einfach der Stadt überlassen, hatte der junge Portner damals gesagt, schließlich kämen die Konsumenten auch aus der Agglomeration. Na und? Sollte die Stadt zuerst einmal dafür sorgen, daß die Leute von hier verschwinden, und dann konnte man ja weiter sehen.

Niederer war inzwischen wieder aus dem »Shopville« aufgestiegen, und als ihm nun in den Sinn kam, daß er seiner Frau noch einen Blumenstrauß kaufen könnte und sich nach einem entsprechenden Laden umschaute, den es hier auch irgendeinmal gegeben hatte, hörte er aus dem Lautsprecher, daß der verspätete Schnellzug aus St. Gallen – München auf Gleis 15 einfuhr, und begab sich mit zitternden Knien zum Perronende.

Die Erstklaßwagen befanden sich an der Spitze des ankommenden Zuges, und Arco erkannte seine Herrin sofort, drängte sich mit einem Ungestüm zu ihr hin, das Niederer zum Laufschritt zwang, und sprang dann bellend an ihr hoch, genau mit jener ungebrochenen Freude, auf die Niederer gehofft hatte. Auch seine Frau schien froh zu sein, daß sie sich zuerst zu ihrem Hund beugen konnte, jedenfalls tätschelte sie ihn ausgiebig, bevor sie ihrem Mann die Wange hinhielt, auf welche er sie küßte, ohne daß sie den Kuß erwiderte.

Es sei schön, daß sie wieder da sei, sagte Niederer und nahm ihr den Koffer ab. Ja, sagte sie, es sei langsam Zeit geworden. Sie übernahm den Hund mit der rechten Hand, während sie ihre Tragtasche über die linke Schulter hängte, so daß sich Niederer, der links von ihr ging, nicht bei ihr einhaken konnte.

So verließen sie zusammen den Hauptbahnhof und wurden durch die Enge der Baustelle an der Sihlbrücke getrieben, wo sie hintereinander gehen mußten, an provisorischen Lattenwänden vorbei, die mit Sprayparolen verschmiert waren, über provisorisch asphaltierte Gehsteige und provisorische Laufstege, die über Baulöcher führten, in denen Preßluftbohrer dröhnten, vorbei an Baggerschaufeln und Rammaschinen, welche Stahlpfähle in den Boden hämmerten, hinüber aufs Süchtigentrottoir, auf dem ihnen ein Mädchen mit aufgelösten Haaren entgegenkam, das sich entnervt an den Arm griff, worauf sie sofort auf die sichere Parkhausseite wechselten und nach Einwurf eines Zweifränklers in den Kassenautomaten den rettenden Lift betraten. Als Niederer den Knopf für den 2. Stock gedrückt hatte und sich die Lifttüren weich und zuverlässig hinter ihnen schlossen, war er erleichtert, und auch Michèle atmete auf. »Uff, dieses Zürich!« sagte sie und schüttelte den Kopf.

»Heim zu uns!« sagte Niederer aufmunternd, als die Türe aufging, trat mit ihr zu seinem Wagen, versorgte das Gepäck im Kofferraum, ließ Arco durch die Hintertür einsteigen, öffnete die Tür für seine Frau, stieg dann selbst ein, ließ den Motor an, wartete, bis die Hydraulik den Wagen etwas hochgehoben hatte, steuerte ihn danach die enge Auffahrt hinunter, steckte sein Billett in den Schlitz und fuhr unter der sich öffnenden Barriere hinaus auf die Straße, die wieder zum Bahnhof führte. Beim Parkplatz für die Fremdarbeiterbusse nach Jugoslawien und Istanbul, wo früher das Autonome Jugendzentrum gestanden hatte, bog er nach rechts ab, damit er durch den Milchbucktunnel die Stadt verlassen konnte, in welcher sich bereits der Abendverkehr bemerkbar zu machen begann.

»So«, sagte Niederer, als er eingespurt hatte, und dann fiel ihm nichts mehr ein.

»Wie wars?« fragte er nach einer langen Pause.

Die Antwort seiner Frau traf ihn hart und unvorbereitet.

»Damit du es gleich weißt«, sagte sie, indem sie geradeaus auf die Straße blickte, »ich will mich von dir scheiden lassen.«

## 36

Thomas hörte auf zu rennen und ging keuchend über den Spazierweg auf den Keltenhügel zu. Wenn er das Tonband des Seismographen auswechselte, verband er das jeweils mit einem Waldlauf, wenigstens solange das Wetter so schön war wie in diesen Wochen. Seit den Unwettern zu Beginn des Monats hatte es nicht mehr geregnet, und manchmal war es tagsüber schon sommerlich warm. Heute früh hatte er zwar im Radio gehört, daß sich über dem Atlantik eine Störung zusammenbraue und gegen das Wochenende zu »auch das Wetter in der Schweiz beeinflussen werde«, wie der Sprecher gesagt hatte. Manchmal ärgerte sich Thomas über den Spießergeist in diesem Land, über das scheinheilige Getue von der ältesten Demokratie, über die ganze selbstgerechte und enge Haltung, die man bis in die Wetterprognose hinein spürte. Das war doch wohl klar, daß eine Störung über dem Atlantik, welche sich auf den Kontinent zu bewegte, »auch das Wetter in der Schweiz« beeinflussen würde; irgendwie hörte er aus dieser Formulierung die Erwartung heraus, wir möchten lieber nicht gestört werden, sondern die Wolken sollten sich gefälligst über die EG-Länder ergießen, damit der Sonderfall Schweiz in aller Ruhe schöne Pfingsten feiern konnte. Ihm war es sowieso egal, was an Pfingsten für Wetter war, er mußte zu Hause bleiben und seine Seminarabeit ins reine schreiben, es war ihm sogar recht, wenn es regnete, dann hatte er nicht das Gefühl, etwas zu verpassen.

Er ging nun langsam um den Hügel herum und folgte dem ersten Riß, an dem er aber auf den ersten Blick keine Veränderung bemerkte. Christoph Portner hatte ihn gestern abend angerufen und ihm von den Stellen mit den kleinen Erdabbrüchen erzählt, und er hatte ihm dann gesagt, er gehe heute morgen sowieso das Band auswechseln und werde sich die Sache dann ansehen.

Als er hinter dem Hügel war, wo der Seismograph stand, sah er auch die abgebrochenen Stellen. Er öffnete ein Brusttäschchen seines Trainingsanzugs und nahm sein Meßband hervor, das er jetzt immer bei sich trug, wenn er hierherkam, maß damit die Spaltenbreite gleich neben dem Abbruch und verglich sie dann mit dem, was in seinem Notizbüchlein stand. Es war dasselbe, 18 cm. In die Tiefe konnte er aber das Meßband etwas weiter hineinstecken, 54 cm statt der 47 vom letzten Samstag, am Abend des unaufgezeichneten Stoßes. Es war zwar schwieriger, den Auslauf der Spalten genau zu bestimmen, aber trotzdem schien es ihm ganz klar, daß sie tiefer geworden waren. Er maß auch an zwei, drei anderen Stellen, und das Bild war dasselbe.

Nachdem er die Messungen in sein Notizbüchlein eingetragen hatte, ging er zum Seismographen, schlug die Zeltplache zurück, nahm seinen Schlüssel aus dem Hosensack und öffnete die Kiste mit dem Aufzeichnungsgerät, aus dem ihm das rote Lämpchen freundlich und zuverlässig entgegenleuchtete – wie das Ewige Licht, dachte Thomas. Dann griff er unter das Oberteil seines Trainingsanzugs, um die Dokumentenbrusttasche aufzumachen, in der er das neue Tonband mit sich trug, doch da war irgendein Faden im Reißverschluß, Thomas nestelte das Ding hervor und mußte sein Kinn auf die Brust legen und im steilsten Winkel hinunterblicken, damit er sah, wo das Hindernis war, dann nahm er mit dem Reißverschlußwägelchen einen kleinen Anlauf, fuhr hart in die Stelle mit dem Faden hinein und hatte die Tasche offen.

Als er mit der neuen Spule in der Hand vor dem Apparat in die Hocke ging, erschrak er. Das rote Lämpchen war erloschen.

War denn das möglich, daß die Batterien schon am Ende waren, er hatte sie doch vorgestern ausgewechselt, jede Woche einmal, hatten sie beschlossen, obwohl sie sogar bei allerstärkster Beanspruchung mindestens für zwei Wochen gereicht hätten. Die zwei Batterien, die er am Montag frisch eingesetzt hatte, waren ihm noch von Prof. Bollag ausgehändigt worden, zusammen mit vier weiteren, und das hieß, daß dieser sie von der Materialausgabe hatte, und das wiederum hieß, daß sie vom Materialwart in den Voltmeter gehalten worden waren, bevor er sie herausgegeben hatte, denn das war Vorschrift bei den Batterien, auf deren unbedingtes Funktionieren man sich in einem wissenschaftlichen Betrieb verlassen können mußte.

Oder hatte Prof. Bollag in seiner Zerstreutheit einfach in irgendeine Vorratsschachtel oder Schublade mit Batterien gegriffen? Das konnte sich Thomas kaum vorstellen, bei einer so wichtigen Sache wie einem Feldseismographen.

So oder so blieb ihm wohl nichts anderes übrig, als neue Batterien einzusetzen, und zwar so rasch wie möglich. Das Dumme war bloß, daß er keine dabei hatte, dieser Gang würde ihn also eine gute Stunde kosten. Er schaute auf die Uhr und erschrak nochmals. Die digitale Zeitanzeige stand auf 29.05.

Jetzt stand Thomas auf und schaute sich um. Irgendetwas war hier im Gange, das er nicht begriff. Aber kein Kollege trat lachend aus dem Tannenwäldchen hervor und erklärte ihm den Scherz, er war allein mit den Bäumen und den Sonnenstrahlen und den Rissen und dem Seismographen, auf den er nun wieder blickte. Das rote Lämpchen leuchtete. Thomas kniete nieder, ohne den Apparat aus den Augen zu lassen. Ja, das Lämpchen leuchtete, da war kein Zweifel möglich. Es war aber ebenso kein Zweifel möglich, daß es vorhin nicht geleuchtet hatte. Thomas schaute auf die

Tonbandspule, die etwa zu einem Viertel gebraucht war und stieß einen lauten Ruf aus. Sofort setzte sich die Spule in Bewegung und zeichnete ihn auf. Mit andern Worten: das Gerät funktionierte. Wenigstens jetzt, in diesem Moment. Was aber war vorhin gewesen? War etwa irgendwo ein Wackelkontakt? Dann wäre natürlich alles sinnlos, man wüßte dann nicht, wann das Gerät in Betrieb war und wann nicht. Er mußte jedenfalls sogleich Prof. Bollag verständigen, vielleicht wäre es am besten, das ganze Gerät auszuwechseln.

Vorderhand mußte jedoch das Band ausgewechselt werden, das war eine Sache von wenigen Minuten, und beim Zurückspulen gab es kein Hindernis irgendwelcher Art, nichts, das klemmte, nichts, das auf irgendeine Panne hindeutete. Nachdem das neue Band in seiner Halterung saß, öffnete er den Deckel, unter dem die Batterien lagen, aber auch sie steckten so fest in ihren Kontakten, daß die Ursache eines Ausfalls kaum bei ihnen liegen konnte, zumindest schien es Thomas schwer denkbar.

Doch er verstand nicht allzuviel von Technik, bedeutend weniger als sein Bruder, der bestimmt das Richtige studierte. Er konnte also das Problem auf keinen Fall an Ort und Stelle lösen. Was er aber noch zu tun hatte, war, den letzten Riß bis zum Ende abzuschreiten und dann die radialen Risse zu überprüfen. Bevor er sich in Bewegung setzte, warf er einen letzten Blick auf den Seismographen. Das Lämpchen leuchtete.

Na also, dachte Thomas, und plötzlich kam ihm in den Sinn, wie er in der Zeit, als er Ministrant gewesen war, in der Sakristei der Kirche einmal die Beleuchtungsanlage genauer angeschaut hatte und darauf einen Regler entdeckt hatte, unter dem stand »Ewiges Licht«. Es war, wie die andern Schalter auch, ein kleiner Schiebewiderstand mit einer Skala von zehn bis null, und der stand auf zehn. Thomas war damals zu früh gekommen und war noch allein in der Sakristei, da zog er den Regler rasch auf Null und schaute zur Tür in den Chorraum hinaus. Das Ewige Licht war tatsächlich erloschen, und Thomas war sehr erschrocken darüber, war sofort wieder hineingegangen und hatte auf zehn gestellt, nicht ohne sich nochmals zu vergewissern, ob es wieder brenne, was auch der Fall war. Dieses Erlebnis hatte ihn als Bub lange beschäftigt, und es trug dazu bei, daß er bald nicht mehr Meßdiener sein wollte.

Seit er volljährig war, ging er nicht mehr in die Kirche, und er würde auch, sobald er von zu Hause einmal weg wäre, austreten. Abgesehen vom Glaubensanspruch, den diese Kirche stellte, fand er das Benehmen des alten Polen in Rom unerträglich, der sich in einer Zeit, in welcher sich in den Staatswesen die Demokratie langsam durchsetzte, wie der letzte Monarch gebärdete und überall vertrocknete Bischöfe einsetzte, ob das dem Volk paßte oder nicht.

Im Tannenwäldchen maß er ebenfalls eine etwas größere Tiefe als bisher und trug sie in sein Notizblöcklein ein, doch die Breite war auch hier unverändert. Dann ging er zum ersten Radialriß und schritt ihn der Länge nach ab.

Undiskutabel fand er auch, wie sich der Papst in die Sexualität einmischte, das ging ihn doch wirklich nichts an, den Junggesellen, der sich bestimmt auch durchs Leben onaniert hatte. Dies hätte er ihm nicht vorgeworfen, aber die Verneinung der Sexualität, die Deklarierung zur Sünde, das warf er ihm vor, und er konnte nicht verstehen, wie man in der heutigen Zeit noch derart mittelalterlich argumentieren konnte, auch daß sich die Gläubigen das bieten ließen, verblüffte ihn, manchmal dachte er, sie würden es auch hinnehmen, wenn der Heilige Stuhl morgen erklärte, die Sonne bewege sich um die Erde. Oder sie würden mit den

Achseln zucken und sagen, das sei nicht so entscheidend und man müsse es nicht unbedingt wörtlich nehmen, kurz, sie würden alles tun, damit es nicht wirklich mit ihrem Leben in Berührung käme. Als praktizierender Katholik mußte man ein Meister im Verdrängen sein.

Plötzlich blieb er stehen und dachte an seine Eltern. Das hatte er auch verdrängt an diesem schönen Morgen. Er war aufgestanden wie immer, hatte geduscht und war vor dem Frühstück in den Wald gegangen, und es war einfach der soundsovielte Tag im Jahr gewesen, dabei hatte seine Mutter gestern gesagt, daß sie sich scheiden lassen wolle. Das war Thomas gänzlich unwahrscheinlich vorgekommen, und auch Robert, der sonst nie um einen faulen Spruch verlegen war, war sprachlos gewesen.

Warum denn? hatte schließlich einer von ihnen gefragt, und sie hatte nur knapp gesagt, wegen Untreue.

Robert war es dann gewesen, der mit Blick auf ihren Vater bemerkt hatte, vielleicht ließe sich das ja wieder einrenken mit der Untreue.

»Sag ich ja«, hatte der Vater eingeworfen. Es war ihm entsetzlich peinlich gewesen, noch nie hatte ihn Thomas derart zerquält gesehen.

Nein, hatte die Mutter gesagt, sie möchte sich noch einmal ganz befreien und etwas Eigenes tun, schließlich seien sie zwei, und damit meinte sie Robert und ihn, erwachsen und bräuchten sie nicht mehr, und für Manfred habe sie sich genug hintenangestellt und zurückgehalten, sie werde vorerst nach München ziehen, sich eine Wohnung mieten und in der Galerie ihrer Freundin Marianne helfen, die brauche eine Mitarbeiterin, sie habe das schon ausprobiert, und es gefalle ihr.

Darauf hatte lange niemand etwas gesagt, und dann hatte Thomas einen Versuch gemacht und gesagt, es stimme zwar, daß sie erwachsen seien, aber vermissen würden sie sie trotzdem. Die Mutter sagte, es sei natürlich praktisch, wenn einem jemand die Wäsche mache und man sich jederzeit an einen gedeckten Tisch setzen könne, und der Ton, in dem sie das sagte, hatte Thomas erschreckt, gerade als ob sie die Untreuen wären und nicht ihr Vater.

Der saß vollkommen niedergeschlagen auf dem Sofa, nach vorn gebeugt, hatte die Ellbogen auf die Knie gestützt und blickte hartnäckig auf den Teppichrand zu seinen Füßen. Damit sei er politisch erledigt, murmelte er, Scheidung wegen Untreue, er als christlicher Politiker, da könne er morgen gleich seinen Schreibtisch räumen, und sie müsse sich schon überlegen, ob sie ihm das antun wolle.

Robert hatte dann die Mutter gebeten, diesen Schritt noch etwas zu überlegen, sie könne ja auch zuerst probeweise noch einmal verreisen, um zu sehen, ob sie sicher sei, und der Papi könne einem schon ein bißchen leid tun.

»Und ich tue euch nicht leid?« hatte die Mutter heftig gesagt, geschrien fast, und dann hatten sie erfahren, daß der Vater eine Hure besuchte, und das war tatsächlich ein Schock gewesen für beide, Thomas merkte aber jetzt, daß er auch nie ernsthaft darüber nachgedacht hatte, wie seine Eltern zueinander standen, er hatte sie die ganze Zeit mit der Selbstverständlichkeit eines Kindes als ein Paar angesehen, das einfach zusammengehörte, und daß diese Zusammengehörigkeit nur oberflächlich war, hätte ihm schon längst aufgehen müssen, hätte er die Augen nur ein bißchen offengehalten.

So wie gestern hatte er die Mutter noch nie erlebt, sie sprach so hemmungslos, als hätte sie etwas abgeworfen, eine Kruste, die sie behindert hatte, und eigentlich bewunderte er sie dafür. Gleichzeitig merkte er, daß er seine Mutter endgültig verloren hatte, und auch vom alten Vater war nicht mehr viel übriggeblieben.

Ob sie nicht vielleicht so etwas wie eine Eheberatung versuchen wollten, hatte Thomas vorsichtig vorgeschlagen, doch da war sein Vater aufgebraust und hatte gesagt, diesen Schleimscheißern stopfe er kein Geld in den Arsch, und die sollen sich gefälligst um ihre eigenen Probleme kümmern, statt in den fremden zu wühlen.

An diesem Punkt hatte die Mutter bekanntgegeben, sie werde sich morgen mit einem Anwalt treffen und ihre Lage und das ganze Vorgehen besprechen, und dann sähen sie ja weiter. Über Pfingsten bleibe sie bestimmt noch da, aber sie bereite ihren Auszug vor, und zwar schnell. Das war nochmals ein unerwarteter Schlag für die drei Männer, und sie saßen alle ziemlich benommen da.

Dann wurde die Türe aufgestoßen, und Arco, der sich bisher draußengehalten hatte, kam herein und setzte sich fragend neben die Mutter.

»Was machst du mit dem Hund?« hatte Thomas gefragt.

Als sie antwortete: »Das weiß ich noch nicht«, hatte sie Tränen in den Augen.

Die Risse waren gewachsen. Nach dem Beben vom Samstag waren die radialen unverändert geblieben, aber jetzt, das konnte man sich durch das Meßband bestätigen lassen, jetzt waren sie alle um einen Zentimeter größer geworden, somit um 50 %, denn sie waren nirgends breiter gewesen als einen Zentimeter. Das war interessant und bemerkenswert. Thomas trug es in sein Notizbüchlein ein. Dies wollte er noch heute morgen Prof. Bollag mitteilen, zusammen mit der Nachricht vom kurzen Ausfall des Kontrollämpchens. Das würde heißen, daß er zuerst ins Institut am Hönggerberg mußte, und dann würde es nicht mehr für die 11-Uhr-Vorlesung über Gesteinsmagnetismus reichen – oder wie spät war es jetzt?

Er schaute auf seine Uhr. Sie zeigte immer noch 29.05.

# 37

Doris saß am Küchentisch mit einem Brief vor sich, dessen Umschlag sie mit dem Fingernagel aufgerissen hatte, so gespannt war sie auf den Inhalt gewesen. Er war von der Aarauer Schule, und sie schrieben ihr, daß sie sich freuen würden, wenn sie die Stelle annähme, und wenn dies der Fall sei, solle sie sich doch melden, damit sie noch ein definitives Anstellungsgespräch führen könnten über Lohn, Ferien, Pensionskasse, Stundenplan usw., Schulbeginn sei, wie schon erwähnt, nach den Sommerferien.

Vor Freude mußte Doris aufstehen. Sie riß die Hände in die Höhe wie ein Torschütze und hüpfte dann zweimal um den Tisch herum. Man nahm sie. Sie war gut. Sie war kompetent. Sie hatte eine Ausbildung, die man brauchen konnte. Sie erweckte Vertrauen. Man rechnete mit ihr. Was sie erwartete, war kein Aushilfsprovisorium, sondern eine 40%-Stelle, schon fast eine halbe, genau richtig für einen ernsthaften Wiedereinstieg.

Sie ging zum Telefon und wählte die Nummer der Filmdisposition, mit etwas Glück war Heinz noch zu erreichen, er hatte heute »DRS Aktuell«-Dienst, wie immer diese Woche, weil er eine Drehwoche für einen Dokumentarfilm in Rumänien wieder zurückgegeben hatte. Frau Kamber meldete sich, die Allwissende, und sagte, vor zehn Minuten seien sie abgefahren zu einer Pressekonferenz der Druckereigewerkschaften im »Coopi« in Zürich und wollten um ein oder zwei Uhr wieder da sein, ob er dann zurückrufen solle? Ja, gern, sagte Doris, er solle unbedingt zurückrufen, es sei etwas Wichtiges, und als Frau Kamber versprach, sie werde es ihm ausrichten, rief Doris dazwischen, etwas Erfreuliches, und Frau Kamber sagte, das werde er sicher gern hören, wo er doch so bekümmert sei in letzter Zeit.

Als Doris auflegte, merkte sie, wie enttäuscht sie war. Augenblicklich hatte sie es Heinz erzählen wollen, und wenn er zurückrufen mußte, war es nicht dasselbe. Dann dachte sie plötzlich, ich habe ja noch einen Mann, und sie tat etwas, was sie bisher noch nie getan hatte, sie wählte die Nummer der heilpädagogischen Schule, in der Rolf arbeitete, und als eine weibliche Stimme abnahm, fragte sie nach Herrn Schwarz. Der sei in der Stunde, und worum es gehe. Doris sagte, um ein Autismustreffen, und die weibliche Stimme nahm ihren Namen und ihre Telefonnummer auf und stellte einen baldigen Rückruf in Aussicht, wahrscheinlich in der nächsten Pause, ja gern, vielen Dank, auf Wiederhören.

Die Männer waren also alle beschäftigt. Das ärgerte Doris, doch dann dachte sie daran, daß sie bald auch schwerer erreichbar sein würde, und daß man auch von ihr sagen würde, nein, sie ist in der Stunde, kann sie zurückrufen, worum geht es. Andrerseits, wer wollte sie schon in der Schule anrufen. Rolf vielleicht. Ein bißchen ärgerte es sie auch, daß sich Frau Kamber in die Stimmungen von Heinz einmischte. Ob er bekümmert war oder nicht, ging sie wirklich nichts an.

Sie schaute auf die Uhr, es war zwischen zehn und elf, und sie beschloß, Wasser für einen Kaffee aufzusetzen. Sie brauchte eine Sofortfeier dieses Briefes.

Dann überlegte sie sich, ob sie nicht besser noch das Gespräch mit der Schule in Schaffhausen abwartete, damit sie vergleichen konnte. Es sollte heute in einer Woche stattfinden. Aber dort ging es um eine Zweidrittelstelle, das war empfindlich mehr als in Aarau. Bis sie von Schaffhausen eine Antwort bekäme, vergingen somit bestimmt zehn Tage. Würden die Aarauer sich so lange hinhalten lassen? Würden sie dies als arrogant empfinden und sagen, in dem Fall nehmen wir jemand anderen? Und würden dann die Schaffhauser auch absagen, so daß sie vielleicht gar nichts hätte? Was war in einem solchen Fall üblich? Gab es das überhaupt, einen solchen Fall? Das hätte sie gerne Heinz gefragt, oder auch Rolf, der war ja aus der Branche.

Der Wasserkocher pfiff. Sie nahm ihn vom Herd, warf zwei Löffel Pulverkaffee in eine Tasse und goß das heiße Wasser darüber. Dann gab sie aus dem Kühlschrank ein paar Tropfen Rahm dazu und gönnte sich einen Würfelzucker, obwohl sie sonst aus Rücksicht auf ihre Figur gar keinen Zucker nahm. Sie rührte eine Weile um, bis sich die letzten braunen Pulverteilchen, die noch obenauf schwammen, in der hellbraunen Flüssigkeit aufgelöst hatten.

Der erste Schluck war köstlich, etwas zu heiß noch, aber vielleicht gerade deshalb so gut. Ein Tropfen fiel auf den Briefumschlag, und sie machte keinen Versuch, ihn abzuwischen, sondern sah zu, wie seine Ränder noch etwas vom Papier eroberten. Auf einmal genoß sie es, allein zu sein, und fand es richtig, daß sie diese Mitteilung zuerst selbst verarbeiten mußte und nicht einfach weitergeben konnte, schließlich war sie es, die angestellt wurde, und nicht Heinz oder Rolf, und sie wollte auch versuchen, selbst zu einer Meinung zu kommen, was sie mit der zweiten möglichen Stelle machen sollte. Diese Meinung konnte sie sich dann immer noch von den Männern bestätigen oder in Frage stellen lassen.

Je länger sie darüber nachdachte, desto mehr spürte sie, daß sie sehr gerne für diese Stelle zusagen würde, ohne mit der andern zu pokern. Wie man mit Schwerbehinderten umging, wußte sie, hingegen fühlte sie sich durch die Frage, was man mit autistischen Kindern machen soll, herausgefordert. Nach ihrem Besuch in der Schule konnte sie sich gut vorstellen, daß sie hier ganz persönlich herausfinden mußte, auf welche Weise jedes Kind ansprechbar war.

Sie hatte den Kaffee ausgetrunken und war glücklich über ihre klaren Vorstellungen. Obwohl sie fast sicher war, daß sie die Stelle wollte, hielt sie es für besser, noch einmal darüber zu schlafen und erst morgen anzurufen, um ein verbindliches Gespräch abzumachen. Eine ganz kleine Wartezeit, fand sie, könne sie sich leisten und sollte auch denen in der Schule gut tun, damit sie nicht das Gefühl hätten, sie sei auf sie angewiesen.

Sie hatte sich noch nicht mit dem Mittagessen beschäftigt und erinnerte sich, daß ein kurzer Einkauf nötig war. Um zwölf kamen die Kinder heim und waren hungrig, und sie wollte frische Ravioli machen, die es jeweils im »Migros« gab. Als sie den Einkaufszettel vom Sims des Küchenschranks nahm und ihn durchlas, wurde sie von einem Gefühl des Ekels gestreift.

Zitronen
Watte
Margarine
Schuhputzcrème schwarz
Himb.sirup
Pap.nastücher
Aromat
Quark
Sugar Smacks

stand da in der Chronologie des Fehlens, und es las sich wie eine Mängelliste – das fehlt, und das auch, und das auch, und wehe, es sind am Morgen keine Sugar Smacks da, und an ein Zusammenleben mit Kindern ohne Himb.sirup und Pap.nastücher war gar nicht zu denken.

Auch das würde sich ändern, dachte Doris, als sie die große Einkaufstasche vom Haken nahm. Wenn sie weniger da war, mußten einfach die Kinder mehr einkaufen und helfen, das würde viel klarere Fronten schaffen. Heute war

Mittwoch, beide Kinder hatten frei, pädagogisch richtig wäre also, sie würde nur schnell die Ravioli holen gehen und den Kindern den Rest aufbrummen für heute nachmittag, aber sie wußte, daß die Durchsetzung dieses Vorhabens soviel Kraft und Überprüfungsenergie kostete, daß es für sie einfacher war, alles gleich selbst zu holen und dann nicht mehr daran denken zu müssen.

Als sie die Wohnungstür öffnete, um zu gehen, klingelte das Telefon. Rolf war am Apparat, sie hatte ganz vergessen, daß er sie zurückrufen sollte. Seine Stimme klang leise, beschwörend fast, als er sie zuerst bat, doch bitte nicht mehr in der Schule anzurufen, es sei einfach zu heikel für ihn.

Er könne beruhigt sein, sagte Doris, dies sei das erste und das letzte Mal, daß sie ihn angerufen habe.

Ja, sagte Rolf, es sei wirklich besser, wenn sie warte, bis er sie anrufe, und was es denn sei, weshalb sie angerufen habe.

Es sei das, sagte Doris, daß er sie auch nicht mehr anzurufen brauche, und sie hatte es kaum gesagt, erschrak sie auch schon darüber.

Am andern Ende blieb es zuerst stumm, dann sagte Rolfs Stimme, etwas gequält: »Doris. Warum nicht?«

Doris sagte, schon das ertrage sie nicht, daß sie einseitig von ihm abhängig sei und gottergeben auf seine Anrufe warten müsse, die er in den Momenten machen könne, wo weder seine Frau noch die Kollegen der Schule oder die Sekretärin es merkten, dieses Versteckspiel könne sie nicht mitmachen, sie finde es unwürdig, und daß er seine Frau nicht informiere, sei auch unfair, aber sie verstehe all das jetzt besser, seit sie wisse, daß sie für ihn kein Einzelfall sei, und das ergebe für sie soviel Ungleichgewicht, daß sie es am besten finde, ihn nicht mehr zu treffen.

Nach längerem Räuspern und Hüsteln stotterte Rolf, sie hätten doch gesagt, daß sie einander ein Geschenk machten.

In Ordnung, sagte Doris, und es sei ja auch schön gewesen, sie denke gern daran, wirklich, aber er sei offenbar sehr großzügig mit diesen Geschenken, und sie habe gemerkt, daß sie das störe, oder ob es nicht so sei.

Woher sie denn das zu wissen glaube, fragte Rolf.

Doris erwähnte die andern Frauen aus andern Kursen von ihm, die sie getroffen hatte, und sprach von ihrem starken Gefühl, daß sie recht hätten, auch mit seinem Übernamen, und daß sie auch von dorther den Eindruck habe, es müßte ihm nicht allzu schwer fallen, sich von ihr zu trennen.

Rolf sagte, sie dürfe ihn nicht mißverstehen, er habe sie wirklich unglaublich gern, und er sei unglaublich verliebt in sie.

Doris sagte, auch sie sei sehr verliebt in ihn gewesen, habe aber gemerkt, daß es für sie nicht stimme, und deshalb müsse er jetzt einfach akzeptieren, daß sie sich von ihm verabschiede, und sie gebe ihm sogar noch einen Kuß durchs Telefon, aber das wars dann, tschau, Rolf.

Rolf hatte kaum noch Zeit zu sagen, es sei trotzdem schön gewesen, da hatte sie schon aufgehängt. Er schaute einen Augenblick auf die Telefonbuchrücken, auf die er das Zettelchen seiner Schulsekretärin gelegt hatte, bitte Frau Schwarz tel. wegen Autismustreffen, 01 und die Nummer, nahm es dann abwesend in die Hand und begann es zu zerknüllen, indem er aus der Kabine in die Sonne trat und langsam wieder auf das Schulhaus zuging. Ein Liebesabenteuer war immer auch eine Belastung, und das Ende war immer auch eine Erleichterung, und so war es auch jetzt, als sein dreizehntes Abenteuer zu Ende ging, am Mittwoch vor Pfingsten. Er hätte Doris gern noch ein paarmal getroffen, sie war eine wunderbare Frau, aber er wußte genau, daß da nichts mehr zu machen war. Sie hatte ihm die Aufgabe der Trennung abgenommen, das war das Gute an der Situation, aber sie war ihm überlegen, und das gefiel ihm nicht. Ihr Wunsch nach Ehrlichkeit und Klarheit war ganz konträr zu seinen Bedürfnissen, lieber wartete er auf die vierzehnte Frau, die vielleicht genauso auf Heimlichkeit erpicht war wie er. Dann dachte er daran, daß er in den Herbstferien den nächsten Kurs hatte, und als er jetzt die Treppe hinaufging, war sein Schritt wieder fester geworden.

Doris hingegen war die Treppe hinunter gerannt und hätte beinahe Frau Elsener gerammt, die mit einem Einkaufsnetz voller Waren von einer »2 für 1«-Aktion kam. Als sie zum »Migros« hinüberging, fragte sie sich, weshalb sie nicht deprimierter war, denn noch bis vorgestern war sie sicher gewesen, daß sie in Rolf verliebt war und ihn wieder treffen wollte. Nun hatte sie das Gefühl, sie brauche kein solches Treffen und fühlte sich federleicht. Sie beschloß, nicht weiter darüber nachzugrübeln, und als sie an der Apotheke vorbeikam, fiel ihr ein, daß sich Reto und Anna beide über Augenreizungen beklagt hatten, und sie ging hinein, um nach Augentropfen zu fragen.

# 38

»Und wer ist dagegen?«

Gemeindepräsident Niederer schaute zur Ecke, in welcher der »Frische Wind« saß, und alle vier erhoben, wie vorauszusehen war, die Hand, und wie vorauszusehen war, auf verlorenem Posten, denn 19 Gemeinderäte hatten soeben ja gestimmt, und 7 fehlten.

»Damit ist der Vorschlag Preisig angenommen, dem ›Kulturforum‹ einen jährlichen Beitrag von Fr. 5000.– zukommen zu lassen, befristet auf 3 Jahre«, sagte der Gemeindepräsident, und er sagte es mit Befriedigung. Die Gemeinderatssitzung ging dem Ende entgegen, und er war in einer derart schlechten Verfassung, daß er auch den unbedeutendsten Sieg brauchen konnte, und dies war ein Sieg gewesen, denn er hatte sich ebenfalls dafür eingesetzt, daß man diesem »Kulturforum« nicht einfach eine Defizitgarantie versprach, wie dies verlangt worden war und wie es auch der »Frische Wind« unterstützt hatte, sondern einen fixen, möglichst kleinen und möglichst befristeten Betrag, der einerseits dokumentierte, daß man kulturelle Bestrebungen innerhalb der Gemeinde förderte, anderseits aber dafür sorgte, daß nichts Größeres daraus entstehen konnte, über das dann der Behörde die Kontrolle entglitte.

Er hatte in der Diskussion auf die kulturellen Leistungen der Gemeinde hingewiesen, die sie bereits erbrachte, hatte von der Unterstützung der Sportvereine und der ganzen sportlichen Infrastruktur gesprochen, hatte dann die Bibliothek erwähnt und den Beitrag an das »Theater für den Kanton Zürich«, das regelmäßig hier gastierte, sowie die Beiträge an Schauspielhaus und Opernhaus Zürich, die ja auch von ihrer Gemeinde aus besucht wurden, sowie darauf, daß die Kulturkommission der Bibliothek auch nicht untätig sei, führe sie doch jedes Jahr zwei Schriftstellerlesungen durch.

Maja Hasler, Geschichtsstudentin und Tochter des alten Sozis Hasler, der bei den letzten Wahlen seinen Stuhl hatte räumen müssen, zugunsten seiner eigenen Tochter vom »Frischen Wind«, entgegnete dann etwa das, was er erwartet hatte, nämlich Sport sei nicht Kultur, und eine Bibliothek und zwei Schriftstellerlesungen seien nicht ausreichend, und das »Theater für den Kanton Zürich« sei schon recht, aber es sei nichts Gemeindeeigenes, das »Kulturforum« sei wegen seiner Unabhängigkeit eine dringend notwendige Ergänzung des kulturellen Angebots der Gemeinde und trage dazu bei, daß sie nicht zur Schlafstadt verkomme.

Der Gewerbler Kropf, Schadeninspektor einer Versicherung, hatte dann gesagt, ob denn eigentlich die Vereine keine Kultur seien, und ob man schon jemanden von diesen jungen Leuten im Gesangs- oder Turnverein gesehen habe, und wenn das »Kulturforum« Leute kommen ließe wie letzthin diesen Genfer Professor, der an der Schweiz keinen guten Faden lasse, so sollten die das selbst finanzieren und die, die dort hingingen, und die Gemeinde brauche das überhaupt nicht zu unterstützen.

Daraufhin hatte der freisinnige Preisig jenen Vorschlag ins Spiel gebracht, den er vorher mit Niederer abgesprochen hatte, nämlich, man solle dem »Kulturforum« denselben Betrag zusprechen, den es jedes Jahr von der »Migros« erhalte, eben diese 5000 Franken, so unterstütze man kulturelle Bestrebungen, ohne das Risiko einer totalen Defizitdeckung einzugehen, und er selbst gehe auch lieber zu einem Clownprogramm der »Colombaioni«, als wenn der linke Genfer Soziologe, der übrigens Ziegler heiße, seine Theorien verbreite, aber wenn Dinge hier zu sehen seien, für die man sonst nach Zürich fahren müsse, sei das prinzipiell zu begrüßen.

Es wurde dann noch etwas hin- und hergeredet, der »Frische Wind« ließ sich, diesmal durch den arroganten jungen Brönnimann, nochmals dahingehend vernehmen, daß das ein typisch schweizerischer Kompromiß sei, kleinlich und knauserig, denn das letztjährige Defizit habe ja eben 7000 Franken betragen, und da fehlten also immer noch 2000, und sie seien dagegen.

Eigentlich war Niederer überrascht, wieviel diese kleine Sache zu reden gegeben hatte. Bei einem neuen Kanalisationsabschnitt etwa, wo es ohne weiteres um 50mal höhere Summen ging, hörte man sich gewöhnlich den Vertreter der Tiefbaukommission an und stimmte dann diskussionslos dafür. Die Notwendigkeit, das Abwasser wegzuführen, war halt bedeutend größer als diejenige, Kultur zuzuführen, das sollten sich die Schnösel vom »Frischen Wind« ruhig merken. Im Grunde genommen war es unerhört, daß er sich von diesem Brönnimann, der konsequent in angefransten Plüschpullovern und schlechten Jeans zu den Sitzungen kam und sich Küde nannte statt Kurt, wie er wirklich hieß, und es mit diesem Vornamen auch noch geschafft hatte, gewählt zu werden, daß er sich also von diesem unreifen Burschen Knausrigkeit und Kleinlichkeit vorwerfen lassen mußte. Und beim Anblick der linken Geschichtsstudentin mit ihren kurzgeschorenen Haaren dachte er mit Wehmut an ihren Vater, den alten Hasler, einen Sozialdemokraten der harmlosen Sorte, der so dankbar war für den erreichten Wohlstand, daß er ihn besser verteidigte als mancher bürgerliche Politiker, wenn er sich überhaupt zu Wort meldete. Aber Hauptsache, sie hatten wieder einmal gesehen, woher der Wind wirklich bläst, und das würde er ihnen nun gleich nochmals zeigen.

Niederer sagte, es sei schon spät, und er wisse, daß sie alle durstig seien, aber es gelte noch das letzte Traktandum zu behandeln, von dem er jedoch glaube, daß es rasch erledigt werden könne, nämlich die dringlichen Anfragen von Herrn Portner. Ob er dazu noch etwas sagen wolle oder ob er gleich antworten solle, fragte Niederer, zu Portner gewandt.

Dieser entgegnete, zu den Fragen selbst hätte er nichts hinzuzufügen, bloß zur Ankündigung der Fragen. Er habe sie ja alle heute nachmittag noch fotokopiert und jedem Ratsmitglied hingelegt, und er bitte den Gemeinderat einfach, sich durch den zeitlichen Druck, der von Herrn Niederer erwähnt worden sei, nicht vom Nachdenken über die Fragen selbst ablenken zu lassen. Oder über die Antworten, fügte er lächelnd bei.

Gut, sagte Niederer, dann schreite er zu den Antworten.

Die Fragen beträfen, wie sie gesehen hätten, die Bodenveränderungen im Loowald, bei den Keltengräbern. Die erste Frage, auf welche Art die Bevölkerung vor einem bevorstehenden Erdbeben gewarnt würde, möchte er folgendermaßen beantworten: Beim Polizeiposten sei bereits ein Einsatzplan erstellt worden für die 5 Polizeifahrzeuge, die mit Lautsprechern durch die Gemeinde fahren würden, um die Bevölkerung zu warnen, das hätten sie am Montag in einer Sondersitzung zusammen mit den Organen der Feuerwehr und des Zivilschutzes beschlossen, sie seien also, fuhr er fort, in dieser Sache nicht untätig geblieben, und er war stolz auf das Wort »Sondersitzung«, das sich nun sehr gut machte. Ferner, fuhr er fort, würden sie natürlich Radio DRS und die Lokalsender informieren, und die Alarmsirenen seien jederzeit einsatzbereit. Zur zweiten Frage, nämlich was man unternehme, damit die Einwohnerschaft im Ernstfall schon wisse, worum es gehe, möchte er sagen, daß er hier drei Informationsstufen sehe.

Die erste sei der Hinweis im Lokalanzeiger gewesen, mit dem man auf die Meßstation der ETH aufmerksam gemacht habe. Die zweite Stufe sei dann die Fernsehsendung im »DRS aktuell« gewesen, die ja, wie er bemerkt habe, sehr viel gesehen worden sei, und in der er selbst auch die Ehre gehabt habe, als Star aufzutreten, und als dritte Stufe habe er dieses Merkblatt, und er hielt triumphierend die kleine gelbe Broschüre des Erdbebendienstes in die Höhe, in 8000 Exemplaren bestellt und werde diese, sobald sie eingetroffen seien, mit einem Begleittext über die besondere Situation an alle Haushalte verteilen lassen. Und zur dritten und letzten Frage, nämlich ob man daran denke, offene Flächen wie z. B. die Sportfelder, als Besammlungs- und Schutzorte freizuhalten, müsse er sagen, nein, daran denke man nicht, denn es nehme niemand an, daß ein mögliches Erdbeben derartige Ausmaße haben könnte, daß offene Flächen die einzig sicheren Orte seien. Immerhin lägen sie hier in einer Gegend, welche seit Menschengedenken keine starken Erdbeben gekannt habe, das sei auch wissenschaftlich gesichert, sein Sohn studiere im übrigen Geologie und halte ihn da auf dem laufenden, und er möchte ganz allgemein und abschließend sagen, er fände es grundfalsch, wenn man nun in Panik mache und geradezu davon ausgehen würde, daß in allernächster Zeit ein Beben stattfinde, dafür gebe es überhaupt keinen Grund, und es erinnere ihn ein bißchen an die Weltuntergangswarnungen der Atomgegner, die sie seit Jahren ausstießen und die seit Jahren einfach nicht einträfen. Das wärs von ihm aus, ob es dazu noch Fragen gebe.

Zu seinem Erstaunen erhob nun Frau Schlienger die Hand, die eigentlich nur als rechtsbürgerliche Alibifrau im Gemeinderat saß und normalerweise kaum den Mund auftat. Sie sagte, sie sei oft auf diese Frage angesprochen worden in den letzten Tagen, vor allem von Frauen, und sie habe das Gefühl, die Information sei mangelhaft gewesen, das Inserat im Anzeiger sei so klein gewesen, daß es die meisten übersehen hätten, und bei der Fernsehsendung habe man eher den Eindruck gehabt, die Gemeinde habe etwas zu verheimlichen, und sie finde es gut, daß man jetzt so ein Merkblatt verteile, möchte aber gern noch wissen, was denn im Begleittext dazu etwa stehen werde.

Niederer merkte sofort, daß Frau Schliengers Votum gut aufgenommen wurde und richtete seine Antwort nach dieser Stimmung aus. Der Eindruck der mangelnden Information sei ihm auch schon zu Ohren gekommen, sagte er, obwohl er außer der aufgebrachten Frau am Telefon nichts derartiges gehört hatte, und er wolle eigentlich den Text damit anfangen, daß man das Bedürfnis nach umfassender Information ernst nehme, dann werde er auf die zwei Erdbebenstöße hinweisen, die stattgefunden hätten, und auf die Eventualität eines größeren Stoßes, den man eben mit Hilfe dieses Merkblattes zwar nicht verhindern, aber besser bewältigen könne. Etwa in dem Sinne habe er sich das vorgestellt, oder ob er etwas vergessen habe.

Portner meldete sich nun mit einer Frage, die eigentlich vorauszusehen war, nämlich in welchen Fremdsprachen die Broschüre vorhanden sei.

»Französisch und italienisch«, sagte Niederer knapp, und er wußte schon, was jetzt kommen würde.

Wie denn beispielsweise die türkischen Gastarbeiterfamilien informiert würden, fragte Portner unbeirrt, oder die jugoslawischen.

Da gebe es zwei Möglichkeiten, entgegnete Niederer seufzend, entweder sie verteilten die Broschüre kommentarlos mit dem deutschen Begleittext und verließen sich darauf, daß jemand, der genügend gut Deutsch könne, seine

Landsleute informiere, oder man ließe es durch ein Übersetzungsbüro übersetzen, das sei aber bestimmt mit einer Verzögerung von mehreren Tagen verbunden, auch sei das Heraussuchen der Adressen nach Nationalität eine nicht unerhebliche Komplikation.

Ob das nicht etwas wäre, in das man die Schulen miteinbeziehen könne, fragte Portner, die meisten Gastarbeiter hätten doch Kinder in der Schule, die bedeutend besser Deutsch sprächen als die Eltern, da könnte doch jeder Lehrer und jede Lehrerin im Unterricht darauf zu sprechen kommen und den Text von den Gastarbeiterkindern in ihre Muttersprache übersetzen lassen, was sicher für das Selbstbewußtsein der Kinder sehr gut wäre, und sich auch mit ihnen zusammen überlegen, wer von welcher Nationalität wo wohne, dadurch ergäben sich vielleicht schöne und interessante Kontakte mit der ausländischen Bevölkerung.

Dieser Vorschlag hatte bei der Mehrheit keine Chance, Niederer spürte das sofort an der Art des Gemurmels, Pfister, der Schulpflegepräsident, von der Evangelischen Volkspartei, meldete sich alsbald und sagte, das sei eindeutig nicht Aufgabe der Schule, worauf Portner dazwischenrief, aber mit den »Pro Juventute«-Marken schicke man die Schüler doch auch von Haus zu Haus, und Pfister rief zurück, Briefmarken seien etwas anderes als ein Erdbeben und mit so etwas solle man die Kinder nicht belasten, worauf Niederer sagte, er bitte um Ruhe und er halte die Methode mit dem Übersetzungsbüro doch für die richtige, sie erlaube ein flächendeckendes Vorgehen, und falls nicht noch ein anderslautender Antrag komme, werde er dies morgen in dem Sinn an die Hand nehmen.

Den Ausdruck »in dem Sinn« brauchte er gern, er läutete damit häufig das nahende Ende einer Sitzung ein und schaute auch jetzt nochmals flüchtig über die Köpfe, doch zu seinem Ärger erhob sich wieder eine Hand, und sie war wieder aus dem bürgerlichen Lager, es war Preisig, der Freisinnige, der sagte, er habe von China schon öfters gehört, daß die Menschen bei drohenden Erdbeben im Freien übernachteten, und wenn man auch nicht soweit zu gehen brauche, fände er es doch wichtig, daß die Zugänglichkeit der offenen Plätze dauernd gewährleistet sei, daß also z. B. das Fußballfeld nicht abgesperrt würde, wie das normalerweise der Fall sei, sondern geöffnet bleibe, ohne daß man dies den Leuten speziell unter die Nase reiben müsse.

Wieder war Niederer überrascht, und zwar darüber, daß die Gefahr eines Erdbebens als derart real eingeschätzt wurde, nicht nur von der Spinnerecke, sondern offenbar auch von Menschen, die sonst ein nüchternes Urteil hatten. Jetzt meldete sich Peduzzi, der Sozialdemokrat, und sagte, da sei er sehr dafür, und man solle die Tennisplätze des »Bankvereins« nicht vergessen. Dies löste allgemeines Gelächter aus, doch Portner verlangte hierauf, daß man das ernst nehme, und sagte, daß er die Anregung Preisigs nur unterstützen könne, und sie sollten jetzt gerade eine Liste der öffentlichen Plätze machen, und diese Plätze sollten dann im Begleitschreiben zum Merkblatt erwähnt werden als mögliche Zufluchtsorte.

Sofort erreichte das Gemurmel den Ablehnungspegel, denn die Aussicht, hier sitzenbleiben zu müssen, bis diese Liste erstellt war, ödete die meisten an, und nach zwei, drei weiteren Voten, in denen vor allem betont wurde, derart dringlich sei dies alles doch wohl nicht, und in China seien die Häuser nicht halb so solid gebaut wie bei uns, einigte man sich darauf, daß Niederer morgen zusammen mit dem Sektionschef und dem Zivilschutzvorstand die öffentlichen Plätze bestimmen werde, die sinnvollerweise als Fluchtorte in Frage kämen, und für deren Offenhaltung besorgt sein solle, ohne daß man das aber öffentlich bekanntgebe.

Der junge Brönnimann kam erneut mit seinem Lieblingswort, nämlich Kompromiß, und sagte, das sei ja nun wirklich das Größte, man halte die Plätze für die Bevölkerung offen, sage es ihr aber nicht, und vor 5 Minuten habe man noch von mangelnder Information gesprochen, doch der Antrag, den Preisig formuliert hatte, kam durch, und Niederer wollte die Sitzung schon schließen, als sich Christoph Portner nochmals zu Wort meldete.

Niederer sagte, es sei kein weiteres Traktandum mehr vorgesehen, worauf Portner entgegnete, doch, Verschiedenes, und als ihm Niederer entgegenhielt, er wisse doch, daß man auch ein »Verschiedenes« vor der Sitzung anmelden müsse, sagte Portner, er habe nicht daran gedacht, aber es scheine ihm eine wichtige Frage, und deshalb stelle er sie doch noch, nämlich was ihre Gemeinde eigentlich mit »Overseas Investments« zu tun habe.

Niederer spürte, wie seine Knie weich wurden, und konnte im ersten Augenblick überhaupt nichts sagen, so schockiert war er von dieser Frage. Doch dann stützte er sich mit beiden Händen fest auf das Pult, das die leicht ansteigenden Sitzreihen des Gemeinderatssaales präsidierte und sagte, da diese Frage außerhalb der Sitzungsordnung gestellt worden sei, werde er sie erst das nächste Mal beantworten, und damit danke er ihnen für die Teilnahme, die nächste Sitzung sei in 14 Tagen, und er wünsche allen recht schöne Pfingsten.

## 39

Als sich Roland Steinmann mit seinem Tablett in den Händen suchend in der Kantine umschaute, winkte ihm von einem der hintersten Tische Madlaina zu. Sie hatte ihn heute vormittag im Netzwerk angerufen, um zu fragen, wie es eigentlich mit den Spalten beim Keltenhügel weiter gegangen sei, und Roland hatte vorgeschlagen, es ihr über Mittag in der Kantine zu erzählen, womit sie einverstanden gewesen war. Beim Einreihen in die Warteschlange hatte er absichtlich nicht um sich geblickt, damit nicht der Eindruck entstand, er denke an nichts anderes als an Madlaina, was zwar genau genommen der Fall war.

Er hatte gleich nach ihrem kurzen Gespräch mit Christoph Portner telefoniert und sich von ihm die gestrige Gemeinderatssitzung schildern lassen. Christoph erzählte ihm ausführlich, wer was gesagt hatte, und vergaß auch nicht, seine Schlußfrage zu erwähnen sowie einige erheiternde Gerüchte, die in der Gemeinde zirkulierten.

Sie habe ihn schon lang gesehen, sagte Madlaina, als er sein Mittagessen auf ihren Tisch stellte, aber offenbar sei er in das Studium des Menüs versunken gewesen, oder ob ihn berufliche Sorgen gequält hätten.

Beides, sagte Roland, beides, und je größer die beruflichen Sorgen, desto wichtiger sei die Wahl des Menüs.

Worauf denn die Waadtländer Saucisson schließen lasse, fragte Madlaina weiter, die fröhlich hinter einem leergegessenen Joghurt und einem halb ausgetrunkenen Milchkaffee saß. Sie trug ein hellblaues T-Shirt, etwas ohne Knöpfe jedenfalls, mit einem ziemlich großen Schulterausschnitt, dazu hatte sie eine einfache rote Korallenkette um den Hals und sah so erschreckend gut aus, daß sich Roland wieder fragte, woher er den Mut nahm, um diese Frau zu werben.

Er brauche offenbar etwas Fremdsprachiges, sagte er dann, vielleicht weil so fremde Dinge passierten.

Ob sich denn die Ereignisse so rasant entwickelten am Keltenhügel, fragte Madlaina.

Er habe eher an die technischen Probleme von heute morgen gedacht, sagte Roland, da sei bei ihnen etwas geschehen, das niemand so recht verstanden habe.

Madlaina wurde neugierig, worauf ihr Roland vom Netzwerkzwischenfall dieses Morgens erzählte. Sie seien in drei verschiedenen Kojen am Überspielen gewesen und hätten alle gleichzeitig »Oha!« und »Hoppla!« gerufen, oder was einem sonst so auf die Lippen komme, wenn man ein Flakkern auf dem Monitor hat. Es habe also bei allen zur gleichen Zeit geflackert. So etwas komme gelegentlich vor, das sei dann ein Stromausfall wegen irgendeiner Überlastung, und entsprechend hätten sie auch reagiert, nämlich sie seien auf ihren Bändern bis vor die Flackerstelle zurückgefahren und hätten dann nochmals kopiert, und nun sei erst das Ungewöhnliche, was heißt ungewöhnlich, das Unverständliche passiert, denn die Flackerstellen auf den Kopien seien geblieben, und bei Yves und Katy seien sie auch auf dem Originalband gewesen, nicht aber bei seinem Film.

Roland machte eine kleine Pause, suchte jedoch vergeblich nach einem Ausdruck des Erstaunens bei seiner Gesprächspartnerin, die ihn anblickte wie jemand, der die Pointe eines Witzes nicht verstanden hat. Sie gab sich zwar Mühe, Einblick in die technische Seite des Fernsehens zu gewinnen, aber eigentlich war ihr diese Welt fremd und letztlich auch gleichgültig.

Die Art, wie sie nun fragte, was denn das Ungewöhnliche daran sei, hätte Roland wohl bei allen andern Menschen geärgert, aber bei ihr forderte es seine ganzen pädagogischen Talente heraus.

»Also«, sagte er, »wir haben alle drei ein Flackern auf dem Monitor mit der Magnetbandkopie, das ist die erste Stufe. Klar?«

Madlaina nickte.

»Wir denken, Stromausfall, und fahren etwas zurück, damit das Flackern nicht auf der Kopie bleibt, denn dann wäre das Flackern auch in der Sendung. Auch klar?«

»Sonnenklar«, sagte Madlaina.

»Dritte Stufe: Auf allen Magnetbändern, also auch auf den Originalen, ist das Flackern geblieben, nur nicht auf meinem Originalfilm. Was heißt das?«

Madlaina lächelte und sagte vertraulich: »Magische Kräfte.«

Magische nicht gerade, entgegnete Roland, aber magnetische, irgend etwas in dieser Art müsse vorgegangen sein, die magnetische Induktion müsse für eine Sekunde gestört worden sein, wieso, wisse allerdings kein Mensch, und als sie später bei der Technik nachgefragt hätten, ob sie mit dem Meßgerät vorbeikommen könnten, hätten die gesagt, gerade seien sie damit bei der Newsabteilung gewesen und hätten festgestellt, daß das Meßgerät futsch sei. Auch aus dem Schaltraum sei eine Störung gemeldet worden, nicht aber aus den Studios, in denen heute morgen aufgezeichnet worden sei.

»Ein Magnetzwerg geht um«, sagte Madlaina, »und jetzt iß deine Wurst, sonst wird sie kalt.«

Er frage sich nur, sagte Roland, ohne Madlainas Aufforderung nachzukommen, wo der Zwerg überall sonst gewesen sei, anscheinend habe er sich nur ganz bestimmte Wirkungsgebiete ausgesucht, aber wenn bei ihnen Bandbeschichtungen gestört worden seien, dann wäre es gut möglich, daß auch ein paar Halbleiter etwas abbekommen hätten.

Das wären dann die Computer, sagte Madlaina vorsichtig, und Roland sagte, ja, das wären dann die Computer.

Eigentlich sei es enorm, fand Madlaina, wie verletzlich und anfällig das alles sei, und ob ihn das nicht beschäftige als technisch arbeitenden Menschen.

Sein Verhältnis zu diesen Dingen werde je länger desto zwiespältiger, sagte Roland. Er sehe täglich, was die Technik könne, aber fast täglich sehe er auch, was sie nicht könne, sie komme ihm vor wie ein Spitzensportler, der manchmal einen schlechten Tag habe und dann einfach die verlangten Leistungen nicht erbringe, ohne daß er zu erklären vermöge, weshalb. Woher die Launen des Urschweizers in Koje 5 kämen, habe ihm noch kein Techniker wirklich plausibel gemacht, und er erzählte ihr, was das Besondere an dieser Maschine war. Und wisse man Gründe, seien diese häufig so banal, daß man sich frage, ob es sich nicht bei der gesamten Technik um eine Fehlzüchtung handle. So genüge es, daß man im Netzwerk zwei Stunden die Fenster öffne, wie das kürzlich ein Reinigungsteam nach dem Shamponieren der Spannteppiche getan habe, und die Apparate flippen aus, weil sie das bißchen Feuchtigkeit nicht ertragen. Bei ihm sei am Morgen danach ein »Derrick« am Bolzen angeklebt und gerissen, und das gebe eine furchtbare Sauerei, weil sich das Band nachher in den Abspielköpfen verwickle und dabei auf eine irreparable Art zerknittert werde. Damals habe jedenfalls sofort in München jemand ein Flugzeug besteigen müssen, um für den Abend ein neues Sendeband herzubringen. Wenn allerdings jetzt Störungen der induktiven Spannung aufträten, halte er das für gravierender, weil es das gar nicht geben dürfte, und die Techniker hätten bisher nur mit Ratlosigkeit reagiert. Im übrigen seien auch die beiden Originalbänder von Yves und Katy futsch, dasjenige von Katy sei die Kopie einer welschen Reportage über die Luftbelastung in Genf für die »Rundschau« gewesen und könne leicht wieder beschafft werden, aber Yves habe einen Werbeblock für heute abend kopieren müssen, mitten im Hundefutter habe der Magnetzwerg zugeschlagen, und das Original liege im Moment bei einer Synchronisationsfirma, bei welcher niemand erreichbar sei.

Und was er kopiert habe, fragte Madlaina.

Eben, einen Film, 16 mm, und da gebe es ja keine Magnetbeschichtung, deshalb sei er gegen den Zwerg immun gewesen, übrigens ein verrückter Film, über einen jungen Schweizer, der im malayischen Urwald mit Eingeborenen zusammenlebe und ihnen helfe im Kampf gegen die Gesellschaften, welche den Dschungel abholzten. Das Bild der umstürzenden Baumriesen gehe einem unheimlich unter die Haut.

Ob er wisse, fragte Madlaina, daß die alten Kelten das Jahr in Baumzeiten unterteilt hätten.

Davon hatte Roland noch nie gehört.

Diese Zeiten, sagte Madlaina, dauerten 10 Tage, und jeder Baum habe zwei Zeiten im Jahr. Wenn man die Folge als Kreis zeichne, liege die zweite Zeit auf dem Kreis meistens gegenüber der ersten, einige Bäume hätten auch drei Zeiten im Jahr.

Schön, sagte Roland, Geschichte müßte man studiert haben.

Mit Geschichte habe das nichts zu tun, sagte Madlaina, das wisse sie vom Kalender der Schweizerischen Bundesbahnen, der in ihrem Büro hänge und der dieses Jahr dem keltischen Baumkreis gewidmet sei, und ob er eine Ahnung habe, in welcher Baumzeit sie sich heute gerade befänden, am – sie schaute auf die Armbanduhr – 26. Mai.

In der Tannenzeit? fragte Roland, ohne Hoffnung auf Erfolg.

Nein, sagte Madlaina, sie lebten momentan im Zeichen der Esche, und die Esche sei ein Einzelgänger, diesen Charakter hätten die alten Kelten auch den Menschen zugeschrieben, die im Zeichen der Esche geboren seien, also keine einfachen Mitmenschen, sondern Individualisten, Autoritätsfeinde sozusagen. Interessant sei auch die Weisheit dieses Baumes, der erst dann Blätter und Blüten treibe, wenn er sicher sei, daß kein Frost mehr komme.

Roland hörte aufmerksam zu. »Unglaublich«, sagte er dann, »die Weisheit eines Baumes. Wenn ich dagegen an unsere Maschinen denke.«

Dann begann er endlich zu essen.

»Nicht zu vergessen die Weisheit der Kelten, die gemerkt haben, wie weise der Baum ist«, fügte Madlaina hinzu und wünschte ihm einen guten Appetit. Nach dem Essen müsse er ihr aber noch erzählen, wie es bei den Keltengräbern weitergegangen sei.

Roland aß ein paar Bissen, doch als Madlaina nichts sagte, hielt er die Stille nicht aus und begann von der Verbreiterung der Risse zu berichten, die gestern auch von Thomas bestätigt worden war, der neue Tiefen gemessen habe, und dann ließ er die Schilderung der Gemeindeversammlung folgen, wie er sie von Christoph Portner am Telefon gehört hatte.

Madlaina sagte, eigentlich sei sie ein bißchen stolz, denn es sehe doch so aus, als ob ihre Sendung stark dazu beigetragen habe, daß etwas in Bewegung gekommen sei in der Gemeinde, und genau so stelle sie sich die Wirkung vor, die das Fernsehen haben sollte, Probleme öffentlich bekannt machen, damit sie unter dem Druck dieser Öffentlichkeit auch behandelt werden müßten. So mache die Arbeit wirklich Spaß.

Roland schmunzelte und sagte, der Gemeindepräsident sehe es wahrscheinlich etwas anders, und er kolportierte das neuste Gerücht, das er am Morgen von Christoph gehört hatte, nämlich Frau Niederers Ohrfeige, die bereits ihren Weg durch die Wirtshäuser angetreten hatte, den Krach im Hause Niederer, der dahinter zu erahnen war, sowie das Stichwort »Overseas Investments« mit der damit verbundenen Auskunftsverweigerung, welche Raum ließ für die abenteuerlichsten Vermutungen von südamerikanischen Nummernkonti bis zu Geldwäschereien der Drogenmafia.

Wie denn Christoph Portner zu der Information gekommen sei mit den dubiosen Geschäften, fragte Madlaina, und Roland sagte, als Portner am gestrigen Nachmittag zum Fotokopieren seiner Unterlagen ins Gemeindehaus gegangen sei, sei ein Brief auf dem Pult der Sekretärin gelegen, dessen Inhalt er nicht gesehen habe, wohl aber dessen Absender und dessen Adressaten, und so habe er am Abend danach gefragt.

Das wäre ja nochmals eine Geschichte, sagte Madlaina, worauf Roland entgegnete, vielleicht sollte man den Gemeindepräsidenten jetzt ein bißchen in Ruhe lassen, mindestens über Pfingsten, damit er seine diversen Wunden lecken könne, und wenn er Glück habe, stürze über die Feiertage ein Charterflugzeug auf die Gemeinde, dann könne er endlich seine Katastrophenpläne aus der Schublade ziehen und beweisen, daß alles bestens funktioniere, wenn es einmal drauf ankomme.

Was er über Pfingsten vorhabe, fragte ihn Madlaina.

Zu seinem großen Ärger errötete Roland, als er sagte, er habe Samstag/Sonntag Dienst.

»Und du?« fragte er zurück, tief über seine Waadtländer Wurst gebeugt.

Sie werde heim nach Thusis fahren und ihre Eltern besuchen, sagte Madlaina.

»Schade«, sagte Roland.

Wieso das schade sei, fragte sie, ihre Eltern freuten sich bestimmt, die beklagten sich sowieso, sie müßten den Fernseher anstellen, wenn sie einmal ihre Tochter bei sich in der Stube sehen wollten.

Er begreife ihre Eltern, sagte Roland, sehr gut begreife er sie sogar, wenn er nur daran denke, wie schwer es ihm selbst falle, wenn er sie ein paar Tage nicht sehe.

Madlaina ließ ihre Kaffeetasse, die sie soeben zum Mund gehoben hatte, wieder sinken.

»Entschuldige«, sagte Roland und legte Messer und Gabel hin, »entschuldige bitte, ich glaube, ich liebe dich.«

## 40

»Oh«, sagte Prof. Bollag und blickte geradezu entzückt vom Bildschirm zu Sandra und Thomas, die hinter ihm standen, »da kommt ja noch etwas. Das lassen wir uns auch herausplotten.« Und er gab dem Computer den Befehl, das Seismogramm auszuschreiben, das er ihnen soeben zeigte.

Es war Donnerstag nachmittag, und Prof. Bollag hatte die beiden gefragt, ob sie diesmal bei der Analyse des Bandes dabeisein wollten, nachdem er die ersten Bänder allein ausgewertet hatte. Sie waren gern gekommen, mit einer gewissen Spannung, auf welche Art sich die Veränderung der Spalten dem Seismographen mitgeteilt hatte, oder ob sie sich überhaupt mitgeteilt hatte, denn seit dem gestrigen Ausfall des Kontrollämpchens schien Thomas auch das nicht mehr sicher.

Um so stärker wirkten die deutlichen Abweichungen von den normalen Ausschlägen, die jetzt auf dem Bildschirm zu sehen waren. Normale Ausschläge waren ziemlich gut als äußere Störungen diagnostizierbar, also als Bodenerschütterungen durch Spaziergänger oder durch starke Schallwellen wie Flugzeuglärm oder Überschallknälle, wie sie in der Gegend häufig waren, und da Prof. Bollag die Empfindlichkeit des Gerätes sehr hoch angesetzt hatte, war das Band voll von kleinen Signalen, die nichts mit dem Erdinnern zu tun hatten.

Auf diesem Blatt aber, das der Rechner nun ausgedruckt hatte, war ein ähnliches Profilbild wie auf dem Blatt, das bereits auf dem Tisch lag, nämlich etwa 30 Sekunden lang eine Wellenbewegung, die auf den beiden oberen Spuren etwa 2 cm hoch war, auf der unteren Spur aber 4 bis 5 cm. Die Spuren entsprachen den drei Komponenten, die der Seismograph aufzeichnen konnte, den horizontalen Nord-Süd- und OstWest-Wellen sowie den vertikalen Wellen.

»Sehen Sie?« sagte Prof. Bollag und reichte das Blatt über die Schulter den beiden hinter ihm, »es hat sich doch gelohnt.«

Und während er sich vom Computer die weiteren Aufzeichnungen zeigen ließ, nahm Sandra das Blatt in die Hand und merkte, daß sie aufgeregt war. Sie waren daran, etwas zu erforschen, und es war nichts Theoretisches, nichts Vergangenes, sondern etwas, das sich in diesen Tagen und vor ihren Augen ereignete, auf dem Blatt war das Datum und die genaue Zeit des Bebens angegeben, 24. 5., 5 h 01 m 12 s bis 5 h 01 m 27 s, am frühen Dienstagmorgen also. Sie war fasziniert von der Möglichkeit, diese Vorgänge tatsächlich zu registrieren, die Art, wie man der Natur hier auf die Sprünge kam, gefiel ihr. Es waren einfache Gedanken, mit denen man die Wirklichkeit überlistete, erst die Ausführung war etwas komplizierter.

Das Aufzeichnungsband wurde mit außerordentlicher Langsamkeit angetrieben, nicht einmal einen Millimeter pro Sekunde bewegte es sich vorwärts, wenn es in Funktion trat. Damit es aber das Ereignis nicht erst dann bemerkte, wenn es bereits im Gang war, ließ man die ganze Zeit einen Speicher laufen, von wo im Fall einer größeren Erschütterung die Anfänge dieser Erschütterung zurückgeholt und auf das Band gebannt werden konnten, es wurde also alles mit einer kleinen Verzögerung aufgenommen. Bevor allerdings der Computer hier im Institut die aufgezeichneten Signale verstand, mußten diese allerhand Vorbehandlungen über sich ergehen lassen. Am rührendsten war das erste Abspielen, das 200mal schneller erfolgte als das Aufzeichnen, über den Lautsprecher klang das wie das Jaulen junger Hunde. Um aus diesen ungebärdigen Äußerungen rechnerisch erfaßbare Resultate zu machen, wurden sie durch einen Frequenzdiskriminator geschickt, der sie daraufhin einem Digitalwandler weitergab, und dann durften sie erst, von sämtlichen analogen und dezimalen Schlacken gereinigt, die binären Räume des Computers betreten und sich von Chips und Bits ihre eigentlichen Botschaften abnehmen lassen, die sie nun nicht mehr verheimlichen konnten.

Prof. Bollag hatte die restlichen Signale am Bildschirm durchgesehen, nahm den ersten Zettel, den er sich hatte ausdrucken lassen, in die Hand und drehte sich, auf seinem Bürostuhl sitzend, zu Thomas und Sandra. Er sah zufrieden aus und erklärte auch gleich, worüber er im speziellen zufrieden sei, nämlich erstens, daß er überhaupt einen Seismographen aufgestellt habe und daß er sich zweitens für den 3-Komponenten-Typ entschieden hatte und nicht für das einfachere Modell, das die Erschütterungen an Ort und Stelle auf eine Walze aufzeichnete, denn, so fuhr er fort, abgesehen davon, daß sie hier zwei ganz deutliche Stöße hätten, nämlich den ersten, und er schaute auf sein Blatt, in der Nacht vom Sonntag auf den Montag, 1 h 52 m 15 s bis 1 h 52 m 45 s, und den zweiten – wann war das?

Sandra las Datum und Uhrzeit nochmals ab, und Prof. Bollag wiederholte es, am Tag darauf also, fügte er hinzu, und das seien nun mit Bestimmtheit die Verursacher der Spaltenerweiterungen, und abgesehen davon eben, daß sie nun zwei Stöße sozusagen in actu erwischt hätten, werde ihnen im Verhältnis der 3 Komponenten sicher auch etwas aufgefallen sein.

Die vertikale sei die stärkste, sagten Thomas und Sandra fast gleichzeitig.

Richtig, sagte Prof. Bollag, und ob sie daraus irgend etwas schließen könnten.

Sie würde wieder, sagte Sandra, auf die epizentrale Lage des Hügels schließen, und Thomas nickte dazu.

Ja, so sei es, sagte Prof. Bollag, und diese Seismogramme verstärkten bei ihm den Eindruck, daß es sich hier um eine spezielle Bodenunruhe handeln könnte, die eventuell nicht tektonisch bedingt sei, also nicht mit den Bruchsystemen in Zusammenhang stehe, sondern es sehe eher nach einem vereinzelten Ereignis aus, das sich in großer Tiefe unter diesem Hügel abspiele.

Was denn das für ein Ereignis sein könnte, fragte Sandra.

Er könnte sich, sagte Prof. Bollag, den schrittweisen Einsturz einer Kaverne vorstellen, also das, was noch zu Humboldts Zeiten als eine der Hauptursachen von Erdbeben angesehen wurde.

Plötzlich mußte Sandra lachen.

Als Prof. Bollag fragte, worüber sie sich amüsiere, sagte Sandra, ihr sei gerade ein Vergleich in den Sinn gekommen, der aber überhaupt nicht wissenschaftlich sei.

Die Wissenschaft, sagte der Professor daraufhin, erstarre immer dann, wenn sie sich nur noch mit sich selbst vergleiche, und Einstein habe es zur Entwicklung seiner Relativitätstheorie wesentlich geholfen, sich vorzustellen, er müsse mit einem Lichtstrahl ein Wettrennen machen, und was es also sei, das sie soeben zum Lachen gebracht hatte.

Sandra sagte, als Kind habe sie mit ihren Eltern und Geschwistern im ersten Stock eines Mietshauses gewohnt, und immer, wenn sie zu laut gespielt hätten, habe die alte Besitzerin in der unteren Wohnung mit dem Besenstiel an die Decke geklopft, und sie habe gerade gedacht, vielleicht sitze da tief unten eine alte Frau, die mit dem Besenstiel an den Keltenhügel klopfe.

»Aber so ist es doch«, sagte Prof. Bollag, »so ist es doch. Wir verhalten uns hier oben im 1. Stockwerk unseres Planeten, als ob wir die Besitzer wären, dabei sind wir nur die Mieter. Und die alte Erde hätte allen Grund, unzufrieden zu sein mit uns.«

»Oder vielleicht«, sagte Thomas, »sind es die alten Kelten, die um Ruhe bitten.«

Er hatte diesen Satz humoristisch gemeint, spürte aber plötzlich eine Gänsehaut am ganzen Körper. Er sah sich wieder allein am Keltenhügel vor dem Seismographen stehen und auf seine Uhr blicken, die 29.05 zeigte, und wieder fühlte er das Unheimliche und Rätselhafte daran. Heute morgen, als er die Uhr zum Uhrmacher gebracht hatte, bevor er in die ETH fuhr, hatte dieser gesagt, da müsse wohl der Chips ausgetauscht werden. Es sei übrigens eigenartig, daß er gestern abend schon zwei Digitaluhren bekommen habe, die stehengeblieben seien, ohne daß die Batterie zu Ende gewesen wäre.

Was den Seismographen betraf, so hatte er noch am selben Tag die Batterien ausgewechselt, da Prof. Bollag es für unwahrscheinlich hielt, daß dem Gerät selbst etwas fehlte, nachdem es unmittelbar zuvor in der Revision gewesen war. Er hatte diese Vermutung auch vorhin beim Abspielen der Aufzeichnungen bekräftigt. Die ausgewechselten Batterien hatten jedoch, als er sie gemessen hatte, alle noch fast die volle Ladung angezeigt, und somit hatte auch Prof. Bollag keine wirkliche Erklärung für den kurzen Funktionsausfall.

Es sei zwar, hatte er gesagt, bekannt, daß sich das Magnetfeld vor einem Beben verändern könne, aber erstens sei dies ein sehr spekulatives Gebiet, und zweitens habe er nie davon gehört, daß dies in einer Stärke geschehe, die fähig sei, Halbleiter umzuladen, denn darum müßte es sich doch in diesem Fall handeln, und dann müßte ja auch die Mikroelektronik des Event Detectors lahmgelegt worden sein, was aber offensichtlich nicht der Fall gewesen sei.

Vielleicht sei diese besser geschützt durch die Metallkiste, hatte Thomas eingeworfen, und hätte sozusagen nur einen Streifschuß abbekommen, aber Prof. Bollag zuckte die Achseln und wandte sich dann den Aufzeichnungen zu, die er für bedeutend zuverlässiger und aussagestärker hielt.

Thomas waren dann wieder einige frühere Äußerungen des Professors zum Thema der Vorhersage in den Sinn gekommen, bei denen er stets mit äußerster Skepsis auf alle behaupteten Anzeichen von kommenden Beben reagiert hatte, die außerhalb der Erschütterungsmessungen standen, z. B. auf die Tierbeobachtungen der Chinesen oder auf die Thesen eines italienischen Physikers, der nach dem Erdbeben in Friaul eine Theorie von geladenen Aerosolen entwikkelt hatte, die aber nur bei schönem Wetter wirksam war. Was diese Dinge betraf, schien der Professor genau jene starre Haltung einzunehmen, die er Sandra gegenüber soeben als hinderlich für die Wissenschaft bezeichnet hatte.

Inzwischen hatte er die zwei Stöße des Keltenhügels mit den Aufzeichnungen des Sammelseismographen im Institut verglichen und nur bei der Meßstation Lägern einen schwachen Ausläufer davon gefunden.

Auf die Frage von Thomas, ob man also die Erdbebenmerkblätter verteilen solle oder nicht, antwortete Prof. Bollag, selbstverständlich solle man sie verteilen, schaden könne es auf keinen Fall.

Ob es denn auch etwas nütze, fragte Thomas weiter, oder besser gesagt, ob er glaube, daß die beiden Stöße Anzeichen von etwas Größerem seien, das bevorstehe.

Er könne es nicht mit Bestimmtheit sagen, meinte Prof. Bollag, und man müsse schon sehen, daß die Gegend hier, was größere seismische Ereignisse betreffe, tatsächlich ein geringes Risiko aufweise, hingegen lägen sie in einer Region, in welcher kleinere Beben recht häufig seien, wie sie auf der Erdbebenzentrenkarte unschwer erkennen könnten, er habe gestern noch einmal die Jahresberichte durchgeblättert und sei z. B. auf einen Erdbebenschwarm südwestlich von Winterthur gestoßen, also in nächster Nähe der Agglomeration, der 1948 während eines halben Jahres mit über 60 Erschütterungen die Bevölkerung beunruhigt habe, ohne daß ein wirklich schwerer Schadenstoß erfolgt sei. Dieser Bebenschwarm habe praktisch ausschließlich die Gemeinde Kemptthal heimgesucht, sei also ähnlich lokal gewesen wie die Beben bei den Keltengräbern, und nach einem halben Jahr sei er so plötzlich wieder verschwunden, wie er aufgetaucht sei.

»Und die Risse?« fragte Thomas weiter.

Ja, die Risse, sagte Prof. Bollag, die Risse finde er nach wie vor ungewöhnlich, das Hypozentrum ebenfalls, das auch diesmal wieder tiefer zu liegen scheine als üblich, aber es deute für ihn doch auf einen ausgesprochen lokalen Charakter hin, vielleicht, sagte er lachend, seien es wirklich die alten Kelten, die mit dem Besenstiel an die Grabdeckel klopften.

Ob er eigentlich über Pfingsten zu Hause bleibe, fragte ihn Thomas, der nicht auf den scherzhaften Tonfall des Professors einsteigen mochte.

Nein, sagte dieser, er fahre mit der Familie morgen abend in den Tessin, und wenn er ihn frage, ob er wegen der drei Stöße dableiben wolle, dann müsse er das klar verneinen.

Wer denn Pikett habe beim Erdbebendienst, fragte Thomas.

»Pikett ...« Während Prof. Bollag verschiedene Hängeregistraturen öffnete, wiederholte er murmelnd das eidgenössische Zauberwort, das eine permanente Präsenz von Sicherheit suggerierte. Was immer passieren mochte, irgend jemand war immer irgendwo auf Pikett und wartete nur darauf, ein zweites Zauberwort aus der Schublade zu ziehen, nämlich ein Dispositiv oder die Steigerungsform davon, nämlich ein Alarmdispositiv. Man hätte auch einfach Plan sagen können, aber das Wort erweckte allein durch seine Mehrsilbigkeit den beruhigenden Eindruck, es seien sämtliche mögliche Erscheinungsformen jeglicher Unbill zum voraus berechnet worden.

Ach ja, der Kollege Enz, sagte Prof. Bollag, der nun das entsprechende Blatt gefunden hatte; Thomas solle sich doch seine Nummer auch notieren, da er ja offenbar seiner Seminararbeit wegen zu Hause bleibe, was er natürlich vorbildlich finde, und ihm würde es genügen, wenn er das Band am Pfingstmontagabend auswechsle, dann könnte er es am Dienstag über Mittag gleich auswerten, und wenn sie wollten, könnten sie wieder dabeisein, ihn würde es freuen, und er glaube auch, daß er in Thomas einen zuverlässigen Bebenwart habe, und dabei lachte er wieder.

Thomas merkte jedoch, daß er selbst die Sache ernster nahm. Vielleicht wollte er auch seinem Vater einen Teil der Verantwortung abnehmen, denn diesem ging es zur Zeit wirklich schlecht, und er würde sicher gern hören, daß sich hier mit einiger Wahrscheinlichkeit ein Bebenschwarm eingenistet hatte, der nur von lokaler Bedeutung war und kaum eine Gefährdung darstellte.

Etwas in der Haltung des Professors schien ihm zwiespältig und zuwenig klar. Einerseits betonte er das örtlich Begrenzte, andererseits war er für das Verteilen der Merkblätter, aber ohne Eile – was war nun also? Er versuchte ihn noch einmal mit einer direkten Frage zu stellen.

»Was denken Sie denn persönlich?« fragte er ihn, »wird es zu einem größeren Beben kommen oder nicht?«

Die Antwort war eigentlich voraussehbar gewesen.

»Lieber Herr Niederer«, sagte Prof. Bollag, »das weiß ich nicht.«

# 41

Am Freitagabend vor Pfingsten wurde in verschiedenen Häusern gepackt.

In der Wohnung der Familie Stebler lagen Schlafsäcke, Wanderschuhe, Rucksäcke, Tragtaschen, Regenschütze, Feldflaschen auf dem Boden des Korridors und bildeten eine Art Sumpflandschaft, in der man seine Füße nur noch an wenigen festen Punkten aufsetzen konnte.

Helen war vor allem damit beschäftigt, Vorschläge der Kinder abzuwehren, was man auch noch mitnehmen könnte. Soeben hatte sie Fabian mit der großen »Wildlife«-Schachtel wieder zurückgeschickt. Das habe keinen Wert, für die drei Tage ein so großes Spiel mitzunehmen, im Tessin sei ja ohnehin schönes Wetter zu erwarten, und da würden sie die meiste Zeit draußen sein. Die Maggia hatte sie ihnen geschildert, den prächtigen Fluß, als möglichen Spielort, mit Wasser, Kies und Sand, worauf sich alle drei eine ganze Kanalbauausrüstung zusammengestellt hatten, jeder für sich natürlich, mit Schaufeln, Hacken, Kübeln, Sieben und Sandbaggern, und es hatte Helen viel Beredsamkeit und Autorität gekostet, bis aus den drei verschiedenen Ausrüstungen eine einzige geworden war.

Mit wenig Gepäck wollten sie reisen, hatten sie beschlossen, pro Person einen Rucksack und den Schlafsack, allenfalls noch etwas zusätzliches Handgepäck dazu, aber keine Koffer, sie wollten mit dem Zug fahren, und Sonja, Helens Freundin, die sie besuchen würden, hatte sie gewarnt, daß es im Maggiatalbus nicht viel Platz für Gepäck gebe.

Wieso sie nicht mit dem Auto führen, hatte Fabian gemault, als er mit seinem »Wildlife« abgeblitzt war.

Wegen des vielen Verkehrs über Pfingsten, und im Zug sei es bequemer, da könnten sie sogar Spiele machen unterwegs, hatte Helen gesagt. Eben, hatte Fabian entgegnet, ein »Wildlife« könnte man doch spielen unterwegs, worauf Helen gesagt hatte, im Zug könne man nur Spiele machen, die nicht soviel Platz bräuchten, wie »Tschau Sepp« zum Beispiel.

Er wolle zeichnen im Zug, sagte Christian, und kam mit dem großen Zeichenblock. Sofort stellte er fest, daß er nicht mehr in den Rucksack hineinpaßte und verlangte von seiner Mutter, daß sie ihn mitnehme. Er habe doch auch einen kleineren Zeichenblock, sagte Helen, damit solle er sich begnügen. Nein, sagte Christian, er wolle große Zeichnungen machen, er packe auch die große Farbstiftschachtel ein. Helen beharrte darauf, daß er den kleinen Block holte, aber Christian ließ den großen trotzdem im Gang stehen, zum Vergleich, wie er sagte.

Während er den kleineren Block suchte, kam Sämi mit seinem Kinderkoffer zu Helen und sagte, der müsse dann auch mit. Als Helen ihn fragte, ob er etwas eingepackt habe, für das er sonst keinen Platz finde, sagte Sämi, ja, etwas Wichtiges, und öffnete den Koffer. Darin saß verängstigt das Meerschweinchen, was Helen wiederum ärgerte und von Tierquälerei sprechen ließ. Das verstand Sämi nicht, er war sicher gewesen, daß sie das Meerschweinchen auch mitnähmen, und hörte nun verwundert, daß Chico offenbar allein zu Hause bleiben mußte in seinem Holzkistlein, und daß er sicher genug zu essen und zu trinken habe.

Helen hatte das Gefühl, sie käme nirgends hin. Es war ihr noch nicht gelungen, ihre eigenen Sachen zu packen und sich zum Beispiel zu überlegen, welches Buch sie mitnehmen könnte. Sie wünschte sich, Max wäre bald zurück und würde mithelfen, er war zum Bahnhof gegangen, um die Billette schon zu lösen.

Sie hatte sich schließlich mit der Idee durchgesetzt, über

Pfingsten wegzufahren, irgendwie mochte sie nicht dableiben, und es schien ihr, Max freue sich auch darauf. Er war ohnehin seit seiner Kündigung am Montag beschwingt wie schon lange nicht mehr, auch sein Schluckauf war nicht wieder gekommen. Helen war überrascht gewesen, als er ihr am Montagabend erzählt hatte, er habe gekündigt. Aber sie hatte sich auch unglaublich gefreut und ihm versichert, daß sie zu vielem bereit sei, wenn es darum gehe, das Leben neu zu organisieren.

Während des Packens für diese kleine Reise war ihr zwar als Schreckbild die Möglichkeit des Umziehens aufgetaucht – sie mit all ihrem Hausrat und einer Garage voller nutzloser Utensilien! – aber dann hatte sie gedacht, das könnte eine Chance sein, Ballast abzuwerfen, und hatte sich dann wieder Fabian zugewandt, um ihm zu helfen, zehn passende Playmobilmännchen aus seiner Schachtel auszuwählen. Die einzige Figur, die er auf jeden Fall mitnehmen wollte, war ein Teufel auf einem Motorrad.

Zur selben Zeit lagen auch in der Wohnung der Familie Fischli unaufgerollte Schlafsäcke am Boden, allerdings nur zwei. Anna und Reto gingen beide in ein Pfingstlager der Pfadfinder, wenn auch nicht beide an denselben Ort. Retos Lager war irgendwo im Prättigau, und Anna gehörte zu den Leiterinnen eines Wölflilagers im Toggenburg.

Als Heinz heute morgen den schlechten Wetterbericht für die Alpennordseite erwähnt hatte, hatte Reto das Gesicht verzogen und gesagt, dann bleibe er vielleicht zu Hause über Pfingsten, aber Doris hatte ihm das Regenlager mit einer Vehemenz schmackhaft gemacht, welche die andern fast etwas erstaunte. Wenn es ihr so gefalle, wieso sie dann nicht selbst zelten gehe mit Papi, hatte Reto etwas giftig gefragt. Sie sei kein Teenager mehr, hatte Doris geantwortet, aber sie finde, ihnen tue die frische Luft gut, sie seien im allgemeinen zuwenig draußen und hätten zuwenig Bewegung. Als Reto weiterfragte, warum er sich eigentlich erkälten gehen müsse ins Graubünden, sagte Doris, sie werde ihm heute noch eine Astronautendecke kaufen, die er sich zwischen Luftmatratze und Schlafsack legen könne und mit der sich auch noch der Schlafsack bedecken ließe, da werde er sich bestimmt nicht erkälten, und das sei doch lustig, zusammen mit den Kollegen im Zelt. Er finde es einfach blöd, daß es an Pfingsten regne, sagte Reto, und Anna fragte, ob es diese Astronautendecke nur für die empfindlichen Büblein gebe, oder ob sie auch noch sagen müsse, sie bleibe zu Hause. Selbstverständlich bekomme sie auch eine solche Decke, sagte Doris, wenn sie eine wolle. Natürlich wollte Anna eine solche Decke, da gab es gar keinen Zweifel, und so war Doris zwei Decken kaufen gegangen, sie sahen aus, als ob sie gänzlich aus Aluminium wären, aber Doris hatte sich jede ökologische Fragestellung verboten.

Für ihre eigene Ökologie war es außerordentlich wichtig, daß die beiden Kinder über Pfingsten verschwanden, damit sie mit Heinz allein sein konnte. Sie wollte ein Liebeslager machen mit ihm, wollte scharfe Spiele treiben, bei denen sie schreien und stöhnen konnte, soviel sie wollte, ohne denken zu müssen, ob Reto wohl noch wach sei oder ob Anna nächstens nach Hause komme aus der Schülerdisco.

Was Anna betraf, so hatte sie der schlechte Wetterbericht für Pfingsten fast erleichtert, denn Patrick war auch bei den Leitern des Pfadfinderlagers, und ursprünglich hatte sie gehofft, sich einmal mit ihm irgendwohin verziehen zu können, wo sie endlich aufs Ganze gehen könnten. Gleichzeitig hatte sie sich auch davor gefürchtet, sie wußte nicht, ob Patrick Präservative hatte, und das sollte man ja offenbar haben, sie schauten einen von allen Plakaten an, und im Fernsehen wurde mit ernstem Blick davon gesprochen, wegen diesem idiotischen AIDS, das ihnen die Generation vor ihnen beschert hatte. Aber wenn Patrick noch mit niemandem geschlafen hatte und sie auch nicht, dann konnten sie sich wohl kein AIDS anhängen, doch dann ging es immer noch darum, daß sie kein Kind bekam, und das war genauso wichtig. Sie war aber bisher zu scheu gewesen, mit Patrick darüber zu sprechen, und auch zu scheu, um in der Stadt in eine Apotheke zu gehen und Präservative zu kaufen, sie wußte gar nicht, ob man ihr die geben würde, und zu scheu, um zu einem Arzt zu gehen und ihn um die Pille zu bitten, und zu scheu, um ihre Mutter zu fragen, und wieso konnte man sich nicht einfach umarmen, wenn man sich lieb hatte, ohne an all das zu denken und ohne all diese Vorsorgen zu treffen, die ihr irgendwie auch spießbürgerlich und typisch erwachsen vorkamen, und vielleicht konnte sie sich ja auch mit Patrick unter einem tropfenden Tannenbaum in diese knisternde Astronautendecke einwickeln und alles vergessen, aber sie hatte schon ausgerechnet, daß es die Zeit war, in der sie fruchtbar war, da hatte sie genügend aufgepaßt in der Biologie, also müßte sie trotzdem vorsichtig sein, daß sie kein Kind bekam, und da war es vielleicht tatsächlich am besten, wenn es über Pfingsten in Strömen regnete und man die Tage zusammengepfercht mit Kolleginnen und Kollegen und streitenden Kindern unter feuchten Zeltdächern verbringen würde, während die beiden Alten zu Hause in aller Ruhe in ihrem Teenagerglück baden konnten, denn daß sie das im Sinn hatten, lag in der Luft.

Weniger vielversprechend war die Luft im Hause Niederer. Dort saß der Hausherr schlaff und trübsinnig auf dem Sofa vor dem Glastisch und trank in kleinen Schlücken weißen Cinzano. Es war schon das dritte Glas, und der Kopf begann ihm leicht zu säuseln, denn seit er diese Penicillinspritzen bekam, vertrug er viel weniger Alkohol. Er hätte gern etwas Salzgebäck dazu gegessen, aber im Buffet hatte er keins gesehen, und er war zu träge, um in die Küche zu gehen und welches zu suchen, er fürchtete sich auch vor der Möglichkeit, keins zu finden, ihm blieb einfach keine Kraft mehr für weitere Mißerfolge.

Und gegenwärtig wurde er täglich von Mißerfolgen heimgesucht, die zum Teil geradezu groteske Formen annahmen. Schon dieser gemeine Zufall, daß der junge Portner auf Fräulein Gautschis Pult den Brief von »Overseas Investments« liegen gesehen hatte, wie ihm inzwischen klar geworden war, hatte den ganzen gestrigen Tag belastet, und obwohl er die Antwort erst in vierzehn Tagen geben würde, hatte er sich doch gestern hinsetzen müssen, um einen erklärenden Text zu schreiben, damit er sicher war, was er sagen wollte. Bis ihm einige Aussagen von unverbindlicher Prägnanz gelungen waren, verging aber soviel Zeit, daß er nicht mehr dazu kam, den Begleitbrief für die inzwischen eingetroffenen Erdbebenbroschüren abzufassen.

Als er sich heute morgen dahinter machen wollte, um ihn noch an das Übersetzungsbüro schicken zu können, traf die erste Schreckensmeldung des Tages ein. Gestern waren die Steuerrechnungen endlich verschickt worden, eine Woche zu spät, weil im blödsten Moment ein Computerteil hatte ausgewechselt werden müssen, und das war offenbar derart genial gemacht worden, daß der Computer außer Rand und Band geraten war und einigen Steuerzahlern astronomische Summen auf den Einzahlungsschein gedruckt hatte; als er nach den ersten zwei empörten Anrufen der Sache persönlich nachging, war vorerst keine Systematik in den Irrtümern zu erkennen, die Mehrheit der Rechnungen schien korrekt zu sein, aber es blieb eine absurde Minderheit mit Beträgen, welche lachhaft irreal waren, und welche sich der Steueradjunkt auf keine Weise erklären konnte, denn wenn er jetzt die Unterlagen auf dem Bildschirm abrief, tauchten sie samt und sonders korrekt auf, und es war nicht einzusehen, warum der Computer nicht diese Unterlagen ausgedruckt hatte. Der Gipfel war, daß man ihm auf seinen donnernden Anruf bei der Firma IBM nicht einmal zusichern wollte, daß heute noch ein Servicemann vorbeikäme, weil das offenbar nicht der einzige solche Fall war, und auf seinen zweiten Donner entgegnete man ihm, auch die Kollegen der anderen Firmen seien pausenlos im Einsatz, und zwar alle in der Agglomeration, irgendetwas müsse da gewesen sein, das möglicherweise gar nichts mit den einzelnen Apparaten zu tun habe, vielleicht eine Spannungsirregularität im Versorgungsnetz, sie seien daran, die Pannendaten zu sammeln, um sich ein Bild vom Ganzen zu machen.

Niederer hatte dann gesagt, das interessiere ihn einen Dreck, er verlange kategorisch, daß heute jemand vorbeikomme, hatte den Hörer hingeknallt und sofort Fräulein Gautschi, den Gemeindeschreiber und den Sektionschef zum Steueradjunkten beordert, um sämtliche Steuerzahlungsaufforderungen von Hand zu sortieren und die falschen herauszusondern. Alle Empfänger eines falschen Bescheids hatten sie anzurufen versucht, und wer nicht zu Hause war, bekam einen Expreßbrief, in dem sich der Gemeindepräsident persönlich für das Mißgeschick entschuldigte, das der Computer angerichtet habe, und die korrekte Abrechnung würde nächste Woche zugestellt. Es waren bloß um die dreißig Adressen, weniger, als er befürchtet hatte, doch zu seinem großen Ärger war ausgerechnet der junge Portner dabei, der ohnehin fast nichts verdiente und von dem der Computer 99 999.99 verlangt hatte, zahlbar in 3 Raten zu je Fr. 33 333.33. Damit war bereits gesichert, daß die Sache im Gemeinderat zur Sprache kommen würde, und darüber hinaus zogen solche Pannen natürlich die Zuverlässigkeit der ganzen steuerlichen Erfassung in Zweifel, kurz, es war wieder einmal etwas, das nicht vorkommen dürfte, aber es war vorgekommen, und zwar in den Büros seiner eigenen Gemeinde.

Kaum war diese Aktion beendet, die sich über den Mittag hingezogen hatte, traf ihn der nächste Hammer. Seine Frau rief ihn an mit der Nachricht, sie habe sich entschlossen, über Pfingsten zu ihrer Schwester nach Vevey zu fahren, sie habe ihm ein paar Sachen eingekauft, die er im Kühlschrank finde, Bonzo sei auch noch genügend da für Arco, und sie komme am Pfingstmontagabend wieder zurück. Als er ihr entgegenhielt, sie habe doch gesagt, an Pfingsten bleibe sie zu Hause, sagte sie, ja, aber nun gehe sie eben weg, und sie sei bereits am Hauptbahnhof.

Diese Mitteilung hatte ihn für den Rest des Nachmittags gelähmt, und er war nicht mehr fähig gewesen, den Erdbebentext zu schreiben, war schließlich zu Fräulein Gautschi gegangen und hatte ihr geholfen, die verschnürten Broschüren auf ein Regal zu stapeln, was sie erstaunt zur Kenntnis nahm. Am Dienstag würden sie das dann im Expreßtempo erledigen, sagte er, sie solle doch beim Übersetzungsbüro eine Vorwarnung durchgeben, damit sies am selben Tag noch zurückbekämen und am Mittwoch zur Verteilung geben könnten. Zwischenhinein hatte noch ein jüngerer Lehrer angerufen und sich anerboten, den Text mit seinen fremdsprachigen Schülern zu übersetzen, eine Idee, welche deutlich die Spuren Christoph Portners erkennen ließ und die er natürlich sofort verworfen hatte, er mußte sich schließlich darauf verlassen können, daß die Sache professionell abgewickelt wurde.

Als er am späteren Nachmittag zu Hause ankam, war niemand da außer dem Hund, der ihm kummervoll entgegenwedelte und der nun unter dem Glastisch lag, den Kopf auf den Vorderpfoten, und die Welt ebensowenig verstand wie sein Herr, der sich das vierte Glas Cinzano eingoß. Er wußte nicht, was seine Söhne planten über Pfingsten, momentan war keiner von ihnen da, es hatte keiner eine Nachricht hinterlassen, und Niederer merkte erst jetzt, daß er auch keinen von ihnen danach gefragt hatte. Er selbst wußte überhaupt nicht, wie er diese Pfingsttage totschlagen sollte, und es fiel ihm nichts anderes ein, als mit dem Fernbedienungsgerät den Fernsehapparat einzuschalten, wo sich gerade zwei Riesenschildkröten auf den Galapagosinseln paarten.

Roland Steinmann hingegen saß mit einem geöffneten Brief in der Hand an seinem Küchentisch und lachte laut und herzlich. Die Gemeinde verlangte von ihm als erste Rate der diesjährigen Steuer eine Zahlung von 32 255 Franken und 55 Rappen, zu bezahlen bis zum 30. Juni, während er für die Bezahlung der restlichen 90 000 Franken bis Ende des Jahres Zeit hatte. Es war ihm sofort klar, daß diese Summen nichts mit ihm zu tun hatten, sie überstiegen sein Einkommen bei weitem und konnten nur von einer Störung des Computers herrühren.

Roland stellte sich die Gesichter all der Menschen vor, die heute, etwas ängstlich vielleicht, ihr Steuercouvert öffneten, um zu sehen, wieviel sie bis Ende des nächsten Monats locker zu machen hatten, und die sich dann mit derartigen Beträgen konfrontiert sahen. Gleichzeitig fand er es ärgerlich, daß so etwas überhaupt das Gemeindehaus verließ, offensichtlich warf dort kein Mensch mehr einen Blick auf die ausgedruckten Einzahlungsscheine.

Dies war der einzige Brief in seiner Post gewesen heute, er hatte ihn unter einer Wurfsendung mit Werbung herausgegraben, ein Jumbomarkt in der Nähe versuchte ihn mit der Schlagzeile »PREISSTURZ AUF FRISCHFLEISCH!« zu locken, aber die Art, wie Schweine mit fröhlichen Schnauzen abgebildet waren, auf denen die einzelnen Teile markiert waren, also z. B. »Schulter – 8.90/kg« hätten einen fast zum Vegetarier machen können, ein Möbelgeschäft, das sich als »WohnSparadies« anpries, machte auf seine »Polsterpremière« aufmerksam, und wenn man einen perforierten Prospekt schnell öffnete, konnte man vielleicht 15 Tage auf der Insel seiner Träume verbringen, oder wenn man nicht soviel Zeit hatte und sich trotzdem einen Gefallen tun wollte, konnte man sich für eine »Schwarzwalderlebnisreise« anmelden, mit Rundfahrt über die bewaldeten Hügel zum Doktorhaus aus der beliebten TV-Sendung »Schwarzwaldklinik«.

Beim Anblick dieses Prospektes haßte Roland plötzlich das Fernsehen und fragte sich, ob er nicht besser versuchen sollte, dort wegzukommen. Er hatte schon mehrere »Schwarzwaldklinik«-Folgen kopiert und fühlte sich mitschuldig an diesem Glücksangebot, mit dem man es auf das Rentnerpublikum abgesehen hatte. Gerade wollte er den ganzen miesen Werbehaufen zusammenlegen und aufs Altpapier schmeißen, als es bei ihm klingelte. Eine junge Postbeamtin mit roten Backen stand vor der Tür und brachte ihm einen Expreßbrief, Absender war die Gemeinde, und darin entschuldigte sich der Präsident persönlich für das Mißgeschick mit der falschen Zahlungsaufforderung und wünschte schöne Pfingsttage. Roland legte den Brief auf den Tisch, und sein Blick blieb nochmals am letzten Prospekt hängen mit der Schwarzwalderlebnisreise, welcher in der blau auf gelb gedruckten Aufforderung gipfelte »Machen Sie sich einen schönen Tag!«

Roland dachte daran, daß er über Pfingsten Dienst hatte und daß er auch Madlaina nicht sehen würde, und auf einmal kam er sich einsam und bemitleidenswert vor. Er vermißte einen erwachsenen Menschen, mit dem er gemeinsam über die Steuerzahlungsgeschichte hätte lachen können. Schon der heutige Abend kam ihm vor wie ein schwarzes Loch. Madlaina war gestern nach seiner Erklärung ziemlich verlegen gewesen, hatte dann gesagt, sie möge ihn wirklich, aber sie habe ihm doch von ihrem Freund erzählt, und er müsse ihr etwas Zeit lassen. Roland hatte ergänzt, es tue ihm leid, daß er das einfach so gesagt habe, er habe dies nicht im Sinn gehabt, aber es sei nun gesagt, und es sei wahr, und vielleicht habe er Glück, und dieser Freund sei nichts Endgültiges. Heute hatte er nichts von Madlaina gehört und hatte sie auch nicht in der Kantine gesehen.

Er zögerte einen Augenblick, doch dann ging er zum Telefon und wählte Madlainas Privatnummer, die er bereits in sein Büchlein eingetragen hatte. Schon beim ersten Klingeln wußte er, daß sie nicht zu Hause war. Seltsam, wie man einem Summton anmerkte, ob er sich in eine Stimme verwandeln oder ob er unerlöst bleiben würde.

Nach dem Auflegen des Hörers blieb Roland zunächst eine Weile neben dem Telefonapparat stehen und starrte auf die Wahlknöpfe. Dann ging er in die Küche, ohne zu wissen, was er dort wollte. Sein Blick fiel auf die Kinderzeichnung vom Erdbebenriesen, die er an die Schrankwand geklebt hatte, und er schaute sie lange an. Als er in sein Wohnzimmer trat und zum Fenster hinaus über die Häuser zum Loowald blickte, fielen die ersten Regentropfen.

## 42

Erschrocken blieb Roland Steinmann auf dem nassen Fahrweg stehen, der zu den Keltengräbern führte. Quer über der Straße lag ein riesiger Baum, und er lag hier bestimmt noch nicht lang. Die Äste, die durch den Sturz geknickt waren, hatten glänzend weiße Bruchstellen, und die Blätter waren noch kein bißchen verwelkt. Der Weg ging am kleinen Bord entlang, das zum Plateau mit dem Keltenhügel führte, und der Baum hatte auf diesem Bord gestanden, bevor er letzte Nacht oder heute morgen umgelegt worden war. Welche Kraft ihn umgelegt hatte, das konnte sich Roland schwer vorstellen, denn der ganze Baum war einfach umgefallen, wie es das sonst nur bei Stürmen gab, der Stamm war nicht gebrochen oder zersplittert, sondern der Strunk war aus dem Boden herausgerissen und hatte ein Loch hinterlassen, aus dem es sogar ein bißchen dampfte.

Es war elf Uhr, vor einer Stunde hatte es aufgehört zu regnen, und in den paar Sonnenstrahlen, die jetzt zwischen den Stämmen durchfielen, stiegen überall kleine Nebel vom feuchten Boden auf. Roland, dessen Dienst erst am Nachmittag anfing, hatte sich, als die Niederschläge nachließen, noch rasch zu einem Waldlauf entschlossen und stand nun vor dem gestürzten Riesen; mit seinen Blicken suchte er die Umgebung ab, ob sonst noch irgendwo gefallene Bäume zu sehen waren, aber er fand keine, dieser hier schien ganz allein von seinem Schicksal getroffen worden zu sein.

»Senta, Fuß!« schrie eine Männerstimme von der andern Seite, und gleich danach wurde ein Spaziergänger von einem großen schwarzen Hund an der Leine um die Wegbiegung gezogen und blieb fassungslos vor dem Hindernis stehen, samt seinem Hund, der ungläubig in der Luft herumschnupperte.

»Das gibts doch nicht!« rief er, und dann fragte er Roland, ob er gesehen habe, wies passiert sei.

Als Roland verneinte, sagte der Spaziergänger, er sei vor einer Viertelstunde über diesen Weg hergekommen, und da sei der Baum noch nicht dagelegen, aber nun sei ihm auch klar, was das Krachen bedeutet habe, das er vielleicht vor zehn Minuten gehört habe, und es sei ihm sogar gewesen, als habe der Boden etwas gezittert dazu.

Roland erkannte den Mann nun wieder, es war derselbe, mit dem er einmal über die Vögel im Loowald gesprochen hatte, als er mit Max Stebler zusammen die Fähnchen einstecken gegangen war.

»Vielleicht war es ein Erdbebenstoß«, sagte Roland.

Nein, sagte der Spaziergänger, an diese Theorie glaube er nicht, das sei bloß aufgebauscht worden vom Fernsehen.

Wovon er denn glaube, daß der Boden gezittert habe, fragte ihn Roland.

Es könnte ja ein Überschallknall gewesen sein, sagte der Mann und ermahnte dann sein unruhig schnüffelndes Riesenvieh erneut zur Ruhe.

Am Pfingstsamstag? fragte Roland, das dünke ihn unwahrscheinlich, und so ein Baum wie der falle doch nicht einfach mir nichts dir nichts um, oder ob er glaube, der habe das Waldsterben?

Der Mann schaute nachdenklich den Baum an. »Es ist eine Esche«, sagte er dann.

Im selben Moment machte sein schwarzer Hund einen riesigen Sprung, der seinem Herrn die Leine aus der Hand riß, setzte über den gefallenen Baumstamm hinweg und rannte in großem Tempo über den Waldweg davon. Die Leine klatschte ein paarmal am Boden auf und wurde immer wieder in die Luft zurückgeschleudert.

»Senta, Fuß jetzt!« brüllte der Spaziergänger, kletterte

dann höchst irritiert über den Baumstamm und setzte sich in Trab, indem er Roland entschuldigend zurief, er wisse nicht, was sie habe, sie sei schon den ganzen Morgen so unruhig.

Roland amüsierte sich, er gönnte es dem Hundehalter, daß er die Herrschaft über seine Senta verloren hatte, und hoffte nur, sie renne keine Kinder über den Haufen, aber es war ja ohnehin kaum jemand unterwegs heute morgen; wer nicht verreist war, mußte einkaufen gehen oder schlief aus oder ließ sich durch das unwirtliche Wetter davon abhalten, in den nassen Wald zu gehen.

Er kletterte nun auch über den Baumstamm, aber in der andern Richtung, und schlug wieder einen Laufschritt an. Er war gespannt, ob es bei den Keltengräbern Veränderungen gab. Christoph Portner hatte ihn gestern noch angerufen und ihm von den Auswertungen erzählt. Roland hatte sich fast ein bißchen gefreut über die lokalen Erdbeben, die aufgezeichnet worden waren, und hielt es von daher auch gut für möglich, daß dieser Baum einem neuen kleinen Stoß zum Opfer gefallen war, den er wohl nur deshalb nicht gespürt hatte, weil er dann noch auf dem Fahrrad unterwegs gewesen war.

Eine Esche, dachte er, es war also eine Esche. Wie war das schon wieder mit der Weisheit dieses Baumes? Wußte denn die gestürzte Esche etwas, das er nicht wußte, und was war es?

Roland blieb stehen, weil er einen Kuckuck gehört hatte. Das war merkwürdig. Er erinnerte sich an eine Wanderung auf den Gurten oder auf den Belpberg, vor zwanzig Jahren vielleicht, mit seinen Eltern und der Schwester, dort hatte der Vater beim Ruf eines Kuckucks gesagt, zum Glück hab ich Geld im Hosensack, denn wenn man zum erstenmal im Jahr den Kuckuck hört und hat Geld im Hosensack, dann hat man das ganze Jahr Geld. Roland griff in die Tasche seines Trainingsanzugs und lachte kurz auf, weil kein Geld drin war. Er hatte nie mehr einen Kuckuck gehört seither, und schon gar nicht in diesem Wald, wo es ja, wie der Spaziergänger mit seinem aufsäßigen Hund festgestellt hatte, außer Amseln fast keine Vögel mehr gab. Und jetzt sang hier ein Kuckuck seinen melancholischen Neckruf und entfernte sich langsam zum Waldrand hin.

Plötzlich war die Sonne wieder weg, und im ganzen Wald wurde es ungewöhnlich düster. Roland rannte weiter und gelangte auf dem Spaziergängerweg zum Keltenhügel, bei dem sonst niemand war. Er ging den Spalten nach und konnte keine Veränderung erkennen. Auch der Seismograph stand unverändert in seinem Zelt. Er setzte sich auf den abgesägten Baumstrunk, auf dem er schon oft gesessen hatte und schaute vor sich hin ins Unbestimmte.

Er mußte sich die Augen reiben. Ein Brennen, das er in den letzten paar Tagen gelegentlich gespürt hatte, meldete sich wieder. Und auf einmal war die Sonne da, so unvermittelt, als hätte jemand einen Scheinwerfer eingeschaltet, und ließ die Baumstämme aufleuchten, daß der Wald doppelt so groß schien, eine gewaltige Halle, und am Boden dieser Halle tanzten wie Theatereffekte die feuchten Nebel.

Ein Windstoß ging durch die Baumkronen, die Säulen der Halle neigten sich leicht zur Seite, und alle Bodennebel stiegen schräg in der Richtung des Windes auf. Dann wurde der Scheinwerfer wieder ausgeschaltet, und es war dunkler als zuvor. Roland erschrak und stand auf, denn im letzten Moment, bevor das Licht wegging, hatte er etwas Erstaunliches gesehen. Die Nebel stiegen nicht einfach wahllos vom feuchten Boden auf, sondern sie stiegen aus den Spalten. Dies war auch jetzt, ohne die modellierende Hilfe des Sonnenlichts, deutlich zu erkennen.

Roland ging zu einer Rißstelle, in welche ein Stück Erde hineingefallen war und hielt seine Hand in den Nebel. Täuschte er sich, oder war der Nebel warm? Er blickte in den Spalt hinunter, konnte aber keine Vergrößerung ausmachen. Dann legte er sich auf den Boden und hielt sein Ohr in den aufsteigenden Nebel. Täuschte er sich, oder hörte er ein leises, stetiges Zischen? Täuschte er sich, oder hörte er die Erde atmen? Oder war es sein eigener Atem? Nach dem Aufstehen mußte er sich wieder die Augen reiben. Täuschte er sich, oder brannte ihn der Nebel? Und wieso eigentlich Nebel? War das nicht eher Dampf oder Rauch, der aus der Tiefe der Keltengräber aufstieg? Roland kauerte vor den Spalt und hielt den Kopf nochmals vorsichtig in den Dampf. Täuschte er sich, oder ging von diesem Dampf etwas wie ein Geruch aus? Ein Geruch, der an seinen Nasenlöchern kratzte?

Roland stand so schnell auf, daß ihm einen Moment schwarz wurde vor den Augen und er sich an einer Tanne festhalten mußte. Als er wieder klar sah, schaute er um sich. Er war allein. Niemand in der Nähe, den er fragen konnte, ob er das auch sah, was er sah. Er wünschte sich, es wäre wenigstens der Spaziergänger da, aber der hetzte wohl immer noch hinter seinem blöden Hund her dem Waldausgang zu.

Und wieso war der Hund eigentlich blöd? Vielleicht wußte er, was Roland bisher nur geahnt hatte, nämlich daß in diesem Wald eine Gefahr lauerte, und die Gefahr war hier, wo er jetzt stand, und sie drang aus den Spalten der Keltengräber herauf, und diese Ketten von kleinen Rauchfahnen entlang den Rissen waren die letzte Warnung.

Auf einmal rannte er, so schnell er konnte, über den Fahrweg zum Waldrand. Als er ihn erreicht hatte und den Schließring seines Velos öffnete, fegte ein Windstoß daher, der den Wald fast schiefdrückte, und dann ergoß sich ein Wolkenbruch von enormer Stärke über die Gegend. Sonst hätte Roland in irgendeiner Unterführung oder unter einem Vordach Schutz gesucht, aber jetzt kämpfte er sich auf dem Fahrrad durch wahre Regenvorhänge nach Hause, es war so dunkel geworden, daß er seinen Dynamo einschaltete, und auch die wenigen Autos, die ihm entgegenkamen, hatten die Standlichter an und fuhren nicht schneller als er.

Das Fernbedienungsgerät für das Garagentor, das er in der hinteren Hosentasche trug, versagte, und so lehnte er sein Rad einfach an die Mauer der Auffahrt, schloß es nicht einmal ab, rannte durch und durch naß zum Haupteingang seines gelben Hochhauses und fuhr mit dem Lift nach oben.

Seinen Trainingsanzug, der durch den Regen mindestens doppelt so schwer geworden war, warf er direkt in das Lavabo, die Unterwäsche und die Socken ebenfalls, dann stellte er sich rasch unter eine heiße Dusche, trocknete sich ab, zog neue Unterwäsche an, streifte sich den Bademantel über und ging zum Telefon.

Zuerst versuchte er es im Gemeindehaus, aber dort nahm niemand ab, was er eigentlich erwartet hatte.

Dann wählte er die Nummer des Gemeindepräsidenten. Roland ließ unanständig lange läuten, aber auch dort antwortete niemand. Das wunderte ihn etwas, mindestens einen der Bewohner hätte er doch zu Hause erwartet. Aber vielleicht waren sie über Pfingsten verreist, wie viele andere auch.

Nun überlegte er einen Moment. Ob er gleich die Polizei benachrichtigen sollte? Alarmmäßig sozusagen?

Er entschied sich für Christoph Portners Nummer, und endlich hatte er Glück. Christoph war da, und Roland erzählte ihm, was er gesehen hatte, erwähnte auch die umgestürzte Esche und die Beobachtung des Spaziergängers, der gespürt hatte, wie die Erde zitterte. Roland merkte, wie sein Herzschlag schneller wurde bei der Beschreibung.

Ob er denn bei Niederer schon –

Ja, sagte Roland, da nehme niemand ab, und bei der Gemeinde auch nicht, und sein Problem sei, daß er jetzt zur Arbeit müsse, er habe Dienst heute bis am Abend, aber er finde es unheimlich, und er frage sich, ob man nicht so etwas wie einen Alarm auslösen müßte oder eine Warnung mindestens, oder was er denn finde.

Christoph sagte, er werde sofort mit dem Velo zu Thomas Niederer fahren, der sei zu Hause über Pfingsten, um eine Arbeit fertig zu schreiben, und habe sicher nur nicht abgenommen, weil er ausschlafe. Er werde gleich hingehen mit ihm, und wenn er auch das Gefühl habe, daß die Gefahr gestiegen sei, würden sie, falls der Gemeindepräsident wirklich weg sei, die Polizei benachrichtigen und verlangen, daß die Bevölkerung informiert werde.

Roland war sehr erleichtert, daß sich Christoph der Sache annahm und gab ihm seine Nummer beim Fernsehen mit der Bitte, ihn auf dem Laufenden zu halten, was dieser auch versprach.

Als er den Hörer aufgelegt hatte, wollte er sich anziehen, wurde aber von einem mächtigen Donner erschreckt. Er trat ins Wohnzimmer und schaute zum Fenster hinaus. Ein Gewitter war ausgebrochen. Soeben zischte ein Blitz in die Industriegegend nieder, gefolgt von einem Krachen, als wäre irgendwo ein Treffer gelungen. Roland fragte sich, ob Christoph sich wohl aufs Fahrrad wagen würde bei diesem Wetter. Er schaute zum Loowald hinüber und fuhr zusammen. Deutlich hatte er gesehen, wie ein Blitz aus dem Wald aufstieg. Der Donner, der ihn begleitete, war so stark, daß ihn Roland spürte wie einen Magenschlag. Es war ihm auch, als höre er die Gläser aus der Küche klirren. Wie betäubt stand er da und starrte zum Wald hinüber. Könnte er sich getäuscht haben? Er blieb stehen, bis sich das Gewitter nach Osten verzogen hatte. Dann ging er sich anziehen.

Nein, dachte er, während er in seine Jeanshosen stieg, nein, ich habe mich nicht getäuscht. Ich habe einen Beruf, bei dem ich auf eine gute Wahrnehmung angewiesen bin. Ich habe mich immer darauf verlassen, daß ich das, was ich sehe, wirklich sehe. Heute habe ich einen starken, gesunden Baum gesehen, der umgestürzt ist, ich habe Rauch gesehen, der aus Erdspalten aufstieg, und der Rauch war warm, und ich habe ein Zischen gehört, das zusammen mit diesem Rauch aus den Spalten kam, und ich habe einen Blitz gesehen, der nicht von oben nach unten in den Wald fuhr, sondern der von unten nach oben in den Himmel hinauf schoß, und zwar aus der Gegend der Keltengräber.

Als er schon mit dem orangen Regenschutz unter der Wohnungstür stand, um sich auf den Weg zum Fernsehen zu machen, blieb er stehen und dachte einen Moment nach. Dann ging er in die Küche, löste die Kinderzeichnung mit dem Erdbebenriesen von der Schrankwand, steckte sie in seine Mappe und verließ die Wohnung.

## 43

Im Haus des Gemeindepräsidenten Niederer saßen sein Sohn Thomas, dessen Freundin Sandra und Christoph Portner um den Telefonapparat im Eingangsraum. Sie waren alle etwas naß, weil ihre Regenschütze den Niederschlägen nicht wirklich standgehalten hatten. Sandra hatte sogleich Teewasser aufgesetzt, und Thomas hatte aus der Küche zwei Taburette und einen Stuhl geholt und sie zum Telefon gestellt, das auf einer Stilmöbelkonsole neben einem hohen Spiegel mit Goldrahmen stand.

Wie erwartet, war Prof. Bollag nicht zu Hause, er hatte ja angekündigt, daß er über Pfingsten in den Tessin fahren würde, und so stellte Thomas als nächstes die Nummer von Dr. Enz ein, welcher über die Feiertage den Erdbebenpikettdienst versah. Enz war Assistent am geophysikalischen Institut und arbeitete an seiner Habilitation, er aspirierte, wie allgemein bekannt war, auf die Stelle von Prof. Bollag, welcher in einigen Jahren pensioniert würde und dem er mehr oder weniger offen vorwarf, die Methodik des Computers nicht genügend in seine Forschungsweise integriert zu haben. Sie kannten ihn von einigen geologischen Exkursionen her.

»Nicht zu Hause«, sagte Thomas, nachdem er mindestens ein dutzendmal läuten gelassen hatte.

»Ich dachte, der hat Pikett«, sagte Christoph.

»Erdbeben sind eben nichts Dringendes«, sagte Thomas, während Sandra vorschlug, doch im Institut anzurufen, vielleicht sei Enz dort. Sofort wählte Thomas die Institutsnummer, auf welcher ein Tonband für dringende Fälle auf die Nummer hinwies, an der er soeben gescheitert war.

»Der kann doch nicht lange weg sein«, sagte Christoph und fragte Thomas, wo eigentlich sein Vater hingegangen sei.

Der habe ihm einen Zettel hingelegt, er fahre zu Mutter nach Vevey.

Christoph schlug vor, sie sollten mit seinem Vater Kontakt aufnehmen, und Thomas wählte die Nummer seiner Tante in Vevey und fragte, als sie abnahm, ob etwa Vater schon eingetroffen sei. Sie wußte nicht, daß er kommen wollte, und wirkte fast erschrocken bei dieser Aussicht. Wenig später war seine Mutter am Apparat. Thomas erzählte ihr von Vaters Nachricht, schilderte kurz die rauchenden Spalten und bat sie, zu insistieren, daß er nach Hause zurückrufe, sobald er bei ihr angekommen sei. Inzwischen würden sie hier versuchen, über den Erdbebendienst und die Polizei weiterzukommen, und es werde immer jemand da sein, der das Telefon abnehme.

Mutter versprach, das zu tun, und ermahnte Thomas, lieber nicht mehr zum Hügel mit den Rissen zu gehen, wenn dies gefährlich sei.

Vorläufig blieben sie zu Hause, sagte Thomas, unter dem sicheren Dach, und gleich gebe es Tee.

Der Teekocher pfiff aus der Küche, Sandra ging hinaus, um das Getränk aufzugießen, und Thomas versuchte es erneut bei Enz, erneut ohne Erfolg.

»Als nächstes die Polizei«, sagte Christoph, und sie überlegten sich, ob es besser sei, Christoph rufe an oder Thomas. Thomas war der Sohn des Gemeindepräsidenten und konnte sich mit »Niederer« melden, aber Christoph war Gemeinderat und konnte sich mit »Gemeinderat« melden, wenn er auch zur falschen Partei gehörte. Trotzdem entschieden sie sich für Christoph.

Beim Polizeiposten nahm ein Beamter ab, den Christoph nicht kannte. Herr Raeber sei im Moment unterwegs wegen eines Baumes, der auf eine Leitung gefallen sei, worum es denn gehe.

Es gehe darum, sagte Christoph, daß aus den Spalten beim Keltenhügel Rauch aus der Erde steige und daß sie höchst beunruhigt seien.

Er werde eine Notiz machen, sagte der Beamte, und Herr Raeber könne dann zurückrufen, wenn er wiederkomme.

Nein, sagte Christoph, er wolle jetzt mit Herrn Raeber sprechen, jetzt sogleich, er könne ihn doch bestimmt über seinen Polizeifunk herholen. Der Beamte sagte, er, der Beamte, könne mit ihm sprechen, aber er könne nicht Christoph mit ihm verbinden.

Also, sagte Christoph, dann solle er wenigstens das einmal tun, und dann hörte er, wie der Beamte Raeber rief, welcher sich quäkend und knirschend über seinen Funksprecher meldete. Durch das Telefon war kein Wort zu verstehen von dem, was er sagte, also konnte Christoph auch nicht überprüfen, ob es stimmte, was ihm der Beamte weitergab, nämlich Raeber werde ihn anrufen, sobald er wieder zurück sei, und er solle ihm seine Nummer hinterlassen. Als Christoph sagte, er befinde sich momentan im Haus des Gemeindepräsidenten, zusammen mit dessen Sohn, und es eile wirklich, war eine Mischung aus Mißtrauen und Respekt im Ton des Beamten zu verspüren, der ihm versicherte, es werde bestimmt nicht lange dauern, eine halbe Stunde vielleicht.

Jetzt kam Sandra mit dem Tee und fragte, was denn nun los sei.

»Gar nichts,« sagte Thomas, »es ist einfach niemand da.«

Christoph sagte, etwa so könnte er sich eine Atomkatastrophe vorstellen, es wären einfach alle grad weg und hätten etwas anderes zu tun, Einkauf, Familienbesuche und umgestürzte Bäume.

Thomas versuchte es nochmals bei Enz, aber der war immer noch nicht hier.

Immerhin, sagte Christoph, hätten sie jetzt schon zwei Rückrufaufträge und könnten sich eine kleine Pause gönnen.

Sandra verteilte die Tassen, wies auf Milch und Zucker hin, und dann tranken sie in kleinen Schlücken den heißen Tee. Es kam ihr höchst eigenartig vor, hier in dieser gepflegten Mittelstandsvilla die Hausherrin zu spielen, oder das Dienstmädchen oder die Freundin des Sohnes.

Gestern abend war sie mit Thomas zusammen im Kino gewesen, »A world apart« hatten sie gesehen, einen traurigen und empörenden Film über die Zustände in Südafrika, und dann waren sie zu ihm gefahren und hatten zusammen eine Liebesnacht verbracht, und kaum waren sie am späten Vormittag aufgestanden, hatte Christoph an der Türe geklingelt und sie gebeten, mit zu den Keltengräbern zu kommen.

Trotz des Regens waren sie mit den Velos zum Waldrand gefahren und dann zum Hügel gegangen, und sie hatten alle drei gesehen, daß Rauch aus den Spalten stieg, und sie hatten gespürt, daß er warm war.

»Was hält denn nun eigentlich die Geophysik von der gegenwärtigen Lage?« fragte Christoph plötzlich.

Thomas sagte, die Geophysik wisse offengestanden gar nichts, wenigstens ihre gegenwärtigen Vertreter am Ort, deshalb hätte er ja gern diesen Enz am Draht, oder ob Sandra sich vorstellen könne, was das heiße.

Sandra hatte kaum glauben können, daß das wahr war, was sie sah. Sie war darüber so sehr erschrocken, daß sie sich noch nicht überlegt hatte, welche Bedeutung es haben könnte.

Wenn Dämpfe aufstiegen, sagte sie jetzt, dann müsse irgendwo unter dem Boden eine Hitzequelle sein, und dazu fielen ihr nur die Geysire in Island ein, und in diesem Fall wäre irgendwo ein heißer Grundwasserstrom in der Nähe, von dem man bis jetzt nichts gewußt habe, oder dann sei im Zusammenhang mit den Erschütterungen eine Verbindung aufgegangen, die viel tiefer hinabreiche, so wie bei den Vulkanen, und die eigentliche Hitzequelle sei dann das Magma.

Sie wolle aber nicht im Ernst sagen, warf Christoph ein, daß sie hier einen Vulkan bekämen, und er lachte laut bei dieser Vorstellung.

Sandra sagte, sie sei erst einmal auf einem tätigen Vulkan gewesen, auf dem Stromboli, und dort stiegen neben den offenen Kratern auch solche Räuchlein auf. Dort spüre man dann aber auch die Wärme des Bodens, und davon habe sie hier nichts bemerkt.

Thomas sagte, wenn es tatsächlich eine dieser beiden Ursachen sei, dann doch eher die erste, und ob nicht die Möglichkeit bestünde, daß z. B. eine Fernheizungsleitung in der Nähe durchgehe und ein Leck habe, Vulkane gehörten ja wohl nicht zum geologischen Alltag dieser Region.

Sandra sagte, sie könne es sich auch nicht vorstellen, obwohl der Hohentwiel bei Singen nicht soweit weg liege, und das sei ja auch ein Vulkan gewesen.

Schon, sagte Thomas, aber das sei doch schon ein paar Jahre her, acht bis zehn Millionen, wenn er sich richtig erinnere.

Ja, sagte Sandra, aber sie ihrerseits erinnere sich auch an die Bollagsche These, daß man die Erdgeschichte niemals als abgeschlossen betrachten sollte.

Christoph stand auf, als er Sandra jetzt fragte, ob sie also allen Ernstes glaube, da sei ein Vulkan am Ausbrechen.

Sandra sagte zuerst, sie wisse es nicht, sie habe nur gesagt, was ihr gerade durch den Kopf ginge. Aber eigentlich, fügte sie dann hinzu, eigentlich habe sie Angst, und ihre Angst sei sogar so stark, daß sie gar nicht wisse, wie lange sie noch hier bleiben wolle, in der Nähe dieser rauchenden Spalten, und sie frage sich, ob es nicht das gescheiteste wäre, einfach abzuhauen, so weit fort wie möglich, am besten jetzt gleich, und sie zwei sollten doch das Zeug hier liegen lassen und auch mitkommen.

Christoph sagte, wenn es wirklich so bedrohlich sei, dann müßte man die andern unbedingt warnen, und sie solle einen Moment an die paar tausend Menschen denken, die hier in der Nähe wohnten und die zufällig keine Pfingstreise machten.

Thomas ergänzte, er könne erstens gar nicht sagen, wie gefährlich es sei, und deshalb bräuchte er dringend Hilfe von kompetenten Fachleuten, und zweitens glaube er auch, wenn es etwas Ernstes wäre, wären sie irgendwie verpflichtet, etwas zu tun.

»Also tut endlich etwas!« rief Sandra und stellte die Tasse so hart auf das Telefontischchen, daß der Tee überschwappte und eine kleine Pfütze auf dem edlen Holz bildete.

Christoph und Thomas waren beide etwas verdutzt über ihre Heftigkeit, und als Thomas mit einem Papiertaschentuch den verschütteten Tee aufzuwischen begann, nahm Sandra das Telefon in die Hand, wählte nochmals die Nummer von Enz, und siehe, jetzt war er zu Hause.

Sie stellte sich knapp vor, sagte, daß sie seit einer Weile versuchten, ihn zu erreichen, weil er ja Erdbebenpikett habe, was Enz hüstelnd bestätigte, und dann erzählte sie ihm ihre Beobachtungen und fragte ihn, was er davon halte. Enz hatte nur am Rande etwas von der Geschichte mit dem Keltenhügel und dem Feldseismographen seines Kollegen Bollag mitbekommen. Das einzige, was sofort und unfehlbar die Runde gemacht hatte, war die Anekdote von der verpaßten Aufzeichnung des Erdbebenstoßes. Wann das letzte Band ausgewertet worden sei, fragte Enz, und Sandra antwortete, vorgestern, und es seien zwei schwache lokale

Stöße drauf gewesen, allerdings mit tiefem Hypozentrum, was Prof. Bollag sehr erstaunt habe.

So, so, hat es ihn, murmelte Enz, und es war deutlich zu hören, wie er seinen Kollegen einschätzte. Wer denn jeweils das Aufzeichnungsband des Seismographen auswechsle, wollte er weiter wissen. Sandra sagte, das sei ihr Kollege Thomas Niederer, und sie könne ihm diesen gleich an den Apparat geben.

Thomas meldete sich nun, und Enz sagte ihm, er solle das Band auswechseln gehen und ihm ins Institut bringen, er werde am späten Nachmittag ohnehin dort sein, dann werde er einmal in die Aufzeichnungen schauen, und dann sähen sie ja weiter.

Ob er denn nicht zuerst zum Keltenhügel kommen wolle, fragte ihn Thomas. Nein, sagte Enz, das bringe nicht viel, wenn er nicht vorher die Aufzeichnungen angeschaut habe, er hoffe auch, daß Bollag sein Material in zugänglicher Form aufbewahrt habe. Der Boden sei ja überall rasch abgekühlt worden nach einer längeren Trockenperiode, da könnte gut etwas Rauch aufsteigen da und dort.

Als Thomas sagte, der Rauch käme aber genau aus den Spalten, und er sei warm, wie sie festgestellt hätten, und sie hätten sich überlegt, ob das eventuell mit einem Fernheizungsleck zu tun haben könne oder mit dem Auftauchen heißer Grundwasserströme oder – hier stockte er etwas – oder allenfalls mit Vorgängen vulkanischen Ursprungs.

Enz lachte trocken und herablassend und sagte dann, sie könnten sich ja einmal beim Fernheizwerk erkundigen, ob es bei ihnen einen Druckabfall gebe, aber wichtiger sei, daß er ihm das Band bringe, dann wolle er die Geschichte einmal auf dem Bildschirm anschauen.

Ob er denn nicht meine, daß man etwas unternehmen müsse, fragte Thomas, man habe immerhin auf Anraten

Prof. Bollags die Merkblätter zum Verhalten bei Erdbeben in der Gemeinde zum Versand vorbereitet, und vor einer Woche sei auch ein Fernsehbeitrag gekommen über die Spalten, im »DRS aktuell«.

Ein Fernsehbeitrag, sagte Enz, heiße ja noch nicht, daß eine akute Gefahr bestehe, und was er denn meine mit »etwas unternehmen.«

Er meine, sagte Thomas, daß vielleicht die Bevölkerung gewarnt werden müßte vor einem größeren Erdbeben. Sein Vater sei hier Gemeindepräsident, sei aber über Pfingsten auch abwesend, und Prof. Bollag, der ja eben auch abwesend sei, hätte ihn im Falle einer Gefahr benachrichtigt, und er wende sich jetzt einfach an ihn als den Stellvertreter von Prof. Bollag.

Darauf sagte Enz, er sei nicht der Stellvertreter von Prof. Bollag, sondern der Vertreter des Erdbebendienstes, und er sage ihm, er solle ihm das Band bringen, und bevor er es gesehen habe, werde er nichts unternehmen.

Thomas hängte ein und berichtete den andern, was er von Enz gehört hatte.

Sandra schüttelte den Kopf und war empört, daß Enz das Ganze nicht ernster nahm. Das müsse wohl ein Hahnenkampf zwischen Enz und Bollag sein, meinte sie, typisch männlich jedenfalls.

Das Telefon klingelte, und Raeber war am Apparat, der Polizeichef. Thomas gab den Hörer an Christoph weiter, und der meldete Raeber den umgestürzten Baum und die rauchenden Spalten.

Was den Baum betreffe, so müsse man den über Pfingsten liegen lassen, er versperre ja keine allgemeine Fahrstraße, er werde es aber dem Förster weitersagen, daß er schon die Beseitigung vorbereiten könne, und was die Spalten betreffe, sei er mit dem Gemeindepräsidenten so verblieben, daß dieser ihn benachrichtige, wenn man etwas unternehmen müsse.

Da liege ja das Problem, sagte Christoph, der Gemeindepräsident befinde sich in der Westschweiz momentan, und sie wüßten nicht, wo und seien sehr beunruhigt, und ob er nicht einmal da hingehen wolle.

Was denn mit der Erdbebenwarte von der meteorologischen Zentralanstalt sei, die würden doch die Gemeinde informieren, habe man ihm gesagt.

Ja, sagte Christoph, die schauten sich heute nachmittag die neuesten Aufzeichnungen des Seismographen an und gäben danach eine Empfehlung, aber ob er zumindest vorbereitet wäre, falls man die Bevölkerung informieren müßte.

Natürlich sei er vorbereitet, sagte Raeber, aber er könne nur etwas unternehmen, wenn die Sache auf dem Dienstweg zu ihm komme.

Ob er ihm vielleicht noch die Nummer des kantonalen Katastrophenkoordinators im Polizeidepartement geben könne, fragte Christoph weiter.

Nein, erwiderte Raeber, diese Nummer sei nur intern bekannt und werde nicht nach außen gegeben, auch die Meldungen dorthin müßten über den Dienstweg kommen, also durch einen Polizeiposten.

Ob er, Raeber, ihn nicht einmal anrufen könne, den Koordinator, einfach um ihm mitzuteilen, daß es aus den Spalten rauche, er sei nämlich bei der Besprechung am letzten Samstag sehr ungehalten gewesen, daß man ihn nicht informiert habe.

Das könne er, wie gesagt, erst, wenn ihm eine Meldung des Erdbebendienstes vorliege, da sei er an den Dienstweg gebunden.

Na, sagte Christoph, dann hoffe er, daß das Erdbeben auch auf dem Dienstweg komme, ade, Herr Raeber.

Nach dem Aufhängen schwiegen sie alle einen Augenblick. Aus dem Wohnzimmer hörte man den Hund winseln. Thomas stand auf und öffnete ihm die Tür ins Foyer. Sogleich ging Arco in den Windfang zur Haustür und kratzte daran, stieg sogar an der Tür hoch und versuchte mit den Vorderpfoten die Falle hinunterzudrücken.

»Ich glaube, der muß ganz dringend«, sagte Thomas und machte ihm die Haustür auf, durch die der Hund sofort in den Garten rannte. Thomas zog die nassen Turnschuhe wieder an. »Ich werde das Band auswechseln gehen«, sagte er »und bringe es ins Institut.«

»Und wir?« fragte Sandra.

Thomas sagte, es wäre schön, wenn sie mitkäme, worauf Sandra sagte, das sei vielleicht das beste, und sich ebenfalls auszurüsten begann, während Christoph sagte, er würde am liebsten hier das Telefon hüten, falls Vater Niederer anrufe, und er würde sich dann in Ruhe überlegen, wen er noch anrufen sollte oder was sie überhaupt unternehmen könnten in der Sache.

Er solle telefonieren, soviel er wolle, sagte Thomas und fügte hinzu, er werde sich Mühe geben, sobald als möglich wieder zurück zu sein, und ob er den Hund wieder hereinlassen könne, wenn er vor der Tür belle.

Christoph sagte, natürlich könne er das, aber nur unter einer Bedingung.

Als Thomas wissen wollte, unter welcher, sagte Christoph, unter der Bedingung, daß sie nicht länger bei den Keltengräbern blieben als unbedingt nötig.

## 44

Es war Samstagabend vor Pfingsten. Die Kirchenglocken läuteten den morgigen Feiertag ein und gossen einen Schwall von Melancholie und Beruhigung über der Agglomeration aus. Seit dem Mittag regnete es ununterbrochen, und die Straßen waren fast menschenleer. Wer über diese Tage wegfahren wollte, war schon am Vorabend oder spätestens im Verlauf des heutigen Tages aufgebrochen, auch wer am Abend ausgehen wollte, hatte sich schon aufgemacht, und die verbleibenden Menschen richteten sich in ihren Wohnungen auf einen gemütlichen Abend ein.

Einige waren an der Arbeit um diese Zeit, um den andern zur Gemütlichkeit zu verhelfen. In den Restaurantküchen zischten die Fleischstücke in den Bratpfannen, im Tower des Flughafens holten Fluglotsen die Abendflugzeuge vom Himmel herunter, in den Stellwerken der Bahnhöfe lenkten Bahnbeamte die ein- und ausfahrenden Züge aneinander vorbei, damit die Besuchenden unversehrt zu den Besuchten gelangten, in den Kinos spulten die Operateure die Rollen für die nächste Vorstellung zurück, und im Fernsehstudio bereitete sich das Tagesschauteam auf die Hauptausgabe um 19.30 h vor.

Roland saß im Netzwerk vor dem großen Schaltpult und dachte nach. Er hatte gerade eine Pause, denn ab jetzt gab es nur noch Sportberichte zu bearbeiten, die noch nicht eingetroffen waren.

Einmal hatte Christoph telefoniert diesen Nachmittag und ihm erzählt, was sie bisher unternommen hatten, und soeben hatte er nochmals Thomas zu Hause angerufen und die letzten Neuigkeiten erfahren.

Zusammengefaßt ließ sich sagen: Wer auch nur die geringste Funktion im Interesse des öffentlichen Wohlergehens ausübte, schien verreist zu sein, geflüchtet geradezu. Das normale Leben war offenbar so unerträglich, daß schon drei freie Tage eine Wirkung hatten, als würden Gefängnistore geöffnet. Und nach dem, was er soeben gehört hatte, machte von den verbleibenden Verantwortungsträgern niemand Anstalten, ernsthaft auf die Situation bei den Keltengräbern einzugehen. Wer irgendwie konnte, delegierte; wenn er oben saß, delegierte er nach unten, und wenn er unten saß, delegierte er nach oben.

Christoph war es zum Beispiel gelungen, die kantonale Regierungsrätin für Justiz und Polizei in einem Ferienhäuschen aufzuspüren, eine joviale Person, die sich gern mit ganzen Feuerwehrkompanien zusammen fotografieren ließ, aber das einzige, wozu er sie zu bewegen vermochte, war, daß sie ihm einen Tip gab, wie er den Katastrophenkoordinator erreichen konnte, bzw. dessen Stellvertreter, denn auch der strenge Herr Heutschi hatte das Weite gesucht. Der Stellvertreter hatte zwar von den Erschütterungen in der Agglomeration gehört, wollte jedoch zuerst vom Erdbebendienst wissen, ob dieser Rauch etwas zu bedeuten habe, und war im übrigen vor allem mit den Regenfällen beschäftigt, es waren Unterführungen überschwemmt worden, die es auszupumpen galt, und im Tößtal war es zu einem Erdrutsch gekommen, das mache ihnen momentan die größeren Sorgen.

Beim Fernheizwerk war alles in Ordnung, kein Druckabfall, die nächste Leitung ging 10 Kilometer am Keltenhügel vorbei, und so stiegen die Erwartungen an Dr. Enz vom geophysikalischen Institut, denn solange die Wissenschaft keine Alarmflagge hißte, rührte sich niemand vom Fleck.

Thomas und Sandra hatten die Tonbandspule in die ETH gebracht, Sandra war dann durchnäßt und müde nach Hause gegangen, während Thomas im Institut auf Dr. Enz wartete, um bei der Auswertung dabei zu sein. Der ließ sich aber Zeit mit Kommen, und als er eintraf und Prof. Bollags Arbeitsraum öffnete, zeigte es sich, daß die Apparaturen verstellt worden waren, der Frequenzdiskriminator war anderweitig gebraucht worden und mußte zuerst wieder gesucht und installiert werden. Die Seismogramme zeigten zwei kleine Stöße an, der erste war von gestern nacht, und der zweite war von heute vormittag und stimmte mit der Beobachtung des Spaziergängers überein. Beide waren als schwache Ausläufer auf dem Lägern-Seismographen gerade noch zu erkennen.

Enz hatte darauf die Vermutung eines lokalen Bebenschwarms geäußert, die Thomas ja auch schon von Prof. Bollag gehört hatte, und fand, man könne aus dem, was bis jetzt passiert sei, nicht schließen, daß etwas Ungewöhnliches bevorstünde.

Thomas hatte ihn gefragt, ob er denn rauchende Spalten nicht ungewöhnlich finde, und was er vom offensichtlich tiefen Hypozentrum halte. Darauf hatte sich Enz bequemt, einen Augenschein am Ort zu nehmen, war aber vorher noch heimgefahren und hatte sich mit Thomas im Hause Niederer verabredet, und dort wartete dieser jetzt gerade, nach 19 Uhr, auf sein Erscheinen.

Kurz zuvor hatte Niederer, der Gemeindepräsident, bei sich zu Hause angerufen, und einen Moment war ihm die Sprache weggeblieben, als sich dort Christoph Portner am Telefon meldete. Christoph hatte kurz geschildert, weshalb sie froh wären, wenn er so bald wie möglich käme, und ihm versprochen, Thomas werde telefonieren, sobald er aus dem Institut zurück sei, was dieser denn auch tat und seinem Vater die Bitte von Christoph wiederholte.

Offenbar hatte Niederer gesagt, er könne nichts versprechen, er sei vor seinem Besuch in Vevey den ganzen Tag im

Jura herumgefahren und fühle sich sehr müde, und sie sollten ihn doch nochmals anrufen, wenn sie mit dem Geologen vom Keltenhügel zurückkämen.

Roland lehnte sich nach hinten, schloß die Augen und bedeckte sein Gesicht mit beiden Händen. Er sah nochmals die umgestürzte Esche, diesen keltischen Riesen, und die Räuchlein, die über den Spalten tanzten. Er hörte das feine Zischen in den Rissen. Dann sah er sich am Fenster seiner Wohnung stehen und ins Gewitter schauen, und er sah den Blitz von den Keltengräbern in die Wolken hinauf fahren, und auf einmal sah er gewaltige schwarze Rauchwolken aus dem Loowald steigen, hörte ein Grollen, spürte den Boden erzittern und vernahm Monikas Stimme, die ihm zurief: »Schöni Pfingste!«

Er stieß den Stuhl zurück, stand auf und hielt sich mit den Händen am Schaltpult fest. Einen Moment war es ihm wieder schwarz vor den Augen. Er atmete tief ein, verließ den Regieraum und sagte im Vorbeigehen zu Yves, der in einer Überspielkoje saß, er sei kurz weg und sei gleich wieder da. Dann ging er zur Tür des Netzwerks hinaus, öffnete seinen Umkleidekasten und nahm seine Windjacke heraus.

Doris und Heinz saßen an diesem Abend vor dem Fernsehapparat. In der Küche blubberte eine vielversprechende Spaghettisauce, das Wasser für die Teigwaren war schon heiß, ein gemischter Salat lag in der Holzschüssel bereit und mußte nur noch gewendet werden, eine Flasche Chianti war entkorkt, und sie hatten beide angestoßen mit hochstengligen Gläsern, die sie nun mit ins Wohnzimmer genommen hatten, um während der Tagesschau ab und zu einen Schluck zu trinken.

Heinz hatte heute Tagesschaupikett gehabt, das war die kleine Strafe der Disposition für seine kurzfristige Rückgabe des Rumänientermins gewesen, und er hatte am Nachmittag etwas gefilmt, von dem er wollte, daß Doris es sah, weil er sicher war, daß es ihr gefallen würde.

Im Zürcher Zoo war ein Breitmaulnashorn, nachdem es längere Zeit in seinem Gehege im Kreis herumgerannt war, plötzlich mit einem riesigen und unvoraussehbaren Satz über den Graben gesprungen, der es von den Zuschauern trennte, war dann durch die asphaltierten Wege getrampelt und war am Ende des Zoos mit einem zweiten unerwarteten Sprung in das Wolfsgehege hinübergelangt, wo es sich beim Aufprall eines oder mehrere Beine brach, jedenfalls war es brüllend liegengeblieben und mußte von einem Helikopter der Rettungsflugwacht herausgehievt und ins Tierspital transportiert werden, nachdem man es mit einem Narkosegewehr betäubt hatte.

Wegen des schlechten Wetters waren um diese Zeit fast keine Besucher im Zoo unterwegs gewesen, so daß niemand durch das Nashorn zu Schaden gekommen war. Nicht auszudenken aber, sagte der Sprecher, was geschehen wäre, hätte das Nashorn seine Anwandlung an einem sonnigen Sonntag gekriegt. Dann sah man, wie das plumpe Tier im Tragnetz hochgezogen wurde und hilflos und unendlich schwer am Haken in der Luft baumelte, ein Anblick, der Doris – und das hatte Heinz vorausgeahnt – zutiefst rührte. Danach kam ein kurzes Interview mit dem Oberwärter, der anstelle des verreisten Zoodirektors über die möglichen Ursachen Auskunft gab und von einem Rätsel sprach. Es sei ihm allerdings aufgefallen, sagte er, daß viele Tiere heute ausgesprochen unruhig gewesen seien, einige, wie z. B. die Pinguine, hätten bis jetzt überhaupt nichts gefressen, obwohl es doch ihren Lieblingsfisch gegeben habe. Er persönlich schreibe dies dem Wetterumsturz zu, der wirke ja öfters auf die Tiere, aber so etwas wie das mit dem Nashorn hätte er also noch nie erlebt, und vielleicht wüßten die Veterinäre etwas Genaueres nach der Operation.

Damit war der Bericht aus dem Zoo zu Ende, und Heinz wollte gerade aufstehen und den Apparat ausschalten, da sah er, wie neben dem Sprecher, der zur nächsten Nachricht ansetzte, Roland Steinmann mit einem Zettel in der Hand erschien und sagte, es komme hier noch eine dringende Mitteilung an die Bevölkerung der Zürcher Agglomeration.

Der Sprecher war so verdutzt, daß er kein Wort sagte, und deshalb nahmen wohl die Nebensprecherin und der Sportmoderator an, es sei in Ordnung und schwiegen ebenfalls, so daß Roland ruhig sagen konnte, bei den Keltengräbern im Loowald gebe es seit einiger Zeit Spalten im Boden, die Erde habe mehrmals gebebt in den letzten Tagen, und seit heute morgen dringe Rauch aus diesen Spalten, wahrscheinlich sei in den nächsten Stunden ein großes Erdbeben zu erwarten, und es würden alle Bewohner der anliegenden Gemeinden aufgefordert, ihre Häuser zu verlassen und aus der Agglomeration zu fliehen.

Inzwischen waren die diensttuenden Redaktoren im Hintergrund aufgestanden und nach vorn gekommen, der Hauptsprecher hatte sich auch erhoben und war Roland mit dem Satz ins Wort gefallen, dies sei keine offizielle Nachricht, der Sportmoderator wollte ihn festhalten, aber Roland war mit ein paar raschen Schritten zum Studio hinaus und hatte der Nebensprecherin seinen Zettel hingelegt, und weil Kameramann und Cutterin neugierig waren, was auf dem Papier stand, sah die zu Hause gebliebene Nation ein paar Sekunden lang die Kinderzeichnung eines Riesen, der einem Haus einen Tritt gab.

Während einer der Redaktoren Roland nacheilte, entschuldigte sich der Sprecher für das Mißverständnis und betonte nochmals, dies sei keine offizielle Nachricht, sondern offensichtlich habe sich jemand einschleichen können und habe sich einen makabren Scherz erlaubt, sie würden sich bemühen, den Vorfall abzuklären, und, wie gesagt, ihnen sei keine Nachricht dieses Inhalts zugekommen, so daß die Bewohner der Agglomeration wohl ruhig zu Hause bleiben könnten, was, und damit hatte er seine Fassung wieder erlangt, bei diesem schlechten Wetter sicher angenehmer sei.

Roland hatte seinen Überraschungsvorteil gut genutzt und war, statt durch den Gang zu rennen, in ein gegenüberliegendes Vertonungsstudio getreten, dessen zweiter Ausgang auf den Parallelkorridor führte, war dann nicht auf die Fernsehstraße hinausgelaufen, die zwischen den beiden Hauptgebäuden durchführte, denn dort hätte man ihn von der Pforte aus sehr gut gesehen, sondern hatte über die Verbindungsbrücke den großen Studiotrakt erreicht, war durch die Werkstätten zur hinteren Rampe gegangen, hatte dort die Leiter an den Zaun gestellt, die er vor einer halben Stunde aus der Schreinerei geholt hatte, und rutschte nun das nasse Bord in den kanalisierten kleinen Leutschenbach hinunter, den er ohne Vorsicht durchquerte, arbeitete sich das gegenüberliegende Bord wieder empor, indem er Büschel von nassem Gras packte und sich daran hochzog, erreichte dann den großen Parkplatz, schwang sich auf sein Fahrrad, das am Rande bereitstand und fuhr auf seinem normalen Arbeitsweg nach Hause. Er wollte weg, und zwar noch heute, und deshalb hatte er diesen Fluchtweg vorbereitet.

Indessen standen Doris und Heinz in der Küche, und während die Spaghetti im strudelnden Salzwasser langsam weich wurden, diskutierten sie darüber, was von Rolands Warnung zu halten sei. Heinz hatte Doris gesagt, daß er Roland kenne, und als sie ihn fragte, ob er ihn für psychisch stabil halte, hatte er ohne zu zögern gesagt, ja, und nach einer Weile hinzugefügt, stabiler als ich. Dann hatte er ihr von seiner Begegnung mit ihm und Max Stebler auf dem Keltenhügel erzählt, und auch davon, daß er selbst dorthin gegangen sei, weil er weinen mußte, und auch von der Aufnahme, die sie letzte Woche dort gemacht hatten, und wie man schon dort gemerkt habe, daß die offizielle Seite keinerlei Gefahr sehen wollte in diesen Erscheinungen, und daß er glaube, daß es auch jetzt wieder so gehe.

Ob er denn allen Ernstes finde, fragte Doris, es stünde eine Katastrophe bevor? Er wisse es nicht, sagte Heinz, aber wenn Roland in eine Tagesschau eindringe, was zwar für einen Internen nicht schwierig sei, aber trotzdem ein unerhörter Akt, mit dem er die sofortige Kündigung riskiere, wenn Roland, der ein ruhiger Typ sei, etwas so Extremes tue, dann müsse er außerordentlich beunruhigt sein, und er müsse gestehen, er finde die Vorstellung auch ungemütlich, daß da Rauch aus diesen Spalten aufsteige, das klinge ja fast, als ob von unten die Hölle langsam an die Oberfläche vordringe.

Jetzt waren die Spaghetti al dente, Doris schüttete sie in ein Sieb im Ausguß, warf ein großes Stück Butter in die heiße Pfanne, leerte dann die Spaghetti wieder hinein und deckte sie zu.

»Du meinst doch nicht«, fragte Doris, »daß wir uns wirklich ins Auto setzen und fliehen sollen? Das wäre ja wie im Krieg!«

Heinz überlegte.

»Jedenfalls ist es gut, daß die Kinder in Zeltlagern sind. Falls die Erde wirklich bebt, ist das der sicherste Ort«, sagte er.

»Aber wir?« fragte Doris, »wir und unser schöner Abend?«

Heinz schlug vor, sie sollten zuerst eine Portion Spaghetti essen, dafür reiche es auf alle Fälle, doch als sie vor den dampfenden Tellern saßen, merkten sie, daß sie beide nichts essen konnten.

»Doris, Liebste«, sagte Heinz und versuchte fröhlich zu sein, »warum packst du nicht etwas schöne Wäsche ein, und wir verbringen die Nacht in einem Hotel in der Ostschweiz?«

Doris schüttelte den Kopf. Irgendwie könne sie nicht glauben, daß es so dramatisch sei, sonst müßte doch auch von den Behörden etwas kommen, mindestens ein Alarm oder so etwas.

Jetzt ging das Telefon. Anna war dran, sagte, sie seien in einem Restaurant gewesen, um sich zu wärmen, und hätten die Tagesschau gesehen, und was das sei mit diesem Erdbeben. Sie wüßten es auch nicht, sagte Doris, die abgenommen hatte, und sprächen gerade darüber. Heinz kenne den Mann, der in die Tagesschau eingedrungen sei und meine, es könne etwas dran sein, oder was sie denn finde.

Sie müßten unbedingt weggehen, bitte, bitte, unbedingt und sofort, sie sei sicher, daß der Mann recht habe, und sie wolle nicht, daß ihnen etwas passiere, und ob sie nicht ihren alten Teddybären mitnehmen könnten.

Heinz kam zum Telefon und hörte noch, wie seine Frau »Gut« sagte, und sie brauche keine Angst zu haben, bevor sie sich verabschiedete und aufhängte.

»Und?« fragte er.

Doris hatte Tränen in den Augen. »Es war Anna«, sagte sie, »und ich habe ihr versprochen, daß wir wegfahren, jetzt gleich.«

## 45

Die beiden Männer, die gerade über die umgestürzte Esche geklettert waren und unter dem Schutz zweier Regenschirme dem Waldausgang zugingen, waren Thomas Niederer, Student der Geologie und Sohn des Gemeindepräsidenten, sowie Dr. Michael Enz, wissenschaftlicher Assistent am geophysikalischen Institut der ETH und Pikettvertreter des schweizerischen Erdbebendienstes.

Sie kamen vom Keltenhügel zurück, den sie ausführlich besichtigt hatten, Thomas war mit Enz an allen Spalten entlang gegangen, hatte ihm auch deren Entwicklung geschildert, und zusammen hatten sie sich überzeugt, daß der Rauch, der heute morgen aus den Rissen gedrungen war, immer noch und unvermindert aufstieg, Thomas hatte sogar das Gefühl, er habe sich etwas verstärkt.

Enz war sichtlich verunsichert. Thomas hatte gemerkt, daß ihn das Ausmaß der Risse überrascht hatte, und auf den Rauch, das gab Enz offen zu, konnte er sich keinen Reim machen, so etwas kenne er nur von heißen Quellen oder von Vulkanen, und beides sei hier gleich unwahrscheinlich. Da nun aber offenbar etwas Unwahrscheinliches im Gang sei, oder zumindest etwas Ungewöhnliches, tippe er auf eine heiße Mineralquelle, denn davon gäbe es doch ein paar in der Schweiz, wenn auch in einem etwas günstigeren Wirtegestein, und er werde sogleich die Grundwasserkarte der Gegend hier studieren, er hoffe, sie hätten eine, und er müsse sie nicht vom hydrologischen Institut beschaffen, denn da werde kaum jemand sein heute nacht, und versuchen, sich ein Bild zu machen, wie es wassermäßig aussehe unter dem Loowald, vielleicht ergebe sich da ein Anhaltspunkt.

Ob man allenfalls damit rechnen müsse, daß hier etwas wie ein Geysir aufbreche, fragte Thomas, und Enz schüttelte den

Kopf und sagte, da frage er ihn zuviel, die Erschütterungen bisher seien ja nicht gerade stark gewesen, und es könne sehr wohl sein, daß hier nun während Wochen, ja sogar während Jahren Dämpfe aufsteigen würden, ohne daß ein größeres Ereignis eintrete, denn das Entweichen von Dämpfen sei ja immer auch ein Entlastungsvorgang, bei dem Druck abgebaut werde, der sich sonst vielleicht anstauen würde. In Island habe er Stellen gesehen, weit entfernt von den aktiven Geysiren, wo es nur stetig aus dem Boden heraufqualme.

Der Boden schien ihnen übrigens nicht warm zu sein, Enz gab aber zu bedenken, daß der Regen eine Abkühlung bewirken könnte und daß bei Aussetzen der Niederschläge die Temperatur des Bodens eventuell um einige Grade ansteigen werde.

Vom Waldrand her näherten sich nun einige Menschen unter Schirmen oder in Windjacken und fragten die beiden, ob sie wüßten, was hier los sei mit den Keltengräbern und dem Rauch und der Erdbebengefahr. Enz gab seine Vermutung bekannt, winkte ab, was die Erdbebengefahr betraf, doch da erzählten die Leute von der Tagesschau und dem Piratenauftritt, und daß das derselbe gewesen sei, der letzte Woche schon in »DRS aktuell« über die Spalten gesprochen habe, und der habe einen aufgefordert, die Agglomeration zu verlassen.

Thomas war ebenso überrascht wie beeindruckt. War das möglich, daß Roland so etwas tat? Und warum tat er so etwas? Schätzte er die Lage derart ernst ein? Wenn das geschehen war, hieß das auch, daß man hier in den nächsten Stunden um ganz klare Entscheidungen nicht herumkam, und für diese Entscheidungen konnte man im Augenblick auf nichts anderes als die schwache und hypothetische Meinung von Dr. Enz zurückgreifen, der sich als einziger mit einer halbwegs amtlichen Kompetenz schmücken konnte.

Während Enz in ein heftiges Gespräch mit den Leuten gezogen wurde, die alle in der Nähe des Waldrands wohnten und sehr beunruhigt waren, nahte bereits der erste Entscheidungszwang in der Form eines Polizeiautos, das langsam über den Waldweg dahergefahren kam. Es blieb bei der kleinen Menschenansammlung stehen, und ihm entstieg Polizeichef Raeber mit einem zweiten Beamten und fragte, ob etwa jemand von ihnen vom Erdbebendienst sei.

Thomas stellte sich als Sohn des Gemeindepräsidenten und Geologiestudenten vor, der den Seismographen betreue, und das hier sei Dr. Enz vom Erdbebendienst, mit dem er gerade die Spalten besichtigt habe.

Raeber fragte Enz, ob er irgendetwas zu tun habe mit der »Tagesschau«-Piratenmeldung, die soeben durchgegeben worden sei, was Enz als absurd verneinte, er habe heute nachmittag die letzten Aufzeichnungen des Seismographen ausgewertet und sei dann mit Herrn Niederer hiehergekommen, um sich ein Bild von der Lage am Ort zu verschaffen.

Ob das stimme mit dem Rauch, fragte Raeber.

Ja, das stimme, sagte Enz, und Thomas warf ein, das hätten sie ja Raeber seit heute morgen begreiflich zu machen versucht, daß es hier rauche.

Raeber überhörte diesen Einwurf und fragte Enz, ob die Gefahr eines großen Erdbebens wirklich bestünde.

Das könne er so nicht sagen, antwortete Enz, vollkommen ausgeschlossen sei es nicht, aber er würde nach der Auswertung sagen, die Anzeichen seien nicht stark genug für ein großes Beben.

Also keine Evakuation der Gemeinde?

Enz war in die Enge getrieben und sagte nichts.

Raeber sagte, der Gemeindepräsident, der das anordnen würde, sei verreist, und wenn das jetzt an der Polizei hängenbleibe, dann müsse er sich wirklich stützen können auf den

Erdbebendienst, und er solle sich einmal vorstellen, was das heiße, wenn sie den Sirenenalarm auslösen würden, Radio und Fernsehen benachrichtigen würden, sie sollten den Alarm ausstrahlen und selbst mit Lautsprecherwagen durch die Straßen fahren müßten und den Leuten sagen, ja was eigentlich, sie sollten die Agglomeration verlassen, oder sie sollten sich auf die offenen Plätze begeben, Fußballfeld und Tennisplätze, an sich hätten sie die Möglichkeit, aber er solle sich das einmal vorstellen, was das heiße, bei dem Regen, in der Nacht, also wie gesagt, da müsse er sich schon stützen können auf ihn.

Bei der Schilderung dieses Szenarios sah Dr. Enz aber immer weniger aus wie jemand, auf den man sich stützen konnte, er hatte sich der Geophysik zugewandt, weil er es lieber mit stummem Gestein zu tun hatte als mit lärmenden Menschen und war wohl eher dazu geschaffen, Erschütterungen auf dem Bildschirm zu verfolgen, als ihnen im wirklichen Leben ausgesetzt zu sein. Plötzlich wäre er sehr froh gewesen, wenn Prof. Bollag dagestanden wäre und er einen halben Schritt hinter ihn hätte zurücktreten können.

Als er nicht sofort eine Aussage machte, hakte Raeber nochmals nach und sagte, er wiederhole also seine Frage, Evakuation ja oder nein.

Enz sah, daß er etwas sagen mußte, atmete tief ein und sagte dann, nein, eine Evakuation sei nicht zwingend, was er ihm hingegen empfehlen würde, sei, die Zugänge zu den Keltengräbern abzusperren, oder am besten alle Wege, die in den Wald hineinführten, denn es sei doch nicht ganz auszuschließen, daß eine heiße Fontäne ausbrechen könnte, und er gab seine Vermutung mit der Mineralquelle bekannt. Er empfehle auch ihnen allen, sagte Enz zu den Umstehenden, sich nicht mehr zum Keltenhügel zu begeben, sondern wieder umzukehren.

Das war etwas, das Raeber gerne hörte. Ein paar Verbotstafeln hinstellen, das war rasch gemacht, und es war doch eine Maßnahme von einem gewissen Gewicht, niemand würde ihm vorwerfen können, er habe nichts getan, und die Empfehlung war vom Erdbebendienst gekommen, auch das ein glückliches Zusammentreffen. Allerdings nahm er sich vor, doch noch den kantonalen Katastrophenkoordinator zu informieren.

Das erwies sich nicht als notwendig, denn bereits quoll dessen Stimme aus seinem Polizeifunkgerät. Er erkundigte sich nach den Hintergründen für den Piratenakt, und Raeber konnte ihm sozusagen brühwarm vom Tatort berichten, was sicher einen guten Eindruck machte, faßte Enzens Aussagen und die Folgerungen daraus zusammen. Der Katastrophenobmann segnete die Absperrungen ab und sagte, er werde sofort ein Communiqué an Radio und Fernsehen durchgeben, in dem ausdrücklich darauf hingewiesen werde, daß nach Auskunft des Erdbebendienstes für die Bevölkerung der Agglomeration keine unmittelbare Gefahr bestehe, daß aber das Betreten des Loowaldes zur Zeit verboten sei.

Darauf stieg Raeber mit seinem Begleiter in das Polizeifahrzeug und fuhr ein Stück weiter zu einem Holzplatz, auf dem er wenden konnte, worauf er sich langsam wieder Richtung Waldrand in Fahrt setzte und kurz vor Erreichen desselben das Grüppchen von Menschen überholte, in dem lebhaft über die neue Situation diskutiert wurde. Eine Frau, jung, blond und ziemlich klein, sagte, sie habe letzte Woche schon den Gemeindepräsidenten angerufen und sich über die mangelhafte Information beschwert, und nun sei es wieder genau gleich – zwar habe man im Gemeindeparlament offenbar darüber gesprochen diese Woche, aber weder habe man dieses Merkblatt erhalten, das verteilt werden solle, noch habe man heute in den Nachrichten des Radios oder in der Tagesschau gehört, daß Rauch aus den Spalten der Keltengräber aufsteige, sondern dazu brauche es immer Menschen, die etwas riskierten, wie dieser Mann, der heute in die Tagesschau hineingegangen sei, weil ihm anscheinend auch der Kragen geplatzt sei. Sie habe jedenfalls Angst, und wenn er, und damit wandte sie sich an Thomas, der Sohn des Gemeindepräsidenten sei, dann solle er ihm ausrichten, sie werde noch heute nacht die Agglomeration verlassen, weil sie Leuten wie dem Tagesschaupiraten mehr vertraue als den Behörden, oder warum er, und nun sprach sie Enz an, wenn es doch seit heute morgen rauche da hinten, diese Nachricht nicht ans Radio und Fernsehen weitergegeben habe, damit es auch die normalen Menschen zu hören bekämen, die, die nicht in einem Institutsbunker hocken, sondern die zuvorderst seien, wenn es knallt.

Enz, der sich nach dem Waldrand sehnte, murmelte, er habe zuerst die Auswertungen des Seismographen machen müssen, bevor er sich ein Bild habe verschaffen können, worauf die Frau ihn unterbrach und sagte, das sei es ja, immer werde zuerst ausgewertet und abgeklärt und ermittelt, und immer sollten sie ruhig sein, bis alles abgeklärt sei, und immer werde man durch Leute informiert, die zur Selbsthilfe griffen, weil man langsam wisse, daß einen die Behörden kaltblütig verrecken ließen, nur damit sie in Ruhe abklären könnten, warum die Leute am Verrecken seien.

Sein Hund, sagte ein anderer, habe auch etwas gemerkt, der habe sich heute morgen beim umgestürzten Baum losgerissen und sei nach Hause gerannt, wo er solange vor der Türe gejault habe, bis ihm seine Frau geöffnet habe.

Thomas sagte der Frau, er gebe ihr recht, und sie solle ihn nicht für das Verhalten seines Vaters verantwortlich machen, mit dem er auch nicht einverstanden sei, im Gegenteil, er, Thomas, sei derjenige gewesen, der einen Professor der ETH hergeholt habe, welcher dann auch der Meinung gewesen sei, es laufe etwas Ungewöhnliches und man müsse einen Seismographen aufstellen.

»Und wo ist er denn jetzt, der Herr Professor?« fragte die Frau.

Thomas lachte trocken und sagte, im Tessin, wie die Hälfte der Schweizer.

Sie habe ein kleines Kind, sagte die Frau, das liege schon im Bett, aber sie werde es aufwecken und mit ihm zu ihrer Mutter verreisen.

Er halte das nicht für nötig, sagte nun Enz, wirklich nicht.

Das sollte er bitte sie selbst entscheiden lassen, was sie für nötig halte und was nicht, und das sei ja das Schlimme heute, daß wir meinen, wir können alles an die Fachleute delegieren, sogar die Angst.

Enz verstummte, und Thomas war beeindruckt von dieser Frau, der er eine solche Entschlossenheit nicht zugetraut hatte. Er sei auch Geologe, sagte er, allerdings erst Student, aber er finde, wenn sie weggehen wolle, dann solle sie unbedingt weggehen, ihm sei es auch nicht geheuer, obwohl er keine Ahnung habe, was wirklich passieren werde, falls etwas passiere.

Am Waldrand, den sie nun erreichten, hielten bereits die nächsten Autos an, und die Leute stiegen aus, um in den Wald zu den rauchenden Keltengräbern zu gehen, aber sie wurden von Raebers Kollegen, den er dort postiert hatte, zurückgehalten mit dem Hinweis auf die Gefahr einer Heißwasserexplosion, wie er sich ausdrückte. Auf diese Auskunft hin standen die Menschen in Gruppen zusammen und sprachen darüber, was davon zu halten sei.

Eine junge Frau stieg vom Velo, mit dem sie gerade

angekommen war, nahm sich die Regenvermummung vom Kopf und ging auf Thomas zu, der immer noch mit der Mutter sprach, welche mit ihrem Kind fortwollte. Es war Maja Hasler, die Gemeinderätin vom »Frischen Wind«, und als ihr Thomas erzählt hatte, wie die Dinge standen, sagte sie, in dem Fall werde sie hier bleiben und allen Leuten, die kämen, sagen, daß es Menschen gebe, welche die Agglomeration verließen, weil niemand genau wisse, was bevorstehe, und daß man sich nicht fürchten sollte, zu fliehen, wenn man wirklich Angst habe.

Dr. Enz versuchte nun Thomas beiseite zu nehmen und ihn auf die Gefahr einer Panik aufmerksam zu machen, die durch ein solches Verhalten entstehen könne und die sich wissenschaftlich nicht begründen lasse.

Es tue ihm leid, sagte Thomas, und wunderte sich plötzlich, woher er diese Freiheit nahm, aber er sei nicht seiner Meinung, er habe im Gegenteil den Eindruck, Enz versuche alles, um die Sache hier nicht ernst nehmen zu müssen, er habe ja fast den ganzen Tag bewußt verschlampt, bevor er sich hierher bemüht habe und gebe nicht auf Grund seines Wissens beruhigende Erklärungen ab, sondern auf Grund seines Nichtwissens, und das halte er, Thomas, für bedeutend unwissenschaftlicher, mehr, für unverantwortlich, und sein Ziel sei es jedenfalls nicht, ein solcher Wissenschafter zu werden wie er. Er werde jetzt sofort nach Hause gehen und ein Flugblatt schreiben, das er Maja bringen werde und das sie auch sonst an die Leute zu verteilen gedächten, darin werde er klar und deutlich schreiben, daß sehr wohl eine Gefahr bestünde, gerade weil kein Mensch wisse, was dieser Rauch wirklich bedeute.

Enz sagte mißgelaunt, aber er wolle nicht zitiert werden und auch der Erdbebendienst nicht, und Thomas sagte, von der Polizei lasse er sich ja auch zitieren, und er könne ruhig dableiben und warten, bis er mit dem Flugblatt komme, dann sehe er, wen und was er darauf zitiere, schwang sich auf sein Velo und fuhr davon, während Enz zu seinem Wagen stakte und die junge Mutter zu Maja sagte, das finde sie super, daß sie dableibe und daß dieses Flugblatt gemacht werde, aber sie solle dann auch abhauen, wenn keine Leute mehr kämen, sie gehe jetzt, und merci und alles Gute.

Während weitere Menschen vom Polizeibeamten abgewiesen wurden, begann Maja Hasler laut zu rufen: »Gegeninformation vom ›Frischen Wind‹ – wir sind der Ansicht, daß eine echte Gefahr besteht! Verlassen Sie die Gemeinde, wenn Sie Angst haben!«

Der Polizeibeamte versuchte sie zurechtzuweisen, wurde aber seinerseits von den Leuten zurechtgewiesen, was eigentlich hier los sei, sie hätten doch wohl Meinungsfreiheit, worauf der Beamte, der kaum je mit derart grundsätzlichen Begriffen konfrontiert gewesen war, murrend sagte, sie könne sagen, was sie wolle, aber der Zugang zum Keltenhügel sei gesperrt, worauf ihm jemand zurief, dann sei doch schon klar, daß eine Gefahr bestehe.

Sie müsse aufpassen, sagte der Beamte zu Maja, daß sie ihn nicht an einer Amtshandlung hindere, und Maja sagte, sie hindere ihn an gar nichts, er solle ruhig sagen, daß der Zugang gesperrt sei, aber er müsse auch aufpassen, daß er sie nicht daran hindere, ihre Meinung zu sagen.

Ein Reporter und ein Fotograf des »Sonntagsblick« fuhren vor, stiegen aus und wurden vom Beamten ebenfalls zurückgehalten. Es stehe hier keine Verbotstafel, sagten sie und wollten trotzdem weitergehen. Der Polizist trat ihnen in den Weg und sagte, sein Kollege sei gerade die Verbotstafeln und Absperrungsseile holen gegangen, aber das Verbot bestehe bereits. Es gebe auch, rief jemand aus den Menschengrüppchen, andere Zugänge zu den Keltengräbern als diesen hier, und die beiden Zeitungsleute gesellten sich zu dem Zurufer, der sagte, er käme schon mit und es sei richtig, daß dieser Rauch bekanntgemacht werde, während der Polizist dem Zurufer zurief, er mache sich strafbar, wenn er die beiden dorthin bringe, doch der Zurufer ging mit den Reportern zu deren Wagen und rief dem Polizisten zu, er solle ihm ruhig eine Buße schicken, wenn das Erdbeben komme, breche auch der Einzahlungsschalter der PTT zusammen. Der Fotograf machte noch zwei, drei Blitzlichtaufnahmen der diskutierenden Menschen, über die langsam die Abenddämmerung hereinbrach und fuhr dann mit dem Reporter und dem Zurufer weiter, einem unbesetzten Waldausgang zu.

Als Thomas nach Hause kam, war Christoph immer noch da. Er hatte die ganze Zeit das Telefon gehütet, und soeben war Roland Steinmann eingetroffen, dem Christoph gesagt hatte, wo er zu finden sei. Thomas erzählte, was sich zur Zeit am Waldrand abspielte und sagte, er werde sofort ein Flugblatt auf seinem PC schreiben und kopieren und die ersten paar Dutzend Exemplare zu Maja an den Waldrand bringen zum Verteilen, und dann sollten sie sich überlegen, wie sie sie sonst noch verteilen könnten.

Die Nummer des Gemeindepräsidenten war dauernd angerufen worden seit der »Tagesschau«, und immer hatte Christoph abgenommen und ähnlich reagiert wie Maja Hasler. Wenn sie Angst hätten, hatte er den Leuten empfohlen, sollten sie weggehen, das sei vielleicht wirklich gescheiter, denn etwas Exaktes wisse niemand.

Auch jetzt klingelte es wieder, aber Christoph nahm nicht mehr ab. Er werde nun, sagte er, zu Küde Brönnimann fahren, der habe nämlich ein Megaphon, und damit könne man ja das Flugblatt auch vorlesen an verschiedenen Orten.

Er gratuliere ihm zu seinem Auftritt am Fernsehen soeben, sagte er zu Roland, das sei ja heavy gewesen und werde für ihn bestimmt Konsequenzen haben, und was ihn bewogen habe, einen solchen Schritt zu tun.

Er habe nach den beiden Telefongesprächen mit ihm das Gefühl gehabt, es passiere überhaupt nichts in der Gemeinde, und man müsse etwas tun, das die Leute aufrüttle. Aber vielleicht, sagte er, sei der eigentliche Auslöser ein Traum gewesen, den er gehabt habe und der ihm heute wieder in den Sinn gekommen sei, als er über das Ganze nachgedacht habe.

Dann erzählte er seinen Traum und fragte die andern, ob keiner etwas Ähnliches erlebt habe, eine andere Art von Information sozusagen, die nicht über die üblichen abgenützten Kanäle gekommen sei.

Jetzt stand Thomas auf und ging zum Kalender, der im Gang hing und der noch ein Datum der letzten Woche zeigte. Während er ein Blatt nach dem andern abriß, sagte er, seine Uhr sei letzthin bei den Keltengräbern stehengeblieben, und zwar mit der Zeitangabe 29.05. Aber eigentlich sei dies keine Uhrzeit, sondern ein Datum.

»Und wann ist der 29. Mai?« fragte Christoph.

Thomas hob das Blatt vom Samstag an und starrte auf die rote Zahl, die darunter zum Vorschein kam.

»Morgen«, sagte er. »Morgen, Pfingstsonntag.«

## 46

Roland war mit dem Fahrrad auf dem Weg zu sich nach Hause und freute sich darauf, etwas Trockenes anzuziehen. Seine Schuhe waren gänzlich durchfeuchtet vom Überqueren des Leutschenbachs, die Socken waren aufgequollen und scheuerten ihn bei jedem Pedalentritt, zudem regnete es immer noch, und vor allem die Hosen ließen sich nicht wirklich vor der Nässe schützen, die beim Fahren dauernd auch von unten hochspritzte. In der Gemeinde schien ihm mehr Bewegung zu sein als heute mittag bei der Hinfahrt; auch abseits der Durchgangsstraße waren immer noch etliche Autos unterwegs, aus einem Haus sah er eine Frau und zwei Kinder mit Tragtaschen zu ihrem parkierten Auto hasten, vor dem der Familienvater an den geöffneten Türen stand und sie zur Eile antrieb, eines der Kinder weinte laut und hatte einen riesigen Plüschpinguin im Arm.

Roland mußte lächeln und war ein wenig stolz – diese Leute hatte er offenbar erreicht mit seiner Botschaft. Er selbst gedachte es ihnen gleichzutun, sobald er sich umgezogen haben würde. Bloß wohin er genau wollte, wußte er noch nicht. Ob er Katy anrief, die im Tößtal wohnte? Oder würde sie es als Zumutung empfinden? Er wußte, daß sie in einer Wohngemeinschaft lebte, deshalb hoffte er, daß er dort leicht unterkäme. Oder ob das nicht genügend weit weg war?

Kurz bevor er in die Straße einbiegen wollte, die zu seinem Wohnblock hinaufführte, trat unter dem Vordach der Bäckerei Monika hervor und winkte ihm. Erstaunt fuhr er an den Straßenrand, um sie zu fragen, was es um diese Zeit in der Bäckerei noch zu kaufen gebe, da sagte ihm Monika schnell, sie habe ihm abgepaßt, weil die Polizei auf ihn warte vor seiner Wohnung, und das sei doch sicher wegen dem, was er am Fernsehen gesagt habe und was er nicht hätte sagen dürfen, sie habe das nämlich gesehen.

Oha, sagte Roland, da sei er aber froh, daß sie ihm das erzähle, und in dem Fall hätten sie das am Fernsehen etwas ernster genommen als er.

»Ist es nicht ernst mit dem Erdbeben?« fragte Monika.

Das mit dem Erdbeben schon, sagte Roland, er habe bloß gehofft, die vom Fernsehen fänden es nicht so schlimm, wenn er in eine Sendung hineinkomme, aber offenbar fänden sie es doch schlimm.

»Dann gehen Sie jetzt nicht nach Hause?« fragte Monika.

Nein, dann gehe er jetzt besser nicht nach Hause, sagte Roland, und er danke ihr für den Tip.

»Schöni Pfingste«, sagte Monika und hob die Hand.

Roland schaute sie an, wie sie dünn und leicht gekrümmt im Regen auf dem Trottoir stand, wie ein Vorspann für einen Film über Jugendprobleme, und dann fragte er sie, was sie eigentlich mache jetzt.

Das wisse sie nicht, sagte sie, ihre Eltern seien verreist über Pfingsten und hätten sie nicht mitnehmen wollen, weil sie heute bis um vier Uhr habe arbeiten müssen und sie schon am Morgen gegangen seien, die Eltern.

Wann sie wieder zurückkämen, die Eltern, wollte Roland wissen.

»Am Montag«, sagte Monika, »aber ich habe den ganzen Eisschrank voll Essen.«

Ob ihr Velo in Ordnung sei, fragte Roland.

»Sicher«, sagte Monika.

»Und einen Regenschutz hast du auch?«

Natürlich hatte sie einen Regenschutz.

»Gut«, sagte Roland, »dann geh nach Hause, hol deinen Regenschutz, setz dich aufs Velo und komm mit mir.«

»Wohin fahren Sie?« fragte Monika.

»Ich weiß es noch nicht«, sagte Roland, »bloß weg von hier. Ich hab dir doch versprochen, daß ich dir sage, wenn es ein Erdbeben gibt. Morgen gibt es eines, und dann will ich nicht hier sein.«

»Und woher wissen Sie, daß es morgen ein Erdbeben gibt?« fragte Monika.

Roland zögerte einen Moment. »Du hast es mir gesagt. Im Traum.«

Monika lachte ungläubig. Dann fragte sie, ob sie denn am Montag wieder da seien.

Bestimmt seien sie am Montag wieder da, dann sei alles vorbei, antwortete Roland.

»Also«, sagte Monika, »dann komme ich.«

Roland schärfte ihr ein, sie solle ihn beim alten Bauernhaus an der Kreuzung neben dem Einkaufszentrum treffen, er wolle hier nicht zu lang bleiben, wenn ihn die Polizei suche, und sie solle sich nicht zu sehr beeilen, damit es nicht so auffalle.

»Gut!« rief Monika und rannte schon über die Straße.

Seufzend trat Roland an und schlug die Richtung zum Einkaufszentrum ein. Das war ja Pech. Das Umziehen konnte er fürs erste vergessen. Hatten die nichts Gescheiteres zu tun, als auf ihn zu warten vor seiner Tür. Selbstverständlich würde er sich stellen, das war für ihn klar. Aber erst, wenn das Erdbeben vorbei war.

Und wenn nun gar kein Erdbeben kam? Wenn nichts passieren würde morgen? Wenn der Rauch wieder verschwände, wie er gekommen war, und die Risse in den nächsten paar Jahren so blieben, wie sie jetzt waren? Wenn das geschehen würde, womit offenbar alle höheren Stellen rechneten, nämlich nichts? Wie stünde er dann da mit seinem Aufruf?

Bei diesem Gedanken riß Roland beide Hände in die

Höhe wie ein Etappensieger und stieß einen Schrei aus, der eine Mischung zwischen Jauchzer und Gelächter war. Befreit wäre er dann, befreit! Es wäre etwas wie eine zweite Scheidung, und diesmal wäre es die Scheidung vom Normalbetrieb, der in Wirklichkeit nichts anderes war als ein institutionalisiertes Ungeheuer, dem jeden Tag aufs neue der Sinn des Lebens zum Fraß vorgeworfen wurde.

Roland bremste und merkte dabei, daß er aufpassen mußte, weil seine Bremsklötze nicht faßten. Von irgendwoher zu seiner Rechten glaubte er einen Lautsprecher gehört zu haben. Er bog bei der nächsten Abzweigung nach rechts ab, es war die Straße, die zum Gemeindehaus führte. Im Näherfahren wurde ihm klar, daß dies das Megaphon von Küde Brönnimann sein mußte, und von weitem sah er, daß Leute auf dem Vorplatz des Gemeindehauses herumstanden und diskutierten. Gerne wäre er auch dazugestoßen, aber da kam ihm in den Sinn, daß er ja gesucht wurde und daß man ihn sogleich erkennen würde, denn wer dort stand, hatte sicher die Tagesschau gesehen, also kehrte er wieder um und fuhr weiter dem Einkaufszentrum entgegen.

Wäre er bis zum Gemeindehaus gekommen, wäre er Zeuge einer Auseinandersetzung zwischen Christoph Portner und Polizeichef Raeber geworden. Christoph hatte soeben durch das Megaphon gerufen, es sei nicht sicher, daß keine Gefahr bestünde, und der »Frische Wind« empfehle allen, die Angst hätten, die Gemeinde sofort zu verlassen.

Raeber hatte zunächst über den Lautsprecher seines Polizeiwagens die Nachricht bekanntgegeben, der Aufruf in der Tagesschau sei ein Piratenakt gewesen, in Wirklichkeit gebe es keine Gefahr für die Einwohner der Gemeinde, einzig der Loowald sei zur Zeit gesperrt.

Dann wollte er Portner fortschicken, mit dem Argument, er befinde sich auf dem Vorplatz des Gemeindehauses auf offiziellem Boden und dürfe nicht inoffizielle Aufrufe verbreiten. Portner entgegnete, er könne sich genauso mit seinem Megaphon an die Bevölkerung richten wie er mit seinem Polizeilautsprecher.

Darauf wollte ihm Raeber das Megaphon entreißen, Portner schlug ihn auf die Finger, und es kam schon fast zu einem Handgemenge zwischen den beiden, als Frau Schlienger, die bürgerliche Gemeinderätin, Raeber am Oberarm packte und ihm sagte, er solle jetzt die Fassung nicht verlieren, und der Herr mit dem Megaphon sei immerhin ein Gemeinderat, der sich Sorgen mache, und sie sei auch Gemeinderätin und mache sich auch Sorgen und was denn nun mit den Plätzen sei, deren Offenhaltung sie letzten Mittwoch im Gemeinderat beschlossen hätten.

Raeber sagte, indem er sich ihrem Handgriff entwand, wenn hier jemand die Fassung verliere, dann sei sie es und Herr Portner, und natürlich könnten die Plätze jederzeit geöffnet werden, aber nur auf Beschluß des Gemeindepräsidenten oder des Krisenstabes, und der Gemeindepräsident sei verreist, und von Weidmann vom Zivilschutz wisse er nicht, wo er sei, und von Arx von der Feuerwehr sei am Auspumpen der Überschwemmung in der Katzenbachunterführung.

Also, sagte Frau Schlienger, mit andern Worten heiße das, sie müßten improvisieren, und sie schlage vor, daß die Sportplätze geöffnet würden und man den Leuten, die sich vor einem Erdbeben fürchteten, freistelle, die Nacht auf den Sportplätzen zu verbringen.

Christoph Portner, der überrascht war über die unerwartete Hilfe von Frau Schlienger, sagte, er unterstütze diesen Vorschlag, und ob man nicht das Zeltmaterial des Zivilschutzes holen könne, um einige Unterstände aufzubauen, bei dem Regen.

Auf einmal tauchte Weidmann, der Zivilschutzchef, auf und fragte, was für Zelte man hier wo aufstellen wolle.

Raeber sagte, es sei gut, daß er komme, und faßte ihm den Vorschlag mit den Sportplätzen zusammen, der hier von zwei Gemeinderäten gemacht werde, doch da sagte Weidmann, das sei alles dummes Zeug, und damit würde ja nur wieder Angst geschürt bei der Bevölkerung. Zudem habe der Fußballklub am Pfingstmontag ein Freundschaftsspiel gegen eine argentinische Auswahlmannschaft, einen lange vorbereiteten und kostspieligen Anlaß, und es ginge nicht an, daß man den Rasen kaputtmache mit Zelthäringen und dem Herumtrampeln von Menschen, die sich lieber zu Hause in ihre Betten legen sollten, dort sei es wärmer und sicherer, oder ob man ihm, Raeber, vom Erdbebendienst etwas Anderslautendes gesagt habe.

Nein, sagte Raeber, da sei ja das Problem. Er habe die offizielle Information, daß keine Gefahr bestehe, und –

»Wieso wird dann der ganze Loowald abgesperrt, wenn keine Gefahr besteht?« warf Frau Schlienger ein.

Keine so große Gefahr, verbesserte Raeber, daß man evakuieren müsse, aber offenbar hätten sich viele Leute durch den Auftritt des Tagesschaupiraten verunsichern lassen und hätten jetzt ebenfalls Angst, und nun haben wir die Sauerei.

Weidmann hielt Portner das Flugblatt des »Frischen Windes« unter die Augen und sagte, das sei ein klassisches Beispiel, wie man Panik erzeuge, indem man den Leuten absolut keinen Anhaltspunkt gebe.

Doch, sagte Portner, der Anhaltspunkt müsse die eigene Angst sein, das Vertrauen auf die eigenen Gefühle.

Das sei kompletter Unsinn, sagte Weidmann, Psychogewäsch und Führungslosigkeit sei das, eigene Gefühle, er sei Mitglied des Krisenstabes, und er sage ihm klipp und klar, eine Gefahr gebe es nicht, öffentliche Plätze würden keine zugänglich gemacht, und vom Zivilschutzmaterial rücke er kein einziges Dreiecktuch heraus. So.

Frau Schlienger sagte, damit mißachte er aber die Stimmung in der Bevölkerung, sie sei vorhin angerufen worden, daß sich auch am Waldrand größere Ansammlungen von Menschen befänden, die sich alle Sorgen machten, und die meisten Menschen, die hier stünden, stünden auch nicht da, weil sie dächten, es sei alles in Ordnung, sondern weil sie beunruhigt seien.

In das zustimmende Gemurmel der Umstehenden hinein sagte Weidmann, dann solle man doch herrgottnochmal die Polizei machen lassen und solle sie nicht daran hindern, ihre klärenden Informationen durchzugeben.

Er hindere sie gar nicht daran, sagte Portner, aber die Polizei wolle ihn daran hindern, seine Informationen durchzugeben, und auch von Maja Hasler, die am Waldrand stehe und ihre Flugblätter verteile, höre er dasselbe.

»Weil eure Information keine ist! Was ist denn das für eine Information, wenn da steht ›Niemand weiß etwas Genaues‹!« rief Weidmann aufgebracht.

Genau das sei doch die Situation, sagte Frau Schlienger, es wisse tatsächlich niemand etwas Genaues, aber trotzdem tue man nun von seiten der Gemeinde so, als wisse man ganz genau, daß nichts passieren werde.

Er müsse sagen, bemerkte Weidmann, es wundere ihn, daß sie mit diesen linken Grünschnäbeln ins gleiche Horn stoße, sie sei doch nicht der Typ, der auf dieses ideologische Zeug hereinfalle.

Frau Schlienger entgegnete ihm, hier gehe es nicht um Ideologie, sondern um eine drohende Gefahr, und sie sei sonst häufig anderer Meinung als die Leute vom »Frischen Wind«, aber in diesem Moment gehe sie mit ihnen vollkommen einig, und sie sei einfach gegen eine Verharmlosung der Gefahr.

Weidmann sagte, er werde hier nicht ewig im Regen herumstehen, er habe seine Haltung bekanntgegeben, und wenn sie den Einwohnern andere Empfehlungen geben wolle, dann solle sie das tun, sie könne ja zusammen mit dem »Frischen Wind« gleich Bahnbillette verteilen an die Bevölkerung, aber die Gemeinde werde die offizielle Nachricht verbreiten, und irgendwelche Panikmaßnahmen würden nicht ergriffen.

Damit entfernte er sich, und Raeber, der sehr froh war über diesen deutlichen Beistand, fühlte sich wie neu ins Amt eingesetzt, schaute auf die Uhr und bemerkte zu Portner, es sei jetzt fünf Minuten vor zehn Uhr, und er solle daran denken, ab zehn Uhr gelte jede Megaphondurchsage als Nachtruhestörung und werde entsprechend geahndet. Dann stieg er in sein Polizeiauto und fuhr langsam die Straße hinunter, indem er über seinen Lautsprecher wiederholte, entgegen anderslautenden Informationen, die verbreitet würden, bestehe für die Einwohnerschaft keine Gefahr.

Frau Schlienger blieb ziemlich verdutzt stehen.

»Na?« sagte Christoph Portner zu ihr, »das war wieder einmal schneidig und rassig. Da weiß man doch, woran man ist.«

Frau Schlienger sagte, sie finde das unerhört, und er solle ihr die Flugblätter geben, sie werde jetzt mit ihm gehen und sie verteilen, wenn er seine Megaphondurchsagen mache.

Christoph dankte ihr und gab ihr die Flugblätter, und etliche der Umstehenden sagten, sie kämen auch mit, obwohl es weiter ununterbrochen regnete und manche nicht einmal einen Schirm bei sich hatten. Gerade als sie sich in Bewegung setzen wollten, kam ein älterer Mann dazu, in einer durchsichtigen Veloregenschutzhülle. Er hatte eine Trommel umgehängt und sagte, er sei Tambour im Musikverein, und wenn man etwas zu sagen habe, dann müsse man es auch richtig ankündigen, und wohin sie denn gehen wollten.

Zur Kirche, schlug Christoph vor, und nun begann der Tambour einen Marsch zu trommeln und ging die Straße hinunter, und hinter ihm her zog ein Grüppchen von Menschen unter Regenschirmen oder in Regenmänteln und Windjacken, die alle nicht daran glaubten, daß es nichts bedeutete, wenn sich bei einem alten keltischen Grabhügel der Boden öffnet und Rauch aus den Spalten steigt.

Unterdessen fuhr Heinz mit Doris im Auto gegen Süden, Richtung Zürcher Oberland. Die Sicht war schlecht, der Regen fiel wie ein Schleier, und immer wieder gerieten die rechten Räder in große Pfützen, die sogleich wie Fontänen seitlich in die Höhe spritzten.

»Jetzt möchte ich auch nicht auf dem Velo sitzen«, sagte Doris, als Heinz zwei orangerot vermummte Radfahrer überholte, denen er sorgfältig bis auf die andere Straßenseite auswich.

»Vielleicht ist es ihnen wohler hier draußen«, sagte er.

Wirklich wohl war es jedoch weder Roland noch Monika, welche Heinz soeben überholt hatte. Roland fror, aber er war froh, aus der Agglomeration wegzukommen, und Monikas Regenschutz ließ das Wasser schon bei den Schultern durch, daß es ihr unter dem Hemd die Ellbogen herunterrann, aber sie trat unentwegt in die Pedalen und dachte, wahnsinnig, jetzt gehe ich nachts velofahren mit dem Herrn Steinmann, und morgen gibts ein Erdbeben.

# 47

Er sei hier der Gemeindepräsident, sagte Manfred Niederer etwas gereizt zum Polizeibeamten, der den Waldeingang bewachte. Der war offenbar von den kantonalen Beständen hierher beordert worden, jedenfalls hatte ihn Niederer in der Gemeinde noch nie gesehen. Die Autorität, die Niederer ausstrahlte, genügte jedoch als Beweismittel, und der Polizist ließ ihn und Thomas ohne weitere Überprüfung durch.

Der Weg war am Waldrand mit Baulatten abgesperrt, in der Mitte stand eine Fahrverbotstafel, die mit dem Zusatzschild »Durchgang verboten« ausgerüstet war, ein Anblick, der Thomas seltsam anmutete. Es kamen ihm Bilder in den Sinn von Sperrbezirken in Krisengebieten oder bei Naturkatastrophen, wie man sie im Fernsehen sah, wobei sich dort dann meistens ein Schlagbaum öffnete und das Auto mit dem Aufnahmeteam durchließ.

Heute morgen bestand das Team nur aus ihm und seinem Vater, und den Wagen hatten sie in der Püntstraße stehen gelassen, da die Weiterfahrt ohnehin schon nach kurzer Zeit durch den umgestürzten Baum blockiert wurde. Der Regen hatte aufgehört, aber der Weg sah aufgeweicht aus, und überall tropfte es von den Ästen, kein einziger Vogel sang. Als sie jetzt in den Wald hineingingen, stieg in Thomas ein elendes Gefühl hoch, die Stämme ringsum vermischten sich wieder mit den Tagesschauschlagbäumen, und er kam sich vor wie ein Soldat der Regierungstruppen, der in einen Hinterhalt der Guerilla hineinlief. Plötzlich blieb er stehen und sagte zu seinem Vater, vielleicht sollten sie gar nicht weitergehen.

Unsinn, sagte sein Vater, deshalb sei er nicht extra die Nacht durch nach Hause gefahren, um nachher von den

Spalten fernzubleiben. Darum gehe es ja gerade, daß er sich einen persönlichen Eindruck verschaffen wolle.

Thomas gab seinen Widerstand sofort auf. An der Stelle seines Vaters hätte er bestimmt auch so gehandelt. Wäre dieser aber nicht zurückgekommen heute nacht, hätte Thomas wahrscheinlich dasselbe gemacht wie seine Freunde vom »Frischen Wind«. Die hatten sich im Verlauf der Nacht alle bei Frau Schlienger zu einer heißen Mehlsuppe eingefunden, zu der sie jedermann eingeladen hatte, der am Verbreiten der Gegeninformationen beteiligt war, von Maja Hasler bis zum alten Tambour, und dann hatten sie beschlossen, aus der Gemeinde wegzugehen. Es waren einige darunter, die über einen Wagen verfügten, und so war nachts um ein Uhr ein kleiner Konvoi vom Hause von Frau Schlienger aufgebrochen und hatte in vorsichtiger Fahrt durch den unablässigen Regen die Agglomeration Richtung Süden verlassen.

Thomas hatte sich ihnen nicht angeschlossen, sondern war nach Hause gegangen, um seinen Vater zu erwarten, der gestern abend am Telefon gesagt hatte, er werde in der Nacht zurückkehren. Um zwei war er dann heimgekommen, und zusammen mit Robert, der von einem Fest zurückkam, saßen sie in der Küche, Thomas erzählte ihm, was alles geschehen war seit Samstagmorgen und zeigte ihm auch das Flugblatt, über das sein Vater nur den Kopf schüttelte. Dann erzählte ihnen Vater von seiner Fahrt und von seiner Begegnung mit Mutter, und daß er sie um Verzeihung gebeten hätte und wie verzweifelt er darüber sei, daß sie ihn nicht mehr liebe, und daß ihm erst jetzt klar werde, wie vieles er vernachlässigt habe in all den Jahren und wie vieles er einfach als selbstverständlich hingenommen habe, das überhaupt nicht selbstverständlich sei, und wahrscheinlich sei ihm das auch ihnen, seinen Söhnen gegenüber, unterlaufen, deshalb bitte er auch sie um Verzeihung, sie seien ja erwachsen und könnten von einem Moment auf den andern ausziehen, und dann werde er mit einem Schlag ganz allein sein.

Die beiden Brüder sprachen ihm Mut zu, versicherten ihm, sie würden ihn bestimmt nicht fallen lassen, auch wenn sie nicht mehr hier wohnten, Thomas sprach von der Chance eines Neubeginns, es war alles sehr ungewohnt und berührend, und als es draußen heller wurde, brachen Thomas und sein Vater zum Loowald auf, während Robert sich schlafen legte.

Arco, den der Vater mitnehmen wollte, ließ sich um nichts in der Welt bewegen, mitzukommen. Auch als ihm Thomas die Leine zeigte, bei deren Anblick er sonst in Begeisterung ausbrach und Sprünge bis in Kopfhöhe machen konnte, verzog er sich trotzig knurrend unter den Küchentisch. Dann halt nicht, sagte Thomas, und Vater meinte, vielleicht sei es ihm einfach noch zu früh.

Sie fuhren in Vaters Auto. Der Weg zum Waldrand war nicht sehr lang, aber lang genug für ein sonderbares Erlebnis. Auf der Berninastraße, einer größeren Quartierstraße, die auf den Loowald zuführte, mußte Vater abbremsen, weil ihnen in der Mitte der Straße zwei Dachse entgegenkamen. Er hielt an, und sie schauten den beiden Tieren zu, wie sie dem Auto auswichen und zielbewußt am Trottoir entlang weitertrippelten, in gerader Linie weg vom Wald.

Er habe gar nicht gewußt, daß es im Loowald Dachse gebe, hatte der Vater gesagt, und Thomas hatte gescherzt, vielleicht gebe es jetzt keine mehr, aber während er das sagte, spürte er, wie ihm eine Gänsehaut über den Rücken rieselte. Diese Tiere, da war er ganz sicher, diese Tiere machten keinen Morgenspaziergang, sondern sie waren auf der Flucht.

Trotzdem begleitete er jetzt seinen Vater zum Keltenhügel. Sie stiegen über die gestürzte Esche, und Thomas berichtete ihm von dem möglichen Zusammenhang mit dem kleinen Erdbebenstoß von gestern vormittag. Sein Vater schüttelte wieder den Kopf, war aber beeindruckt.

Im Weitergehen dachte Thomas an Sandra. Sie hatten gestern abend noch einmal telefoniert, und Sandra hatte gesagt, sie gehe jetzt zu ihren Eltern nach Richterswil, und Thomas könne jederzeit auch dorthin kommen, wenn es ihm zu ungemütlich werde in der Agglomeration. Thomas hatte ihr gesagt, er wolle warten, bis sein Vater zurück sei, weil dieser schließlich über Maßnahmen entscheiden könne und weil er glaube, er brauche Hilfe, und er könne erst nachher sagen, wie es bei ihm weitergehe.

Auf einmal wurde Thomas von allergrößter Sehnsucht nach Sandra ergriffen. Er wollte sie an sich drücken, sie streicheln, den Duft ihrer Haare atmen und ihr Lachen hören, und er nahm sich vor, mit dem ersten möglichen Zug zu ihr zu fahren, sobald er mit dem Vater aus dem Wald zurück sein würde, und ihr zu sagen, sie sei die Frau seines Lebens.

Als sie nun den schmalen und ziemlich schlammigen Fußgängerpfad einschlugen, der zu den Keltengräbern führte, sahen sie, daß auf dem Hügel jemand stand. Es war eine etwas untersetzte Figur, ein Mann, in einer grünen Regenjacke, mit den Händen in den Taschen. Er hatte die Kapuze hochgeschlagen und schaute offenbar auf die andere Seite des Hügels hinunter, also dorthin, wo die Spalten waren.

Im Näherkommen erkannte ihn Thomas. Es war Prof. Bollag. Erfreut ging er auf ihn zu und rief ihn bei seinem Namen. Als sich Bollag umdrehte, erschrak Thomas, wie schlecht er aussah. Bleich war er, fahl geradezu, und die

Säcke unter seinen Augen waren ihm noch nie derart aufgefallen.

Bollag drückte ihm und seinem Vater ohne viel Kraft die Hand.

Ob er nicht im Tessin sei, fragte ihn Thomas.

Gewesen, doch, aber gestern spätabends hätten ihm Nachbarn von der Tagesschau erzählt, und da sei er durch die Nacht hergefahren, und ob der Rauch schon gestern so stark gewesen sei.

Jetzt erschrak Thomas zum zweitenmal. Der Rauch löste sich nicht mehr auf, wie gestern, als er wenig über der Erdoberfläche zu Luft geworden war, sondern stieg in wabernden Säulen mindestens bis in die halbe Höhe der Tannen, um sich erst dann im Geäst zu verlieren. Zudem war ein ätzender Geruch in der Luft, und erst jetzt merkte er, daß um den ganzen Hügel herum ein feiner Dunst lag, in dem sie selbst auch standen und der die Augen reizte.

Nein, sagte Thomas mit leiser Stimme, gestern sei viel weniger Rauch gewesen. Dann erzählte er ihm von der Auswertung des Bandes mit den zwei Bebenstößen, von Dr. Enzens Mineralquellenhypothese und von dem, was sich in der Gemeinde vor und nach der Tagesschau abgespielt hatte.

Und er habe also den Leuten auch empfohlen, die Gemeinde zu verlassen, wenn sie Angst hätten, fragte ihn Bollag.

Ja, sagte Thomas, das habe er, er habe sogar das Flugblatt geschrieben, das seine Freunde vom »Frischen Wind« dann verteilt hätten.

Vater Niederer fragte nun dazwischen, ob er eine solche Warnung nicht für übertrieben halte.

Absolut nicht, sagte Bollag, und er könne froh sein um alle, die etwas zur Warnung beigetragen hätten. Die Lage hier habe sich seit den letzten zwei Tagen dramatisch verändert, und wenn ihm jetzt Thomas sage, daß sich der Rauch verstärkt habe, dann bestätige dies nur seinen Eindruck, daß hier etwas in Gang gekommen sei, dessen Ausmaß man nicht unterschätzen dürfe, und eigentlich müsse er auch sich selbst den Vorwurf machen, daß er es unterschätzt habe, und zwar nur deshalb, weil er nicht begriffen habe, worum es sich hier handle, und er habe es nicht begriffen, weil er zu wenig an einen seiner eigenen Ursätze geglaubt habe, nämlich daß die Erdgeschichte niemals abgeschlossen sei, daß es demnach möglich ist, daß Vorgänge, die sich nur alle 10 Millionen Jahre einmal abspielen, sich in diesen Tagen abspielen können, und er müsse Niederer als Gemeindepräsidenten auffordern, so schnell wie möglich zurückzukehren und einen Großalarm auszulösen. Die ganze Gemeinde sollte evakuiert werden, und auch die angrenzenden Gemeinden, alles, was in einem Radius von 5 Kilometern um diesen Hügel liege, vorsichtiger wäre 10 Kilometer.

Was sich denn hier anbahne, fragte der Gemeindepräsident, dem nun die Knie zu zittern begannen.

Es klinge unwahrscheinlich, sagte Prof. Bollag, aber es könne nur eines sein.

»Und was?« fragte Thomas, dem fast der Atem wegblieb.

Prof. Bollag schaute zuerst dem Vater, dann dem Sohn in die Augen und sagte: »Ein Vulkanausbruch.«

Nach einigen Sekunden des Schweigens, in denen man nur das Zischen der Dämpfe aus den Spalten und ein leises Rieseln von Erde hörte, fragte Niederer: »Sind Sie sicher?«

»Ja«, sagte Bollag, »absolut sicher.«

Niederer atmete tief ein und schüttelte den Kopf.

»Du solltest ihm glauben«, sagte Thomas, »unbedingt.«

Niederer schaute auf die Uhr. Es war kurz nach fünf Uhr.

»Gut«, sagte er dann, »ich werde den Alarm auslösen.«

Doch dazu war es schon zu spät.

## 48

Zuerst schwankten die Krane.

Dann erschien ein Polarlicht am Himmel und warf für Sekunden eine kalte Helligkeit über die ganze Agglomeration. In die Düsternis, die hernach folgte, brach ein Rasseln und Klirren ein, als schleife ein Riese überlebensgroße Ketten über Häuser und Straßen. Und dann schlug er zu.

Tausende von Menschen schossen in ihren Betten auf und wußten nicht, ob das ein Alptraum war oder die Wirklichkeit, denn nie gesehene Dinge spielten sich vor ihren Augen ab, Risse krachten in den Wänden, Tapeten platzten, Schranktüren sprangen auf und spuckten Kleider, Spielzeuge und geerbtes Porzellan aus, Vasen mit Blumensträußen marschierten quer über Tische und kippten über die Kanten, Spannteppiche wölbten sich und warfen Servierboys und Garderobeständer um, Bilder fielen von den Wänden, Deckenlampen schwangen hin und her wie große Pendel, Fernsehapparate explodierten, Spiegel zerbarsten, halboffene Fenster wurden ganz aufgestoßen und schlugen wildgeworden in ihren Rahmen vor und zurück, und während die Kirchturmglocken wirr anzuschlagen begannen, brachen Schlafzimmerdecken über aufschreienden Paaren nieder, Altbauwände knickten ein und stürzten in sich zusammen, Fassaden von Hochhäusern neigten sich mit ihren Balkonen langsam zur Seite und deckten dann prasselnd die Straße samt den parkierten Autos zu, indem sie die Innereien der Wohnungen entblößten, wo sich fassungslose Bewohner plötzlich vor einem Abgrund sahen. Über das Grollen, das sich nun ausbreitete, als wäre in der Umgebung eine Artillerieschlacht entbrannt, legte sich ein hohes, schrilles Geräusch, welches immer stärker anschwoll, das waren die Schreie der Menschen, die sich zu einem einzigen großen

Schrei verbanden, der wie die wilde Jagd zwischen den schwankenden Häuserzeilen daherraste, auf der Suche nach einer Flucht, die nicht mehr möglich war, denn der Riese, der auf die Dächer einschlug und an die Häuser trat, war überall, und wo er war, war Panik, viele suchten Schutz unter einem Türrahmen, andere versuchten durch das Treppenhaus ins Freie zu rennen, manche blieben wie gelähmt in ihren Betten liegen, Eltern rissen ihre Kinder aus den Bettchen und drückten sie an sich, Männer wollten unter der Haustüre stehen bleiben und brüllten ihren Frauen, die auf die Straße rannten, nach, sie sollten dableiben, Autos, welche Rettung verheißend am Straßenrand standen, wurden von umkippenden Laternenmasten eingedrückt, in den Miethäusern hasteten Leute die Treppen hinunter, »In den Keller!« riefen die einen, »Hinaus!« die andern, niemand wußte, was richtig war, im Gemeindehaus waren die Bündel mit den 8000 Erdbebenmerkblättern von den Regalen gefallen und am Boden zerfleddert, Fräulein Gautschis IBM-Maschine war darübergestürzt und dann vom Archivschrank mit den Gemeinderatsprotokollen zugedeckt worden, der haltlos in den Raum gepoltert war, bevor ein Staubregen der abbröckelnden Asbestdecke alles in einen weißen Nebel gehüllt hatte.

Dem Gemeindepräsidenten hatten vielleicht zwanzig Minuten gefehlt, um von diesem Büro aus eine Warnung ergehen zu lassen. Nun stand er auf dem keltischen Grabhügel und beobachtete entsetzt die Stämme, die sich ringsum krachend und splitternd zur Seite neigten. Prof. Bollag rief: »Zu Boden!« und kauerte sich sofort neben den Gedenkstein. Manfred Niederer hatte keine Kraft mehr in den Beinen. Thomas packte ihn am Ellbogen und wollte ihn die paar Schritte mit zum Stein nehmen, doch sein Vater schlang die Arme um seinen Hals, drückte den Kopf an seine Brust und wurde von einem Krampf geschüttelt. Da blieb Thomas mit ihm stehen, und obwohl Bollag mehrmals »Zu Boden!« rief, hielt er einfach seinen weinenden Vater in den Armen und streichelte ihm den Kopf, und so wurden sie zusammen in die Höhe gewirbelt und verloren die Besinnung, als nun der Keltenhügel mit einem ungeheuren Knall zerbarst. »Das ist es!« schrie Bollag laut durch den Wald, und dann versank er mit dem Findling in einem roten Kraterloch, das sich bei der Explosion geöffnet hatte. Gleich darauf folgte eine zweite Explosion, die mit einer riesigen Garbe aus Flammen, Rauch und Asche Tannenbäume, Haselsträucher, Erde und Felsstücke Dutzende von Metern in die Höhe feuerte. Die meisten der hochgeschleuderten Bäume, die in der Umgebung niederstürzten, hatten Feuer gefangen, und so entzündeten sie auch den Wald, und ein Ring legte sich um die wunde Stelle, wo sich die Erde geöffnet hatte und unablässig weitere Fontänen spie, und mit jeder neuen Fontäne wurden die Ränder der Öffnung ein Stück in die Höhe gedrückt.

Indessen sprangen in der Umgebung der Gemeinde die ersten Morgenzüge aus den Schienen, Autobahnüberführungen stürzten auf die Fahrbahnen nieder und machten sie unpassierbar, die Hauptpiste des Flughafens wurde mit einem Mal von einem Riß gespalten, als versuchte sie der Riese von unten aufzuschlitzen, während der Militärflugplatz ein paar Buckel bekam, die wohl nicht so bald wieder geradezukriegen waren. Im Fernsehstudio wurden schwere Schaltpulte um Meter verschoben und brachten ganze Kurzschlußserien zum Knistern, im Zürcher Hauptbahnhof brachen die beiden Zementsilos durch den Boden in die neue unterirdische Gleisanlage, und das Einkaufszentrum der Agglomeration blieb zwar stehen, aber es wurde ihm ein Stück Untergrund weggezogen, so daß es nun schwarz und schräg wie ein dicker Turm von Pisa neben der leeren Autobahn in den verdunkelten Himmel ragte.

Vom Bachtel aus, unter dessen Aussichtsturm Roland und Monika, Rücken an Rücken sitzend, die Nacht verbracht hatten, sah man nur eine Feuersäule in die Höhe steigen, die manchmal wieder erlosch, um dann mit einem Grollen, welches das eiserne Turmgerüst zum Erzittern brachte und die Baumkronen aufrauschen ließ, erneut aufzusteigen, und rund um die Säule bildete sich über dem Boden ein Rauchwulst, der immer dicker wurde.

Monika weinte und fragte, ob das bei ihnen sei, wo es brenne.

Roland legte ihr den Arm um die Schulter und sagte, er hoffe sehr, ihr Haus brenne nicht, und er glaube, was dort brenne, sei der Loowald, und das Feuer komme aus dem Keltenhügel.

Der erste Erdbebenstoß war auch hier oben mit erschrekkender Wucht zu spüren gewesen, jedenfalls waren sie beide sofort aufgesprungen, und Roland hatte Monika an der Hand ein Stück weit vom Turm weggezogen, weil er derart gewankt hatte, daß zu fürchten war, er könnte einstürzen.

Was sie denn jetzt tun sollten, fragte Monika, immer noch weinend.

Roland sagte, am besten blieben sie erst einmal hier, und starrte ungläubig auf das, was dort unten über die Agglomeration hereinbrach.

»Siehst du«, sagte er zu Monika, »du hattest doch recht«. Und er erzählte ihr seinen Traum.

Ohne diesen Traum, fuhr er fort, wäre er jetzt wahrscheinlich nicht hier oben, und sie auch nicht, und er hätte sich nicht getraut, das zu tun, was er gestern getan habe.

Monika sagte, da könne sie gar nichts dafür, und Roland sagte ihr, er danke ihr trotzdem, und gab ihr einen Kuß auf die Stirne, er glaube, sie habe ihm das Leben gerettet und vielen andern auch.

Nun hielten auf dem Parkplatz die ersten Autos an, denen Leute mit Feldstechern und Taschenradios entstiegen, die sich zur Höhe mit dem Aussichtsturm begaben, um in die Agglomeration hinunter zu schauen.

Einer davon, ein älterer Mann, erkannte Roland als den Tagesschaupiraten von gestern abend und fragte ihn, woher er denn gewußt habe, daß es heute zu einer Katastrophe komme.

Es habe Anzeichen gegeben, sagte Roland, es habe Anzeichen gegeben, man habe sie nur sehen müssen.

Als ein anderer vermutete, das seien die Tanklager in der Nähe des Flughafens, widersprach Roland heftig und sagte, das sei etwas, gegen das die Tanklager des Flughafens nur ein Zündholzflämmchen seien.

Was es denn sei, wurde er zurückgefragt.

»Das ist ein Vulkanausbruch«, sagte Roland.

Der ältere Mann ließ seinen Feldstecher sinken. »Ein Vulkan in der Nähe von Zürich?« sagte er, »das gibts doch nicht.«

Aber je mehr die Zeit fortschritt, desto klarer wurde, daß es das gab. Im Radio kamen nun die ersten Meldungen, aus dem Studio Basel, da die Einrichtungen des Zürcher Senders zerstört worden waren; nach dem Erdbeben, hieß es, sei in einem Wald der Agglomeration ein großes Feuer ausgebrochen, und woher die Feuersäule komme, die immer wieder hochschieße, werde noch abgeklärt, man denke an eine Erdgasleitung, und die Rettungsarbeiten liefen nur langsam an, da kaum eine Straße frei sei, und auch die Schienenwege seien samt und sonders unterbrochen, das Fernsehen brenne, hieß es, und der Tower des Flughafens auch, und weitere Gebäude mit hochtechnischen Einrichtungen, vorsorglich sei auch Giftalarm ausgelöst worden wegen einer Chemiefabrik, über deren Erdbebenresistenz man noch nichts Genaues wisse, und später wurde dann von 8,5 auf der Richterskala gesprochen und von der Vermutung, es handle sich um einen vulkanischen Vorgang, und der Tagesschauzwischenfall wurde auch erwähnt und die »DRS Aktuell«-Sendung, es habe also an Warnungen nicht gefehlt, und ein Vulkanologe erklärte in einem Interview seine Ratlosigkeit und Überraschung, die nahezu absolute geologische Unwahrscheinlichkeit dieses Ereignisses, erste Schätzungen von Todesopfern wurden bekanntgegeben, man sprach von 20 000 bis 30 000, die Agglomeration wurde zum Sperrgebiet erklärt, das nur für Rettungstruppen zugänglich sei, da weitere Beben befürchtet wurden und die Gegend laufend von kleineren Stößen erschüttert werde, die Helikopter der ganzen Schweiz wurden für die Bergung eingesetzt und versuchten den Waldbrand zu löschen, der sich immer stärker an den Rand vorfraß und auf die Siedlungen überzugreifen drohte, aber das Hauptfeuer, das aus den abgedeckten Keltengräbern stoßweise nach oben schoß und immer wieder mächtige Massen von Schutt, Sand, Felsen und Lava mit in die Luft schleuderte und auf den Rand des Kraters fallen ließ, der sich immer klarer abzeichnete, dieses Hauptfeuer war nicht zu löschen, denn es kam aus der Tiefe eines Planeten, in dessen Innern ein ewiges Feuer brodelte, von dem er nur an wenigen Stellen etwas nach oben sandte, und meistens waren diese Stellen weit entfernt, auf kleinen Inseln im Ozean oder auf Bergketten, die abgelegene Urwälder überragten, aber nun hatte irgendeine Macht das Feuer hier an die Oberfläche gebracht, hier, mitten unter uns, hier, wo dieser Planet täglich verletzt wird, und hier würde diese Macht ihr Feuer von nun an täglich in die Höhe speien, denn schon am selben Abend erhob sich zwischen den Rauchwolken des brennenden Waldes, dort, wo noch am Morgen die Keltengräber gewesen waren, dunkel, groß und unwiderlegbar ein neuer Berg.

# Franz Hohler

*im Luchterhand Literaturverlag*

**Ein eigenartiger Tag**
Lesebuch. SL 457
»Hohler ist ein Meister der Detailbetrachtungen, des leichten beiläufigen Sprechens; fast Satz für Satz lehnt er sich dagegen auf, das Selbstverständliche für selbstverständlich zu halten.«
*Neue Zürcher Zeitung*

**Das Kabarettbuch**
Mit zahlreichen Szenenfotos
296 Seiten. Geb.
Franz Hohler gehört innerhalb und außerhalb der Schweiz zu den renommiertesten Kabarettisten. Dieser großformatige Band enthält alle wichtigen Programme und Nummern, die Sketche, die er mit Hanns Dieter Hüsch aufgeführt hat, Chansontexte und seine Beiträge fürs Fernsehen.

**Der Mann auf der Insel**
Ein Lesebuch
160 Seiten. Gebunden
Neue Erzählungen und Berichte aus unserem Alltag, der längst die Züge eines Alptraums angenommen hat.

**Der neue Berg**
Roman
440 Seiten. Leinen
Es herrscht Ruhe im Land, so scheint es, und doch mehren sich die Zeichen, die auf Gefahr hindeuten, auf ein größeres Unheil. Der Schweizer Schriftsteller und Kabarettist Franz Hohler hat seinen ersten Roman geschrieben, und einen ungewöhnlich spannenden und hellsichtigen dazu.

**Der Rand von Ostermundigen**
Geschichten. SL 134

**Die Rückeroberung**
Erzählung. SL 479

**Tschipo**
Kinderroman
Mit Zeichnungen von Arthur Loosli
157 Seiten. Geb.

**Tschipo und die Pinguine**
Kinderroman
Mit Zeichnungen von Arthur Loosli
192 Seiten. Geb.

## Schweizer Autoren

*im Luchterhand Literaturverlag*

*Eine Auswahl*

**Peter Bichsel**
**Kindergeschichten**
Luchterhand Bibliothek
96 Seiten. Gebunden
Auch als SL 144

**Schulmeistereien**
SL 697

**Im Gegenteil**
Kolumnen 1986–1990
SL 920

**Der Busant**
Von Trinkern, Polizisten und der schönen Magelone
SL 781
»Man hört ihn fast reden beim Lesen: leise, bedächtig und ein wenig näselnd. Es ist schön, ihm zuzuhören.«
*Die Weltwoche, Zürich*

**Rudolf Bussmann**
Der Flötenspieler
Roman
240 Seiten. Gebunden

**Adelheid Duvanel**
**Anna und ich**
Erzählungen. SL 662
»Der Versuchung, sie zu den ganz wichtigen Autorinnen unserer Zeit zu zählen, sei schamlos nachgegeben: eine große Dichterin, deren Kommunikationswille zum Ausdruck schöpferischen Wagemuts gerät.« *Frankfurter Rundschau*

**Gnadenfrist**
Erzählungen
96 Seiten. Gebunden

**Das verschwundene Haus**
Erzählungen
100 Seiten. Gebunden

**Franz Hohler**
**Das Kabarettbuch**
Mit zahlreichen Szenenfotos
296 Seiten. Gebunden

**Der neue Berg**
Roman
440 Seiten. Gebunden
Der Schweizer Schriftsteller und Kabarettist Franz Hohler hat seinen ersten Roman geschrieben, und einen ungewöhnlich spannenden und hellsichtigen dazu.

**Die Rückeroberung**
Erzählungen
SL 479

**Vierzig vorbei**
Gedichte
96 Seiten. Broschur

# Schweizer Autoren

*im Luchterhand Literaturverlag*

**Rolf Niederhauser**
**Nada oder die Frage eines Augenblicks**
Roman
256 Seiten. Gebunden
Auch als SL 946
»Ein hervorragend komponiertes, gut beobachtetes, gescheit inszeniertes Stück Literatur. Und ein Roman, der nicht gerade Geringes zum Thema hat: Vater, Kind, Alltag.« *Volker Hage, Die Zeit*

**Requiem für eine Revolution**
Tagebuch Nicaragua
SL 962. Originalausgabe

**Schweiz**
**Geschichten aus der Geschichte nach 1945**
Hg. Rolf Niederhauser/Martin Zingg
SL 947. Originalausgabe

**Matthias Zschokke**
**Brut**
Schauspiel mit Musik
88 Seiten. Broschur
»Mit Zschokke scheint eine neue Verzauberung durch Theater möglich, die uns so lange fehlte.« *SFB*

**ErSieEs**
Roman
SL 1028

**Piraten**
Roman
224 Seiten. Gebunden
»So lustig und spannend war Literatur noch selten. Matthias Zschokkes Roman ›Piraten‹ ist unverschämt und hemmungslos frech und dazu so brillant geschrieben, so bestechend schräg und komisch, daß er zu einem Lesevergnügen erster Art wird.« *Berner Zeitung*

# Geschichten aus der Geschichte

*in der Sammlung Luchterhand*

Diese Anthologien unterscheiden sich von anderen Erzählsammlungen durch das Prinzip, Geschichte in Geschichten widerzuspiegeln. Nicht Schreibweisen sollen repräsentiert werden, sondern literarische Texte in ihren zeitlichen Bezügen zu einem historischen Prozeß.

**Geschichten aus der Geschichte der Bundesrepublik Deutschland**
Hg. von Klaus Roehler
SL 300. Originalausgabe

**Geschichten aus der Geschichte der DDR**
Hg. von Manfred Behn
SL 301. Originalausgabe

**Geschichten aus der Geschichte Frankreichs seit 1945**
Hg. und eingeleitet von Claude Prévost
SL 836. Originalausgabe

**Geschichten aus der Geschichte Nordirlands**
Hg. von Rosaleen O'Neill und Peter Nonnenmacher
SL 704. Originalausgabe

**Geschichten aus der Geschichte der Türkei**
Hg. Güney Dal und Yüksel Pazarkaya
SL 804. Originalausgabe

**Geschichten aus der Geschichte Polens**
Hg. von Per Ketman und Ewa Malicka
SL 856. Originalausgabe

**Geschichten aus der Geschichte Kubas**
Hg. José Antonio Friedl Zapata
SL 878. Originalausgabe

**Geschichten aus der Geschichte der Sowjetunion**
Hg. von Thomas Rothschild
SL 901. Originalausgabe

**Schweiz**
**Geschichten aus der Geschichte nach 1945**
Hg. von Rolf Niederhauser/ Martin Zingg
SL 947. Originalausgabe

**Tschechoslowakei**
**Geschichten aus der Geschichte**
Hg. von Paul Kruntorad
SL 958. Originalausgabe

# Peter Härtling

*im Luchterhand Literaturverlag*

**Die dreifache Maria**
Eine Geschichte. SL 476

**Eine Frau**
Roman
Luchterhand Bibliothek
400 S. Gebunden
Auch als SL 435

**Die Gedichte**
**1953–1987**
SL 826

**Felix Guttmann**
Roman. SL 795

**Herzwand**
**Mein Roman**
208 S. Gebunden
Ein autobiographisches Buch, dessen Anlaß eine Herzuntersuchung ist. Im Bewußtsein, an einer Schwelle zu stehen, erzählt Peter Härtling vom Freitod der Mutter, vom Mord an einer jungen Frau und wie die Nachkriegsgeschichte sich auf seinen Lebenslauf auswirkte. Und zugleich ist es ein Buch über das Schreibhandwerk.

**Hölderlin**
Ein Roman
Luchterhand Bibliothek
528 S. Gebunden
Auch als SL 260

**Hubert oder**
**Die Rückkehr nach**
**Casablanca**
Roman. SL 663

**»Ich war für all das zu müde«**
**Briefe aus dem Exil**
Gesammelt von Peter Härtling
SL 998

**Janek**
Porträt einer Erinnerung. SL 696

**Die Mörsinger Pappel**
Gedichte
80 S. Gebunden

**Nachgetragene Liebe**
SL 357

**Niembsch oder Der Stillstand**
Eine Suite. SL 189

**Der spanische Soldat oder**
**Finden und Erfinden**
Frankfurter Poetik Vorlesungen
SL 600. Originalausgabe

**Waiblingers Augen**
Roman
SL 886

**Der Wanderer**
160 S. Leinen
Auch als SL 964

**»Wer vorausschreibt,**
**hat zurückgedacht«**
Essays
Hg. Klaus Siblewski
SL 848. Originalausgabe

**Das Windrad**
Roman. SL 599

**Zwettl**
Nachprüfung einer Erinnerung
SL 447

**Peter Härtling**
**im Gespräch**
Hg. Klaus Siblewski
SL 912. Originalausgabe

# Luchterhand-Anthologien

*in der Sammlung Luchterhand*

**»Gestern kam keiner, keiner rief«**
Geschichten von Trauer, Wehmut, Einsamkeit
Eine Luchterhand-Anthologie
Hg. Reinhard Schlasa
SL 866. Originalausgabe
Luchterhand-Autoren erzählen von Trauer, Wehmut, Einsamkeit – Empfindungen, wie sie bei Verlust, Trennung, Abschied über uns kommen. Sie sind uns ebenso vertraut wie das Gefühl des Glücks. Sie begleiten uns von unserer Kindheit an durch unser Leben, und doch fühlen wir uns ihnen, wenn sie uns überfallen, jedesmal hilflos ausgeliefert. Deshalb, und weil das Gefühl der Einsamkeit in unserer Zeit so verbreitet ist wie nie zuvor, haben so viele Schriftsteller darüber geschrieben.

**»Liebst du mich?«**
Geschichten von der Liebe
Eine Luchterhand-Anthologie
Hg. Claudia Schlottmann
SL 822. Originalausgabe
Mit diesem Band schönster Liebesgeschichten von Luchterhand-Autorinnen und -Autoren wird die Tradition der erfolgreichen Luchterhand-Anthologien fortgesetzt. Die hier versammelten Erzählungen stammen aus drei Jahrzehnten und sind so verschieden wie die Liebe und ihre Erscheinungsformen: verhalten oder überschwenglich, abgeklärt oder erotisch, heiter oder tragisch, sie gehen unglücklich aus oder mit einem Happy-End.

**»Wer Tag für Tag den Globus dreht«**
Geschichten vom Reisen
Eine Luchterhand-Anthologie
Hg. Klaus Binder
SL 894. Originalausgabe
Von der Sehnsucht, anderswo zu sein, handeln diese Geschichten, von Abfahrt und Ankunft und von dem, was sich unterwegs ereignen wird – Geschichten, die Luchterhand-Autorinnen und -Autoren erzählen. Einer steigt in den wartenden Zug, und der fährt ohne Halt von Bern nach Singapur. Andere treibt es durch die Straßen von Paris und Rom. Eine kurze Fahrt mit der S-Bahn gerät zur Höllenfahrt. Sollte man nicht lieber, Tag für Tag den Globus drehend, zu Hause bleiben? Das Risiko bleibt immer auf der Seite der Reisenden.

**»Hallo, sagte er, wir stürzen ab«**
Katastrophengeschichten
Eine Luchterhand-Anthologie
Hg. Wieland Eschenhagen
SL 951. Originalausgabe
In der Katastrophe nimmt das Verhängnis seinen Lauf – unabwendbar, mit berechenbarer Konsequenz, unerwarteter Heimtücke oder brutaler Dramatik. Dieser Band versammelt die besten – die schönsten wie die schrecklichsten – Katastrophengeschichten von Luchterhand-Autoren.

## Französische Autoren

*in der Sammlung Luchterhand*

**Guillaume Apollinaire**
**Die Maler des Kubismus**
Essay. Aus dem Französischen von Oswalt von Nostitz
SL 851

**Henri Bergson**
**Das Lachen**
Ein Essay über die Bedeutung des Komischen
Aus dem Französischen von Roswitha Plancherel-Walter
SL 757

**François Bon**
**Eingeschlossen**
Roman. Aus dem Französischen von Christiane Baumann und Gisela Lerch
SL 952

**Limit**
Roman. Aus dem Französischen von Christiane Baumann und Gisela Lerch
SL 1035

**François Boyer**
**Verbotene Spiele**
Roman. Aus dem Französischen von Markus Schrimpf
SL 895

**Albert Camus**
**Hochzeit des Lichts**
**Heimkehr nach Tipasa**
Mittelmeer-Essays
Aus dem Französischen von Peter Gan und Monique Lang
SL 755

**Emmanuel Carrère**
**Der Schnurrbart**
Roman. Aus dem Französischen von Georges Hausemer
SL 845
»Wirklich verrückt wird der Leser, wenn er sich im Fortgang der Lektüre an den wahnwitzigen Wunsch klammert, es möge die Geschichte zuletzt doch auf eine ›normale‹, auf eine eindeutige Lösung hinauslaufen.«
*Le Nouvel Observateur*

**Louis-Ferdinand Céline**
**Gespräche mit Professor Y**
Aus dem Französischen von Pierre Gallisaire. SL 828

**Jean Echenoz**
**Das Puzzle des Byron Caine**
Roman. Aus dem Französischen von Christiane Baumann und Gisela Lerch
SL 858

# Französische Autoren

*in der Sammlung Luchterhand*

**Geschichten aus der Geschichte Frankreichs**
Herausgegeben von Claude Prévost
SL 836

**Paul Léautaud**
**Erste Liebe**
Eine Liebesgeschichte und Aphorismen über die Liebe
Aus dem Französischen von Alexander Bergengruen. SL 869

**Der kleine Freund**
**Oder: Leichtfertige Erinnerungen**
Roman. Aus dem Französischen von Alexander Bergengruen und Mario Hindermann. SL 815
Paul Léautaud schrieb nur über ein einziges Thema: über sich selbst. Hier in seinem Debütroman über seine Jugend.

**Claude Simon**
Der »großartigste Nachfolger Marcel Prousts«. *Jean Améry*

**Das Gras**
Roman. Aus dem Französischen von Erik und Elmar Tophoven
SL 637

**Die Leitkörper**
Roman. Aus dem Französischen von Irma Reblitz
SL 636

**Die Schlacht bei Pharsalos**
Roman. Aus dem Französischen von Helmut Scheffel
SL 638

## Italien erzählt

*im Luchterhand Literaturverlag*

**Sibilla Aleramo**
**Tagebuch einer Frau 1945–1960**
Aus dem Italienischen
von Gisela Baratta und Maja Pflug
SL 966
Das Tagebuch der Autorin von *Una donna,* die bewegende Geschichte einer Frau, die mit Würde und Selbstbewußtsein alt wird.

**Rosetta Loy**
**Straßen aus Staub**
Roman
Aus dem Italienischen
von Maja Pflug
SL 1004
Monatelang an erster Stelle der italienischen Bestsellerlisten.
»Ein Fest der Sinne«. *Die Zeit*

**Laura Mancinelli**
**Mozart in Turin?**
Eine Liebesgeschichte
Aus dem Italienischen
von Sigrid Vagt
SL 973

**Paola Masino**
**Die Geburt der Hausfrau und ihr Tod**
Roman
Aus dem Italienischen
von Maja Pflug
SL 983
1939 von der italienischen Zensur zurückgewiesen, wurde dieser Roman bei seinem Erscheinen 1945 ein großer Erfolg.

**Goffredo Parise**
**Der Padrone**
Roman
Aus dem Italienischen von
Astrid Claes und Sigrid Gori
SL 887
Die Geschichte einer grotesken Abhängigkeit, mit melancholischem Humor erzählt von »einem der größten Schriftsteller Italiens« *(La Stampa).*

**Fibel der Gefühle**
Geschichte von der Kürze und Süße des Lebnes
Nachwort von Natalja Ginzburg
Aus dem Italienischen von
Dirk J. Blask und Christiane Engels
SL 990

**Fabrizia Ramondino**
**Althénopis**
Kosmos einer Kindheit
Roman
Aus dem Italienischen
von Maja Pflug
Mit einem Nachwort von
Lea Ritter-Santini
SL 830

**Die Vögel des Narcís**
Zehn Erzählungen
Aus dem Italienischen
von Maja Pflug
SL 930
»Beredsam, bildhaft, verschwenderisch in den Vergleichen, schweifend in der Lust an den Worten, im Genuß am Detail, läßt Fabrizia Ramondino eine Welt vor dem Leser entstehen, die licht und düster ist, dionysisch und zugleich spröde, schamhaft und anzüglich.«
*Hessischer Rundfunk*